Buscando un hogar

KARISSA CHEN

Buscando un hogar

Traducción de Miguel Trujillo Fernández

Plata

Argentina – Chile – Colombia – España
Estados Unidos – México – Perú – Uruguay

Título original: *Homeseeking*
Editor original: G. P. Putnam's Sons, un sello de Penguin Random House LLC
Traducción: Miguel Trujillo Fernández

1.ª edición: enero 2026

López de Hoyos, 92, Planta Baja Derecha – 28002 Madrid
www.letrasdeplata.com

ISBN: 978-84-10439-13-9
E-ISBN: 979-13-87750-82-4
Depósito legal: M-23.839-2025

Fotocomposición: Urano World Spain, S.A.U.
Impreso por: Rodesa, S.A. – Polígono Industrial San Miguel
Parcelas E7-E8 – 31132 Villatuerta (Navarra)

Impreso en España – *Printed in Spain*

Para mis abuelos,
Henry 陸海林, Eileen 康秋季, Larry 陳隆寶
y Chi-Yen 張笄翊, que se llevaban su hogar con ellos
a cualquier lugar donde amaran.

那些消逝了的歲月,彷彿隔著一塊積著灰塵的玻璃,看得到,抓不著。
他一直在懷念著過去的一切。如果他能衝破那塊積著灰塵的玻璃,他會走回早已消逝的歲月。
一花樣年華(根據劉以鬯的《對倒》改編的)

Como si estuviera mirando a través de una ventana polvorienta, esos años pasados eran algo que él podía ver pero no tocar. Anhelaba todo lo que había ocurrido en el pasado. Si al menos pudiera romper ese cristal polvoriento, podría recuperar los años que se habían desvanecido hacía mucho.

—*Deseando amar*
(cita adaptada de la novela homónima
de Liu Yichang).

「世鈞,我們回不去了。」
一張愛玲《半生緣》

—Eileen Chang, F
«Shijun, no podemos volver atrás».
—Eileen Chang, *Half a Lifelong Romance*.

NOTA SOBRE LAS LENGUAS

Uno de los desafíos de escribir en inglés una historia sobre las diásporas de China y Taiwán ha sido averiguar cómo representar de forma fidedigna las diferentes lenguas sínicas que se hablan en las distintas regiones (y, a veces, incluso dentro de la misma región). Dado que la lengua china escrita utiliza un sistema representativo (en lugar de fonético), la misma palabra escrita tiene muchas pronunciaciones diferentes, dependiendo de la lengua que esté utilizando el hablante. Esto incluye los nombres. Dado que mis personajes se mueven a través de distintas regiones de habla china del mundo, quería asegurarme de representar el cambio de código de una forma que resultara precisa. Por consiguiente, todos los personajes pueden tener una multitud de formas en las que los demás se dirigen a ellos, e incluso pueden ampliar o cambiar la forma en la que piensan sobre sí mismos en alguna situación o a lo largo del tiempo. Por esta razón, los capítulos no están etiquetados con los nombres de los personajes, ya que los nombres de nuestros personajes evolucionan con el tiempo.

Un lector astuto tal vez podría percatarse también de que la novela está contada con puntos de vista alternos, con la narrativa de Suchi moviéndose hacia delante en el tiempo y la de Howard moviéndose hacia atrás en el tiempo, con solo unas pocas excepciones.

El mandarín está representado en su mayoría en *pinyin*, aunque hay varias excepciones, en particular cuando los personajes están en Taiwán o con las romanizaciones de uso común (por ejemplo, «Chiang Kai-shek»). Otras lenguas sínicas están representadas con una combinación de los sistemas de romanización aceptados y mi propio juicio de cómo se pronuncian las palabras.

Para muchas personas en el mundo, aprender más de una lengua es una necesidad, ya sea por la migración o simplemente porque el lugar donde viven es global y la supervivencia se lo exige. Es una habilidad que requiere la capacidad de adaptarse y de desafiarse a uno mismo, y, para muchos inmigrantes, es una de las partes más difíciles, aleccionadoras e incómodas de llegar a un nuevo país. Si tú sientes confusión mientras lees, espero que, en lugar de rendirte, tal vez te tomes un momento para imaginar cómo debe de ser para los que tienen que enfrentarse a esto en sus vidas cotidianas, y después sigas adelante.

Obertura

ABRIL DE 1947

Shanghái

En los últimos minutos violáceos de la noche que va desapareciendo, el *longtang* despierta.

La familiar sinfonía del vecindario comienza con la llegada del recogedor de desechos: su carro avanzando con lentitud por la calle irregular, el tintineo de su campana. Con un giro rápido y un chapoteo, vacía las letrinas que los vecinos han dejado frente a las puertas uniformes y entona un canto de despedida. A su paso, las escaleras crujen y las bisagras chirrían; las mujeres se asoman al callejón para recoger sus retretes volcados. Se agachan y limpian el cieno de los cubos de madera: los palos de bambú golpean, las caracolas traquetean, y el agua de los grifos de atrás borbotea y salpica. Para cuando ya han terminado, la vendedora de gachas con azúcar ha emergido, anunciando su mercancía con un canturreo repetitivo mientras empuja su carrito. Más tarde, los demás se unirán a ella: el hombre de los huevos de té, el vendedor ambulante de caramelos de jarabe de pera y los vendedores de verduras y arroz, cada uno de ellos con su propia melodía característica. Pero, por ahora, es su llamada solitaria la que flota por las calles de Sifo Li.

Pasa junto al *shikumen* de la familia Zhang, la sexta vivienda adosada del perímetro. Dentro, en la segunda planta, una Suchi de dieciséis años duerme de forma intermitente después de haberse pasado horas llorando, con sus miembros delgados retorcidos alrededor de la fina sábana de algodón y el sudor filtrándose hasta el colchón. Está atrapada en una pesadilla en la que Haiwen ya no la reconoce. Tiene las pestañas cubiertas de una delicada costra de lágrimas secas.

Junto a ella se encuentra la hija mayor de la familia Zhang, Sulan, que ha entrado a hurtadillas en la casa hace tan solo una hora. Tiene la piel pegajosa e impregnada del olor a humo, tabaco y sudor. Duerme pacíficamente, soñando que está bailando con un precioso vestido de tafetán y seda color ciruela, tomada del brazo de su mejor amiga, Yizhen.

En la habitación que hay encima de la suya, su padre, Li'oe, está tumbado sin ser capaz de dormir, atormentado por las incertidumbres. Se pregunta cuánto valor habrán perdido sus reservas de *fabi* de la noche a la mañana, cuánto oro podría comprar del mercado negro con el dinero en efectivo que le queda. Sopesa el coste continuado de administrar su librería, de imprimir las revistas clandestinas —todo lo que le está quitando a su familia, y eso por no mencionar el peligro— y, por un momento, la culpa hace acto de presencia entre sus pensamientos. Ahora se arrepiente de empeñar ese pequeño anillo que compró el día que nació Suchi, dos delicadas bandas de oro trenzadas en una, algo que había guardado para su dote. Sin embargo, Sulan había insistido en que había encontrado una tela de segunda mano perfecta para hacerle un *qipao* a su hermana por su cumpleaños, y él había aceptado darle el dinero. Ahora solo puede pensar en lo valioso que se ha vuelto ese anillo de oro.

Junto a él, su esposa Sieu'in finge estar dormida, finge no ser consciente de las vueltas que da su marido con nerviosismo. Hace inventario de la comida que queda en su despensa: media taza de arenoso arroz rojo racionado, un puñado de setas deshidratadas, el repollo que encurtió hace semanas, restos de rábano hervidos para hacer caldo, un solo trozo de cebolleta que consiguió que volviera a crecer bajo el sol de la primavera. Puede estirar esos ingredientes para que duren una semana, o tal vez semana y media; preparará un *congee* de arroz aguado pero sabroso, y cuando no quede nada de eso, vaciará el polvo de arroz de la bolsa y lo hervirá en un líquido lechoso para ofrecer una ilusión de nutrición. Y, ¿después de eso? Decide que no va a sumar más preocupaciones a las que ya tiene su marido pidiéndole más dinero. Todavía le quedan unas cuantas joyas, como por ejemplo, el brazalete de jade que ahora está pegado fríamente a su mejilla. Su madre se lo regaló de su propia dote, y su color es intenso, como las hojas oscuras de las verduras verdes que ahora anhela con tanta desesperación.

Una planta y media por debajo, en la habitación de invitados, Siau Zi, el huésped y empleado de la familia, está soñando con la hija mayor de los Zhang. Sulan le sonríe de forma sugerente, con los labios pintados de rojo y el pelo rizado y recogido con pinzas. En su sueño, él es encantador sin necesidad de hacer ningún esfuerzo; por una vez, dice las cosas correctas para hacer que ella lo adore. «Puedo cuidar de ti», le promete. «Voy a ser alguien en esta nueva China, ya lo verás». Y ella suspira entre sus brazos.

Al otro lado de la ventana de Siau Zi, el cielo se está volviendo de un violento tono de rosa. Las capas de la canción del barrio se transforman mientras sus habitantes se sacuden el sueño de encima y se ponen en pie. Las parejas murmuran. Los carbones crepitan en los fogones. El aceite hierve en una sartén, preparado para freír el desayuno. Una abuela barre el suelo delante de su *shikumen*, con la escoba rascando los adoquines al ritmo de un *staccato*. Un niño llora, arrancado del sueño.

La vendedora de gachas continúa con su ruta. Llama en vano, recordando una época en la que sus productos eran adorados por los niños de aquel barrio, una época antes de las guerras, cuando podía permitirse utilizar azúcar blanco y arroz glutinoso, cuando añadir corazones de semilla de loto y jarabe de osmanto era lo habitual en vez de un gran lujo. Conforme se acerca al *shikumen* donde vive la familia Wang, hace una pausa y recuerda cómo al hijo pequeño en particular le encantaba su dulce. Exclama dos veces:

—*Badaon tsoh! Badaon tsoh!*

Su voz suena profunda, tan apasionada como si estuviera llamando a un amante, pero su única respuesta es el tenue silencio de las ventanas superiores. Después de un momento, se seca la frente con la manga, se inclina sobre su carrito y continúa por su camino, con el eco de su canción persiguiéndola.

Pero el hogar de la familia Wang está despierto.

Yuping no ha dormido en toda la noche; tiene los ojos hinchados y oscuros. Trata de cubrir su desesperación con maquillaje, pero, cuando ve su reflejo en el espejo, sus lágrimas se reanudan. Su marido, Chongyi, finge no darse cuenta. Se viste en silencio, se peina su pelo de sal y pimienta con la raya a un lado con un peine de dientes finos, y alisa los mechones sueltos con aceite. Piensa en regalarle ese peine a su hijo, Haiwen. Está tallado en marfil y tiene madreperla incrustada, una frívola vanidad a la que se ha aferrado después de todos estos años, cuando hubieran podido venderla por mucho más.

En la habitación de al lado, su hija de once años, Haijun, rebusca dentro de su caja de música para tratar de encontrar algún recuerdo que regalar a su hermano mayor. Arroja al suelo los muñecos recortables de cartón, los lazos para el pelo, la flor de crepé rojo que se agenció del cartel decorativo de una tienda. Todos esos supuestos tesoros y no tiene nada que valga la pena regalarle. Con furia, se hace un ovillo debajo de su manta, esperando poder ahogarse en la húmeda jungla de su aliento.

En la habitación del ático, el hijo mayor, Haiming, y su esposa embarazada, han estado despiertos desde antes del amanecer. La habitación apesta con el hedor de la bilis después de que Ellen haya vomitado dos veces. Le dice a su marido que no quiere ir a la estación de tren más tarde. Pero Haiming se limita a mirarla, silencioso y sombrío.

Haiwen es el primero en bajar por las escaleras. Lleva su nuevo uniforme, y las axilas ya le están sudando a través del tejido pesado y despiadado. Sale al exterior, al modesto patio del *shikumen*, y levanta la mirada hacia la extensión de cielo. El rosa está remitiendo, dando paso a un azul indeciso. Dentro de varios minutos ya no quedará nada de ese color brillante, tan solo un velo de nubes finas, como una capa de piel de soja.

Escucha la sinfonía del *longtang*, este sonido reconfortante con el que ha crecido. Cierra los ojos y lo ve todo, ya no como una sinfonía, sino como una película, una más vibrante que cualquiera que haya visto en el cine: los callejones de adoquines repletos de mercancías y posesiones. Los niños del barrio, riendo mientras se persiguen los unos a los otros. El barbero al que casi derriban, Yu yasoh, y su cliente Lau Die, que tiene la coronilla rala pero la barba poblada. El puesto del desayuno cercano que abre todos los días Zia yasoh, y el conductor del carro de dos ruedas que está sentado en un taburete bajo sorbiendo un cuenco de leche de soja. La ventana del segundo piso que se abre para que Mo ayi pueda llamar a un vendedor que está pasando, que a su vez se detiene mientras ella baja una cesta con unas cuantas monedas a cambio de tres nísperos arrugados. Loh konkon y Zen konkon en mitad de todo ello, los dos hombres ignorantes del alboroto que los rodea mientras reflexionan sobre su partida diaria de *xiangqi*, un ritual que continúa sin interrupciones tal y como lo haría en cualquier otro día.

Pero hoy no es un día como cualquier otro.

Haiwen abre los ojos.

Hoy es el día que va a marcharse.

Dentro de otras dos horas estará en el tren junto a los demás reclutas, con una enorme mochila pegada a su tripa, una fotografía de Suchi contra su pecho y un temblor en el corazón, despidiéndose con la mano de la imagen cada vez más alejada de su familia. El *longtang* de su infancia, Sifo Li, quedará detrás de él; la Cuarta Calle, con sus ajetreadas teterías y tiendas de caligrafía, quedará detrás de él; y pronto, Shanghái también quedará detrás de él. Durante los próximos años, rebuscará entre sus recuerdos de este lugar que considera su hogar, colocándolos unos por encima de otros como si fueran capas de papel de arroz, tratando de recordar cómo eran las cosas antes y sin ser capaz de ver jamás la imagen completa.

Por ahora, Haiwen vuelve a cerrar los ojos. Su mente recorre los callejones que conoce tan bien, el camino por el que tantas veces ha transitado entre su casa y la de Suchi, los adoquines por los que caminará una última vez en los próximos minutos: el espacio de cuatro casas que hay entre su *shikumen* y la primera calle principal a su izquierda. El giro a la derecha por la calle que se cruza con la que lleva hacia la puerta oeste. Otro giro a la izquierda, otra arteria principal. La larga distancia en línea recta hacia el *guojielou* de la puerta sur, el giro a la derecha antes de la salida arqueada. Las cinco puertas negras sencillas hasta que el conejo pintado aparece a la vista, con su contorno blanco descascarillado que provoca una punzada de dolor en el pecho de Haiwen. Va a dejar su violín allí: se ve a sí mismo colocándolo en el suelo, apoyado contra la pintura pelada, con tanta ternura como se imagina a una madre abandonando a un bebé querido.

Sabe que mirará hacia arriba, a la ventana del segundo piso. La ventana de Suchi. Su visión desentierra una soledad insoportable en su interior.

Cierra los ojos todavía más, lo intenta con más fuerza, y lo que ocurre a continuación es imposible: está mirando a través de su ventana, contemplándola mientras duerme. En otro momento, ha abierto los paneles y ya está dentro de su habitación. Ella está soñando, está hablando con él en sueños. Haiwen le coloca una palma contra la mejilla y acaricia con el pulgar el suave terciopelo de su piel. Contempla el borde de sus pestañas, la flor de su boca. Una boca que desearía haber recordado besar una última vez. Quiere recordar todos los poros, todos los mechones de pelo sueltos, quiere grabarla en su memoria, incluso aunque está seguro de que siempre la conocerá, de que, incluso aunque sea un hombre anciano cuando regrese a ella, incluso aunque ella haya envejecido y cambiado, él la reconocerá. Acaricia el pelo pegajoso sobre los labios entreabiertos de Suchi, y sus dedos se detienen junto a la calidez de su aliento. Siente lo que está a punto de hacer, lo que ha hecho; jamás dejará de sentirlo.

Las pesadillas de la muchacha se han vuelto dulces. Suchi puede oler ciruelas agrias en el horizonte.

—¿Ya está tan avanzada la primavera? —murmura.

Más tarde, la muchacha se despertará y recordará las palabras descuidadas de ayer; se pasará la mitad de su vida arrepintiéndose. Pero, por ahora, puede sentir el peso cálido de la presencia de Haiwen rodeando la suya, la suave caricia de su mano envolviendo su cara, y cree que la ha perdonado. Su cuerpo se relaja. Justo antes de que un sueño profundo y despreocupado se apodere de ella, oye la voz de Haiwen en su oído, cariñosa y tranquilizadora.

—Pronto —le promete—. La lluvia de las ciruelas ya casi ha llegado.

ENERO DE 2008

Los Ángeles

Un coro de violines acompañó a Suchi hasta la vida de Howard por tercera y última vez. El *Concierto para violín nº 5 en la mayor*, festivo y elegante, salía flotando amortiguado por los altavoces del supermercado asiático 99 Ranch Market, con un júbilo dorado que resultaba incongruente con el humor de Howard, con la neblina gris y vacía en la que había estado viviendo desde que había enterrado a Linyee dieciséis meses antes. Levantó la mirada desde los plátanos que estaba inspeccionando para buscar la fuente de su irritación. En lugar de eso, la vio a ella.

Estaba recogiendo melones coreanos, cuyas pieles tenían el color de la crema de limón. La observó golpeándolos con los nudillos, con la cabeza inclinada para escuchar. Howard estaba seguro de que se trataba de Suchi en esta ocasión, pero había confundido a demasiadas mujeres con ella durante las últimas cuatro décadas. Mujeres que tenían los pómulos como los suyos, andares como los suyos, pero que se transformaban en otras personas cuando él se acercaba. Se quedó ahí plantado, embelesado. La cara de aquella mujer era rolliza y flácida, su pelo era fino y gris en las raíces, pero sus ojos... Una vez había oído decir a alguien que los ojos nunca cambiaban. Y los de ella, brillantes y de color caramelo, eran exactamente igual de intensos que como los recordaba, incluso al estar ocupados con la tarea de seleccionar el melón más maduro.

—Disculpe —dijo en mandarín, vacilante. Ella levantó la mirada y abrió mucho los ojos.

—Wang Haiwen.

Pronunció el nombre con cuidado, y era más una afirmación que una pregunta.

Durante un momento, él no fue capaz de responder. Volvía a ser un chico, de nuevo un adolescente; ya no estaba en aquel supermercado estadounidense, sino en los callejones de su juventud. Aferró con fuerza el asa de su carrito de la compra, sintiendo la mordedura del plástico en la zona donde era irregular.

—Entonces sí que eres tú —respondió.

—Wang Haiwen —repitió ella, esta vez de forma más enérgica, una confirmación. Le sonrió, revelando unos dientes demasiado rectos y blancos para ser reales.

Él acercó su carrito al de Suchi. El suyo se encontraba vacío a excepción de tres racimos de plátanos, pero el de ella ya estaba lleno con diversas verduras, tomates, una caja de peras asiáticas y un rábano *daikon*.

—¿Ahora vives aquí? —le preguntó. Era una pregunta estúpida, pero no sabía qué otra cosa decir.

—Me mudé aquí con mi hijo y mi nuera hace un par de años —respondió ella en shanghainés.

Una descarga eléctrica lo atravesó. Howard no había oído el idioma de su infancia desde hacía varios años, y eso le provocó un alivio doloroso, una sensación reminiscente a un caramelo ácido que su nieta le había dado una vez.

—Me dijeron que necesitaban ayuda con los nietos —continuó Suchi—. Pero, para ser sincera, creo que estaban preocupados de que me sintiera sola al estar viviendo por mi cuenta.

Él comprendía esa soledad. Todas las mañanas se despertaba en una casa vacía y esperaba oír a Linyee en la cocina, el ruido de las cacerolas, una taza lavándose, una telenovela sonando con fuerza en la televisión. En vez de eso, no oía nada más que la brisa entre los árboles, o una paloma solitaria arrullando, o a los vecinos cortando el césped de su jardín.

—¿Y tú? —preguntó Suchi—. ¿Llevas mucho tiempo viviendo en Los Ángeles?

—Vivimos aquí desde hace unos treinta años —respondió el hombre en shanghainés, y después se corrigió mentalmente. Ya no es «vivimos», sino «vivo».

Los ojos de Suchi se suavizaron.

—¿Y tu esposa?

¿De verdad Howard se había vuelto tan transparente? ¿Es que todos los pensamientos acerca de su mujer se pintaban en su cara, lo quisiera él o no?

—Linyee falleció hace poco más de un año —dijo en voz baja.

Ella murmuró unas palabras de condolencia. Estiró la mano y le tocó el brazo. Él le miró fijamente el dorso de la mano, las manchas de la edad que salpicaban sus venas de un azul oscuro. Quedaban unos restos de esmalte descascarillado de color coral en su dedo meñique. Howard recordó que había tenido las manos bonitas una vez.

—Neumonía —explicó como respuesta a la pregunta que ella no había formulado—. Pero en realidad tenía párkinson.

Suchi apartó la mano.

—Ojalá hubiera podido conocerla —dijo.

—Me habría gustado —respondió él, y los dos se quedaron en silencio durante un rato, dejando que cada una de sus mentiras piadosas se entremezclaran y flotaran en el aire.

Suchi rompió el silencio.

—Deben de gustarte mucho los plátanos.

Miró de forma significativa el carrito de la compra de Howard.

—Son buenos para la digestión —replicó él, fingiendo ponerse a la defensiva.

—Recuerdo que tenías un sistema digestivo extremadamente eficiente.

—Yo no sé tú, pero las cosas ya no funcionan tan bien como cuando éramos jóvenes. Envejecer ha sido una decepción.

Suchi se rio, profundamente y con la boca abierta. Su risa sonaba exactamente igual a lo que él recordaba, como la lluvia de la primavera contra el cristal.

—Me alegra mucho oírte reír —dijo él, y se arrepintió de inmediato del sentimentalismo de las palabras.

—Y a mí me alegra verte, Haiwen.

—Ahora la gente me llama Howard. Es más fácil de pronunciar para los estadounidenses.

—Jou-ard —dijo ella con lentitud—. No es tan fácil de pronunciar para una persona china.

—Y, aun así, hasta mis amigos chinos me conocen como Howard.

—¿Ese no es el nombre que te pusieron en esa escuela de misioneros? Pensaba que lo odiabas.

El hombre se sorprendió; hasta él mismo se había olvidado del origen de su nombre inglés.

—No se me ocurría otro —explicó—. Y ahora estoy acostumbrado a él.

—Por suerte para mí, mi nombre es fácil para los estadounidenses. Mucha gente me llama Sue y ya está. —Negó con la cabeza y sonrió—. Tengo que irme ya —añadió. Sacó un melón de la montaña que tenía delante y le dio unos golpecitos de forma teatral—. Deberías comprar un melón. Suenan prometedores.

Howard estaba saliendo con su coche del aparcamiento cuando se le ocurrió que ninguno de los dos le había pedido la información de contacto al otro. No estaba seguro de si se sentía aliviado o arrepentido.

Mientras Howard estaba guardando la compra, su teléfono móvil sonó. Aquel objeto era un ladrillo negro imposible de manejar que (absurdamente) no tenía ningún botón para marcar, sino una pantalla táctil abarrotada, un regalo de su hija mayor, Yiping, que insistía en que era una nueva tecnología muy chula. Salvo por contestar a las llamadas de sus hijas y, de vez en cuando, darle al botón de rellamada, todavía no había averiguado cómo utilizarlo. Le recordaba a su hija que había sido un desperdicio de dinero cada vez que lo llamaba, y así volvió a hacerlo en esta ocasión.

—Ba, ya te he dicho que podía enseñarte a utilizarlo. No es tan difícil. Tan solo estás siendo un cabezota.

—Soy demasiado viejo —replicó él—. Ya es demasiado tarde para acostumbrarme a algo nuevo. ¿Qué tiene de malo el teléfono normal?

—Me siento más tranquila con este —dijo Yiping—. Así no tengo que preguntarme dónde estarás.

—Soy viudo, pero no estoy senil —respondió Howard.

Yiping lo puso al día de lo que habían estado haciendo los niños: Jennifer había quedado en el segundo puesto de la competición de ortografía del quinto curso, mientras que a Charlie lo habían nombrado primer violín de la orquesta del instituto. Mencionó que su marido, Adam, un chino nacido en Estados Unidos con ascendencia cantonesa al que había conocido en la universidad, volvía a estar fuera por negocios, y que ella misma estaba hasta arriba de trabajo en el hospital.

—No es bueno que viaje tanto —le dijo Howard a su hija—. Las parejas tienen que estar juntas.

—Así es como funcionan las consultorías, Ba —dijo Yiping—. Tienes que ir a donde esté el cliente.

—Yo solo digo que así es como se distancian las parejas.

—Bueno, pero no todos podemos ser como Ma y tú, que jamás pasasteis ni una sola noche separados. Las cosas ya no son como cuando vosotros os casasteis. Ahora es diferente.

Howard estaba a punto de señalar que él también había viajado por trabajo en alguna ocasión, pero Yiping lo interrumpió.

—Espera, que los niños quieren saludar.

—Hola, Gonggong, ¿cómo estás? —dijo Charlie en inglés, pero no añadió mucho más antes de pasarle el teléfono a Jennifer.

Ella parloteó durante varios minutos sin interrupción, haciéndole un relato pormenorizado de la competición de ortografía y deletreando palabras en inglés que su abuelo jamás había escuchado.

—¡X-E-N-O-F-O-B-I-A! —exclamó con orgullo.

—Bien hecho, *baobei* —dijo él.

Antes de que Yiping colgara, le preguntó otra vez a su padre si no querría replantearse lo de mudarse con ellos. Howard suspiró internamente. Aunque sus dos hijas se habían empezado a preocupar más desde el fallecimiento de Linyee, no podía evitar pensar que las frecuentes llamadas de su hija mayor para ponerlo al día de lo que estaban haciendo sus hijos no eran más que excusas apenas veladas para preocuparse por él como si fuera su tercer retoño. Al menos, su hija pequeña, Yijun, parecía preocuparse de forma genuina por lo que él pensaba y hacía; no lo atosigaba de la misma forma que Yiping. Pero él no sabía cómo señalarle ese hecho a su hija mayor sin herir sus sentimientos. Era consciente de que ella no sabía de qué otra forma podía demostrar su amor.

—En Maryland hace demasiado frío para un viejo como yo —fue lo único que dijo, y Yiping suspiró.

Howard se preparó una cena sencilla de arroz, judías verdes y carne de cerdo con cebolla mientras sonaba el fútbol de fondo en la televisión. No podía entender ni una palabra de lo que estaban diciendo los comentaristas españoles, pero la entonación ascendente y la rápida emoción de sus voces no necesitaba traducción.

Terminó la cena con una rodaja del melón que Suchi le había animado a comprar. Si Linyee estuviera viva, habría cortado cada cuña en cubos perfectamente proporcionados y los habría servido en un plato con palillos. Pero Howard no se molestó en hacer el esfuerzo adicional. En lugar de eso, mordió la rodaja con forma de canoa y dejó que el jugo se deslizara por su mejilla. La carne era suave y dulce, y olía como un ramo de lirios recogidos el día anterior. Ignoró la pena que le lamía el borde del cráneo y se concentró en la libertad que sentía al poder hacer un desastre. «Esto es felicidad», se dijo a sí mismo mientras daba otro bocado.

Esa noche, volvió a tener la vieja pesadilla de Shanghái bajo fuego, las bombas explotando con llamas carmesíes en el horizonte mientras él se encontraba en un barco que se llenaba rápidamente con el agua fría que caía sobre sus botas. Unas figuras embarradas corrían hacia él, pero desaparecían antes de que pudiera tocarlas. Todo ocurrió en un silencio perfecto. Sin gritos, sin ladrillos explotando, sin viento ni la percusión de las armas de fuego. Tenía la sensación de que estaba esperando a alguien, de que se estaba olvidando de algo. Antes de que la sensación se aclarara, un mar blanco lo engulló, ahogándolo.

Howard se despertó por la mañana aferrándose a un dolor vacío. Se sentía como si sus brazos estuvieran rodeando la nada, como si la cavidad dentro de su torso fuera más inmensa de lo que permitía su piel.

Howard acababa de volver de su visita semanal al cementerio cuando sonó el teléfono. Por lo general, ignoraba los números que no reconocía (casi siempre eran vendedores telefónicos tratando de engañarlo para reservar unas vacaciones), pero la punzada de soledad persistía en su pecho, de modo que respondió de forma impulsiva.

Hubo una breve pausa de estática. Oyó el sonido de un movimiento. Y entonces:

—¿Howard?

La voz era femenina, con un deje de acento chino. Howard no la reconocía. Se le cerró la garganta.

—¿Quién es? —preguntó en mandarín.

—¿Vas a venir a la fiesta de Wei? —preguntó la mujer. Howard no respondió, confuso. Con un aire de exasperación, la mujer añadió en inglés—: Soy Yurong, ya sabes, la esposa de Wei. —Volvió a cambiar al mandarín y lo reprendió en broma—: Realmente te has convertido en un viejo olvidadizo, ¿no es así?

Howard se había olvidado de la fiesta por el octogésimo cumpleaños de su amigo. Linyee había sido la encargada de organizar la agenda social.

—No he reconocido tu número.

—Ah, nuestros hijos nos regalaron estos móviles por Navidad, un *pingguo* de esos, como el que te compró tu hija —dijo Yurong, pasando al chinglés—. Wei piensa que son una *mafan*, pero mis nietos me enseñaron cómo hacer fotos con él. —Soltó una risita—. Pero bueno, *bie wang le*, el viernes en el Fénix Dorado. Cinco en punto. Estará todo el mundo. Ha pasado demasiado tiempo desde que nos juntamos todos. Tienes que venir.

La última vez que había visto a todos sus amigos fue en la recepción después del funeral, las caras difusas sintiendo lástima de él y murmurando sus condolencias. Pero ¿antes de eso? No podía recordarlo. Había estado demasiado preocupado por la enfermedad de Linyee.

—Por supuesto —respondió Howard, apuntando los detalles en una nota adhesiva—. Ahí estaré.

El Fénix Dorado era uno de esos restaurantes de banquetes *dim sum* de San Gabriel, situado en una plaza comercial. Los fines de semana, las familias daban vueltas en coche por el enorme aparcamiento tratando de ser los primeros en salir disparados hacia un vehículo que se estuviera marchando para apoderarse triunfalmente de la plaza. Pero esa noche, aunque el aparcamiento seguía estando abarrotado, parecía mucho más civilizado. La familia Hu, que eran viejos amigos de los primos de los padres de los dueños, había negociado un trato para reservar el restaurante entero para la fiesta de Wei. Cuando Howard entró, una mujer joven se presentó como la nieta mayor de la familia, se quedó con su abrigo y le dio una tarjeta roja con el número de su mesa escrito a mano con tinta dorada.

La sala principal ya estaba llena de gente, y había un ambiente festivo. Unas niñas envueltas en tul y niños con trajes grises y pajaritas a cuadros en miniatura se perseguían los unos a los otros, con globos rebotando en sus manos. Sus padres estaban encorvados cerca de allí con unos vasos pesados de líquido oscuro; coñac, o tal vez solo fuera Coca-Cola. Howard encontró el camino hasta su mesa cerca de la tarima principal, donde suponía que Wei y Yurong se sentarían con su familia, y se acomodó en su asiento.

Se alegró de no tener que ser el único viudo del grupo —la mujer de Winston había fallecido hacía cinco años—, y después se sintió fatal por ese pensamiento egoísta. Aun así, no sabía si hubiera sido capaz de soportar estar sentado en una mesa llena de parejas. Aunque las discusiones constantes de Tina y George atraían sonrisas incómodas de todo el mundo y Jianfeng hablaba continuamente por encima de su esposa de cuarenta y tantos años recién inmigrada, Howard los envidiaba. Su matrimonio con Linyee no había sido perfecto, ni por asomo; había sobrevivido a los distintos trasfondos de cada uno, la desaprobación del padre de ella, el problema con el juego de él, la inmigración a un país extranjero, la inseguridad financiera y más cosas. Había habido momentos en los que ni siquiera estaba seguro de que todavía la quisiera. Sin embargo, al final, estaban unidos por su historia en común, por el dolor y la risa que jamás podría comprender nadie más. Echaba de menos su compañía por encima de todo.

Tina y George aparecieron en la mesa primero, seguidos por Mary y Michael, Jianfeng y su nueva esposa (¿cómo se llamaba?, Howard jamás conseguía recordarlo), y Yanhua y Ted. Howard se puso en pie con la llegada de cada pareja, dándole la mano a sus viejos amigos y respondiendo con diligencia a las preguntas sobre lo que había estado haciendo («Sí, todavía doy clases de violín de vez en cuando, para obligarme a salir de la casa») y preguntando sobre los hijos de cada uno. George le recordó a Howard que él era el siguiente («¿No acabas de cumplir los setenta y siete? ¡Tres años más y te unirás al club de los octogenarios!»). Y, aunque Howard tomó nota mentalmente para buscar esa palabra desconocida, en cuestión de unos pocos momentos ya no podía recordar cómo se pronunciaba.

A pesar de sus diversos niveles de inglés (George, que se había educado en un colegio británico de Hong Kong, hablaba un inglés casi perfecto —aunque con un ligero acento—, mientras que nadie estaba seguro de cuánto entendía Michael realmente), con el paso de los años se había convertido en el idioma al que recurrían principalmente cuando se encontraban, salpicado con frases en diversos idiomas sínicos. Aunque todos entendían algo de mandarín, Tina y George se sentían más cómodos con el cantonés, Mary y Michael preferían el taiwanés, y el acento de Pekín de Jianfeng era tan marcado que Ted se quejaba de que era como escuchar a alguien con canicas en las mejillas. De modo que recurrían por defecto al idioma de su país de adopción, por difícil y resbaladizo que a veces resultara ser.

Cuando estuvieron todos sentados, Yanhua se inclinó hacia los demás con aire conspiratorio y señaló con un gesto los tres asientos vacíos de la mesa redonda.

—He oído que Winston tiene una novia nueva —dijo.

—*Hai me!* —exclamó Tina en cantonés.

—Se lo he escuchado a una amiga que vive en el Ocaso Coral —añadió Yanhua.

—¿Ocaso Coral? —repitió la mujer de Jianfeng con un inglés vacilante.

—El hogar de jubilados donde vive Winston —le dijo Jianfeng con impaciencia en mandarín. Después, le hizo un gesto a Yanhua para que continuara.

—Dice que ve a Winston pasando mucho tiempo con una mujer de allí. Alguien que no es del hogar de jubilados, así que piensa que tiene que haberla conocido en otra parte.

—¡En otra parte! —dijo Tina—. Pero ¿a dónde iba a ir Winston para conocer mujeres!

—No está lisiado —respondió George—. Hay muchos lugares para conocer mujeres en el mundo. El supermercado, la biblioteca, Starbucks…

—Ah, ¿y tú lo sabes? —preguntó Tina—. ¿Eso es lo que haces cuando dices que tienes que hacer recados? ¿Conocer mujeres?

—Yo no salgo para conocer mujeres, me escapo del agobio de una.

—Ja —resopló Tina—, ¡como si cualquier mujer quisiera hablar con alguien tan feo como tú!

Yanhua los miró y puso los ojos en blanco.

—Bueno, de todos modos, Yurong dice que ha pedido venir «con acompañante» esta noche. Yurong quiere saber quién, está muy enfadada porque le fastidia la colocación de los asientos, pero Wei le dice *suanle*, que le deje traer a quien quiera. La única condición de Wei es que también se traiga a una amiga. —Dirige la mirada hacia Howard—. Para ti.

Howard sintió que las miradas de todos los demás se dirigían hacia él.

—Ah, no, no —replicó.

—*Wah*, seguro que tenemos una noche interesante —dijo Tina entre risas, dando unas palmadas.

—Disfrutas demasiado de la vergüenza de los demás —señaló George, e interrumpió cualquier respuesta que hubiera podido darle su mujer haciéndole un gesto a un camarero para que trajera una botella de Tsingtao.

—Me alegra ver que estáis todos aquí —exclamó una voz profunda. Howard se dio la vuelta. Winston, un hombre corpulento que estaba quedándose sin pelo, se encontraba junto a su silla, y detrás de él, una mujer elegante con el pelo negro cortado al estilo bob llevaba una camisa con lentejuelas doradas y unos pantalones de seda de color crema. Howard oyó (y sintió) un murmullo extendiéndose a su alrededor. Winston le dio una palmada en el hombro—. Howard —dijo—. Me alegra verte.

Howard se puso en pie y le dio la mano mientras examinaba discretamente a la mujer. Era muy diferente a Kay, la mujer de Winston. Esta había sido una señorona, alguien que llevó una práctica permanente durante décadas. Como budista devota, Kay había preferido la ropa modesta, y a excepción de su anillo de boda y un pendiente de jade sin el cual Howard no la había visto jamás, rara vez llevaba joyas. Winston había disfrutado quejándose de su austeridad:

—¡Qué mujer tan difícil! —decía—. ¿Qué puede comprarle un hombre a su esposa si no le gustan las cosas que les gustan a todas las demás mujeres?

Sin embargo, todo el mundo sabía que a Winston le encantaba no tener que gastar dinero.

Pero aquella mujer, en contraste, resplandecía con los diamantes y el oro que adornaban sus dedos, sus muñecas y los lóbulos de sus orejas. Howard se dio cuenta de que una vez había sido hermosa, e incluso ahora, teniendo lo que parecían setenta y pocos años, seguía siendo guapa.

—¿Y tú eres…?

—Puedes llamarme Annie —dijo ella, tendiéndole una mano con joyas brillando en dos de los dedos. Su voz sonaba sorprendentemente juvenil, y su inglés no tenía ninguna clase de acento discernible.

El resto de la mesa se presentó, y entonces comenzaron a bombardear a la recién llegada con preguntas mientras la pareja se sentaba. Winston le dirigió una sonrisa a Howard por detrás de la espalda de Annie.

—Y bueno —preguntó Mary, inclinándose por encima de sus brazos cruzados—. ¿Cómo os habéis conocido Winston y tú?

—Los dos vivimos en el Ocaso Coral —respondió Annie.

—¡Ah! De modo que sí que vives allí —dijo Yanhua.

—Bueno, sí, los dos formamos parte del coro; Winston tiene una voz maravillosa...

—Qué romántico —intervino Tina—. Ojalá yo hubiera elegido a un hombre que pudiera cantarme. George no tiene nada de oído.

—Pero te canto de todos modos —señaló él.

—Para torturarme —replicó ella, lanzándole una mirada envenenada.

—Oh, un momento, no, nosotros no... —comenzó Annie, pero en ese instante Winston se puso en pie.

—Ah, aquí está... —anunció.

Howard se dio la vuelta para ver a Winston extendiendo un brazo para llamar a una mujer a la mesa. Una burbuja de sorpresa se elevó en su interior. Era Suchi.

—Siento haber llegado tarde —dijo en mandarín, y bajó los hombros en señal de disculpa. Las mangas sueltas de su vestido azul se movieron hacia arriba mientras se inclinaba, revelando una pequeña costra por encima de su codo izquierdo. Mientras levantaba la cabeza, sus ojos se encontraron con los de Howard. Abrió los labios.

—Esta es Zhang Suchi —la presentó Winston en mandarín, y después cambió al inglés—. Pero podéis llamarla Sue.

El grupo murmuró unos saludos débiles; estaban confusos, avergonzados o tal vez ambas cosas.

—Sue —dijo Annie desde su asiento, y estiró la mano para tocar el brazo de Suchi—. Me alegra que hayas podido venir.

Winston condujo a Suchi hasta su silla, a tres de distancia de la de Howard, y se sentó junto a ella.

—Me alegra mucho que volvamos a estar todos juntos —dijo en mandarín, y le dio una palmadita en la mano a Suchi. Ella bajó la mirada y, después de un instante, apartó la palma y la colocó sobre su regazo.

—Así que *tú* eres la nueva novia de Winston —comprendió Tina, cambiando la conversación al inglés. Mary le lanzó una mirada de advertencia.

—¿No somos demasiado mayores para usar esos términos? —preguntó Winston—. A nuestra edad, es un poco insultante utilizar palabras tan juveniles.

—¿De dónde vienes? —le preguntó Mary a Suchi.

—Me he mudado de Nueva York —explicó ella—. Mi hijo vive aquí.

—Se refiere a *laojia* —aclaró Yanhua—. En la vieja patria.

—Shanghái —respondió Suchi.

—¡Oh! —dijo Tina—. Howard también es de Shanghái, ¡Tendríais que mirar si erais vecinos!

De nuevo, todas las miradas cayeron sobre Howard. Él observó fijamente el sujetapalillos plateado que había delante de él. Tenía la forma de un dragón en miniatura, y se curvaba en una «S» de lado y sostenía una nube en alto.

—De hecho… —comenzó a decir Suchi, pero la interrumpió la voz de una mujer.

—¡Buenas noches! —exclamó en mandarín a través de los altavoces. Yurong, ataviada con un vestido de encaje de color oro y crema, se había acercado al borde del escenario con un micrófono—. ¡Bienvenidos todos! —dijo. Les dirigió una sonrisa, y después pasó al inglés—. Wei y yo estamos muy contentos de que hayáis venido. —Le echó un vistazo a Wei, que estaba sentado detrás de ella con un esmoquin. Él saludó con la mano, asintiendo con la cabeza y sonriendo. Detrás de ellos, en el revestimiento de la pared de un rojo intenso, el carácter dorado 壽 [1] relucía desde el suelo hasta el techo—. Qué alegría ver a tantos amigos y familiares. Vamos a hacer unos cuantos discursos más tarde, pero sé que todo el mundo tendrá hambre… para nosotros, los viejos, ¡ya se ha pasado nuestra hora de la cena! De modo que ya se van a servir los primeros platos.

En la bandeja giratoria que había en el centro de la mesa colocaron una fuente grande de medusa fría, orejas de cerdo en juliana, ternera marinada en rodajas, pepinos y setas oreja de madera, adornada con un impresionante conejo de zanahoria. Las preguntas quedaron olvidadas mientras todo el mundo comenzaba a comer.

Durante los siguientes platos, Howard trató simultáneamente de esquivar las preguntas de Annie sobre su proceso de duelo mientras se esforzaba por escuchar las conversaciones que estaba manteniendo Suchi. ¿Le había contado a alguien que ya se conocían? ¿Estaba esperando a que él lo dijera? Pero el momento de sacar el tema parecía haber pasado.

En el clímax de la comida de trece platos, justo cuando se servían las langostas, Yurong volvió a aparecer en el escenario para anunciar que varias personas querían decir unas palabras.

—Pero yo no, Wei dice que ya hablo demasiado de por sí.

Llamó a su hijo Jack para que subiera al escenario.

—He oído que ha pasado por un divorcio terrible —oyó Howard que Yanhua susurraba al otro lado de la mesa a Tina y Mary—. Su esposa lo engañó con un compañero de trabajo.

Jack hizo un discurso sentimental sobre cómo Wei le había enseñado a arreglar el retrete cuando tenía nueve años, y cómo admiraba el hecho de que su padre hubiera llegado a aquel país sin nada y hubiera sido capaz de construir un negocio exitoso.

Después de Jack, Bruce, un hombre blanco que era el compañero de trabajo de Wei desde hacía mucho tiempo, se subió al escenario e hizo unas cuantas bromas.

—Wei fue el primer hombre chino que conocí en la vida, lo cual fue una suerte para todos los chinos que conocí después —dijo, y se rio con nerviosismo cuando nadie más lo hizo.

Ted también hizo un discurso sobre lo agradecido que estaba con Wei por acogerlos a él y a Yanhua en el redil cuando habían llegado como inmigrantes.

—Sin él y Yurong, jamás habríamos averiguado dónde estaba el supermercado chino más barato, ¡ni cómo pagar las facturas!

Después del discurso de Ted hubo una actuación de una de las nietas de Wei, que tocó la guitarra y cantó una canción que dijo que había escrito en su honor. La canción era graciosa, aunque fuera porque la letra describía los arrozales dorados y las chozas con el techo de paja de la juventud de su abuelo, cosas que Howard estaba seguro de que no formaban parte de los recuerdos de Wei de esos años en la bulliciosa Pekín.

Después de los discursos, un DJ comenzó a poner música. Arrancó con «Goodbye My Love», una popular canción de Teresa Teng que sonaba en todos los eventos sociales a los que Howard asistía con aquel grupo. Howard observó mientras Wei llevaba a Yurong a la pista de baile, y recordó las muchas veces que Linyee y él habían bailado despacio con aquella canción. A ella le encantaba Teresa Teng.

—¿Bailamos? —le preguntó Winston a Suchi.

—Estoy demasiado llena —respondió ella en mandarín—. Vete tú sin mí.

—Está bien —dijo él—. ¿Annie?

Extendió el brazo hacia ella, y se dirigieron hacia la pista de baile.

Howard le echó un vistazo a Suchi, que estaba mirando fijamente a las parejas.

—Antes te encantaba bailar —le recordó en mandarín—. Aunque fuera tú sola.

Suchi se giró hacia él.

—Ahora tengo mal las rodillas —explicó en shanghainés, y él recordó cómo solían hablar entre ellos, cambiando con fluidez entre el idioma de su clase y el idioma de sus calles.

—Así que Winston y tú —dijo él—. ¿Cuánto tiempo lleváis?

—Tan solo somos buenos amigos —respondió ella.

—¿Todos tus amigos te toman de la mano?

Suchi hizo una mueca. Volvió a concentrar su atención entre la multitud que se mecía.

—Me encanta esta canción.

—¿También has dejado de cantar? —le preguntó Howard.

—¿Tú has dejado de tocar el violín?

—No exactamente —dijo; hacía ya varios años que la artritis le dificultaba mucho tocar más que las piezas más sencillas.

—Y yo no he dejado de cantar. Algunas cosas siguen siendo iguales.

—Como tú —replicó Howard—. Tú estás igual.

Suchi se rio y le lanzó una mirada irónica.

—¿Igual que cuándo? Desde luego, no igual que cuando éramos jóvenes. ¡Ahora me miro al espejo y me pregunto cuándo se me ha puesto la cara tan gorda!

—Yo no te veo tan diferente a mis recuerdos de cuando éramos adolescentes —dijo Howard—. Pero lo que quiero decir es que no has envejecido mucho desde la última vez que te vi.

—¿La semana pasada, en el supermercado? Espero que no. —Le dirigió una sonrisa—. A ti también te veo bien.

¿Estaba malinterpretando de forma intencionada lo que quería decir? Howard recordó la noche que habían pasado juntos hacía tantos años, y se le calentó la cara. Si ella se sentía avergonzada, sería de mala educación presionarla al respecto.

—Me he dado cuenta de que tú no has dicho que no he cambiado —se burló.

Ella se rio entre dientes.

—Estaba tratando de ser agradable sin mentir.

—¿Cuándo has tratado alguna vez de ser agradable conmigo? Eras muy cruel cuando éramos unos críos.

—¡Es que me lo ponías muy fácil! —exclamó ella. Sus ojos bailaban mientras hablaba, tirando de los recuerdos de Howard. Recordó cómo solía mirarlo.

—Eras una mandona.

—Pero a ti te gustaba eso en mí —dijo Suchi—. Además, ¿cómo habría logrado captar tu atención si no? Te pasabas todo el tiempo escuchando música dentro de tu cabeza.

—Es cierto —le concedió él. Pensó en todas las veces que ella lo molestaba mientras estaba practicando con el violín en el patio abierto al cielo que había delante del *shikumen* de su familia, cómo hacía bailecitos ridículos para intentar que se riera y se equivocara, o cómo fingía ser una cantante de ópera pekinesa y se pellizcaba la nariz mientras cantaba con un timbre agudo e irritante. Él la admiraba entonces, su confianza y su vivacidad, pero había estado decidido a no demostrarlo—. Sin ti y sin Sulan, no estoy seguro de que hubiera logrado abrirme un poco más alguna vez.

—Sulan también era mandona contigo, si no recuerdo mal. Eras demasiado bueno y nos dejabas mangonearte por ahí.

—¿Cómo está tu hermana últimamente? —preguntó Howard.

La sonrisa de la mujer desapareció, y negó con la cabeza.

—Falleció en 1990.

Howard se llevó la mano a la boca.

—Oh, Suchi.

Una ráfaga de culpa subió por su espalda mientras recordaba su encuentro sorpresa con Sulan. Le había parecido mayor y más frágil, pero todavía irradiaba aplomo y elegancia. ¿Le habría contado a su hermana lo de aquella reunión?

Suchi tenía la mirada perdida en la distancia.

—Se había pasado varias décadas enfrentándose a una enfermedad crónica, pero al final, contrajo una infección urinaria y... —Retorció la palma en el aire, como diciendo «y ya sabes el resto»—. Pero vivió una buena vida. Era feliz.

La voz de Suchi estaba teñida de una nostalgia agridulce. Howard se preguntó si así era como sonaba él cuando hablaba sobre Linyee.

—Nunca se vuelve más fácil, ¿verdad? —le preguntó.

Suchi le devolvió la mirada.

—¿Ha sido terrible? —le preguntó ella en inglés. Las palabras salieron cuidadosas y en voz baja, muy diferentes a la cadencia rápida y entrecortada de su shanghainés, o el tono pulido de su mandarín. No le había hablado en inglés antes, y ese simple hecho hizo que quedaran a la vista todos los años entre ellos.

—Es difícil. La echo de menos todos los días.

—Debe de serlo —dijo ella—. Lo siento.

—Gracias —replicó él—. Por preguntar.

Ella asintió con la cabeza, con cierta ternura en los ojos, y Howard sintió lo que había sentido cuando eran jóvenes: que Suchi podía verlo, que de algún modo se quedaba expuesto incluso aunque ella insistiera en que él era inescrutable para la mayoría de la gente. Ese reconocimiento le produjo alivio.

—Tengo miedo.

Howard no esperaba decir esas palabras, pero en cuanto las oyó en el aire, supo que eran ciertas.

—Lo sé —dijo ella, con la voz temblando de compasión.

Howard se dio cuenta de que Suchi todavía no había mencionado a su propio marido, y que en el supermercado había dicho que había estado viviendo sola antes de mudarse con su hijo. Se preguntó qué habría pasado, si se habrían separado o si él habría fallecido.

—¿Tú también te has sentido así alguna vez? —le preguntó en shanghainés.

Ella hizo una pausa.

—Así es como me sentí cuando te marchaste.

Durante un momento, Howard no dijo nada. Agachó la cabeza y se miró las manos, avejentadas y unidas sobre su regazo.

—Suchi…

—*Doudou* —dijo ella con delicadeza. Nadie lo había llamado por ese nombre desde hacía años—. El pasado, pasado está.

AGOSTO - OCTUBRE DE 1938

Shanghái

Era media mañana, y el calor y la humedad ya se estaban elevando a través de las calles de adoquines. Una Suji de siete años deambulaba por las arterias del *longtang*, con un bollito que le había dado M'ma a medio comer en su mano. La luz se filtraba a través de la ropa que colgaba de las varas de bambú por encima de ella, lo que ofrecía una protección irregular contra el sol y proyectaba sombras trémulas sobre su rostro. Le encantaba explorar los callejones del *longtang* donde había nacido, y se decía a sí misma que era mejor hacerlo sola. Las demás niñas siempre eran muy aburridas; solo les interesaban las canicas y las muñecas, y la miraban con extrañeza cada vez que ella sugería que podría ser más divertido explorar el barrio.

—¿Qué tiene eso de divertido? Si vivimos aquí —le decían, levantando las narices.

Ellas no lo entendían: cada giro y cada vuelta contenían la posibilidad de una aventura heroica; detrás de cada puerta o ventana había un secreto que solo ella podía descubrir. Se había quedado impactada al ver unas braguitas de encaje colgando de la ventana de Lin ayi, por ejemplo, ya que Lin ayi parecía muy fría y seria. Todavía se preguntaba por la figurita rota de un bebé con la cara de Buda que había encontrado una vez delante de la puerta de Tsy konkon, con una grieta en diagonal que le atravesaba los ojos y descendía hasta su oreja.

En este día, decidió alejarse del perímetro al que se abrían las puertas traseras de todas las tiendas de comestibles y negocios, incluido su propio *shikumen*, y serpentear a través de las calles secundarias más estrechas que se extendían desde la calle principal como un laberinto.

Casi un año después de la lucha contra los japoneses, las cosas en el vecindario por fin estaban hallando una nueva normalidad intranquila. Aunque la mayoría de Shanghái estaba ahora bajo el dominio de Japón, la Concesión Internacional donde vivían todavía se encontraba afortunadamente protegida por su gobierno británico. Aun así, el terror y la incertidumbre de aquellos meses eran algo que nadie olvidaría a corto plazo. Suji y Sulae se habían pasado semanas apiñadas en la misma cama que sus padres, tratando de no oír los terroríficos temblores y los rugidos de los aviones, las bombas y la artillería. Suji no había podido empezar el colegio, ya que las clases se habían interrumpido cuando un bombardeo había dañado el edificio, y Apa cerró la librería, ya que apenas había nadie lo bastante valiente como para recorrer las calles en busca de unas revistas. En las raras ocasiones en las que Suji tenía permitido salir, había escuchado a los vecinos describiendo sin aliento las tiendas que habían quedado reducidas a escombros; las vías de tren destruidas y los cuerpos tirados por encima de ellas como muñecos rotos; el mar interminable de ciudadanos que huían de otras partes de la ciudad. A veces, durante los momentos de calma, las dos niñas se habían escapado a la terraza, desde donde observaban las grandes columnas de humo extendiéndose a lo largo de la ciudad, con el omnipresente olor a quemado, y las cenizas y los trozos de papel chamuscado que flotaban de vez en cuando en los callejones.

Recordaba aquel día de noviembre en el que toda Shanghái se había despertado para toparse con titulares que anunciaban la retirada de Chiang Kai-shek de Shanghái. Los japoneses habían ganado. Apa, normalmente calmado, había utilizado palabras que Suji sabía que ella jamás debería repetir. El hombre había abierto una botella de vino de arroz y había bebido hasta que se le puso la cara roja y brillante. M'ma no había dicho nada mientras se encorvaba sobre la mesa de madera de la cena con la taza de porcelana en la mano, pero las lágrimas habían fluido por su cara.

—¿Qué va a pasarnos ahora? —había susurrado, pero Apa no había respondido. Las niñas, temerosas del comportamiento extraño de su padre, se habían metido en la cama sin cenar. Pegadas la una a la otra bajo las mantas de algodón acolchado, Sulae, que era tres años mayor y por consiguiente sabía más, le había susurrado a Suji que los japoneses habían ganado la batalla por Shanghái. Las cosas sobre los japoneses que Suji había oído decir a los vecinos daban vueltas por su cabeza; sus horrores eran innombrables. Su hermana también debía de estar pensando en ellas, porque la pequeña la notó temblar, y de vez en cuando sorbía por la nariz. Una feroz marea roja había llenado el pecho de Suji, furia y amor a partes iguales. Acercó la mano a la de Sulae y entrelazó los dedos con los suyos.

—Si un soldado japonés viene a por nosotras —le había susurrado—, saltaremos del tejado juntas con las manos entrelazadas así.

Había sentido que su hermana asentía con la cabeza en la oscuridad.

Pero los soldados japoneses no habían ido a por ellas y, poco a poco, la vida se había reanudado. Ahora, Suji iba a comenzar el colegio una semana más tarde, y aunque estaba emocionada, también sabía que jamás volvería a tener la misma libertad para explorar. Ese conocimiento hizo que la aventura de aquella mañana (y todas las aventuras restantes) fueran especialmente preciadas para ella.

Suji hizo otro giro y pasó junto a varias puertas. De pronto, la sombra dio lugar a un sol abrasador. Levantó la mirada. No había ropa colgando de varas sobre aquel *shikumen*; tampoco había ollas y sartenes viejas apiladas sobre el balcón exterior.

El espacio enfrente de aquella casa estaba completamente despejado, una rareza en aquel vecindario.

Entonces fue cuando se dio cuenta de la otra cosa peculiar. Desde el interior del *shikumen* salía una extraña música que no había escuchado jamás.

Las notas le recordaban a Suchi el *erhu* que Koh konkon sacaba a veces, pero eran más suaves, más profundas, como si se tratara de una mujer joven cantando. Se acercó a hurtadillas al marco de piedra de la puerta del *shikumen*, medio asustada de que, si se movía de forma demasiado repentina, la música se detendría. La puerta no estaba del todo cerrada y, a través de la esquirla de espacio entre las dos hojas pintadas de negro, podía echar un vistazo al patio.

A menos de un metro de distancia había un niño pequeño. Parecía más joven que Suji; tal vez tendría seis años. Entre su barbilla y su hombro izquierdo reposaba la fuente de la música, un objeto con forma de calabaza que tenía un cuello largo y delgado y estaba hecho de una madera reluciente del color de una castaña. El instrumento parecía demasiado grande para él; su brazo izquierdo se esforzaba por sujetar toda la longitud. En la otra mano sostenía algo que parecía similar al arco de un *erhu*, que el pequeño deslizaba por encima del instrumento con un movimiento fluido, como si estuviera surcando el hielo.

Suji no reconoció de inmediato la canción que estaba tocando; estaba demasiado absorta en la delicadeza de las notas. Pero, después de unos pocos segundos, se dio cuenta de que se trataba de la conocida canción tradicional «Flor de jazmín», una canción que había aprendido antes de tener memoria. Susurró la letra mientras el niño tocaba. Cuando la canción terminó, él la repitió. Suji se preguntó quién era aquel muchacho, de dónde había sacado un instrumento así, cómo había aprendido a tocar. Koh konkon había tratado de enseñarle a tocar su *erhu* una vez, pero el movimiento de deslizar el arco por encima de las cuerdas le había resultado errático e incómodo, y tan solo le había arrancado al instrumento unos graznidos que sonaban más como las gaviotas que volaban junto al riachuelo.

El niño tocó la canción una tercera vez, en esta ocasión, más rápido. Llevaba unos pantalones cortos oscuros y planchados y una camisa blanca. Tenía el pelo lacio y recto, con un mechón separándose de su peinado hacia un lado y cayendo sobre su rostro, y otra porción erizada en la parte de atrás. Sus ojos eran serios y oscuros, concentrados intensamente en el instrumento que sostenía. Era el único aspecto de él que parecía maduro, en contraste con su cara redondeada y regordeta y su pequeña estatura.

A mitad de la cuarta interpretación del niño, la voz de una mujer salió desde dentro de las puertas dobles que tenía detrás.

—Doudou —lo llamó en mandarín—. Por favor, entra y tómate el desayuno.

El niño se alejó el instrumento de la cara. Acunando su estructura de madera bajo la axila, se metió en la casa, fuera de la vista de Suji.

Ella se quedó al otro lado de la puerta un rato más, con la esperanza de que el niño saliera de nuevo y comenzara a tocar otra vez, pero después de unos diez minutos, empezó a sentirse intranquila. Archivó la experiencia en su mente para compartirla con Sulae y salió corriendo para explorar otro callejón.

Esa noche, durante la cena, le contó a su familia lo que había visto.

—Era un bebé —dijo, porque para Suji, cualquiera más pequeño o más joven que ella era un bebé.

—¿Quién es, M'ma? —le preguntó Sulae a su madre, porque esperaban que M'ma conociera a todo el mundo en el vecindario.

—Debe de ser el hijo de la familia Waong —le dijo ella a Apa, que estaba metiéndose un pepinillo en la boca mientras revisaba un periódico—. Se mudaron al *shikumen* de Den abu hace unos cuantos días. Se lo oí decir a la señora Tsen. —Chasqueó la lengua—. Pobre Den abu. Morir tan sola, sin tener ni idea de si su hijo en Nankín había sobrevivido o no.

Apa no respondió. Siguió masticando, con los ojos todavía en el periódico.

—Nunca antes había visto a nadie tocando esa clase de instrumento —dijo Suji—. Era como un *erhu* que se toca debajo de la cara. Estaba hecho de madera, una de un marrón oscuro, y brillaba. Tenía una forma extraña... a lo mejor un poco como una *pipa*.

Frunció el ceño, porque tampoco era exactamente así.

—Se llama «violín» —dijo el padre de Suji con indiferencia, y alcanzó un trozo de pescado—. Es de Europa.

Había una nota de desdén en su voz.

—Esa familia debe de tener dinero si pueden permitirse comprar un violín y que le den clases al niño —señaló la mujer—. He oído que el marido estaba educado en Gran Bretaña. Su padre era una especie de mercader de textiles rico, pero murió durante la contienda.

—¿Eso significa que el padre del niño es extranjero? —preguntó Sulae, y se giró hacia su hermana—. ¿Tenía el pelo dorado?

Suji negó con la cabeza.

—Parecía normal.

—Muchos chinos se marchaban a Occidente para ir a la universidad —dijo M'ma, con un ligero tono de desaprobación.

Las niñas sabían que a su madre no le gustaba nada que fuera occidental; creía que las cosas extranjeras tan solo podían envenenar y debilitar a China. M'ma era una mujer tradicional, orgullosa de sus pies vendados incluso aunque la práctica se había pasado de moda con el último emperador y ahora avergonzaba a sus hijas. Su matrimonio con Apa se había concertado cuando ella tenía tres años; sus padres habían sido amigos en la misma aldea de la provincia de Zhejiang, y se habían casado cuando ella tenía quince años y él, diecisiete. Pero, entonces, Apa se había ido a buscar trabajo en Shanghái, y para cuando M'ma se unió a él en la ciudad, el hombre había cambiado.

—Ahora vuestro padre tiene toda clase de ideas que no comprendo —le había dicho a las hermanas en confidencia una vez.

—Yo también quiero aprender a tocar el violín —dijo ahora Suji. Ya podía ver el ceño que empezaba a fruncirse en la cara de su madre, así que se giró hacia su padre—. ¿Puedo aprender?

—El *guzheng* es un buen instrumento para que aprenda a tocarlo una señorita joven —dijo M'ma antes de que su marido pudiera responder—. Yo siempre deseé que mi familia hubiera tenido el dinero para pagarme las clases. Es el tipo de instrumento que tocarían las damas de la corte.

—Yo no quiero aprender a tocar el *guzheng* —replicó Suji, haciendo un mohín—. Quiero aprender a tocar el violín.

Apa levantó la mirada del periódico y colocó los palillos sobre su cuenco. Miró a su hija con atención, y ella se encogió en su asiento.

—¿Qué tiene de malo el *guzheng*? —le preguntó.

—Es aburrido —murmuró Suji.

Sulae le dio una patada por debajo de la mesa.

—Y entonces, ¿qué tal el *erhu*, o la *pipa*?

—Esos también son aburridos —dijo.

Era consciente de que eso la metería en problemas, y no sabía por qué estaba insistiendo tanto. La verdad era que no tenía ningún deseo de aprender a tocar el violín o, en realidad, ningún instrumento en absoluto; tan solo quería estar cerca de su sonido.

—¿Qué es lo que tienen que los hace aburridos? —preguntó Apa. No había levantado la voz, pero Suji sintió que la ansiedad crecía dentro de su tripa.

—Son anticuados —respondió. Esperaba que la palabra «anticuados» hiciera que su padre se pusiera de su parte. A menudo ridiculizaba las cosas por ser «anticuadas».

—Hum —dijo Apa—. ¿Y no te parece que el violín es anticuado? Es un instrumento que existe desde el siglo XVI.

¿Por qué había insistido en discutir? Junto a ella, Sulae se comía su arroz en bocados silenciosos.

—¿Es que te parece menos anticuado porque es extranjero? —le preguntó Apa.

—No —respondió Suji, con la voz todavía tozuda pero mucho menos audible.

—Hay una diferencia entre algo que es anticuado y algo que pertenece a tu herencia. Un instrumento como el *guzheng* es atemporal; lo que lo hace anticuado o contemporáneo es la forma de utilizarlo. ¿No sabías que en algunas actuaciones de salas de baile los músicos emplean instrumentos tradicionales para tocar música popular?

M'ma produjo un sonido de desaprobación.

—Está bien, Apa. —Ahora, Suji estaba desesperada por que la conversación se terminara—. Aprenderé a tocar el *guzheng*.

El hombre negó con la cabeza.

—Yo no voy a obligarte a hacer nada, hija. Y, en cualquier caso, no podemos permitirnos el dinero de las clases. Tan solo quiero que comprendas por qué menosprecias una cosa por encima de la otra.

M'ma soltó una risita.

—Esos instrumentos occidentales jamás podrían llegar al nivel de nuestros instrumentos chinos. No sé por qué estás tan interesada en ellos.

Apa fulminó a la mujer con la mirada, y después se giró para volver a mirar a las niñas.

—Quiero contaros una historia —dijo—. Hace mucho tiempo, durante la dinastía Ming, cuando China era realmente el Reino del Centro, el emperador tenía un amigo de confianza llamado Zheng He que quería explorar el océano. Le dijo al emperador que en toda la inmensidad que había ahí fuera tenía que haber muchas cosas que ver, muchas cosas que aprender. De modo que el emperador le dio un barco. En sus exploraciones, Zheng He conoció a muchas personas diferentes y vio muchos lugares distintos. Les llevó seda y porcelana. Ellos le dieron especias y animales exóticos. El reino aprendió sobre lugares que jamás habían conocido antes, vieron criaturas que jamás habrían imaginado posibles. —El hombre hizo una pausa y se dirigió a Suji—. ¿Crees que eso es algo bueno? ¿Aprender sobre cosas que no conocías antes?

La pequeña asintió con la cabeza.

—Pero, cuando el emperador murió —continuó Apa—, su hijo le prohibió a Zheng He que siguiera haciéndose a la mar. El nuevo emperador pensaba que el mundo exterior era peligroso y bárbaro, y que no ofrecía ningún valor para China. Y todos los emperadores después de él estuvieron de acuerdo. Durante cientos de años, nuestro país no exploró los mares. Hasta que un día, durante la dinastía Qing, un hombre extranjero acudió al emperador Qianlong para llevarle regalos de su país. Pensaba que, incluso aunque China no quisiera navegar, sin duda les daría la bienvenida a los visitantes. Tenía la esperanza de que los dos reinos pudieran hacerse amigos, de que pudieran visitarse, comerciar y aprender el uno del otro. Sin embargo, el emperador se rio. «¿Qué podríamos obtener nosotros de esta amistad?», preguntó. «Tenemos todo lo que necesitamos aquí mismo. Tenemos frutas deliciosas y montañas hermosas y la música más agradable del mundo. Tenemos máquinas maravillosas y herramientas útiles y el ejército más fuerte. Tenemos oro, y fuegos artificiales, y el té más aromático. No tenemos ninguna necesidad de hacernos amigos de nadie más; ¿qué podéis enseñarnos vosotros que no sepamos ya?». Hizo que el hombre pálido se marchara y le cerró la puerta al resto del mundo. Pero ¿sabéis lo que hizo el resto del mundo, niñas?

Sus hijas negaron con la cabeza.

El rostro de Apa se volvió adusto.

—El resto del mundo creció sin nosotros. Lo hicieron de formas terribles; conquistaron otras tierras y esclavizaron los cuerpos de los hombres para que trabajaran. Robaban de otros lugares y utilizaban lo que robaban para construir fábricas y armas y barcos más grandes. De modo que un día, cuando los hombres extranjeros regresaron a nuestras orillas, nosotros no estábamos preparados. Nos habíamos quedado como estábamos, mientras que ellos se habían vuelto poderosos. Querían nuestro té y nuestra porcelana, y ya no querían ser amigos: planeaban tomar lo que quisieran sin pedirlo. Nos engañaron envenenándonos poco a poco con opio. Nos debilitaron. Y ahora están por todas partes, y nos tratan como a perros en nuestras propias tierras.

Suji jugueteó con sus palillos, comprendiendo ahora por qué Apa parecía desdeñoso de un instrumento traído por los extranjeros.

—Nos volvimos demasiado complacientes —resopló el hombre—. ¿Qué era la dinastía Qing cuando llegó a su final sino un régimen flojo, debilitado por su propia arrogancia? Permitieron que los occidentales nos envenenaran, lo que a su vez permitió que los japoneses nos menospreciaran y creyeran que podían abusar de nosotros. Si hubiéramos sido más curiosos, humildes y valientes, esto no habría ocurrido. Tal vez habríamos salido al mar nosotros mismos cuando todavía éramos la nación más avanzada del mundo; habríamos obtenido aliados, descubierto nuevas armas, nos habríamos vuelto mejores, más civilizados, más tolerantes y magnánimos. Tal vez podríamos haber hecho amigos y protegido esas tierras y a esas gentes que aquellas naciones occidentales desvalijaban, para que los imperialistas jamás se hubieran vuelto lo bastante fuertes como para hacernos daño.

Apa miró intensamente a las niñas.

—Me alegra que os interesen las cosas y las ideas externas. Eso os ayudará a ser fuertes. Yo jamás estaré en contra de exponeros a lo que pueda parecer extranjero, incluso aunque a algunos pueda resultarles extraño. —En ese momento miró a M'ma, que apartó la mirada—. Debemos ser siempre valientes y enfrentarnos a lo que nos asusta, incluso aunque sea difícil. Pero, aun así, no debéis olvidar quiénes sois. Debéis manteneros orgullosas siempre.

Las niñas asintieron con la cabeza. Apa retomó la lectura de su periódico. M'ma le dirigió una mirada severa a Suji. Por debajo de la mesa, Sulae le pellizcó el muslo, y la niña sofocó un grito.

Durante los días siguientes, Suji trató de repetir el camino que había seguido hasta llegar al *shikumen* donde vivía el niño del violín. Permaneció alerta por si escuchaba el sonido de la música, algo que la condujera de nuevo hacia él, pero lo único que oía eran los habituales ruidos y conversaciones del *longtang*.

No tuvo mucho tiempo para ahondar en su decepción; el principio de su primer curso escolar se estaba acercando, y se sentía tensa a causa de los nervios. La noche antes de que comenzara el trimestre, Suji bombardeó a Sulae con tantas preguntas ansiosas que su hermana la amenazó con marcharse a la antigua habitación de su abuela.

—¡Vete a dormir para que puedas averiguar esas respuestas por ti misma mañana! —le gritó, enterrando la cara en una almohada.

El «aula» estaba abarrotada; había dos años de alumnos de primer curso embutidos en la sala de estar del *shikumen* que se estaba empleando como colegio, tanto los que se habían perdido la entrada en el colegio el año anterior, durante la batalla, como la tanda de niños que acababan de alcanzar la edad escolar. Suji se movía con nerviosismo en su asiento mientras lanzaba miradas furtivas a En'en, la niña con la que compartía pupitre. Al menos tenía la ventaja de ser un año mayor y, por consiguiente, ligeramente más grande que algunos de los niños más pequeños, incluida su compañera. Miró a su alrededor a las demás niñas. Algunas parecían tan nerviosas como ella, mientras que otras charlaban con amigas que ya conocían. Se preguntó si le caería bien a alguna de ellas.

Oyó una conmoción desde el extremo derecho al fondo del aula. Al darse la vuelta, vio a unos cuantos niños varones riéndose en grupo.

—¿Estás seguro de que vas a primero? —decían—. Seguro que tendrías que estar en casa con tu madre.

El grupo se dividió mientras un niño se dirigía hacia su pupitre y, en el hueco, Suji reconoció al niño que había estado tocando el violín. Se sentó estoicamente, con una mano sobre la otra por encima de su pupitre, y dirigió la mirada directamente hacia delante.

La profesora entró en el aula. Todo el mundo se apresuró a ponerse en pie y la saludó con una reverencia. La mujer se presentó como Xie laoshi. Mientras comenzaba a pasar lista en mandarín, Suji le echó un vistazo al niño. Era pequeño, pero su expresión lo hacía parecer mayor. Tenía el ceño ligeramente fruncido, como si tuviera algo grave en mente, lo que contrastaba con su cara de bebé y el remolino levantado en la parte posterior de su cabeza.

—¡Wang Haiwen! —llamó Xie laoshi, y el niño levantó el brazo, recto y confiado. De modo que ese era su nombre.

Antes de que Suji pudiera preguntarse gran cosa acerca del niño, la profesora explicó que esperaba que todos hablaran mandarín mientras estuvieran en el colegio.

—Por favor, reservad el shanghainés para vuestras casas —dijo.

Un murmullo bajo recorrió el aula. Muchos estudiantes parecían preocupados y, de hecho, varios de ellos tenían aspecto de estar completamente perplejos, como si no la hubieran entendido. Suji se alegraba de haber aprendido ya algo de mandarín gracias a Sulae.

Xie laoshi anunció que iban a empezar el día con una prueba para ver quiénes conocían ya caracteres chinos básicos. Suji, que había estado aprendiendo a leer y escribir con Apa, ardía en deseos de presumir.

A la hora de la comida, después de que se recalentaran y distribuyeran las fiambreras de los estudiantes, los otros alumnos varones se reunieron alrededor del pupitre de Wang Haiwen otra vez.

—¡Al bebé se le ha olvidado la leche! —dijo uno de los niños mientras los demás se reían.

Suji se dio cuenta de que Wang Haiwen no estaba comiendo. A su familia debía de habérsele olvidado que los lunes tenían más horas de clase, así que se esperaba que se llevaran su comida en lugar de regresar a casa para el almuerzo.

—¡En mandarín, chicos! —los reprendió Xie laoshi, y ellos bajaron la voz entre risitas.

Wang Haiwen continuó mirando directamente hacia delante, como si no hubiera escuchado a los demás. Suji se preguntó si las burlas le molestaban. Ella también solía ser objeto de burlas: por los pies vendados de su madre, por sus ojos de un color inusualmente claro que había heredado de su padre, por hacer demasiadas preguntas y no interesarse por las cosas que les gustaban a las demás chicas. Sin embargo, Suji estaba acostumbrada. Sabía cómo contraatacar. Pero Wang Haiwen, por otro lado, parecía demasiado pequeño y solitario, incluso aunque no estuviera reaccionando.

Suji bajó la mirada hasta su pequeña fiambrera de hojalata. Un huevo, arroz, repollo encurtido y una preciada albóndiga cabeza de león guardada de la cena de la noche anterior. Tenía más relleno que carne, y estaba hecha de hongos deshidratados, soja machacada y almidón, pero había un poco de carne de cerdo picada en la mezcla, y eso la convertía en un lujo. Para ella era un misterio que su padre hubiera conseguido carne cuando hacía varios meses apenas tenían nada de arroz, pero M'ma les recordaba constantemente que no la desperdiciaran y que tenían suerte.

Suji partió la albóndiga por la mitad con el palillo y observó una voluta de vapor que se escapaba de su interior blando y carnoso. Se puso en pie y caminó hasta el pupitre de Wang Haiwen, con la fiambrera en la mano.

—Disculpa —le dijo al niño que estaba rondando más cerca, y lo fulminó con la mirada. Él se puso rojo y se apresuró a volver a su pupitre. Los demás la miraban con curiosidad, pero ella los ignoró—. Wang Haiwen —lo llamó con despreocupación en mandarín—, ¿te gustaría comerte un trozo de mi albóndiga?

Un par de niños se rieron, y exclamaron en shanghainés:

—¡Tsan Suji tiene una organización benéfica! ¡Seguro que también les da de comer a esos refugiados sucios y malolientes!

Otro chico añadió:

—¡Seguro que esos refugiados son parientes de la pueblerina de su madre!

Ella se dio la vuelta y miró de arriba abajo al niño que había hablado. Se trataba de Yongyi, un muchacho regordete que vivía en la calle de al lado, conocido por ser el único hijo de una madre sobreprotectora. A Suji no le caía bien porque siempre estaba persiguiendo con piedras a los gatos callejeros.

—Por la pinta que tienes, tú sí que no necesitas más carne —le dijo en shanghainés.

Los demás niños se rieron mientras Yongyi la miraba con el ceño fruncido. Suji volvió a dirigir su atención a Haiwen, que no había dicho nada en todo aquel rato. Colocó la fiambrera delante de él.

—Está buena —le aseguró—. La receta de mi madre es famosa.

Por primera vez, Haiwen la miró. Separó las manos y se las colocó sobre el regazo.

—No, gracias —respondió en perfecto mandarín—. No tengo hambre.

—No seas tonto —dijo ella en shanghainés—. Ya han pasado varias horas desde el desayuno.

Comenzó a sentirse resentida porque aquel niño no aceptara su amabilidad y ya está, porque ahora la atención de sus compañeros de clase estuviera sobre ella. Después de unos pocos segundos, un niño hizo ademán de quitarle la comida, pero Suji le dio un manotazo para que se alejara.

—Marchaos —les dijo la pequeña a los demás niños—. ¿Cómo va a tener apetito nadie cuando estáis aquí rondando como palomas?

Los niños gruñeron, pero al final acabaron volviendo a sus pupitres para comerse sus propios almuerzos.

—Soy Tsan… Zhang Suchi —le dijo Suji a Haiwen. La pronunciación de su nombre en mandarín todavía le resultaba extraña al oído. Al ver que el niño no reaccionaba, añadió con timidez—: El otro día te escuché tocando el violín.

Él se animó al oír eso.

—¿En serio?

Suji asintió con la cabeza.

—Era muy bonito.

—Gracias.

La niña cambió su peso de un pie a otro, sin saber muy bien qué más decir. Después de varios segundos, metió la mano en la fiambrera, sacó el huevo cocido y le dio un mordisco.

—Cómete el resto —le dijo.

Al final de la jornada escolar, mientras Suji estaba recogiendo sus libros, Haiwen colocó la fiambrera sobre su pupitre.

—Gracias —le dijo, y se marchó.

Suji abrió la fiambrera. Se lo había comido todo.

A la mañana siguiente, Haiwen dejó una empanada delante de ella. Era muy bonita y reluciente, tostada y con semillas de sésamo en la parte de arriba. Estaba crujiente, y la corteza se separaba en capas delicadas y hojaldradas.

—Te he traído esto porque me comí tu comida —le dijo.

Suji podía sentir los ojos de los demás estudiantes mirándolos fijamente. Antes de que pudiera responder, él ya estaba volviendo a su pupitre.

La niña partió la empanada en dos. Dentro relucían unas hebras delgadas y translúcidas de nabo, salpicadas de trocitos de jamón y cebolleta. Le dio una de las mitades a En'en, que la aceptó alegremente.

Suji le dio un mordisco. Todavía estaba ligeramente caliente, y el interior era sabroso y con un toque de pimienta. Era una de las cosas más deliciosas que había probado jamás.

A la hora de la comida, cuando Sulae bajó desde su aula en la planta de arriba, Suji le pidió que se fuera a casa sin ella.

—M'ma se va a enfadar si se entera de que te he dejado aquí —dijo su hermana.

La pequeña le echó un vistazo a Haiwen, que todavía estaba recogiendo sus cosas en un rincón.

—No voy a perderme —le aseguró.

Sulae siguió la mirada de Suji y volvió a contemplarla con una sonrisa.

—Sé que no lo harás —dijo.

Suji se entretuvo mientras apilaba sus libros y ajustaba la correa a su alrededor, todavía mirando a Haiwen. Mientras este salía a la calle, ella corrió tras él.

—¡Wang Haiwen! —lo llamó en mandarín. Él se dio la vuelta, con los libros golpeándole las piernas—. Gracias por la empanada. ¡Estaba muy crujiente y hojaldrada! Nunca me había comido una empanada de nabo como esa.

—Es al estilo cantonés —dijo Haiwen—. La hizo mi madre.

Comenzó a caminar, así que ella le siguió el ritmo.

—¿Tu madre es de Cantón? —le preguntó.

—No —respondió él—, pero ella y mi padre vivieron en Hong Kong durante un tiempecito antes de que yo naciera. Aprendió a cocinar platos cantoneses gracias a una empleada doméstica que tenía.

Aquello le sonaba increíblemente exótico a Suji. Sabía que había un lugar llamado Hong Kong que era propiedad de los británicos; su padre les había enseñado a Sulae y a ella cómo los británicos habían envenenado a los chinos con opio y habían robado el territorio que pertenecía legítimamente a China. Sulae le había contado a su hermana que había visto fotos de Hong Kong en algunas revistas de la tienda de Apa, y que la ciudad tenía grandes hoteles y mujeres extranjeras muy glamurosas. Pero Suji había supuesto que esos lugares tan lujosos debían de ser solo para los terroríficos hombres y mujeres rubios y de grandes narices que trataban con prepotencia a los desamparados esclavos chinos que habían conquistado.

Caminaron uno al lado del otro por la calle de adoquines. El aire era agradable, con solo un ligero frescor. Sifo Li era grande —todo el mundo decía que se trataba de una de las comunidades *longtang* más grandes de Shanghái—, y el *shikumen* que albergaba el colegio se encontraba en la sección norte, en el extremo opuesto a donde ella vivía.

Después de lo que pareció un largo silencio, la curiosidad de Suji la venció.

—Entonces, ¿os habéis mudado desde Hong Kong?

Haiwen parecía confuso.

—¿Qué quieres decir? Yo nací en Shanghái.

—Entonces, ¿hablas shanghainés? —preguntó ella, cambiando de idioma.

—Pues claro —respondió el niño.

Suji se sentía aliviada. Estaba preocupada de que su mandarín no fuera lo bastante bueno como para seguir hablando con Haiwen si él no sabía hablar shanghainés.

—Entonces, ¿cómo es que hablas mandarín tan bien? —le preguntó.

—Mi madre nos habla más en mandarín. Dice que se pasó tantos años lejos de Shanghái cuando era joven que su shanghainés ya no es bueno.

Suji se tiró del pelo. No se había dado cuenta de que aquello era algo que podría pasarle a una persona.

—¿Y dónde vivías antes de esto? O sea, ¿antes de mudarte a Sifo Li?

—Ah. Antes vivíamos en una casa más grande, muy lejos de aquí.

Haiwen parecía triste.

—¿Un *shikumen* más grande? —preguntó Suji.

Él negó con la cabeza.

—No, una casa. Una que tenía habitaciones grandes, escaleras y cosas.

Suji se preguntó si se referiría a una casa grande al estilo occidental, con columnas y un jardín enorme, como las que había visto desde lejos durante los paseos que había dado con Apa cuando era pequeña, antes de la guerra. Siempre se había imaginado que esas mansiones eran los hogares de reyes y reinas extranjeros. Y, aun así, Haiwen era un niño normal, un niño chino, al igual que ella. Pero a Suji su vida le parecía misteriosa y extraordinaria.

—¿Sois ricos? —le preguntó—. Mi madre dice que lo sois.

Haiwen la miró, con los ojos llenos de confusión otra vez.

—¿A qué te refieres?

—No lo sé —respondió ella, retorciéndose el pelo alrededor del dedo índice.

Estaba esforzándose por explicarlo. Pensó en todas las demás cosas que había visto durante esos paseos con Apa. Su padre les había dicho a Sulae y a ella que quería que conocieran algo más que el pequeño rincón donde vivían, y las había presentado a los carniceros, los zapateros y los vendedores de arroz. Había señalado los barrios de chabolas y las había llevado a través del mercado negro. Ella se había quedado impresionada por la amplia extensión de los bulevares, por los carritos que se abrían paso entre las multitudes, por los hombres con turbantes rojos que dirigían el tráfico. Pero su parte favorita de esos paseos siempre había sido las paradas más cercanas al Bund, la zona junto al río. Se había quedado deslumbrada por los polvos cosméticos y las preciosas muñecas de los escaparates de las tiendas, había admirado a las mujeres elegantes que emergían de los clubes sofisticados, había salivado ante los dulces relucientes colocados en los mostradores de las cafeterías. Aunque ahora había pasado mucho tiempo desde la última vez que había salido del *longtang*, en su mente, fuera de los muros de Sifo Li, Shanghái seguía estando tan llena de vida como siempre, a pesar de que le habían contado que estaba invadida de refugiados, destruida y quemada hasta los cimientos. Quería conocer la proximidad que tenía aquel niño con el mundo opulento que había anhelado.

—O sea, ¿tu casa tiene luces doradas, y tenéis un coche negro y reluciente, y tu madre lleva joyas brillantes?

Él no respondió de inmediato.

—Antes teníamos un coche —dijo después de un momento—. Teníamos a un conductor, Xiao Yang, que era amable conmigo y a veces me daba golosinas. Aunque no lo he vuelto a ver desde que nos mudamos.

Suji asintió con la cabeza. Así que era rico; el coche lo demostraba.

Pasaron por debajo del arco floral de estilo *art déco* que señalaba de forma extraoficial la frontera de su sección del *longtang*, y emergieron al espacio comunitario. Algunos residentes estaban sentados en taburetes, compartiendo semillas de sandía que estaban rompiendo con los dientes.

—Ah, ¡los niños han vuelto del colegio! —los saludó Tsen ayi en shanghainés—. ¿Cómo han ido las clases?

—Muy bien, Ayi —respondió Haiwen cortésmente.

—Waong Haeven —dijo ella, sonriendo—, ¿te estás adaptando bien? Esto debe de ser una vida muy diferente a la que estás acostumbrado, ¿eh?

—Me gusta estar aquí —aseguró él.

—Bien, bien. —La mujer asintió con la cabeza—. Parece que ya has hecho una amiga con Tsan Suji. —La niña se ruborizó, y Tsen ayi sonrió—. Venga, volved corriendo a casa. Estoy segura de que vuestras madres os estarán esperando.

Bajaron por el pasadizo principal. Cuando llegaron a la intersección de la puerta oeste, Haiwen dijo en mandarín:

—Yo tengo que ir por aquí.

Suji asintió con la cabeza, sintiéndose triste de que el camino hubiera llegado a su fin. No le había parecido que a Haiwen le importaran sus preguntas, y no había actuado como si pensara que ella era extraña o molesta. Lo observó girando hacia la izquierda, y después continuó caminando recto y se fue a casa.

A la hora de la cena, Suji preguntó a su padre acerca de Hong Kong.

—¿Es verdad que la gente china puede ir allí? —quiso saber.

—*Aiya* —murmuró M'ma—. ¿Por qué esta niña tiene tantas preguntas a todas horas?

Apa ignoró a su mujer.

—La isla es china, a fin de cuentas —le dijo a su hija.

—¿Pero los británicos no se la quedaron? ¿Eso no significa que no dejan entrar a nadie?

—No exactamente —dijo Apa—. La gente china todavía puede ir allí. Y muchos lo hacen. Van para estudiar o para trabajar. Simplemente ya no está bajo el control del gobierno chino, así que, a veces, no son muy agradables con la gente china. —Hizo una pausa—. Es como Shanghái. Nosotros vivimos en la Concesión Internacional. A pesar de que técnicamente esto es tierra china, muchas de las personas que viven aquí no son chinas. Y el gobierno chino no tiene el mando aquí.

—Lo tienen los japoneses —intervino Sulae.

Apa frunció el ceño.

—No exactamente. Por el momento, la Concesión Internacional sigue estando gobernada por los británicos, al igual que la Concesión Francesa está bajo el dominio de los franceses. El resto son las partes sobre las que los japoneses tienen el control. Pero solo porque todos esos otros gobiernos estén al mando no significa que Shanghái sea menos nuestra, ¿verdad? Nosotros seguimos viviendo aquí.

—Ah —dijo Suji. No tenía del todo claro lo de los diferentes gobiernos y lo que eso significaba, pero Hong Kong le parecía mucho menos exótica si no era más que otra Shanghái.

—¿Por qué lo preguntas? —quiso saber Apa.

—Waong Haeven me dijo que sus padres vivían en Hong Kong antes de que él naciera —respondió ella.

—*Tienen* que ser ricos —señaló M'ma.

—A lo mejor lo eran antes —le dijo Apa—. Pero tú misma has dicho que oíste que perdieron todas sus fábricas porque se negaron a trabajar con los japoneses. Deberíamos compadecernos de ellos, en lugar de criticarlos.

—He oído que tienen todo el *shikumen* para ellos solos. ¡Si pueden permitirse eso…!

—Nosotros también lo tenemos —replicó Apa bruscamente—. Y nosotros no somos ricos, tan solo afortunados.

—¿Durante cuánto tiempo? —M'ma aspiró aire por la nariz—. Te crees que yo no me doy cuenta de nada, pero oigo cosas. ¿Cuándo ibas a contarme que planeabas alquilarle la habitación de tu madre a Siau Zi?

—Pensaba que no te gustaba preocuparte por las finanzas —dijo Apa, con cierta dureza en la voz. M'ma se puso rígida. Se metió el arroz en la boca y masticó en silencio. El hombre soltó un suspiro, y su comportamiento se suavizó—. Ya sabes que no me gusta que estés cotilleando.

—No creo que sea cotillear si alguien me cuenta noticias sobre mi propia casa de las que yo no sé nada —replicó ella, con los ojos clavados en su cuenco—. Es vergonzoso, eso es lo que es.

Apa dejó los palillos de forma abrupta.

—Todavía no he decidido nada. Pero los japoneses arrasaron por completo el vecindario de Siau Zi. ¿Cómo podría no ayudar a un compatriota chino, sobre todo cuando es alguien que ha trabajado tan diligentemente para mí? Ya sabes que él no tiene familia en Shanghái; todavía sigue enviando dinero a ese pueblo rural del que viene. No tiene ningún lugar al que ir. Además, nos vendrían bien los ingresos extras. Tampoco es que la gente esté haciendo cola para comprar libros últimamente.

—Quedé como una estúpida cuando la señora Tsen me lo contó —murmuró M'ma—. ¿Qué marido no habla de estas cosas primero con su mujer?

—Te lo acabo de decir —replicó Apa—. Todavía no he decidido nada.

—Olvídalo —dijo ella—. Me someto a ti, gran marido.

Apa suspiró, pero no respondió.

Más tarde, mientras las hermanas estaban tumbadas en la cama la una junto a la otra, Sulae se burló:

—¿Me dijiste que me fuera yo primero para poder venir caminando con Wang Haiwen? —Le dio un empujoncito a Suji en el hombro—. ¿Es que quieres casarte con él?

—Puaj —dijo Suji, devolviéndole el empujón—. Si parece un bebé.

—Voy a decirle a M'ma que deberíamos ir organizando tu matrimonio con Wang Haiwen.

—¡No! —protestó Suji—. Yo no voy a casarme nunca. No voy a abandonaros a los tres nunca.

—Todas tenemos que casarnos —señaló Sulae—. Esperemos que no acabes casándote con un hombre feo con la cara picada de viruela y al que le falten dientes. Eso sería peor que casarte con Wang Haiwen.

—Jamás —insistió Suji con voz fiera.

Durante una semana, Suji ignoró a Wang Haiwen en el colegio. No sabía por qué; a lo mejor era la vergüenza por las burlas de Sulae, o tal vez no quería parecer demasiado entusiasmada. Fuera cual fuere la razón, no se acercó a él, y el niño parecía no darse cuenta de su existencia.

Se dijo a sí misma que no le importaba. Se concentró en la oleada de alegría que sentía por ser buena en las clases. Además de ser mejor a la hora de hablar mandarín que muchos de los demás estudiantes (a excepción de Haiwen), era una de los pocos que ya se habían aprendido las tablas de multiplicar. Gracias a las muchas lecciones de Apa, sabía más acerca de Sun Yat-sen que cualquiera de la clase, y podía cantar a la perfección el himno nacional y las canciones antijaponesas que les enseñaban en clase de música; hasta reconoció el antiguo poema de la dinastía Tang que su profesora quería que recitaran, uno que su padre le había enseñado como una rima infantil. Se esforzaba mucho con los deberes que les ponían, y su profesora estaba tan impresionada que sostuvo en alto la breve entrada de diario que Suji se había pasado horas escribiendo con su mejor caligrafía y le dijo a todo el mundo que deberían ser más como Zhang Suchi. Esa noche, durante la cena, cuando le contó con timidez a Apa lo que había dicho la profesora, él le dirigió una sonrisa poco frecuente y le dio unas palmaditas en la cabeza con ternura, y a continuación cortó la mejilla del pescado, que era la parte que más le gustaba a él, y la puso en el cuenco de su hija.

Su excelencia académica no la hacía popular. Aunque las demás niñas eran en su mayoría amables con ella, rara vez la invitaban a unirse a sus círculos a la hora de la comida, o a jugar después del colegio.

Con el tiempo, Suji se dio cuenta de que Haiwen tenía todavía menos amigos que ella. Parecía vivir en su propio espacio solitario, un globo invisible a su alrededor que lo separaba de los demás. Los niños varones se habían rendido con sus intentos de burlarse de él, y en su lugar habían optado por ignorarlo completamente. Él decía poca cosa en clase, y a menudo se pasaba todo el día sentado sin emitir jamás ni un sonido.

Una tarde, Suji acababa de encontrarse con Sulae fuera del colegio cuando Wang Haiwen emergió desde detrás de ella, pasó junto a las hermanas y siguió caminando hacia delante. La correa que tenía atada alrededor de sus libros del colegio era casi tan larga como él, y los libros rebotaban mientras caminaba.

—Por ahí va tu novio —se burló Sulae, y Suji le dio un puñetazo en el pecho. Caminaron a cierta distancia por detrás de él mientras otros estudiantes pasaban corriendo junto a ellas—. Parece muy solo. Deberíamos invitarlo a caminar con nosotras.

—No lo hagas —dijo la pequeña.

—¿Te has puesto tímida de repente? —le preguntó Sulae—. ¡Debes de estar enamorada de él!

Una ardiente irritación atravesó a Suji. De forma impulsiva, exclamó:

—¡Wang Haiwen!

El niño se dio la vuelta. Tenía el pelo revuelto, y se le levantaba por delante.

Ahora que tenía su atención, Suji no sabía qué decir. Podía sentir a su hermana sonriendo con suficiencia detrás de ella, y le ardía la cara.

—Todos vamos en la misma dirección —murmuró al fin—. Deberíamos caminar juntos.

Haiwen asintió con la cabeza mientras las niñas lo alcanzaban. Levantó la mirada hacia Sulae, entrecerrando los ojos.

La muchacha ya era una cabeza más alta que Suji, así que parecía enorme sobre él.

—Esta es mi hermana mayor —dijo Suji.

—Zhang Sulan —se presentó Sulae.

—Encantado de conocerte —respondió Haiwen cortésmente.

La muchacha se rio.

—¡Qué formal eres! —dijo. Mientras reanudaban el camino hasta casa, añadió—: Mi hermana dice que tocas el violín. —Haiwen asintió con la cabeza—. ¿Cuántos años tienes? ¿Seis? ¿Siete?

—Tengo siete —respondió él, para sorpresa de Suji. Había dado por hecho que era uno de los niños más pequeños.

—Parece una edad muy joven para tocar un instrumento —continuó Sulae.

—Es muy bueno —le aseguró Suji, que por alguna razón se sentía a la defensiva por Haiwen. Se giró hacia él—. ¿Por qué no vamos a tu casa para que puedas enseñárselo?

—Vale —dijo el niño.

Las condujo por las calles secundarias hasta que llegaron al *shikumen* delante del cual Suji se había agachado unas semanas antes. Llamó a la puerta.

—¡Ya voy! —respondió una voz melodiosa de mujer, y un momento más tarde, la puerta se abrió—. *Wah!* ¿A quién tenemos aquí?

La mujer era guapa, con las cejas dibujadas en arcos delgados que le otorgaban una expresión amable, una que le recordaba a Suji a la sonrisa benevolente pintada en el *Guanyin* de porcelana que su madre tenía en la zona del comedor. El pelo de la mujer era un bob corto y ondulado, como los de las mujeres de los anuncios, y su cuerpo era una silueta esbelta dentro del *qipao* de seda gris que llevaba, con los bordes del tejido adornados con ribetes de rosas.

—Mamá —dijo Haiwen—, estas son Zhang Sulan y Zhang Suchi.

Tanto Sulae como Suji se quedaron sin palabras ante la madre de Haiwen. Esta se agachó hacia ellas y les sonrió.

—Las hermanas Zhang —las saludó en mandarín—. He oído hablar mucho de vosotras. Vuestro padre es Zhang Li'an, el hombre que lleva la librería, ¿verdad? —Las niñas asintieron con la cabeza—. Pasad, pasad —les dijo—. Siempre me alegra cuando Haiwen trae amigos a casa. Si no, se pasa demasiado tiempo con el violín.

—Gracias, Wang ayi —respondieron las hermanas a coro, y entraron en el patio.

Había varias plantas en macetas junto a los bordes del modesto espacio: un naranjo enano, un árbol de jade, un arbusto de osmanto oloroso y más vegetación que Suji no podía identificar. La madre de Haiwen las condujo hasta la sala de estar, donde había una niña pequeña arrodillada sobre un taburete frente a una mesa de teca, tratando de asir unos trozos de caqui.

—¡Junjun! —la reprendió Wang ayi—. Siéntate como una niña buena. —La pequeña la ignoró y aplastó un trozo de fruta entre las manos. Los dedos regordetes le brillaban con la pegajosa pulpa naranja. Su madre soltó un suspiro y la tomó por debajo de las axilas—. Voy a darle un baño a tu hermana —le dijo a Haiwen—. Doudou, no te olvides de ofrecer algo de fruta a nuestras invitadas.

Desapareció en la parte de atrás, con Junjun retorciéndose entre sus brazos.

—¡Tu madre parece una estrella de cine! —dijo Sulae con entusiasmo en cuanto Wang ayi quedó fuera de la vista—. ¿A que sí, Suji?

Pero su hermana estaba ocupada mirando la sala de estar a su alrededor. La familia de Suji no tenía una sala de estar en condiciones, ya que habían transformado la zona en la librería. Y, aunque la hubieran tenido, la niña se imaginaba que no sería tan refinada ni espaciosa como la de la familia Wang. Había una cualidad artística en la forma en la que estaban dispuestos los muebles, en cómo estaba colocado el altar ancestral de la parte de atrás. Los paneles lacados que colgaban de la pared eran piezas talladas de forma intrincada con pájaros, flores y juncos. En una esquina había una bonita mesa auxiliar en forma de media luna con un paño de seda de un azul plateado y un reloj europeo de madera con ornamentos de latón y la esfera dorada. En otra pared colgaba una obra de caligrafía, unas palabras que Suji no era capaz de leer, con pinceladas libres que fluían como un río.

—¿Por qué tu madre te llama Doudou? —le preguntó Sulae a Haiwen—. ¡Es un nombre de leche muy extraño!

La cara del niño se ruborizó ligeramente.

—Cuando nací, era tan pequeño como una habichuela —murmuró. Eso explicaba el mote, «pequeña habichuela». Suji se rio. Quería decirle que todavía se parecía a una habichuela.

—Bueno, vamos a ver ese violín tuyo —dijo Sulae.

Haiwen subió las escaleras corriendo. Un momento más tarde, reapareció con el estuche del violín, y volvieron a salir al pequeño patio. Las dos hermanas se agacharon delante del niño mientras este sacaba el instrumento. La madera pulida relucía bajo el sol bajo de la tarde.

—¿Qué queréis que toque? —preguntó con incertidumbre.

—El otro día te oí tocando «Flor de jazmín» —dijo Suji—. Podrías tocar esa.

Haiwen se colocó el violín bajo la barbilla e hizo una pausa, con el arco sobre las cuerdas. Suji se dio cuenta de que cerraba los ojos por un momento y, cuando volvió a abrirlos, era como si el violín fuera la única cosa que veía en el mundo. El niño comenzó a tocar, y la melodía dulce y reconfortante flotó alrededor de ellos. Suji empezó a cantar la letra en voz baja y, aunque Sulae le chistó, Haiwen no parecía distraído, de modo que ella siguió cantando hasta el final.

Cuando el pequeño terminó de tocar, las dos hermanas se pusieron en pie de un salto y comenzaron a aplaudir.

—¡Ha sido increíble! —dijo Suji.

—¿Puedes tocar algo más? —le pidió Sulae.

—¿Como qué?

—Tu pieza favorita —respondió ella.

Haiwen se lo pensó durante un momento. Volvió a levantar el violín y las niñas se sentaron otra vez, con las piernas cruzadas por debajo de ellas.

La pieza era extraña y melancólica, muy diferente a cualquier música que hubieran escuchado antes. El cuerpo de Suji se quedó inmóvil mientras la escuchaba, incluso aunque una parte oculta de ella se veía arrastrada conforme las notas subían y bajaban, conforme el tempo se ralentizaba o se aceleraba, o daba un giro inesperado. Tenía la sensación de que se la estuviera llevando la corriente de un río, pero no de una forma que diera miedo; era más como si estuviera flotando pacíficamente a través de las montañas y pasando junto a los sauces dentro de una barca sencilla, con los pájaros desperdigados sobre su cabeza y a su alrededor.

Una nota chirrió, desafinada.

—Lo siento —murmuró Haiwen, y el instrumento cayó a su costado junto a su brazo—. Todavía estoy practicando esta. Aún no me sale bien. —Pellizcó una cuerda, distraído—. Mi profesor dice que es demasiado difícil para mí, pero me gusta tanto que he estado tratando de aprender a tocarla de oído. Pero es que esta parte es demasiado alta.

—No, ¡es maravillosa! —dijo Sulae, poniéndose en pie.

Suji se levantó con lentitud, sintiéndose un poco sin aliento.

—¿Qué canción era esa? —preguntó.

—Se titula «Meditación» —respondió Haiwen—. Es de un compositor francés llamado Massenet.

—¡Francés! —repitió Sulae, incrédula—. ¿Cómo conoces canciones francesas?

—Mi profesor de violín es extranjero —explicó el niño.

—Nuestra madre dice que la música china es superior a la música occidental —dijo la mayor con su voz de sabelotodo—. Nosotras no escuchamos música occidental. —Le dio un codazo a Suji—. ¿Verdad?

Ella asintió con la cabeza, aunque lo cierto era que pensaba que aquella pieza, a pesar de que fuera diferente, era una de las cosas más bonitas que había escuchado jamás.

Wang ayi salió por la puerta y les dirigió una mirada cálida pero llena de disculpa.

—Sulan, Suchi, me temo que Haiwen tiene que ir empezando con sus deberes. Pero me ha gustado mucho teneros aquí. Por favor, tomaos la libertad de volver cuando queráis.

Mientras volvían caminando a su casa, Sulae dijo con una mezcla de mandarín y shanghainés:

—Wang Haiwen es un niño extraño.

—Sí —respondió Suji. Todavía estaba pensando en la pieza que había tocado el pequeño. Estaba tratando de recordar la melodía, pero se había evaporado de su memoria, aunque todavía rememoraba cómo la había hecho sentir.

—Pero toca bien ese instrumento europeo. Me pregunto si su madre era música o una artista de alguna clase. Es muy guapa, tiene que serlo. ¿Te has fijado en su pelo? ¿Y en su vestido? M'ma nunca se pone nada tan estiloso. —Suji se preguntó cómo sería tener una madre tan guapa y a la moda como ella—. Me gustó cómo pronunciaba mi nombre en mandarín —continuó Sulae—. Sulan, Sulan. Sonaba muy bonito y refinado cuando lo decía, ¿no te parece? —Le echó un vistazo a su hermana—. A partir de ahora, vamos a utilizar nuestros nombres en mandarín cuando no estemos en casa; es más sofisticado.

Suji asintió con la cabeza para mostrar que estaba de acuerdo, aunque rara vez llamaba a Sulae por su nombre, a menos que estuviera enfadada con ella. Su hermana siempre era «Tsia» para ella. Se preguntó cuándo se acostumbraría a que los profesores y los demás estudiantes la llamaran «Suchi».

Justo antes de que cruzaran la puerta, la mayor la hizo detenerse.

—No le digas nada a M'ma y Apa de que hemos visitado la casa de Haiwen —dijo.

—¿Por qué no?

—Tú no lo hagas —insistió Sulae—. No creo que a M'ma le gustara. Recuerda cómo la reprendió Apa, y todo porque tú sacaste el tema de Hong Kong.

—Está bien —aceptó Suji. Odiaba cuando sus padres discutían; después, M'ma siempre estaba de mal humor, y se enfadaba con ellas por las menores transgresiones. Si guardar silencio sobre Haiwen significaba tener menos encuentros con el genio de su madre, Suji estaría encantada de hacerlo.

Después de esa tarde, Sulae, Suji y Haiwen solían volver juntos a casa al terminar el colegio. La mayoría de los días iban al *shikumen* del pequeño, donde las dos hermanas pasaban una o dos horas antes de volver a casa.

Suji sabía que Sulae quería estar cerca de la madre de Haiwen. Veía cómo los ojos de su hermana se iluminaban cada vez que Wang ayi las saludaba, cómo se convertía en el modelo de una perfecta señorita cuando estaba cerca de la mujer. En casa, Sulae repasaba todos los detalles del encuentro, comentando lo que Wang ayi había llevado puesto ese día, si su pelo o su maquillaje parecían ligeramente diferentes.

Suji también estaba embelesada con la familia Wang. Toda su existencia le parecía un misterio maravilloso. Eran muy diferentes a los demás habitantes del *longtang*. Los otros vecinos eran una mescolanza de gente: pequeños comerciantes y dueños de negocios de las provincias cercanas; abuelos y abuelas ancianos que por alguna razón no podían vivir con sus propios hijos adultos; trabajadores y encargados de la fábrica. Aunque venían de distintos entornos, todos eran igual de sensatos, prácticos y trabajadores.

Pero la familia Wang era diferente. Se trataba de gente que tenía acceso a un mundo que Suji no era capaz de comprender, un mundo que había vislumbrado mientras caminaba con su padre a través de las zonas más bonitas de Shanghái, pero que no creía que la gente real pudiera tocar de verdad. La pequeña quería saber más sobre los secretos de aquel mundo. Quería comprender cómo un niño como Haiwen podía tener un profesor de violín occidental; cómo su madre podía haber vivido en Hong Kong; cómo su padre, a quien ella rara vez había visto, podía haberse educado en Gran Bretaña; cómo podían dejar a la vista con tanta despreocupación objetos tan bonitos como ese ornamentado reloj europeo, como si fueran cosas corrientes.

Cuando los tres llegaban a la casa de la familia Wang, jugaban a juegos. Sulae y Suji dibujaban cuadrados en el pavimento del patio con un trozo de piedra y se turnaban para entrar y salir de ellas saltando, o imitaban animales y hacían que los otros dos trataran de adivinar lo que eran. Otras veces, le pedían a Haiwen que tocara el violín mientras las dos hermanas bailaban en círculo, con las manos unidas. Cuando Wang ayi los reprendía, hacían los deberes juntos: Suji ayudaba a Haiwen con la aritmética, y Sulae revisaba el trabajo que habían hecho. Esta última se metía con él como si fuera su hermano pequeño, y bromeaba con que se parecía a un rábano recién arrancado del suelo, con su pelo levantado y la cabeza grande, o le decía que su ropa arrugada era como las hojas de un repollo encurtido, y su hermana le seguía el juego. Haiwen siempre sonreía apaciblemente, y nunca parecía ofenderse.

Suji disfrutaba de aquellos días; se sentía bien recuperando el tiempo con su hermana. Aunque las dos habían jugado juntas a menudo cuando eran pequeñas, desde que la mayor había comenzado el colegio, había formado nuevas amistades con sus compañeros de clase. Pero ahora Sulae había encontrado una especie de hermano pequeño en Haiwen o, más bien, alguna clase de mascota, y esto había hecho que volviera a acercarse a su hermana.

Por desgracia, ese tiempo fue breve. Un mes y medio después de comenzar el curso escolar, Sulae empezó a pasar más tiempo con una niña de su clase, Yizhen. Por las tardes, les decía a su hermana y a Haiwen que se fueran juntos a casa, porque ella iba a ir en la dirección opuesta, a la zapatería de los padres de su amiga. Suji las miraba tomadas de la mano, alejándose de ella dando saltitos, y se preguntaba qué era lo que tendría Yizhen que le gustaba tanto a su hermana.

Sin la presencia de Sulae, la niña se sentía tímida con Haiwen, y el camino hasta su casa era bastante silencioso. Aunque a esas alturas ya habían pasado mucho tiempo juntos, Suji no estaba segura de cuál era su relación con él: ¿de verdad eran amigos? Al fin y al cabo, en el colegio apenas se hablaban. Seguían volviendo juntos tras las clases, pero cuando llegaban a la intersección donde sus caminos se desviaban, la niña soltaba un abrupto «¡Hasta luego!» y volvía corriendo a casa.

Harta de lo callado que estaba siempre Haiwen durante el camino de regreso, después de unos cuantos días, Suji se quejó con voz gruñona:

—¿Es que nunca tienes nada interesante que decir?

El niño parecía sorprendido.

—¿Se supone que tendría que tenerlo?

—No lo sé —dijo ella—. Estás ahí sin más. Si yo no digo nada, ¡tú tampoco dices nada!

—Lo siento —respondió él. Parecía afectado, y Suji se sintió mal. ¿Por qué estaba siendo antipática?

—No pasa nada —le aseguró con una voz mucho más agradable—. Es solo que no me gusta cuando hay tanto silencio todo el rato. —Le dio una patada a una piedra de la calle—. Si Tsia estuviera aquí, se le ocurriría algo divertido de lo que hablar.

—Lo siento —repitió Haiwen.

—¡Deja de decir que lo sientes!

De inmediato, se arrepintió de su tono. Se dio cuenta de la expresión de Haiwen, confusa e impotente. Recordó cómo se sentaba solo en clase, cómo todo el mundo lo trataba como si fuera invisible. A lo mejor no estaba acostumbrado a hablar, o a que le hablaran. A lo mejor necesitaba práctica.

Con la voz mucho más calmada, dijo:

—Al menos, cuéntame lo que estás pensando cuando te quedas tan callado.

—Nada —respondió él después de un momento—. No estoy pensando nada. Tan solo estoy escuchando música.

—¿Música?

Nunca había oído que sonara música en las calles durante sus paseos.

—Música que quiero aprender a tocar. O música que he oído en algún sitio. O incluso música que no he oído en ninguna parte, sino que solo está en mi cabeza. —Hizo una pausa—. A veces también es la música de las cosas, como la nota del golpe de una cacerola, o el claxon de un coche, o el hombre de la piel de tofu anunciando que ha llegado. Incluso tú, tu forma de hablar, tu voz sube y baja como una canción.

Suji le echó un vistazo a Haiwen para ver si se estaba riendo de ella, pero su rostro era solemne.

—Eres raro —le dijo con una risita. Trató de imaginar lo que él estaba describiendo, pero no era capaz de comprenderlo—. ¿Y oyes todo eso ahora? —le preguntó—. ¿Incluso cuando estamos hablando?

Él asintió con la cabeza.

Suji se preguntó cómo sería eso.

—¿Siempre has oído música?

Él se lo pensó.

—No lo sé —respondió—. No puedo recordar no oírla, pero tampoco puedo recordar no tocar el violín.

—¡Eso no puede ser verdad! Tienes que recordarlo. Como el día que tuviste tu primera clase, eso lo recuerdas, ¿verdad?

Haiwen negó con la cabeza.

—Al principio, mi hermano era quien…

—¿Tienes un hermano? —lo interrumpió ella. Nunca había visto a ningún hermano.

—Ahora mismo no vive con nosotros —le explicó Haiwen—. Cuando nos mudamos, lo mandaron lejos. Ahora está estudiando en Inglaterra.

¡Qué extraordinario!, pensó Suji.

—¡Oh! Entonces, él también toca el violín.

El niño negó con la cabeza.

—No, lo dejó. Pero él fue el primero en recibir las clases del señor Portnoy…

—El extranjero.

Haiwen asintió.

—Es un judío de Rusia. Pero lleva mucho tiempo viviendo en Shanghái, y habla mandarín y shanghainés. Y también inglés, así que a veces me enseña cosas en inglés.

Eso impresionó a Suji. ¡Haiwen sabía cosas en *inglés*!

—¿Por qué tus padres no buscaron a un profesor chino? —preguntó Suji.

Mientras las palabras salían de su boca, se percató de que no sabía si había algún otro chino que tocara siquiera el violín. Hasta que conoció a Haiwen, había dado por hecho que la gente china tocaba instrumentos chinos y que la gente europea tocaba instrumentos europeos.

—Mi madre piensa que los extranjeros conocen mejor sus propios instrumentos. —Se encogió de hombros—. Pero bueno, el señor Portnoy comenzó a venir a nuestra casa cuando mi hermano tenía once años. Mi madre dice que yo me sentaba en la habitación y jugaba con mis juguetes mientras le daba las clases, pero no pensaba que yo estuviera prestando atención. Y entonces, un día, estaba sentada en la sala tomando té mientras se suponía que mi hermano estaba en la habitación de al lado ensayando, y se dio cuenta de que el sonido de las notas discordantes había quedado reemplazado por unas escalas fluidas. Pensó para sí misma: «¡Las clases de Mingming por fin están dando sus frutos!». Se quedó muy sorprendida cuando entró en la habitación y vio que era yo. Debía de haber agarrado su violín después de que él lo tirara al suelo. —Frunció el ceño—. Mi madre dice que aprendí a tocar una escala de sol mayor por mi cuenta, pero yo no recuerdo nada de esto. Tenía cuatro años.

—Hala —dijo Suji, impresionada—. ¿Y tu madre también toca?

Él negó con la cabeza.

—Se enamoró del violín cuando estaba en el extranjero. Dice que le recuerda a cierta época de su vida.

Ya casi habían llegado a casa, y se estaban acercando a la intersección donde normalmente se separaban.

—Bueno, pues adiós —dijo Haiwen, y comenzó a girar a la izquierda.

—¿Quieres venir? —preguntó Suji abruptamente.

Haiwen se dio la vuelta.

—¿Venir?

—A mi casa —aclaró ella.

Después de un momento, el niño sonrió y asintió con la cabeza.

Suji lo condujo hasta la puerta de atrás de su *shikumen*.

—Si alguna vez te olvidas de cuál es el nuestro, busca el conejo —dijo, señalando el rudimentario dibujo que ella y Sulae habían pintado en la esquina inferior de la puerta el año anterior. La abrió y condujo a Haiwen a través de la cocina, hasta la zona que habían dejado aparte como «sala de estar», separada de la librería por un delgado tabique. Al mirar el espacio abarrotado, casi ocupado por completo por la sencilla mesa redonda de la cena, Suji se dio cuenta de lo humilde que era su casa en comparación con la de él.

—M'ma —la llamó—. ¡Estoy en casa! He traído a un amigo.

Hubo el sonido de un movimiento por encima de ellos, y después, su madre bajó las escaleras, despacio a causa de sus pies vendados. La niña fue agudamente consciente de lo sencilla y anticuada que era; no se parecía en nada a lo cálida y sofisticada que era la madre de Haiwen.

—¡Suji! —dijo, frunciendo el ceño. Miró al niño—. ¿Quién es este?

—Este es Waong Haeven —explicó ella en shanghainés; el mandarín de su madre no era muy bueno—. Es el que toca el violín.

M'ma frunció los labios.

—Buenas tardes, Waong Haeven.

—Buenas tardes, Tsan ayi —respondió él cortésmente.

—¿Te apetece tomar un té? —le preguntó la mujer, y sin esperar a que respondiera, le dijo a Suji—: Por favor, ¿puedes venir a la cocina para ayudarme a preparar un té para nuestro invitado?

La pequeña sabía que se había metido en un lío. Lo notaba por la tensión en la voz de M'ma. La siguió hasta la cocina.

—¿Es que no sabes usar la cabeza? —siseó la mujer, tirándole de la oreja.

—¡Auch! —se quejó Suji.

—¡Traer a un niño como ese aquí, sin avisar! ¿Qué van a pensar los vecinos?

—Es mi amigo, M'ma —dijo Suji—. Vamos al colegio juntos.

—¿Cómo es que tienes tiempo para hacerte amiga de chicos cuando se supone que tendrías que estar prestando atención a tus clases?

—Después del colegio, nos…

La niña se dio cuenta de su error y se interrumpió de forma abrupta.

M'ma entrecerró los ojos.

—¿Qué?

—A veces… compartimos… hacemos… en clase…

Pero ya era demasiado tarde. La mujer le tiró de la oreja con más fuerza, y Suji soltó un grito.

—Alza la voz. No te atrevas a mentirme. ¿Cómo conoces a ese chico? No me digas que es solo del colegio.

—A veces vamos a su casa a jugar —respondió la niña, con un hilo de voz.

—*¿Vamos?*

—Yo… yo y Tsia —explicó Suji tristemente, dándose cuenta de que había cometido otro error. Sulae se iba a enfadar mucho con ella.

M'ma le tiró de la oreja una vez más, en esta ocasión lo bastante fuerte como para que le brotaran lágrimas en los ojos.

—Todo este tiempo yo pensaba que tu hermana y tú estabais en casa de En'en —dijo—. Eso es lo que me contó ella.

—¡M'ma!

Suji comenzó a llorar, pero su madre no la soltó.

—No me gusta esa señora Waong —añadió la mujer—. La he visto caminando por ahí como una… una… una cantante de entretenimiento barata. No quiero que vayas allí.

—Pero, M'ma… —comenzó la pequeña.

—Esta noche hablaré con tu padre sobre esto. Ya veremos lo que dice él. —Soltó a Suji—. Deja de llorar —le espetó—. Se te va a poner la cara fea.

Condujo a su hija a la sala de estar, donde Haiwen todavía estaba plantado con los libros entre los brazos.

—Lo siento —le dijo M'ma al niño, con voz afable—. Resulta que Suji tiene unas tareas de las que debe ocuparse. Así que es mejor que te vayas a casa.

Haiwen miró a su amiga, con los ojos llenos de preguntas, pero ella tenía los ojos clavados en sus pies.

—Gracias por recibirme —respondió.

M'ma le dirigió una sonrisa tensa. Con pasos delicados, lo condujo hasta la puerta de atrás y se la abrió.

—Ten cuidado de camino a casa —le dijo.

—Lo haré —le aseguró él.

Esa tarde, M'ma azotó tanto a Suji como a Sulae por haber mentido sobre dónde habían estado. Las niñas sollozaban, aferrándose la una a la otra mientras su madre les golpeaba las nalgas con el mango de madera de un plumero.

—¿Creéis que os estoy reprendiendo por algo que no sea vuestro propio bien? —exclamó mientras ellas lloraban—. ¡Vuestro padre os ha consentido! No podéis ir por ahí corriendo como salvajes sin educación, colándoos a escondidas en casas de chicos, ¡y menos de uno con una madre como esa! ¿Qué va a pensar la gente? ¿Cómo vais a encontrar marido?

—¡M'ma! —gritó Sulae, retorciéndose sobre la cama—. ¡No volveremos a hacerlo!

Pero su madre no le hizo ni caso.

—Vuestro padre piensa que él lo sabe todo mejor que nadie, al igual que todos sus amigos intelectuales, esos hombres que no saben nada de ser una mujer. ¿Acaso pensáis que yo habría podido casarme con vuestro padre si hubiera tenido unos pies grandes y malolientes como vosotras dos? Esos hombres nunca han tenido que preocuparse de que sus suegras les hagan la vida imposible simplemente porque no les gusta cómo preparan una taza de té.

Las lágrimas corrían por la cara de M'ma mientras seguía golpeando la piel desnuda de las niñas con la madera. Suji lloraba; la humillación era más dolorosa que los golpes.

—Tienen el descaro de ridiculizarnos, de quitarnos las vendas de los pies y decir que nos están liberando, ¿pero cuándo se han molestado alguna vez por preguntarnos lo que nosotras queremos? ¿Alguna vez nos han preguntado cómo lavamos su ropa interior, cómo remendamos su ropa, cómo está su cena caliente cuando vuelven a casa después de haber retozado con vete a saber quién? ¿Qué saben ellos de ser una mujer? ¿Quién os va a enseñar a vivir en este mundo si no soy yo, hijas?

¿Quién? ¿Esa mujer Waong con sus costumbres ordinarias? ¿Vuestro querido padre? Cuando la sociedad decida que prefiere las tradiciones después de todo, ¿alguno de ellos será capaz de sufrir en vuestro lugar?

Cuando M'ma se cansó, se retiró a su habitación, desde donde todavía podían oírla sollozando.

Suji pensaba que su hermana estaría enfadada con ella, pero en vez de eso, Sulae le preguntó en voz baja:

—¿Te duele mucho?

La niña, con los ojos hinchados a causa de las lágrimas, negó con la cabeza y formó con la boca las palabras «lo siento, Tsia».

Cuando Apa regresó a casa, ellas todavía estaban en su habitación, tumbadas boca abajo para que sus traseros doloridos quedaran hacia arriba, rodeándose las espaldas con los brazos la una a la otra. La conversación de sus padres atravesó flotando las delgadas paredes.

—Tú mismo lo has dicho, no confías en esos chinos que se meten en la cama con los extranjeros. ¡La familia Waong es exactamente esa clase de gente! Los dos están educados en el extranjero, vienen de entornos con dinero. ¡Hasta hay quien dice que la mujer es de sangre mixta, mitad europea! Su forma de vestirse, su forma de caminar, como si fuera demasiado superior para este lugar...

—No tengo tiempo para tus insignificantes envidias femeninas —dijo Apa, interrumpiéndola.

M'ma balbuceó.

—No tengo envidia —respondió—. Tan solo pienso en lo que es mejor para nuestras hijas. Mírala, todavía tan espléndida durante una guerra, tan decadente, tan derrochadora. Dime, ¿te sientes cómodo permitiendo que nuestras hijas tengan como compañía a una mujer como esa?

—Si las criamos bien, para que estén orgullosas de su herencia china y orgullosas de sí mismas, serán impermeables a las influencias externas —le aseguró Apa. Hizo una pausa—.

A menos que estés diciendo que no confías en tu habilidad para criar a tus hijas.

Ella, aturullada, respondió:

—¡Por supuesto que no es eso lo que quiero decir! Pero ya sabes cómo son las cosas para las mujeres jóvenes, su reputación...

Su marido la interrumpió.

—Entonces no debería haber ningún problema.

O bien M'ma no dijo nada, o lo hizo en voz demasiado baja como para que las niñas lo oyeran.

—¿Qué hay del muchacho? —preguntó Apa—. ¿Cómo era?

—Era educado —respondió su esposa. Las niñas podían percibir un atisbo de dolor en su voz—. Muy pequeño. Si no supiera que estaba en la clase de Susu, jamás habría imaginado que era de su edad.

—He oído que tiene grandes dotes musicales —dijo el hombre. Hubo otra larga pausa—. No creo que haya ningún peligro en permitir que las niñas jueguen con él. Sobre todo Susu. ¿No eras tú la que se preocupaba porque parecía muy sola ahora que Laelae tiene sus propias amigas? Será bueno para ella tener un amigo en el *longtang*.

—Si tú piensas que eso es lo mejor —respondió M'ma.

Oyeron que Apa suspiraba.

—En fin, ¿dónde están las niñas?

—En su habitación.

—¡Hijas! —gritó él—. ¿No venís a saludar a vuestro padre cuando vuelve a casa o qué?

Con cuidado, Sulae y Suji se levantaron de sus camas. Sin necesidad de hablar, las dos sabían que no debían revelarle a Apa que M'ma las había castigado. No querían que su madre se metiera en más problemas. Lentamente, se sentaron en las sillas de madera colocadas alrededor de la mesa de la cena.

Su padre las miró a ambas con una expresión severa en la cara.

—En esta casa no toleramos las mentiras. ¿Entendido?

—Sí, Apa —respondieron las hermanas en voz baja—. Nos equivocamos.

Él aferró sus palillos, poniendo fin a la discusión. M'ma sorbió sonoramente por la nariz, pero no dijo nada.

Sulae y Suji permanecieron sentadas durante la cena tan inmóviles y rectas como eran capaces, decididas a no revelar su dolor.

ENERO DE 2008

Los Ángeles

Una semana después de la fiesta de Wei, Winston llamó a Howard y le preguntó si le gustaría ir a Ocaso Coral para jugar con él al pimpón.

—Ya no puedo moverme como antes —respondió Howard—. No es justo desafiar a un hombre cinco años mayor que tú cuando somos tan viejos como nosotros.

Winston soltó un gruñido.

—Vale, para ser sincero, es porque Annie ha estado preguntando por ti. Le has gustado, Howard. ¿Por qué no vienes a pasar un rato con ella? Es una buena mujer.

—¿Annie? —Howard tardó un momento en recordar a la señora con las joyas en los dedos—. Ah. No sé yo. No estoy seguro de que sea mi tipo. La verdad es que no estoy muy interesado en citas.

—Venga ya, Howard, ¿qué más estás haciendo? No te estoy pidiendo que te cases con esa mujer. Pero escucha lo que te digo, la compañía es importante. Linyee querría que salieras de la casa.

Ocaso Coral se encontraba en la ciudad de Laguna Hills y estaba compuesto por adosados tríplex idénticos, donde cada residente ocupaba una planta entera. Las casas adosadas estaban dispuestas alrededor de un centro recreativo principal y un comedor, mientras que otras instalaciones de lujo entre las que había una piscina, canchas de tenis y hasta una pista de senderismo salpicaban el resto del campus. Era una de las comunidades de ancianos más bonitas de la zona, y a Howard le sorprendía que Winston hubiera hecho el derroche de pasar sus últimos días allí. Yiping y Yijun lo habían llevado a visitar comunidades más modestas poco después de que Linyee falleciera, pero Howard no podía soportar la idea de marcharse de la casa que habían compartido.

Winston le hizo una visita guiada; le enseñó primero su apartamento —una casa de una habitación con balcón y una pequeña cocina que jamás utilizaba— y después el «barrio», que recorrieron a toda velocidad en un carrito de golf blanco mientras Winston señalaba varias casas idénticas y le contaba quién vivía allí. A menudo los paraba alguien que Winston conocía, y este, que siempre había sido muy sociable, hablaba largo y tendido con ellos y presentaba a Howard como «un buen amigo desde hace muchos años». Después de una hora, Winston lo llevó al centro recreativo de cinco plantas, que contaba con una íntima sala de cine, un salón de juegos y una sala con instrumentos, algunos de ellos donados, según dijo Winston, pero muchos otros habían pertenecido a residentes que ya habían fallecido. Fueron a este último espacio al final, y al abrir la puerta se encontraron con Annie y Suchi ensayando una versión en dueto de una canción estadounidense de estilo *blues* que Howard reconocía pero no era capaz de situar del todo.

Annie tenía una voz preciosa; un soprano alto y claro. Suchi cantaba un tono por debajo. No era tan buena como Howard recordaba; su voz ahora era más grave, se había vuelto un poco áspera y menos confiada. Pero se dio cuenta de que todavía cantaba con las facciones extendidas —las cejas altas en su frente, los ojos muy abiertos, las fosas nasales dilatadas—, una expresión de pasión que había hecho que se sintiera cohibida esa única vez que él lo había señalado.

Cuando se detuvieron, Winston aplaudió. Annie fingió hacer una genuflexión, pero Suchi se ruborizó.

—Pensábamos que tardaríais más en venir —dijo.

—¿Recordáis a Howard? —preguntó Winston.

Annie asintió con la cabeza y sonrió. Su atuendo era más moderado ahora —una blusa color melocotón y unos pantalones negros holgados, con solo un par de pendientes de perlas, un collar de perlas y un anillo con un único diamante como accesorios—, pero todavía irradiaba un aura extremadamente pulida, algo que hacía que Howard se sintiera vagamente incómodo.

—He oído que tú también eres músico —dijo la mujer—. ¿Todavía tocas el violín? A lo mejor podrías acompañarnos alguna vez. Uno de los hombres de por aquí toca el piano, pero solo le interesa tocar canciones *country* estadounidenses.

Howard le echó un vistazo a Suchi, que estaba tratando de contener el atisbo de una sonrisa, y se preguntó si estaría recordando las muchas veces que ella le había hecho acompañarla mientras ensayaba una nueva canción de amor popular que había escuchado en la radio. «¿Cómo me voy a convertir en una cantante famosa si no ensayo?»

—Aparte de alguna demostración ocasional de «Twinkle, Twinkle, Little Star» para mis estudiantes jóvenes, ya no toco demasiado.

Agitó los dedos nudosos, que crujieron mientras los movía.

—Qué pena —dijo Annie, haciendo un mohín.

Winston le dio una palmada en el hombro a su amigo.

—De no haber sido por la guerra, Howard habría sido uno de los violinistas más importantes de China, no tengo ninguna duda.

El aludido mantuvo la cara neutral. Era gracioso que a su amigo le gustara repetir esa frase a la gente cuando lo presentaba. La realidad era que Winston jamás lo había escuchado tocar el violín; se habían conocido mucho después de que comenzara su artritis.

—Es una lástima —dijo Annie, negando con la cabeza.

Winston se rio con fuerza y le dio otra palmadita en el hombro a Howard.

—Bueno, seguramente sea mejor así. Te habrías tenido que dedicar a tocar las composiciones de Madame Mao, ¿verdad? —Volvió a reírse—. Venga, vamos a comer algo.

Durante una agradable comida en la mesa del comedor, Winston los entretuvo con historias sobre su tiempo en la guerra. Howard sospechaba que pretendía impresionar a Suchi.

—¿Sabéis que ni siquiera se suponía que tenía que luchar en la guerra? ¡Ninguno de nosotros tendría que haberlo hecho! No éramos más que un puñado de estudiantes cabezones y llenos de granos que habíamos huido con nuestros profesores. Cuando llegamos a las islas Pescadores, se nos daba mejor empuñar nuestras pequeñas pizarras que los rifles. ¡Creo que el rifle era más alto que yo!

Lo dijo como si fuera un gran chiste, y sus ojos se arrugaron y se llenaron de pequeñas lágrimas mientras reía, pero Howard sabía la verdad. Él mismo había llegado a las islas Pescadores después del incidente del 13 de julio, pero no había nadie en la unidad que no supiera cómo los reclutas más jóvenes habían sido llamados a filas, a punta de bayoneta. Hasta mucho tiempo después Howard no descubrió que varios alumnos y profesores habían sido ejecutados —algunos de ellos apuñalados de inmediato hasta la muerte enfrente de todo el colegio, y otros designados como espías comunistas después— por haberse atrevido a protestar por el derecho de los estudiantes más jóvenes a continuar con sus estudios.

Si Winston había sido testigo de esa injusticia cruel y espantosa, jamás lo había demostrado, y en su lugar retorcía todas sus historias hasta convertirlas en anécdotas cómicas: los gusanos a medio comer que descubría frecuentemente en sus gachas, las bromas que él y sus compañeros se gastaban mutuamente relacionadas con arañas en las camas o aullidos de fantasmas durante las guardias nocturnas, sus exagerados fracasos en los simulacros.

—Madre mía, era una mierda horrible y terrible —dijo entre risas—. Aunque tengo que decir que me transformó con rapidez de un niñato llorón en un hombre.

—Todavía sigues siendo un niñato llorón —bromeó Annie.

Sentada junto a Winston, Suchi se reía recatadamente tras la servilleta. Howard pensó que aquello era muy poco propio de ella. ¿Cuándo había sido recatada alguna vez la Suchi que conocía?

—Ja —replicó Winston—. ¿Qué hay de ti, Howard? ¿Cómo fue todo eso para ti? Me parece que no hemos hablado demasiado al respecto.

Él le echó un vistazo desde el otro lado de la mesa a Suchi, que estaba volviendo a plegar la servilleta sobre su regazo. Cuando terminó, le devolvió la mirada.

—Más o menos igual —respondió—. Era una mierda.

Winston se rio con fuerza y después pasó a su siguiente historia, algo sobre la vez que había tratado de robar pan a unos cerdos.

Suchi todavía estaba mirando fijamente a Howard. Negó con la cabeza, pero él no estaba seguro de lo que significaba eso. Si estaba decepcionada o si estaba diciéndole que no quería saberlo.

Más tarde, cuando las mujeres fueron al servicio, Winston se inclinó sobre sus tazas de té *oolong* y, cambiando al mandarín, dijo:

—Me gusta mucho Sue. Es una mujer extraordinaria.

—¿Cómo os conocisteis?

—Nos faltaban algunos altos, y Annie dijo que iba a invitar a una mujer que había oído que le gustaba cantar, la suegra de la hija de una de sus amigas. —Winston dio un largo trago a la taza, como si estuviera bebiendo whisky en vez de té—. Es un poco callada, ¿sabes? Y no me malinterpretes, me gustan calladas. Hace que me entren ganas de provocarlas, para ver si se sueltan un poco. Pero lo que me sorprendió es que Sue no es ninguna pusilánime; si la provoco, ella contraataca con una respuesta mordaz. Como una tortuga mordiendo. Me gusta eso de ella. Una mujer callada pero que muerde. Se agradece el desafío.

Howard pensó que Suchi había cambiado muchísimo. «Callada» no había sido jamás una palabra que hubiera asociado con ella. «Apasionada», tal vez. «Testaruda». Él había sido el silencioso de la pareja, al que ella tenía que provocar para que se soltara un poco, el que meditaba sobre lo que significaban las cosas o lo que debería hacer. Ella había sido la vivaz y la voluble, la que se emocionaba por una nueva idea o se entristecía por un giro de los acontecimientos, saltando de un extremo emocional a otro con impactante volatilidad. ¿Qué había ocurrido en los años intermedios? Con una punzada de tristeza, se dio cuenta de que la Suchi que recordaba tal vez no fuera la Suchi real en absoluto; tal vez aquella nueva versión, la callada y cuidadosa, era en lo que siempre había estado destinada a convertirse. Y, tal vez, si hubieran seguido en contacto, la progresión le habría parecido más natural.

—Es divorciada, pero no se lo tengo en cuenta —continuó Winston, sin darse cuenta de la actitud pensativa de Howard—. Después de todo, a nuestra edad, todo el mundo está viudo o divorciado. Pero lo interesante es que su exmarido es el dueño de un enorme negocio de importación y exportación de Hong Kong.

De modo que era eso lo que había pasado con su marido. Estaba divorciada.

—¿Alguna vez habla sobre él? —preguntó Howard.

Winston negó con la cabeza.

—No lo menciona lo más mínimo. —Se inclinó para acercarse más a Howard—. Por cierto, no le digas nada de esto a ella. Annie se enteró de todo gracias a su hija, que se lo oyó a una buena amiga de la nuera de Sue.

Por un momento, Howard se sintió invadido por una violenta animosidad hacia su amigo, que parecía un poco más entusiasta de la cuenta por compartir los secretos de Suchi. Se preguntó cómo se sentiría ella si supiera que su nuera había sacado a la luz sus trapos sucios.

Winston continuó en voz baja.

—Al parecer, Sue conoció a ese hombre en un club nocturno donde estaba trabajando como camarera. Yo supongo que para ella fue como para tantas mujeres que huían a Hong Kong en esa época, estaba desesperada y necesitaba el trabajo. Y entonces apareció ese hombre, con todas sus promesas de una vida mejor.

Una amargura se extendió por el estómago de Howard. No sabía que había trabajado como camarera en esa clase de clubes nocturnos; ¿no le había dicho hacía décadas que trabajaba en un restaurante de fideos?

Winston continuó.

—Les he preguntado a algunos de mis amigos de Hong Kong que trabajaban en ese negocio. Es un hombre muy, muy rico. Y, por lo que dice todo el mundo, también es un fanfarrón, de la clase de tipo que va tirando el dinero por ahí solo para demostrar lo poco que significa para él; es alguien que compra y retiene favores y poder. Supongo que esa es la razón por la que ella se acabó divorciando de él, a pesar de que no iba a recibir ni un centavo porque todos sus activos estaban en Hong Kong. Es una mujer con principios. —Winston se alisó la camisa y se dio una palmada en el pecho—. ¿Tú qué piensas, eh? ¿Crees que podría gustarle un viejo idiota como yo?

¿Qué era lo que pensaba Howard? Su amigo había utilizado la palabra «fanfarrón» para describir al exmarido de Suchi, pero lo cierto era que eso se podría haber aplicado también al propio Winston. Se pavoneaba demasiado, tenía demasiadas opiniones sin fundamento. Suchi había odiado a esa clase de chicos en el colegio. Pero estaba claro que las cosas habían cambiado hacía mucho tiempo. Jamás habría creído que Suchi fuera capaz de sentirse atraída por el hombre que estaba describiendo Winston. Y tal vez no había sido así; tal vez aquello había sido una forma de conseguir una vida mejor, tal como había dicho Winston.

—Pensaba que ya estabais saliendo en serio —dijo Howard—. Yanhua dijo que lleváis un tiempo viéndoos.

—*Ai*, no —respondió Winston, negando con la cabeza—. Viene una vez a la semana para el ensayo del coro, y yo la invito a comer después —explicó—. Pero, cuando saco la idea de algo más serio, ella me dice que me agradece por mi compañía y cambia de tema.

Antes de que Howard pudiera responder, su amigo hizo un gesto con la barbilla. Las mujeres habían regresado del servicio y estaban listas para continuar.

El resto de la tarde transcurrió de forma agradable. Mientras Winston seguía contándole historias divertidas a Suchi, Annie le habló a Howard sobre su propia vida, y le contó que era una estadounidense de primera generación, nacida y criada en el barrio chino de San Francisco.

—Mi padre era uno de esos «hijos falsos» de los que tal vez hayas oído hablar. Sus padres le pagaron a alguien que ya tenía la nacionalidad estadounidense para que hiciera como si fuera su padre. —Estaban sentados en el jardín, observando a Winston, que le señalaba plantas a Suchi mientras explicaba cómo había sobrevivido en el ejército aprendiendo lo que era comestible y lo que no lo era—. Tuvo que memorizar toda clase de información sobre su pueblo falso y su familia falsa para que pareciera real cuando los agentes de inmigración lo interrogaran.

—No sabía que pasaba eso —dijo Howard.

—Ah, sí, era muy común durante esa época. Debido a la Ley de Exclusión China, no se podía entrar en el país de ninguna otra manera. Mi madre también era una «hija falsa», aunque, en realidad, su «padre» pretendía convertirla en su esposa. Pero ese hombre murió en los primeros meses después de que mi madre llegara, con solo trece años.

—¿Y tú sabías todo esto?

Annie negó con la cabeza.

—Durante muchos años, no. Creo que mis padres tenían miedo de que los descubrieran y los deportaran. No me dijeron la verdad hasta los años sesenta, después de que el gobierno cambiara las leyes de inmigración. ¡Descubrí que los apellidos de mis padres ni siquiera eran los verdaderos! ¿Te lo puedes imaginar? Siendo una adulta joven, había vivido toda mi vida como Annie Foo, y de repente mi padre me contó que en realidad mi apellido era Kwok. —Se rio—. A ver, legalmente no importaba, porque para entonces ya estaba casada. Pero mi padre tenía muchas ganas de que tanto mi hermano como yo, sobre todo mi hermano, nos cambiáramos los apellidos chinos, así que eso fue lo que hicimos.

Howard pensó que el padre de Annie debía de haberse pasado la vida creyéndose un mal hijo. Era un sentimiento que comprendía demasiado bien, solo que en el caso del padre de Annie había sido peor: no solo había sido incapaz de cuidar de sus padres cuando eran ancianos, sino que tampoco había podido perpetuar su apellido. ¡Menudo alivio tenía que haber sido para él decirles la verdad por fin a sus hijos! Con vergüenza, Howard se dio cuenta de que sabía poco acerca de los chinos que habían vivido en Estados Unidos antes que él. Annie era la primera persona china de su generación que había conocido jamás que hubiera nacido en Estados Unidos.

—¿Cómo fue crecer en California? —le preguntó.

—Fue maravilloso, pero también terrible. Me encantaban mi barrio y mis vecinos, la burbuja en la que vivía, pero si poníamos un pie fuera de la manzana… —Dejó la frase inconclusa—. Las cosas empeoraron después de que los japoneses bombardearan Pearl Harbor. Teníamos que estar todo el rato diciéndole a la gente que no éramos japoneses. Los niños caucásicos querían que lo demostráramos hablando chino. Pero mi cantonés era terrible, así que la mitad del tiempo me inventaba las palabras. No se daban cuenta de la diferencia.

—Al menos, tu inglés es perfecto —dijo Howard, recordando lo doloroso que había sido para él ponerse al día con el idioma cuando lo cambiaron a un colegio de habla inglesa en Shanghái. Los esfuerzos que hacía por subrayar las palabras en sus libros de texto y buscarlas en su diccionario, un machacado volumen de tamaño bolsillo con la cubierta roja y unas páginas tan delgadas como las alas de una polilla. Las muchas, muchas veces que buscó la palabra «the», el artículo que se utilizaba para todos los géneros y números, solo para darse cuenta en cada ocasión de que se trataba de una palabra casi carente de significado.

—Tu inglés también es bueno —le aseguró Annie—. Sobre todo teniendo en cuenta la edad que tenías cuando inmigraste al país.

Howard no corrigió su suposición.

Suchi y Howard se marcharon de Ocaso Coral juntos a finales de la tarde. Él se dio cuenta de que la mano de Winston se detenía sobre el brazo de la mujer cuando la ayudó a bajar del bordillo, donde un aparcacoches con granos estaba esperando con el Ford Taurus plateado de Howard.

—¿Estás seguro de que no es demasiada molestia? —le preguntó Winston a su amigo mientras le abría la puerta del copiloto a Suchi—. Puedo pedirle un taxi.

—Me pesca de camino a casa —dijo él—. No hace falta desperdiciar el dinero en un taxi.

Le dio unos billetes gastados al joven a modo de propina y se despidió de Winston y de Annie con la mano antes de meterse en el coche.

—¿Sabes cómo se llega a la casa de tu hijo desde aquí? —le preguntó a Suchi cuando se pusieron los cinturones. Ella asintió con la cabeza y le dio indicaciones a lo largo de varios giros, hasta que el hombre vio la entrada a la Interestatal 5. Al entrar en la autovía, una cascada de luces rojas los recibió. Coches que no iban a ninguna parte—. La hora punta —dijo con un suspiro.

Suchi se rio.

—Habríamos salido antes si no hubieras estado tan embelesado con las historias de Annie.

—¿Yo? —preguntó Howard—. ¿Y tú qué? ¿Animando a Winston a contar cómo hizo que el vendedor le suplicara que se llevara ese coche nuevo por una miseria?

—Se le olvida que ya me ha contado esa historia varias veces —dijo Suchi—. El precio se vuelve más disparatado cada vez que la cuenta.

—Creo que Winston utiliza su edad convenientemente como una excusa para contar las mismas historias una y otra vez. —La mujer se rio—. Me ha dicho que le gustas mucho —añadió Howard.

—*Ai* —exhaló ella.

—¿Entiendo que no estás interesada?

—Ya somos muy viejos —dijo Suchi—. ¿Qué sentido tiene? A lo mejor me muero mañana.

—¿Eso no hace que sea todavía más urgente buscar compañía mientras puedas? —preguntó él.

Ella no respondió. Observaron a una moto zigzagueando entre los coches detenidos y desapareciendo con un rugido en la distancia.

—¿Por qué no me dijiste que estuviste trabajando como camarera en un club nocturno? —quiso saber Howard.

—¿Qué?

Él la miró y vio que había inclinado la cabeza hacia un lado.

—Winston me ha contado hoy que estuviste trabajando en un club nocturno de Hong Kong. —No había sido capaz de dejar de pensar en aquella revelación. Conforme se había ido extendiendo el día, le había ido pareciendo cada vez más que aquella mentira era una traición—. No me lo contaste. Cuando estuvimos en Hong Kong.

Ella suspiró.

—Era un trabajo vergonzoso. Sabía lo que pensaba la gente que hacían las chicas como yo en esos trabajos. Conocía a chicas que hacían esas cosas, y no las culpo; tenían que sobrevivir. Es solo que no quería que pensaras que había una posibilidad de que yo lo hiciera.

—Tendrías que habérmelo contado —dijo él.

—¿Para qué? ¿Qué hubieras podido hacer tú, salvo sentir lástima por mí, o decepcionarte conmigo? Era un trabajo, el trabajo que mejor pagaba que pude conseguir. Sulan estaba enferma, y necesitábamos el dinero.

—Me dijiste que trabajabas en un restaurante de fideos.

—Pasé por muchos trabajos mientras estaba en Hong Kong. Uno de ellos fue en un restaurante de fideos. Además —añadió—, sí que te conté que estaba cantando en un club nocturno. Es solo que no te dije que principalmente trabajaba como camarera allí.

Howard frunció el ceño.

—Yo no recuerdo eso.

—¿Por qué te importa tanto, Doudou? Fue hace mucho tiempo.

Él no sabía por qué le importaba. Simplemente era así.

Los coches comenzaron a avanzar con lentitud. Levantó el pie del freno y dejó que su vehículo se moviera lentamente hacia delante. Después de un breve minuto, los coches volvieron a detenerse. Pisó el freno.

—Tan solo me gustaría que me lo hubieras contado —explicó.

—Howard —dijo ella, y a él le escoció el uso de su nombre inglés—, no podías ser mi héroe. Tu oportunidad para salvarme ya había pasado.

El hombre no respondió. Si hubiera conocido la realidad de su situación... No sabía cómo terminar ese pensamiento. La verdad era que se sentía herido por la mentira. Tal vez porque, mucho tiempo antes, había sido capaz de leer las mentiras de Suchi. O tal vez eso se debiera a que, cuando eran jóvenes, ella nunca le había ocultado nada relevante. Pero ¿qué derecho tenía él a sus verdades? Había sido él quien había roto su confianza primero.

—Vamos a hablar de otra cosa —propuso Suchi, con la voz llena de falsa alegría—. ¿Por qué no me hablas sobre estos amigos tuyos? Como sé que te gusta tanto cotillear...

Se estaba metiendo con él, tratando de aliviar la tensión entre ellos; debía de haber recordado que odiaba cotillear. Él se quedó mirando fijamente la hilera inmóvil de coches que tenían delante, el menguante resplandor dorado del cielo.

Respiró hondo.

—Claro, ¿por qué no? —dijo.

Comenzó a contárselo todo sobre el escandaloso matrimonio de Jianfeng con su nueva esposa (¿por qué nunca podía acordarse de su nombre?), seguido de historias de las peores peleas de Tina y George. Suchi se rio, no con esa risita recatada que había soltado antes, sino con toda la garganta, una lluvia de alegría desenfrenada que Howard reconocía y le hizo sentir algo cálido y brillante en el pecho.

Después de media hora sin apenas ningún movimiento en el tráfico, Howard encendió la radio. Alguien estaba hablando con una voz rápida y áspera que él apenas podía entender de que había habido un accidente en algún lugar por delante de ellos.

—Parece que vamos a quedarnos aquí atrapados un buen rato —dijo, apagando la radio—. ¿Tienes teléfono móvil? A lo mejor deberías llamar a tu hijo.

—Ya le he mandado un mensaje —respondió Suchi, mostrándole un teléfono con tapa.

Él se quedó impresionado.

—Mandar mensajes es demasiado complicado par mí.

—Ya me conoces —dijo ella con una sonrisita—, siempre intento estar al día con las modas.

Howard bajó las ventanillas. A pesar del humo de los coches, cada vez que era posible, le gustaba dejar que entrara la brisa de California. Estaba convencido de que, si inhalaba lo bastante hondo, podría oler el mar.

—¿Te gusta estar viviendo con tu hijo?

—Está bien —respondió Suchi—. En general me da mi espacio. Su esposa, Ronnie, es una mujer blanca, pero es todo lo respetuosa y considerada que podría haber deseado en una nuera. Y además puedo pasar tiempo con los niños.

Él se planteó brevemente advertirle de que su nuera había sido la fuente de los cotilleos sobre ella. *Suanle*, no era asunto suyo.

—¿Qué edad tienen tus nietos? —preguntó.

—Nicholas tiene un año y medio, y Abigail tiene cinco. Son un encanto. A Abi le gusta colarse en mi cama por la noche y dormir conmigo. —Sonrió—. ¿Qué hay de ti? ¿Cómo has acabado en California?

Entonces, Howard le explicó que, en 1976, la compañía textil para la que trabajaba en Taiwán lo envió a Los Ángeles para afianzar el negocio con los fabricantes de prendas que habían surgido en el distrito de la moda recientemente establecido en la ciudad.

—Yo era la única persona de la empresa con un inglés decente —explicó—. Supongo que todas esas horas sufriendo con manuales de conversación en inglés me resultaron útiles al fin y al cabo.

—¿No es extraño —musitó Suchi— que, después de todo eso, ahora nuestros nietos se desenvuelvan perfectamente con el inglés como si nada?

Howard asintió con la cabeza, y estaba a punto de hablarle de las palabras absurdas que Jennifer había tenido que deletrear para su campeonato de ortografía, cuando un coche salió de la nada, pasó junto a ellos a toda velocidad por el arcén y levantó una nube de polvo por el lado de Suchi. Howard subió frenéticamente la ventanilla mientras ella tosía y farfullaba.

—*Gangdu!* —maldijo en shanghainés. Ella lo miró con la boca abierta, sorprendida. Después, soltó una carcajada—. ¡Es muy peligroso! —dijo él—. ¿Qué pasa si se choca con alguien? Podría provocar un accidente.

—Siempre te gustó mucho seguir las reglas —señaló Suchi—. Eras muy buen chico.

—No siempre —replicó Howard.

—¿Qué reglas has roto tú alguna vez?

Su mente se dirigió hacia el juego, su infidelidad, la mentira sobre su edad que le había cambiado la vida. Las muchas formas en las que había hecho daño a la gente que quería. Le echó un vistazo a Suchi. Por supuesto, aquel no era el momento apropiado para sacar a relucir nada de eso.

Ella comenzó a reír cuando pasaron varios segundos.

—Le grité a Junjun unas cuantas veces, cuando me molestaba mientras estaba ensayando.

La mujer alzó una ceja.

—¿Eso es lo mejor que se te ocurre? Sulan y yo nos tirábamos del pelo y nos arañábamos los brazos la una a la otra.

Él se rascó la barbilla.

—¿Besarte? —dijo—. Eso sin duda iba contra las reglas. Tu padre me habría matado.

—¡Eso no cuenta! ¡Yo te besé primero! —Le dio un manotazo, con las mejillas rosadas—. Vuelve a probar.

Él trató de pensar en algún recuerdo de su infancia en común, pero tenía el cerebro en blanco.

Ella se rio entre dientes.

—¿Lo ves? El bueno de Doudou…

Howard giró el volante bruscamente hacia la derecha. El coche se desvió hasta el arcén y él pisó el acelerador, con los vehículos a su izquierda convirtiéndose en un borrón de sombras hasta que vio una salida. Se desvió y salió a una carretera local que, aunque no estaba despejada, al menos tenía tráfico en movimiento.

Suchi no dijo nada durante varios minutos. Y, después, exclamó:

—¡Estás loco! —Howard mantuvo el rostro impasible y miró fijamente hacia delante. Ella le dio un empujón en el hombro—. Oye. ¿Qué habrías hecho si te hubiera parado la policía?

—Habría fingido ser un anciano senil —respondió él, y pasó al inglés—. Alerta plateada —enunció con lentitud.

Ella comenzó a reírse otra vez, más alto y más fuerte que antes, y a Howard le satisfizo saber que, al menos para él, su risa seguía siendo la misma.

Cuando salieron de la carretera, atravesaron el elegante vecindario de Laguna Beach, mirando boquiabiertos las opulentas mansiones junto al mar que ninguno de los dos podría permitirse jamás, y pasaron con lentitud junto a la famosa playa. El sol se estaba poniendo, y el cielo se tiñó de tonos lavanda, rosados y dorados, brillantes y preciosos sobre el mar reluciente. Bajaron las ventanillas para dejar que el húmedo rocío de la brisa cayera sobre su piel. Para entonces ya habían dejado de hablar, y estaban observando aquella belleza el uno al lado del otro y en silencio.

—Siempre he querido vivir junto al mar —dijo Suchi después de varios minutos.

Howard se preguntó si el mar le recordaba a su hogar, como le ocurría a él.

—¿Has vuelto alguna vez? —le preguntó. Ella negó con la cabeza, mirando por la ventana—. Yo volví una vez —continuó él—. Era… diferente. Todo había cambiado. Me sentía como ese anciano del poema de He Zhizhang,[2] un extraño en mi propio hogar.

Ella no respondió, y él no dijo nada más.

Finalmente, condujo a través de suficientes carreteras alternativas como para creer que era seguro volver a entrar en la autovía desde un acceso diferente. Para entonces, la carretera ya se había despejado un poco. Tardaron una hora más en llegar a la casa de Samson en Monterey Park. Suchi había permanecido en silencio durante la mayor parte del trayecto, y Howard no había querido perturbar sus pensamientos. En lugar de eso, una sinfonía familiar sonaba con suavidad dentro de su cabeza. Aunque la capa de neblina todavía no se había levantado por completo, por primera vez desde la muerte de Linyee, notaba una sensación de alegría.

—Deja que te acompañe a la puerta —dijo él, desabrochándose el cinturón.

—No hace falta. —Esbozó una sonrisita—. No somos amantes en una cita—. Se pasó el bolso por encima del hombre—. Gracias por traerme.

Un pánico irracional creció dentro de Howard, lo mismo que había sentido en aquella tetería de Hong Kong hacía todos esos años. Estaba seguro de que Suchi iba a salir del coche, entraría en la casa, y él ya no volvería a verla jamás.

—Espera —dijo—. ¿Puedes darme tu número de teléfono? —Sacó el móvil del portavasos y lo movió en el aire—. Hoy en día es muy fácil.

Ella lo miró de reojo.

—¿Sabes siquiera cómo guardar un número nuevo? —El hombre debió de mostrarse abatido, porque Suchi se rio—. Puede que tenga la misma edad que tú, pero me alegra saber que no soy tan incapaz ni de lejos. Espera. —Se sacó el móvil del bolso y lo abrió—. Dime tu número. —Él se la quedó mirando, avergonzado—. ¿No te sabes tu propio número de teléfono?

—Nunca tengo que llamarme a mí mismo —replicó Howard para defenderse—. Lo tengo escrito en un trozo de papel en la cocina, así que cuando lo necesito…

Dejó la frase inconclusa.

—*Aiya* —dijo ella—. ¿Tienes algo de papel? —Él rebuscó entre la consola central y sacó un pequeño cuaderno de espiral. Suchi pasó las páginas—. Cuántas notas —musitó. Miró la entrada más reciente y trató de pronunciar la palabra que Howard había tenido que pedirle a su nieta que le ayudara a deletrear—: Ex-no-fa... ex-e-no-fo... —Hizo una pausa y cambió al shanghainés—. ¿¡Pero qué palabra es esta!? ¡A esta edad y todavía sigues intentando aprender! Siempre fuiste el más estudioso.

—Eso es porque tú eras más lista que yo sin tener que esforzarte. Yo tenía que estudiar para seguirte el ritmo.

—¡Ja! —Ella pasó a una página en blanco y escribió su número—. Toma —le dijo—. Pero no me llames después de las diez de la noche. Estaré durmiendo.

—¿Acaso crees que yo estaré despierto a esa hora? —preguntó él.

—No lo sé —replicó Suchi—. Antes eras como un gato nocturno, siempre estabas cansado en el colegio.

—Te olvidas de lo viejo que soy ahora.

Suchi sonrió.

—Pues sí. —Le colocó una mano sobre el brazo—. ¿Sabes cómo volver a casa desde aquí? Regresa por donde hemos venido, gira a la izquierda al final de la calle, luego a la derecha después de dos cruces, y si sigues la carretera, llegarás a la autopista.

Howard asintió con la cabeza. Observó sus pasos cuidadosos mientras recorría el camino y llegaba a la puerta de entrada. No iba a marcharse hasta que ella ya estuviera dentro y a salvo.

Howard tardó otra hora en llegar a casa; a pesar de las indicaciones de Suchi, había estado dando vueltas durante casi media hora, y para cuando cruzó su puerta, la serenidad que había obtenido durante el día se había desvanecido. Se sentía agitado y solo; echaba de menos a Linyee más que nunca. Ella habría sabido cómo encontrar la ruta en el mapa y lo habría ayudado haciendo de copiloto; ella habría sabido cómo conseguir indicaciones de algún transeúnte gracias a su encanto.

Llamó por teléfono a Yijun, su hija más joven. Esta contestó al sexto tono.

—¿Qué pasa, Ba? —preguntó en mandarín. Estaba un poco sin aliento.

—Nada —dijo él. —¿Habéis comido ya?

—Sí, acabamos de cenar.

Por supuesto. Ya eran más de las nueve de la noche en Chicago.

—¿Cómo están los niños?

—Están bien —respondió Yijun—. Tim se está preparando para ir a la cama, pero creo que Kevin todavía está levantado, haciendo los deberes. ¿Quieres hablar con él?

—No hace falta —replicó Howard—. Los deberes son importantes, no quiero molestarlo. ¿Qué hay de Robert? ¿Cómo está?

—Todo bien, ahora mismo está en clase. Los dos estamos muy ocupados dando clase últimamente. Y Robert está trabajando en un nuevo libro.

—Oh, un libro. ¿De qué trata?

—La evolución de la poesía *huaigu* —dijo ella—. Ya sabes, del género que Li Bai hizo muy popular.

—Eso está genial —respondió Howard, orgulloso de su yerno.

Linyee y él habían estado firmemente en contra de Robert cuando Yijun había comenzado a salir con él en la escuela de posgrado. La joven les había contado que era afroamericano, y lo único que sabían ellos sobre los afroamericanos era lo que veían en las películas y en las noticias, un *collage* de mafiosos con pistolas y fotos policiales. Yijun les dijo, primero pacientemente y después ya sin tanta paciencia, que lo que veían en la televisión no era representativo de la gente negra, y desde luego no era representativo de Robert. ¡Hablaba mandarín fluido! ¡Estudiaba literatura china clásica! ¡También era un aficionado a la música! Sabía que, si le daban una oportunidad, el muchacho les encantaría. Pero ellos estaban preocupados por su hija, de modo que se negaron a conocerlo. Después de muchos meses de discusiones, Yijun, que, a diferencia de su testaruda hermana mayor, normalmente estaba deseosa de complacer a sus padres, no solo se negó a romper con su novio, sino que amenazó con fugarse para casarse con él. Después de esto, ellos habían cedido.

«¿No sería hipócrita por nuestra parte, teniendo en cuenta lo que tuvimos que pasar con mi padre?», le había señalado Linyee a Howard.

Y ahora, después de cientos de cervezas compartidas durante conversaciones sobre música e historia, Howard quería a Robert como a su propio hijo; de hecho —y jamás le revelaría esto a su hija mayor—, lo prefería por encima del marido de Yiping, Adam, a pesar de la herencia china de este. Adam era un adicto al trabajo que (por lo que Howard había podido entender) apenas tenía tiempo para su propia mujer y sus hijos, y mucho menos para su familia política cuando estaban en la ciudad. Cada vez que Howard y Linyee iban a Maryland a visitar a Yiping, el anciano no podía quitarse de encima la sensación de que Adam los veía solo como una molestia con la que tenía que lidiar. En contraste, Robert siempre les daba la bienvenida a Chicago con un cálido abrazo, ya emocionado por ponerle a Howard el nuevo disco que había comprado, u orgulloso de compartir algún logro de Yijun que ella había sido demasiado modesta como para contarles por su cuenta. A Howard le avergonzaba recordar su propia mentalidad cerrada.

—¿Y qué hay de ti, Ba? —le preguntó ahora su hija—. ¿Cómo va todo?

Pensó en hablarle sobre Suchi. Yijun había sido la más curiosa de las dos niñas cuando eran pequeñas, y siempre quería conocer la historia de su padre, cómo había acabado en Taiwán y cómo había conocido a su madre. Una vez le había dicho que él era la razón por la que había decidido dedicarse a los estudios chinos, y Howard se había sentido conmovido. Pero nunca le había mencionado a Suchi. Por lo que sabía cualquiera de sus hijas, tan solo había estado enamorado una vez, de su madre. Se preguntaba si se sentirían traicionadas si supieran la verdad. Tenía la sensación de que la propia Linyee había sospechado que una vez hubo alguien más, pero nunca le había preguntado nada al respecto, aunque él no sabía si se había debido a una cuestión de respeto o de negación.

—La semana pasada fui a la fiesta por el octogésimo cumpleaños de Wi —dijo—. Vi a muchos de los viejos amigos de Ma y míos.

—Oh, ¡eso es genial! A lo mejor deberíamos empezar a planear también tu octogésimo cumpleaños.

—Por favor, no —replicó él, consternado. Odiaba la idea de que fuera un gran evento formal. Demasiada gente mirándolo, esperando poder hablar con él; demasiada gente de la que no sería capaz de esconderse.

—Estoy de broma, Ba —dijo Yijun—. Ya sé que odias esa clase de cosas. Pero a Ma, por otro lado… Si hubiera vivido hasta los ochenta, le habría encantado. —Soltó un suspiro—. Es una pena que ni siquiera pudiéramos hacerle una fiesta por los setenta.

Linyee había estado en mala forma cuando llegó su septuagésimo cumpleaños. Tenía cinco años menos que él, y aun así, parecía como si ella hubiera sido la mayor, confinada a una silla de ruedas, con los miembros rígidos y temblorosos, sin apetito y con la demencia comenzando a manifestarse. Una fiesta habría sido imposible; la habría hecho sentir ansiosa y confusa. Había muerto tres meses más tarde.

—Ba, ¿ha pasado algo más? —le preguntó su hija—. En serio, ¿te ocurre algo?

—Estaba pensando en tu madre —dijo él, y el sentimiento aplastante escapó junto a sus palabras.

Se sintió culpable al darse cuenta de que no había pensado demasiado en Linyee mientras había estado con Suchi aquel día. Durante unas cuantas horas, se había olvidado de ese enorme vacío. Pero, ahora que volvía a estar solo en la casa que habían compartido durante las dos últimas décadas, deseaba que estuviera allí. Quería hablarle sobre su visita a Winston y lo ridículamente extravagante que era Ocaso Coral; sobre la increíble historia de la vida de Annie, y sí, también sobre Suchi. Linyee había sido su mejor amiga, la persona con la que había compartido los detalles de sus días, la persona que lo había escuchado y lo había ayudado a desenmarañar sus frustraciones, la persona que había exclamado por todas las pequeñas victorias de Howard como si fueran las suyas propias. Sin ella, no tenía a nadie que lo ayudara a examinar la confusión, la nostalgia y el afecto que sentía en presencia de Suchi.

Yijun soltó un suspiro.

—Lo sé, yo también la echo de menos. —A él le pareció oír un temblor en su voz. Incluso cuando era pequeña, ella había sido la más sensible. Mientras que Yiping había sido testaruda e independiente, Yijun había permanecido atrás; siempre prefería quedarse cerca de Linyee y ayudar a su madre a remendar la ropa o fregar los platos, o escucharla leer—. Ba, ¿por qué no te planteas mudarte a casa de Jiejie, que no deja de pedírtelo?

—Tu madre está enterrada aquí.

—Lo sé —dijo ella—. Pero estamos preocupadas por ti, tan encerrado y tan solo en esa casa.

—También salgo —replicó él—. Te he dicho que fui a la fiesta de cumpleaños de Wei. Y hoy he visto a Winston y a unas amigas.

—Está bien —respondió su hija—. Es que no quiero que estés solo.

—Winston ha tratado de presentarme a una mujer —dijo Howard abruptamente.

Yijun hizo una pausa.

—¿Oh?

—Una amiga suya, de la comunidad de jubilados donde vive.

—¿Y bien? ¿Cómo era?

—Era simpática —contestó. ¿Por qué le estaba contando eso? Ni siquiera estaba interesado en Annie—. Tiene más o menos la edad de tu madre. Pero habla un inglés perfecto. Nació en San Francisco, hija de padres chinos que vinieron a principios del siglo pasado.

—Hala —dijo ella—. No he conocido a muchos de esos. —Entonces tosió, y él pudo oír el sonido de un grifo poniéndose en marcha de fondo—. Y bueno, ¿qué te pareció? ¿Estabas interesado en ella?

—Tan solo ha pasado un año desde que tu madre murió —replicó él—. Estuve casi cincuenta años casado con ella. ¿Cómo puede ocupar su lugar una mujer que acabo de conocer?

—Ba, no creo que nadie espere que vayas a reemplazar a Ma. Pero a lo mejor tendrías que mantener la mente abierta. Podría estar bien tener una compañera.

—Nadie puede reemplazar a tu madre —insistió él con tozudez.

—Ba —dijo Yijun. El sonido del grifo se detuvo, y su voz sonó vacilante—. Sabes que Jiejie y yo seremos felices siempre que tú seas feliz, ¿verdad?

—No es mi tipo. Es demasiado estridente.

—Vale, vale —replicó ella—. Eres tú el que ha sacado el tema.

—Tan solo quería que supieras que tengo amigos. No me siento solo. No hace falta que te preocupes.

—Lo sé, Ba. —Él oyó que el grifo volvía a abrirse—. Escucha, tengo que colgarte. Tengo que terminar de lavar los platos, y después tengo que evaluar unos trabajos. Pero me alegra que me hayas llamado. Vuelve a hacerlo cuando quieras, ¿vale?

Él volvió a colocar el teléfono inalámbrico en su soporte sobre la pared de la cocina. Pegado con celo junto a él se encontraba la nota adhesiva rosa en la que Yijun había escrito el número de teléfono de Howard. Rebuscó en la cesta de plástico que había sobre la encimera hasta que dio con el rollo de celo casi terminado. Arrancó de su cuaderno la página donde había escrito Suchi y, con dos trozos largos de cinta adhesiva, pegó el número por debajo del suyo.

Todavía tenía la cabeza embotada, agitada. Trató de evocar el movimiento sinfónico que había oído en su mente mientras llevaba a Suchi a su casa, pero la melodía fantasmal no era suficiente como para tranquilizarlo.

Fue a la sala de estar y revisó el estante hasta que encontró lo que estaba buscando. La *Sinfonía n.º 1 en do menor* de Brahms. Con cuidado, colocó el disco en el tocadiscos y lo observó durante un momento mientras el vinilo ganaba impulso, girando en un borrón negro. Levantó el brazo y lo puso al principio de la segunda pista. Se sentó en el sofá y cerró los ojos para escuchar a la Filarmónica de Viena llenando el espacio de su casa vacía.

Se había imaginado aquella misma pieza —el precioso segundo movimiento de Brahms— durante los dos años que estuvo marchando con su unidad a lo largo de la desolada campiña del norte de China, caminando a través de las montañas polvorientas y vadeando ríos helados que ya no podía nombrar. Su hábito de toda la vida de apagar el mundo para poder concentrarse en las melodías dentro de su cabeza le había resultado útil durante las noches de frío, hambre, aburrimiento y miedo. Desde esa primera batalla, en el momento en que sus comandantes habían gritado *Sha!* (con la palabra casi perdida en mitad del caos de los disparos de ametralladora que ya estaban atravesando rítmicamente el aire), lo había apagado todo a su alrededor de forma instintiva. Mientras avanzaba con su rifle, trataba de escuchar solamente ese violín solitario que cerraba el final del movimiento. No se detenía a pensar en sus amigos que caían a su alrededor, no veía la humanidad que rezumaba de ellos, blanda y cruda. No oía la percusión de las explosiones que ocurrían en algún lugar cercano o lejano, ni prestaba atención a las balas que estallaban al aterrizar con un tintineo metálico, un golpe seco y sordo, o un impacto viscoso. Seguía adelante entre aquella horda de hombres, mataba si tenía que matar, pero si le tocara morir, sería con las cuerdas de Brahms reverberando dentro de su mente.

En los meses posteriores, fue Bach, su *Concierto para dos violines en re menor*. O Mendelssohn, su *Concierto para violín en mi menor*. A veces era Mozart. O Sibelius, o Bruch. Música que ya no estaba seguro de que recordara cómo interpretar en su totalidad, pero que podía oír en su mente con tanta claridad como la de las grabaciones que su antiguo profesor de violín, el señor Portnoy, solía poner en su preciado Victrola. El profesor le había dicho alguna vez que la música era la conversación de un compositor con Dios, que al tocar o cantar, cualquiera (ya fuera un sacerdote o un mendigo, un cristiano o un judío, un hombre anciano o una mujer joven) tendría una audiencia con los cielos. Aparte de las ocasionales visitas al templo que sus padres lo habían obligado a hacer cuando era pequeño, Howard nunca había sido religioso, pero sentía un elemento de verdad en aquello, puesto que experimentaba algo de otro mundo que vibraba dentro de él cuando tocaba particularmente bien.

Así que, cuando en 1949 se encontró a sí mismo otra vez por fin en Shanghái —o, más bien, en sus orillas—, embarcando a toda prisa en un abarrotado barco militar para huir de los comunistas invasores, recurrió una vez más a la música. Mientras una bomba hacía que un chorro de agua se elevara a menos de diez metros de donde él y sus compañeros soldados se agachaban, se retiró a los meditativos acordes iniciales del tercer movimiento de uno de los cuartetos para cuerdas de Beethoven. Trató de captar un vistazo del hogar de su infancia a través del caos, pesaroso de no haber tenido oportunidad de pasar por el *shikumen*, ver a su familia y asegurarse de que estuvieran a salvo; de no haber tenido oportunidad de abrazar a Suchi. Pero la música se llevó sus plegarias de que viviría para verlos de nuevo, de que seguirían estando bien hasta que llegara ese día.

La música no se detuvo después de que se bajara del barco en el puerto de Keelung, en Taiwán. No se detuvo hasta casi un año y medio más tarde. En ese tiempo, los militares lo transportaban de un lado a otro: desde el norte de Taiwán hasta las sofocantes islas Pescadores o la isla Zhoushan, no muy lejos de la costa de Ningbo y tan cerca de casa que se planteó robar un barco o cruzar el estrecho a nado. A mediados de los años cincuenta, cuando se encontró de vuelta en Taiwan, construyendo durante el día casas para alojar a los militares para las que él no cumplía los requisitos y ocupando ilegalmente un colegio de educación primaria durante la noche, la música había comenzado a escaparse, como si se hubiera abierto un colador en su cerebro. Las notas, los colores y las texturas que una vez había conocido tan bien habían desaparecido; se despertaba con pánico por la noche tratando de recordar si una frase ascendía a un fa o a un fa sostenido, si lo que entraba en un compás era un violonchelo o una viola. Y entonces, un día, trató de evocar a Brahms y descubrió que la sinfonía se había esfumado. Ni una sola nota de ella permanecía en su memoria. Todo lo que quedaba era el eco de los sentimientos que le había evocado una vez, de esperanza y pesar y fe en que la vida tuviera significado.

Años después, cuando fue capaz de permitirse un tocadiscos, entró en una tienda de música y encontró una grabación de la sinfonía de Brahms. Esa noche, después de que terminaran de cenar y mientras Linyee estaba limpiando, colocó la aguja sobre el disco. Las notas iniciales lo atravesaron, desgarrándolo. El dolor, el terror, la nostalgia de su hogar; todo aquello inundó su sistema. Lo recordó todo: sus amigos que habían caído justo a su lado, las caras sorprendidas de los hombres a los que había disparado, el dolor de sus dedos después de que ordenaran la retirada de su unidad, sus manos incapaces de aflojar su agarre sobre el rifle.

Yijun, que entonces tenía cinco años, se había acercado poco a poco a él, con una expresión ansiosa en la cara.

—¿Qué pasa, Baba? —le había preguntado; su voz era un susurro—. ¿Por qué estás llorando?

Durante la semana siguiente, regresó a esa tienda de discos todos los días para adquirir todas las piezas que había olvidado, y las ponía todas las noches con el mismo terror y la misma sensación de cautiverio. Linyee no decía nada, hasta que durante la sexta noche, en la cama, se giró hacia él y le dijo:

—Estás asustando a las niñas, ¿sabes? No entienden por qué su padre se sienta durante horas a escuchar la misma música una y otra vez, llorando. —Él comenzó a explicárselo, pero ella le chistó—. No necesito saber qué es lo que sacan a la superficie esas piezas. Doy por hecho que es algo en lo que estás trabajando. Tan solo quería que supieras que las niñas te están viendo.

La noche siguiente, había empezado a sacar el nuevo disco de su funda (los conciertos para violín de Mozart), pero se quedó mirando fijamente el envoltorio de plástico parcialmente desgarrado y dejó el disco donde estaba. Se acercó al armario y vio el maltratado estuche marrón que había escondido detrás de su ropa. Pellizcó la cuerda la, que había tenido que reemplazar con una cuerda de *erhu*. Sonaba ligeramente diferente en cuanto a timbre, pero funcionaba. Llamó a las niñas.

—Quiero tocaros una de las primeras canciones que aprendí en la vida, una canción popular que las dos vais a reconocer —dijo, acunando el violín contra su cuello.

Sus hijas tenían los rostros curiosos, expectantes, resplandecientes. Él levantó el arco y cerró los ojos. Milagrosamente, sus dedos recordaron las primeras notas familiares de «Flor de jazmín».

ABRIL - AGOSTO DE 1945

Shanghái

Los últimos estertores del dominio del ejército japonés sobre China estaban teniendo lugar, pero ellos no lo sabían todavía. Apa seguía frenéticamente las noticias sobre la guerra por la radio, los cotilleos locales, diversos periódicos y otras fuentes que no nombraba, y transmitía la información a través de sus respuestas concisas, la forma de juntarse de sus cejas, su humor que cambiaba a diario. El día que recibió la noticia de que los japoneses habían perdido Iwo Jima frente a los estadounidenses, Apa cerró la librería temprano, se marchó y volvió a casa con una sorpresa muy poco común: una botella de Coca-Cola. La repartió entre los cinco y levantó el vaso para brindar por los formidables aliados de China. Suchi se quedó maravillada con la bebida dulce y almibarada, lo más sabroso que había consumido desde hacía meses, o tal vez años, y saboreó cómo burbujeaba por su nariz y le cosquilleaba en la lengua, cómo dejaba sus dientes chirriantes y metálicos. Ahora, según las fuentes de Apa, Alemania se había rendido, y el hombre remarcó:

—Tan solo es cuestión de tiempo que los japoneses también lo hagan.

Ahora había ataques aéreos cada pocos días, aviones de combate estadounidenses de baja altitud que hacían vibrar los edificios mucho antes de que sonaran las sirenas. A menudo oían el *staccato* distante de la artillería antiaérea japonesa contraatacando, esporádica y hueca como los fuegos artificiales de Año Nuevo. Apa trataba de explicarles cosas sobre la política en torno a la guerra: su propio gobierno actual, un gobierno de títeres instalado por los japoneses; las maquinaciones de Stalin, y Hitler, y Chiang Kai-shek, y Roosevelt (ahora muerto), y Mao Zedong. Les decía que Suchi ya tenía catorce años y Sulan, diecisiete; era hora de que comprendieran el mundo a vista de pájaro, y no solo por cómo afectaba la guerra a sus vidas cotidianas.

Pero Suchi no sabía de qué otra forma podía comprender lo que estaba ocurriendo. No entendía las estrategias de batallas tácticas, ni las luchas por el poder político. Lo que sí entendía era la escasez y el hambre, el vacío en su tripa que nunca quedaba saciado del todo por las gachas que comían la mayoría de los días de la semana, más líquido aguado que arroz. Comprendía la indigencia, la desesperación que llenaba las caras del número creciente de refugiados que se cobijaban en los rincones polvorientos de la ciudad. Comprendía el peligro, su corriente por debajo de la superficie de la vida cotidiana, que cobró vida una mañana cuando, a menos de cincuenta metros por delante de ella en una calle repleta, dispararon a un hombre en una pierna y lo arrastraron gritando hasta un coche oscuro. Y, por supuesto, también comprendía la muerte; ella misma había pasado junto a cadáveres que alimentaban a las moscas por la acera, desviando la mirada, aunque había escuchado a los chicos de su clase diciendo que si mirabas con atención podías ver si la víctima había muerto de hambre o a causa del *Kenpeitai*.

Y, por encima de todo, comprendía el miedo. En particular, el miedo a los japoneses. Les había tenido miedo casi toda su vida, pues había oído a la gente murmurando que lo que les hacían a las niñas y a las mujeres era peor que la muerte. Y, aunque no había sido capaz de averiguar de qué horror inenarrable se trataba, aquello se cernía sobre ella como un monstruo capaz de cambiar de forma. Cuando los japoneses se habían hecho al fin con el control de la Concesión Internacional de Shanghái dos años antes, su miedo se había vuelto casi febril: sus pesadillas de unos soldados sin cara persiguiéndola y apuntándola con sus bayonetas coincidían con sus nuevas lecciones diarias sobre la lengua y la cultura japonesas en el colegio. Las pesadillas acabaron remitiendo, no porque la amenaza hubiera desaparecido, sino porque se había acostumbrado a su presencia, un zumbido de fondo bajo y constante que solo se incrementaba cuando un guardia japonés le pedía su tarjeta de identificación, o cuando un grupo de soldados que patrullaban las calles con arrogancia la miraban durante un instante más de la cuenta.

Apa quería que lo demás le importara, y no es que ella no quisiera. Pero ¿cómo podía importarle la guerra que tenía lugar *lejos* de lo que estaba ocurriendo delante de ella? ¿Y cómo podía *vivir* si solo se centraba en la muerte, el miedo y el hambre? Era agotador tener que recordar constantemente que ella y su familia podían morir de toda clase de formas terribles en cualquier momento posible. Cuando Suchi le había dicho una vez a su padre que estaba harta de oír hablar de política, él había bajado la voz a causa de la decepción.

—Os he protegido de demasiadas cosas —dijo—. No habéis conocido el verdadero sufrimiento. La mayoría de la gente no puede permitirse el lujo de apartar la mirada ante todo esto.

Ella sabía que Apa tenía razón. Sabía que debería esforzarse más por educarse, por escuchar con más atención los últimos titulares que gritaban los chicos que repartían el periódico, por pedirle a su padre que le explicara por qué las acciones de unos cuantos hombres poderosos afectaban a las vidas de millones de personas. Pero era primavera y los cerezos estaban floreciendo, unas explosiones de blanco y rosado que llovían como dulce nieve cuando alguien agitaba sus ramas, y Suchi estaba enamorada.

No sabía muy bien cuándo había ocurrido. Nunca le había parecido que Doudou fuera alguien digno de afecto romántico; de hecho, cuando una vecina había sugerido aquello tan solo un par de años antes, la idea les había resultado ligeramente repulsiva a los dos, que fingieron sufrir arcadas y salieron corriendo. Él había sido su mejor amigo desde hacía años; habían caminado juntos al colegio todos los días, hasta que a él lo cambiaron a una escuela secundaria misionera dirigida por extranjeros. Ahora que acudían a colegios diferentes, aguardaban con más ganas todavía los momentos de verse, y Suchi prácticamente explotaba por las ganas de contarle su día mientras que Haiwen estaba deseoso por mostrarle cuál era la última pieza en la que estaba trabajando. Ella siempre le prestaba atención; descifrando sus expresiones, recordándole que comiera, burlándose de él por sus hábitos curiosos. Era cierto que con el tiempo había comenzado a reunir aquella información con más cuidado, de una forma más intencionada. Y, desde luego, de vez en cuando tenía algún pensamiento perdido sobre si a él le gustaría el lazo morado que se había puesto en el pelo, si se daría cuenta de los granos rosados que salpicaban su frente, las posibilidades que revoloteaban en su tripa como una polilla atrapada.

Pero ¿amor? Jamás se le había pasado por la cabeza hasta que un día, después de que Suchi le hablara mal a Sulan por dejar fuera de su sitio una de sus revistas de cotilleos, su hermana le había respondido:

—¡No pagues tu mal de amores conmigo!

—¿De qué narices estás hablando? —le preguntó Suchi.

—Haiwen ha estado tan ocupado ensayando para su próximo recital que apenas te está prestando atención.

—¿Y qué? —dijo la joven—. Es importante. Su profesor siempre invita a sus amigos a esos recitales, y este año, algunos miembros del profesorado del conservatorio de música van a asistir, así que si les causa una buena impresión *ahora*, es posible que lo inviten a unirse a la Orquesta Juvenil, que por lo general solo está reservada para los estudiantes del conservatorio, o tal vez eso lo ayude cuando haga su audición…

—Que sí, pero te has pasado todo el mes de mal humor por eso.

—No es verdad.

—Sí que lo es.

—¿Por qué iba a estar de mal humor? Son sus cosas. No tiene nada que ver conmigo.

—Zhang Suchi, ¿es que eres idiota? Estás enamorada de él.

Durante varios días después de eso, la palabra «enamorada» dio vueltas por su mente. Pensaba que Sulan estaba completamente equivocada. Haiwen era como un hermano para ella, alguien con el que había crecido. Le tenía cariño, pero aquello no era *amor*, al menos no de esa clase. Para empezar, le resultaba completamente irritante cómo se desconectaba siguiendo cualquier hilo de música que se hubiera apoderado de su cerebro, incluso cuando ella estaba en mitad de contarle una historia. Su pelo, que se le levantaba en todas direcciones, y sus dientes, torcidos y con uno de ellos ligeramente ennegrecido a causa de una caries, le resultaban poco atractivos. Había crecido muchos centímetros de golpe durante el último año, y ahora se elevaba por encima de ella con torpeza, como un revoltijo de miembros larguiruchos, y su cabeza, que una vez había parecido demasiado grande para su torso, ahora no era más que un mero alfiler sobre sus hombros. *Uf*, pensó Suchi. Nunca podría enamorarse de él, jamás.

Unos cuantos días después, en una tarde lluviosa, salió por las puertas de su colegio y se encontró con Haiwen esperándola debajo de un paraguas. Él se apresuró a ponerse recto en cuanto la vio, y ella se dio cuenta de que la camisa del uniforme del muchacho se le había salido de la parte de atrás de los pantalones, como una masa arrugada que se agitaba detrás de él. Lo saludó con la mano mientras el muchacho se acercaba y sonrió para sí misma. Siempre estaba muy desarreglado.

—He estado tan ocupado que se me había olvidado decirte los detalles del recital —le dijo él—. Todavía queda un tiempo, es el veinticinco de julio. Pero espero que vengas.

—Pues claro —le aseguró Suchi—. Pero ¿por qué no podías decírmelo en casa?

—Oh —respondió él, como si se sintiera confuso por la pregunta—. Es que pensé que a lo mejor necesitabas un paraguas.

El amor cayó de golpe sobre ella con un salpicón de colores pastel. Mientras caminaban trabajosamente a través de la lluvia para volver a casa, la muchacha pensó que Sulan tenía razón. Adoraba su estúpido pelo. Adoraba su tediosa indiferencia. Adoraba el misterio de la música que ella no podía oír detrás de sus ojos, incluso más todavía que la música que salía de sus dedos. Lo adoraba a él, lo quería, y se sentía estúpida porque Sulan se hubiera dado cuenta antes que ella.

Suchi se guardó este conocimiento para sí misma durante una semana, una eternidad. Ahora que lo había admitido ante sí misma, estaba segura de que la obviedad de su amor emanaba de ella en forma de nube, de que cada molécula anunciaba sus sentimientos mientras rozaba el hombro de Haiwen.

Sentía agonía con respecto a lo que debería hacer con ese giro de los acontecimientos. Le preocupaba arruinar su amistad, que confesar aquellos esos sentimientos fuera a cambiar de forma irrevocable la comodidad que vibraba entre ellos. Pero Suchi no era de las que se guardaban las cosas. Haber retenido una revelación tan importante le resultaba casi intolerable. Estaba perdiendo horas de sueño, era incapaz de concentrarse en las tareas que su madre le encargaba, clasificaba mal los libros en la librería. Al final, decidió contárselo.

Suchi observó a Haiwen mientras levantaba la aguja del disco, volvía a girar la manivela del Victrola, encendía el motor de nuevo y colocaba con cuidado la aguja sobre el disco otra vez. Se tumbó en el suelo y se aovilló junto al tocadiscos, pegando la oreja a las baldosas de pizarra del patio. Durante unos segundos no se oyó nada más que el rasgueo de la aguja, y después, de la estática salió un único violín solitario, como un niño emergiendo del bosque oscuro.

El muchacho ya había escuchado el disco entero una vez; Suchi había llegado hacia el final, y como no quería interrumpirlo, se había quedado esperando en el umbral de la puerta. Pero tenía las palmas húmedas, y le preocupaba perder el valor si seguía esperando más tiempo.

—¡Doudou! —lo llamó mientras saltaba frente a él, y entonces giró sobre sí misma. La falda que Sulan la había ayudado a coser se abrió como una flor.

—Susu —la saludó él, sentándose en el suelo.

Trasteó con la máquina para que la música sonara más bajo y se giró hacia ella, con una sonrisa expectante. A la muchacha se le contrajo el corazón.

—Te estaba observando —le dijo—. Ya has escuchado este disco hasta el final una vez.

—Van dos veces hoy —respondió Haiwen—. Esta es la tercera vez.

Ella se rio.

—Qué dedicado —comentó—. Me he dado cuenta de que estabas escuchando tumbado otra vez. —El muchacho le había contado que era un hábito de cuando vivía en la casa grande de estilo europeo con los suelos de madera. Le gustaba escuchar el gramófono y la radio con la oreja pegada al suelo para poder sentir las vibraciones de la música a través de su cuerpo. Aunque con las baldosas de pizarra no funcionaba igual, se trataba de un hábito que lo reconfortaba. A Suchi le había parecido extraño al principio, pero ahora le resultaba adorable, una excentricidad de su amigo que hacía que se le hinchara el pecho—. ¿Qué estás escuchando? —le preguntó.

El rostro de Haiwen se iluminó.

—¡Sibelius! El señor Portnoy acaba de ponerme este disco de su concierto para violín durante la clase, y me ha gustado tanto que me lo ha prestado. Este violinista es Jascha Heifetz; el señor Portnoy me contó que vino a Shanghái a finales de los años veinte y que pudo conocerlo. ¿No es increíble? El señor Portnoy dice que era todavía más increíble en persona.

Suchi no podía dejar de sonreír. Aquella era la única ocasión en la que Haiwen se expresaba abiertamente con las palabras, cuando estaba emocionado por algo musical.

El muchacho seguía hablando.

—¡Pero este concierto! Escucha la *cadenza* del primer movimiento, pero espera, es después de unos minutos…

Subió el volumen.

La música era sombría y enervante. A ella le recordaba a la sensación que tenía cuando pasaba por la calle junto a los soldados japoneses, que durante el último año habían comenzado a observarla mientras caminaba hacia el colegio. Sentía un deseo urgente de cruzar la calle, de meterse en algún callejón trasero donde no pudieran mirarla.

—Es como —dijo con un titubeo— si el violín fuera la heroína de la historia.

Haiwen asintió con la cabeza.

—Es exactamente así.

Suchi se imaginó a sí misma como el violín, sus notas esquivando a los soldados japoneses, los secuestradores, los miembros de las bandas, los espías. Pero entonces hubo un giro precioso, el descubrimiento de un refugio seguro. Aquella ternura la dejó sin aliento.

—Esto me gusta más que alguna de la otra música que me has puesto. Como ese… ¿Cómo se llamaba? Ba… Bu…

—Bach —dijo Haiwen—. Es un genio.

—Eso sonaba demasiado caótico, había muchas cosas al mismo tiempo —explicó ella—. No sabía qué parte escuchar.

—Así es Bach. Es increíble que pueda tener tantas secuencias sonando al mismo tiempo y que, a pesar de ello, todo suene perfecto junto.

Suchi arrugó la nariz.

—De todos modos, ya sabes que yo no entiendo la música que escuchas. —En cuando pronunció las palabras, se arrepintió. Fue repentinamente consciente de lo poco educada que estaba en aquello que tanto le gustaba a Haiwen, de lo estúpidos que probablemente habrían sonado sus comentarios anteriores—. Pero hablando de música —dijo—. La otra noche escuché una nueva canción de Bai Guang en la radio. —Aunque los japoneses habían ordenado que se confiscaran las radios, muchas familias, como la suya, todavía se aferraban a ellas en secreto y las encendían con el volumen bajo—. No dejo de encender la radio con la esperanza de que vuelvan a emitirla, y M'ma está empezando a ponerse de los nervios. No le gusta que utilice tanto lo que ella considera «su» radio, a pesar de que Apa le dijo que la única razón por la que no la ha vendido todavía en el mercado negro es para poder mantenerse informado.

Se metió dos dedos en los oídos para bloquear el concierto de violín en el gramófono y cerró los ojos con fuerza, tratando de recordar la melodía evocadora, algo que le hacía pensar en habitaciones oscuras e intrigantes y mujeres misteriosas.

—*Yanbo liu, ban dai xiu... huayang de yaoyan, liu yang de rou...* [3] —Perdió el hilo y se ruborizó—. No me acuerdo del resto, pero es muy sexi y suena como a *jazz*, tienes que escucharla. ¡Es perfecta para su voz grave! Ojalá yo sonara como ella. A lo mejor, si la escuchara las veces suficientes, podría averiguar cómo cantar como lo hace ella, un poco como cuando tú escuchas esos discos una y otra vez. —Emocionada, añadió—: ¡Y también hay una parte con un violín! Así que tú podrías tocarla para mí mientras canto. ¿No sería divertido?

—Estaré atento por si puedo escucharla cuando la pongan —dijo él, dirigiéndole una dulce sonrisa, y una vez más, ella sintió esa cálida oleada de gratitud.

Haiwen siempre trataba pacientemente de tocar acompañamientos para las canciones pop que le encantaban a Suchi, ignorando lo mucho que se frustraba cuando él no era capaz de reproducirlas basándose solo en sus tarareos. Ella sabía que al muchacho no le gustaba esa clase de música, el *shidaiqu*, o como Apa se refería a ella, «la música amarilla», como si de alguna manera fuera degradante o pornográfica. Pensó que ellos no lo entendían. Aquella música se movía desde sus oídos, a través de sus costillas y bajaba hasta llegar a las yemas de los dedos de las manos y los pies, encendiendo cada parte de su cuerpo. La transportaba a un lugar diferente, un cuerpo diferente, un mundo diferente. ¡Y las mujeres que cantaban esas canciones! Glamurosas, elegantes, hermosas. Estaba segura de que hasta la madre de Haiwen apreciaba su cualidad estelar. Wang ayi casi parecía una de ellas por cómo se vestía, cómo se comportaba. Suchi se había planteado si saldría a salones de baile y clubes nocturnos, pero jamás se lo había preguntado a su amigo; le parecía de mala educación.

—Por cierto, ¿tu colegio va a participar en el certamen de coros escolares de la ciudad? —le preguntó a Haiwen, y él negó con la cabeza—. Ah, es que en nuestro colegio nos han asignado la «Marcha de las naciones del este de Asia». En realidad no me gusta demasiado, pero ¿sabes quién canta la grabación para la radio? ¡Bai Guang! —Dio una palmada. Con aire soñador, añadió—: ¿Tú crees que es posible que algún día llegue a ser tan talentosa y querida como Bai Guang?

—Pues claro —respondió Haiwen—. Ya te pasas un montón de tiempo ensayando. Seguro que ella también empezó siendo una chica a la que simplemente le gustaba cantar las canciones que oía por la radio. —Hizo una pausa, y después sonrió—. Y, de todos modos, seguro que Bai Guang no sabe coserse sus propias faldas para sus actuaciones. Tú tienes esa ventaja.

A Suchi se le calentaron las mejillas. Haiwen se había fijado en su falda nueva. Para ocultar su vergüenza (y el dobladillo irregular de la prenda), recogió el tejido sobre su regazo y murmuró:

—Pero eso da igual, porque Apa jamás me dejará ser cantante de todos modos.

—¿Por qué no? —preguntó el muchacho—. ¿Él no dice siempre que las chicas pueden hacer cualquier cosa?

Sin embargo, Haiwen había entendido mal a Apa. El hombre era progresista sobre muchas cosas con respecto a las mujeres —cuando M'ma se había lamentado de que no le había dado ningún heredero, él le había insistido en que las chicas eran tan válidas como los chicos, y había alentado la curiosidad de las niñas llevándoles montañas de libros de la librería—, pero algo que no podía soportar era la obsesión de sus hijas con las estrellas en ciernes de Shanghái. Consideraba que las cantantes y las actrices se encontraban apenas un peldaño por encima de las prostitutas.

—Se dejan explotar para la mirada de todo el mundo —decía.

Suchi y Sulan seguían comprando revistas de entretenimiento sin el conocimiento de su padre, y pegaban fotos de Bai Guang, Zhou Xuan, Yao Lee y otras en cuadernos de recortes que mantenían escondidos debajo de sus libros del colegio.

—Apa dice esas cosas todo el rato, pero eso no significa que quiera que sea cantante. De todos modos, él no sabe de lo que habla —refunfuñó Suchi—. ¿Te has dado cuenta de que la mayoría de las mujeres del vecindario son esposas o madres? Las que trabajan son casi todas obreras de las fábricas, o camareras en los restaurantes, o ayudantes de sus maridos en cualquier negocio que hayan abierto ellos. Yo quiero algo más. ¡Viaje, aventura, glamur!

Soltó un suspiro.

Desde hacía ya varios meses, una conciencia creciente de la futilidad de todo lo que Apa la había empujado a ser había comenzado a carcomerla. Todo se había iniciado con la llegada de su nuevo profesor, Hu laoshi, un hombre de poca monta y sediento de poder al que le gustaba meterse con las estudiantes por las infracciones más insignificantes; si respondían demasiado despacio, o si sus camisas no estaban bien planchadas, o si no comprendían sus lecciones terriblemente explicadas, o si llevaban un lazo en el pelo de un color demasiado llamativo. Las reprendía llamándolas «estúpidas» e «inútiles», y les recordaba que sus trasfondos familiares mediocres significaban que tan solo servían para ser jarrones que colocar en los estantes de sus futuros maridos, y eso era solo si tenían la suerte de ser guapas. Según decía, el resto de ellas estaban destinadas a convertirse en obreras de una fábrica, así que tratar de enseñarles era como tocarle el laúd a una vaca.

Al principio, a Suchi solo le había importado no desatar la furia de Hu laoshi: había estudiado con diligencia para todas sus asignaturas, había estado preparada cada vez que él la llamaba, se había esforzado mucho en todas las tareas que le ponía. Había pensado que, en cuanto él se diera cuenta de que aprendía rápido, ya no sería capaz de encontrar fallos en ella, que podría demostrarle que estaba destinada para más de lo que él creía. Pero se equivocaba. Al principio, parecía que a él le hacían cierta gracia sus aptitudes, pero eso no tardó en convertirse en fastidio, y después, en una furia que se desbordó el día que ella trató de señalar un error del que se había percatado en uno de los caracteres que había escrito él en la pizarra. El hombre se había dado la vuelta y le había tirado un trozo de tiza, que no le golpeó la cara por poco.

—¡Listilla arrogante! —había exclamado—. ¿Es que no sabes que dinastías enteras se han venido abajo porque una mujer creyó que era más lista que nadie?

Wu Zetian, Yang Guifei, incluso la reciente y tan despreciada emperatriz viuda Cixi; escupió los nombres de aquellas infames mujeres como prueba de que Suchi se estaba dirigiendo hacia un camino peligroso.

De modo que había dejado de intentarlo, se había retirado al olvido, y tan solo respondía a las preguntas de Hu laoshi con la frecuencia suficiente como para evitar que la acusara de pereza, pero no tanto como para volver a invocar su ira. La mediocridad era un lugar seguro donde estar, a pesar de que no le produjera la misma alegría que la excelencia. Pero, en cuanto estuvo ahí, en cuanto salió de la inercia de los logros en los que se había visto sumida durante toda su joven vida, se dio cuenta de que, en cierto sentido, Hu laoshi tenía razón. El colegio no tenía ningún sentido. ¿A qué conducía todo aquello? Veía cómo se preocupaba M'ma por el dinero para la compra; no iban a poder permitirse que fuera a la universidad. Y, aunque una vez se había deleitado en el hecho de ser buena en el colegio, ¿qué era lo que le estaban enseñando esas lecciones en realidad? Las matemáticas eran pura memorización, cosa que podía hacer con gran facilidad, pero la mayoría de los puestos de contabilidad se asignaban a los hombres. El chino clásico estaba anticuado y era poco práctico. Hasta la geografía le parecía algo risible, tal y como las ocupaciones no dejaban de cambiar y la guerra lo asolaba todo. Sí, la lengua japonesa sin duda podía ser útil, pero le parecía como si fuera una habilidad de supervivencia, no algo que la emocionara, y de hecho, en combinación con las lecciones sobre cultura japonesa, le hacía sentir náuseas. Y, después, estaban las «artes femeninas»: coser, bordar, pintar, dibujar. Esas clases podrían haber sido divertidas si les hubieran permitido ser creativas, pero en vez de eso, las calificaban en función de su habilidad para replicar muestras ya hechas y poco inspiradoras. Pasaba más tiempo en la librería de Apa, leyendo memorias de viajes y novelas extranjeras traducidas, y soñando con una vida diferente. El certamen de canto era la primera cosa emocionante que ocurría en el colegio desde hacía una eternidad.

—A lo mejor puedes convencerlo —dijo Haiwen—. ¿Es que no se da cuenta de que hace falta valor para ser cantante? ¿Tú no dices que él respeta a la gente valiente?

La miró con tanta seriedad que Suchi tuvo que emplear toda su fuerza de voluntad para no estirar el brazo y tocarlo. Él era la única persona del mundo que creía en ella de todo corazón. Sintió la necesidad de confesárselo entonces, de aferrarle la mano y contárselo, pero en ese momento, él giró la cabeza de golpe hacia el gramófono.

—¡Aquí! —exclamó, y subió el volumen un poco más.

El violín solitario se deslizaba de arriba abajo como si estuviera corriendo por unas escaleras antes de girar por una esquina al azar. Era discordante, frenético en algunas partes y solitario en otras. Pero, extrañamente, cada vez que Suchi pensaba que ya no podía seguir soportándolo, se volvía tierno, como una mujer acariciándole el pelo.

—Es muy diferente a todas las demás cosas que he escuchado en la vida —dijo Haiwen—. Todas las escalas y figuras, las dobles cuerdas, los trinos y saltos… Es caótico pero precioso, ¿no te parece? Da la sensación de que así es como sería un ser humano de verdad por dentro.

Escucharon el resto del disco sin hablar. Suchi, consciente de la calidez del cuerpo de su amigo junto a ella, lanzaba miradas furtivas al rostro concentrado del muchacho. Cómo se quedaba mirando a la nada, con los labios ligeramente entreabiertos. Cómo su cabeza se movía con la música en círculos delicados. Cómo sus dedos se agitaban ligeramente sobre su antebrazo, tocando unas cuerdas invisibles. Se encontró a sí misma almacenando esas cosas en su memoria, como pequeñas gemas.

El movimiento terminó y Haiwen detuvo el Victrola. Soltó un suspiro; un sonido de satisfacción.

—¿Esto es lo que vas a tocar para el recital? —le preguntó Suchi.

Él negó con la cabeza.

—El señor Portnoy dice que la mayoría de sus amigos prefieren los clásicos: Brahms, Mozart. Probablemente, esto sería demasiado moderno para su gusto.

—Entonces, ¿qué es lo que vas a tocar?

—La sonata «Primavera» de Beethoven —respondió él—. Es bonita, y por supuesto que me estoy esforzando mucho con ella, pero… no se parece en nada al concierto de Sibelius. —Parecía alicaído—. De todos modos, el señor Portnoy piensa que es demasiado avanzado para mí. Dice que podemos volver a intentarlo para mi audición para el conservatorio de música dentro de unos años.

Suchi pensaba que era extraño cómo las cosas que sabía acerca de Haiwen desde hacía años se presentaban como si fueran nuevas. Ahora se sentía encandilada por lo apasionado que lo volvía aquella pieza de Sibelius, tan diferente a su estado neutral habitual.

—Vas a impresionar a esos profesores toques lo que toques —le dijo—. Y, cuando te presentes para el conservatorio de música, se acordarán de ti.

El muchacho sacó el disco de la máquina.

—¿Qué pasa si...? —empezó, pero entonces se detuvo. Mantuvo los ojos concentrados en lo que estaba haciendo.

—¿Qué pasa si qué? —lo presionó Suchi.

Con cuidado, él volvió a guardar el disco en su funda.

—¿Qué pasa si no les gusto? —dijo al fin, en voz baja.

—¡Pues claro que vas a gustarles! —exclamó ella—. ¿Cómo no vas a gustarles?

Haiwen negó corta y bruscamente con la cabeza, aunque la muchacha no sabía si estaba negando lo que había dicho ella o sus propios miedos. Se giró para mirarla, con una sonrisa un poco más amplia de la cuenta en la cara.

—¿Por qué te has pasado por aquí hoy? ¿Alguna razón en particular?

Un rastro húmedo brotó a lo largo de la columna de Suchi. Miró el rostro expectante de Haiwen, la tensión que no había desaparecido de su ceño. Negó vigorosamente con la cabeza.

—¿No puedo pasarme a ver a mi mejor amigo cuando me apetezca?

Una semana más tarde, M'ma encargó a Sulan y a Suchi la tarea de remendar algo de ropa vieja que había apilado sobre la mesa delante de ella. Había un *qipao* azul marino y marrón con las costuras rasgadas, y unos cuantos de los pantalones y camisas de Apa necesitaban parches. Algunas prendas se encontraban en una condición tan mala que iban a tener que convertirlas en bufandas o chaquetas pequeñas, y hasta trapos incluso. Sulan sugirió que a lo mejor podía juntar algunas de las telas más salvables para crear nuevos vestidos. M'ma estuvo de acuerdo, y gruñó:

—Nyau lausy tenía razón. ¡El oráculo me advirtió de que el poco dinero que teníamos desaparecería si nuestros bolsillos tenían agujeros! Se lo he dicho a vuestro padre, pero no me escucha; él insiste en gastar el dinero en su... política..., en lugar de utilizar lo que nos queda en cosas útiles. Actúa como si no estuviéramos en mitad de una guerra, como si pudiéramos garantizar que habrá comida en la mesa mañana. Si le queda dinero, ¿no debería estar pensando en vuestros futuros? Laelae, pronto tendremos que buscarte un hombre apropiado para casarte, ¿cómo puede presentarse una mujer joven vestida con ropa vieja y harapienta como esta? ¡Vuestro padre nunca piensa en esas cosas!

Sulan frunció el ceño.

—M'ma, últimamente estoy demasiado ocupada para pretendientes...

—Nyau lausy suele acertar bastante, ¿verdad? —la interrumpió Suchi.

M'ma miró la prenda que estaba remendando.

—Me dijo que ibas a pescar muchos resfriados, ¿no es así? Te advertí de que no te acercaras a las comidas frías, de que comieras más jengibre, sobre todo durante esos días del mes, pero no me escuchaste, ¿y cuántas veces has estado enferma hasta ahora? Has...

—De todos modos, ¿dónde vive este oráculo? —preguntó Suchi, interrumpiendo la habitual cantinela de su madre—. ¿Cómo es que nunca me has llevado contigo?

—En el distrito de Hongkou, en el gueto donde viven todos esos pobres refugiados judíos de Europa —respondió su madre—. No es un lugar al que debería ir una señorita joven, sobre todo ahora, con todos los ataques aéreos y el aumento de las patrullas. Yo misma no iría ahora. —Soltó un suspiro—. Es una pena, no creo que pueda permitirse mudarse a ningún otro lugar.

Dos días más tarde, Suchi estaba esperando en el *shikumen* de Haiwen a que volviera de su clase. Se había puesto a jugar con Junjun, que quería enseñarle el regalo que había recibido por su noveno cumpleaños, un joyero de madera que se abría para revelar una bailarina que daba vueltas y un tintineo de una melodía extranjera. Suchi, cuyo cumpleaños había sido varias semanas antes, sintió una punzada de envidia. Ella nunca había recibido nada tan bonito. Todos los años, Apa les regalaba libros, y aunque a Suchi le encantaba leer, deseó poder recibir aunque fuera una vez algo bonito y reluciente.

Cuando Haiwen regresó, un poco antes de la hora de la cena, parecía cansado. Junjun corrió hasta él y le rodeó la cintura con los brazos.

—Susu jie ha venido —dijo—. Le estaba enseñando mi caja de música.

Haiwen le dio unas palmaditas en la cabeza a su hermana y miró a Suchi.

—¿Has estado mucho tiempo esperando? —le preguntó en shanghainés.

La joven titubeó. ¿Y si era una idea estúpida?

—Estaba pensando que... —Se detuvo y volvió a comenzar—. Resulta que mi madre tiene un oráculo al que va a ver una vez al año, justo después del festival de primavera, Nyau lausy. El oráculo le dice a mi madre las cosas con las que tendría que tener cuidado, las enfermedades que podríamos tener, además de darle consejo y predicciones sobre lo difíciles que van a ser las cosas. —Hizo una pausa y se enroscó un mechón de pelo alrededor del dedo—. A lo mejor, si sabes que el recital no va a ir mal, no estarás tan estresado. O a lo mejor el oráculo podría decirte cómo prepararte mejor.

Haiwen la miró, dubitativo.

—Mi madre dice que los adivinos son parte de las costumbres anticuadas y retrógradas —dijo—. ¿Y qué pasa si me dice que me va a salir fatal? Entonces, solo estaré más preocupado.

—O a lo mejor te esforzarás más ensayando —replicó Suchi—. Las palabras del oráculo no son un destino sellado.

Haiwen suspiró, pero escuchó a Suchi porque siempre lo hacía.

Quedaron ese fin de semana por la mañana temprano, antes de la clase de por la tarde de Haiwen. Suchi montaba con las piernas a un lado mientras el muchacho pedaleaba con su bicicleta a través de la Concesión Internacional, en dirección a Hongkou. La brisa enfriaba el sudor pegajoso del verano sobre su piel, pero la joven estaba de los nervios. Habían viajado por la ruta más directa que podían; Apa les había advertido una y otra vez de que nunca debían aventurarse demasiado lejos, de que los desamparados de la periferia de la ciudad se volvían más desesperados con cada día que pasaba, de que el peligro acechaba más allá de las fronteras de lo que conocían.

A varios metros de uno de los puntos de control, Haiwen bajó la velocidad. Debajo de un cartel que rezaba «LOS REFUGIADOS APÁTRIDAS TIENEN PROHIBIDO PASAR POR AQUÍ SIN PERMISO» había un soldado japonés de aspecto aburrido. Suchi se estremeció.

—¿Estás segura de que quieres hacer esto? —le preguntó Haiwen.

Ella se preparó mentalmente.

—Sí.

El guardia japonés levantó una palma mientras aparcaban la bicicleta y se acercaban.

—Identificación —les ladró en un mandarín con un fuerte acento.

Haiwen le entregó su tarjeta de identificación, pero Suchi se quedó paralizada al darse cuenta de que se había dejado la suya en un bolso diferente.

—¿Y bien? —preguntó el guardia con impaciencia. Los miró de arriba abajo y frunció el ceño.

La muchacha pudo notar el momento exacto en el que su amigo se dio cuenta de la razón de su titubeo. No llevar la identificación podía llegar a suponer un riesgo para la vida, dependiendo del soldado. Los *Kenpeitai* podrían llevársela a rastras para interrogarla, podrían hacerla desaparecer tal como se hacía desaparecer a los sospechosos de ser espías; podría sufrir lo que fuera que les hicieran a las mujeres.

Durante un momento, Suchi no reaccionó; su cuello se llenó de gotas de un sudor frío. Sus pesadillas eran un hormigueo en su piel, sintió el falso recuerdo de una bayoneta en su estómago. Entonces, como si alguien estuviera tirando de unas cuerdas en su cara, sintió que sus facciones se recolocaban en algo dócil, inocente e infantil. Sonriendo con dulzura, respondió en japonés, con la voz un poco más aguda de lo normal.

—Disculpe por las molestias, señor. —Hizo una reverencia—. Es nuestro tío anciano, que vive aquí. Mi hermano y yo hemos recibido noticias de que se ha puesto muy enfermo de repente. Me temo que estaba tan preocupada que he salido corriendo sin mi identificación. Por favor, perdóneme; no volverá a ocurrir.

Suchi se quedó ahí plantada, con la sonrisa tensa en su rostro. Se fijó en que el soldado tenía un brote de acné en la mejilla, y se dio cuenta de que no podía ser mucho mayor que ella. Después de unos pocos segundos agónicos, él inclinó la barbilla.

—Bueno, supongo que no hay nada que diga que los chinos no pueden entrar y salir libremente. La próxima vez no te olvides de la identificación.

Una vez que estuvieron lo bastante lejos como para que el soldado no los oyera, Haiwen la miró con una expresión que era al mismo tiempo de admiración y de preocupación.

—Alguien ha estado prestando atención durante sus clases de japonés —dijo medio en broma.

Suchi podía oír los nervios cortantes en su voz. Negó con la cabeza.

—Es que pensé que, si alguna vez me encontraba cara a cara con algún soldado que quisiera hacerme daño, tal vez sería más amable conmigo si sabía hablar su idioma.

—Pues parece que tenías razón —respondió él—. Tal como estabas hablando y actuando… nunca antes te había visto de ese modo.

Ella se encogió de hombros, tratando de deshacerse de la tensión del miedo que sentía en los hombros. Fuera lo que fuere lo que había hecho, no había sido de forma consciente, y lo más probable era que no fuera capaz de replicarlo si lo intentara. Esperó no tener que necesitarlo de nuevo.

La calle a la que habían entrado estaba sucia, llena de latas viejas desperdigadas y cristales rotos, con unos perros sarnosos rebuscando en la alcantarilla para tratar de encontrar comida. El hedor de los retretes vaciados recientemente flotaba en el aire. Varios niños extranjeros con ropa remendada corrieron junto a Suchi y Haiwen, cantando en un idioma que ninguno de los dos era capaz de comprender. A pesar de la apariencia ruinosa del gueto, había negocios que prosperaban en las calles. Una pastelería anunciaba dulces tanto en chino como en un idioma foráneo; en la puerta de al lado había un sombrerero cuyos sombreros parecían bien construidos a pesar del material barato; a su lado había una tienda de música que vendía instrumentos de segunda mano: una flauta oxidada, un violín maltrecho, unas cuantas armónicas desperdigadas, un acordeón estirado como si fueran dientes. Enfrente de esas tiendas había vendedores ambulantes chinos que ofrecían productos más familiares: cestas de bambú, hilo y tela, agua hervida en estufas, cortes de pelo, limpieza de orejas.

—No es *demasiado* diferente a nuestro vecindario —susurró Suchi—. Salvo por el idioma extranjero.

La verdad era que tanto la condición de las calles y los edificios como la apariencia de las propias personas señalaban un cierto estado de miseria que hacía que le entraran ganas de salir corriendo. Suchi había aprendido de su padre que, cuando los japoneses se apoderaron de Shanghái, obligaron a todos los inmigrantes judíos recientes —los que venían de Alemania, Austria y Polonia, no los rusos judíos que llevaban ya un tiempo por ahí, como el señor Portnoy— a irse a ese diminuto asentamiento, que ya estaba rebosante de gente de por sí, tanto chinos como extranjeros. «Es mejor que lo que se rumorea que están sufriendo los de su clase en Europa», le había dicho su padre. Pero nunca había desarrollado con más detalle lo que quería decir.

Fueron a un tabaquero con dueño chino y le preguntaron al hombre malhumorado que había allí si conocía a un Nyau lausy que era un oráculo. El hombre se limpió los dientes con un palillo antes de responderles.

—*En* —dijo con un gruñido—. A una manzana de aquí, por el callejón de la casa adosada entre la cafetería húngara y la tienda de medias. No tiene pérdida. Deja comida fuera para los gatos y los perros callejeros. ¡Como si no hubiera gente muriéndose de hambre en este barrio!

En frente de una puerta gris sucia, encontraron platos de patas de pollo gomosas y unas relucientes colas de pescado desperdigados por la escalera de entrada. Llamaron a la puerta. Transcurrieron unos segundos y oyeron a alguien gritando en shanghainés:

—¡Ya voy! —Un hombre mayor que llevaba gafas de alambre y un *changshan* abrió la puerta, con un pincel de caligrafía que goteaba tinta en una mano—. ¿Quiénes sois vosotros?

—Disculpe, Nyau lausy… —comenzó Suchi, pero el hombre giró la cabeza antes de que terminara la frase.

—¡Nyau lausy! ¡Hay unos jovencitos aquí para verte! —gritó en dirección a la escalera. Se dirigió a ellos y les dejó pasar a un mugriento recibidor mal iluminado—. Subid por ahí.

Ellos subieron los escalones de madera podrida. Suchi sentía un hormigueo de aprensión. No tenía ni idea de lo que debería esperar. ¿Aquel hombre le leería la palma de la mano? ¿Le tocaría la cabeza? ¿Entraría en un trance? ¿O sería capaz de decírselo todo simplemente con mirarla a la cara?

En la parte de arriba de las escaleras había un corto pasillo con una puerta. Le dieron unos golpecitos, y esta se abrió de inmediato.

Una mujer ligeramente mayor que la madre de Suchi apareció ante el umbral. Tenía el pelo gris pulcramente apartado de su rostro delgado. Llevaba puesto un *changshan* azul marino, similar al que llevaba el hombre de la planta inferior. La muchacha nunca había visto a una mujer vestida con un *changshan*.

Suchi sonrió con incertidumbre.

—*Ayi* —dijo en shanghainés—, estamos buscando a Nyau lausy…

—Sí.

La respuesta de la mujer fue seca. La muchacha se quedó confusa.

—¿Usted es Nyau lausy?

—Sí.

La mujer parecía impaciente. Dirigió la mirada hacia Haiwen, y después detrás de los hombros de los dos, como si esperara que apareciera alguien más.

—*Ayi*… —comenzó Suchi.

—*Lausy*. —Haiwen estaba corrigiendo el honorífico que había empleado su amiga—. Nyau lausy.

La joven todavía estaba tratando de comprenderlo. Había dado por hecho que todos los adivinos eran hombres mayores;[4] no se esperaba a una mujer de mediana edad.

Haiwen le dio un suave codazo en las costillas. Suchi le lanzó una mirada de soslayo, molesta, pero dijo:

—Nyau lausy. Sentimos mucho molestarla de esta manera. Yo soy Tsan Suji, y este es Waong Haeven. Nos preguntábamos si no le importaría hacer una lectura para él.

—¿Tsan Suji? Ese nombre me resulta familiar —dijo la mujer.

—Mi madre es Sen Sieu'in —respondió Suchi—. Es clienta suya, y habla maravillas de usted.

—Ah. —La mujer hizo una pausa—. Tienes una hermana mayor. Y un padre que vende libros. —La joven asintió con la cabeza, sorprendida por su memoria—. Hum... —dijo la mujer, alternando la mirada entre los dos—. Por lo general, no hago lecturas para niños sin sus padres.

—Tenemos catorce años —protestó Suchi—. Nuestra edad nominal es de quince años. —Odiaba que la menospreciaran solo porque todavía no era adulta. Haiwen le dio un golpecito en el costado, pero ella lo ignoró—. En muchos pueblos, la gente de nuestra edad se casa y los oráculos les dicen qué días son los más favorables. ¿Por qué no podemos tener una lectura nosotros?

La cara de Nyau lausy se llenó de diversión.

—Es cierto. Eres muy enérgica. —Les hizo un gesto para que la siguieran—. Pasad. Os traeré un poco de té.

Un nudo de fastidio se formó en la garganta de Suchi, pero trató de tragárselo. No le gustaba que aquella mujer ya pareciera creer que sabía cómo era solo porque conocía a su madre. No sabía nada sobre ella.

El apartamento era viejo y austero, pero estaba limpio. Nyau lausy señaló las dos sillas que había delante de una mesa de madera alargada y se sentó frente a ellos. Vertió agua de un hervidor que había dejado calentándose sobre un fogón en un recipiente más pequeño que contenía hojas de té y la dejó reposar. Mientras esperaba en silencio, Suchi se sentía ansiosa. Le echó un vistazo a Haiwen, que estaba sentado con una expresión plácida sin mirar en su dirección. Después de varios minutos, la adivina sirvió el té en dos tazas de cerámica y colocó una delante de cada uno. Se sirvió otra taza a sí misma y le dio un sorbo antes de hablar.

—Así que queréis una lectura.

Suchi se inclinó hacia delante.

—Él va a tener un recital pronto, y...

Nyau lausy la miró entrecerrando los ojos. La muchacha dejó de hablar, aunque su fastidio se volvió más insistente. La mujer centró su atención en Haiwen, que tenía la palma alrededor de la taza.

—Voy a tener un recital de violín pronto —dijo—. Va a haber unas cuantas personas importantes del conservatorio de música allí, y tan solo me preguntaba... Supongo que quiero saber si irá bien.

—Me temo que no puedo ser tan específica, pero déjame echar un vistazo. —Acercó una frágil hoja de un periódico viejo y un bolígrafo. En el periódico aparecía una noticia de hacía años sobre los nacionalistas que habían acordado una tregua con los comunistas justo al principio de la guerra contra los japoneses—. Por favor, escribe tu nombre completo y tu fecha de nacimiento.

Haiwen escribió su información en un margen gris y emborronado.

Nyau lausy volvió a sostener el papel y lo leyó. Se pasó el pulgar por los cuatro dedos restantes, contando en silencio algo invisible.

—Eres como un pozo —le dijo al muchacho—. Sereno y transparente, pero si alguien tirara una piedra en su interior, se toparía con una gran profundidad. Muestras muy poco de tus emociones, pero sientes las cosas intensamente. Eres sentimental. Transfieres todo lo que no sabes cómo compartir a otro mundo en el que vives. Uno de tu imaginación. Y, aun así, en la vida tratas de ser práctico, de ser obediente, de hacer lo que se espera de ti. No eres de los que rompen las reglas.

Aunque Suchi se sentía ligeramente impresionada por la precisión de la mujer, sobre todo se sentía impaciente. ¿Por qué la adivina les estaba contando lo que ya sabían?

Como si pudiera notar lo que estaba sintiendo la muchacha, Nyau lausy se contó los dedos antes de hablar.

—Tienes un *ming* bastante bueno. Encontrarás el éxito lejos de casa —le dijo a Haiwen—. Tendrás muchos mentores y amigos que te ayudarán, pero no aquí. Cuanto más te alejes del lugar de tu nacimiento, mejor será tu fortuna.

Desconcertada, Suchi le echó un vistazo a Haiwen, que parecía afligido.

—¿Qué quiere decir? —preguntó la muchacha—. ¿Significa eso que no va a entrar en la escuela de música?

La adivina negó con la cabeza.

—No puedo contaros algo tan específico. Lo que sí puedo deciros es que este año es el comienzo de una suerte fluctuante; las cosas buenas quedarán atenuadas por las malas, y viceversa. Seguirá así durante dos años. Después, habrá un periodo complicado de varios años en el que tu suerte estará cerrada para ti, en el que sentirás que todo es un desafío.

—Justo cuando tendré que hacer la audición —murmuró Haiwen.

Suchi se dio cuenta de que su amigo se estaba desinflando junto a ella, de que sus sueños se estaban yendo por el desagüe. Aquello era culpa suya; no tendría que haberlo llevado allí.

—Bueno, ¿y no hay nada que pueda hacer para cambiarlo? —preguntó.

Nyau lausy ignoró a Suchi y miró a Haiwen con ojos amables.

—No hay nada escrito en piedra. Eso es algo que tienes que entender. El I Ching me dice lo que me dice, pero no significa que nada sea definitivo. —Hizo una pausa—. Conocéis la palabra *mingyun*, ¿verdad? ¿Vuestro destino personal en esta vida?

Haiwen asintió con la cabeza, pero Suchi se negó a reaccionar.

—Pensad en los dos caracteres que forman esa palabra —dijo la adivina—. El *ming* es la naturaleza inherente de vuestra vida, tal como os la dan los dioses. Es un destino que no se puede cambiar, del mismo modo que las características innatas con las que nacéis no se pueden cambiar. Pero ¿qué es el *yun*? El *yun* es donde entra la flexibilidad. El *yun* es la fortuna que cambia con los ciclos del universo, pero también puede transformarse dependiendo de las acciones que realicéis, de las decisiones que toméis. Juntos, el *ming* y el *yun* forman un río, uno que quiere llevaros a un destino en particular, pero que se mueve con fluidez, posiblemente desviándose si un árbol cae en su camino, o si una lluvia torrencial desborda sus orillas. Vosotros también podéis cambiar el curso del río; hasta podéis nadar a contracorriente si queréis hacerlo. Pero tened en cuenta que será agotador, no es tan fácil como moverse con la corriente.

Haiwen asintió con la cabeza otra vez, y Suchi se sintió invadida por la irritación al ver cuán en serio se estaba tomando todo lo que decía Nyau lausy.

La mujer continuó.

—Podrías tener más dificultades dentro de dos años que ahora mismo; podría resultarte más difícil tener éxito en Shanghái que si te fueras a Chengdu. Pero, si lo que quieres es quedarte, puedes quedarte. Tan solo tendrás que esforzarte más de lo que lo habrías hecho de otra manera. No significa que no puedas tener éxito ni alcanzar tus sueños. Pero te digo lo que sé para que puedas estar mejor preparado, sea cual fuere la decisión que tomes.

—Lo entiendo —dijo Haiwen—. Gracias, *lausy*.

—No estés tan triste, muchacho —añadió Nyau lausy—. Estamos en época de guerra. Este periodo es difícil para todos.

Suchi no sabía si la mujer estaba diciendo aquello porque era algo que interpretaba de la lectura o porque sentía la necesidad de ser una *ayi* con consejos amables, pero no importaba. Ambas posibilidades enfurecían a la muchacha por sus resultados totalmente inútiles.

—¿No puede darle un amuleto encantado de alguna clase, algo que cambie las cosas?

Nyau lausy centró la mirada en ella. Suchi se dio cuenta de que sus ojos tenían un color casi gris, claros e intensos.

—Tsan Suji —dijo, deslizando otro trozo de periódico hacia ella—. Recuérdame tu fecha de nacimiento.

Por alguna razón, con los ojos de Nyau lausy sobre ella, la muchacha se sintió reprendida, como si fuera una niña pequeña. Escribió su fecha de nacimiento obedientemente.

La adivina comenzó a calcular con los dedos otra vez. Se detuvo y miró a Suchi.

—Eres muy testaruda.

Haiwen rompió a reír.

—Bueno, no se puede decir que no sea precisa —murmuró, y su amiga frunció el ceño.

Nyau lausy sonrió y continuó.

—Eres apasionada, lista. Tienes una curiosidad natural, un talento innato para aprender nuevas habilidades, para expandir tu conocimiento, para adaptarte, pero es una de las cosas que te hacen sentir sola. Te sientes sola a menudo, y cuanto más aprendes, más te aparta eso y más sola te sientes, a pesar de que tratas de ocultarlo. Esa es la razón por la que eres ferozmente leal a la gente importante para ti. Eres capaz de convertirte en un perro que muerde por la gente que quieres.

Suchi detestaba a aquella mujer. ¡Parecía tan arrogante, tan segura de sí misma! Vale, no es que no fuera precisa, pero ¡qué falta de humildad dar por hecho que comprendía a Suchi! Lo más probable era que su madre le hubiera revelado el temperamento de la muchacha en sus visitas anteriores. No significaba nada que pudiera recitárselo ahora a ella.

—Llevas tus emociones escritas por todas partes; en tu cara, en tus palabras, en tu forma de moverte. Pero no es porque no puedas esconderlas. Simplemente no quieres hacerlo. Si quisieras, se te daría muy bien ocultar tus emociones. Eres como un pulpo; puedes cambiar el color de tu piel para camuflarte con la arena o el mar.

¡Ajá! Suchi sonrió ampliamente. La adivina se había equivocado al fin. La muchacha era una mentirosa terrible; Haiwen y Sulan siempre podían adivinar lo que estaba sintiendo (aunque, según le dijo una vocecilla, si ese era el caso, ¿por qué su amigo no se había dado cuenta todavía de lo que sentía por él?).

Nyau lausy volvió a contar con los dedos.

—A diferencia de la de Haeven, tu suerte será mejor si te quedas cerca de casa, y no será tan buena si te marchas. Estos dos próximos años van a ser muy buenos para ti; tu suerte está abierta. Las cosas acudirán a ti con facilidad. Tan solo tienes que permitirlo.

—Supongo que eso significa que no tengo que estudiar tanto en el colegio —bromeó Suchi. Haiwen negó con la cabeza.

Nyau lausy frunció el ceño.

—Un barco no llega a su destino solo siguiendo la corriente; todavía necesita a alguien que lo dirija. Tienes buena suerte con las oportunidades ahora mismo, pero no si la desperdicias.

—Llevo meses diciéndole que tiene que esforzarse más —señaló Haiwen, asintiendo con la cabeza.

Suchi se sintió herida por su traición. Se suponía que él tenía que estar de su parte. Se suponía que tenía que entenderla. Se tragó su dolor.

—Tampoco es que esté suspendiendo —murmuró.

—Ya, pero desde que ese profesor se te metió en la cabeza, te has rendido.

La muchacha sintió una punzada de furia dirigida hacia Haiwen. ¿Es que no sabía lo inútil que era sacar buenas notas en el colegio cuando no te podías permitir ir a la universidad? Él tenía el mundo entero abierto ante él. Algún día, después de que aquella guerra terminara, tal vez daría la vuelta al mundo, conocería a cantantes y a famosos. Él tendría la vida cosmopolita con la que soñaba, pero ella seguiría estando atrapada en aquel *longtang*, probablemente remendando ropa y cuidando hijos como su madre.

—Ya sabes que mi colegio no es tan lujoso como el tuyo, donde los graduados van después a universidades caras y se codean con las altas esferas de la sociedad. Ni siquiera aprendemos inglés, que realmente podría ser útil si alguna vez quisiera viajar a otros países o trabajar en una empresa de dueños extranjeros. Y por eso es por lo que voy a ser cantante. Sé con seguridad que ahí no importa tu origen, tan solo tu voz. Y puedo seguir ensayando.

Haiwen parecía afectado.

—Bueno, por supuesto que vas a ser cantante. Es solo que pensaba que… A ver, siempre te ponías muy contenta cuando eras la mejor de tu clase. Me parece muy poco propio de ti que de repente ya no te importe.

Suchi no respondió. Le echó un vistazo a Nyau lausy, que estaba alternando la mirada serenamente entre los dos. Aquello era culpa suya. *No hay más que verla*, pensó. *Vestida como un hombre*. Como si eso fuera todo lo que hiciera falta para que las puertas del mundo se abrieran ante una mujer. La muchacha decidió que era un fraude. Se había equivocado con respecto al temperamento de Suchi; también podía haberse equivocado en todo lo demás.

—Suchi, lo siento —dijo Haiwen.

La adivina los miró con una pequeña sonrisa en la cara. Contó otra vez con los dedos, y después levantó la mirada hacia ellos.

—¿Vosotros dos sois… pareja? —preguntó, manteniendo los dos dedos índices extendidos hacia fuera y deslizándolos juntos.

—¡No! —exclamó Suchi, y el rostro se le volvió rosado. No se atrevía a mirar a Haiwen—. Somos buenos amigos. Eso es todo.

Nyau lausy titubeó.

—Ya veo —dijo, y sonrió astutamente—. Es una pena. Vosotros dos haríais una pareja excelente. Tenéis un *yoefen* muy fuerte.

—¿Qué significa eso? —preguntó Suchi, aturullada, y su voz salió más a la defensiva de lo que pretendía.

Por supuesto, conocía lo que significaba la palabra. Había oído que la decían continuamente las chicas del colegio que se encaprichaban de alguien; lo que llamaban *yuanfen* en mandarín. Pero ¿qué significaba eso para Haiwen y Suchi?

—Os encontraréis siendo empujados el uno hacia el otro una y otra vez —dijo la adivina—. Como si estuvierais unidos mediante un cordel. —Plegó las manos—. Es una predestinación, más que cualquier otra cosa. Pero, como ya os he dicho antes, esto no tiene ningún significado en el marco de vuestras propias acciones. Tenéis un destino con muchas personas en este mundo. Tal vez vuestra amistad sea el cumplimiento de ese destino. Tan solo os estoy diciendo lo que veo.

Suchi abrió la boca otra vez, aunque no estaba segura de si era para hacerle otra pregunta o para discutir con ella. Sin embargo, Haiwen la interrumpió antes de que tuviera oportunidad de hacerlo.

—Gracias, lausy —le dijo—. Le agradecemos que nos haya concedido su tiempo. Nos disculpamos de nuevo por habernos presentado de improviso.

Nyau lausy le sonrió al muchacho con indulgencia.

Sobre la mesa, Haiwen colocó los dos dólares de plata que habían llevado entre los dos; casi no tenían valor en aquella economía de los tiempos de guerra, pero era lo único que podían permitirse darle. La mujer empujó una moneda de nuevo hacia ellos.

—Yo no hago esto para ganar dinero. Pero este dólar equilibrará la ligera inclinación en el universo que he causado al contaros vuestra suerte.

Se metió la moneda en el bolsillo, asintió bruscamente con la cabeza y se puso en pie. La sesión había terminado.

En el exterior, Haiwen y Suchi no dijeron nada. Caminaron lado a lado hasta que pasaron por el punto de control —el guardia japonés les hizo un breve asentimiento de cabeza, y a la muchacha le pareció ver el pequeño atisbo de una sonrisa— y se volvieron a montar en la bicicleta. Después de diez minutos, Suchi ya no podía seguir conteniéndose.

—Estoy enfadada contigo —dijo con voz lastimera, pinchándole las costillas a Haiwen.

Él giró la cabeza, y la bicicleta se tambaleó.

—Lo sé. Lo siento. No pretendía... —Se detuvo abruptamente y se quedó en silencio durante un momento—. Tan solo pienso que no deberías desperdiciar tu suerte con las oportunidades. Mira, si las cosas van a acudir a ti con facilidad, ¿por qué no te aprovechas de eso para que te vaya todavía mejor de lo que lo haría normalmente? A lo mejor, si sacas notas lo bastante buenas, podrías conseguir una de esas becas que he oído que dan algunas de las universidades. O, si quieres conseguir un buen puesto en una empresa grande, ¡creo que podrías hacerlo! Ya eres muy lista, más lista que yo.

—Eso no es cierto —protestó Suchi—. Y yo no tengo un talento como tú. Preferiría tener un don como el tuyo.

—Es una pena que no tenga la suerte de mi parte —dijo Haiwen. La culpa atravesó a la muchacha; era posible que su amigo tuviera dudas de sí mismo debido a lo que le había contado la mujer. Su silencio debía de haber traicionado sus sentimientos, porque el joven añadió con rapidez—: No pasa nada. O sea, si lo que dice es cierto, tan solo voy a tener que esforzarme todavía más. Ensayaré el doble, no, el triple de lo que lo hago ahora. Pero eso es bueno. Es un incentivo.

—Ni siquiera sé si yo creo en estas cosas —replicó Suchi—. Mi padre dice que las tradiciones son importantes, pero algunos rituales del viejo mundo no son más que supersticiones, cosas para mantener a las masas bajo control.

—Fue muy precisa sobre nuestras personalidades —señaló el muchacho.

—La tuya, tal vez. Pero con la mía, no sé yo. ¿A qué venía eso de que soy como un pulpo? ¡No soy capaz de mentir ni aunque mi vida dependa de ello!

—A mí sí que me pareces como un pulpo —dijo Haiwen con una sonrisita—. Siempre tienes un montón de brazos con los que pincharme. A lo mejor debería empezar a llamarte Zhang Suyo —añadió, haciendo un juego de palabras con su nombre.[5]

—¡Oye! —se quejó la joven, cruzando los brazos con fuerza. La bicicleta se tambaleó con el cambio repentino de peso.

—Estoy de broma —le aseguró él, echándole un vistazo—. No te enfades, Susu. De todos modos, yo solo creo a medias en estas cosas.

—No estoy enfadada.

—Parecía que estabas a punto de tirarle el té a la cara —dijo Haiwen.

Suchi sonrió ligeramente.

—¿Ves? Se me da fatal ocultar mis emociones. Se equivocaba.

—Sí —asintió su amigo—. En ese caso, no podría estar más equivocada.

Ninguno de los dos habló sobre la otra cosa que les había contado la adivina, acerca de su *yuanfen*. Pero, por supuesto, la muchacha no podía dejar de pensar en ello.

Suchi se encontraba junto a la estantería trasera de la librería, hojeando en secreto un ejemplar de *Diez años de matrimonio*, de

Su Qing. Se estaba maravillando (y quedándose un poco sin aliento) ante el hecho de que una mujer escritora pudiera escribir de una forma tan atrevida acerca de su matrimonio y sus excentricidades en la cama cuando la voz de su padre cortó el aire.

—¡Tsan Suji!

La joven se apresuró a dejar el libro en su sitio. Su padre había empleado su nombre completo. Inquieta, fue hasta la habitación adyacente, donde Apa estaba sentado. Cuando levantó la mirada hacia ella, supo que se había metido en un lío.

—Esta tarde me he encontrado con tu profesor —dijo el hombre, con palabras cortantes y tensas—. Ha mencionado que te está yendo mal en clase, que tus redacciones están hechas de forma chapucera y que pareces mal preparada para las lecciones. Me ha preguntado si tal vez fue un error que te saltaras un curso en el colegio. —Miró a su hija con atención—. ¿Fue un error?

Suchi estaba furiosa. ¿Después de todo lo que refunfuñaba Hu laoshi sobre la pérdida de tiempo que era darles clase, ahora tenía el descaro de quejarse a su padre de que sus notas eran flojas?

De mal humor, murmuró:

—¿Qué más da si saco buenas notas o no? De todos modos, no voy a ir a la universidad, y tampoco necesito buenas notas para ser cantante.

Apa elevó la voz, furioso.

—¿Qué te tengo dicho sobre las cantantes? No son mejores que…

—¿Y qué hay de Bai Guang? —preguntó Suchi, desafiante.

—¿Qué pasa con esa mujer?

—Tú piensas que solo es una prostituta indigna, pero ¡es tan respetada que nuestro coro del colegio va a cantar una de sus canciones para el certamen de la ciudad!

Apa le lanzó una mirada severa.

—¿Qué canción?

—La «Marcha de las naciones del este de Asia» —respondió ella—. Suena a todas horas en la radio y está aprobada por el gobierno, ¡y eso demuestra que una persona puede ser importante aunque sea cantante!

Durante un momento, su padre no dijo nada, y Suchi pensó que estaba digiriendo la información, reevaluando su opinión sobre la cantante. Pero, de repente, se convirtió en una masa de acción y sonido: golpeó el periódico contra la mesa y estuvo a punto de volcar la silla por la fuerza repentina de empujarla hacia atrás mientras se ponía en pie de un salto. La muchacha dio un respingo de sorpresa.

—¡¿«Aprobada por el gobierno»?! —rugió él—. ¿Es que has olvidado quién controla el estado en el que estamos? ¿Es que no has estado prestando atención a nada de lo que te he estado contando? Por los cielos, pensaba que ese profesor tuyo era un estúpido, pero ¡ahora veo que tú, mi querida hija, eres la estúpida! ¡Piensa, hija, piensa! ¿Por qué iba a querer este gobierno que todos los jóvenes os aprendáis esa canción que glorifica la idea de un Estado asiático controlado por Japón? ¿Por qué crees que la canción suena a todas horas por la radio, presentada por celebridades famosas? ¡Esa querida Bai Guang tuya no es nada más que una traidora amante de los japoneses que utiliza esa voz tan bonita que tiene para la propaganda de Chen Gongbo, para poder hacerse rica y famosa! ¡Y todavía tienes la audacia de usarla como ejemplo de por qué deberías ser cantante!

A Suchi se le aceleró la respiración. Había estado tan emocionada por el certamen de canto que no se había detenido a pensar en quién había aprobado la canción, ni lo que significaba esa letra.[6] Pero seguro que lo que Apa estaba diciendo acerca de Bai Guang era una exageración. Seguro que la habían coaccionado y no había tenido elección. ¿Acaso las mujeres tenían alguna elección en todo lo relativo a los japoneses? ¿La tenía alguien?

—¡Tendría que haber vendido esa radio en el mercado negro! Quieres ser cantante, ¿pero sabes lo que hacen las cantantes? Venden sus voces, sus cuerpos, sus caras. Mis hijas van a ser mejores que eso. Aunque yo no sea un hombre rico, eso no significa que mis hijas no puedan tener la misma educación, ser igual de listas. De hecho, mis hijas van a ser *mejores* que la prole frívola de los colaboradores japoneses ricos. Mis hijas van a tener un propósito, conciencia, un papel en la reconstrucción de este mundo. ¿Lo entiendes?

Suchi asintió rápidamente con la cabeza. Le ardía la cara de vergüenza.

—Piensa largo y tendido sobre la persona que quieres ser en esta vida —continuó Apa. Su voz se había tranquilizado, pero estaba pronunciando las palabras entre dientes. Sus manos habían vuelto a encontrar el periódico, que se arrugó bajo sus dedos—. Yo no te he criado para que fueras una estúpida, pero si eso es lo que quieres ser, toma esa decisión ahora para no tener que desperdiciar más tiempo contigo.

La desesperación creció dentro de la muchacha. El orgullo de su padre hacia ella se estaba desvaneciendo, tan claro como que había sangre en sus venas. Quería complacer a Apa, pero no sabía cómo ser la persona que él quería que fuera. ¿Cuál era el camino hacia esa mujer ideal en la que él esperaba que se convirtiera? Quería explicarle la situación, contarle que Hu laoshi la había odiado por ser *demasiado* estudiosa, que él no era el único, que todos sus profesores parecían irritados cada vez que se enteraban de que a ella se le daban *bien* los estudios. Quería contarle a Apa que, incluso aunque él creyera que estaba destinada para grandes cosas, que las mujeres podían hacer cualquier cosa que hicieran los hombres, el resto del mundo no estaba de acuerdo, que había oído que todos los puestos buenos de las mejores empresas iban para los graduados de St. John's, que todo el mundo seguía esperando que las mujeres como ella se convirtieran en poco más que esposas y madres. Lo que él quería parecía imposible.

—Apa… —comenzó a decir Suchi.

—Vete —replicó él.

Se volvió a sentar en su silla y abrió el periódico de golpe. Ella sabía que la conversación había terminado.

Cuando, unas cuantas semanas más tarde, su colegio no ganó el certamen, Suchi se sintió aliviada. Había formado con la boca las palabras de la canción junto a todas las demás, pero no era capaz de obligarse a cantarla de verdad. Esa noche, volvió a casa y arrancó las fotos de Bai Guang que había pegado en sus álbumes a lo largo de los años. Aunque todavía le gustaba la música popular, jamás volvió a escuchar a esa cantante *hanjian*.

Ocho días antes del recital de Haiwen, Estados Unidos bombardeó Hongkou, el peor ataque aéreo hasta el momento. Según decían las noticias, habían muerto miles de residentes, muchos de ellos chinos. Un hedor a sulfuro, goma y algo que Suchi se esforzó mucho por no identificar flotaba en el aire con la brisa veraniega.

—Pensaba que Estados Unidos era nuestro amigo —le dijo Sulan a Apa.

—Pero ahora este territorio está controlado por los japoneses —le explicó él—. De modo que, por lo que a los estadounidenses respecta, todos somos el enemigo.

Suchi pensó en los niños y los vendedores que había visto aquel día. La gente que caminaba por las calles. En Nyau lausy. ¿Qué les habría pasado a todos ellos? Se sentía culpable por haber sido tan maleducada con la adivina. ¿Quién sabía si esa mujer seguiría estando viva?

Todo el mundo se quedó dentro de sus casas durante varios días, sin saber muy bien cuándo podría ser el siguiente ataque aéreo, si la próxima vez, sus cabezas serían aquellas sobre las que lloverían las bombas.

Seis días más tarde, mientras la gente reanudaba con cautela sus vidas cotidianas, Haiwen fue a casa de Suchi.

—Han pospuesto el recital de forma indefinida —le dijo—. Por los bombardeos. —Hizo una pausa, y ella se dio cuenta de que se estaba esforzando mucho por ocultar su decepción—. ¿Es egoísta tener estos pensamientos cuando ha muerto tanta gente? O sea, es terrible, y no dejo de pensar en la gente que vimos ese día, y sé que ni siquiera debería *pensar*…

—Lo entiendo —le aseguró la muchacha. Quería extender la mano y acariciarle el brazo. En lugar de eso, se abrazó su propio cuerpo.

—Parece que Nyau lausy tenía razón. Las cosas no me están yendo bien… o no le están yendo bien a nadie, en realidad. —Trató de mostrar una sonrisa poco entusiasta—. Al menos dijo que las cosas malas iban a quedar atenuadas por las buenas, ¿verdad?

Suchi pensó en confesar sus sentimientos entonces. Pero no estaba segura… ¿él vería su confesión como algo bueno o algo malo?

—Vamos a montar en bici —dijo.

—¿Ahora? Pero ¿qué pasa si…?

—Solo una distancia corta —insistió ella—. Llévame al conservatorio de música. No lo he visto nunca. Quiero ver el lugar donde vas a acabar dentro de unos años.

Haiwen sonrió ampliamente.

—Está bien —aceptó.

Entre los gritos de preocupación de M'ma («¿A dónde vas? ¡Ahora mismo no es seguro!»), Suchi tomó un bolso, comprobó que llevaba el carné de identidad, y volvió a salir de la casa, donde Haiwen la estaba esperando con su bici.

Fueron con la bicicleta hasta la Concesión Francesa, frenando e inclinando las cabezas hacia el cielo cada vez que el rugido bajo de un avión pasaba por algún lugar encima de ellos. Haiwen pedaleó a través de las comunidades de *longtangs* y las calles más estrechas todo lo posible, ignorando los gritos ocasionales, las miradas de sospecha y las caras hundidas y hambrientas con las que se encontraban. Al final, pasaron junto al jardín sereno y bien cuidado del Parque Francés, que parecía no haber sufrido los estragos de la guerra, y giraron hacia la rue Lafayette.

La escuela no era tan romántica como Suchi se había imaginado. Se esperaba un invernadero espacioso, con música que llenaba sus pasillos y sus jardines, pero estaba en silencio a causa de los ataques aéreos. Una puerta negra y sencilla con un letrero pintado apresuradamente anunciaba la escuela. La fachada del edificio estaba gris a causa del hollín, y las malas hierbas asomaban entre las grietas de los ladrillos. Las ventanas estaban sucias, y Suchi no podía ver gran cosa a través de sus superficies manchadas. Parecía un lugar deprimente para estar.

—Cuando ganemos la guerra y expulsemos a los japoneses, el conservatorio será todavía mejor que ahora —dijo Haiwen—. Todos los estudiantes y los profesores que huyeron a Chongqing volverán. Y entonces yo estaré en mitad de todo ello.

Suchi le echó un vistazo al muchacho. Tenía la cabeza inclinada hacia arriba, hacia los edificios. Ella escudriñó su rostro, sus ojos que brillaban como perlas, y se dio cuenta de que, cuando él miraba la escuela, no veía nada de lo que veía ella. En su expresión, la muchacha todavía podía atisbar al niño que había observado por primera vez en el patio, tocando ese violín demasiado grande para él. En demasiados sentidos, Haiwen no había llegado a cambiar jamás desde que había sido ese niño. Era dulce, solemne y serio. Impulsado por un sueño singular.

Suchi no comprendía cómo era eso. Llevaba años diciendo que quería ser cantante porque cantar le producía una alegría inmediata de una forma que nada más podía hacerlo. Pero también había fantaseado con convertirse en cantante porque había comenzado a sospechar que, sin una carrera universitaria, o al menos un título del prestigioso instituto McTyeire, convertirse en una estrella era la única forma que tenía de experimentar la emoción que anhelaba. Y ahora, después del estallido de su padre, se sentía ingenua y frívola en el mejor de los casos, y condenable en el peor.

Durante las últimas semanas había estado pensando sobre lo que Apa había dicho. Sobre la persona que quería ser en la vida. La única respuesta a la que había llegado era que quería ser una buena persona. Más allá de eso, no sabía qué forma tomaría esa vida. Había demasiadas cosas que quería para su futuro. No quería ser como M'ma, acorralada dentro de su propio mundo, sentenciosa y temerosa de los cambios. Cuando terminara la guerra, quería hacer cosas, vivir más que sobrevivir. Viajar a lugares como Hong Kong o Inglaterra o Francia, llegar allí en un barco robusto que atravesara los mares grises. Aprender a pintar con pincel y a hacer caligrafía. Hablar inglés lo bastante bien como para poder conversar con un europeo sin ruborizarse. Empezar un pequeño jardín donde pudiera cuidar de sus propios naranjos chinos y limoneros. Bailar hasta el amanecer en una sala llena de extraños hermosos. Leer cada libro que se hubiera escrito jamás. La vida era vasta y dinámica, y se preguntó si alguna vez sería capaz de experimentar lo suficiente de ella como para sentirse satisfecha, si podría morir feliz sabiendo que tan solo había llegado a rozar el pequeño rincón del mundo donde vivía.

Apa quería que fuera *más.* Quería que fuera todo lo lista que pudiera ser, todo lo valiente que pudiera ser, y no por serlo y ya está, sino porque quería que hiciera algo que marcara la diferencia en su mundo cambiante. La definición que tenía él de «bueno» era alguien que ayudaba a la gente a su alrededor, incluso cuando esa misma persona se sintiera impotente. Pero ¿qué pasaría si Suchi no podía hacerlo?

Todavía estaba mirando fijamente a Haiwen, y él todavía estaba mirando fijamente el conservatorio de música. Para él era diferente. Él estaba impulsado por su amor por la música, y nada más. Era algo que ella envidiaba y respetaba al mismo tiempo: la pureza, la convicción y la determinación de su devoción.

A lo mejor no estaría tan mal acabar siendo nada más que una esposa, pensó, *si puedo ser «su» esposa*. A lo mejor no podía cambiar el mundo, pero sí que podía cambiar el mundo de una persona. Podía pasarse la vida apoyando a Haiwen, asegurándose de que alcanzara sus sueños. La buena suerte que había dicho la adivina que tendría atenuaría la mala suerte que él estaba destinado a tener. Podría ser una compañera para él, podría utilizar los talentos multifacéticos que tenía para construirle un hogar, un espacio en el que él pudiera tener éxito. Podrían viajar por el mundo juntos, vivir aventuras juntos. Los logros de él también serían de ella.

A lo mejor eso podría ser suficiente.

—Estoy deseando venir a visitarte aquí —dijo. Haiwen se dio la vuelta, con los ojos todavía fijos en una fantasía distante, y volvió a concentrarse lentamente en ella—. Cuando termine el instituto —continuó la muchacha—, voy a estar tan aburrida con mi vida que me escaparé a todas horas para ver lo que estás haciendo.

—Ah, Suchi, casi se me olvidaba. —Haiwen sacó un trozo de periódico doblado—. Mira.

Era un anuncio de un trabajo en la Corporación de Transporte Aéreo Central, y parecía tener varios años de antigüedad a juzgar por el tono amarillento del periódico. La aerolínea había estado buscando azafatas para sus vuelos comerciales.

—¿De dónde has sacado esto? —preguntó ella.

Haiwen le dio la vuelta. En la parte de atrás, Suchi vio su fecha de nacimiento escrita con su propia letra.

—Me fijé en que esto estaba en la parte de atrás de donde Nyau lausy te pidió que escribieras tu información, así que lo guardé.

—¿Y por qué me lo estás enseñando?

—Sé que no es tan glamuroso como ser cantante, pero podrías viajar, conocer gente de lugares diferentes, y… —Tartamudeó y dejó la frase inconclusa, bajando la mirada hasta el papel que se agitaba entre sus dedos—. O sea, todos los vuelos comerciales han parado desde que se intensificó la guerra, pero estoy seguro de que empezarán a buscar otra vez cuando haya terminado. Así que a lo mejor esto es algo que podrías hacer, ya sabes, mientras esperas a que funcione lo de cantar.

Suchi se imaginó a sí misma volando alto en el aire, visitando destinos muy lejanos, y sintió una pequeña burbuja llena de posibilidades. Necesitó toda su fuerza de voluntad para no rodear a su amigo con los brazos. En vez de eso, tomó el anuncio y lo guardó cuidadosamente en su bolso.

Durante el trayecto en bicicleta de vuelta a casa, Haiwen estaba en silencio. La camisa blanca se le había salido del pantalón una vez más y se agitaba con la brisa, revelando un pequeño triángulo de piel pálida. Suchi acercó la mano un poco a ella, tratando de sentir su calidez. Mientras se acercaban a la entrada del *longtang*, él dijo en voz baja, con la voz casi tragada por el viento:

—Gracias por este día.

—Gracias a ti —respondió ella. Lo tocó con suavidad en la parte baja de la espalda, evitando la piel expuesta.

—¡Encended la radio! ¡Los japoneses se están rindiendo! ¡Esos perros se han rendido!

Apa irrumpió en la habitación donde Suchi estaba almorzando con M'ma, y Siau Zi le pisaba los talones. La mujer dejó el cuenco y los palillos a toda prisa y se dirigió hacia la radio, pero su marido ya estaba agachado delante de ella y trasteando con el dial. Después de unos cuantos minutos de estática quejumbrosa, la radio se sintonizó y una voz distante y chirriante llenó el aire. Los familiares sonidos y sílabas japoneses le ponían a Suchi la carne de gallina, y reprimió un estremecimiento.

—Ese es el bastardo de su emperador, Hirohito —dijo Apa.

Aunque nadie comprendía el japonés clásico que estaba empleando el emperador, durante cuatro minutos y medio todos escucharon con atención, absorbiendo cada palabra como si viniera de un dios caído en desgracia. En la distancia, Suchi pudo oír la risa solitaria de un niño; observó la luz del sol de finales de la mañana parpadeando a través de las grietas de los paneles y cayendo sobre el suelo. La voz sonaba entrecortada y rítmica; sin vida y débil. Suchi se preguntó si Haiwen oiría música en ella, si habría algo que desentrañar en el ritmo de la voz de Hirohito, la voz de la nación que había mantenido cautiva a su gente durante toda su vida. Las palabras no tenían ningún significado para ella, pero su zumbido hacía que a Suchi le resultara difícil respirar. No sabía qué sentir; no sentía nada. Había un antes (toda su vida era un antes), pero tras aquellas palabras, habría un después.

El discurso terminó de forma abrupta, sin fanfarrias ni más comentarios. Las ondas de la radio simplemente se quedaron en silencio. La familia no dijo nada durante un rato; tan solo continuaron mirando fijamente el aparato, como si al moverse pudieran despertar de un sueño. Pero, poco a poco, Suchi se dio cuenta del ruido que crecía al otro lado de sus ventanas. La gente estaba vitoreando, silbando; había gritos de celebración que recorrían los callejones como un dragón en la brisa, hasta que las palabras dejaron de ser inteligibles y el *longtang* se convirtió en una cacofonía de alegría febril y alivio.

Apa ya estaba bebiendo con Siau Zi; M'ma estaba llorando. Suchi pensó en Haiwen, que estaba ensayando en casa del señor Portnoy para un recital que todavía tenía la esperanza de que ocurriera. ¿Se habría enterado? ¿Lo sabría ya? Asió un bolso y una bufanda ligera, cerró la puerta a los gritos irritables de su madre para que se quedara en casa y las alegres palabras de ánimo de su padre para que fuera a celebrarlo con sus amigos, y emergió a una Cuarta Calle estrepitosa y alegre. Vio que había gente rompiendo papeles (¿Carteles? ¿Dinero? ¿Periódicos?) y lanzándolos como si fueran confetis. Algunos entonaban cánticos contra los japoneses, y otros cantaban canciones patrióticas. Varios estaban agitando banderas, con los triángulos amarillos de la enseña del régimen de Wang Jingwei arrancados para que solo quedaran los vivos rojos y azules de las banderas de la República de China originales.

Corrió tan rápido como pudo, sin molestarse en abordar el tranvía que jamás lograría atravesar las multitudes. Después de cuarenta minutos, llegó al edificio del señor Portnoy, un bloque de viviendas de la Concesión Francesa que Haiwen le había dicho que su profesor compartía con otros cuatro músicos, rusos judíos al igual que él.

Suchi golpeó la puerta con urgencia. Cuando nadie respondió, volvió a intentarlo. Estaba levantando el puño para llamar una tercera vez cuando la puerta se abrió de golpe y el señor Portnoy, un hombre barbudo y robusto de más de cincuenta años, la miró con aire gruñón.

—¿Qué pasa? —dijo en un shanghainés con el acento muy marcado—. ¿Quién eres tú?

—Siento molestarle, *lausy* —respondió ella, e hizo una inclinación con la cabeza—. Soy Tsan Suji, la amiga de Waong Haeven. ¿Está aquí?

El señor Portnoy frunció el ceño, uniendo sus cejas pobladas.

—Está arriba, ensayando. Podrás hablar con él cuando la clase haya terminado.

Pero Haiwen ya había aparecido en la parte superior de las escaleras, con el violín en la mano. Su rostro se arrugó por la preocupación.

—¿Suchi? Suchi, ¿ha pasado algo?

Mientras se acercaba a la puerta, la emoción que la muchacha no había sentido en su casa se hinchó y estalló.

—¡Oh, Doudou! ¡Se ha terminado! ¡Los japoneses se han rendido!

—¿Qué? —dijo el señor Portnoy.

—En la radio… el emperador…

El hombre desapareció en la planta de arriba y, unos cuantos segundos más tarde, oyeron el chirrido de la radio y después la emisora en lengua extranjera, con el locutor hablando rápidamente en un inglés que Suchi no era capaz de seguir.

—No me lo puedo creer —dijo Haiwen. Miró a su alrededor, escuchando los gritos de emoción—. No lo sabíamos… la habitación está cubierta de alfombras y cortinas para insonorizarla. —Miró a su amiga de arriba abajo—. Estás empapada de sudor. ¿Has venido corriendo hasta aquí?

—Sabía que no te habrías enterado —explicó ella, sintiéndose estúpida. Se llevó una mano al pelo, cohibida. Debía de estar hecha un desastre—. Quería contártelo.

Haiwen la rodeó con los brazos, y la acción repentina sobresaltó a Suchi. Su amigo olía al aceite de menta con el que se masajeaba el callo rosado del cuello. Su abrazo era sólido y al mismo tiempo flexible, y la joven sentía un cosquilleo de calor contra el algodón ligero de la camisa del muchacho. No sabía si debía devolverle el gesto, y sus brazos se quedaron colgando con torpeza junto a sus costados. Antes de que pudiera decidir qué hacer, él se apartó. Ella se preguntó si habría sentido su pulso palpitando en su cuello, si su cara ardería con un rojo tan intenso como le parecía.

—Deja que recoja mis cosas y nos vamos a casa —dijo Haiwen.

Cuando ella se sentó en la parte de atrás de la bicicleta, se imaginó rodeándole la cintura con el brazo. En lugar de eso, se agarró a la estructura del asiento con una mano, y con la otra se aferraba con fuerza al estuche del violín.

Las calles estaban repletas con más gente todavía que antes, y también más alborotadas. Se acercaron a una multitud de treinta o cuarenta personas que bloqueaban su ruta. Mientras se aproximaban sobre la bici, Suchi se dio cuenta de algo extraño: los gritos que salían por las bocas de la gente eran abucheos en vez de vítores, y tenían las caras retorcidas por el odio en vez del júbilo. La gente más cercana a ellos estaba estirando el cuello para captar un vistazo del centro de la multitud.

—*Hanjian!* —gritó una persona, gesticulando salvajemente con el brazo—. Mientras tú colaborabas con esos cerdos y vivías una vida cómoda, ¡nuestros compatriotas sufrían!

A través de una breve separación de los cuerpos, Suchi vislumbró unos miembros que se agitaban sobre el suelo en una extraña danza. Un grito brusco y estrangulado la sobresaltó, y por acto reflejo se aferró a la camisa de Haiwen.

—Están pegándole a alguien —susurró la muchacha.

Su amigo no dijo nada. Frenó e hizo girar la bici, y se alejó en dirección a un calle más pequeña y tranquila. Transcurrieron unos minutos.

—¿A quién estaban pegando? —preguntó Suchi—. ¿Era un soldado japonés? —Haiwen no respondió—. Pero he oído que llamaban a esa persona *hanjian* —añadió ella—. Así que esa persona era… ¿china?

Su amigo siguió pedaleando. La calle tenía las casas al estilo europeo típicas de las partes más ricas de la Concesión Francesa, y estaba prácticamente intacta por la guerra. Unos árboles mecidos por la brisa flanqueaban la calle.

—Supongo… —dijo ella en voz alta—. Supongo que se lo merecía. Por ser un traidor a su país.

Hubo un chasquido. La bicicleta dio una sacudida y los pedales giraron con un zumbido chirriante, inútiles.

Se bajaron y Haiwen se puso de rodillas para examinar la cadena. Se pasó unos cuantos minutos tratando de volver a colocarla sobre el piñón, pero no era capaz de hacerlo. La cadena estaba retorcida de alguna manera, y uno de los eslabones no cedía.

—A lo mejor si los dos tiramos de ella…

Se agachó hacia la cadena, pero Haiwen la apartó con un gesto de la mano. Tenía los dedos negros por la grasa.

Transcurrieron unos cuantos minutos más. Los gritos sonaban distantes ahora, pero seguían siendo audibles. El muchacho echó un vistazo hacia el sonido y después de nuevo a la cadena, frunciendo el ceño. Suchi se dio cuenta de que se estaba frustrando cada vez más.

—Volvamos caminando y ya está —sugirió. Cuando él no reaccionó, cambió de táctica y se acuclilló junto a él—. Me está entrando calor —añadió.

Él tiró de la cadena con más fuerza, luchando contra el eslabón atascado. Su lengua se asomaba como el pequeño pie de una almeja.

—No me ignores —dijo ella con ligereza. Él trató de secarse el sudor que le goteaba por la nariz y se dejó una mancha de grasa. Suchi comenzó a reír—. ¡Tu nariz!

Él levantó la mirada hacia ella, y en sus ojos acerados, Suchi vio que no solo se sentía frustrado: estaba enfadado. Haiwen, que rara vez mostraba nada parecido al mal genio, estaba completamente furioso.

Y todo por la cadena de una bicicleta.

—No pasa nada —le aseguró la muchacha—. No me importa caminar.

Haiwen negó con la cabeza.

—Tengo que llevarte a casa —dijo con la voz tensa—. Esas multitudes… si pasara algo…

Le dio un giro furioso al pedal.

Entonces, la muchacha lo comprendió.

—Doudou —dijo, con el corazón lleno de ternura.

Haiwen se giró hacia ella, con los ojos entrecerrados y tormentosos. Fue entonces cuando Suchi lo besó.

FEBRERO DE 2008

Los Ángeles

Howard había estado catalogando las cosas en las que Suchi no había cambiado. Por supuesto, su risa era la primera. Pero había más. Su forma de jugar con su pelo cuando estaba sumida en profundos pensamientos. Cómo tomaba aire en silencio y abría mucho los ojos cuando colocaban algo delicioso delante de ella. Cómo fruncía y movía los labios de un lado a otro cuando estaba tratando de tomar una decisión. La peca por debajo de la comisura de su ojo derecho. Sus bromas cariñosas. Su forma de tratar de averiguar lo que pensaba él cuando estaba demasiado callado o tardaba demasiado tiempo en responder a una pregunta. Su amor por la fruta, cualquier clase de fruta, y su forma voraz y tan poco propia de una dama de morderla.

Esas eran las anclas a las que se aferraba cuando tantas cosas en ella se habían vuelto desconocidas. No se trataba solo de su edad o de su aspecto físico —pensaba que había envejecido de una forma preciosa—; era todo su ser. Ahora era más tranquila, más comedida. Todavía le gustaba contarle todos los detalles de su día, pero su forma de hablar no tenía la misma electricidad en ella. Por supuesto, él no podría haber esperado razonablemente que siguiera siendo infantil y enérgica para siempre, pero lo que más lo perturbaba era que ahora había algo en ella oculto a la vista. Antes, Suchi mostraba sus sentimientos sin ocultarlos, pero ahora él ya no podía adivinar fácilmente qué era lo que pensaba o lo que sentía realmente con respecto a nada. Mientras que antes había sido curiosa y preguntona, ahora parecía satisfecha con centrarse en el presente.

—Nunca hablamos sobre el pasado —le dijo Howard a Suchi un día mientras almorzaban en un restaurante tailandés de moda. Llevaban compartiendo comidas como aquella cada dos días desde hacía un par de semanas, después de una incómoda sugerencia inicial por parte del hombre el día después de haberla llevado a su casa.

—¿A qué te refieres? —dijo ella, alcanzando las verduras salteadas—. Eso es lo único de lo que hablamos.

Era cierto: la mayoría de sus conversaciones, si no trataban sobre la mundanidad de sus días o las noticias sobre sus hijos y sus nietos, giraban en torno a su infancia. Comparaban recuerdos de antiguos amigos y vecinos, bromas que habían compartido, incidentes que les hacían reír. Pero, cuando rozaban las cosas dolorosas, jamás se enfrentaban a ellas. Recordaban con cariño a los padres del otro sin hablar jamás de lo que podía haberles pasado. Hablaban sobre las citas que habían tenido sin mencionar de forma explícita el hecho de que una vez habían estado enamorados. Y jamás hablaban de nada más allá de Shanghái.

—Quiero decir —se esforzó por explicar Howard— que jamás hablamos de nada que tenga importancia.

Suchi partió la tortilla de ostras con los palillos. El pegajoso almidón de tapioca, bañado en salsa rosa, se estiró y se rompió, arrastrando una ostra gris y reluciente. Recogió el trozo y lo metió en su cuenco.

—¿Qué sentido tiene hablar de las cosas tristes? —preguntó—. Tan solo nos quedan unos pocos días en esta mundo. Yo preferiría pasarlos con las cosas que me hacen feliz. Como esto.

Le dio un mordisco a la tortilla y sonrió. Al igual que ocurría en su juventud, Howard pensó que era al mismo tiempo adorable y frustrante.

—¿He cambiado? —preguntó.

Suchi masticó, pensativa.

—En algunos sentidos —respondió—. Pero ¿acaso no lo hemos hecho todos?

—¿Cómo? —insistió Howard.

—Para empezar —dijo ella, y tragó la comida—. Antes no me hacías tantas preguntas. —Se rio—. Siempre estabas muy serio. Metido en tu propia cabeza. En ese sentido no has cambiado. Es solo que estás... más seguro de ti mismo, tal vez. Puede que un poco más triste. Pero todos lo estamos. Es lo que hay.

—¿Tú quieres saber en qué sentidos has cambiado?

Suchi se encogió de hombros.

—Todos cambiamos.

—La pequeña Susu me habría suplicado que se lo contara.

Ella se rio.

—La pequeña Susu era una niña muy impaciente y cotilla. Espero haber cambiado en ese sentido. —Sirvió algo de tofu en el cuenco de Howard—. Date prisa y come.

En el restaurante sonaba una balada pop en mandarín que Howard había escuchado docenas de veces; su letra era prácticamente ininteligible a excepción de una frase repetitiva; algo sobre una «chica guapa». Su nieto Charlie había puesto la canción una y otra vez en el coche cuando Howard había ido de visita el otoño anterior. Recién regresado de un verano en Taiwán con el Love Boat, un programa de verano para los adolescentes taiwaneses-estadounidenses, Charlie le contó a Howard que el cantante, Jay Chou, era uno de los artistas musicales más populares de Taiwán; hasta le había regalado a su abuelo uno de sus discos por Navidad, diciéndole que la última canción trataba sobre la guerra y que pensaba que podría sentirse identificado. Howard había escuchado la primera pista del álbum, pero no había sido capaz de tolerarla. Era alguna clase de rap lírico que hacía que le doliera la cabeza, y lo peor de todo era que no podía entender el mandarín del cantante; lo soltaba todo como un fino chorro de vocales murmuradas. Había tratado de saltar hasta el final, a la canción que había mencionado Charlie, pero los primeros compases tenían una percusión de balas sobre unos violines crecientes que hicieron que Howard se estremeciera, así que la quitó.

Desde que Charlie había regresado de ese viaje, había comenzado a proclamar a su familia que él no era chino, que era *taiwanés*, y corregía a su madre cada vez que esta decía que era china. Esto molestaba enormemente a Howard.

—Si yo soy chino, entonces tú también eres chino —reprendió a su nieto.

Y, de todos modos, los otros abuelos de Charlie eran de Hong Kong, que había sido devuelta legítimamente a China una década antes. Pero el muchacho insistía en que Taiwán era su propio país, y que Hong Kong *apenas* podía considerarse una parte de China, lo que lo convertía en taiwanés y hongkonés como mucho.

Yiping, su hija mayor, le pidió a Howard que lo ignorara.

—Es una fase, ya sabes cómo son los adolescentes, no tienen ningún sentido de los matices —dijo.

Pero al hombre le resultaba difícil no tomárselo de forma personal, le resultaba difícil no sentirse como si su nieto estuviera clavándole un cuchillo en el corazón para hacerlo trizas. El único consuelo que tenía era saber que, si Linyee estuviera viva, habría estado complacida en secreto, incluso aunque fingiera estar de parte de Howard.

—Odias esta canción, ¿verdad? —le preguntó Suchi. Lo estaba mirando con una sonrisa en los labios—. Tienes esa cara… la cara que ponías cuando te obligaba a escuchar por la radio esas baladas populares que me encantaban. Fruncías el ceño apenas un poco, y entrecerrabas los ojos durante un segundo. Así era como sabía que las odiabas, incluso aunque tú jamás lo admitieras.

—Yo no las odiaba —protestó él—. Después te las tocaba.

—Solo porque me querías —lo pinchó ella. Sus palabras se quedaron atrapadas en los pulmones de Howard. La cara de Suchi se paralizó durante una fracción de segundo antes de suavizarse—. En cualquier caso, tampoco eras tan misterioso como tú pensabas. Tal vez fueras inescrutable para los demás, pero había ciertas cosas que te delataban. Por ejemplo, yo siempre sabía cuando estabas concentrado en ese otro lugar dentro de tu cabeza, el que estaba escuchando constantemente.

Howard pensó en los años en los que su cabeza se había quedado en silencio, cuando no había encontrado música en nada y se había quedado solo con el enorme vacío de su conciencia enmarañada. Qué solitarios habían sido esos años. En los meses posteriores a la muerte de Linyee, se había dado cuenta de que aquel vacío reaparecía de forma ocasional, y eso lo aterrorizaba.

—¿Qué vas a hacer para el *Chuxi*? —le preguntó Suchi—. Ya falta muy poco para la Fiesta de la Primavera.

—Oh —dijo Howard—. Winston me ha invitado a pasarlo con él en Ocaso Coral.

No le contó a Suchi que Yiping se había ofrecido a buscarle un billete de avión hasta Maryland para que pudiera quedarse con ellos durante la semana, al igual que había hecho el año anterior, su primera Fiesta de la Primavera sin Linyee. Pero no podía soportar la idea de tener que apretar los dientes ante los «nutritivos batidos de proteínas» que su hija le preparaba cada mañana, o las sugerencias amables pero insistentes de que convirtiera su estancia en algo permanente. Sabía que tenía suerte de que sus hijas lo quisieran tanto —había oído historias sobre hijos que metían a sus padres en residencias de ancianos y jamás los visitaban (y, de hecho, le sorprendía que Adam estuviera de acuerdo con la posibilidad de que él se mudara con ellos siquiera)—, pero cuando estaba con ellas, sobre todo con Yiping, se encontraba avanzando hacia una edad que todavía no era capaz de *sentir* del todo.

—Me preguntaba… —comenzó Suchi, repentinamente tímida. Se retorció con los dedos el pelo que llevaba hasta la altura de la barbilla—. En fin, ¿te gustaría cenar con mi familia? —Como si fuera consciente de pronto de sus movimientos, unió las manos abruptamente delante de ella. A toda prisa, añadió—: No va a ser nada elaborado… yo me voy a encargar de la mayoría de la cena, aunque Ronnie tiene ganas de ayudarme. No sé qué clase de comida china van a servir en Ocaso Coral, ¡puede que sea bastante lujosa! Pero, por si acaso quieres algo más casero, eres bienvenido si te apetece venir.

Bajó la mirada, y Howard catalogó una cosa más que no había cambiado: la sorprendente timidez de Suchi.

—Sería un honor —respondió. Resistió las ganas de extender las manos y cubrirle las palmas con la suya.

El hijo de Suchi, Samson, abrió la puerta cuando Howard llamó al timbre.

—¡Bienvenido, Suksuk! —dijo, y le dio la mano vigorosamente en el vestíbulo.

Samson no se parecía en nada a Suchi, a excepción de los ojos, que eran del mismo tono de almendra que los de su madre; expresivos y cálidos. Una niña pequeña con un vestido de terciopelo color arándano se metió entre sus piernas. Tenía dos pasadores rosas que sujetaban unas onduladas coletas castañas a cada lado de su cabeza.

—¿Quién eres tú? —preguntó deteniéndose en seco delante de Howard. Se metió un dedo en la boca, y él se dio cuenta de que le faltaba un diente delantero.

—Abi, ya hemos hablado de esto, ¿recuerdas? Este es el amigo de Aniang, el tío Howard. Va a estar con nosotros para el Año Nuevo Chino.

—¿Eres el novio de Aniang? —preguntó Abigail, llevándose un dedo a la fosa nasal izquierda.

—*Abi* —dijo Samson, y le dio un golpecito en la mano—. No te hurgues la nariz.

—Yo no sabía que Aniang tenía amigos —continuó la niña, ignorando la reprimenda de su padre—. Yo pensaba que la gente vieja no podía tener amigos.

—¡Abi! —la regañó Samson—. ¡Deja de hacerle tantas preguntas a nuestro invitado! Ni siquiera ha terminado de cruzar la puerta todavía. —Se giró hacia Howard—. Por favor, pasa. Dame el abrigo, y aquí tienes unas pantuflas para ti.

La casa era espaciosa y luminosa. La decoración era cálida y acogedora sin resultar ostentosa. En las paredes, había fotografías por todas partes, en su mayoría de los niños —metidos en la cama, sentados sobre el regazo de Papá Noel, soplando velas de cumpleaños—, aunque también había unas cuantas de Samson y Ronnie. Howard siguió al hombre hasta la sala de estar, que se abría a la cocina. El suelo estaba repleto de juguetes, y en la televisión había dibujos animados sonando a todo trapo. Junto al sofá había un corral de juegos en el que un niño pequeño y regordete dormía como una estrella de mar. Suchi estaba removiendo una olla en el fogón, mientras que una mujer morena, alta y guapa se encontraba junto a la isla de la cocina, doblando empanadillas.

—¡Hola, soy Ronnie! —dijo la mujer, saludando con un gesto—. Te daría la mano, pero me temo que la mía está llena de harina y cerdo crudo. Pero me alegra mucho conocerte.

Howard asintió con la cabeza y sonrió. A pesar de que llevaba más de treinta años viviendo en Estados Unidos, todavía sentía una punzada de vergüenza cada vez que se cruzaba con gente blanca. Era agudamente consciente de su acento, de su inglés vacilante.

Suchi levantó la mirada y sonrió ampliamente; tenía los labios pintados de un rojo tenue, más atrevido que el rosa coral al que él se había acostumbrado. Su jersey mullido era del color de los dátiles, y tenía el pelo peinado hacia atrás para revelar unos pendientes de oro con forma de girasoles. ¿Podría haber adivinado Howard que así era como iba a envejecer, que todavía seguiría siendo tan impresionante?

—Doudou, espero que tengas hambre, ¡hemos preparado un montón de cosas! —le dijo en inglés.

—¿Quién es Doudou? —preguntó Abi, que los había seguido hasta la cocina.

Él se agachó y miró la cara redonda y seria de la niña.

—Yo soy Doudou.

—Tú eres el tío Howard.

—¿Sabes lo que significa *doudou*? —le preguntó él. Abi negó con la cabeza—. Es una legumbre. Como un… un *hongdou*, un, un, cómo se llama…

—¡Habichuelas! —gritó Samson desde la sala de estar—. Te encanta la sopa de habichuelas que prepara Aniang.

—Eso es, las habichuelas de la sopa —dijo Howard—. Resulta que, cuando yo era un bebé, era muy, muy pequeño. Como una habichuela pequeñita. Así que mi madre me llamaba por el mote de Doudou.

—Y después, cuando se hizo adolescente, creció y se volvió muy alto, así que en lugar de un pequeño *hongdou*, se convirtió en un *sijidou*, ¡una judía verde! —dijo Suchi entre risas.

—¿Yo también puedo llamarte Doudou? —preguntó la pequeña.

—Abi, un poco de respeto… —le advirtió Samson.

La pequeña le echó un vistazo a su padre.

—¿Puedo llamarte tío Doudou? —se corrigió con gran seriedad.

Los adultos rompieron a reír. La niña frunció el ceño y le sobresalieron los labios al hacer un pequeño puchero. Se parecía mucho a Suchi.

—Puedes llamarme tío Doudou —dijo Howard, y le dio una palmadita en la cabeza. A ella se le iluminó la cara de inmediato, volvió corriendo a la sala de estar, y se sentó delante de la televisión.

Ronnie captó la mirada de Howard y puso los ojos en blanco.

—Gracias. Es un trasto.

Al igual que su abuela cuando era pequeña, pensó Howard. Como si supiera lo que estaba pensando, Suchi aspiró por la nariz de forma exagerada y se inclinó sobre la olla.

—Esta vez te has superado a ti misma, mamá —dijo Ronnie cuando estuvieron todos sentados alrededor de la mesa de la cena.

En el centro de la mesa redonda había tantos platos de comida que apenas quedaba espacio para los cuencos y los platos individuales. Crujientes rollitos de primavera dorados, brotes de soja y piel de tofu en caldo de verduras, col *bok choy* salteada con ajo, fideos de la longevidad fritos, pasteles de arroz con repollo salado y cerdo, y una carpa entera, cocinada al vapor con cebolleta y jengibre.

—*Wah,* pasteles de arroz y también fideos —dijo Samson, frotándose la tripa—. ¡Menos mal que dejé esa dieta de Atkins! Por favor, sírvete —le pidió a Howard—. Tú eres el invitado.

El anciano comenzó a ponerse comida en el plato, pero entonces se detuvo. Miró los fideos relucientes, las verduras y la sopa.

—¿Qué pasa, Doudou? —le preguntó en shanghainés Suchi, que estaba sentada junto él—. ¿No te gusta? He tratado de hacer nuestros platos favoritos de Shanghái, aunque les he puesto menos sal porque se supone que los dos tendríamos que tener cuidado con el sodio…

—No —dijo él—. Es solo que esta es la primera vez que has cocinado para mí.

Ella se quedó inexpresiva durante un instante, y la desconexión que Howard había experimentado durante las últimas semanas volvió a él; en esos momentos, Suchi era una extraña para él, una desconocida. Pero, al instante siguiente, ella se rio.

—Bueno, ¡pues come más! ¡No te puedo prometer que vayas a volver a tener este honor jamás!

—Todo está delicioso, mamá —dijo Ronnie en inglés mientras comenzaban a comer—. Menudo festín.

Suchi sonrió ampliamente.

—*Nali nali*, no podría haber hecho nada de esto sin tu ayuda.

—Yo solo he hecho de pinche. Y he doblado esas empanadillas tan feas.

—¡Yo quiero empanadillas! —gritó Abi. Un trozo de rollito de primavera colgaba de la comisura de su boca—. ¿Dónde están las empanadillas?

—Nos las comeremos a medianoche —respondió Suchi—. Para que nos traigan buena suerte en el nuevo año.

—Tú te las comerás para desayunar —dijo Ronnie.

—¡Pero yo las quiero ahoraaa!

Abi se derrumbó en una pataleta llena de lágrimas. Sus gritos despertaron a su hermano pequeño, que comenzó a llorar en el corralito.

—Ay, madre —se quejó Ronnie, y dejó caer la cara sobre su palma. Se puso en pie después de un momento y fue a alzar al bebé—. Siento mucho todo esto —le dijo a Howard, tocándole el hombro mientras pasaba.

Este miró a Suchi, que sonrió y se encogió de hombros.

—¿No se supone que este es el sentido de la Fiesta de la Primavera? —le preguntó a Howard en shanghainés.

Unas escenas de Fiestas de la Primavera pasadas parpadearon a través de su mente. El año pasado, la primera que había pasado sin Linyee. Sus nietos discutiendo, el dolor por no tener a su esposa a su lado. Ese espacio vacío se transformó y se llenó con la presencia de la mujer. Linyee antes de enfermar y empezar a sentirse confusa. Linyee con una sonrisa radiante mientras los nietos hacían una reverencia, extendiendo las manos regordetas para recibir unos sobres rojos llenos de billetes de veinte dólares. Las caras de los niños cambiaron, sus ropas se volvieron más raídas y los sobres rojos más delgados, hasta que lo que vio eran las caras de sus hijas, las palmas de sus hijas. Sus luminosas sonrisas de emoción, sus manos sobre las orejas mientras los fuegos artificiales estallaban. Su suerte y la de Linyee.

Su mente retrocedió hasta una Fiesta de la Primavera todavía más antigua. La primera que había pasado con Linyee. Su tripa de embarazada sobresalía, como si hubiera comido alguna buena comida más de la cuenta; Yiping. Él, Linyee, Zenpo, Lau Fu, la mujer de Lau Fu, el nuevo bebé de Lau Fu y su suegra. Todos apiñados en el *juancun* de dos habitaciones de baja categoría que le habían asignado a Lau Fu.

Había habido gran cantidad de pescado, verduras y licor, pero lo que recordaba era mirar más allá de todo eso, a la cara resplandeciente de Linyee mientras la mujer de Lau Fu le daba al bebé para que lo cargara. Su radiante sonrisa, una que no había visto desde hacía muchos meses porque su padre todavía se negaba a hablar con ella medio año después de que se casaran sin permiso. Había tenido la esperanza de que los recordatorios de la familia que estaban construyendo juntos la ayudara a olvidarlo temporalmente. Era algo en lo que él también trataba de centrarse.

Partes de aquella reunión le resultaban borrosas ahora; había habido licor de sorgo e historias antiguas, caras amoratadas y relucientes por la bebida. Li Tsin… ¿Habían hablado de él? ¿O habían evitado los temas inoportunos? Ya no era capaz de recordarlo. Lo que recordaba era la ráfaga de afecto que sintió a través de la neblina de su borrachera. Tenía suerte de estar sentado en aquella mesa redonda, rodeado de tanta calidez y ternura. Había muchos otros que no tenían nada. Sus compatriotas, muertos en los campos de batalla o en el fondo del océano. Las familias en China (no se permitía a sí mismo pensar en *su* familia) muriéndose de hambre.

Pero, algún tiempo después, tal vez fue cuando las mujeres estaban recogiendo la mesa, o cuando Zenpo y Lau Fu comenzaron a insultarse de forma afectuosa durante una ronda de *xiangqi*, él se había escabullido a las calles del *juancun*. Las residencias bajas que conformaban la aldea de familias militares había sido renovada recientemente con cemento y muros de ladrillos que las rodeaban; el intento del gobierno de reforzar las chozas construidas a toda prisa y hechas de bambú, paja y barro que se pretendía que fueran temporales. Haiwen recordaba lo mucho que se habían esforzado por levantar las estructuras que creía que solo serían necesarias durante el par de años que iban a estar estacionados allí. Con el tiempo, se habían agrietado y hundido, desgastadas por los tifones, los terremotos y las tormentas eléctricas. Los nuevos muros hacían que los estrechos pasadizos entre casas fueran más oscuros e imponentes, y se sentía sofocado. Unos cuantos rezagados todavía estaban encendiendo fuegos artificiales, pero las detonaciones solitarias eran menos festivas en mitad de la noche; cada estallido era un destello de una escena de la guerra que no quería recordar.

Salió de la aldea y caminó hasta que se encontró lejos de cualquier residencia, atravesando las calles vacías del distrito hasta que llegó a las orillas llenas de hierba del río, no muy lejos de donde había cargado con las rocas que formaban los cimientos de la casa donde vivía con Linyee. La luna nueva era como una uña oculta por un velo de nubes, lo que hacía que las estrellas nocturnas resultaran fácilmente visibles. Buscó la estrella más brillante, que tenía la esperanza de que fuera la Estrella Polar, y se orientó en su dirección. Se agachó en el suelo para mirar el brillante punto de luz. En voz baja, llamó a su madre, a su padre, a Junjun, a Haiming, a Suchi.

—Feliz Año Nuevo —susurró.

Para el postre había una preciosa bandeja con un pastel de arroz de los ocho tesoros. Suchi enumeró los ingredientes dispuestos en círculos concéntricos entre el arroz pegajoso —pasta de judías rojas, semillas de loto, cubitos de piña, dátiles rojos, longan seco y bayas de goji—, adornados con un glaseado de agua azucarada de osmanto y cáscara de mandarina rallada. Abi, que se había tranquilizado de forma considerable después de que Suchi le hirviera unas cuantas empanadillas para que se las comiera durante la cena, miró fijamente el postre con un embelesado deleite mientras le daban un trozo.

—Quiero comer esto todos los días —anunció después de darle un mordisco.

Cuando todo el mundo se terminó su postre, Suchi dijo:

—¿Quién quiere un *hongbao*?

—¡Yo! —respondió Abi, y se levantó de la silla y corrió hacia su abuela.

—No, no —dijo Samson—. Así no se hacen las cosas. Recuerda lo que tienes que hacer.

La pequeña se apartó de Suchi e inclinó la cabeza, extendiendo ambas manos.

—Eh…

—*Gunghei* —la ayudó Samson en cantonés.

—*Gunghei* —repitió Abi.

—*Faatchoy.*

—*Faatchoy.*

—Ahora, dilo todo junto.

—*Gunghei faat… faatchoy.*

Suchi sonrió.

—*Xinnian kuaile, siau noe* —dijo, y le tendió el sobre rojo a la pequeña, que lo tomó felizmente con ambas manos.

—¿Qué se dice? —le recordó Ronnie.

—Gracias, Aniang.

—Mamá y papá también tienen uno para ti —dijo Samson.

Abi se colocó delante de sus padres y repitió el ritual. Agitando los dos sobres por ahí, exclamó:

—¡Soy rica! ¡Voy a comprarme la caja de Legos más grandísima del mundo!

—No te olvides de colocar el *yasui qian* debajo de la almohada —dijo Suchi—. Da más suerte si duermes encima.

—Y también le da más suerte al hada de la matrícula universitaria que se lleva el dinero en mitad de la noche para meterlo en fondos de inversión —añadió su nuera. Samson se rio ante la expresión confusa de Abi.

Howard sonrió. Aunque había llegado con ciertos juicios acerca de Ronnie, se había dado cuenta de que era cálida y graciosa, y de que parecía que Suchi y su familia le importaban de verdad. Era difícil que no le cayera bien. Pensó que, tal vez, si llegaba a conocerla mejor, podría advertirle de que no dijera demasiadas cosas acerca de los asuntos familiares a sus amigos. A lo mejor no se había dado cuenta de la facilidad con la que se extendían los cotilleos dentro de la comunidad de chinos americanos.

—Espera —dijo, y le hizo un gesto con la palma a Abi para que se acercara—. Yo también tengo uno para ti.

La niña bajó la barbilla hasta su pecho, encogiéndose de hombros con un gesto de repentina timidez. Levantó la mirada hasta sus padres, que asintieron con la cabeza. Se acercó a Howard y le hizo una reverencia.

—*Gunghei faatchoy*, tío Doudou.

Howard reprimió una risa y le puso el sobre rojo en las manos.

—*Xinnian kuaile*, Abi. —Ella le dio las gracias y corrió de nuevo a los brazos de su madre—. También tengo uno para el bebé —añadió Howard, y le dio el otro sobre a Samson. Le echó un vistazo a Suchi, que estaba sonriendo amablemente. Durante un segundo, un momento, se imaginó una vida paralela. Una en la que presidían juntos aquella cena de Año Nuevo, en la que esos eran sus hijos y sus nietos. La familia que habían construido juntos. Pestañeó y la culpa se extendió por su cuerpo. El mero pensamiento era una traición hacia Linyee. Más allá de lo que pudiera ocurrir, aquella parte de su pasado le pertenecía a ella, siempre le pertenecería a ella. Y, aun así, Howard anhelaba *algo*. Algo *más*.

—Bueno, bichito, creo que ya es hora de lavarte para ir a la cama. —Cuando Abi comenzó a protestar, Ronnie la interrumpió—. ¿Es que no quieres dormir sobre todo el dinero que te han dado? ¿No has escuchado lo que ha dicho Aniang? Da buena suerte.

Esto pareció tranquilizar a su hija.

—Dales las buenas noches a todos —dijo Samson.

—Buenas noches —repitió Abi. Comenzó a subir las escaleras, pero entonces hizo una pausa y miró a Howard entre los balaustres—. ¿Vas a estar aquí mañana?

—No lo creo.

—Oh —respondió la pequeña, haciendo un mohín mientras Ronnie le insistía para que subiera las escaleras—. Bueno, ¡pues adiós para siempre!

Samson puso los ojos en blanco y comenzó a recoger la mesa. Howard se puso en pie para ayudar, pero el hombre le hizo un gesto para que lo dejara.

—¡Por favor, siéntate!

Howard recogió algunos platos de todos modos y se los llevó a Suchi, que ya estaba enjuagando las cosas en el fregadero.

—¿Les habláis en cantonés a los niños? —preguntó Howard en inglés, curioso. Se había dado cuenta de que Samson había instruido a Abi para que dijera la felicitación de Año Nuevo en cantonés, aunque Suchi había respondido en mandarín.

Samson negó con la cabeza.

—Realmente no hablo mucho con los niños en cantonés. Evidentemente, Ronnie no lo entiende. Pero me oyen hablando con mi madre en cantonés, y ella suele responderme con una mezcla de mandarín, shanghainés y cantonés. Y Ma suele hablarles en mandarín. Siempre tengo la esperanza de que aprendan algo de esa manera.

—A su padre no le gustaba que yo hablara en mandarín o shanghainés cuando él era pequeño —explicó Suchi en mandarín.

Una expresión sombría cruzó el rostro de Samson, pero desapareció en el mismo momento.

—Pero lo hacía de todos modos, cuando él no estaba por ahí —dijo—. Por eso puedo entender un poco de los dos, solo que no sé hablarlos tan bien.

Howard asintió con la cabeza; el shanghainés también era un idioma completamente extraño para sus hijas, cosa que lo entristecía.

—Su mandarín tiene un acento cantonés horrible —bromeó Suchi con Howard en shanghainés.

—Oye, ¡que eso lo he entendido! —protestó Samson.

Suchi le dirigió una sonrisa taimada a Howard. Él había visto esa misma expresión cada vez que ella le gastaba una broma cuando eran jóvenes.

—Bueno, cuéntame algo más sobre ti, Suksuk —dijo Samson mientras metía los platos en el lavavajillas—. Me temo que no hemos podido mantener una conversación demasiado adulta durante la cena. Mi madre dice que vosotros dos erais amigos de pequeños. ¡Qué mundo tan pequeño para haberos encontrado después de tanto tiempo!

No se había dado cuenta de que Suchi le había contado a su familia que eran amigos de la infancia; él mismo tan solo les había dicho a sus hijas que iba a ir a casa de una amiga para el Año Nuevo. ¿Cuánto le habría contado ella a su hijo?

—Tu madre sigue estando igual —dijo. Había estado a punto de decir «igual de guapa», pero logró refrenarse.

—No dejas de decir eso, pero es mentira —replicó Suchi—. De todos modos, en esa época yo era desgarbada y estaba llena de granos, pero ahora estoy gorda y vieja, así que…

—No le hagas caso —insistió Howard—. Siempre fue impresionante, es solo que ella no se daba cuenta. Todos los chicos estaban enamorados de ella.

Suchi se rio.

—¡Ahora sí que sé que estás mintiendo! Todo el mundo estaba enamorado de Sulan, no de mí.

—Sinceramente, yo creo que todos los chicos se sentían intimidados —continuó Howard—. A pesar de que nunca fue especialmente alta, su forma de encenderse como los fuegos artificiales cuando la contrariabas la hacía parecer mucho más grande. Creo que sus piernas largas también tenían algo que ver con ello. Cuando estaba enfadada, de algún modo parecía como si se estuviera cerniendo sobre ti.

Suchi soltó un suspiro de exasperación, pero Samson se rio.

—Ah, eso lo sé muy bien —dijo.

—Pero, entre tú y yo, pienso que a los chicos les gustaba provocarla. Tenía una cara muy mona en forma de corazón, y se le ruborizaban las mejillas cada vez que sentía vergüenza o se enfadaba.

—Ma, suena como si fueras una rompecorazones —señaló Samson, encantado.

—*Luan shuo* —lo reprendió Suchi, y Howard se dio cuenta con diversión de que tenía las mejillas y la nariz muy rojas en ese preciso momento—. Se está inventando la historia. Ninguno de los chicos del vecindario hablaba conmigo.

Howard continuó, en parte para avergonzarla, y en parte porque..., en fin, no sabía por qué exactamente. Tal vez fuera porque podía visualizar a la joven Suchi con más claridad de lo que podía evocar hasta sus recuerdos más recientes.

—Ah, y sus ojos. Cuando estaba apasionada por algo, esos ojos brillaban con furia. Sus ojos son especiales, ya sabes. —Hizo una pausa y miró a Samson—. Tú los has heredado.

—Son más claros que la mayoría de los ojos asiáticos —asintió él—. La gente siempre piensa que soy de sangre mixta por eso.

—Los ojos de tu abuelo —murmuró Suchi en shanghainés.

—Ah —dijo Howard. De entre la neblina, un recuerdo del padre de su amiga luchó por salir a la superficie—. Sí, a lo mejor sí que te pareces a Tsan yasoh.

—Entonces, ¿también conocías a mi abuelo? —preguntó Samson.

Howard asintió con la cabeza.

—Los dos crecimos en el mismo *longtang*... eh, el mismo vecindario. No sé si tu madre te habrá hablado de ello.

Él miró a Suchi, que estaba metiendo las sobras en recipientes de plástico para guardarlas.

—Para ser sincero, nunca suele hablar sobre su infancia.

—Ya te la he contado —dijo Suchi.

—Sí, solo me has contado datos básicos. Que creciste en Shanghái, que no erais ricos ni pobres. Que tu padre era librero y que tu madre tenía los pies vendados. Todo lo demás lo he descubierto gracias a Ayi.

—¿Sulan? —preguntó Howard—. Lo que dice tu madre sobre ella no es mentira. La gente consideraba a Sulan el bellezón del *longtang*.

—¡No me sorprende! —El rostro de Samson se iluminó—. Recuerdo haber pensado que era muy guapa, incluso de pequeño. Era mi tía favorita cuando era más joven. La hermana de mi padre era severa, pero Ayi era cálida y graciosa. Vivía con nosotros cuando yo era un niño. Se pasaba mucho tiempo descansando, pero me dejaba subirme a la cama con ella y me contaba historias de cuando Ma y ella eran pequeñas. Cómo se peleaban, cómo dormían en la misma cama, cómo se perseguían la una a la otra por los callejones del vecindario y les gastaban bromas a los demás niños. —Hizo una pausa—. Me pregunto si alguna de esas historias habrá sido sobre ti.

—No sabía que te estaba contando todo eso —dijo Suchi.

—Me pidió que no te lo dijera —explicó Samson—. Decía que no te gustaba que te recordaran el pasado.

Howard miró fijamente la espalda de Suchi, encorvada sobre el fregadero. Estaba añadiendo con cuidado agua caliente a una sartén para dejarla en remojo.

Samson puso en marcha el lavavajillas y se secó las manos con un trapo.

—Voy a ver si Ronnie ya se ha ocupado de los niños. ¿Por qué no aprovecháis para poneros al día? No tengas prisa por marcharte. A lo mejor puedes contarme más historias sobre mi madre después.

Cuando se quedaron los dos solos, Howard cambió al shanghainés.

—Gracias por invitarme —dijo—. Ha sido una noche muy agradable.

—Me alegra que hayas podido venir —respondió Suchi, lavándose las manos—. ¿Te apetece tomar un té?

El hombre asintió con la cabeza. Ella metió hojas de té de un recipiente de metal en dos tazas de cerámica y las llenó del dispensador de agua caliente que había sobre la encimera. Llevó las dos tazas a la mesa de la cocina.

—Me alegra mucho haber conocido a tu familia —añadió Howard, calentándose las manos alrededor de la taza—. Abi… me recuerda a ti.

—¿Porque es entrometida e indiscreta?

—Porque es enérgica y curiosa.

Suchi sonrió. Él pensó que estaba particularmente radiante esa noche. Sus ojos brillaban con fuerza, y recordó esa ocasión en la que había robado una pequeña botella de *baijiu* de las reservas de su padre y los dos le habían dado un sorbo a aquella cosa horrible; recordaba el ardor, el calor y laranciedad. Lo rosadas que se le habían puesto las mejillas, lo tierna que era su expresión. Había sido incapaz de controlar su risa, lo que lo había hecho reír como nunca se había reído jamás y, cuando la besó, se preguntó cómo habría desaparecido de sus labios el intenso sabor del licor.

La cita había tenido lugar en los primeros días de su romance, cuando la dulzura de su boca todavía era eléctrica y nueva. Los primeros días, semanas y meses llenos de expectación y júbilo. En algunos sentidos, su rutina no había cambiado. Ella se sentaba junto a él mientras ensayaba, y a veces cantaba; él la esperaba junto a las puertas después de clase para que pudieran volver a casa juntos. Ella parloteaba sobre lo que había ocurrido cada día; él la escuchaba, sonreía y le ofrecía su opinión cuando se la pedía. Ella seguía siendo ella; él seguía siendo él. Pero, en todos los sentidos que contaban, todo había cambiado. Se tomaban de la mano, primero vacilantes, y después uniéndolas con fuerza, como si tuvieran la esperanza de fundirse el uno con el otro. Se daban besos a escondidas cuando no había nadie cerca, a veces suaves y dulces, y más a menudo, voraces y húmedos. El aire entre los dos era un vacío que él quería eliminar, que quería pasarse toda la vida tratando de eliminar; quería consumirla, conocerla por completo. El señor Portnoy se había quejado de que parecía descentrado, pero él no estaba de acuerdo. Había compases en la música que ahora tenían más sentido para él, melodías que le parecían vivas y resplandecientes de una forma que no había sido capaz de evocar antes.

Se habían pasado los últimos días de calidez de ese verano tumbados sobre la hierba del Parque Francés, él rodeándola con el brazo, y ella con la cara enterrada en su pecho; el violín había quedado olvidado. Escuchaban los cantos de los pájaros y se imaginaban un futuro. Los japoneses se estaban marchando, Shanghái volvería a ser de China, y eso significaba que podían soñar con una vida lejos de la guerra.

El pasado se entremezclaba con el presente. Ahora, él era Howard, y ella era Sue, pero allí estaba, otra vez frente a él, todavía preciosa en todos los sentidos.

—Susu… —comenzó, pero entonces se detuvo. No estaba seguro de lo que quería decir. Quería aferrarse a aquel momento, o tal vez lo que quería era regresar a un momento antiguo, un momento antes de que existieran todas las cosas de las que no hablaban. Cambiar algo de alguna manera.

—No lo hagas —dijo Suchi, y la sonrisa fácil de su rostro se evaporó. En su lugar había una máscara. Aunque Howard ya no siempre la comprendía, se dio cuenta de que ella todavía lo veía a él, incluso ahora.

Pero se sintió impulsado a seguir.

—A veces pienso que ojalá… —volvió a empezar.

—Doudou… —lo interrumpió ella.

—Pienso en ello a todas horas —continuó—. En lo que me escribiste en Hong Kong. En que no podemos arrepentirnos del pasado. Pero…

—No podemos —dijo Suchi—. Todas las cosas que hemos vivido nos han traído hasta aquí. Yo en esta casa, con Ronnie y Samson, con Abi y Nicky. Tú y tus hijas y tus recuerdos de Linyee. Cambiar el pasado eliminaría todo eso. Yo no puedo hacerlo, ¿y tú? Tan solo podemos seguir adelante.

—Tienes razón —respondió Howard, a pesar de que le costaba aceptarlo. Cuánto anhelaba vivir una síntesis de todas las vidas que había vivido y no había vivido, una vida en la que conservaba a Linyee y a sus hijas mientras todavía tenía a sus padres envejeciendo junto a él y podía conocer a los hijos que Suchi y él habrían podido tener—. Soy avaricioso —reconoció en voz alta.

—No podemos permitirnos el lujo de ser avariciosos —dijo Suchi—. Pero podemos darnos por satisfechos.

—Estamos en el crepúsculo de nuestras vidas —replicó Howard—. Incluso aunque no podamos mirar atrás, eso no significa… no significa que no podamos recuperar lo que perdimos o ser quienes éramos.

—No podemos volver a ser quienes éramos —señaló Suchi—. Es imposible. Ya nos hemos perdido el uno al otro.

Él estaba titubeando. El año después de la muerte de Linyee lo había pasado envuelto en una niebla gris e insonora, una aceptación de que la mejor parte de su vida se había terminado y de que ahora solo podía vivir cada monótono día y esperar a que llegara su muerte. Se dijo a sí mismo que estaba satisfecho. Que habían tenido una buena vida. No iba a ahondar en los arrepentimientos. Y, aun así, en el mes que había transcurrido desde que Suchi había reaparecido en su vida, había descubierto que todavía había cosas que deseaba, deseos sin cumplir. Ella era la respuesta a todas esas cosas. Iba a arreglar la historia con ella. Iban a volver a comenzar sus vidas, embutir todo lo que se les había robado de ellas en los próximos cinco, diez o veinte años.

No sabía cómo explicarle todo aquello a Suchi. Ya habían pasado los días en los que se entendían sin necesidad de palabras.

—*Yuanfen* —dijo en mandarín.

—¿Qué? —preguntó ella.

—La adivina... esa adivina a la que me arrastraste a ver cuando éramos jóvenes.

Suchi suspiró.

—¿Cómo puedes seguir creyendo en esas cosas después de todo lo que hemos pasado?

—Ella nos dijo que volveríamos a encontrarnos, y así ha sido. Ya van dos veces. ¿No te parece que eso significa algo?

La mujer se puso en pie de forma abrupta, con la taza en la mano.

—Es tarde —dijo, y agarró también la taza de Howard, a pesar de que todavía estaba medio llena—. Deberías ir saliendo ya. No quiero que vuelvas a perderte.

—Suchi —suplicó él—. Sé que debes de culparme por haberte abandonado. Tal vez nunca me hayas perdonado.

—No hay nada que perdonar —replicó ella, con la voz cansada.

—Entonces, ¿por qué no quieres hablar sobre ello?

—¿Sobre qué?

—Sobre todo esto. El pasado, lo que ocurrió entre nosotros. No me permites acercarme siquiera a sacar el tema.

—¿Qué sentido tiene? —Miró fijamente las dos tazas que tenía en las manos—. Ya ocurrió.

—Si quieres expresar tus reproches hacia mí, me lo merezco. La Suchi que conocía habría…

—La Suchi que conocías se evaporó hace décadas —lo interrumpió ella, dejando las tazas de golpe sobre la mesa y clavando sus ojos firmemente en él. Su voz vibraba y se intensificó de repente—. Ella era tonta y frívola, y la mataron en la guerra, al igual que a todos los demás. La que ocupó su lugar es la Suchi que tienes delante de ti ahora, y sobreviví porque no me dediqué a mirar atrás. Así que deja de tratar de resucitar a los muertos. No vas a encontrar lo que buscas aquí.

Por un momento, Howard se sintió triunfal, casi eufórico. Aquel genio que tenía le resultaba familiar. A pesar de lo que le acababa de decir, seguía siendo la misma persona por dentro.

—Suchi —dijo con calma, recordando las muchas veces que había tenido que persuadirla cuando eran jóvenes—. Es culpa mía. No pretendía…

Ella se volvió a hundir en la silla, como un globo al que le hubieran sacado el aire.

—Esto ha sido un error —respondió en voz baja, cubriéndose la cara con una palma; el esmalte de uñas rojo resplandecía bajo la luz del comedor—. No sé en qué estaba pensando.

—Susu —volvió a probar Howard.

Ella agitó un brazo en dirección al vestíbulo sin levantar la mirada.

—Por favor, márchate —le pidió.

—Lo siento —dijo él—. ¿No podemos simplemente…?

Suchi negó con la cabeza, pero no dijo nada más.

Howard quería estirar el brazo y tocarle la mano, acariciar esas uñas de color manzana de caramelo entre sus dedos. Quería derretir cualquier miedo que estuviera refrenándola. Pero sabía que no la iba a convencer esa noche. Se puso en pie; ella no se movió. Sacó su abrigo del armario y se calzó los zapatos. Con una mano sobre el pomo, miró atrás. Se dijo a sí mismo que iba a hallar una forma de romper sus muros. Iba a luchar por ella. Entonces, salió de la casa y se internó en la fría noche invernal.

ENERO - ABRIL DE 1947

Shanghái

Suchi observaba a Haiwen mientras ensayaba debajo de un dosel de ramas de sauce vacías, con las sombras ondulando sobre su cara y haciendo que se enfocara y desenfocara. El sol era como la brillante yema de un huevo en el cielo lechoso, calentando el día de una forma muy poco propia para la época; la muchacha había sabido que él no dejaría pasar la oportunidad de ensayar en su lugar favorito del Parque Huangpu después de varias semanas de tiempo helado. Tenía los brazos en alto con su instrumento, sus dedos bailaban a través de su cuello, y la partitura que había copiado a mano cuidadosamente estaba sujeta con una piedra sobre un banco junto a él. A Suchi le encantaba escucharlo ensayar, oír la precisa magia que salía de sus manos. Incluso después de tantos años, su talento la cautivaba tanto como lo había hecho el primer día que lo había escuchado tocar.

Haiwen no se había dado cuenta de que ella se había acercado. Cerca de donde él había apoyado el estuche de su violín, la muchacha vio una bola gris y mullida. La alzó del suelo, se la metió en el bolsillo, y después se quedó unos cuantos metros por detrás durante varios minutos, observándolo completamente absorto en las notas que se elevaban con rapidez. Cuando bajó el instrumento, ella le rodeó la cintura con los brazos.

—Susu —dijo Haiwen, dándose la vuelta con una sonrisa. Con el arco todavía en la mano, acercó el dedo índice a la frente de Suchi y le apartó el pelo. Su forma tierna de tocarla hacía que a ella se le hinchara el corazón—. ¿Qué estás haciendo aquí?

—Es que tenía que ir a recoger unas cuantas cosas para M'ma en el mercado negro, y tuve la sensación de que estarías aquí. ¿Ese era Paganini otra vez?

Él asintió con la cabeza.

—Estoy tratando de memorizar la pieza para mi audición.

Su audición para el conservatorio de música iba a ser a mediados de mayo; aunque tan solo acababa de cumplir los dieciséis años y era más joven que la mayoría de los estudiantes que se matriculaban, varios miembros del profesorado se habían quedado impresionados por sus actuaciones en recitales y con la orquesta de su instituto.

—Suena increíblemente difícil.

Haiwen se agachó para guardar el violín.

—El señor Reyes me ha estado enseñando una nueva forma de memorizar la música.

El señor Reyes era un hombre filipino de cuarenta y pico años que había reemplazado al señor Portnoy cuando este se había mudado a Estados Unidos el año anterior. Haiwen se había quedado destrozado al perder al que había sido su mentor desde hacía tanto tiempo, pero un amigo de su orquesta le había recomendado al señor Reyes y le había dicho que no se creyera el estereotipo de que a los músicos filipinos tan solo se les daba bien el *jazz* y la música popular. Ahora, el muchacho hablaba del señor Reyes constantemente, asombrado por la diversidad de su conocimiento musical y emocionado por sus métodos y su filosofía musical tan poco convencionales.

—Me ha animado a utilizar más el oído, en lugar de tratar de fotografiar la partitura en mi mente —le explicó a Suchi—. Que confíe en mi oído para que les diga a mis dedos a dónde tienen que ir a continuación, porque mis dedos ya lo saben. Pero también a escuchar la música por delante de donde estoy. Si estiro el tiempo dentro de mi mente, el capricho realmente acaba pareciendo pausado.

En realidad, la joven nunca comprendía lo que le estaba diciendo Haiwen cuando se ponía técnico, pero sonrió por lo contento que sonaba. Le tomó la mano, y entonces soltó un gritito.

—¡Tienes las manos heladas! ¿Qué ha pasado con los guantes que te tejí?

Él abrió mucho los ojos y se toqueteó el cuerpo con la palma. Su cara se ensombreció.

—No… no me acuerdo. Me los quité para ensayar, y…

Inspeccionó el suelo a su alrededor.

—*Aiya* —se quejó Suchi, fingiendo lamentarse—. ¿Es que no sabes cuánto tiempo tardé en aprender a tejerlos? ¿Qué sentido tiene darte nada? ¡No valoras mis regalos!

—¡Sí que lo hago! —insistió Haiwen—. ¡Pero no puedo tocar el violín con guantes!

Parecía tan decaído que ella no fue capaz de seguir burlándose de él. Se sacó la bola gris del bolsillo.

—Toma —dijo, agitando los guantes delante de él—. Estaban en el suelo.

—*Aiya,* Susu, ¡me tenías muy preocupado! ¿Cómo puedes torturarme de esa manera?

Agarró los guantes que le tendía y se los puso. Estaban un poco deformes, pero los mostró en alto orgullosamente.

Suchi se rio y lo rodeó con los brazos.

—Es demasiado fácil meterme contigo —dijo, abrazándolo con fuerza.

Volvieron a casa caminando de la mano, por el camino largo, rodeando el Bund antes de atajar hacia el oeste. La joven levantó la vista hacia el muchacho y este le devolvió la mirada, sonriéndole. A ella se le contrajo el corazón. Incluso después de dos años, todavía sentía un entusiasmo vertiginoso cada vez que él le sonreía. Se inclinó contra su brazo, inhalando el calor de su cuerpo. Esperaron a que pasara un tranvía antes de cruzar la calle, y entonces, él le dio dos apretones rápidos en la mano como siempre hacía, su señal de que era seguro seguir adelante. Cuando llegaron al otro lado, ella se llevó el dorso de su mano a los labios y le dio un beso.

Valoraba mucho ese tiempo que pasaban juntos, rodeados de tantos desconocidos que el mundo se volvía solo de ellos dos. En el *longtang* era diferente. Había menos privacidad en el *shikumen* de Haiwen ahora que Haiming había regresado de Inglaterra con una preciosa esposa euroasiática, y M'ma todavía se negaba a permitir que Suchi llevara a Haiwen a casa. Además, la joven ya se había hartado de los vecinos cotillas. Cada vez que una *ayi* se encontraba con ella a solas, siempre le preguntaba inevitablemente cuándo iban a casarse. M'ma, por su parte, murmuraba que más le valía a Haiwen casarse con ella, porque ningún otro hombre la querría después de que hubiera aireado su relación de una forma tan pública.

Y no es que la propia Suchi no se hubiera planteado la respuesta a esa cuestión. Soñaba con una boda a principios del verano, durante la temporada de la lluvia de las ciruelas, cuando había abundancia de sus ciruelas ácidas favoritas; una boda en la temporada de lluvias le parecía algo muy romántico. Pero, a pesar de que ella y Haiwen habían hecho comentarios de pasada sobre su futuro juntos (dónde podrían vivir, o los hijos que podrían tener algún día), ninguno de ellos había hablado de lo lejos que podía estar ese futuro. Ella sabía que Haiwen estaba totalmente concentrado en su audición de primavera; tal vez, después de que él se matriculara en el conservatorio de música y ella terminara el instituto o comenzara a trabajar como azafata en una aerolínea, podrían hablar por fin de los planes para su matrimonio.

—¡Oh! —dijo Haiwen—. Casi se me olvidaba darte la buena noticia. ¡Mi cuñada está embarazada!

Suchi dio una palmada.

—¡Qué maravilla! ¡Tus padres tienen que estar muy emocionados!

Él asintió con la cabeza.

—Voy a ser tío. ¿No es extraño? —Sonrió—. A lo mejor puedo enseñar a ese pequeñín a amar la música clásica tanto como yo.

Ella hizo una mueca.

—¡Al menos tienes que ponerle al bebé un poco de música popular! ¿Es que quieres que se metan cruelmente con tu sobrino o tu sobrina por tener un gusto tan extraño?

Haiwen se rio.

—Bueno, ¡entonces supongo que es bueno que vayan a tener a alguien tan guay como Zhang Suchi como *shenshen*!

La joven acercó el brazo del muchacho más a ella, con el corazón cálido por la insinuación de que iba a ser su esposa.

—Eso me recuerda que hay una nueva canción de Yao Lee que me gusta muchísimo, «Sueño de amor». Me encantaría ensayar para cantarla, ¿así que crees que podrías...?

Se detuvo. Un familiar rugido de voces temblaba a través de las calles, en dirección a ellos. Más protestas contra los estadounidenses.

En el año y medio transcurrido desde que se había ganado la Guerra de Resistencia, las tensiones entre los nacionalistas y los comunistas habían crecido de forma constante. Apa se había enfurecido cuando, después de la rendición de Japón, el ejército japonés siguió patrullando las calles con sus bayonetas; había carteles explicando que los japoneses iban a contener a los comunistas y que «protegerían la ciudad» hasta que los nacionalistas pudieran llegar a Shanghái. Pero, entonces, los japoneses fueron reemplazados por camiones llenos de tropas estadounidenses que hablaban y aullaban ruidosamente y trataban la ciudad como si fuera su propio palacio del placer. Apa había gruñido algo sobre la estrechez de miras del generalísimo Chiang, sobre el peligro de depender de la ayuda de los norteamericanos en aquella renovada lucha por el poder.

—Debemos demasiadas cosas a los norteamericanos —había dicho—. ¿Qué creéis que van a querer ellos a cambio?

Y entonces, a finales de diciembre, una estudiante de Pekín había sido violada por dos marines norteamericanos, y las calles habían estallado. No se habían acallado desde entonces. Parecía que Apa no era el único que se sentía cauteloso ante la presencia de los estadounidenses.

Conforme las protestas se acercaban, Suchi distinguió las palabras en los carteles, los trazos de sus caracteres bruscos. Algunas pancartas proclamaban que el país había derrotado a un violador extranjero solo para darle la bienvenida a otro con los brazos abiertos; y otras suplicaban que se terminara la guerra civil. «COMUNISTAS O NACIONALISTAS, ¡TODOS SOMOS CHINOS!», insistía una de ellas. Los protestantes exigían justicia por la estudiante que había sido violada y la retirada inmediata de las tropas estadounidenses del suelo chino; sus cánticos eran un martilleo constante que hacía vibrar los oídos de Suchi.

Haiwen empujó a la muchacha contra los edificios, protegiéndola con su cuerpo mientras la multitud pasaba junto a ellos. Negó con la cabeza.

—Sin los norteamericanos, jamás habríamos ganado la guerra contra Japón. Todavía los necesitamos si queremos ganar esta.

Ella no dijo nada. Los gritos de los manifestantes habían despertado el nudo de inquietud que sentía cada vez que pensaba en la estudiante de Pekín. No sabía gran cosa acerca de la chica; los periódicos de propiedad privada que le había dado Apa para que los leyera se centraban sobre todo en lo que había ocurrido, y los detalles sobre la chica eran escasos. Suchi sabía su nombre: Shen Chong. Sabía que no era mucho mayor que ella, y que venía de una familia importante. Sabía que la chica estaba volviendo a casa después de ir al cine y que había tratado de protestar, pero había tenido demasiado miedo para resistirse. Sin embargo, Suchi quería saber *cómo* era. ¿De qué película había salido? ¿Les gustarían a las dos las mismas estrellas de cine? ¿También tenía un chico con el que soñaba con casarse algún día? ¿Había tenido la esperanza de viajar a Estados Unidos cuando terminara aquella guerra? Se preguntó si habrían sido amigas de haberse conocido. Se preguntó cómo sería su vida ahora.

—¿Te das cuenta de que nunca hemos conocido la paz? —preguntó mientras los últimos opositores se alejaban—. Este país ha estado en guerra durante toda nuestra vida.

Haiwen le apretó la mano.

—Tiene que haber un final para esto algún día.

—Pero ¿cómo va a terminar? ¿Quién crees tú que ganará?

—Quienquiera que tenga que ganar, supongo.

La actitud despreocupada del muchacho le molestaba, y unas lágrimas ardieron en sus ojos. Apartó la mano de golpe.

—¡No puedes limitarte a vivir en tu música todo el tiempo! ¿Es que no te importa quién gane?

—¿A ti sí?

—¡Pues claro!

—¿Y tú quién esperas que gane?

La respuesta apareció en su cabeza: los comunistas. Había oído los ideales de Mao Zedong apoyados por sus amigos, por Sulan y hasta por Apa, aunque él trataba de no sesgarla a favor de un partido o de otro. La verdad era que la muchacha no comprendía por qué la familia de Haiwen estaba en contra del Partido Comunista de una forma tan incondicional. Su padre decía que era porque los nacionalistas habían ayudado a la familia Wang a recuperar el control de sus diez fábricas textiles, pero ella sabía que ellos eran buena gente que querían lo que era justo. Y eso era lo que quería el Partido Comunista: justicia para toda la gente. Quería que todo el mundo, desde los trabajadores de las granjas hasta las madres, fueran reconocidos por sus esfuerzos; querían terminar con la hambruna y la pobreza tan extendidas que existían en las zonas rurales, fuera de su burbuja de Shanghái. A Suchi, todo aquello le parecía bien y correcto. Pero Apa había advertido a sus hijas de que los ideales y la política eran cosas diferentes, y de que los defectos humanos siempre se interponían.

—Yo solo quiero que las cosas sean mejores para toda la gente china —respondió Suchi—. Quiero que termine la guerra, y que por fin tengamos paz y prosperidad.

—Todo el mundo quiere eso —dijo Haiwen—, tan solo hay una divergencia de opinión sobre cómo conseguirlo.

—¿Y tú crees que Chiang es la respuesta?

—Lo eligió Sun Yat-sen en persona —respondió él con certeza, como si solo eso ya lo explicara todo.

—Ya no vivimos en un imperio dinástico —replicó Suchi, con la cara acalorada—, no importa lo que quiera el líder anterior. Además —añadió—, Sun Yat-sen escogió a Wang Jingwei, no a Chiang Kai-shek, y mira dónde hemos acabado.

Caminaba a paso ligero, con los brazos cruzados sobre el pecho. No sabía por qué se estaba enfadando. Los ciudadanos corrientes eran como hormigas para esos líderes poderosos: invisibles, impotentes, daños colaterales insignificantes. Mientras los poderosos luchaban, ellos quedaban pisoteados hasta acabar reducidos a polvo que se llevaba el viento.

—Oye —dijo Haiwen, acercándose a ella por detrás. Le aferró el brazo, pero ella se quitó su mano de encima—. Vale, vale. Tienes razón. A lo mejor Chiang no es la respuesta. No me hagas caso; yo no sé nada. Tan solo soy un violinista. —Suchi se detuvo y se rodeó el cuerpo con los brazos—. No pretendía alterarte, lo siento.

El muchacho acercó las manos y las colocó sobre la parte alta de sus brazos.

Ella sintió que la tensión de su mandíbula se diluía. Al final, se relajó entre el abrazo de Haiwen. Era cálido y sólido alrededor de ella, y se sentía tonta por su arrebato. Cuando estaba entre sus brazos, era fácil que su ansiedad acerca de la guerra se derritiera.

—Por cierto —añadió él cuando la soltó—. He visto que la Corporación de Transporte Aéreo Central por fin ha vuelto a abrir las solicitudes para azafatas.

—Oooh, ¿has visto un anuncio?

Suchi tenía la costumbre de revisar los periódicos en busca de cualquier mención de que la Corporación de Transporte Aéreo Central fuera a reanudar los vuelos o estuviera buscando azafatas. Pero Apa dejaba tantos periódicos desperdigados por la casa que no siempre tenía ocasión de revisarlos todos.

—Hace un par de días. Todavía quieres presentar una solicitud, ¿verdad?

Ella asintió con la cabeza. Aunque una parte de ella soñaba con convertirse en cantante, su lado práctico sabía que trabajar como azafata era un sueño mucho más fácil de conseguir.

—¿Decía algo sobre el mínimo de edad? ¿O sobre los títulos necesarios?

—Creo que ponía que preferían graduadas del instituto. Lo siento, si hubiera sabido que te vería hoy, me lo habría traído.

—No pasa nada —dijo ella, sintiéndose animada. Dado que se había saltado un curso, tan solo le faltaba un año para graduarse; seguro que eso se acercaba lo suficiente—. No decía nada sobre los requisitos de notas, ¿verdad?

Le lanzó una mirada culpable. Todavía seguía sacando solo notas mediocres.

Él soltó un suspiro y le dio una palmadita en la cabeza.

—No, no decía nada sobre eso, Zhang Suchi, pedazo de vaga. Por suerte para ti.

Ella se rio, le tomó la mano y se la llevó a la mejilla.

—Imagina que consigo este trabajo —dijo—. Más adelante, cuando la guerra haya terminado, podremos viajar a lugares lejanos juntos. Seguramente podría conseguirte billetes con descuento.

—He visto que van a volver a abrir las rutas a Hong Kong —señaló Haiwen—. Mi madre siempre nos cuenta historias sobre tomar el té en la Península, y dice que el marisco de allí es el mejor que ha comido en la vida.

—¿Tu madre no dijo que Hong Kong tiene unas playas preciosas? A lo mejor podríamos tomar el sol, como hacen siempre en las películas.

Él alzó una ceja.

—Me gustaría verte con traje de baño.

—No seas grosero.

Suchi lo empujó de forma juguetona, a pesar de que su broma le causaba un cosquilleo en la tripa. En los dos años que llevaban juntos, lo más lejos que habían llegado era a unas caricias hambrientas sobre la ropa del otro en callejones oscuros. Ella sabía que las buenas chicas no hacían nada más que eso, y él nunca la había presionado. Pero no podía evitar preguntarse cómo sería tener la libertad de saciar la sed que tenían el uno por el otro una vez que se casaran.

Haiwen le dirigió una sonrisa torcida y se rascó la nuca, un gesto de ligera vergüenza. La muchacha se inclinó contra él y tiró de su brazo para que le rodeara el hombro. Él la acercó más y le dio un beso en la frente.

—Bueno, ¿y qué es lo que estabas diciendo sobre una canción de Yao Lee?

El aviso de reclutamiento apareció en el periódico de Shanghái una semana más tarde, un pequeño cuadrado en una esquina del periódico, bajo unos grandes caracteres que celebraban las nuevas victorias del Ejército Revolucionario Nacional contra los comunistas de Mao en el norte. Su titular anunciaba la Ley de Reclutamiento Militar Obligatorio. «Hombres en buena forma física entre las edades de 18 y 36 años», rezaba el subtítulo. Todas las casas con dos hijos o más tendrían que presentar a uno de ellos para el reclutamiento; los que tenían cuatro hijos o más tendrían que presentar a dos. Los estudiantes, los hijos únicos y los que demostraran dificultades quedarían exentos.

El padre de Suchi negó con la cabeza y suspiró.

—Los soldados luchan mal cuando se ven obligados a entrar en batalla —dijo, tomándose su té.

—Menos mal que solo tenemos hijas —murmuró M'ma.

Suchi releyó el cuadrado.

—Waong Haeven todavía no es mayor de edad —dijo—. Y está estudiando. Entonces, ¿obligarán a ir a su hermano?

—No lo sé —respondió Apa—. Pero la familia Waong tiene suficiente dinero y conexiones. Estoy seguro de que pueden pagar a un oficial para que haga la vista gorda.

Lo había dicho con un tono de desaprobación en la voz, pero Suchi se sentía aliviada. Incluso aunque Haiwen estuviera a salvo del reclutamiento, se habría quedado destrozado si enviaran a Haiming a la guerra.

—El ejército nacionalista se está desesperando —añadió Apa—. No les va muy bien, y los estadounidenses ya han comenzado a retirar a sus tropas. Los comunistas están ganando apoyo porque son organizados, muy disciplinados y se portan bien con los civiles, a diferencia de esos soldados nacionalistas desharrapados que asesinan granjeros para robarles hasta la última miga de pan. ¿Y cómo podemos culparlos? Sus propios oficiales se están llenando los bolsillos vendiendo las raciones destinadas para ellos. Pero no veréis eso impreso en los medios estatales. —Tiró el periódico a un lado—. Por suerte, hay otros diarios que dicen la verdad.

—¿Cómo sabes que lo que dicen los otros periódicos es cierto? —le preguntó Suchi a su padre—. ¿Cómo sabes que no es propaganda también?

Apa frunció el ceño.

—No lo sé. Por eso leo toda clase de periódicos, para ver lo que dice cada uno. Para poder comparar. No me fijo solo en lo que están diciendo, sino en cómo lo dicen. Y sopeso lo que están diciendo con lo que sé acerca del mundo, lo que he visto y experimentado con mis propios ojos, lo que he aprendido sobre la naturaleza humana y la historia. No ingiero palabras como si fuera una calabaza vacía.

La muchacha pensó en los rumores entre los vecinos sobre una supuesta policía secreta responsable de los cierres repentinos de varias imprentas a lo largo de la Cuarta Calle.

—¿Esas publicaciones no se meterán en un lío con el gobierno?

Apa parecía molesto.

—¿Y esa es una buena razón para no decir la verdad? Sin acceso a la información, los ciudadanos corrientes siempre estarán encerrados en habitaciones a oscuras, y solo serán capaces de creer lo que sea que la gente del exterior les diga que es cierto. ¿Por qué piensas que me molesté en mantener la maldita librería abierta cuando apenas estaba generando dinero?

Suchi asintió con la cabeza y la bajó entre los hombros. Cada vez que su padre comenzaba con una de esas diatribas, volvía a sentirse como una niña pequeña otra vez.

Apa se bebió el resto de su té y se puso en pie.

—Siau Zi y yo vamos a asistir a una reunión esta mañana —dijo—. Él ya ha abierto la librería, pero, Suchi, confiaré en ti para que te encargues de los clientes mientras no estamos. Deberíamos volver antes de que tengas que marcharte para ir al instituto.

Ella ayudó a su madre a recoger los platos del desayuno, atormentada por la sensación de que había vuelto a decepcionar a su padre.

Suchi se encontraba junto a Haiwen fuera de una tienda de fotografía, tratando sin éxito de distinguir su reflejo en el cristal del escaparate de la tienda.

—¿Cómo estoy? —preguntó, alisándose el vestido azul marino con cuello que le había prestado Sulan.

—Perfecta —respondió él, colocándole un mechón de pelo por detrás de la oreja.

—Lo digo en serio. Esta foto va a estar en mi solicitud, y tengo que tener el aspecto adecuado. Tsia dice que lo más probable es que la Corporación de Transporte Aéreo Central esté buscando a chicas que sean guapas, pero de una forma elegante y profesional. Alguien que parezca accesible y simpática.

—Ya sabes que a mí siempre me pareces preciosa.

Suchi puso los ojos en blanco, pero le tomó la mano y se la besó. Después, tiró de él hasta el interior del estudio de fotografía.

Se sentía incómoda delante de la cámara mientras el fotógrafo la instruía para que ajustara la posición de la cabeza y la barbilla, y las bombillas relucientes la hacían sentir mareada. Le preocupaba que las dificultades que estaba teniendo para enfocar los ojos resultaran evidentes en todas las fotos.

Después, Haiwen y ella se apiñaron sobre las dos fotos cuadradas.

—Uf —dijo Suchi—. ¿De verdad esa es la pinta que tengo? ¿Por qué estoy colocada de una forma tan poco natural?

—Es perfecta. Mira, hasta se puede ver esa peca pequeñita que tienes debajo del ojo. —El muchacho tocó la esquina de una de las fotos, como si estuviera acariciándole la cara—. ¿Cuántas necesitas para la solicitud?

—Solo una —respondió ella—. Si les gusta mi solicitud, me llamarán para hacerme una entrevista.

—Entonces, ¿puedo quedarme yo con la otra?

—¿La quieres? —preguntó Suchi, sintiendo un calor en el rostro. Se sentía avergonzada y emocionada al mismo tiempo porque Haiwen quisiera una foto suya.

—¿Por favor? —le pidió él con suavidad.

—Todo el mundo pensará que tienes una novia con una pinta muy rara —murmuró ella. Podía sentir que el rubor se extendía por su rostro—. Pero sí, por supuesto que puedes quedártela.

El muchacho se inclinó hacia ella y le besó la mejilla. Suchi lo observó mientras metía la foto cuidadosamente dentro de la cartera, como si le hubiera dado algo muy preciado. Durante un momento, casi fue capaz de verse a sí misma tal como lo hacía él, y su vergüenza se desvaneció.

La Fiesta de la Primavera caía pronto ese año, y las clases se interrumpieron unos cuantos días antes de la noche de Fin de Año. Suchi llegó a casa ese día y se encontró con Sulan revisando algunas revistas que la librería había recibido a principios de semana. El *qipao* que llevaba puesto era de un color mandarina tan intenso que la recién llegada casi podía oler el aroma a cítrico. Su pelo con permanente estaba recogido en un elegante moño, y de los lóbulos de sus orejas colgaban unos delicados pendientes de perlas. Suchi sintió una punzada de envidia en la tripa; desde que su hermana había comenzado a trabajar en la sección de cosméticos de los grandes almacenes Wing On, había adquirido un aura sofisticada. Su ropa, que se hacía ella misma, estaba a la moda, y la complementaba con joyas de muy buen gusto que creaba a partir de baratijas que otras personas habían tirado. Tenía el pelo cortado y ondulado a la última moda, y sus cejas estaban perfectamente arqueadas. Podría haber pasado por una de las hijas de familias acaudaladas que Suchi veía a veces en los carros de dos ruedas o en relucientes coches con chóferes. Después de todos los años que Sulan se había pasado admirando a la madre de Haiwen, por fin había logrado replicar su elegancia.

Suchi no era la única que se había dado cuenta de la transformación de su hermana. Siau Zi, que ahora era un soltero torpe en mitad de la treintena, había comenzado a seguirla con unos ojos sin pestañear cada vez que se encontraban en la misma habitación. En los ocho años que llevaba viviendo con la familia, se había mostrado retraído, y que ellos supieran, jamás había tenido novia, a pesar de que Apa le había ofrecido presentarle a algunas de las hijas de sus amigos. Era delgaducho y con gafas, y siempre había sido torpemente formal y rígido con las chicas, y cuando ellas eran más jóvenes, no habían podido resistirse a gastarle bromas: en una ocasión, habían cambiado su botella de salsa de soja por vinagre negro; y otra vez, se habían colado a escondidas en su habitación mientras él estaba durmiendo y le habían pintado el dedo gordo del pie con uno de sus pinceles de caligrafía, riendo disimuladamente cuando lo movía. Él nunca se quejaba ni se lo contaba a Apa, lo que, de alguna manera, hacía que a ellas les pareciera todavía más lastimero.

Ahora, Suchi se daba cuenta de que se quedaba paralizado detrás del mostrador de la librería, abriendo mucho los ojos como si quisiera devorar a Sulan. Esta no se dio cuenta de su atención.

—Oh, Susu —dijo cuando vio a su hermana, y dejó en su sitio la revista de moda que tenía en la mano—. ¡Te estaba esperando!

Entrelazó el brazo con el de Suchi, y subieron las escaleras hacia la habitación que todavía compartían, aunque últimamente, la mayoría de las veces, Sulan aún estaba fuera con sus amigas para cuando su hermana se quedaba dormida. Unas cuantas veces, Suchi hasta la sorprendía entrando a hurtadillas al amanecer, impregnada de olor a humo, licor y sudor.

Sulan se desplomó sobre la cama y Suchi se tumbó junto a ella.

—¿Acabas de volver de ver a Haiwen? —preguntó la primera.

La muchacha negó con la cabeza.

—Está ensayando. Vengo del colegio.

—No me puedo creer que todavía no os hayáis comprometido —dijo Sulan—. Como mínimo, tendría que decirle a su madre que lo hablara con M'ma.

—M'ma no soporta a Wang ayi —le recordó Suchi.

Su hermana se encogió de hombros.

—Tampoco es como si no se lo esperara —replicó—. Todo el mundo sabe que os acabaréis casando algún día.

—Lo más probable es que estén esperando para casarte a ti antes que a mí —la pinchó la joven.

Sulan no dijo nada. Se cubrió los ojos con la parte trasera de la muñeca, con una pose tan femenina y lánguida que Suchi se preguntó si su hermana la habría ensayado.

—No creo que quiera casarme —dijo después de un momento.

—¿Por qué no?

Sulan bajó el brazo y se sentó, mirando a Suchi.

—¿No te parece terrible? ¿Vivir tu vida por un hombre? Mira a M'ma.

—M'ma es anticuada —señaló la joven—. No tiene que ser así. La madre de Haiwen…

—Incluso en ese caso —insistió Sulan—. Su vida gira en torno a sus hijos. Yo quiero *más*.

—¿Como qué? —preguntó Suchi. Aunque su hermana había sido extremadamente rebelde, ella no se había planteado que eso pudiera extenderse al matrimonio y a los hijos. Oír que lo admitía la impactaba y la entusiasmaba al mismo tiempo.

—No lo sé, a lo mejor es solo que soy egoísta. A veces pienso que… —Se detuvo de golpe y negó con la cabeza—. Es que yo soy distinta a ti. Tú tienes a alguien con el que puedes estar. Yo no.

Había algo en su forma de decirlo que hería a Suchi. Como si el hecho de que ella tuviera a Haiwen significara que no tenía forma de comprender lo que era querer *más*. Pensó en la inquietud que ocupaba su corazón. En los pensamientos que había tenido, en particular mientras devoraba memorias de viajes y novelas traducidas, sobre cómo sería ver los lugares que detallaban de primera mano. En sus intentos torpes y secretos de aprender por su cuenta francés, ruso e inglés utilizando los polvorientos libros infantiles extranjeros que había encontrado en un rincón de la tienda. Solo por si acaso. Era cierto que su deseo de aventuras a menudo quedaba ensombrecido por su deseo hacia Haiwen, pero odiaba la idea de que su hermana la viera solo como una adolescente enamorada.

Comenzó a discutir con Sulan, a decirle que por fin había enviado su solicitud a la Corporación de Transporte Aéreo Central, y que si le ofrecían el trabajo, ella también sería más que una esposa, pero entonces se detuvo, observando cómo su hermana miraba fijamente sus dedos extendidos sobre la colcha, su figura encorvada, tan pequeña y vulnerable. Decidió que no había tenido intención de insultarla. Tan solo estaba preocupada de acabar sola.

—Ya encontrarás a alguien —le aseguró Suchi—. Nunca te ha resultado difícil hacer amigas. ¿Por qué debería ser diferente con los hombres? —Pensó en la mirada persistente de Siau Zi sobre su hermana en la planta baja—. Estoy segura de que ya hay hombres enamorados de ti y ni siquiera te has dado cuenta.

Sulan no respondió. En su lugar, tomó un paquete envuelto en papel de periódico que había en la cama junto a ella.

—Te he traído esto —dijo, y le dio el fardo a Suchi—. Tómatelo como un regalo de cumpleaños adelantado.

Dentro había un *qipao* del color de las ciruelas, con pétalos bordados de tonos jade y rojo. El vestido tenía un ribete turquesa, y en el cuello había dos intrincados lazos de mariposa, los que M'ma les había enseñado a hacer orgullosamente para adornar un *qipao* por lo demás sencillo.

Suchi se quedó sin aliento. La mayoría de los vestidos que poseía eran prendas sencillas que no le quedaban bien de tonos azul marino o gris, o algún que otro vestido occidental con patrones de cuadros o diseños de flores pequeñas, remendados muchas veces. Nunca había tenido nada tan bonito y *adulto* como aquel *qipao*.

—¿Cómo has podido permitirte esto? —preguntó.

Últimamente todo escaseaba; las ventas habían bajado en la librería, y la familia llevaba semanas sin tener verduras frescas. Aunque Sulan trabajaba múltiples turnos para ayudar a sumar ingresos a la familia, se pasaba (para desaprobación de M'ma) tantas noches y fines de semana fuera con sus amigas que Suchi no podía imaginar que le quedara demasiado dinero.

—Lo he hecho yo —explicó—. Yizhen encontró la tela de oferta en el mercado negro, así que le pedí prestado el dinero a Apa. El corte era irregular y había zonas que estaban rasgadas, así que escondí esas partes con los bordados.

—¿Le has pedido dinero? —preguntó Suchi—. Pero...

—No te preocupes. Hemos podido vender algunos de nuestros diseños a las otras chicas de la tienda y hemos ganado un poco de dinero, así que ya se lo he pagado, y con un extra. —Sonrió orgullosamente—. Yizhen y yo trabajamos muy bien juntas; ella es hábil para encontrar las telas y negociar los precios, y yo hago la ropa.

—Es precioso —dijo Suchi—. No sabía que fueras capaz de hacer algo tan bonito.

—Eso es lo que quiero decir —replicó Sulan—. Si Yizhen y yo fuéramos hombres, podríamos abrir nuestro propio negocio. A lo mejor algún día tendríamos un precioso escaparate en la tienda. Pero ya sabes que esos maestros sastres jamás nos aceptarían como nada más que costureras comunes. —Suspiró y se tumbó boca abajo, apoyando la cabeza sobre una palma para mantenerla en alto—. Pero bueno, pruébatelo. Puedo arreglártelo si hace falta.

Esa noche, Siau Zi se unió a la familia para la cena, tal como solía hacer cada vez que Sulan estaba en casa. Suchi se sentía mal por él, pero si este pensaba que la joven algún día aceptaría ser su esposa, estaba soñando por encima de sus posibilidades.

—¿Cómo va el trabajo, Sulae? —probó a preguntar Siau Zi.

—Igual que siempre —respondió ella—. Son muchas horas, pero las chicas con las que trabajo son geniales, y me gusta estar rodeada de cosas bonitas todo el tiempo.

Apa soltó un gruñido. No había aprobado la decisión de su hija de hacer lo que consideraba un «trabajo de servicio frívolo», pero ella había amenazado con mudarse a la residencia de mujeres y quedarse con todas sus ganancias si no le permitía aceptar el trabajo. Eso había desencadenado una discusión terrible, pero, al final, el hombre había cedido, refunfuñando con que nunca había sido capaz de domar a su hija mayor y que no suponía que fuera a ser capaz de empezar a hacerlo ahora.

—Tus clientas tienen que ser todas ricas, ¿verdad? —preguntó Siau Zi—. ¿Te miran por encima del hombro?

—El truco es halagarlas, hacer que todas se sientan guapas con cualquier tono de pintalabios que pidan, incluso aunque les haga parecer unos sapos.

Sulan frunció los labios y arrugó la cara. Suchi se rio.

—No seas desagradable —dijo Apa, pero ella se limitó a encogerse de hombros.

—De todos modos, mi trabajo no va a ser nada comparado con las cosas con las que Suji probablemente tendrá que lidiar en el aire...

Suchi le dio un pellizco a su hermana por debajo de la mesa. Al darse cuenta de su error, Sulan cerró la boca de golpe, pero ya era demasiado tarde.

Apa miró bruscamente a su hija menor.

—¿Qué? —Cuando ella no respondió de inmediato, se giró hacia la mayor—. Dime lo que estabas a punto de decir.

Suchi se aclaró la garganta.

—Vi un anuncio en el periódico de que buscaban azafatas de avión, y he presentado la solicitud.

—¿Ya has presentado la solicitud? ¿No te parece que tendrías que haberlo consultado conmigo primero?

Suchi bajó la mirada hasta su cuenco, tratando de prepararse para la furia creciente de su padre.

—Sabía que no querrías que lo hiciera.

Apa entrecerró los ojos y le echó un vistazo a Sulan.

—¿Esto ha sido idea tuya? Como si no fuera suficiente con que tengas que hacer un trabajo indigno sirviendo a los ricos, ¿también tienes que corromper a tu hermana pequeña?

—Tsia no ha tenido nada que ver con esto —le aseguró Suchi—. Llevo años pensando en ello. Es un buen trabajo, Apa, el sueldo es decente, y...

—¿Qué clase de clientes crees tú que vuelan en los aviones comerciales? Hombres ricos, esos son los clientes. Por lo tanto, ser azafata no es mejor que ser camarera en un club nocturno, solo que estarás atrapada en el aire. —Alternó la mirada entre las dos hermanas—. Con todos los libros que os he dado. Con todas las veces que os he recordado que podéis ser cualquier cosa que queráis, que no tenéis que ser trabajadoras de fábrica ni obreras sin cualificación. Y esto es lo que decidís hacer las dos.

—Es mejor que un trabajo en una fábrica, Apa. Me darán un uniforme bonito y todo.

—¿Y qué hay de trabajar como profesora? O en una revista, un periódico. Un trabajo de oficina en una empresa importante para la sociedad.

Suchi agachó la cabeza.

—Ya sabes que mis notas solo son mediocres. Desde luego, no son lo bastante impresionantes como para que alguien quiera que dé clase a sus hijos o que escriba artículos para que los lean los demás.

—Tus notas. —Apa resopló—. ¿Y de quién es la culpa de que no tengas buenas notas?

Suchi suspiró con fuerza. Aunque sus notas habían mejorado durante los dos últimos años, nunca había encontrado el impulso para tratar de competir por las máximas calificaciones otra vez, y eso era una fuente constante de decepción para su padre.

—En cualquier caso, si consigo el trabajo, voy a tener que empezar de inmediato. Así que ni siquiera podría terminar el instituto.

—¿Qué? —exclamó Apa—. ¡Pero si todavía te queda un curso!

Suchi era consciente de que Sulan y M'ma se habían quedado muy calladas en la mesa de la cena.

—¿De qué sirve que termine el instituto si no voy a ir a la universidad? —murmuró.

Apa se puso rígido. Ella sospechaba que se sentía culpable por no poder permitirse enviar a sus hijas a la universidad.

—Eres muy capaz —dijo después de un momento—, y las cosas están cambiando. En la nueva China que construiremos después de que esta guerra haya terminado, vamos a necesitar mujeres listas como vosotras dos. No habrá tiempo para frivolidades. Tendréis que ser muy leídas, tendréis que ser capaces de expresar vuestras ideas. Puede que no sea capaz de permitirme enviaros a la universidad, pero eso no significa que no podáis cultivar esas habilidades. Terminar el instituto, estar con la clase de gente adecuada, como intelectuales y pensadores, ¡así es como me convertí yo en lo que soy, y así es como también lo haréis vosotras!

—Pero ¿de qué servirá? —preguntó Suchi—. ¿Con qué objetivo voy a trabajar? Incluso en los periódicos o en las revistas, lo único que podría ser es una trabajadora esclava glorificada para un grupo de hombres. ¿Ese es tu sueño para mí? No dejas de hablar de que se supone que tengo que formar parte de esta nueva China, pero ¿cuál es el objetivo final de todo esto? ¿Quién me va a contratar para hacer algo serio?

—¡Yo lo haré! —rugió Apa—. Continuarás con mi legado, ¡tal como debería hacerlo un hijo varón!

Suchi se quedó tan aturdida que permaneció en silencio. Todas las veces que su padre le había pedido que lo ayudara con la librería, con la contabilidad y el inventario. Las muchas lecciones que le había dado, su creencia de que los libros y los periódicos podían afectar a las mentes de la gente y provocar un cambio... nunca se le había ocurrido pensar que la había estado entrenando para que algún día ella se encargara de todo.

Le echó un vistazo a Siau Zi. Este estaba mirando fijamente su cuenco, con los delgados huesos de su mandíbula rígidos. Sin duda, tenía que haber dado por hecho que sería él quien se encargaría de la librería algún día.

—¿Cómo esperas dirigir una librería, una tienda de *ideas*, cuando no tienes ni la menor noción de cómo pensar por ti misma, cuando lo único que haces es llenarte la cabeza con esa música amarilla e inclinarte ante la gente rica?

—Pero… —se atrevió a decir Suchi, con un hilo de voz—. ¿Por qué yo?

—¡Porque sé que puedes hacerlo! —dijo Apa—. Porque a ti, a diferencia de tu hermana, siempre te ha encantado estar en la librería, y pensaba que eso significaba que tal vez te importara de verdad que siguiera adelante. ¡Pero a lo mejor estaba equivocado!

Suchi le echó un vistazo a Sulan, que se estaba mirando las uñas perfectamente limadas.

—Puedes ser mucho más de lo que te permites ser a ti misma —continuó el hombre, y su voz regresó a un volumen normal—. No entiendo por qué te refrenas. No sé en qué he fracasado. Pero quiero que seas algo más que otra cara bonita. —Miró a Sulan—. Que las dos lo seáis. ¿Lo entendéis?

—Sí, Apa —murmuraron las muchachas.

Satisfecho, el hombre pasó a otras cuestiones sobre la librería, preguntándole a Siau Zi acerca de un envío reciente de libros que se había retrasado. Él respondió con un atisbo de hosquedad.

Suchi digirió la revelación de su padre mientras comía. ¿Era aquello algo que quisiera hacer? Jamás se lo había planteado, pero ahora daba vueltas por su mente como una piedra que estuvieran puliendo.

Suchi estaba deseando contarle a Haiwen lo que Apa le había dicho durante la cena, pero se pasó varias semanas sin tener oportunidad de hacerlo. Primero, fue la Fiesta de la Primavera, en la que los Wang hicieron las maletas y volvió al viejo pueblo de la familia durante casi un mes. Cuando el muchacho regresó, se sumergió de inmediato en una intensa agenda de clases en el instituto, ensayos de la orquesta, lecciones privadas, clases de teoría musical, y ensayos por su cuenta. M'ma comentaba de pasada que Suchi parecía estar en casa con más frecuencia, frunciendo los labios.

—Si puede olvidarse de ti tan fácilmente ahora que eres joven y guapa, ¿cómo se comportará cuando estéis casados?

Los ratos que Suchi y Haiwen podían robar eran breves e, incluso entonces, él estaba distraído. Nunca parecía ser el momento apropiado para sacar el tema.

—¿Llegaste a escuchar esa canción de Yao Lee de la que te hablé? —le preguntó ella la siguiente vez que estuvieron juntos. Estaba sentada en el patio del muchacho, observándolo mientras tocaba los mismos dos compases de Paganini una y otra vez, y se sentía apática. No había recibido ninguna respuesta por parte de la aerolínea, a pesar de que ya había transcurrido más de un mes desde que había enviado la solicitud por correo. La espera interminable la ponía de mal humor.

—Lo siento, Susu, hace muchísimo tiempo que no pongo la radio —dijo Haiwen. Frunció el ceño y recolocó los dedos—. Pero lo haré, te lo prometo. Es solo que he estado ocupado.

—Siempre estás ocupado —murmuró ella.

—La cosa mejorará cuando termine le audición —le aseguró él—. Te lo prometo.

—Todavía faltan meses —señaló Suchi.

Haiwen dejó de tocar. La miró, dejó el violín y se agachó delante de donde estaba sentada.

—Tu cumpleaños será dentro de un par de semanas —dijo—. ¿Por qué no hacemos algo bonito? Cancelaré mi clase de ese día y podemos ir a esa cafetería europea y hacer como si fuéramos extranjeros sofisticados por una tarde. Hasta me vestiré bien.

Ella levantó los ojos para mirar los de él, muy serios.

—No hace falta que sea algo tan caro —respondió en voz baja.

—Venga ya, ¿es que no quieres probar esa tarta de frutas? Con el dinero que tengo de los sobres de Año Nuevo, creo que puedo permitirme invitarte por tu cumpleaños.

Suchi sonrió ampliamente y lo rodeó con los brazos.

—¿Me lo prometes?

—Te lo prometo.

Suchi hizo una mueca ante el penetrante olor de la orina. Quería ponerse el *qipao* que le había hecho Sulan para su cita de cumpleaños con Haiwen, pero el único lugar donde podía cambiarse después de clase era el baño. Se había esmerado especialmente en ponerse rulos en el pelo la noche anterior, así que los mechones caían en tirabuzones sueltos alrededor de su cara, y, con un éxito limitado, se había delineado los ojos con kohl y la ayuda de un pequeño espejo de mano. Ahora, mientras maniobraba para meter su cuerpo en el precioso vestido, tenía cuidado de no dejar que nada sucio manchara el dobladillo o, peor todavía, de resbalarse y caer sobre la suciedad del suelo.

Se miró una última vez en el espejo de mano y después se apresuró a salir por las puertas del instituto para esperar a Haiwen, nerviosa por la emoción. Se sentía mal por haber sido tan cortante con él últimamente. Sabía cuánto se había estado esforzando para su audición, no solo durante los últimos meses, sino a lo largo de toda su vida. No había pretendido ignorarla. Aun así, la muchacha estaba deseosa de pasar una tarde agradable y sin distracciones. Sin audiciones, sin solicitudes, sin guerras. Sin Apa y su ceño fruncido por la decepción, ni M'ma y su mirada de desaprobación. Tan solo ellos dos, fingiendo que se encontraban en un lugar y un momento diferentes aunque solo fuera durante un rato.

Transcurrieron quince minutos. Estiró el cuello en dirección a la calle, buscando su figura familiar. *Debe de haberse distraído otra vez*, pensó, un tanto irritada.

Pasaron treinta minutos. La molestia se convirtió en furia, y ahora estaba tamborileando sobre el suelo con el pie de forma impaciente. *¡Precisamente hoy!*, pensó. ¿Es que era tan poco importante para él que podía olvidarse fácilmente de su promesa? Las palabras de M'ma se abrieron paso por su mente.

Para cuando ya habían transcurrido cuarenta y cinco minutos, la furia había dado paso a la ansiedad. Le había ocurrido algo terrible. Lo había atropellado un coche mientras montaba en bici, y ahora estaba tirado y herido en una zanja. Lo habían secuestrado por ser el hijo de un fabricante textil y lo estaban torturando en un edificio abandonado mientras los secuestradores esperaban el pago del rescate. Se había visto en medio del fuego cruzado de un tiroteo entre nacionalistas y comunistas, y estaba muriendo en la calle en ese preciso momento, con su sangre de un rojo intenso fluyendo hacia la alcantarilla.

Cuando había transcurrido una hora, ya no podía seguir esperando. Con el estómago revuelto, volvió corriendo hasta el *longtang*. Fue directamente al *shikumen* de Haiwen. En el momento antes de levantar el puño para llamar a la puerta, las posibilidades que había imaginado volvieron a explotar en su mente, ahogándola.

La puerta se abrió. La muchacha se sintió aliviada y después furiosa al encontrarse a Haiwen plantado detrás de ella. Él la miró con el rostro inexpresivo.

—¿Suchi? —dijo.

Un centenar de palabras airadas se amontonaron en la lengua de la joven, pero entonces se fijó en su complexión pálida y sus ojos hundidos. Las palabras se disiparon, y el miedo comenzó a palpitar otra vez en su garganta.

—¿Qué ocurre? —le preguntó—. ¿Qué ha pasado?

—Mi padre —respondió él. Su voz era firme, pero ella podía oír la agitación que hacía temblar cada palabra.

—¿Qué pasa? —susurró Suchi.

Haiwen se apretó el puente de la nariz. Respondió de forma entrecortada y cuidadosa.

—Hay… hay un amigo de mi padre, un editor importante de la prensa comercial, alguien que supongo que se codeaba con oficiales de alto rango. Mi padre y él eran amigos; mi padre solía ir a su casa alguna que otra vez. Cuando nuestras fábricas estaban controladas por los japoneses, fue él quien le prestó dinero a mi padre y lo ayudó; fue él quien le presentó a los oficiales que lo ayudaron a recuperar el control de las fábricas. Trató de convencer a mi padre para que invirtiera en algún negocio o un proyecto de alguna clase, no recuerdo qué, pero Ma y él discutieron sobre ello y decidió no hacerlo.

Suchi asintió con la cabeza, preguntándose a dónde iría a parar todo aquello.

—Pero bueno —continuó Haiwen, con la voz tensa—, resulta que, durante todo este tiempo, ese hombre era un espía comunista. Y ahora ha desaparecido. Hay quien dice que ha huido, pero también podrían haberlo capturado. No lo sé. Pero, debido a su conexión, esta mañana se llevaron a mi padre de la fábrica para interrogarlo.

—Cielos —exclamó ella, con una mano sobre la boca—. Pero él no sabe nada, ¿verdad?

—¡Claro que no! ¡No tenía ni idea! Mi padre, tú lo conoces, ¡él ama la República!

—Entonces…

A Suchi le daba miedo preguntar.

—Lo han soltado. Mi madre fue a hablar con la esposa de un oficial con la que solía jugar al *mahjong*. No tengo ni idea de lo que hizo, pero dejaron que se marchara.

—Menos mal —dijo ella—. ¿Se encuentra bien?

—Le han pegado; mi madre lloró cuando vio cómo había quedado. Pero no es nada que no vaya a sanar.

—Entonces, todo está bien, ¿verdad?

Él negó con la cabeza.

—Le dijeron que estarán vigilándolo. Y, a cambio de su liberación, tiene que demostrar su lealtad. —Haiwen hizo una pausa—. Primero, las fábricas. Con efectos inmediatos, las fábricas tienen que cesar todas las operaciones normales y centrarse en confeccionar uniformes. Y, segundo…

Se le rompió la voz.

Suchi no se atrevía a moverse. Tenía seca la parte posterior de la boca.

Haiwen se aclaró la garganta.

—Al parecer, el oficial dijo: «Veo que tienes dos hijos en buena forma. ¿Es que los Wang os creéis tan superiores que podéis quedaros al margen mientras los hijos de los demás mueren por nuestro país?».

—¡Pero *nadie* de Shanghái está siendo reclutado! —exclamó Suchi.

A pesar del aviso en el periódico, pocos oficiales de la ciudad habían estado obligando a cumplir el reclutamiento en Shanghái. Los nacionalistas estaban yendo a por chicos campesinos pobres de familias rurales, no a por la pequeña burguesía urbana de la ciudad.

—Para demostrar nuestra lealtad —susurró Haiwen—, mi hermano tendrá que hacerlo. Van a venir a por él el uno de mayo. Y la única razón por la que nos han dado ese tiempo es porque Ba se lo suplicó, insistió en que necesitaba a Haiming para tener las fábricas en marcha para ellos.

Suchi le puso una mano sobre el brazo. Tan solo faltaban seis semanas para ese día.

—Habría sido mejor que Haiming se hubiera quedado en Inglaterra —añadió él, cerrando las manos en puños. La muchacha se los apretó con las palmas. Tenía los dedos helados. Le pasó el pulgar por el dorso de la mano, tratando de calentársela—. Mi cuñada no ha parado de llorar. Dice que mi hermano la dejará viuda y tendrá que criar a su hijo ella sola.

Suchi lo rodeó con los brazos. Él enterró la cara en su pelo y permaneció en silencio. Ella se preguntó si algún vecino estaría mirando por la ventana y chasqueando la lengua en señal de desaprobación. Después de varios minutos, Haiwen levantó la cabeza y dio un paso atrás.

—Hoy estás muy guapa —dijo, extendiendo la mano para tocar un tirabuzón. Entonces, abrió mucho los ojos al darse cuenta—. Ay, no, tu cumpleaños. Se suponía que iba a... Es que, con todo esto que ha pasado, se me... lo siento mucho.

Se golpeó un lado de la cabeza con el puño.

—No tiene importancia —le aseguró ella—. Otro día.

El muchacho la atrajo hacia sus brazos. La abrazó con fuerza y habló contra su pelo.

—Te lo prometo. —Entonces, Suchi oyó que Wang ayi llamaba a Haiwen desde dentro, y él echó un vistazo por encima del hombro—. Será mejor que vuelva —dijo—. Iré a buscarte mañana.

Pero no fue a buscarla al instituto al día siguiente, ni tampoco el día después. Ella no lo molestó y trató de no preocuparse, pero la inquietud se extendía a través de sus miembros.

Los cotilleos sobre la detención de Wang Chongyi por parte de los nacionalistas se extendieron por todo el *longtang*. Varias personas habían visto su cara ensangrentada y amoratada cuando regresó por la tarde, y la forma de la historia había comenzado a cambiar mientras se extendía por los callejones. Mientras que algunos especulaban sobre que podría ser culpable de alguna clase de crimen de malversación, muchos supusieron correctamente que había sospechas de que fuera comunista. Aquello suponía llevar el peligro hasta sus puertas, y no podían perdonarlo fácilmente.

Cuando la noticia del inminente alistamiento de Wang Haiming se difundió de alguna manera, el parloteo creció. Los pocos que habían defendido a Wang Chongyi de las acusaciones de ser comunista señalaban ese hecho como prueba: no tenía sentido que un comunista enviara a su hijo a que se uniera de forma voluntaria a los nacionalistas. Comenzaron a surgir nuevas teorías: algunos decían que Wang Chongyi estaba afligido por cómo había cambiado su hijo después de haber vivido en el extranjero y que lo estaba enviando al ejército para que le enseñaran una lección; otros decían que se había mezclado con los miembros restantes de un banda que vivía en Shanghái; unos cuantos decían que Wang Chongyi quería que su hijo lograra la gloria militar y que tenía contactos que iban a garantizar ese éxito; y también había otros que decían que, en realidad, Wang Chongyi era un espía *nacionalista*, un acérrimo creyente en Chiang Kai-shek y todo lo que este representaba, y que el interrogatorio no había sido más que una fachada para confundir al otro bando. Pero todos estaban de acuerdo en que era una vergüenza, fuera cual fuere la razón, porque la mujer euroasiática se quedaría sola con su familia política, y además con una tripa en rápido crecimiento, y pocos querían hacerse amigos de ella porque les resultaba enervante mirarla a los ojos (unos iris verdes en ojos rasgados chinos) cuando le hablaban.

Nadie de la familia Wang trató de negar los rumores; se mantuvieron al margen, todavía más de lo habitual. Suchi no vio a Haiwen en absoluto durante este periodo; no se atrevía a molestarlo, y él no la buscó. La muchacha razonaba para sí misma que aquello era de esperar. El joven debía de querer pasar todo el tiempo posible con su hermano antes de que se marchara. Aun así, su ausencia le escocía.

Se volcó en ayudar a Apa con la librería. Ahora que conocía las verdaderas intenciones de su padre, su trabajo le parecía menos una carga y más una responsabilidad de la que podía enorgullecerse. La contabilidad ya no era solo un aburrido cuaderno de números, sino un registro de algo que podría ser suyo algún día; los clientes que entraban preguntando por volúmenes específicos ya no eran molestias que interrumpían su propio placer al leer, sino sus clientes.

Una tarde, tras finalizar las clases, poco más de dos semanas después del incidente con el padre de Haiwen, Apa le dijo a Suchi que iba a dejar la librería en sus manos mientras Siau Zi y él asistían a una reunión que se alargaría hasta después de la hora de la cena. Mientras caía el crepúsculo, entró Yu, un vecino joven a quien la muchacha no conocía demasiado bien. Ella estaba haciendo recuento de cómics mientras él recorría las estanterías. Después de unos minutos, se acercó al mostrador con una novela *wuxia* y unas cuantas monedas. Mientras Suchi contaba el cambio, él le sonrió cálidamente, y los ojos se le arrugaron en las comisuras.

—¿Dónde está el otro chico que suele estar aquí? Cómo se llama... ¿Zi o algo por el estilo? —preguntó Yu. Cuando ella dijo que estaba en una reunión, el joven se rio, un sonido como lluvia cálida—. Es mi día de suerte. Tú eres mucho más agradable de mirar que esa cara de amargado. —Se inclinó más hacia ella, pasando el pulgar con lentitud por una esquina de la novela que había comprado. Clavó los ojos en Suchi, y la muchacha se dio cuenta de que su piel olivácea era lisa y sin poros visibles. Las páginas del libro susurraban bajo ellos—. ¿Tu padre también está en esa reunión? —preguntó él en voz baja y conspiratoria, y la muchacha se ruborizó.

—¡Tsan Suji! —M'ma se encontraba junto a la puerta lateral, con los labios fruncidos y los ojos relucientes—. ¿No va siendo ya hora de que cierres la librería? ¡Necesito que me ayudes en la cocina!

Fulminó con la mirada al hombre, que enderezó lánguidamente su postura. Con una sonrisa, inclinó su sombrero para saludar a la recién llegada y salió a la calle.

Cuando desapareció de la vista, la mujer se acercó a toda prisa a la parte delantera de la librería. Cojeaba siempre que trataba de moverse demasiado deprisa y Suchi corrió detrás de ella, pero su madre le hizo un gesto para que se alejara mientras cerraba las puertas. Se reclinó contra la pared, respirando pesadamente y con el rostro pálido.

—M'ma... —comenzó la joven, preocupada, pero ella negó con la cabeza.

—¡Muchacha estúpida! —dijo mientras se dirigía hacia la cocina, y su hija la siguió. La mujer revolvió unas verduras en el wok, y el sonido del metal contra el metal era fuerte y chirriante—. ¿Es que no sabes que cuando los hombres coquetean es porque quieren conseguir algo de ti?

A Suchi le palpitaba el cuerpo a causa de la vergüenza. Aquel hombre le había resultado atractivo; le había gustado la atención que le había dado. En ese momento fugaz, había fingido que Haiwen no existía, y M'ma lo había visto y se había dado cuenta.

Apa y Siau Zi no regresaron hasta casi la medianoche. Suchi oyó los pasos de su padre cayendo pesadamente sobre las escaleras, pasando junto a su puerta y subiendo hasta la habitación del ático. La puerta se abrió chirriando y se cerró y, a través de las delgadas paredes, la muchacha pudo oír el sonido bajo y amortiguado de su conversación. De repente, la voz de M'ma atravesó el aire.

—¿Te crees que no sé lo que te traes entre manos? Después de lo que le ha pasado al señor Waong, ¿cómo puedes seguir siendo tan arrogante?

¿De qué estaba hablando su madre? Suchi salió a la escalera, subió sigilosamente hasta el rellano y pegó la oreja a la puerta.

— ... la gente dice que lo mató la policía secreta de Chiang por los editoriales antinacionalistas que publicaba en un periódico anónimo de izquierdas.

—Solo es un rumor —respondió Apa—. Nadie sabe la verdad. Puede que haya regresado a su lugar de origen porque lo echaba de menos.

—Tú tienes que saberlo. Hablabas de él a menudo cuando trabajabais juntos en la Prensa Comercial, sobre cuánto lo admirabas.

—Hace años que no hablo con él.

—¿Me lo juras? —preguntó M'ma. Hubo una breve pausa—. Hoy ha venido un hombre —continuó—. Estaba preguntando por ti.

—¿Quién?

La voz de Apa se había vuelto tensa.

—Ese chico, Yu, el que trabaja en el banco, cuyo padre huyó a Chongqing el año pasado. Le preguntó a Suji sobre tu reunión.

—¿Y quiso saber algo más?

—No, conseguí que se marchara. Pero Susu... no puedes dejar a Susu sola de esa manera. Ella no piensa, todavía es demasiado joven, y cuando un chico le muestra algo de atención...

—Estará bien. La librería es buena para ella. Necesita un lugar donde canalizar su inteligencia. Desperdicia demasiadas horas siguiendo a Waong Haeven por ahí. Tan solo necesita un desafío, y va a estar a la altura, ya lo verás.

—¿Y este es el desafío que necesita? ¡No puedes moldearla a tu imagen!

—¿Y cuál es la alternativa? ¿Casarla para que pueda quedarse sentada en casa, cocinando, limpiando y criando hijos? ¿Dejar que desperdicie sus talentos?

—¡Nunca te ha supuesto ningún problema cuando soy yo la que te lava los calcetines y te prepara el arroz! —El tono de M'ma estaba empapado de furia—. Pero tienes razón, claro que pienso que Suji necesita un matrimonio bueno y estable. Es solo que no sé si podemos seguir teniendo en cuenta a ese chico Waong. Sí, su familia tiene el dinero para mantenerla alimentada y a salvo, pero mira el lío en el que se han metido ahora.

¿Qué estaba diciendo su madre? Suchi había tenido que explicarle que no había sido culpa del señor Wang, que había sido un error...

Apa resopló.

—¿Tú crees que una familia como esa querría siquiera que su hijo se casara con una chica sin estudios, sin cultura, sin su propio dinero para aportar al matrimonio?

Suchi se encogió. Un sabor amargo y metálico floreció en la parte posterior de su lengua.

—¿Alguien como yo, quieres decir? —La voz de M'a sonaba tensa por la injuria—. Sé que he sido una decepción para ti. Nunca he sido lo bastante buena para ti y tus grandes sueños.

—Cielo santo, mujer —dijo Apa—. ¿¡Quieres parar ya con tu martirio!?

El silencio se filtró a través de la puerta. Después de un momento, la mujer dijo, en voz mucho más baja:

—Por favor, te lo suplico, por una vez, piensa en el bien de tu familia en vez de en tus ideales. Si de verdad te importamos, abandonarás tus proyectos.

—Me importáis —respondió él—. Todo lo que hago es para que mis hijas puedan tener un futuro mejor. ¿Es que no lo entiendes, *laubu*? —Después de una pausa, Suchi oyó que suspiraba—. Olvídalo. Es agotador hablar contigo de estas cosas, nunca lo entiendes.

M'ma no respondió. La muchacha se quedó esperando junto a la puerta. Oyó el movimiento de los pies, pero la conversación no continuó. Después de unos cuantos minutos más, bajó las escaleras a hurtadillas y se metió en la cama.

Permaneció despierta hasta mucho después de estar segura de que las demás personas de la casa se habían quedado dormidas.

Ahora, cada vez que Suchi ayudaba a los clientes, se aseguraba de ser educada, pero nunca demasiado entusiasta. Cuando no había clientes, trataba de concentrarse en otras tareas como sus deberes del instituto o la contabilidad, pero su mente no dejaba de volver a la pelea de sus padres. Había partes de la conversación que no había comprendido (¿qué había hecho Apa?), pero había muchas más partes que *desearía* no haber comprendido. La parte sobre ella coqueteando con ese hombre. El hecho de que su madre pensara que era estúpida. Pero, por encima de todo, que su padre no creía que fuera suficiente para Haiwen.

Nunca se le había ocurrido que el muchacho y ella podían ser como puertas dispares.[7] Nadie le había insinuado jamás algo así; ni M'ma, ni Wang ayi, que siempre había sido muy amable con ella, ni ninguno de los vecinos. Por supuesto, ella sabía que la familia de Haiwen era diferente a la suya: tenían dinero, habían viajado, y tenían una gran formación académica. Pero él nunca la había hecho sentir como si algo de eso lo hiciera *mejor* que ella, y a Suchi nunca se le había pasado por la cabeza. Pero, ahora, no podía sacarse las palabras de Apa de la mente. ¿Es que todo el mundo había estado pensando eso todo aquel tiempo? ¿Había parecido una estúpida, tratando de aspirar a algo que se encontraba fuera de su alcance?

Unos días más tarde, la muchacha recibió una carta de la aerolínea. Emocionada, rompió el sobre para abrirlo. Pensaba que, si conseguía ser azafata de una compañía aérea, como mínimo podría ganar un buen sueldo. Tal vez no fuera lo mismo que ser una graduada universitaria, pero si tenía más mundo, tal vez la familia de Haiwen la mirara de forma diferente.

Sacó la carta. El corazón le palpitaba con fuerza. Las palabras se volvieron borrosas, enfocándose y desenfocándose ante sus ojos:

Lamentamos informarle de que no cumple con nuestros criterios…

… más de trescientas solicitudes…

... Hemos evaluado detenidamente el trasfondo, la apariencia y la educación al invitar a las candidatas a una entrevista...

... McTyeire... St. John's...

... Gracias por su interés, y le deseamos la mejor de las suertes.

Suchi se la quedó mirando fijamente durante un instante, con una sensación de malestar en el estómago. Rompió la carta en pedazos. Pensó que habían mentido. ¿Por qué se habían molestado en decir en el anuncio que «se prefería un título de instituto» cuando en realidad hacía falta un diploma pretencioso de uno de los mejores centros educativos de Shanghái? Había pensado que sería diferente para un trabajo de servicio.

Olvídalo, pensó. Tenía la librería. Iba a trabajar con el objetivo de hacerse cargo de ella. ¿Por qué no? Tampoco tenía nada más.

Los días transcurrieron, y Haiwen seguía sin ir a verla. Su única indicación de que todavía estaba vivo fue cuando Junjun se pasó por su casa una tarde, con una caja pequeña.

—Erge dice que lo siente, pero quería darte esto, como parte de tu regalo de cumpleaños.

Suchi abrió la caja. Dentro había una insignia dorada de un avión y, junto a ella, una nota escrita a mano:

«Todavía quiero viajar por el mundo a tu lado, si me permites hacerlo».

Suchi tenía ganas de llorar. Volvió a ponerle la tapa a la caja, tragó saliva y se obligó a sonreír ampliamente. Le dio una palmadita a Junjun en la cabeza.

—Dale las gracias a tu hermano.

Deseaba que hubiera acudido él mismo. Pero entonces se lo pensó mejor; no sabía si habría sido capaz de enfrentarse a él.

A finales de una tarde de domingo, casi cuatro semanas después del cumpleaños de Suchi, Haiwen apareció con su estuche del violín. Tenía la expresión cansada y tensa.

—¿Puedes salir? —le preguntó sin más preámbulos.

Ella, que había estado ayudando a su padre a colocar libros en los estantes, miró a su padre, que asintió con la cabeza.

—Le pediré a Siau Zi que termine con lo que falta —dijo.

Haiwen le tomó la mano, y comenzaron a caminar.

—Siento no haber estado por aquí —comenzó—. Es que he tenido unas cuantas cosas en las que pensar, unas cuantas cosas que hacer. Quería venir, pero…

Dejó la frase inconclusa. Miró directamente hacia delante, con el rostro serio y concentrado. No la miraba a los ojos. Pasaba algo extraño.

—¿A dónde vamos? —preguntó ella.

—Al parque —respondió él, echando un vistazo a un lado, y entonces se apresuró a desviar la mirada. Una fría inquietud cosquilleó sobre la piel de Suchi. ¿Acaso se había enterado de que la aerolínea la había rechazado? En el tiempo que habían pasado separados, ¿él también había decidido que no eran compatibles?

Cuando llegaron a su lugar favorito, Haiwen le pidió que se sentara en un banco de piedra. Sacó el violín y lo sostuvo bajo la barbilla. Colocó el arco en el aire, sobre las cuerdas. Durante un breve segundo, cerró los ojos. Cuando volvió a abrirlos, Suchi supo que se encontraba en un lugar diferente.

Inhaló bruscamente y tocó la primera nota. La deslizó hacia arriba, de forma controlada y firme, haciendo crecer el sonido. Cuando llegó al máximo, volvió a bajar, con sus dedos bailando por encima de las cuerdas, y entonces volvió a subir. Había una urgencia en aquella obertura, como el viento antes de una tormenta.

Tomó aliento. Un poco de aire, y entonces se lanzó directamente hacia la propia tormenta. El arco temblaba, volaba como un pájaro enfrentándose a la lluvia. Sus manos, rápidas y precisas, bailaban tanto como luchaban. Tenía el cuerpo erguido, meciéndose ligeramente, y los ojos medio cerrados, aunque lanzaba alguna mirada ocasional a sus dedos como si quisiera comprobar que todavía existían, como si ellos fueran lo único que encarnaba su conciencia. La pieza prosiguió, como una frase continua, y Suchi se dio cuenta de que ella también estaba conteniendo el aliento mientras escuchaba, hasta que Haiwen llegó velozmente al final, con una última nota repentina que completó con una floritura del arco.

Su brazo flotó hacia abajo junto a él. Abrió los ojos y miró a Suchi, volviendo a su mundo una vez más.

—¡Increíble! —exclamó ella, levantándose de un salto y aplaudiendo.

—El *Capricho número cinco* —dijo él, sonriendo levemente—. Por fin lo he dominado.

—¡Sabía que podrías hacerlo! —replicó ella—. ¡Los vas a impresionar con tu audición! —Él se agachó y volvió a guardar el violín en su estuche—. ¿Esta pieza es lo bastante larga? ¿Cuánto tiene que durar la audición?

Él cerró la tapa.

—Vamos a sentarnos —le pidió, señalando el banco con un gesto.

Suchi estaba eufórica. No tenía ninguna duda de que Haiwen iba a entrar en el conservatorio. Lo había visto ensayar con diligencia desde hacía muchos años. Se merecía entrar. Una oleada de orgullo la atravesó.

—Tus sueños están muy cerca —le dijo a Haiwen, aferrándole las manos—. Da igual lo que dijera esa adivina. Te has esforzado mucho, y ahora ya casi has llegado.

Él se llevó sus manos a los labios y se las besó con suavidad. El alivio la inundó ante ese gesto de afecto. Su cuerpo se sentía hambriento de ello. Se le puso la carne de gallina.

—¿Recuerdas qué más nos dijo la adivina? —le preguntó el muchacho.

—¿Sobre qué?

Suchi se rio, recordando cuánto se había enfadado con la mujer por haberle dicho a Haiwen que lo iba a tener difícil. Pero a lo mejor eso había sido bueno. A lo mejor se había esforzado más, había ensayado más, porque ella se lo había advertido.

—Sobre nosotros.

Ella sonrió, feliz de que estuviera sacando el tema.

—Nos dijo que teníamos un *yuanfen* muy fuerte. —Le apretó la mano—. Yo ya estaba enamorada de ti, así que me emocioné en secreto.

—Sí, y también dijo que siempre encontraríamos la forma de volver el uno al otro, sin importar lo que ocurriera. Que hay un hilo que se extiende entre nosotros.

Volvió a sacar su violín. Se puso en pie una vez más y cerró los ojos. Después de un momento, comenzó a tocar otra pieza, una melodía lenta y sencilla que a Suchi le resultaba familiar. Tardó un momento en situarla, y entonces se dio cuenta de lo que era: «Sueño de amor», de Yao Lee.

Estaba tocando con los ojos cerrados, y su cuerpo se mecía como si también se tratara de una pieza que amaba. Bajo sus dedos, la melodía de estilo *jazz* y pop se transformaba en algo elegíaco y romántico, más bonito de lo que había sido el original.

Se había acordado.

Suchi lo miraba fijamente, demasiado conmovida como para cantar con la música.

Cuando Haiwen terminó, guardó su violín y se sentó junto a ella. Tenía los ojos tranquilos y serios.

—Quería tocar esto para ti el día de tu cumpleaños —le dijo—. Siento no haberlo hecho.

Él la quería. La quería de verdad. Se le daba mal expresar sus emociones mediante las palabras, pero su música jamás mentía. ¿Cómo había podido la muchacha, aunque fuera por una fracción de segundo, soñar con estar con cualquier otro? Ella quería a Haiwen, y siempre lo querría solo a él.

Las palabras se le escaparon sin pensar.

—Tenemos que casarnos.

Él abrió mucho los ojos por la sorpresa, y sus labios se crisparon. Suchi pensó que iba a a sonreír. Porque ¿acaso todo aquello no conducía justo a eso? ¿Es que él no estaba formalizando al fin su compromiso?

En lugar de eso, Haiwen apartó la mirada de ella y respiró hondo, de forma temblorosa.

—Susu.

El mundo se inclinó. Algo iba mal. La muchacha apartó las manos.

—¿No quieres casarte conmigo? —preguntó.

—Susu —repitió él—. Ahora mismo no puedo…

Un dolor apuñaló el pecho de Suchi. La mirada de Haiwen no era seria porque quisiera proponerle matrimonio; era seria porque lo sentía. Pero ¿qué era lo que sentía?

—¿Es por tu audición? ¡Pero si eso se habrá terminado dentro de unas semanas!

—Han pasado demasiadas cosas últimamente, y… —El joven se frotó la cara—. Por favor, Susu, ahora mismo me vendría muy bien tu comprensión.

—¿Mi comprensión? —Suchi se levantó del banco. Luchó contra la necesidad de salir corriendo—. ¡He sido muy paciente! Mientras tú estabas angustiado con los ensayos y con tu hermano, yo no me quejé, ¡ni una sola vez! ¿Crees que cualquier otra chica bajo el cielo habría tolerado que su novio se olvidara de su cumpleaños? ¿Que lo habría perdonado por haber desaparecido durante casi un mes? ¡Un mes!

Haiwen negó con la cabeza y puso la cara entre las palmas.

—Tú no sabes cómo ha sido…

—¿Y qué hay de cómo ha sido para mí? Mi madre piensa que para ti no soy mejor que una mascota, alguien a quien querer cuando sea conveniente y a quien ignorar cuando no lo sea. ¿Sabes lo vergonzoso que ha sido tener que defenderte? —El dolor agudo se había extendido en una oleada de sufrimiento, y le estaba costando respirar. Cuando volvió a hablar, lo hizo en voz baja—: ¿Es por tu familia? ¿Es que no soy suficiente para ellos?

—¡No! —respondió él con brusquedad—. Suchi, ¿de qué estás hablando? ¡Estoy tratando de hablar contigo sobre algo importante!

—¿Por qué tienes que ser tú quien decide lo que es importante? —La muchacha estaba ahora al borde de las lágrimas—. Yo también tengo cosas importantes que decirte, pero tú nunca tienes tiempo, nunca preguntas. —La sonrisa fácil de Yu apareció en su mente, su forma de mirarla como si fuera alguien especial—. ¿Crees que me voy a quedar a esperarte sentada eternamente?

Lo único que quería era que la tomara entre sus brazos, que le dijera que ella era más importante para él que nada, más que una estúpida audición, más que lo que fuera que estuviera pasando con su familia, más que su falta de refinamiento o lo que fuera que hacía que no valiera tanto como él. Era una necesidad egoísta e irracional, y ella lo sabía, pero los meses de hambre reprimida habían hecho que se sintiera desesperada por esa confirmación.

Sin embargo, él negó con la cabeza y la miró tristemente.

—No —dijo—. No lo creo. Y por eso no puedo casarme contigo.

Sus palabras cayeron con la fuerza de una bomba. Ella lo miró fijamente, y le pareció estar viendo en su expresión algo similar a la lástima. Algo dentro de ella se rompió, liberando a una criatura fea y malvada.

—A lo mejor piensas lo mismo que tu familia —replicó, fría y acusadora—. Que no soy suficiente para ti. A lo mejor serías más feliz con alguien que apreciara las sinfonías y tuviera una refinada educación de habla inglesa, alguien cuyo padre tenga dinero. —Suchi continuó, y las palabras ardientes se deslizaban por su lengua—. ¿Sabes? Tiene gracia que los nacionalistas piensen que tu padre podría ser comunista, porque está clarísimo que es un capitalista. Puede que yo no venga de una familia rica, pero al menos mi padre es un hombre con principios, no alguien cuya avaricia va a conseguir que maten a su propio hijo.

Haiwen pestañeó como si le hubiera dado un bofetón. Por un momento, esa cosa monstruosa dentro de ella se sintió triunfal: lo había conseguido, ¡le había hecho daño tal como él le había hecho daño a ella! Pero, una fracción de segundo más tarde, el horror la invadió. Se llevó las manos a la boca, pero ya era demasiado tarde para volver a guardar esa crueldad en su interior.

El muchacho recogió el violín. Sujetó bien el asa del estuche y comenzó a alejarse.

—Espera —lo llamó ella, con la voz áspera—. Espera, Doudou, espera, lo siento. —Él siguió caminando a paso rápido. No volvió a mirarla—. No tendría que haber dicho eso —continuó, poniéndose en pie. Sus palabras sonaban estranguladas; sentía la lengua hinchada y seca—. Es solo que te echaba mucho de menos. Lo único que quiero es casarme contigo.

Haiwen se detuvo de forma abrupta. Suchi lo alcanzó, y el alivio la invadió mientras le sujetaba el brazo. Él se dio la vuelta con rapidez y la abrazó con fuerza, de forma feroz. Ella le devolvió el abrazo y se pegó a él, toda sudor, rosa y mentol. Sintió la húmeda calidez de su aliento sobre su cabeza, sintió la fuerza de sus brazos a su alrededor. El tejido suave de la camiseta de vestir favorita del muchacho le acariciaba la mejilla, y por debajo, su corazón latía con fuerza, rápido pero constante. Al igual que cuando tocaba.

Todo estaba perdonado. Todo estaba bien. Todavía la quería. Suchi podía esperar. Todo lo demás, sus diferencias, sus sueños, su futuro…, ya lo resolverían. Mientras se tuvieran el uno al otro, podrían superar cualquier cosa.

Después de un largo rato, Haiwen la soltó. Ella levantó la mirada hacia él, sonriendo, esperando que la besara. En su lugar, se lo encontró mirándola fijamente desde arriba, con ojos doloridos.

—Lo siento, pero no puedo —susurró el muchacho, y se desenredó de entre sus brazos.

Antes de que ella pudiera asimilar siquiera lo que había ocurrido, antes de que pudiera llamarlo siquiera, él se alejó por la calle a toda velocidad, con el estuche del violín rebotando contra su pierna. Y, entonces, desapareció.

Suchi se despertó a la mañana siguiente decidida a arreglar las cosas. Iba a llamar a su puerta hasta que le permitiera entrar, se pondría de rodillas y se disculparía por lo que había dicho, se negaría a marcharse hasta que él la tomara entre sus brazos. Tenía que darse cuenta de que ella había cometido un terrible error; tenía que perdonarla. No podía vivir sin él.

Pero, cuando abrió la puerta de atrás, se encontró con el estuche del violín de Haiwen apoyado contra la pared. Dentro, encima del instrumento, había una nota escrita de su puño y letra: «Perdóname».

Corrió a través de los callejones, con el estuche pegado a su cuerpo. ¿Qué había hecho el muchacho? Golpeó las puertas del *shikumen* de la familia Wang. Cuando Wang ayi abrió la puerta con los ojos rojos e hinchados, Suchi supo que había ocurrido algo terrible. Comenzó a temblar.

—¿Dónde está? —susurró.

—Zhang Suchi —dijo la mujer, pero la muchacha estaba mirando detrás de ella, tratando de buscar a Haiwen.

—Por favor, Wang ayi, déjame verlo —suplicó—. Ayer le dije unas cosas terribles, cosas que no pensaba de verdad, pero…

—Se ha ido —explicó Wang ayi, y, por un momento horrible, Suchi pensó que se refería a que había muerto, y el aturdimiento y el entumecimiento trataron de convertirse en algo comprensible. Pero, entonces, la mujer continuó, con las lágrimas cayendo de nuevo—. Ha ocupado el lugar de Mingming en el ejército. Se alistó, pero no nos lo contó hasta después de haberlo hecho. Ya se ha presentado al servicio.

Wang ayi extendió los brazos, como para abrazar a Suchi, pero ella retrocedió.

—No se habría marchado sin decirme adiós —dijo, negando con la cabeza—. Todavía tiene que estar aquí, por alguna parte. No me ha dicho adiós.

—Me despedí de él en la estación esta mañana —respondió la madre de Haiwen—. Lo siento, había dado por hecho que ayer, cuando fue a verte... —La muchacha retrocedió y giró sobre sus talones—. Zhang Suchi —la llamó Wang ayi—. ¡Espera!

Pero ella ya estaba corriendo a través de los callejones, pasando junto a las *ayi* que la saludaban, pasando junto a los vendedores de comida, pasando junto a los niños que la miraban con curiosidad. Salió corriendo del *longtang* hacia la calle caótica que conocía tan bien, y siguió adelante, desesperada por alejarse del recuerdo de él, por alejarse de sí misma. Apa tenía razón: no se merecía a Wang Haiwen... no se merecía a nadie en absoluto.

ABRIL DE 1993

Shanghái

Lo primero en lo que se fijó Howard cuando bajó del avión fue en cómo olía el aire, como a goma quemada y polvo amarillento. Aspiró por la nariz mientras caminaba a través del asfalto, y otra vez mientras pasaba por las puertas de cristal en dirección a la aduana. Pensaba que, si inhalaba con suficiente fuerza, podría desenterrar el olor que anhelaba pero había olvidado, el aroma perdido del hogar.

El agente de aduanas, un hombre aburrido de cejas gruesas, se tomó su tiempo para pasar las páginas del pasaporte de Howard. Era completamente nuevo, delgado y sin dobleces, y mostraba el sello del águila de un dorado brillante de los Estados Unidos de América. Y, aun así, Howard sintió la repentina necesidad de repudiar el objeto que tanto se había esforzado por conseguir, de gritar: «¡Yo soy uno de vosotros! ¡Yo también soy shanghainés!».

—*Ziazia* —dijo cuando el agente selló su pasaporte, con el shanghainés más claro y perfecto que era capaz de lograr, esperando que fuera suficiente.

Le resultaba extraño estar en el aeropuerto de Hongqiao, un lugar que recordaba solo como una base militar. Jamás se había imaginado que nadie pudiera caminar libremente por él. La luz del sol en descenso brillaba a través de los grandes paneles de cristal, y su sombra se alargaba mientras arrastraba la maleta por detrás de él.

Durante el trayecto en taxi hasta su hotel en la antigua Concesión Francesa, miró por la ventana y se quedó aturdido por los cambios que veía pasando junto a él: los vehículos modernos, las calles ensanchadas, la nueva autopista, la parpadeante maraña de bicicletas, las relucientes luces de neón de los nuevos edificios. Trató de encontrar puntos de referencia familiares, pero se sentía desorientado.

En cuanto se registró en el hotel, se dio una ducha y después se sentó sobre la estrecha cama de su habitación. Tenía los nervios desbocados, y notaba una sensación amarga en el estómago. Anhelaba ir al *longtang*, aunque sabía que no tenía ningún sentido ir ahora. Pero no podía quedarse allí dentro.

En el exterior, las calles le resultaban poco familiares. La antigua Concesión Francesa había conservado su amplitud, pero, aunque se daba cuenta de que muchos de los edificios (desde los *shikumen* mugrientos hasta las casas más bonitas de estilo europeo) eran antiguos, no sentía ningún reconocimiento. ¿Dónde había vivido una vez el señor Portnoy? ¿En qué calle había sido? Trató de recordar dónde había estado el conservatorio de música, pero lo habían movido demasiadas veces durante la guerra.

Unos cuantos peatones lo miraron fijamente y sin pestañear mientras pasaba. Pensó que lo habían señalado como extranjero, alguien cuyo lugar no estaba allí. Quería asegurarles que él no era diferente a ellos, pero no tenía muy claro que eso fuera cierto.

Cuando giró hacia Dama Lu[8] (que, según un cartel, ahora se llamaba calle Nankín Este), lo atravesó una extraña sensación de que su conciencia se estaba dividiendo. Se sentía como si fuera un viajero del tiempo atrapado entre dos mundos; las visiones de un futuro que tan solo había vislumbrado se superponían sobre el espectro de su pasado. Los grandes almacenes de Wing On y Sincere Company seguían estando en pie; su arquitectura europea seguía siendo blanca y reluciente y sus luces más brillantes que nunca; sin embargo, los escaparates estaban llenos de productos de la época equivocada. La propia calle era tan grande como la recordaba, tal vez más ancha, y estaba repleta de multitudes de peatones con ropa moderna, pero un tranvía fantasmal de sus recuerdos se abría paso entre ellos, lleno de personas, muchas de los cuales probablemente estarían muertas ya.

Caminó hasta el Bund y miró al otro lado del río a oscuras, en dirección al distrito de Pudong. Lo que habían sido una vez las tranquilas tierras bajas de un pueblo pesquero, ahora estaba lleno de llamativos rascacielos que desgarraban el cielo con su silueta irregular.

Por supuesto, ya sabía que su tierra de origen había seguido adelante sin él; había visto las evidencias de su desarrollo y sus cambios a través de las imágenes que salían con cuentagotas del país y aparecían en las noticias. Pero, en sus sueños, aquel lugar seguía estando tal como lo había dejado, tan grabado en su cerebro que creía que podría haber dado indicaciones paso a paso si alguien se lo preguntara. Pero ahora se dio cuenta de que el antiguo conocimiento se estaba desvaneciendo, incierto y tenue.

Regresó a su habitación, donde miró fijamente el contenido de su maleta: cajas de chocolate envuelto en aluminio dorado, botellas de champú de tamaño familiar, paquetes de harina y arroz, dos Rolex (uno de plata y otro de oro), tres bufandas de seda con flores y mariposas pintadas, jabón con aroma a lavanda, una Game Boy, dos pares de pendientes de perlas, un anillo de oro blanco, una lata grande de café instantáneo, tres bufandas de cachemira y cuatro jerséis de lana, un perro de peluche que cantaba canciones cuando lo apretabas, libros infantiles de colores llamativos, un álbum lleno de fotografías de su familia. Y, metidos en un pequeño rincón, una muda de pantalones, camisa y ropa interior para él. Había querido llevar dos televisores, uno para cada uno de sus hermanos, porque eso era lo que había dicho Zenpo que había llevado cuando regresó, pero pesaban mucho y le preocupaba tener que cargar con demasiado equipaje a través de demasiadas conexiones de los vuelos.

Sus hermanos y sus familias llegarían al día siguiente. Habían querido recogerlo en el aeropuerto, pero ninguno de ellos había conseguido salir del trabajo lo bastante temprano como para recibirlo. Su hermano le había sugerido que mejor volara a Tianjin y que podían tomar un tren nocturno hasta Shanghái juntos, pero Howard había insistido: Shanghái era el lugar que había anhelado durante todos aquellos años, y quería que su suelo fuera lo primero que pisaran sus pies cuando regresara.

Le resultaba extraña la facilidad con la que ahora podía llamar a sus hermanos por teléfono después de tantas décadas separados. Howard recordaba los años cincuenta y sesenta, una época que se había pasado en Taiwán preocupándose por ellos, en medio de los rumores de la hambruna y después la Revolución Cultural, sin saber si habían sobrevivido. Recordó las conversaciones que había tenido con Zenpo, Lau Fu y otros veteranos como ellos, su sentimentalismo lubricado con licor barato. Cómo cada uno de ellos había admitido echar de menos a sus padres y madres, a las mascotas que seguramente ya habrían muerto para entonces, a las mujeres y los hijos que algunos de ellos habían dejado atrás; un pasado que jamás podrían mencionar en presencia de sus nuevas familias. Habían rememorado las exquisiteces locales, los estanques en los que habían pescado, los sauces a los que habían arrancado ramas. Aquellas conversaciones habían tenido lugar entre susurros, porque era ilegal hablar tan abiertamente de que echaban de menos su hogar. Chiang Kai-shek y su régimen insistían en que no tenía sentido decir eso de «volver a casa» cuando ya *estaban* en casa. No había forma de *regresar* a China cuando ya *estaban* en China.

Y entonces, en octubre de 1971, más de dos décadas después de que Howard y otros dos millones de refugiados nacionalistas y afiliados con los nacionalistas huyeran a la isla de Taiwán, la República de China perdió su asiento en las

Naciones Unidas. A pesar de haberse pasado años apoyando el gobierno (anticomunista) de Chiang como los líderes legítimos de China, la ONU había declarado que Chiang y sus funcionarios exiliados ya no podían afirmar que representaban a los millones de ciudadanos chinos que había en el continente. Le concedieron el asiento de inmediato a la República Popular China. Para cuando llegó febrero, Howard pudo ver una fotografía en la primera plana del periódico de Nixon dándole la mano a Zhou Enlai, el primer ministro de la República Popular China. El Telón de Bambú se había levantado.

Durante varias semanas, se permitió llorar. No sabía por qué estaba llorando exactamente; se había alistado por una cuestión de necesidad, no de patriotismo, y siempre había sentido ambivalencia por tener que luchar contra sus propios compatriotas, y todavía más cuando descubrió algunas de las cosas que había hecho el gobierno. Sin embargo, durante quince de los veintiocho años que había vivido en Taiwán, su identidad había sido la de un soldado. Era debido a su posición como soldado durante esos años que tenía un sueldo modesto, trabajo y cualquier clase de influencia. Su comunidad estaba formada casi completamente por gente que había conocido a través del ejército. Y, mientras echaba de menos su hogar, podía convencerse a sí mismo de que su sacrificio había sido por su país, por el auténtico corazón palpitante de China. Pero la implicación de que el gobierno de Chiang era corrupto reducía su vida a la de un simple rebelde, indeseado y sin reconocimiento por parte de su propio hogar.

No fue hasta siete años más tarde, tres años después de que se hubiera mudado a Estados Unidos, que un vecino que originalmente era de Cantón mencionó que estaba buscando a la esposa que había dejado atrás durante la guerra, y entonces Howard se dio cuenta de que su estatus había cambiado. Ya no estaba en Taiwán, ya no lo conocían por su identidad como veterano. Era un residente de los Estados Unidos, y las relaciones normalizadas con China significaban que tenía la capacidad —y el deseo, incluso— de tratar de contactar con su familia.

No comenzó de inmediato; todavía se estaba acostumbrando a la vida en Estados Unidos, tratando de adaptarse a la incomodidad de volver a ser un extranjero. Estaba esforzándose mucho por construir las relaciones de Yong Yuan Fabrics con los clientes de la industria textil, aprendiendo a manejar a su equipo de tres personas, quitándole el polvo a un inglés que llevaba décadas sin utilizar para encargarse de las consultas. Pero era más que eso: la vida diaria suponía su propio desafío agotador, desde mirar los carteles de las calles y las facturas con los ojos entrecerrados para descifrar su significado, hasta consolar a sus hijas cuando volvían a casa entre lágrimas porque alguien se había referido a ellas con una palabra que no comprendían, pero que sabían que no había sido amable.

Cuando, otros tres años más tarde, sintió que se encontraba en una posición apropiada para comenzar su búsqueda, se dio cuenta de que iba a ser una hazaña delicada. Recordaba cómo, años antes de que Nixon fuera a China, Zenpo había estado entusiasmado cuando por fin había logrado mandar una carta a escondidas a su familia, solo para quedarse decepcionado por la respuesta: le habían suplicado que no volviera a escribirles. Tener parientes en el extranjero, en particular con el gobierno nacionalista, ya los había metido en líos y había provocado que perdieran raciones y trabajo, y la carta solo había hecho que los funcionarios de la ciudad los acosaran más. Zenpo no volvió a escribirles durante muchos años.

Howard no estaba seguro de cuál era la situación en China para entonces. Tenía la esperanza de que el asiento en las Naciones Unidas y las relaciones normalizadas con Estados Unidos significaran que los comunistas estaban relajando sus prejuicios contra los chinos en el extranjero. Aun así, quería tener cuidado. Escribió una carta para sus padres que evitaba mencionar su conexión con el ejército, y no se atrevió a mandarla por correo directamente a su antigua dirección. En lugar de eso, escribió «Sifo Li, Shanghái» en el sobre, junto a «Familia Wang», con la esperanza de que eso bastara para que algún vecino supiera para quién estaba dirigida la carta. Al ver que no recibía ninguna respuesta, volvió a intentarlo, pero esta vez dirigió el sobre a Li Yuping, el nombre de su madre. En lugar de firmar con su nombre, adjuntó el anillo de oro que ella le había dado una vez. Si la carta le llegaba, su madre no solo sabría con seguridad que se trataba de él, sino que también podría vender el anillo si necesitaba dinero. Como siguió sin recibir respuesta, se volvió más atrevido y envió varias cartas directamente a la dirección que recordaba en la Cuarta Calle. Finalmente, contactó con amigos y con amigos de amigos que tenían familiares en Shanghái, quienes decían que ya no había nada que temer, y escribió una y otra vez descripciones y nombres de su familia, siempre incluyendo su número de teléfono, hasta que en mitad de una noche de 1983, recibió una llamada telefónica que lo despertó de un sueño oscuro.

La conexión era distante y estaba llena de eco, y la voz insegura de una mujer reverberaba como un fantasma del futuro.

—¿Estoy hablando con Wang Haiwen? —preguntó la voz en mandarín, y cuando él dijo que sí con indecisión, la mujer exclamó con alegría—: ¡Erge, soy tu hermana, Junjun!

La garganta de Howard se llenó de tanta emoción que no fue capaz de responder. Linyee, despierta junto a él, lo miraba con preocupación, y cuando el hombre volvió a hablar y pronunció el nombre de su hermana con incredulidad, rompió a llorar.

Ahora su hermana trabajaba en Pekín, y le explicó que la carta le había llegado por casualidad. Un amigo se había enterado por un compañero de trabajo de que un hombre de Estados Unidos que era originalmente de Shanghái estaba buscando a su familia, y recordó que Junjun era de allí, así que le preguntó si tal vez podría ayudar.

—Cuando vi nuestros nombres, grité tan fuerte que mi hija vino corriendo, preocupada de que me hubiera hecho daño —dijo su hermana.

Su voz sonaba áspera y maternal. Howard trató de hacer que aquella voz encajara con la imagen que tenía de ella, una niña pequeña, pero se dio cuenta de que no era capaz.

Cuando le preguntó por sus padres, ella se apresuró a responder:

—Ya han fallecido.

Y, aunque Howard sabía que aquello era una posibilidad, lloró en voz alta. Junjun continuó hablando, como si no lo estuviera escuchando. Le contó que su padre había muerto durante la Revolución Cultural, y que su madre había muerto diez meses antes, de cáncer de estómago. Él sollozó todavía más fuerte. ¡No había logrado hablar con su madre por unos meses! Solo unos meses. Durante semanas, vivió lleno de tristeza y arrepentimiento, incapaz de dejar de pensar en lo que ya jamás podría recuperar. Si solo hubiera empezado a buscar más pronto, tal vez su carta le habría llegado a Junjun años antes, y entonces habría llegado a tiempo. Tal vez habría estado junto a su madre cuando murió.

Unas cuantas semanas más tarde, Haiming lo llamó, y las primeras palabras que salieron por su boca después de confirmar la identidad de Howard fueron disculpas.

—Jamás tendría que haber permitido que te marcharas —dijo.

—Eso ya es agua pasada, Dage —respondió su hermano.

—Si te sirve de algún consuelo, mi vida ha sido difícil.

—Eso no me supone ningún consuelo.

Haiming no parecía querer divulgar detalles de a lo que se refería cuando decía que su vida había sido difícil. En lugar de eso, le pidió a Howard que le contara detalles sobre Estados Unidos.

—He oído que las calles están pavimentadas con oro —dijo. Eso era lo que creían sobre Estados Unidos cuando eran pequeños.

—Por desgracia, no es cierto —respondió su hermano.

Howard se sentía incómodo contando demasiado sobre su vida. Era cierto que él y su familia vivían cómodamente; tenían una casa modesta, con un jardín de tomates del que Linyee se encargaba, y poseían pequeños lujos como una cafetera eléctrica, un televisor a color y un sistema de sonido en estéreo lo bastante bueno como para que, cuando encendía el tocadiscos y cerraba los ojos, casi se pudiera imaginar que se encontraba en una sala de conciertos. Durante los primeros años antes de que Yiping se fuera a la universidad, los cuatro solían ir a la playa los fines de semana. Mientras las niñas nadaban entre las olas heladas y Linyee acampaba debajo de una sombrilla, Howard mojaba los dedos de los pies en las olas y se imaginaba las células muertas desprendiéndose de su piel y flotando hacia el oeste, de vuelta hacia las orillas de Shanghái.

Pero lo que le contó a Haiming fue que el tiempo era bueno, que el trabajo iba bien, que Linyee y él habían hecho muchos amigos chinos, y que se sentía afortunado.

—Entonces, no hay duda de que tú eres el que ha salido mejor parado —dijo su hermano. Se rio con un sonido hueco y amargo que incomodó a Howard.

Cuando este preguntó a Haiming por su madre, la voz de su hermano se volvió tensa y seria.

—No sé lo que te habrá contado Haijun.

—Me dijo que Ma murió de cáncer, hace menos de un año. —Howard se quedó un momento en silencio—. Dice que no he podido hablar con ella por unos meses.

—Qué mala suerte —dijo Haiming—. Te estuvo llamando en su lecho de muerte.

Un dolor puro e intenso llenó el cuerpo de Howard. Arrepentimiento, anhelo, arrepentimiento, arrepentimiento, arrepentimiento. Estaba tallando un vacío dentro de su ser.

No fue capaz de continuar con la conversación.

Había tenido que esperar más de diez años (primero para conseguir la tarjeta de residencia permanente de los Estados Unidos, y después para conseguir la nacionalidad estadounidense) antes de poder comprar un billete para un vuelo de vuelta a Shanghái. Mientras tanto, había estado llamando a sus hermanos una vez cada pocos meses. Anhelaba acortar la distancia entre ellos, pero después de la avalancha inicial de emociones, habían regresado a una cortesía distante, tal como uno podría tratar a un invitado en su casa, un extraño al que había que ocultar los armarios a rebosar y la ropa interior sucia. Las conversaciones siempre eran breves (la conexión era mala y la tarifa era exorbitantemente cara, incluso con una tarjeta telefónica), y hablaban una y otra vez de los mismos temas: viejos recuerdos de la infancia y noticias sobre lo que estaban haciendo sus hijos y sus nietos. Cada vez que preguntaba a uno de sus hermanos sobre lo que había ocurrido en los años intermedios, ellos respondían vagamente, diciendo solo que habían sido años difíciles y que a nadie le hacía ningún bien ahondar en una época tan triste.

Ahora, sentado en su habitación del hotel, miraba los regalos que había llevado y se preguntaba si era demasiado, demasiado desesperado. Como si un puñado de cosas pudieran compensar todo lo que su familia había sufrido. Como si pudiera cerrar el abismo de los años y de sus caminos divergentes solo mediante el dinero.

Howard se despertó a las cinco de la mañana, a pesar de haberse quedado dormido tan solo tres horas antes. Bajó y desayunó en el bufé del hotel (unas gachas de arroz aguadas con verduras encurtidas, un trozo de huevo de pato salado, y pescado caramelizado) y leyó el periódico sin leerlo de verdad. Junjun y Haiming iban a llegar a las nueve. Conforme se iba acercando la hora, Howard no era capaz de decidir si debería esperar en su habitación o abajo. Al final, se decidió por esperar arriba. Le preocupaba que, si se quedaba sentado en el vestíbulo, tal vez no reconocería a sus hermanos cuando entraran, ¿y acaso eso no sería terrible? De ese modo, llamarían a la habitación cuando llegaran, y entonces él sabría con seguridad que la gente que se encontrara esperando abajo estaba allí por él.

El teléfono sonó. Howard, sobresaltado, se levantó rápidamente de la cama. El corazón le latía dolorosamente rápido. El teléfono sonó tres veces más antes de que se lo pegara a la oreja.

—De acuerdo, gracias —le dijo a la recepcionista.

Se sentía mareado mientras bajaba en el ascensor. Los pitidos del descenso de la cabina sonaban distantes e increíblemente fuertes al mismo tiempo. Se secó las manos en los pantalones.

Las puertas se abrieron. Entonces, junto a una mujer rolliza de mediana edad, vio a su madre. Lo estaba mirando con curiosidad, con una media sonrisa en los labios, y Howard se quedó paralizado. Quería tomarle las manos, darle las gracias al cielo por ese milagro. Había dado dos pasos hacia delante cuando la mujer que estaba junto a su madre le rodeó el cuello con los brazos y comenzó a llorar.

—Erge —sollozaba una y otra vez sobre su hombro. Howard pestañeó unas cuantas veces, con la mano elevada y vacilante en el aire. La mujer lo soltó y le miró la cara fijamente. Las lágrimas corrían por sus mejillas rosadas y redondeadas. En las arrugas de sus ojos y la forma respingona de su nariz, él halló atisbos de su hermana pequeña, y estaba recordándola cuando tenía dos años: cómo caminaba tambaleándose por el patio y aplaudía cuando él ensayaba con el violín, la suavidad de su cabello entre sus dedos cuando le daba unas palmaditas en la cabeza entre ensayo y ensayo.

—Junjun —dijo con un sollozo amortiguado de alegría, y entonces la abrazó, a aquella extraña que no era una extraña, apretándola con fuerza contra su pecho.

Cuando los dos derramaron suficientes lágrimas, ella lo soltó y señaló a la mujer a quien Howard había confundido con su madre, que estaba secándose discretamente su propia cara húmeda.

—Esta es mi hija, Xuenong.

Ella se pegó las palmas de las manos a los pantalones e hizo una ligera reverencia.

—Erjiu —lo saludó.

Howard no podía dejar de mirarla. Ahora se daba cuenta de que llevaba vaqueros y una camiseta; ropa que su madre jamás se habría puesto, y que tenía un flequillo con mechones sueltos. Pero se parecía demasiado a la madre que conservaba en su memoria. Esa cara tan querida, que a Howard le había resultado tan difícil de evocar con el paso de los años, estaba por fin redefinida en las líneas y los contornos de la de su sobrina.

—Eres igual que...

—Lo sé —dijo Xuenong—. No eres la primera persona que me lo dice.

Él trató de encontrar algo que decir, pero Junjun intervino.

—Mi marido nos está esperando en el coche —explicó—. Nos llevará al antiguo vecindario.

—¿Y qué pasa con Dage?

—Se han retrasado. He comprobado el tren. Hay algunos problemas con las vías ferroviarias, y es posible que no lleguen hasta esta tarde. Pero podemos dejar un mensaje en recepción para que le digan a dónde hemos ido. Ellos también van a quedarse aquí, ¿verdad? —Howard asintió con la cabeza. Había pagado para que la familia de Haiming se quedara en el mismo hotel durante una semana, el máximo tiempo que podían escaparse del trabajo—. Entonces, los veremos cuando regresemos.

Estaba sorprendido de que su hermana, una niña traviesa que se había metido en líos más de una vez por ponerse el maquillaje de su madre y probarse sus joyas sin su permiso, hubiera crecido para volverse tan pragmática, tan brusca, pero supuso que tenía sentido. Trabajaba para el gobierno, y según Haiming, tenía un rango relativamente alto en el partido.

Junjun los condujo fuera del vestíbulo del hotel, hacia el fresco aire de la primavera. Saludó con la mano a un hombre sentado en un sedán negro y reluciente, aunque de aspecto anticuado.

—Mi marido ha tomado prestado este coche del amigo de un amigo que es un funcionario de alto rango de aquí —explicó, con un matiz de orgullo en la voz. Abrió la puerta del copiloto—. Tú siéntate aquí. Xuenong y yo nos sentaremos en la parte de atrás.

Howard se montó en el asiento del copiloto. El marido de Junjun, un hombre con la cara como una luna y gafas con montura dorada, tiró un cigarrillo por la ventanilla y le tendió la mano. Su apretón era firme y vigoroso.

—Erjiuzi —dijo, y Howard se dio cuenta de que aquella era la primera vez que alguien lo llamaba por ese término para referirse a un cuñado reservado solo para el marido de su hermana; de que antes, cuando Xuenong lo había llamado Erjiu, aquella era también la primera vez que lo habían llamado con ese título. Se dio cuenta de que iba a haber una serie de primeras veces en aquel viaje, algo para lo que no estaba del todo preparado.

—Meifu —respondió Howard, dirigiéndose a él. Era la primera vez que hablaba con el marido de su hermana pequeña.

—¿Sabes cómo llegar? —le preguntó Junjun a su marido desde el asiento trasero.

—Sí.

—¿Estás seguro?

—*Sí* —insistió el hombre. Arrancó el coche y se pusieron en marcha.

Estaban mirando fijamente la puerta oeste del *longtang*, los gastados caracteres cincelados 思福里,[9] que todavía resultaban visibles por encima de la arcada. Howard miró hacia el *guojielou;* si entrecerraba los ojos de la forma adecuada, casi podía ver a Suchi corriendo por delante de él.

Entraron vacilantes y con cuidado, como si tuvieran miedo de perturbar a los residentes. Un hombre con una camiseta sin mangas llena de manchas amarillas se cruzó por su camino, con un cigarrillo colgando de la comisura de la boca. Los miró de arriba abajo, y entonces continuó caminando. Howard tenía la necesidad de decirle, de decirle a cualquiera y a todo el mundo, que él había crecido allí, que aquel era su hogar. Pero no había nadie familiar a quien contárselo.

La ropa lavada colgaba de unas varas sobre sus cabezas, y se mecía suavemente con la brisa como si fueran fantasmas saludando. El callejón estaba en silencio, y casi todas las puertas de madera se encontraban cerradas. Habían cambiado demasiadas cosas: la densidad de los cables eléctricos, las clases de plantas en macetas que había en el exterior, los colores de las bicicletas, las ocasionales unidades de aire acondicionado encajadas en ventanas demasiado pequeñas, los toldos de plástico brillantes erigidos sobre algunas de las puertas. En la pared del extremo más alejado del callejón colgaba un estandarte rojo, una cita maoísta sobre los milagros. Algunas partes del *longtang* parecían derruidas, descuidadas. Todo lucía más sucio, más pequeño, más abarrotado de lo que recordaba. Y, aun así, muchas cosas habían permanecido iguales: las puertas con su pintura negra descascarillada, las aldabas oxidadas, el ladrillo rojo, el pequeño detalle de una flor tallada por encima de cada puerta de estilo *art déco*. Mientras pasaban junto a cada *shikumen*, Howard pensaba para sí mismo: *Aquí es donde vivía Von ayi. Aquí es donde vivía Zia yasoh. Aquí es donde vivía En'en.*

Bajaron la velocidad en la intersección donde la calle se ensanchaba hacia la arteria principal.

—¿Recuerdas cuando las *ayi* se sentaban allí y partían semillas de melón o doblaban wantanes mientras cotilleaban? —preguntó su hermana, señalando la extensión de espacio visible a su izquierda, ahora abarrotada de sillas de madera apiladas, dos bicicletas oxidadas, y un sofá que tenía los muelles por fuera.

—Recuerdo que una de las *ayi* te gritó aquí por tirarle del pelo a su hija —se burló Howard.

—Oh, Ma —dijo Xuenong—. ¿Eras una abusona?

—No es verdad —replicó Junjun—. Dile que no era una abusona, Erge.

Pero Howard ya no estaba escuchando. Estaba mirando al otro lado de la calle, en dirección al *shikumen* de Suchi. Pensó en las muchas veces que había recorrido ese camino, para acompañarla a casa, o para quedar con ella después de clase, o para contarle alguna noticia. De pronto recordó el día después de su primer beso, lo nervioso que había estado mientras caminaba hacia su casa, cómo su corazón había palpitado con fuerza contra sus pulmones. Estaba seguro de que el beso había sido un sueño, de que se había imaginado el ligero bálsamo de sus labios, la suave provocación de su lengua, de que, cuando ella le abriera la puerta, actuaría como si no hubiera ocurrido nada. Pero, cuando la muchacha atravesó el umbral, delicada, tímida y radiante con una falda de color rojizo que él nunca le había visto, supo al instante que las cosas entre ellos jamás volverían a ser como antes, que jamás querría que volvieran a ser como antes.

—¿Erge? —oyó que le preguntaba Junjun, pero se trataba de un sonido distante: él estaba en otro lugar, en alguna dimensión del pasado.

Sus pies se movieron, tres pasos involuntarios en dirección al *shikumen* de Suchi. Tuvo la abrumadora sensación de que ella todavía seguía allí, esperándolo, de que había estado esperándolo todos esos años, y de que, si llamaba a la puerta, ella la abriría, sin haber cambiado, siendo todavía una chica de dieciséis años.

—¿A dónde vas? —le preguntó Junjun, y señaló con la cabeza—. Nuestro *shikumen* estaba por allí.

Howard se detuvo. La calle se encontraba en silencio, vacía. Ella no estaba allí. Con la excepción de una única semana cuando había estado en la treintena, habían pasado casi cinco décadas desde que Suchi había estado en su vida. Aunque se hacía preguntas —¿sería feliz?, ¿estaría bien?—, se apresuró a apartar esos pensamientos de su mente. Ahora tenía a Linyee. Ella era quien lo estaba esperando en casa. En *casa*, su hogar. ¿Shanghái seguía siendo su hogar? ¿O su hogar estaba ahora en California, a un océano de distancia?

Se dio la vuelta para seguir a Junjun.

El camino hasta el *shikumen* volvió a él con facilidad. Sus huesos y sus músculos conocían el laberinto de aquella comunidad. No había estado seguro de que fuera a recordarlo, y le aliviaba poder hacerlo, que sus piernas lo llevaran por cuenta propia. Y, aun así, a pesar de toda su familiaridad, el *longtang* provocaba en él una disonancia, una nota ligeramente desafinada. Se sentía como un espíritu solitario recorriendo las calles, anhelando ver una cara amistosa, solo para descubrir que nadie era capaz de verlo.

Aunque la entrada a su antiguo *shikumen* se parecía a casi cualquier otra puerta del *longtang*, un peso húmedo descendió sobre él mientras se aproximaba.

—¿Quieres entrar? —le preguntó Junjun.

—Estoy seguro de que la gente que vive aquí ahora no querrá que los molestemos.

—Yo soy la casera. Podría insistir.

—¿Tú eres la casera?

Su hermana parecía avergonzaba.

—El gobierno estaba… Querían acomodar a varias familias más, porque era una propiedad muy grande. Pero Ma se negó a marcharse de aquí. Así que conseguí… adquirir los derechos de este lugar. Después de que Ma muriera, pensé en devolverlo, pero ella habría querido que me lo quedara. Siempre se preocupaba de que, si se marchaba, tú no sabrías dónde encontrarnos cuando regresaras. Quería que hubiera un hogar esperando a tu regreso.

Howard pensó en su madre, viviendo sola en el *shikumen*, esperando un día tras otro a que apareciera. Un puño de pesar le constriñó el pecho. Sentía muchísimo haberle provocado tanto dolor a su madre.

Junjun se aclaró la garganta.

—En cualquier caso, ahora se lo alquilo a otras personas, y tengo a alguien que se encarga de él por mí. —Hizo una pausa—. Pero no se lo digas a Dage. Él no lo sabe. Pensaría que estoy presumiendo al contarte esto, tratando de alardear de lo buena hija que he sido. O pensaría que no es más que una estratagema para llenarme los bolsillos.

Lo dijo como si tal cosa, pero eso hizo sonar una alarma dentro de Howard. A lo largo de los años, había captado una corriente desconcertante entre sus hermanos a través de algunos comentarios de pasada que habían hecho.

—No pasa nada —respondió—. Para mí es suficiente con estar aquí. Solo poder volver a ver el exterior es una bendición.

—Tonterías —dijo Junjun—. Has venido hasta aquí desde Estados Unidos. Tendrías que poder ver el interior.

Llamó a la puerta, y el familiar sonido hueco del metal golpeando la madera reverberó a través de él. Mientras su hermana le explicaba quiénes eran a la mujer de mediana edad que fue a abrir, él permaneció inmóvil. Entonces, cruzaron hacia el patio donde se había pasado tantas horas ensayando. Estaba lleno de tendederos para colgar la ropa y parecía más pequeño de lo que recordaba, pero sentía unos tirabuzones de música bailando por el aire, al igual que sucedía cuando se tumbaba en el suelo con el Victrola dando vueltas, acercándose a él luminosos y eléctricos como una corriente.

La mujer se disculpó por el desorden mientras entraban en la planta baja. Había muebles disparejos embutidos en lo que había sido una vez la sala de estar donde cenaban y recibían a los invitados. La fea luz de un fluorescente blanco brillaba desde una precaria lámpara de metal en el techo, y un pequeño televisor en blanco y negro atronaba desde una esquina. Aquello no se parecía en nada a lo que había sido cuando ellos vivían allí; su madre había tenido muy buen ojo para el diseño y había hecho que el modesto espacio pareciera cálido y espléndido.

La mujer estaba explicando con palabras rápidas y nerviosas que los demás inquilinos estaban en el trabajo. No sabía si el grupo quería ir a la planta de arriba, pero ella no tenía las llaves de las habitaciones de las demás personas. Junjun comenzó a responder, pero Howard negó con la cabeza.

—No pasa nada —dijo. No quería ver más de cómo se había transformado el hogar de su infancia.

Mientras la inquilina los acompañaba hasta la puerta de entrada, evaluó a Howard con la mirada y preguntó:

—Entonces, ¿es usted estadounidense?

Una punzada de dolor lo atravesó por debajo del esternón.

—Soy shanghainés, al igual que usted. Crecí en este mismo *shikumen*.

Ella se ruborizó y asintió con la cabeza.

—Por supuesto, por supuesto. Lo que quería preguntar es si fue usted el que envió las cartas.

Él se quedó sin aliento.

—¿Las cartas?

La mujer titubeó.

—Recibimos unas cartas con sellos extranjeros cuando me mudé aquí hace años, pero no sabíamos para quién eran; no estaban dirigidas a nadie y no tenían ninguna firma, tan solo hablaban de cosas de las que ninguno de nosotros sabía nada. —Parecía preocupada—. Informamos de ellas y las entregamos. No queríamos meternos en problemas.

Él notó que su hermana se ponía rígida a su lado.

La mujer le echó un vistazo a Junjun y se apresuró a añadir:

—No sabíamos que eran de un pariente suyo, o de lo contrario...

—No pasa nada —dijo él—. No eran importantes. Siento haberle causado problemas.

La mujer se frotó las manos en la camisa y asintió con la cabeza. El grupo le dio las gracias y se marchó.

Caminaron en silencio y pasaron junto a una mujer mayor que lavaba los platos en el fregadero que había detrás de su *shikumen.* La mente de Howard se llenó de números dando vueltas mientras calculaba y comparaba.

—Envié la primera de las cartas en febrero de 1982. Unos cuantos meses antes de que Ma muriera. Siempre pensé que se habían perdido y ya está, pero ahora, sabiendo que algunas habían llegado al *shikumen*, a lo mejor… Es posible que…

Junjun negó con la cabeza.

—No lo sé. Si Ma recibió una carta tuya, jamás me lo mencionó, ni a Dage ni a nadie. Desde luego, yo no encontré nada entre sus cosas.

—¿Qué hay de un anillo? ¿Un anillo de oro, hecho con dos aros trenzados?

Su hermana frunció el ceño.

—¿A qué te refieres? Cualquier objeto de valor se vendió años antes.

—Envié un anillo…

Junjun resopló.

—¿Por correo? Erge, ¡tenías que saber que robarían ese anillo mucho antes de que pudiera llegarle a Ma!

Él asintió con la cabeza, pero no podía dejar de pensar, de tener esperanza… a lo mejor ella había leído una de sus cartas, a lo mejor se había ido a la tumba sabiendo que su hijo estaba vivo.

Junjun acercó la mano y le tocó el brazo.

—Si te sirve de algún consuelo, solía soñar con que tú estabas en la habitación con ella. Siempre estaba hablando contigo. —Apartó la mano y, con una voz falsamente alegre, añadió—: ¿Te imaginas lo que habría dicho Ma si hubiera visto el estado de su querida sala de invitados?

Su hermana estaba tratando de animarlo. Él se obligó a tragarse su decepción y fingió una risita.

—Si no recuerdo mal, no nos permitía tocar nada de esa sala, además de las sillas y la mesa para comer.

—¿Recuerdas cuando Ma me sorprendió tratando de abrir el reloj para examinar sus engranajes?

Ante ese recuerdo, él mostró una sonrisa de verdad.

—¡Tuviste suerte de que solo te dejara sin merendar durante un mes en lugar de contárselo a Ba!

—Él me habría dado una buena tunda —dijo Junjun entre risas.

De pronto, Howard se sintió agradecido de que su hermana estuviera junto a él. Ella compartía su pasado, era la prueba de que lo que recordaba había existido. Se pasaron media hora más deambulando por los callejones, compartiendo recuerdos y bromeando, y, con ella, la extrañeza del *longtang* le resultaba menos agridulce. Incluso cuando pasaron junto al *shikumen* de Suchi y se dio cuenta de que el conejo pintado junto a la puerta de atrás ya no era visible, su destello de pesar quedó apartado rápidamente cuando Junjun confesó avergonzada que una vez había robado un cómic de la librería de la familia Zhang. Por primera vez desde que había reconectado con ella, Howard reconoció a la hermana con la que había crecido.

Xuenong los escuchaba, sonriendo.

—Me alegra que hayas vuelto, Erjiu —dijo—. De lo contrario, ¡a lo mejor jamás me habría enterado de ninguna de estas historias sobre lo traviesa que era mi madre!

Howard sonrió. En sus huesos se entretejía un concierto de Mozart, con notas altas y luminosas.

Mientras comían en un restaurante cercano que se especializaba en empanadillas de sopa, Junjun y su marido le explicaron a Howard la reforma económica que estaba ocurriendo en Shanghái. Él mencionó el paseo que había dado cuando había llegado, las obras que había visto al otro lado del Bund.

—Ah, sí, están haciendo de todo en Pudong... —comenzó el marido de Junjun, pero ella lo interrumpió.

—Shanghái volverá a ser una capital financiera del mundo, empezando con Pudong. ¡Esta liberalización llevará a China al siglo que viene!

Lo que le sorprendía a Howard no era que su hermana dijera ese lema del partido —había supuesto que así era como hablaban todos los funcionaros—, sino lo ferviente que parecía al respecto. Se preguntó si la misma gente que una vez había insistido en que los propietarios de las tierras eran malvados sería ahora la que estaba levantando esos rascacielos, con la esperanza de que les lloviera el dinero.

—¿Cómo encaja esto con la idea del comunismo? —preguntó.

Junjun frunció el ceño.

—Estamos haciendo todo esto por el beneficio de la gente —dijo, con un matiz de arrogancia en la voz.

Él se arrepintió al instante de su pregunta. Esa sensación de naturalidad e intimidad que había recuperado con Junjun se evaporó, y su hermana se convirtió en una desconocida para él una vez más.

Cuando llegó la cuenta, Howard trató de pagar, pero su cuñado se la quitó de las manos.

—Has vuelto a casa después de muchísimos años, ¡tienes que dejar que te agasajemos!

Howard se preguntó cuánto dinero ganarían su hermana y su marido como funcionarios. Los amigos que tenía y habían ido a ver sus familias en China habían regresado con historias de una pobreza impactante; algunos habían vuelto solo con lo puesto. Y otros le habían advertido para que no volviera siquiera: «Van a tratar de sacarte todo lo que tengas, te dirán que es lo que les debes, y eso estropeará tus recuerdos de tu familia». Howard estaba preparado para que su familia estuviera en situación de necesidad, y de ahí todos los regalos que había llevado, pero Junjun y su marido parecían estar bien.

Su siesta de finales de la tarde quedó interrumpida por un golpeteo fuerte e insistente. Se sentía como si tuviera la cabeza llena de piedras; su aliento sabía a algo gris y a humo. Se levantó para abrir la puerta, sintiéndose como si estuviera caminando por debajo del agua. Lo primero que lo recibió fue el sonido, y después alguien que lo agarraba bruscamente de los hombros y le daba unas palmadas vigorosas.

—¡Doudou, por fin has regresado!

Sus ojos se estaban adaptando al resplandor naranja del pasillo justo cuando el brazo lo apartó de él. Tenía delante a un hombre mayor, con la cara llena de arrugas y hundida, y el blanco de sus ojos estaba amarillento y nublado. Detrás de él, una pareja en la cuarentena los miraba con nerviosismo; las manos del hombre descansaban sobre los hombros de una niña de diez u once años que llevaba el pelo en dos trenzas. Howard se sentía confuso; tenía la mente llena de niebla. ¿Aquello era un sueño?

—¿Qué hora es? —murmuró, tropezando con las palabras como si tuviera canicas en la boca.

—¿Qué? —preguntó el anciano. Echó un vistazo por encima del hombro en dirección al hombre más joven—. ¡Mira lo americano que se ha vuelto tu tío! Antes era yo quien lo ayudaba con el inglés, y ahora mira, ¡está hablando inglés en sueños! ¡Cómo ha cambiado nuestra suerte!

Howard tardó un momento en recordar dónde se encontraba. ¿Había preguntado por la hora en inglés en vez de en mandarín? Miró fijamente al anciano, que se rio con un distintivo sonido hiposo que le resultaba familiar, y entonces lo comprendió. Aquel era Haiming, su hermano mayor. Pero ¿qué le había ocurrido? Tan solo tenía siete años más que él, pero ya parecía que fuera un hombre de ochenta años.

—Dage —dijo, frotándose los ojos.

Esperó a que una oleada de emoción lo golpeara, tal como le había ocurrido cuando había visto a Junjun, cuando había visto a su madre en la cara de Xuenong, pero en vez de eso sintió intranquilidad, una semilla que se estaba transformando en pánico. Sentía la necesidad de retroceder, de volver a la habitación, de cerrar la puerta.

Sin embargo, Haiming lo acercó a él para abrazarlo con fuerza.

—Mi hermanito —dijo—. Ma se habría alegrado mucho de saber que has regresado. Nunca perdió la esperanza de que esto ocurriera algún día.

Su voz sonaba áspera y llena de emoción. Por detrás, la niña estaba mirándolo con los ojos como platos y los pequeños labios rosados ligeramente entreabiertos.

Cuando Haiming lo soltó, señaló a los demás con un gesto.

—Mi hijo Jiwen, mi nuera Hong y mi nieta Chun'er —dijo.

—Hola —murmuraron el hombre y la mujer.

—Deprisa —apremió el anciano a su nieta—, saluda a Shugong.

—Shugong —repitió la niña, obediente.

Haiming asintió con la cabeza en señal de aprobación.

—Acabamos de llegar —explicó—. Siento que nos hayamos perdido la mañana. Los trenes se retrasaron.

—Junjun me lo mencionó. —Howard tenía la mirada fija en su sobrino, a quien había visto por última vez como un pequeño bulto en la tripa de su cuñada. Entonces se dio cuenta de que le habían puesto ese nombre por él, o, más concretamente, de que el nombre de su sobrino era un deseo para que regresara.[10] La emoción que había estado tratando de alcanzar se desplegó. Unas lágrimas le escocieron en los ojos.

—Vamos a quedar con ella en el vestíbulo dentro de media hora —le contó Haiming—. Ha reservado mesa en algún lugar sofisticado.

Howard captó el mismo tono despectivo que ya había oído antes por teléfono.

—Tengo que lavarme la cara —dijo, apretándose la comisura del ojo con el dedo índice.

—Vete, vete —lo instó Haiming—. Es solo que no quería esperar mucho más para verte.

Una hora más tarde, estaban todos sentados alrededor de una mesa redonda para diez personas en un comedor privado. Una puerta de papel se deslizaba sin hacer ruido para abrirse y cerrarse cada vez que un camarero entraba para rellenarles el té o para llevar cacahuetes.

Howard se había dado cuenta de que el saludo entre Junjun y Haiming en el vestíbulo del hotel había sido escueto y cortés. Se trataban mutuamente como si fueran conocidos, no familia. Se preguntó si se habrían distanciado después de la muerte de su madre, y lo diferentes que podrían haber sido las cosas si ella estuviera viva. Pensaba que ella los habría unido a todos.

Ahora, sentados alrededor de la mesa, la situación era incómoda. Junjun y su marido estaban discutiendo por el menú. Hong estaba ocupada con su hija, que no dejaba de ponerle la mano en el cuello para susurrarle al oído, mientras que Haiming, sentado al otro lado de Chun'er, estaba todo el tiempo pescando cacahuetes con los palillos y dejándolos uno por uno en el plato de su nieta. Junto a Hong, Jiwen y Xuenong hablaban de cosas sin importancia en mandarín (a Howard le entristeció darse cuenta de que, al igual que sus propias hijas, ni su sobrina ni su sobrino hablaban shanghainés), pero los dos primos no parecían tener nada en común. Xuenong tenía cierta aura, algo naturalmente elegante y despreocupado. Le recordaba mucho a su madre, que tenía la misma cualidad.

En contraste, Jiwen parecía torpe y tímido, como si quisiera desaparecer dentro de sí mismo. Sus movimientos eran pesados y su lenguaje era sencillo y rápido, como si tan solo quisiera comunicar lo que fuera necesario y se sintiera aliviado al dejar de hablar. Haiming le había contado a su hermano que su hijo trabajaba para una empresa de construcción en Tianjin; era un capataz que dirigía un equipo pequeño, pero ni él ni su esposa habían terminado el instituto. Howard suponía que aquello se debía a la Revolución Cultural, aunque Haiming no había llegado a entrar en detalles. Se preguntaba cómo se sentiría su hermano con respecto a su abrupto cambio de suerte; después de todo, a él lo habían enviado a Inglaterra para estudiar. Incluso después de que su padre perdiera todas sus fábricas por culpa de los japoneses, sus padres habían continuado pagando la matrícula de Haiming, seguros de que, cuando la guerra terminara, su educación sería útil para la reconstrucción. Howard se preguntaba si su hermano todavía sabría hablar inglés, o si, al igual que tantas otras cosas, lo habría perdido a lo largo de las décadas.

La comida comenzó a llegar, con cada plato exquisitamente presentado y de un sabor delicado: medusa marinada en vinagre, pata de pato asada, piel de tofu salteada con verduras encurtidas saladas, albóndigas cabeza de león asadas con hojas translúcidas de repollo, estofado de tofu sedoso y carne de cangrejo, cubitos de cerdo graso asado en salsa dulce, gambas de río verdes salteadas con guisantes frescos, y cangrejo crudo empapado en vino Shaoxing; esto último era una exquisitez que Howard nunca había probado y solo había visto comer a sus padres en raras ocasiones antes de la guerra.

Con la llegada de cada plato, todos en la mesa decían «oooh» y «aaah», a excepción de Haiming, que no parecía impresionado. Howard saboreó cada bocado. Aunque el valle de San Gabriel en California alardeaba de una comida shanghainesa bastante decente, no se podía comparar con la complejidad de sabores que había allí.

—Las gambas están muy crujientes, Gugu —comentó Jiwen, y Junjun sonrió ampliamente.

—Este es uno de los mejores restaurantes de Shanghái —respondió—. Hasta el propio Deng Xiaoping ha cenado en este mismo comedor.

Haiming resopló, pero le dio otro mordisco a su cerdo.

—Ma solo quería lo mejor para la cena de bienvenida de Erjiu —dijo Xuenong—. Estaba segura de que echabas de menos los sabores de tu tierra. —Hizo rotar la bandeja giratoria hasta que el cangrejo borracho quedó enfrente de Howard—. Por favor, Erjiu, sírvete otro trozo. Estoy segura de que esto no lo puedes comer en Estados Unidos.

Él se llevó un trozo de cangrejo a los labios y succionó la carne acre y cremosa. Le encantaba cómo el sabor a marisco quedaba atenuado por la intensa dulzura del vino.

—¿Deng Xiaoping ha cenado aquí? —preguntó Hong—. ¡Qué sitio tan sofisticado! Seguro que no somos dignos.

Howard se dio cuenta de que lo decía con sinceridad.

—Apenas somos dignos siquiera de estar en presencia de la camarada Wang —murmuró Haiming.

Su hermano hizo una pausa, sin saber si Junjun lo había oído. Pero el destello de emoción que vio en sus ojos le dijo que así era. Entonces, la mujer parpadeó y aquello desapareció.

—Como ha dicho Xuenong, no hay ninguna duda de que tenemos que comer lo mejor en esta feliz ocasión.

Levantó un vaso de *baijiu.* Un brindis, el primero de la velada. Howard también levantó su vaso, al igual que todos los adultos, y se bebieron el contenido. El licor trazó un rastro cálido a través del esófago de Howard hasta llegar a su estómago. Esto comenzó una serie de brindis cortos alrededor de la mesa: Xuenong comentó lo contenta que estaba de conocer por fin a su tío perdido hacía tanto tiempo, y Jiwen expresó su felicidad ante aquella reunión. Haiming, que se había comido su cena con aparente mal humor, se puso en pie cuando llegó su turno y le dio unas palmaditas en los hombros a Howard. Tenía la cara roja a causa del alcohol, y la frente brillante. Su expresión se suavizó al mirar a los ojos a su hermano.

—Me alegra que hayas vuelto, Doudou. Espero que podamos recuperar el tiempo perdido.

Después de cada brindis, se tomaban un chupito y entonces volvían a llenar el vasito.

Para cuando llegó el turno de Howard, se sentía mareado a causa del fuerte licor y le resultaba difícil hablar.

—No hay palabras para expresar lo afortunado que me siento ahora mismo —dijo—. Tan solo desearía que nuestros padres hubieran estado aquí también.

Nadie dijo nada, pero vio que Junjun asentía con la cabeza. Se tomaron el último vasito de vino.

—Estarían felices de vernos a los tres en la misma habitación —dijo ella.

—Y una mierda —replicó Haiming entre dientes.

—Ba —dijo Jiwen con un tono bajo de advertencia. Le hizo un gesto a su mujer, una torpe señal con la mano que parecía significar «haz algo», pero Chun'er se encontraba entre ella y Haiming. Hong miró a su marido, negando con la cabeza.

—¿Qué pasa? —replicó Haiming, un poco más alto, arrastrando ligeramente las palabras—. Es una mentirosa, y ella lo sabe. No hay más que ver todo esto. Es un alarde, para presumir de que ella es mucho mejor que nosotros. ¡Pero pregúntale de dónde viene! ¡Pregúntale de dónde ha sacado todo esto!

Le dirigió las dos últimas frases a Howard, que no sabía cómo responder. Los ojos de su hermano estaban abultados y salvajes, y tenía una vena hinchada en el cuello. Miró a su alrededor con impotencia. A unas pocas sillas de distancia de él, Junjun parecía afligida. Junto a ella, la cara de su marido estaba llena de furia, y había cerrado la mano con fuerza alrededor del vaso. Jiwen y Hong parecían nerviosos, mientras que su hija tiró del brazo de su abuelo y susurró:

—Yeye.

Solo Xuenong parecía impasible, con los ojos inescrutables mientras miraba fijamente a su tío y los brazos cruzados sobre la mesa delante de ella.

—Dajiu —dijo, con la voz baja y firme—. Me parece que a lo mejor has bebido demasiado. ¿Tal vez debería pedir a los camareros que trajeran más té?

—Estoy bien —insistió Haiming—. Es solo que tu madre...

— ... se ha molestado mucho en conseguirnos esta reserva —terminó Xuenong por él—. Hay que reservar este restaurante con meses de antelación, pero Ma insistía en que solo quería lo mejor para su familia, porque eso era lo que habría querido su madre. Dajiu, sin duda estarás de acuerdo en que Waipo habría querido una gran bienvenida para su hijo pequeño, ¿verdad?

—Habría cocinado todos los platos ella misma —respondió Haiming, que ya sonaba sosegado—. Habría hecho esos pastelitos de nabo que tanto le gustaban a Doudou.

Howard se giró hacia Junjun.

—¿Recuerdas cuando me metí en un lío por comerme la mitad de la bandeja que había dejado enfriando para llevársela a los vecinos? El glaseado de la corteza era tan tostado y brillante que no pude resistirme.

Junjun esbozó una sonrisa de alivio.

—¡Y trataste de echarme la culpa a mí!

—Pero Ma sabía que había sido yo. Mi castigo fue ayudarla a preparar la siguiente bandeja sabiendo que no iba a poder comerme ni uno. Fue muy cruel.

—¿Sabías que, hasta que murió, se dedicaba a vender esos pastelitos junto a sus bollitos de carne? —Junjun le echó un vistazo a Haiming, que ahora tenía los ojos vidriosos y clavados en su vaso—. Era muy famosa por hacer los mejores pastelitos de la zona. Su secreto era utilizar manteca de alta calidad.

A Howard le costaba visualizar a su madre refinada y hermosa como una vendedora ambulante en la calle. Anhelaba saber más, sobre la vida que había vivido, sobre por qué se había pasado sus últimos días trabajando duro. Pero ahora le daba miedo provocar a su hermano.

—La echo de menos —dijo con un suspiro, y Junjun asintió con la cabeza. En silencio, le acercó la botella y le sirvió más licor transparente en la copa.

Howard se despertó al día siguiente a las seis de la mañana, con el cráneo palpitante por todo el *baijiu* que había consumido la noche anterior. Bajó para desayunar, deseoso de un poco de *congee* para absorber el licor que salpicaba dentro de su tripa, y se encontró con que Haiming ya estaba allí, dando sorbos a la gachas líquidas.

—Buenos días —dijo, dejando el cuenco de *congee* sobre la mesa.

—Buenos días.

Su hermano tenía los ojos inyectados en sangre.

—¿Dónde está la familia de tu hijo?

—Por lo que sé, todavía están durmiendo —respondió.

Howard asintió con la cabeza y se comió el *congee*. La insípida acuosidad era exactamente lo que quería; se le comenzó a despejar la cabeza casi al instante.

—Siento lo de anoche —dijo Haiming, sin levantar la mirada de su cuenco—. Me emborraché un poco y perdí el control.

Howard removió su *congee*. ¿Por qué su hermano detestaba tanto a Junjun? No sabía cómo preguntárselo. En lugar de eso, comentó:

—No sabía que Ma había abierto un puesto de comida.

—Sí —respondió Haiming—. Empezó unos cuantos años antes de morir, vendiendo las pocas joyas que tenía por ahí escondidas para comprar un carrito modesto y los ingredientes. Yo traté de convencerla para que se mudara a Tianjin, pero ella insistía en que podía ganarse la vida en Shanghái, aunque fuera a duras penas. Era muy testaruda. Ni siquiera nos dijo a ninguno que se estaba muriendo. Hasta que una amiga suya nos llamó por teléfono no descubrimos que llevaba meses enferma.

—¿Por qué iba a guardarse algo así para ella?

—Ya sabes cómo era Ma, no quería que nos preocupáramos. Y, al parecer, no quería que Haijun se metiera en líos.

Haiming soltó una risa amarga.

Howard no sabía si dirigir la conversación de nuevo a un territorio seguro o si seguir presionando, para tratar de comprender lo que estaba ocurriendo entre sus hermanos.

—¿En líos? —repitió.

—Creo que Ma tenía la impresión de que, de alguna manera, Haijun utilizaría sus conexiones para tratar de trasladarla a uno de esos hospitales de lujo del gobierno en Pekín, esos que solo reservan para los funcionarios. Como si Haijun fuera capaz de hacer algo que pusiera en peligro su posición.

—Estoy seguro de que Junjun habría...

—Olvídalo —dijo Haiming—. Cuéntame lo que han estado haciendo mis sobrinas últimamente.

El abrupto cambio de tema frustró a Howard. Estaba harto de que lo dejaran al margen, como si fuera un extraño, o un niño al que había que proteger. Quería saber lo que le había ocurrido a su familia, por qué eran así, por qué se había abierto esa grieta entre ellos.

—Junjun es una buena hija —insistió—. Por supuesto que habría llevado a Ma al hospital. Ma conocía a su propia hija. —Haiming no dijo nada, de modo que Howard continuó—: Junjun respetaba a Ma, la seguía a todas partes, se ponía su maquillaje, su ropa. Ella...

Su hermano soltó la cuchara a un lado, y esta traqueteó contra el cuenco de porcelana. Miró fijamente la cara de Howard.

—¿Haijun te ha contado alguna vez cómo murió Ba?

—Me dijo que murió durante la revolución.

—Y ya está, ¿eh? Por supuesto que eso es lo único que te contó.

—¿Qué quieres decir?

—A Ba lo mató de una paliza un grupo de Guardias Rojos. —Haiming se inclinó hacia él, con la mirada firme. Su aliento todavía olía débilmente a alcohol—. Y fue entregado por nada menos que la propia Wang Haijun.

A Howard se le entumeció el cerebro.

—Eso no puede ser cierto.

—Lo es. Escribió una denuncia, y la firmó ella misma. Calificaba a Ba como un perro burgués, capitalista y amante de los extranjeros. Tenemos suerte de que tan solo arrastrara a Ba. A ti también te denunció, diciendo que había cortado los lazos con su traicionero hermano nacionalista, aunque ella jamás te contará eso.

Howard se encogió.

Haiming estaba arrugando el envoltorio de papel de los palillos que había utilizado.

—No sé por qué dejaron a Ma en paz. Tan solo se llevaron sus cosas, todo lo que no había tenido tiempo de esconder: su ropa, sus joyas, sus libros. Ah, y también todos tus discos, lloró por eso más que por nada.

Unas imágenes aparecieron como destellos en la mente de Howard: de su padre gritando y sangrando, de su madre sujetada por los guardias mientras estos registraban su *shikumen* y tiraban los discos al suelo. Y, en el centro, la dulce y angelical Junjun con sus coletas, con los labios torcidos, pronunciando palabras horribles y señalando con los dedos a los padres que tanto la querían. Pero no, su hermana ya era adulta en esa época.

—Años más tarde, Haijun nos suplicó que la perdonáramos. Decía que no había tenido elección, que los camaradas habían investigado su pasado recientemente y habían descubierto que su hermano era un soldado nacionalista. —Howard sentía náuseas; el ácido del licor de la noche anterior subió por su esófago e hizo que le ardiera la parte posterior de la lengua. Haiming, sin mirarlo a los ojos, tenía la mirada clavada en el envoltorio blanco—. Nos aseguró que pensaba que, si podía seguir teniendo buenas relaciones con el partido, eso acabaría ayudándonos a todos, cancelando nuestras fechorías. Dijo que no sabía que realmente iban a matar a Ba, que pensaba que como mucho podría recibir una sentencia en prisión. Pero yo creo que estaba tratando de salvarse a sí misma. Para esa época ya estaba muy metida en el partido, pero acababa de dar a luz a Xuenong, que era enfermiza y llorona, y habían hecho comentarios de que, tal vez, ahora que era madre, su atención y su compromiso ya no estaban con el partido. Y, si decidían que no era adecuada para quedarse en él, eso afectaría también a la posición de su marido. Ma la perdonó, dijo que comprendía que todo lo que había hecho Haijun había sido por su familia. Pero yo nunca lo hice. Y jamás lo haré.

Haiming hizo una pausa, con el papel ahora retorcido entre sus dedos, y Howard trató de recordar si su voz siempre había sido tan dura. ¿O era que la vida se la había cambiado?

—A pesar de lo que decía Haijun, yo no recibí ninguna protección. Me lo arrebataron todo y me enviaron a las granjas para recoger mierda, para que me reeducaran. A mi hijo, etiquetado como descendiente de traidores capitalistas por sus propios compañeros de clase, lo enviaron a las peores zonas rurales en condiciones duras y heladas para que lo reeducaran, como parte de la oleada de «hijos enviados». Tuvo suerte de haber sobrevivido. Algunos de sus amigos no lo hicieron. Y Ellen no sobrevivió a la preocupación.

El restaurante parecía demasiado vacío, demasiado ruidoso. Howard cerró los ojos con fuerza. Se preguntó si una parte de Haiming tampoco podía perdonarlo a él mismo, por haber ocupado su lugar y tener ahora una vida mejor, por llevarles vergüenza incluso en su ausencia. La probabilidad de que hubiera destrozado las vidas de su familia ardía profundamente en sus costillas. *Todo esto es culpa mía*, pensó.

—Dage —dijo, abriendo los ojos, pero su hermano negó con la cabeza y rechazó con un gesto lo que Howard estaba a punto de decir.

—No quiero tu lástima. A pesar de todo, puedo decir que he vivido con integridad. He hecho lo mejor para mi familia, aunque eso no fuera suficiente para protegerles. Nosotros no tenemos las cosas lujosas que tienen Haijun y su familia; no tenemos conexiones importantes. Vivimos una vida sencilla y muchas veces apenas logramos subsistir, pero nos apoyamos los unos a los otros, y con eso basta. De no haber sido por ti, estaría encantado de no volver a hablar con esa mujer jamás. Por lo que a mí respecta, ella no es familia mía.

Howard no sabía qué decir. Cuando era pequeño, admiraba a su hermano y quería su aprobación. Después de que Haiming se fuera a un internado en el extranjero, él, con seis años, se había pasado una semana llorando hasta quedarse dormido. Pero, debido a eso, apenas tenía ningún recuerdo con él; su hermano siempre había parecido lejano, inalcanzable, alguien a quien no conocía de verdad. En su lugar, era Junjun a quien había visto crecer desde que era un bebé hasta que fue preadolescente; era Junjun con quien compartía bromas privadas y para quien se inventaba juegos estúpidos; era Junjun la que había sido una admiradora incondicional de su música.

—A lo mejor... —comenzó, pero, una vez más, Haiming interrumpió sus palabras con un gesto.

—Para. Tú no estabas aquí. No puedes entenderlo.

Las palabras le escocían. Sin embargo, Howard comprendía la verdad detrás de ellas. Los quería a los dos, pero reparar esa grieta no era su trabajo.

A finales de la mañana, la familia de su hermana llegó con una furgoneta plateada para recogerlos. Haiming apenas les hizo caso mientras se montaba en la parte de atrás con su familia. Viajaron durante una hora fuera de la ciudad, con el bullicio y el humo quedándose por detrás de ellos, hasta que llegaron a un cementerio.

Había estrechas placas apiñadas que señalizaban unos ligeros montículos llenos de hierba.

—La tumba de Ma está allí —dijo Junjun, señalando una hilera a varios cientos de metros.

Howard quería saber dónde estaba enterrado su padre, pero le daba miedo la respuesta. Sospechaba que a los «cerdos capitalistas» no se les concedía un trozo de tierra donde sus cuerpos pudieran descansar. De nuevo, debía de haber sido su hermana la que había utilizado sus conexiones para conseguir siquiera una tumba para su madre.

Junjun los condujo hasta una placa negra con el nombre de su madre y una pequeña fotografía en blanco y negro incrustada en la superficie. Howard miró fijamente la foto de su madre como jamás la había visto, su cara avejentada y llena de arrugas, la delicada inclinación de su mandíbula, las líneas alrededor de sus ojos, su pelo blanco recogido en un moño sencillo. Pensó que todavía seguía siendo guapa, y recordó las muchas veces que se había despertado con fiebre o de una pesadilla siendo pequeño y se había encontrado con sus manos frescas acariciándole el pelo.

—Ma —dijo Junjun, retirando las hojas secas que se habían acumulado sobre el altar de cemento enfrente de la placa—. He traído a Erge conmigo. Por fin ha regresado a casa, y ha venido a presentarte sus respetos.

Colocó dos velas de altar, una pequeña urna de incienso de latón, y un cuenco de naranjas.

Howard se plantó frente a la placa oscura, con unas varas de incienso encendidas entre los dedos. Una ligera brisa levantó su cabello ralo.

—Ma, ya he vuelto —comenzó a decir, pero la voz se le rompió. ¿Cómo podía contarle todo lo que le había ocurrido? ¿Cómo podía hacerle comprender que jamás había dejado de echarla de menos? Había fracasado a la hora de cumplir su deber como buen hijo; no había estado con ella en su vejez, para cuidarla y proporcionarle consuelo. Lo llenaba un pesar tan inmenso que se sentía como si se lo estuviera tragando desde dentro.

En Estados Unidos, sus hijas tenían la idea de que los muertos vivían en el cielo como ángeles invisibles y se asomaban por encima de las nubes para observar a su familia, pero Howard no creía en ese consuelo. No sabía dónde estaba el alma de su madre, si ya se había reencarnado en su próxima vida o si se encontraba en algún otro reino de los muertos.

Cayó sobre sus rodillas. Unas escamas de ceniza blanca se separaron de las varas de incienso y se depositaron como nieve sobre sus nudillos. Las lágrimas se mezclaban con los mocos sobre su labio superior. Quería el perdón de su madre por haberla abandonado, pero jamás lo recibiría.

Durante el resto de su estancia en Shanghái, Howard siguió con diligencia a Junjun mientras ella lo llevaba de un vecindario a otro, enseñándole cómo habían renombrado cada lugar: la Cuarta Calle ahora era la calle Fruzhou, el Parque Francés ahora se llamaba Fuxing, y la Calle del Templo Jing'an[11] se había convertido en Nankín Oeste.

Se daba cuenta de que su hermana se estaba esforzando mucho por complacerlo. Insistía en invitarlo a comer a los mejores restaurantes, en pagar las entradas de las atracciones. Era jovial en todo momento, parloteando de forma animada y riéndose con fuerza, pero alguna que otra vez, cuando ella no sabía que él la estaba mirando, la sorprendía con la cara relajándose en su estado natural, con los labios caídos y sus ojos hundiéndose en las sombras.

La última mañana antes de que Howard se marchara, salieron muy temprano a dar un paseo por el Bund para ver salir el sol. La zona peatonal estaba en silencio, y a excepción de unas cuantas personas mayores que estiraban los brazos y se daban unas palmadas en las piernas mientras pasaban, se encontraba vacía. Los hermanos se quedaron mirando el agua en silencio, esperando a que el débil resplandor rosado del horizonte se convirtiera en el rojo anaranjado del sol.

—Junjun. —Ella se giró hacia él, y en los contornos de las primeras luces de la mañana, Howard todavía podía ver a la hermana pequeña que había dejado atrás—. He hablado con Dage. Dice... Me ha contado... cómo murió Ba.

La sonrisa de la mujer se desvaneció. Sus labios se cerraron en una delgada línea recta, y cruzó los brazos por encima del pecho.

—Él siempre me ha odiado —dijo.

—Quiero escuchar tu versión de la historia —le pidió Howard—. Quiero saber si... ¿es cierto?

—Tú no sabes cómo eran las cosas en esa época —replicó Junjun, con la voz a la defensiva—. No tienes ni idea.

—Tan solo quiero entenderlo —le aseguró Howard. Al ver que ella no respondía, suplicó—: Junjun, mi hermana favorita. Cuéntame lo que ocurrió.

Ella se quedó mirando la línea que trazaban en el cielo los edificios sin terminar.

—¿Sabes? En esa época, ni siquiera valíamos tanto como los niños. Esos críos de diez, doce o trece años iban corriendo por ahí, dispuestos a entregar a sus profesores, sus amigos y sus familias, y todo por el bien de un ideal mayor. Tenían ideologías puras con las que nosotros jamás podríamos competir. Cada día nos observaban, cada día era una prueba de pureza que jamás podríamos pasar. Pero teníamos que intentarlo. Yo tenía que intentarlo.

—Pero Ba, él te quería, él…

Junjun negó con la cabeza.

—Ellos lo sabían todo. Tenían registros de que te habías alistado voluntariamente con el enemigo. Pruebas que demostraban que él había ayudado voluntariamente en la guerra con sus fábricas. Según su punto de vista, Ba había conspirado con los nacionalistas.

—Pero ¿no se lo podías haber explicado? ¡Entonces no tuvimos elección!

—No era solo eso. Él poseía tierras y fábricas, había sido educado en el extranjero y tenía bienes importados. Era un capitalista, alguien que había robado a los ciudadanos chinos honestos, que se había beneficiado de su trabajo. Ninguna explicación que pudiera haber dado habría servido para hacer borrón y cuenta nueva. Tan solo habría parecido que estaba inventando excusas para su comportamiento.

—¡Pero podrías haberlo intentado! —Howard se debatió por un momento, tratando de salir de debajo del peso de un centenar de emociones que no sabía cómo nombrar. Cuando volvió a hablar, su voz sonaba baja, dolida—. ¿Cómo pudiste firmar personalmente la denuncia? Era tu padre.

—¿Qué se suponía que debía hacer? —Las palabras de Junjun sonaban bruscas y cansadas, y extendió los brazos para agarrarse a la barandilla, con los nudillos volviéndosele blancos—. Me interrogaron, me preguntaron si era como mi padre burgués, como mi hermano traicionero. Me presionaron para que demostrara que era diferente a mi familia. Yo tenía una bebé enferma que me necesitaba. ¿No lo ves? Si me hubieran llevado, si me hubieran encerrado o ejecutado, ¿qué le habría pasado a ella? —Cerró los ojos con fuerza—. Ideológicamente, él era culpable. Tú y yo sabemos que eso es cierto. Pero nunca pensé… Pensaba que, si firmaba el papel, tendría la oportunidad de decidir su sentencia, que entonces serían más indulgentes con él.

Howard se pegó el puño a la boca. ¿Cómo podía vivir su hermana con eso? ¿Siempre había tenido el potencial para tanta crueldad dentro de ella? ¿Habría hecho algo así de no haber sido por él mismo, por quién era él, por lo que *él* había hecho? Si jamás se hubiera alistado, si hubiera estado allí…

—Erge. —La voz de su hermana salió como un graznido—. No tuve elección. Tienes que creerme.

El sol refulgía ahora a media altura en el cielo sin nubes, y la luz brillante se reflejaba en el agua como si estuviera salpicada de diamantes.

La furia que sentía, el dolor, la impotencia… No sabía a quién culpaba más, si a Junjun o a sí mismo.

Por la noche, Howard y toda la familia fueron a un restaurante de olla caliente. El establecimiento estaba abarrotado de grupos estridentes y felices que comían y bebían juntos. Las volutas de vapor de los caldos flotaba por el aire, una jungla de hierbas y tuétano.

Antes de la cena, Howard había repartido los regalos que había llevado, entregando primero los artículos más valiosos a Haiming y su familia. Este se había sentido avergonzado.

—Soy tu hermano mayor, debería ser yo quien cuidase de ti —había protestado, pero al final acabó aceptando.

Las finas lonchas de cordero y cerdo estaban tiernas y no tenían un sabor demasiado fuerte; los fideos eran resbaladizos y perfectamente masticables. Howard saboreó el vinagre de la salsa para mojar en la lengua; y paladeó también la visión de su familia, por rota que estuviera, sentada alrededor de la olla caliente, con los palillos chocando los unos con los otros conforme los iban metiendo en el caldo.

A pesar de lo que había ocurrido, a pesar de la grieta, aquella era su familia. Su hermano y su hermana, los únicos que tenía. La guerra les había arrebatado demasiadas cosas. Miró a Haiming, inclinado sobre su cuenco, con el cuerpo encorvado y marcado por innumerables tragedias que Howard jamás comprendería. Pensó en todas las cosas que le debía a su hermano, pero jamás podría compensárselo. Miró a Junjun, que estaba atrapando en silencio unos trozos de rábano. Se había comportado de forma sosegada y cuidadosa junto a él durante toda la tarde, y Howard sintió una pequeña punzada de arrepentimiento por haber estropeado su última noche juntos. Le echó un vistazo a Xuenong y se imaginó a esa encantadora mujer como una bebé indefensa y enfermiza. No sabía si podía perdonar a su hermana, si era posible perdonar algo tan grande y terrible, pero sabía que se iba a pasar el resto de su vida intentándolo.

Hacia el final de la noche, mientras se tomaban un sopa dulce de nueces, Xuenong se dirigió a él y le preguntó si había podido visitar el Conservatorio de Música de Shanghái.

—Ma me contó que siempre soñaste con ir ahí.

Había ido. Ahora el campus estaba emplazado cerca de lo que había sido una vez la avenida Joffre de la antigua Concesión Francesa. Había cruzado las puertas con aprensión, esperando sentir una punzada de tristeza por lo que podría haber sido, pero, para su sorpresa, no sintió nada más que asombro. El campus estaba rebosante de energía; los estudiantes se movían afanosamente entre las villas de estilo europeo y los edificios modernos con sus instrumentos en las manos; un flautista solitario ensayaba en el patio espacioso mientras un grupo de estudio estaba concentrado en sus libros cerca de allí; el aria de una soprano salía flotando por una ventana abierta. Pero la idea de que aquella pudiera haber sido su vida le resultaba ajena, un sueño lejano que era irrelevante para su realidad mientras estaba despierto.

—Ahora es muy diferente —le contó a su sobrina—. Durante la guerra, el campus no dejaba de moverse de un sitio a otro, y hasta hubo un momento en el que se dividió en múltiples escuelas.

—Tu tío tenía mucho talento —dijo Junjun, la primera vez que hablaba realmente en toda la noche—. Cuando era pequeña, él me entretenía inventándose canciones con el violín. A veces, si su novia estaba allí, ella se inventaba la letra para que yo pudiera cantar, y entonces me tomaba de la mano y me hacía girar en círculos hasta que me mareaba.

Howard sintió un dolor en el pecho.

—Suchi te quería —dijo.

—¡Oh! —exclamó Junjun—. Hablando de Susu jie, acabo de acordarme de una cosa que quería comentarte. Pensé que te gustaría saber que su madre y Ma tenían buena relación en sus últimos días, por curioso que parezca. Fue ella quien llamó a Dage cuando Ma enfermó.

—¿Tsan ayi? —La voz de Howard sonaba tensa—. ¿Dónde está ahora? ¿Todavía sigue viva?

—No lo sé. Después de la muerte de Ma, le prometí que trataría de ayudarla a encontrar a sus hijas, pero me temo que estuve demasiado ocupada y se me olvidó. —Hizo una pausa—. Lo siento, tendría que haberme acordado de esto antes. A lo mejor tengo su número de teléfono guardado en alguna parte. Es posible que todavía esté viva. Supongo que ahora tendrá setenta y pico u ochenta y pico años, ¿verdad?

—¿Sabes si alguna vez tuvo noticias de Sulan o de Suchi?

Junjun negó con la cabeza.

Ya era demasiado tarde; el vuelo de Howard iba a salir por la mañana temprano. No tenía tiempo para dar con ella, para contarle lo poco que sabía sobre sus hijas.

—Por favor, búscame el número si puedes —le pidió a Junjun.

Después de eso, Howard se pasaría meses preguntándole a su hermana por el número, pero esta jamás lo encontró.

El rugido de los motores temblaba dentro de Howard; sentía el golpeteo en sus costillas. Miró por la ventana, al paisaje urbano de Shanghái, a la gente, a los edificios, a su tierra, su hierba y el polvo cayendo. En algún lugar por debajo de él estaban su hermano y su hermana; en algún lugar por debajo de él reposaba el marfil de los huesos de su madre y de su padre. ¿Aquella ciudad seguía siendo su hogar? ¿Volvería a verla alguna vez? No lo sabía.

Beethoven comenzó a sonar, los mismos compases que ya se lo habían llevado lejos de allí una vez. Recordó cuando tenía dieciocho años y captó un último vistazo de las costas de Shanghái, sin comprender entonces cuánto tiempo pasaría hasta que regresara.

El avión se elevó, hubo una fracción de segundo de ingravidez, y entonces se estabilizó.

Howard se preguntó si las ideas de sus hijas sobre los muertos serían correctas. Tal vez aquello era lo último que había visto su madre conforme su alma se alejaba a toda velocidad de la Tierra.

Una nube los envolvió, y Shanghái se desvaneció en el blanco.

SEPTIEMBRE DE 1948 - DICIEMBRE DE 1953

Shanghái / Hong Kong

La estación de tren era un mar de cabezas negras meciéndose. Suchi pegó el estuche del violín con fuerza contra su cuerpo, sintiendo una emoción eléctrica en las venas mientras ella y M'ma buscaban a Apa entre la multitud. Su madre estuvo a punto de caerse cuando alguien chocó contra ella y se tambaleó sobre sus zapatos de loto para los pies vendados, pero Suchi la sujetó justo a tiempo.

—Tendrías que haberte quedado en casa —dijo, pero la mujer negó con la cabeza, con la expresión tensa y ansiosa. Encontraron a Apa y a Sulan por delante de ellos.

—En cuanto lleguéis a Shenzhen, recordad que tenéis que hacer transbordo a un tren hacia Kowloon —les recordó el hombre por lo que parecía la vigésima vez—. Uno de mis contactos de King Publishing Company os recogerá allí. Cuidará de vosotras mientras estéis en Hong Kong.

Sonrió ampliamente de una forma que hizo que a Suchi le doliera la cara.

—¡Esforzaos mucho! ¡Espero que las dos consigáis buenos acuerdos! —Miró a su hija pequeña—. Sobre todo tú, Meimei. —Meimei. «Hermanita». Llevaba años sin llamarla así, desde que era una niña pequeña—. No olvides que eres tan lista como cualquier chico. Sé que me harás sentir orgulloso.

—Claro que sí, Apa —respondió ella. Era su primer viaje de negocios, ¡su primera vez fuera de Shanghái!

—¿Lo tenéis todo? —preguntó él, como si pudieran darse la vuelta fácilmente y regresar a por algo que se hubieran olvidado—. ¿Los billetes?

Sulan asintió con la cabeza y levantó el puño donde los llevaba. Tenía la cara pálida y tensa. Suchi se dio cuenta con sorpresa de que estaba nerviosa. ¿Cuándo se había vuelto su hermana tan apocada?

—¿Y el dinero? —añadió el hombre en voz baja.

La joven asintió con la cabeza una vez más, y le dio una palmadita a un monedero de seda lleno de dólares de Hong Kong que su padre había conseguido cambiar. Lo metió en un bolsillo que había cosido en su *qipao* negro.

—Hong Kong os resultará extraño —les dijo Apa—. Hagáis lo que hagáis, permaneced juntas y cuidad la una de la otra. Sois familia. No lo olvidéis.

—¿Tenéis la comida que os he preparado? —preguntó M'ma—. No os lo comáis todo de golpe, no sea que el agua y el aire de allí no os sienten bien. ¿Tenéis vuestros jerséis? Puede que haga frío dentro del tren.

—Estaremos bien, no somos bebés —respondió Suchi con impaciencia.

M'ma comenzó a llorar.

—Sois dos mujeres jóvenes… Yo no… —sollozó—. No habléis con gente desconocida, prometédmelo. Vosotras dos confiáis en los extraños muy fácilmente, os creéis que todo el mundo es amigo vuestro, pero tenéis que prometerme que no vais a ser estúpidas.

—No lo seremos, M'ma, te lo prometemos —dijo Sulan, cuyos ojos también brillaban a causa de las lágrimas.

Suchi se tragó su irritación por el dramatismo de todo el mundo y trató de consolar a su madre.

—Va a ser solo un mes —le recordó, con la mano sobre la espalda de M'ma. Esta negó con la cabeza.

—Esto no me da buena espina —replicó—. No debería... No deberíamos...

—Laubu —intervino Apa, con una voz amable que las dos hermanas rara vez le oían utilizar con su madre. Ella dejó de hablar, aunque continuó secándose las lágrimas.

Una campana señaló que el tren estaba preparándose para partir. M'ma les sujetó los brazos con fuerza a las dos, pero su marido la separó de ellas.

—Tienen que marcharse —dijo—. No pueden perder el tren.

Suchi se desenmarañó de los brazos de su madre.

—No te preocupes, M'ma —le pidió—. Te traeré algunos dulces de Hong Kong cuando vuelva.

Apa las estaba conduciendo por los escalones que llevaban a su coche del tren. Cuando ellas llegaron a la parte de arriba, él les entregó sus dos maletas.

—Daos prisa y buscad vuestro asiento antes de que alguien os lo robe.

Las dos hermanas se abrieron paso como pudieron por el pasillo abarrotado del tren y colocaron sus maletas en el hueco que había sobre sus asientos. Todavía aferrando el estuche del violín, Suchi se sentó sobre el banco duro y Sulan se pegó a ella. Apiñadas, se acercaron a la ventana abierta y sacaron las cabezas y los brazos, tratando de soportar el humo. En el andén, M'ma estaba reclinada contra Apa, que le sujetaba el antebrazo como si estuviera manteniéndola en pie. Él parecía muy pequeño, con la cara demasiado cansada. Suchi recordaba que, cuando ella era una niña, sus piernas habían sido troncos de árboles por los que podía subir.

—¡Apa! —lo llamó, saludando con la mano.

Él giró la cabeza de golpe hacia su voz. La joven lo vio buscando en las ventanas abiertas una por una, hasta que sus ojos cayeron en su cara y la de Sulan. El tren emitió otro silbido y cobró vida, arrastrándose lentamente.

—¡Hijas mías! —gritó el hombre—. ¡No os olvidéis de comer!

—¡Apa! ¡M'ma! ¡Cuidaos mucho! —gritaron ellas, agitando los brazos con furia. Una punzada de nostalgia atravesó a Suchi. Aquella iba a ser la primera noche en sus diecisiete años de vida que pasaría lejos de ellos.

Sus cabellos se agitaban con la brisa creciente mientras observaban las siluetas de sus padres hasta que se convirtieron en pequeñas motas en la distancia cada vez mayor. Después, hasta esas motas se desvanecieron.

Sulan se desplomó en el asiento junto a Suchi. Le echó un vistazo al estuche del violín que su hermana protegía entre sus brazos.

—No me puedo creer que te hayas traído ese trasto —dijo, con la voz tensa.

—Me da miedo que M'ma vaya a tirarlo mientras estoy fuera —respondió Suchi. La mayor negó con la cabeza, apartó la mirada y se presionó los ojos con los dedos. Su hermana giró la cabeza hacia la ventana; no quería perderse absolutamente nada.

Al día siguiente, adormiladas y rígidas, desembarcaron en Lo Wu, el último pueblo antes de cruzar la frontera hasta Hong Kong. Después de esperar durante dos horas en una serpenteante cola de cientos de personas, las dos hermanas compraron sus billetes para ir a Kowloon. El trayecto duraba alrededor de tres horas; era breve en comparación con el viaje nocturno que acababan de hacer. Suchi observó las colinas redondeadas y la amplia extensión de tierra que pasaban con rapidez junto a ellas. Recordó lo que le había contado Haiwen hacía tantos años, y trató de imaginar cómo había sido ese lugar cuando el muchacho había mencionado que sus padres estuvieron viviendo allí. Ahora se sentía decepcionada por lo simple que parecía; se había esperado una ciudad que rivalizara con Shanghái en glamur. Pero, por el momento, parecía ser simplemente una zona de campo más.

La estación de Kowloon era mucho más animada. Las hermanas emergieron del edificio señorial a una tarde sofocante. El sol estaba alto e implacable, y el hedor de la sal, la grasa y el pescado putrefacto flotaban densamente en el aire húmedo. El puerto estaba lleno de basura y sampanes sobre un mar plácido, y en la distancia, al otro lado del agua, se atisbaba el denso paisaje urbano de lo que suponían que era la isla de Hong Kong. En la calle, una multitud de bicitaxis, automóviles y autobuses competían por el espacio detrás de las muchedumbres. Las muchachas examinaron a la gente en busca de un hombre que pareciera estar buscándolas. Se dieron cuenta de que no sabían el nombre del contacto de Apa.

Pasaron diez minutos y después veinte mientras sujetaban sus maletas con las manos sudorosas y miraban esperanzadas la multitud menguante. Los conductores de bicitaxis se acercaban a ellas, hablando en cantonés y señalando sus vehículos, pero las dos hermanas hacían un gesto con la mano para que se marcharan. Suchi se sentía pegajosa e incómoda con el *qipao* de algodón que llevaba, y sus axilas estaban comenzando a oler mal a causa de la humedad. Después de cuarenta minutos, se miraron la una a la otra.

—A lo mejor no sabía que íbamos a venir hoy —dijo Sulan.

Le hicieron un gesto a un conductor de bicitaxi.

—¿Puedes llevarnos a King Publishing Company? —le preguntó Suchi en mandarín, pero él negó con la cabeza sin comprender nada. La miró desdeñosamente y respondió en cantonés. Incluso sin entender sus palabras, las muchachas captaron la exasperación en ellas.

Después de probar con otro conductor de bicitaxi, recurrieron a un oficial británico, pero él se limitó a fruncir el ceño con impaciencia ante su inglés aturullado y vacilante.

—¿Qué deberíamos hacer? —dijo Suchi, preocupada.

—Eh, vosotras dos —las llamó alguien en un mandarín claro pero con mucho acento.

Las dos hermanas se giraron hacia la mujer de mediana edad que se estaba acercando a ellas. Llevaba un sencillo *qipao* azul marino, y tenía el pelo grisáceo recogido en un moño. Suchi soltó un suspiro de alivio.

—Ayi, ¿usted sabe hablar mandarín?

—Os he estado observando. ¿No sabéis a dónde tenéis que ir?

—Se suponía que iba a recogernos alguien —explicó Sulan—. Pero deben de haberse confundido con el día de nuestra llegada.

La mujer asintió con la cabeza.

—¿Sois de Shanghái?

—¿Cómo lo ha adivinado? —preguntó Suchi.

—Vuestro acento. Vuestra ropa. Han estado viniendo muchos refugiados shanghaineses estos días, huyendo de los comunistas, y todos tienen un aire característico, el mismo aire que tenéis vosotras.

Suchi no sabía si ese «aire» del que estaba hablando la mujer era algo bueno o malo. Le pareció detectar un ligero disgusto en su voz, pero tal vez solo se lo estaba imaginando.

—No somos refugiadas —le dijo a la mujer—. Hemos venido aquí por negocios.

—¿Usted sabe cómo llegar a King Publishing Company? —preguntó Sulan—. El amigo de nuestro padre trabaja allí. Si conseguimos llegar, deberíamos poder encontrarlo.

—¿Tenéis la dirección? —quiso saber la mujer. Las dos negaron con la cabeza, y ella suspiró—. Escuchad, yo tengo una casa de huéspedes no muy lejos de aquí. Os sugiero que os quedéis una noche, descanséis, y busquéis a ese amigo de vuestro padre mañana. Puedo llevaros hasta allí ahora mismo. Tan solo os cobraré dos dólares por noche.

La sugerencia de una cama tentaba a Suchi. Además de la capa pegajosa de la que estaba cubierta ahora a causa de la humedad, era consciente de cuánto le dolía la espalda por haberse pasado un día sentada en los duros bancos del tren, de lo hinchados que tenía los pies dentro de sus botas de viaje.

Ansiaba un baño, una cama en la que poder tumbarse. Le echó un vistazo a Sulan, con la esperanza de que su hermana pensara igual, pero ella ya estaba respondiendo a la mujer con voz firme.

—No, gracias. Tenemos que encontrar al amigo de nuestro padre. Nos está esperando.

—Yo puedo ayudaros —insistió la mujer—. No os preocupéis.

Sulan negó con la cabeza.

—Ya nos las arreglaremos nosotras —dijo. Tiró de las mangas de su hermana y la condujo hasta una calle abarrotada.

—¿Por qué has hecho eso? —se quejó Suchi cuando estuvieron a varios metros de distancia—. No habría estado tan mal poder descansar un poco antes de ir a buscar esa empresa.

Sulan siguió sujetándole el codo.

—Eres demasiado ingenua —dijo—. ¿Es que ya te has olvidado de lo que nos dijo M'ma? ¿Qué pasaría si esa mujer es la dueña de un burdel y quiere secuestrarnos? ¡O tal vez nos habría robado nuestro dinero mientras dormíamos! He leído que esa clase de cosas pasan, ¿sabes?

—Parecía agradable —replicó Suchi, todavía pensando con anhelo en una cama.

—¿Cuándo vas a crecer? —le preguntó Sulan—. No puedes seguir siendo tan ingenua para siempre.

Recorrieron las estrechas calles y callejones, buscando a alguien que hablara mandarín. Se cruzaron con unas cuantas personas, pero a nadie le sonaba King Publishing Company.

Después de varias horas caminando, Suchi tenía los pies doloridos. Estaba hambrienta. Comenzó a arrepentirse de su insistencia testaruda de haber traído el violín de Haiwen, porque eso significaba que solo podía arrastrar su maleta con un brazo. Se detuvieron en un pequeño restaurante y pidieron señalando el menú escrito a mano que colgaba de la pared. Sulan extrajo varios preciados dólares de Hong Kong para pagar la comida.

—No podemos seguir caminando sin rumbo eternamente —señaló Suchi—. A lo mejor deberíamos volver con esa mujer.

Su hermana negó con la cabeza.

—Con ella no —replicó—. Ya hallaremos algún otro lugar donde quedarnos.

Después de preguntar un poco por ahí, Sulan encontró una pequeña casa de huéspedes que le pareció apropiada, dirigida por una joven viuda y sus dos hijas, unas niñas con las mejillas dulces de siete y nueve años de edad. Miraban abiertamente a Sulan, que, a pesar del largo día de viaje y del calor implacable de Hong Kong, seguía estando encantadora con su *qipao* negro, su sombrero de fieltro azul marino, y su pelo bien arreglado. Ver a las niñas le recordó a Suchi cómo se habían quedado de impresionadas su hermana y ella con la madre de Haiwen. ¿Había sido aquello lo que había visto Wang ayi en sus rostros, ese asombro y ese anhelo tan mal disimulados?

Pensar en Haiwen hizo que su dolor volviera al primer plano de su mente. Se preguntó dónde estaría, si estaría herido, si estaría vivo. El pesar por las cosas que le había dicho se arrastró hasta su tripa, pero ella lo empujó muy hondo, donde no pudiera hacerle daño.

Durante una semana, regresaron a la estación de tren con la esperanza de que el contacto de Apa apareciera algún otro día, de que se hubiera confundido con la fecha en la que iban a llegar. Pero nunca parecía haber nadie buscando a dos mujeres jóvenes.

—Deberíamos rendirnos —dijo Sulan mientras volvían a la casa de huéspedes después del séptimo día.

—¡No podemos! —replicó Suchi—. ¿Cómo se supone que vamos a hacer el trabajo que Apa nos ha pedido que hiciéramos si no encontramos la editorial?

La mayor dejó de caminar y miró fijamente a su hermana.

—Tsan Suji.

—Se lo prometí a Apa.

Su padre le había pedido que lo hiciera sentir orgulloso. Un hambre voraz se arrastró hasta su pecho. No iba a decepcionarlo.

—Venga ya, Susu —dijo Sulan, con la voz ligera pero firme—. No puedes decirme que no sabes lo que está pasando.

—¿De qué estás hablando?

Su hermana soltó un resoplido de risa.

—¿Y Apa piensa que tú eres la inteligente y que yo soy la frívola? —Suchi sintió que la furia crecía dentro de ella. Sulan la estaba tratando de forma condescendiente, y lo peor era que no sabía la razón—. Venga ya, tonta, piensa un poco, ¿quieres? La inflación está por las nubes. El negocio de Apa apenas se mantiene...

—¡Por eso necesita que hagamos algunos acuerdos lucrativos con la gente de Hong Kong!

—Entonces, ¿por qué no ha venido él mismo? ¿Por qué nos ha hecho venir a nosotras en su lugar? ¿Sobre todo a mí? ¿Por qué iba a pedírmelo a mí, cuando yo nunca he mostrado ningún interés en su negocio? —Suchi había dado por hecho que era porque su padre pensaba que ella era demasiado joven para ir sola—. Eres demasiado estúpida —le espetó Sulan—. Apa nos ha enviado lejos de casa para mantenernos a salvo.

—¿A salvo?

—De la guerra. De los nacionalistas, de los comunistas, de lo que sea que pueda pasar si Shanghái vuelve a caer. Por si acaso no te has dado cuenta, la guerra no está yendo bien, precisamente.

La verdad la invadió por completo. Entonces, vio con claridad todas las cosas que había ignorado: que la sonrisa de Apa había sido demasiado amplia como para ser auténtica, los múltiples recordatorios que les había hecho para que permanecieran juntas y estuvieran a salvo, las lágrimas sin fin y la inquietud de M'ma.

—¿Tú lo sabías? —le preguntó a Sulan—. ¿Apa te lo contó?

—No —respondió ella—, pero era evidente. Me hizo coser joyas dentro de las costuras de toda mi ropa, diciendo que nunca se sabe qué clase de bandidos podría haber en Hong Kong, y que era mejor tener algo de capital bien guardado. Y una tarde llegué pronto a casa sin avisar y oí que estaba discutiendo con M'ma. Apa quería que ella se fuera con nosotros, pero M'ma le dijo que no, ni siquiera quería que nos fuéramos nosotras. Pensaba que deberíamos quedarnos todos juntos.

Unas lágrimas escocían en los ojos de Suchi.

—¿Por qué no me lo contaste?

Con pesar, pensó en cómo le había hablado mal a su madre antes de marcharse.

—¿Cómo iba a suponer que no lo sabías? Pensaba que estabas fingiendo toda esa emoción por el bien de Apa y de M'ma. ¡No creía que de verdad pudieras estar tan en la inopia!

Las palabras de Sulan le dolían. Suchi se sentía tan estúpida y tonta como había insinuado su hermana, y estaba avergonzada.

—Entonces, ¿lo del contacto también era falso? ¿Me has dejado caminar por ahí sin rumbo durante días sin ninguna razón?

Su hermana negó con la cabeza.

—Por lo que yo sé, el contacto era real. Creo que Apa esperaba que nos alojara y cuidara de nosotras. No sé qué le habrá pasado.

—¿Cuánto tiempo vamos a estar aquí? —preguntó Suchi.

—No lo sé —respondió Sulan—. Probablemente, hasta que Apa piense que es seguro que regresemos.

Las dos muchachas se adaptaron con lentitud a su nueva vida. Su primera prioridad era encontrar trabajo, ya que el dinero que les había dado Apa no podía durarles para siempre, y tan solo querían empeñar las joyas como último recurso. Pero, a pesar del título de secundaria de Sulan, le costaba mucho conseguir trabajo. Incluso allí, todavía estaba compitiendo con otras chicas shanghainesas, las hijas de hombres de negocios ricos que habían ido al instituto St. Mary's Hall o a la afamada St. John's University, que hablaban un inglés perfecto y sabían escribir a máquina. Al final, se empleó como ayudante de un sastre que también era originalmente de Shanghái, lo que le permitía darles un uso a los muchos años que se había pasado cosiéndose su propia ropa.

A Suchi le fue todavía peor; a diferencia de Sulan, ella no tenía ninguna habilidad especializada. Con su pobre cantonés, nadie quería contratarla para trabajar en sus tiendas o restaurantes. Podía conseguir un trabajo en una de las fábricas cercanas (eso era lo que estaban haciendo la mayoría de las refugiadas), pero su hermana había oído hablar de mujeres a las que encerraban en las fábricas y obligaban a trabajar hasta que les sangraran los dedos, y le prohibió inscribirse.

Al final, la señora Chan, la dueña de la casa de huéspedes, ofreció a las muchachas un descuento en la habitación y la comida si Suchi las ayudaba a sus hijas y a ella con las tareas diarias necesarias para mantener la casa de huéspedes en marcha. A la joven le caía bien aquella mujer, que no podía tener mucho más de treinta años y exhibía una sonrisa amable, y también le caían bien las niñas, que insistían en que las llamaran por sus nombres ingleses, Shirley y Betty. Mientras la señora Chan se comunicaba pacientemente con Suchi mediante una combinación de gestos de la mano, mímica y frases garabateadas en chino en trozos de papel, Shirley y Betty disfrutaban enseñándole palabras en cantonés, y se reían ante su pronunciación extraña.

En cuanto estuvieron instaladas, Sulan y Suchi le escribieron una carta a Apa, contándole que el contacto jamás había aparecido (¿tenía algún nombre o una dirección? ¿Podía comprobar lo que había ocurrido?) y que estaban a salvo. Le describieron

Hong Kong, el intenso olor a pecado del puerto, las hermosas vistas de la ciudad y más allá desde la cima de la cumbre Victoria, los pálidos edificios británicos que les recordaban a casa, la sorprendente frecuencia con la que el shanghainés atravesaba el canturreo del cantonés por las calles.

No admitieron que solo conocían las vistas desde la cumbre Victoria a través de las postales; que oír el idioma de su infancia las hacía sufrir; que normalmente los hablantes eran mercaderes shanghaineses ricos y sus familias, quienes, a pesar de su ciudad de origen en común, jamás habrían aceptado a las hermanas entre ellos. Tampoco le hablaron sobre las prostitutas menos afortunadas del continente que deambulaban por el puerto donde echaban ancla los hombres de la marina británica, ni describieron el barrio de chabolas que había surgido sobre una colina a menos de cinco manzanas de donde vivían, repleto de refugiados del continente que se pasaban la mayor parte del día esperando en largas colas para recibir cucharones de arroz de las organizaciones benéficas.

La primera carta de Apa llegó unos pocos meses después, declarando que había tratado de hablar con su contacto sin ningún éxito. «Es un ladrón, olvidaos de él», les escribió, pero no entró en detalles. «Aguantad y cuidad la una de la otra mientras tanto», añadió. «Ya no es seguro que regreséis. Vuestra madre y yo iremos con vosotras en cuanto podamos». Suchi y Sulan calculaban sus gastos, apartaban lo que iban a necesitar, y le enviaban todo lo demás a su padre.

Otra carta llegó en la época de la Fiesta de la Primavera. «Todavía estamos tratando de conseguir dinero», les decía Apa. «La inflación está aumentando tan rápido que no podemos seguirle el ritmo. Hay historias de gente que lleva carritos llenos de dinero para poder comprar una sola taza de arroz. Pero pronto».

Las hermanas enviaron más dinero, cien dólares de Hong Kong que eran todo lo que podían permitirse, con la esperanza de que eso fuera suficiente. A mediados de mayo, llegó una carta de Apa con fecha de principios de abril diciendo que habían desistido de tratar de conseguir los fondos necesarios para los billetes, y que estaban buscando una forma alternativa de llegar a Hong Kong. La carta era críptica con respecto a cuál podría ser esa alternativa.

Dos días después de que llegara la carta de su padre, se despertaron con la noticia en la primera plana de todos los periódicos.

Shanghái había sido «liberada» por los comunistas.

Apa había llegado demasiado tarde.

La luz de la luna se derramaba por el suelo. Era la hora más tranquila de la noche, y todas las demás personas de la casa de huéspedes estaban dormidas. Suchi estaba sentada en su cama, mirando por la ventana en dirección a la calle. Justo delante de ella se erigía una vieja higuera de Bengala cuyas raíces retorcidas habían atravesado el pavimento, agrietándolo y elevando una colina en el cemento. Por la noche era fantasmal y preciosa, con las ramas plateadas en las zonas donde las alcanzaba la luna.

Habían transcurrido cuatro años desde que habían llegado a Hong Kong. En ese tiempo, a Suchi se le habían quedado las manos agrietadas y llenas de callos, y Sulan había comenzado a quejarse de dolores de espalda por tener que pasarse demasiadas horas inclinada sobre la mesa de costura. El cantonés de la pequeña le servía ahora para mantener conversaciones, mientras que la mayor, que se pasaba los días hablando con los clientes del sastre que venían del continente, muchos de los cuales eran de Shanghái, no había progresado mucho más allá de formalidades básicas como «por favor» y «gracias». Sulan había entablado amistad con algunas mujeres shanghainesas de su edad que vivían en el barrio de chabolas y a veces salía con ellas a comer, pero Suchi se pasaba la mayor parte del tiempo en la casa de huéspedes, estrechando lazos con la señora Chan, que insistía en que Sulan y ella la llamaran *ah ze*, que significaba «hermana mayor» en cantonés. A su vez, Suchi trataba a Shirley y a Betty como si las muchachas fueran sus propias hermanas pequeñas (y, de hecho, ellas dos llamaban también *ah ze* a Sulan y a Suchi). Descubrieron que el marido de la señora Chan había muerto de neumonía el primer invierno de la ocupación de Hong Kong por parte de Japón, lo que la había obligado a tener que apañárselas sola si quería llegar a fin de mes.

—Rendirme no era una opción —dijo cuando Suchi le preguntó cómo había sido capaz de soportarlo—. Tenía que pensar en mis dos pequeñas. No tenía tiempo para sentir lástima de mí misma. Tan solo podía seguir adelante.

Durante los últimos años, Sulan y Suchi preparaban todos los meses paquetes con aceite, arroz y el dinero del que pudieran desprenderse y se lo entregaban a un mensajero que prometía llevárselo todo a sus padres. Apa les había escrito unas cuantas veces desde que los comunistas habían tomado el poder, pero, aunque había mencionado la escasez que había, sus cartas eran falsamente alegres y no había en ellas ninguna pista de que tuvieran algún plan para marcharse de Shanghái. Suchi sabía que seguía llegando gente del continente; las calles estaba llenas de los recién llegados, y el barrio de chabolas se volvía más abarrotado con cada día que pasaba. Se decía que ahora era mucho más difícil entrar en Hong Kong que antes, porque los británicos no querían que los problemas de China llegaran a sus tierras y tenían las fronteras fuertemente vigiladas. Y, aun así, la gente seguía encontrando formas de entrar. Suchi sabía que Sulan, como ella misma, se aferraba a la esperanza de que Apa y M'ma pudieran dar con una forma de cruzar la frontera y unirse a ellas.

Pero varios meses antes se habían dado cuenta de que llevaban mucho tiempo sin tener noticias de Apa. Ahora, ya habían transcurrido nueve meses sin saber nada de él, aunque seguían enviando los paquetes.

—A lo mejor es por los censores —suponían, y después seguían esperando; ninguna de ellas estaba dispuesta a expresar en voz alta la posibilidad impensable de que pudiera ser cualquier otra cosa.

Las ramas retorcidas de la higuera de Bengala llenaban a Suchi de una tristeza insoportable. Sus ojos recorrían las líneas de cada raíz y cada rama, buscaban sus conexiones y las seguían a los lugares donde alguna se escondía y desaparecía en las sombras, y después volvía a aparecer y se dividía en otro miembro. Le encantaba la complicación del árbol, su caótica belleza, y aun así, no podía decidir si su indocilidad le parecía una fuente de creación o de destrucción.

Sus recuerdos burbujeaban hasta la superficie con mayor facilidad a esa hora, cosas que no quería recordar pero no podía soportar olvidar: su familia alrededor de la mesa de la cena, riñendo y con Apa dándoles lecciones. La fragancia del agua de rosas con la que M'ma bañaba sus pies por la noche. Estar tumbada en la azotea con Sulan, el parloteo nocturno de Sifo Li de fondo. Haiwen tocando las mismas piezas una y otra vez; Haiwen deslizando un pulgar por su pómulo. Hasta se permitió fantasear sobre lo que estaría haciendo en ese momento su otro yo, esa Suchi que vivía en una Shanghái sin guerra. Estaría durmiendo junto a Haiwen en la cama que compartían. A lo mejor habría un niño entre ellos, tomando el pecho. La luna que brillaba estaría proyectando su luz sobre las caras de los dos, los amores de su vida, y ella sentiría una satisfacción que jamás había experimentado antes.

Era como apretar un grano, doloroso pero irresistible. Pero, al hacerlo, Suchi no encontraba ningún alivio, tan solo pesar.

Aquel día, mientras estaba recogiendo los platos de la comida de la mañana de los huéspedes, las notas agudas y tristes de un violín habían entrado por la ventana desde algún lugar de la calle, y durante un momento de desorientación, había creído que se trataba de Haiwen. Estaba a punto de salir por la puerta, con los brazos todavía cargados de platos, cuando Sulan la llamó y le preguntó a dónde iba. Suchi se giró hacia ella, confusa, y después volvió a girarse hacia la calle para escuchar la música. Fuera cual fuere la pieza, ya se había evaporado, y había quedado reemplazada por un popular programa de la radio.

En las últimas semanas, la señora Chan había comenzado a sugerir discretamente que le podría presentar a algún hombre a Suchi, o le daba un codazo cuando algún huésped más joven e idóneo acudía a quedarse en la casa, pero ella no podía pensar en ello siquiera. Abrirse a sí misma a otros hombres significaba aceptar, de alguna forma, que Haiwen ya no estaba. Que había muerto, o, como mínimo, era como si hubiera muerto.

En el año que había transcurrido desde que Haiwen se unió al ejército y Suchi se marchó a Hong Kong, nadie había tenido noticias de él. La joven no tenía ni idea de si estaba vivo, si lo habían matado en combate, o si lo habían capturado los comunistas después de ganar la guerra. Las cosas horribles que le había dicho estallaban a través de su cráneo cada vez que se imaginaba esas posibilidades terribles, unos fuertes ecos que la atormentaban a pesar de todos sus intentos por bloquearlos de su memoria. Recordó la insignia del avión, el último regalo que le había hecho él, y no por primera vez, sintió una punzada de pesar por no habérselo llevado con ella.

Salió de la cama, tomó el violín de Haiwen de la cómoda y abrió el estuche. Las cuerdas parecían casi translúcidas bajo la luz de la luna. Sostuvo el instrumento sobre su regazo, como si fuera una baliza de rastreo que fuera a conducirlo directamente hasta ella.

Deseó que su cuerpo le permitiera olvidar. Deseó, al igual que la señora Chan, saber cómo seguir adelante.

—Soukei mui —la llamó el señor Wong, y Suchi se dio la vuelta.

Se había acostumbrado con reticencia a la pronunciación cantonesa de su nombre durante los últimos cinco años, aunque le sonaba extraño a los oídos. La señora Chan y los huéspedes, todos ellos hombres solteros, le añadían un *mui* —«hermanita»—, a pesar de que ya tenía veintidós años y era lo bastante mayor como para saber que algunos de los hombres tenían la esperanza de que tal vez contemplara la idea de algo más.

—Señor Wong —le dijo a un hombre mayor que ella pero jovial, levantando la jarrita que tenía en la mano—. ¿Necesita más agua?

—Hoy el *congee* está excelente —respondió él—. Más sabroso de lo habitual. ¿Lo has preparado tú?

—Pues sí, la verdad —contestó ella—. Betty no se encuentra demasiado bien desde anoche, así que he dicho que yo me encargaría de la cocina para que la señora Chan pueda centrarse en ella. Pero me está halagando más de la cuenta. No es más que agua y arroz, con un poco de jengibre.

—Y algo más —insistió el señor Wong—. El *congee* corriente no sabe tan bien, ni de cerca.

—Caldo de setas —dijo Suchi, inclinándose hacia él con un susurro fingido—. He utilizado el agua que quedó de las setas secas que teníamos en remojo para la comida.

—¡Qué lista! —El señor Wong se rio en señal de aprecio, y golpeó la mesa con la palma—. La mayoría de las casas de huéspedes sirven una papilla aguada y barata.

—Crecer durante la guerra hace que aprendas a ingeniártelas —respondió Suchi—. Mi madre me enseñó toda clase de trucos para transformar los escasos ingredientes que teníamos en comidas sabrosas.

—Impresionante —dijo el señor Wong, y se frotó el estómago—. ¿Algún día te plantearías casarte con un viejo solterón como yo? Me vendría bien estar al cuidado de una mujer que sepa cocinar.

El señor Leung, el único otro huésped que había en ese momento, estaba leyendo el periódico junto a él. Esbozó una sonrisita sin levantar la mirada de su lectura.

Suchi se rio. Estaba acostumbrada a las propuestas de matrimonio falsas que recibía por parte de los muchos hombres que pasaban por la casa de huéspedes, y se deshacía hábilmente de las que sospechaba que eran un poco más sinceras. Sulan le había sugerido que un poco de jugueteo simpático (nada que se pudiera confundir con un coqueteo evidente) pondría de mejor humor a esos hombres solitarios, lo que hacía más probable que fueran huéspedes corteses que limpiaban lo que ensuciaban y trataban a todo el mundo con amabilidad.

—Oh, señor Wong, ¡me temo que se hartaría de mi mal genio demasiado rápido! ¡No tiene más que preguntarle a mi hermana!

Sulan estaba encorvada sobre otra mesa, limpiándola.

—¿Eso es cierto? —le preguntó el hombre en mandarín—. ¿Su hermana tiene un mal genio del que todavía no hemos visto ninguna evidencia?

Ella le lanzó una mirada discreta a Suchi.

—Oh, cualquier hombre que sea capaz de soportar el genio de mi hermana tiene que ser un santo —dijo con el rostro inexpresivo, haciendo que los dos huéspedes rieran entre dientes.

Después de que el señor Wong y el señor Leung se marcharan para el resto del día, las dos jóvenes apilaron los platos y se los llevaron a la cocina.

—¿Sabes? —dijo Sulan—. Sé que esos hombres estaban de broma, pero... Tal vez vaya siendo hora de que te plantees buscar candidatos para casarte.

—Tú también no —replicó Suchi, poniendo los ojos en blanco.

—Ya no eres tan joven —le recordó la mayor—. He conocido a un hombre, el hermano de una de las mujeres shanghainesas que visitan nuestra tienda. Estaba estudiando para ser médico antes de tener que huir. Viven en una choza abarrotada en el barrio de chabolas, pero si puede terminar sus estudios aquí y montar una consulta, le irá bastante bien. Y, si te casas con él…

—¿Estás de broma? —preguntó la joven—. ¿Estás tratando de casarme con un estudiante que vive en peores condiciones que nosotras?

—Él es shanghainés; te entenderá mejor que cualquiera de los cantoneses de por aquí.

—Si es tan genial, ¿por qué no te casas tú con él?

Sulan entrecerró los ojos.

—Ya te lo he dicho, yo no voy a casarme nunca.

—Si tú no quieres casarte, ¿por qué debería hacerlo yo?

—Tú eres diferente —respondió Sulan—. Tú necesitas…

—¿Que necesito qué? —preguntó Suchi, levantando la voz—. ¿Te crees que yo no puedo ser independiente como tú, que no puedo tener un trabajo decente como tú? ¿Te crees que necesito a alguien para que cuide de mí?

—Pues mira, la verdad es que sí —dijo su hermana—. Siempre has tenido a alguien que te consintiera. Primero Apa, y después Haiwen.

—¡Yo no soy la que tiene que cautivar a todas las personas que conoce, incluidos los mugrientos refugiados que viven en chozas!

—Lo único que nos separa de esa gente en el barrio de chabolas es la suerte. Tenemos suerte de haber encontrado esta casa de huéspedes, tenemos suerte de que yo haya conseguido un trabajo. Tenemos suerte de que nadie nos robara ni descubriera el dinero y las joyas que teníamos. Tenemos suerte de habernos marchado de Shanghái antes de que los comunistas ganaran la guerra. ¡Es todo cuestión de suerte! ¡Absolutamente todo!

Suchi apretó los dientes.

—¿También tenemos suerte de que Apa y M'ma no estén con nosotras? ¿Tenemos suerte de haber perdido toda clase de contacto con ellos? Yo no sabía que nos estaban enviando aquí para siempre. Pero tú sí. Tendrías que haberlos amenazado con que no nos marcharíamos si ellos no venían con nosotras. Y ahora no tenemos ni idea de lo que les ha pasado, y eso es culpa tuya.

Sulan no respondió. Después de un momento, dijo:

—Le prometí a Apa que cuidaría de ti. Pero no puedo cuidar de ti toda tu vida. Sé que quieres serle fiel a Haiwen, pero...

—Para... —le advirtió Suchi.

Su hermana suspiró.

—Si te casaras con alguien, me sentiría mejor. Apa se sentiría mejor.

—No me utilices como una forma de aliviar tu culpa —le espetó la joven.

Sulan parecía afectada. Durante un largo momento, permaneció en silencio. Después, dijo:

—Me voy a trabajar.

Suchi recogió los platos restantes y se sentó en la parte de atrás para frotarlos vigorosamente. ¿Por qué todo el mundo tenía tanta prisa por casarla? ¿Por qué la gente no podía meterse en sus propios asuntos?

Cuando terminó con los platos, se dedicó a lavar las sábanas y la ropa sucia que los hombres habían dejado apartadas. Mientras trabajaba con la pila de camisas, pantalones, calcetines y ropa interior, musitó sobre cuánto había avanzado desde sus primeras semanas allí, cuando se había sentido avergonzada de tocar la ropa íntima de los hombres. Ahora, apenas la miraba siquiera mientras frotaba.

Su furia fue menguando. Su hermana tan solo estaba tratando de ayudarla; Suchi lo sabía. *Eres egoísta y egocéntrica*, se dijo. Le había causado dolor a Haiwen antes de que se marchara, y ahora podría estar muerto. Había estado demasiado emocionada por viajar como para darse cuenta de la angustia de sus padres, y le había hablado mal a su madre. Y ahora había pagado su culpa con su hermana.

Mientras se estaba preparando para comenzar con la comida, la señora Chan bajó las escaleras. Tenía sombras oscuras por debajo de los ojos.

—Ahora están las dos con fiebre —dijo la mujer—. Y tienen sarpullidos.

Suchi chasqueó la lengua.

—¿Deberíamos llamar a un médico?

La señora Chan negó con la cabeza.

—Las consultas a domicilio son demasiado caras.

—Queda un poco de *congee* —recordó la joven—. ¿A lo mejor les viene bien comer?

Llenó un cuenco para que la señora Chan se lo llevara a sus hijas. Esta comenzó a subir las escaleras, pero entonces se dio la vuelta.

—Ah, casi se me olvida —dijo—. Ayer llegó una carta de Shanghái. La metí en mi delantal para dárosla, pero como Betty estaba tan enferma, se me olvidó. Todavía debería estar ahí.

A Suchi le dio un vuelco el corazón.

Rebuscó dentro del delantal de la señora Chan y sacó el delgado sobre. Estaba a punto de abrirlo cuando se fijó en las palabras escritas a mano en la parte delantera. No era la caligrafía de Apa. Miró el nombre del destinatario: Xu Haowei. ¿Quién era ese? Revisó el sobre con más atención y se dio cuenta de que la carta estaba dirigida solo a Sulan. ¿Podría ser un antiguo compañero de clase? ¿Un novio del que ella no sabía nada?

Entonces lo comprendió. Siau Zi, el antiguo empleado de su padre, el que había estado encaprichado con Sulan. Había leído los caracteres 徐豪瑋 internamente en mandarín porque ese era el idioma con el que había aprendido a leer, pero si los leía en shanghainés, se pronunciaban como Zi Ghau-wei… el nombre completo de Siau Zi.

¿Cómo había conseguido su dirección? ¿Por qué le había escrito a su hermana? Tenía que haberle pasado algo a Apa. Estaba enfermo, o herido, o…

Suchi dejó el sobre sobre la mesa. Miró fijamente por la ventana de la cocina, hacia el callejón polvoriento.

El dolor crudo en la cara de Sulan después de que ella la acusara de haber provocado lo que fuera que le hubiera ocurrido a sus padres arraigó en su mente. Había dicho en voz alta el miedo secreto de su hermana. Se arrepentía de sus palabras, sentía comprender tan bien a Sulan que había sabido de forma instintiva cómo hacerle más daño.

La muchacha sacó la carta. Otro trozo de papel cayó y revoloteó hasta el suelo, pero Suchi leyó la carta primero.

Señorita Tsan Sulae:

Tal vez no me recuerdes. Soy Siau Zi, el hombre que vivió con tu familia durante muchos años. He tardado un tiempo en localizar tu paradero, pero me alegra volver a ponerme en contacto contigo. Por desgracia, tengo malas noticias.

Parece que tu padre ha sido acusado de traicionar a su país. Se ha descubierto que él es el autor de varios artículos escritos durante la guerra que criticaban al partido por su Guerra de Liberación y traicionaba sus ideales. Además de esto, han salido a la luz pruebas de que su librería ha sido durante años la tapadera de una editorial encubierta, evitando así la regulación y los impuestos. El gran líder de nuestra nación se está esforzando mucho por erradicar los tóxicos elementos capitalistas que envenenan el país, de modo que se trata de una acusación muy grave. Es probable que tanto tu padre como tu madre se enfrenten a las consecuencias de este engaño.

Sin embargo, como recientemente he ascendido entre las filas del liderazgo comunista, tal vez sea capaz de ayudarlo. Eso es, por supuesto, si tengo una razón oficial para hacerlo. Señorita Tsan, si regresas a Shanghái y te casas conmigo, responderé por él como mi suegro, y me aseguraré de que tanto él como tu madre queden protegidos de que los etiqueten como «malos elementos».

Te envío adjunto un billete de ida hasta Shanghái y los visados de entrada necesarios. Espero tu regreso.

Afectuosamente,
Camarada Zi Ghauwei

Suchi se quedó mirando fijamente el papel, aturdida, y después se puso furiosa. Detrás de la carta se encontraba el documento del visado. Recogió el papel que había caído al suelo; un billete de tren solo de ida. ¿Cómo se atrevía Siau Zi a hacer algo así? Después de todo lo que su padre había hecho por él, acogiéndolo como aprendiz y dándole un lugar donde vivir. ¿Cómo podía utilizar la vida de Apa como moneda de cambio para cumplir su propio capricho amoroso?

Su furia quedó lentamente reemplazada por el horror de que, en ese mismo momento, su pobre y orgulloso padre podría estar sufriendo. Le echó un vistazo a la fecha de la carta, de hacía más de dos meses. ¿Dónde estaría Apa ahora? ¿Lo habrían metido en la cárcel? ¿Estaría en un campo de trabajo? Había oído historias sobre gente rica a la que humillaban y daban palizas; les afeitaban las cabezas y les vertían aceite encima. Pero su padre no era rico. Era un hombre corriente que amaba a su país. Sin duda las personas que lo interrogaran se darían cuenta de eso, ¿verdad? Su padre siempre había insistido en que el país estaba por encima del partido, en que lo que importaba eran los ciudadanos chinos corrientes. ¿No era eso lo que los comunistas también creían? Si hablaban con él, sabrían que no estaba en contra de ellos, sino con ellos, y que siempre lo había estado.

Suchi metió el sobre con su contenido dentro de su delantal. No podía contárselo a Sulan, todavía no. Tenía que plantearse cómo iba a presentarle esa información. O tal vez podía escribir ella misma a Siau Zi para rogarle que les ayudara.

Podía mentir y decir que su hermana estaba demasiado enferma como para emprender el viaje de vuelta, y suplicarle utilizando como premisa los años que habían vivido juntos bajo el mismo techo. Ahora sentía haberle gastado tantas bromas, no haber sido más amable con él.

Se pasó el resto del día aturdida, aunque aliviada de que la señora Chan estuviera ocupada con sus hijas.

Por la noche, mientras estaba sirviendo una cena sencilla para el señor Leung y el señor Wong, Sulan llegó a casa, con aspecto cansado y taciturno. Suchi quería disculparse, pero, de alguna manera, las palabras se le quedaron atrapadas en la boca. Tocó con los dedos el sobre dentro de su delantal. Mientras se planteaba cómo contarle a su hermana lo de la carta, la señora Chan bajó las escaleras corriendo.

—Creo que algo va mal —dijo, con la expresión frenética—. Betty está haciendo sonidos raros. Su respiración suena extraña.

Suchi subió las escaleras corriendo, con los hombres detrás de ella. Titubeó durante solo un momento antes de cruzar el umbral de la puerta que daba a la habitación de la señora Chan. Las hermanas estaban tumbadas la una junto a la otra sobre el camastro, con los miembros enredados entre las sábanas húmedas. Betty estaba produciendo un sonido borboteante y resollante. La muchacha extendió el brazo para tocarle la frente y apartó la mano de inmediato, sobresaltada por el calor. Miró a Shirley, que estaba gimoteando suavemente.

—Tenemos que llevarlas al médico —dijo. La señora Chan tenía el rostro grisáceo.

—Dile que conozco a alguien —le pidió Sulan—. El hombre del que te hablé antes. Ha estado haciendo las veces de médico en el barrio de chabolas, y sus tarifas serán razonables. Yo puedo llevarlas.

Su hermana tradujo sus palabras para la señora Chan, que parecía abrumada. La mujer asintió con la cabeza, y el señor Wong y el señor Leung se ofrecieron a llevar a las muchachas.

Suchi se sentía impotente mientras los observaba desaparecer por la calle. El barrio de chabolas era gigantesco; no sabía cuánto tiempo tardarían en llegar hasta allí a pie, ni si estaba bien iluminado por la noche.

Las dos hermanas tenían que estar bien. Pensó en sus risitas, altas y claras como campanas. En cómo Shirley, la más joven y callada, seguía a Betty por todas partes, tal como Suchi había seguido una vez a Sulan. Tan solo habían empezado a florecer recientemente como jóvenes mujeres, con sus miembros alargándose y su grasa infantil disolviéndose, pero todavía eran risueñas y despiertas, y les encantaba jugar con ella. Suchi no era una persona religiosa, pero en ese momento envió una plegaria rápida a los cielos.

La joven se mantuvo ocupada durante la siguiente hora, limpiando las mesas y barriendo los suelos. Recogió las sábanas empapadas en sudor de la habitación de la señora Chan y las lavó. Mientras estaba removiendo una nueva cazuela de *congee*, Sulan, el señor Wong y el señor Leung regresaron.

—El médico piensa que es el sarampión —le explicó su hermana—, y además, un caso grave. Ha podido permitirse darles una pastilla de aspirina para que se la repartieran entre las dos. La fiebre les había bajado un poco justo antes de que nos marcháramos. El médico quiere vigilarlas durante la noche; le preocupa que Betty haya contraído neumonía.

—¿Qué podemos hacer? —preguntó Suchi, y entonces recordó el dinero.

Al principio, a pesar del silencio de Apa, habían continuado enviando paquetes, por si acaso seguía recibiéndolos. Pero entonces se corrió la voz de que el mensajero que habían estado utilizando se había dedicado a vender el contenido de los paquetes en el mercado negro, y que se quedaba con el dinero. De modo que las dos hermanas comenzaron a ahorrar sus ganancias para poder comprar algún día los billetes para Apa y M'ma cuando volvieran a recuperar el contacto con ellos. Pero, ahora…

—¿Podemos ir a la farmacia y comprar medicinas? ¿Eso podría ayudarlas?

Sulan titubeó durante apenas un momento, comprendiendo lo que su hermana pretendía hacer, antes de asentir con la cabeza en señal de aprobación.

La farmacia más cercana se encontraba a veinte manzanas de distancia. Estaba cerrada cuando Suchi y el señor Wong llegaron, pero el hombre llamó al timbre una y otra vez hasta que alguien respondió por la puerta lateral. Después de explicar que necesitaban medicación para el sarampión y la neumonía, el farmacéutico les dios dos botellas de cristal, con aspirina y penicilina. La muchacha pagó las pastillas, desprendiéndose de meses del salario de Sulan. Pensó en las sonrisas de las jóvenes, en cómo sus ojos se convertían en medias lunas cuando se reían, y pensó que jamás nada había valido la pena más que eso.

El señor Wong la llevó al barrio de chabolas. Las calles estaban llenas de basura, y había un olor a podredumbre, humedad y demasiados cuerpos sudorosos. La gente se apiñaba en el exterior, preparando la cena sobre unos pequeños fogones de carbón. Las lámparas de aceite parpadeaban en la oscuridad, algunas de ellas colgadas de postes sobre sus cabezas. Los habitantes tenían los rostros hundidos y sus moradas estaban construidas de mala manera, y todo eso hacía que Suchi quisiera desviar la mirada. Se preguntó cuántas de esas personas serían como ella, gente que anteriormente había vivido una existencia de clase media, que jamás se podría haber imaginado viviendo en unas condiciones así.

La choza donde vivían el médico y su hermana estaba rodeada por todos lados por precarias chabolas y montañas de desperdicios. La señora Chan se apresuró a ponerse en pie cuando vio a Suchi y al señor Wong. Cuando oyó que les habían llevado medicinas, comenzó a llorar.

—No es nada —dijo Suchi, esforzándose por contener sus propias lágrimas. Se sentó junto a las hermanas y les apartó el pelo de las frentes pegajosas. Ya no estaban tan calientes como antes, pero parecían demasiado pálidas y frágiles; habían perdido toda la luminosidad. La preocupación le constriñó la garganta.

—¿Van a ponerse bien? —le preguntó al médico.

—Las medicinas que les has traído van a ayudarlas mucho —respondió él, sorprendiéndola al emplear el shanghainés—. Tan solo tenemos que superar esta noche. Pero te prometo que estoy haciendo todo lo que puedo.

La joven pensó que tenía una cara agradable, sincera y amable. Tal vez, cuando aquella situación hubiera terminado, Suchi se animaría a conocerlo después de todo.

—¿Quieres que me quede contigo? —le preguntó a la señora Chan, que negó con la cabeza.

—Vete a casa y descansa —le dijo, y sonrió débilmente—. Ya has hecho suficiente.

—Volveré mañana —le prometió la joven.

Suchi se despertó de golpe en la oscuridad, desorientada. Algo palpitaba de forma pesada y extraña en la atmósfera. ¿Qué hora era? Se puso en pie con torpeza, tratando de comprender qué era lo que la había despertado.

En el momento en que puso un pie fuera, la extrañeza del aire la golpeó. Estaba invadido por un susurro agudo que parecía transportado por el viento, como miles de hojas cayendo. Y el olor…

Levantó la mirada y vio el resplandor naranja en el horizonte.

Sulan apareció junto a ella.

—¿Qué está pasando? —preguntó, pero Suchi ya había comenzado a correr.

El corazón le palpitaba al ritmo de sus pasos, con el ruido estridente de las alarmas sonando en la distancia. *Por favor*, pensó.

Vio la catástrofe antes de llegar al borde de la colina. El barrio de chabolas estaba en llamas, ardiendo con una destrucción sobrecogedora. Lo miró boquiabierta. Había gente gritando, corriendo, agarrando cosas mientras huían. Los tejados cedían, y las chispas caían junto a ellos.

—La señora Chan —susurró.

—Madre mía —dijo Sulan—. Madre mía.

Para entonces, el señor Wong y el señor Leung habían llegado también junto a ellas.

Suchi dio un paso hacia delante, y después otro, y otro más. El fuego rugía, su calor le lamía la piel incluso desde la distancia. Tenía que llegar hasta las chicas, hasta la señora Chan, tenía que...

Una mano tiró de ella hacia atrás.

—No puedes ir —dijo el señor Wong, pero ella se zafó de él.

—Tenemos que ir a por las chicas, ¡la señora Chan no podrá sacarlas a las dos!

Le echó un vistazo a Sulan en busca de apoyo, pero ella estaba mirando aturdida el fuego, con la cara pálida e inexpresiva.

—Los bomberos y la policía ya han llegado —señaló el señor Wong—. Dejemos que hagan su trabajo.

—Si te metes ahí dentro, los bomberos tendrán que salvarte a ti también —añadió el señor Leung.

—Voy a ir —replicó ella, alejándose—. No puedo quedarme sin hacer nada.

—¡Susu!

El grito de Sulan sonó estrangulado, angustiado. Suchi se dio la vuelta. Los ojos de su hermana la miraban fijamente, suplicantes, vidriosos y llenos de miedo. De forma repentina, vio cuánto debía de haberle costado durante todos esos años actuar como la hermana mayor, ser una roca para Suchi. Si a ella le ocurría algo, Sulan se quedaría completamente sola.

Una cacofonía de metal y madera derrumbándose atravesó sus pensamientos.

—¡Atrás, atrás! —gritaron las personas que estaban observando. Una oleada de humo acre golpeó sus narices y ellos hundieron las caras en las mangas, tosiendo.

—No hay nada que podamos hacer —dijo el señor Wong con amabilidad, tirando del codo de Suchi—. Lo mejor que podemos hacer es volver y esperar.

Apagaron el fuego casi seis horas más tarde, cerca del amanecer, y para entonces, todo había quedado reducido a cenizas. Una columna de humo gris flotaba por encima de toda la zona quemada. Los árboles habían quedado cubiertos de ceniza blanca, como si Hong Kong hubiera experimentado su primera nevada de la historia. Por la tarde, los habitantes del barrio habían comenzado a volver para escarbar entre las ruinas en busca de cualquier posesión que hubiera podido sobrevivir. Pero la señora Chan y sus hijas no regresaron a casa.

El casero de la señora Chan les dio a las hermanas una semana para marcharse de allí. Ellas lloraron mientras recogían sus cosas.

—Todo esto es culpa mía —murmuró Sulan.

Suchi escondió la carta de Siau Zi dentro de una pequeña grieta en el forro del estuche del violín de Haiwen. Se prometió a sí misma que se lo acabaría contando a su hermana en algún momento, cuando estuvieran en un lugar mejor.

DICIEMBRE DE 1981

Ciudad de Nueva York

Los copos de nieve eran como moneditas polvorientas que se adherían a la ventanilla del taxi. En el asiento delantero, el taxista hacía sonar el claxon y maldecía.

—¡Venga ya! ¿Qué pasa, cae un poco de nieve y de repente nadie sabe conducir en esta ciudad?

Howard iba a llegar tarde a su reunión con las diseñadoras. Sus oficinas se encontraban en un estudio del Lower East Side y él todavía estaba en la calle Treinta y Siete, avanzando con gran lentitud a través de los semáforos.

Se le había olvidado la maravilla que era la nieve. En el sur de California, que había sido su hogar durante los últimos cinco años, jamás nevaba. No había vuelto a ver la nieve desde la guerra, cuando el ejército había entrado en el norte de China. Entonces se había acumulado en montañas infinitas, blanca e implacable, un cruel castigo. Tenía los dedos de las manos y los pies, las orejas y la nariz tan ateridos de frío que parecía que estuvieran ardiendo. Una noche, después de una batalla particularmente sangrienta y de escribirle a Suchi otra carta más llena de arrepentimiento que no estaba seguro de que fuera a recibir, se había quedado mirando su foto, descorazonado y anhelando su hogar, y lo había vencido el sueño estúpidamente sin haber aislado en condiciones su saco de dormir. Se despertó medio día más tarde en la enfermería, y después de buscar frenéticamente, quedó abrumado de inmediato por el pesar de haber perdido la fotografía en alguna parte, entre la nieve. Pero le dijeron que tenía suerte de estar vivo, que tenía suerte de que lo único que había perdido fuera la foto.

Pero ahora no quería ahondar en eso. Estaba cobijado, calentito, a salvo. Desde el refugio del taxi, podría apreciar la belleza del copo de nieve, su geometría en miniatura. Como muchas cosas en este mundo, qué era belleza y qué era tormento dependía del contexto.

Treinta minutos más tarde, emergió del taxi. El viento era cortante; sus dientes le atacaban la piel expuesta de las mejillas y el cuello. Se apresuró a entrar en el edificio deteriorado y subió al ascensor.

En la quinta planta, Howard salió a una zona espaciosa y abierta iluminada solo por unos altos ventanales en lados opuestos de la estancia. Todo era un caos: unos contenedores a rebosar de carretes de hilo y tela estaban colocados junto a las largas mesas de trabajo donde habían ubicado las máquinas de coser. Había estantes de metal repletos de prendas coloridas (algunas terminadas y otras no) colocados contra los travesaños de madera de la sala. Un ejército de maniquís sin cabeza y sin brazos estaban dispuestos en una hilera en una de las ventanas, la mitad de ellos desnudos. Sin embargo, Howard no veía ninguna señal de ningún ser humano real y vivo.

—¿Perdón? —llamó en inglés—. ¿Hola?

En algún lugar, desde detrás de una montaña de tela púrpura, una mujer asiática y menuda apareció a la vista. Tenía hecha la permanente, con el pelo apilado en alto sobre su cabeza, y sus ojos estaban enmarcados por una sombra de un azul intenso. De sus orejas colgaban unos pendientes en forma de caracolas marinas de color lima. Llevaba un jersey velloso y extragrande en un tono berenjena, con el lado izquierdo ligeramente caído para revelar un hombro desnudo. Al principio, Howard pensó que era muy joven, de veintimuchos años o tal vez treinta y pocos, pero cuando ella se acercó, se dio cuenta por las patas de gallo de su sonrisa de que era mayor, tal vez estaría en mitad de los cuarenta.

—¡Hola! No estábamos seguras de que fueras a venir al final, con lo de la tormenta y todo eso.

La mujer hizo un gesto hacia los ventanales, a través de los cuales se podía ver la nieve arremolinándose. No tenía ningún acento discernible.

—Siento haber llegado tan tarde —dijo él—. Vengo de Yong Yuan Fabrics. Me llamo Howard Wang.

—Yo soy Momo Yamamoto —respondió la mujer, inclinando la cabeza—. Bienvenido a Peach and Orchid. Mi compañera debería llegar pronto; ha salido a hacer un recado. —Miró a su alrededor—. Siento que esté todo hecho un desastre. Nos trasladamos aquí hace tan solo unos meses, y todavía no hemos terminado de organizarlo todo.

—No pasa nada —dijo él. Aquella era una de sus frases favoritas. Quitaba importancia a las situaciones complicadas, y ofrecía cierta cantidad de vaguedad cuando no quería mentir pero sabía que no debería decir la verdad. Era una frase que significaba muchas cosas y, al mismo tiempo, no significaba nada.

—¿Has traído las muestras? —preguntó Momo, y él levantó su maletín—. Estupendo.

Lo condujo hasta una mesa que había junto a un ventanal. Él sacó una carpeta de su maletín. Dentro, grapados en cartulina, había cuadrados de tela vaquera teñida de distintos colores, desde un añil tan oscuro que era casi negro hasta un azul celeste muy pálido.

—Sé que sobre todo estáis interesadas en nuestras telas vaqueras —dijo—. Está todo fabricado con nuestros tejidos de alta calidad. Cien por cien algodón. La mayoría se tiñe con tintes sintéticos, pero esta y esta —señaló dos paneles de color intenso— están teñidas por encargo con plantas taiwanesas locales.

Momo tocó cada panel y los levantó para inspeccionar sus dorsos, mucho más claros.

—Sí, estamos interesadas específicamente en la tela vaquera teñida con métodos naturales tradicionales —explicó—. Toda nuestra colección de primavera se centrará en elementos de las culturas asiáticas. —Examinó los dos paneles que había destacado Howard y señaló el de la derecha. Era de un tejido especial en el que la trama, de un azul claro intenso, era más gruesa que la urdimbre, que estaba formada por dos tonos de azul, un añil oscuro y un azul más regio, lo que resultaba en un ligero patrón a cuadros que desde lejos parecía tener una textura compleja—. Me gusta este. Pero, si los tejidos no son sintéticos, ¿podréis proporcionarnos grandes cantidades en un plazo de entrega ajustado?

—Es factible —aseguró Howard, y comenzó a explicar las posibilidades.

Un ruido metálico sordo resonó por el taller, seguido por el sonido de la puerta del ascensor abriéndose.

—¡Está cayendo un montón de nieve! —dijo la voz de una mujer con un fuerte acento, ligeramente sin aliento.

—Estamos aquí atrás —la llamó Momo.

La mujer apareció, cojeando mientras apoyaba un bastón de madera marrón contra una mesa. Se detuvo para quitarse una gruesa bufanda gris de punto de alrededor de la cabeza. Estaba salpicada de copos de nieve medio derretidos, al igual que su pelo plateado. Cuando su cara emergió del montículo de lana, él vio que tenía la nariz y las mejillas rojas a causa del frío.

—Hola —la saludó, y se puso en pie y le tendió la mano mientras ella se acercaba. Los pasos de la mujer eran lentos y deliberados, y arrastraba ligeramente los pies ahora que no tenía la ayuda de su bastón—. Howard Wang, de Yong Yuan Fabrics.

—Siento mucho llegar tarde —dijo ella. Sus dedos menudos helaron la palma del hombre, pero le sonrió con calidez—. Sulan Chang.

Él se quedó aturdido. Sabía que muchos chinos habían romanizado sus apellidos de formas extrañas cuando inmigraron a Estados Unidos. Zhu se convertía en Chu, Jian se convertía en Chien, Guan se convertía en Kwan, y Zhang se convertía en Chang. ¿Podía ser aquella mujer la Sulan que había conocido? La última vez que la vio, ella tenía diecinueve años, y entonces era una belleza esbelta de piel lechosa. La mujer que tenía delante estaba cuidadosamente maquillada y las joyas que llevaba realzaban su sencillo jersey negro tipo túnica, pero tenía arrugas a lo largo de su rostro anguloso y unos mechones plateados en el pelo.

Ella lo miró con incertidumbre y tiró suavemente de su propia mano. Él se dio cuenta de que había estado tomándosela un instante más de la cuenta y se apresuró a soltarla, mascullando disculpas.

—Su-chan —la llamó Momo, haciéndole un gesto para que se acercara—, ven a mirar estas telas vaqueras. Irían de maravilla con algunos de tus diseños, sobre todo con esa chaqueta que dibujaste el otro día.

La recién llegada se sentó en una silla cerca de Momo. Las dos debatieron qué tela vaquera podría servirles para sus planes, y le solicitaron muestras para unos cuantos tejidos más que fabricaba la empresa. Hicieron algunas preguntas y Howard se esforzó todo lo que pudo por responder, pero le estaba costando concentrarse. No dejaba de examinar a Sulan Chang, tratando de decidir si era o no la Sulan con la que había crecido. En ciertos ángulos, sin duda se parecía a la hermana de Suchi, pero su fragilidad le hacía dudar de sí mismo. No podía imaginar que aquella fuera la Sulan que había conocido.

—Creo que nos inclinamos por la 312F —dijo Momo—. Pero lo hablaremos y llamaremos a tu oficina si queremos hacer un pedido. ¿Te parece bien?

Howard asintió con la cabeza, sintiéndose un poco culpable por no haber hecho un trabajo más concienzudo a la hora de tratar de vender sus productos, pero también agradecido por que parecieran estar interesadas de todos modos. Se levantó de la silla y las dos mujeres también lo hicieron, aunque se dio cuenta de que Sulan se ponía en pie con mucha más dificultad. Guardó los portafolios de muestras y le dio la mano a Momo, y después a Sulan. Estaba a punto de darse la vuelta, pero entonces se decidió: *¿qué podría perder?*

—¿Por algún casual eres de Shanghái?

Sulan frunció el ceño, pero Momo se tapó la boca con la mano.

—¿Cómo lo has adivinado? —le preguntó, entusiasmada—. ¿Tú también eres shanghainés?

—Pues sí —respondió Howard, observando a Sulan. Cambió al shanghainés—. ¿Antes vivías en Sifo Li?

Una emoción crispó los labios de la mujer. ¿Estaba a punto de sonreír o de hacer una mueca?

—Yo crecí allí —dijo él, y esperó a que respondiera. Al ver que no lo hacía, añadió—: Waong Haeven.

—Madre mía.

Ella volvió a desplomarse en la silla. Momo alternó la mirada entre los dos y después se apresuró a acercarse a Sulan y le puso las manos sobre la nuca.

—Su-chan —susurró, con un tono íntimo—. *Daijobu?* ¿Necesitas algo?

Sulan negó con la cabeza. Cerró los ojos y se apretó una mano contra la frente. Un momento después, volvió a abrirlos.

—Wang Haiwen —dijo, cambiando al mandarín, y aunque sonaba alto y claro, muy diferente de su inglés vacilante, era menos íntimo que el shanghainés—. No me puedo creer que seas tú. ¿De verdad estás vivo? —Él abrió la boca para hablar, ¡tenía demasiadas preguntas!, pero Sulan continuó, y un matiz de hostilidad apareció en su voz—. ¿Cómo puedes estar vivo? —Howard cerró la boca—. Después de todo este tiempo… No me lo puedo creer… —balbuceó la mujer—. ¿Sabes cuánto ha sufrido mi hermana? ¿Alguna vez te lo has planteado siquiera?

El pesar, los remordimientos y la culpa subieron hasta la superficie desde el lugar profundo donde habían estado viviendo durante todas esas décadas. Rememoró la última vez que había visto a Suchi, en Hong Kong, todas las cosas que habían quedado sin decir entre ellos. Recordó un pasado todavía más lejano, la forma en la que la había dejado en Shanghái. Sintió una punzada de anhelo.

—Sulan, yo…

—No quiero oírlo —dijo ella, interrumpiéndolo.

Howard se quedó en silencio. Después de un momento, preguntó:

—¿Podrías decirme al menos cómo está?

—Está casada. Tiene un hijo, un niño maravilloso. Es listo, cariñoso, guapo.

Aunque él ya esperaba que estuviera casada (y, por supuesto, se alegraba de oírlo), sintió un dolor en el pecho.

—Eso es genial —respondió, esperando sonar neutral—. ¿Está…? —Titubeó—. ¿Ella también está en Nueva York?

Sulan negó con la cabeza.

—Está en Hong Kong.

Él asintió. Así que todavía seguía allí.

—Y tú estás en Nueva York, dirigiendo tu propia firma.

La mujer frunció los labios.

—Susu quería que al menos una de las dos persiguiera sus sueños —dijo—. Ella me ayudó a conseguir esto.

—Entonces, ¿Suchi está cantando…?

—¿Cómo que cantando? —preguntó Sulan entre risas; un sonido feo—. Tiene un marido al que complacer. Un hijo al que criar. A diferencia de mí. Yo soy una solterona a la que ningún hombre querrá jamás.

Dijo la última frase en inglés y le echó un vistazo a Momo, que seguía con una mano preocupada sobre su hombro. Al oír una frase que comprendía, le sonrió a Sulan.

A él le dolía la hostilidad que emanaba de la mujer. Anhelaba saber más sobre lo que estaba haciendo Suchi, sobre las vidas que habían tenido en Hong Kong, pero se dio cuenta de que la familiaridad de la infancia que compartían no suponía ninguna ventaja para él.

—Me gustaría…

—Lo que a ti te gustaría no importa —lo interrumpió Sulan—. Ya nada de eso importa. —Howard no podía culparla. Ella exhaló con fuerza y cambió al inglés—. Ojalá no me hubieras contado quién eras. Me gustan los productos de tu empresa. Pero… no creo que me sienta bien trabajando contigo. Demasiados recuerdos malos. A lo mejor podrías pedirles que enviasen a otra persona.

—Vale —dijo él en voz baja, y se le tensó el estómago—. No pasa nada.

—Por favor, márchate —añadió ella en mandarín.

Howard asintió con la cabeza en silencio y agarró el maletín que contenía todas las muestras.

—Lo siento —dijo, y se giró hacia el ascensor.

—¡Adiós! —se despidió Momo, con un tono de falsa alegría en la voz—. ¡Gracias!

Howard se terminó un segundo vaso de whisky en el *pub* irlandés que había frente al hotel de mediana categoría de Manhattan en el que se estaba alojando. Le echó un vistazo a su reloj. A esa hora, Linyee se estaría preparando para pasar una noche jugando al *mahjong* con sus amigos, así que todavía tenía tiempo de charlar rápidamente con ella por teléfono antes de que se marchara de la casa. Se preguntó si debería contarle que se había encontrado con una amiga de la infancia de Shanghái. Se podía imaginar su entusiasmo. «¡Qué maravillosa coincidencia!», diría.

Cuando entró por las puertas automáticas del hotel, se detuvo en seco. Sulan estaba sentada en el estrecho vestíbulo, con el bastón sobre el regazo. Se puso en pie rígidamente al verlo.

—Espero que no te importe. He… he llamado a tu ayudante y le he dicho que te habías olvidado una cosa. Ella me ha dicho dónde te alojabas —explicó—. ¿Tienes un momento para hablar? —Howard tomó asiento frente a ella—. Siento cómo he reaccionado antes —continuó Sulan, aunque no sonaba arrepentida—. Me has tomado desprevenida.

—No pasa nada —respondió él en inglés, y entonces cambió al mandarín—. Lo comprendo.

—No —replicó ella—. No lo comprendes. Me pasé mucho tiempo muy enfadada contigo por haberle roto el corazón, pero nuestra situación no era culpa tuya, eso lo sé. Tan solo es como eran las cosas en esa época. No teníamos ningún control sobre nada.

Howard asintió con la cabeza, no tanto para expresar que estaba de acuerdo como para mostrarle que estaba escuchando.

—Pero Suchi... no ha tenido mucha suerte. Y una parte de eso es culpa mía.

Sulan se frotó la pierna, como si estuviera tratando de rascarse un punto invisible, y él se preguntó qué clase de lesión tendría para necesitar un bastón siendo tan joven.

Entonces, dejó de frotarse y lo miró.

—Jamás te ha olvidado. Sé que no lo ha hecho. Nunca dice nada, nunca habla sobre el pasado, pero sé que vives en algún lugar de su corazón secreto.

Él pensó en esa noche, en la nota que Suchi le había dejado.

—Pero está casada.

—Es un matrimonio infeliz —replicó Sulan, y Howard no dijo nada—. Dime, con sinceridad, ¿alguna vez piensas en ella? —Entonces lo examinó, moviendo los ojos de un lado de su cara al otro—. Seguro que lo haces —añadió antes de que él pudiera responder. Comenzó a frotarse la pierna otra vez—. ¿Sabes? Suchi ha hecho muchas cosas por mí a lo largo de los años. Yo soy la hermana mayor, y aun así, es ella la que ha tenido que cuidar de mí. Ahora me toca protegerla, pero no sé cómo hacerlo, no sé si soy capaz. Pero que aparezcas de esta manera... Tal vez es la forma que tiene el cielo de darme una oportunidad para ayudarla yo por una vez.

—No lo entiendo —dijo Howard.

—Cuando éramos jóvenes, yo solía envidiaros —continuó Sulan, como si no lo hubiera escuchado—. Estabais muy enamorados, y todo parecía cosa del destino. Tú ibas a ser violinista, y mi hermana se encargaría de la librería de Apa, o sería cantante, azafata o cualquier otra cosa que quisiera hacer. Viajaríais por el mundo juntos. Tendríais hijos y seríais felices. Me daba envidia lo fácil que parecía todo para vosotros dos, lo perfecto que era. Y, en otra época, tal vez eso sería lo que hubiera pasado.

Entonces, se sacó un sobre del bolsillo.

—Iba a dejarte esto en recepción, pero me pareció que sería mejor que te lo diera yo misma. —Se lo tendió a Howard. Su contenido era delgado y ligero, casi como si no hubiera nada dentro—. Es el número de teléfono de Suchi en Hong Kong —le explicó—. Su marido suele estar fuera los días de entre semana; a veces también por la noche, pero eso es más impredecible, así que lo mejor es cuando para ti está atardeciendo.

¿De qué estaba hablando Sulan?

—De verdad que no te entiendo —insistió Howard.

—Mi cuñado no es… muy agradable —explicó ella—. Es infiel, impaciente, y tiene un orgullo al que solo debes faltarle el respeto si quieres ver su terrible genio. —Hizo una pausa—. Como te he dicho, mi hermana ha sufrido. —Sus palabras se le clavaron con fuerza, resplandecientes como un cuchillo—. Le he dicho que lo dejase. Siempre pone alguna excusa; su hijo, sus responsabilidades, su falta de recursos financieros…; pero yo creo que tiene miedo.

Sus ojos brillaban, pero su mirada era dura.

—A lo mejor todavía lo quiere —dijo él, esforzándose por comprender lo que estaba diciendo Sulan.

Pensó en los problemas que su propio matrimonio había sufrido una vez. Si Linyee hubiera tenido una hermana que la hubiera aconsejado que lo dejara en esa época, ¿ella la habría escuchado? Una vez había oído que nadie comprendía del todo un matrimonio, a excepción de las dos personas que formaban parte de él. A lo mejor había algo que Sulan no era capaz de ver.

Ella negó con la cabeza.

—Si la llamaras, si supiera que la estás esperando al otro lado…

—Pero yo ya estoy… —comenzó a decir, pero entonces se detuvo. La palabra «sufrido» resonaba con un eco metálico en su oído.

—Una vez quisiste a mi hermana más que a nadie. Si todavía la quieres, aunque solo sea un poco, por favor, llámala. Te necesita. —Sulan hizo una pausa—. Todavía no es demasiado tarde, ¿sabes? Vosotros dos… todavía tenéis una oportunidad.

Howard alisó el sobre en su mano y se aclaró la garganta.

—Gracias —respondió.

Sulan asintió con la cabeza. Con cierta dificultad, se puso en pie y se ajustó la chaqueta alrededor de su ligera figura.

—Por favor —dijo, antes de volver a salir hacia la noche nevada.

Howard abrió a puerta, entró en su habitación y se quitó el abrigo y los zapatos mojados. Colocó el sobre encima del estrecho escritorio. Se imaginó abriéndolo y marcando el número del papel que había dentro; se imaginó la sorpresa y el alivio palpables en la voz de Suchi. Se imaginó su expresión nerviosa en la zona de llegadas del aeropuerto mientras lo buscaba entre la multitud, la belleza de su sonrisa cuando lo encontrara. Fantaseó con su muslo, cálido contra el suyo en el taxi. Y, después, el temblor de su respiración. La suavidad de su piel. La curva de su cuerpo acurrucado contra el suyo.

Le haría una promesa: que la protegería, que no permitiría que nadie volviera a hacerle daño. Que comenzarían una vida juntos. En Nueva York, si ella quería. O en California.

Pensar en California puso fin a su fantasía. Linyee.

Su esposa respondió el teléfono al tercer tono.

—¡Casi estaba saliendo por la puerta! —dijo, con la voz animada—. ¡Me has pescado por los pelos!

—Lo siento —se disculpó él—. Estaba liado.

—¿Cómo ha ido la reunión? ¿Parece que vayan a firmar el acuerdo?

Él titubeó.

—Algunas de las telas vaqueras especializadas les han gustado mucho —respondió—. Pero no tengo claro lo que va a pasar.

—Mmm —dijo ella. Howard oyó el grifo abriéndose y cerrándose, y se imaginó sus manos sacudiéndose las gotitas. Pudo oír el débil tintineo de su pulsera de jade chocando contra su reloj de muñeca—. He visto en las noticias que está nevando en Nueva York. ¿Te has llevado ropa lo bastante abrigada?

—Hace un poco de frío —admitió él—, pero no es nada preocupante. De todos modos, estoy yendo a todas partes en taxi.

—¡No vayas a resfriarte! Te estás haciendo mayor, ¿sabes? No eres joven y lozano como yo.

Howard sonrió. A Linyee le encantaba burlarse de él con respecto a los seis años que se llevaban, como si fueran décadas.

—Por cierto —dijo ella—, por fin he llevado tu violín a que lo reparasen. Debería estar listo para cuando vuelvas a casa. —La mujer se rio—. Antes de que me digas que no tendría que haberme molestado, que tendrías que haberlo hecho tú mismo, tan solo déjame recordarte que llevas meses diciéndolo. Echo de menos oírte tocar.

Él se sorprendió, y entonces se sintió conmovido. No se había dado cuenta de que su esposa le hubiera estado prestando atención cuando tocaba de forma ociosa. Le había preocupado que eso la irritara, porque jamás decía nada, jamás reaccionaba.

—Gracias —le dijo.

—¡Ah! ¡Casi se me olvida decírtelo! —Linyee comenzó a hablar más rápido a causa de la emoción—. A ver, también les pregunté si era posible arreglar el forro del estuche, porque estaba todo desgarrado, y el hombre estaba toqueteando los bordes y descubrió un anillo de oro alojado en una grieta del revestimiento.

El aire abandonó los pulmones de Howard. ¿Había estado ahí todo ese tiempo?

Su esposa continuó, con las palabras llenas de asombro.

—¿No te parece increíble? Me pregunto de quién sería.

Cuando había regresado de Hong Kong con el violín hacía tantos años, Linyee había dado por hecho que lo había comprado en un anticuario o un mercadillo, y él no la había corregido. Ahora le preocupaba que fuera a querer el anillo, que quisiera quedárselo, y Howard se dio cuenta, para su propia consternación, que no podía permitir que se lo quedara.

—Es mío —dijo, cerrando los ojos—. Debe de haberse caído dentro.

—Nunca te había visto llevar un anillo de oro —replicó su esposa—. Es pequeño, como para una mujer.

—¿Tiene como una espiral?

—¡Sí!

—Era de mi madre; me lo dio antes de que me marchara. Pensaba que lo había perdido. No sé cómo habrá acabado precisamente ahí.

—¡Qué objeto tan preciado! —La voz de Linyee sonaba tierna—. Menos mal que lo hemos encontrado. No te preocupes, te lo dejaré en el cajón.

—Gracias —respondió él. Estaba lleno tanto de gratitud hacia su esposa como de una aguda conciencia de la deuda que tenía con ella.

—Será mejor que me vaya, ¡o llegaré tarde! —dijo ella—. Abrígate bien. ¡Espero que estés comiendo!

Él colgó el teléfono y se presionó las sienes con los dedos, tratando de calmar su respiración. Todavía podía recordar la sorpresa de ese anillo contra su piel cuando su madre se lo puso en la palma para que se lo diera a Suchi. Recordaba el peso de lo que le había dicho. «Tenemos que mantener a nuestros seres queridos cerca, ahora más que nunca».

Howard se acercó al escritorio y tomó el sobre. Las palabras que había empleado Sulan resonaron en sus oídos. «Terrible genio». «No es muy agradable». «Sufrido». «Por favor». Frotó la superficie del papel con el pulgar y sintió la ligera elevación de la hoja en su interior. Trató de visualizar la cara de Suchi, sus ojos tristes, pero lo único que acudía a su mente era Linyee, la luminosidad que siempre tenía, una luminosidad que lo había sacado de una soledad que pensaba que lo iba a consumir durante el resto de su vida, que los había ayudado a aguantar los peores momentos, una luz que él había amenazado con apagar una vez. ¿De verdad podía hacerlo? ¿Podía romperla?

Una vez, durante algunos de sus años más tormentosos, su esposa lo había acusado de vivir demasiado en el pasado.

—No sabes cómo ver lo que tienes delante —le había dicho—. No sabes cómo olvidar.

Suchi había sido un recuerdo que, en ocasiones, le parecía más real que la realidad, un camino que no había tomado, un pesar que no podía apaciguar. Y ahora era real *de verdad*. Podía volver a traerla a su mundo con una llamada de teléfono. Se entregó brevemente a la fantasía: su voz, el aeropuerto, la calidez de su cuerpo. La vida que había más allá. Pero no fue capaz de continuar, porque sabía que la vida que había más allá no podría amoldarse a una fantasía. Sería caótica, sería dolorosa. No podía arreglar la vida de Suchi sin destrozar la de Linyee. Con cualquier camino que escogiera, tendría una deuda con alguien.

Howard rompió el sobre en cuatro trozos, y después en pedacitos cada vez más pequeños. Cuando los fragmentos fueron demasiado numerosos como para poder continuar, los recogió todos con la mano y los llevó hasta el retrete. Los observó marchándose con un remolino de agua. Iba a apreciar lo que tenía delante de él. A sus hijas. A su esposa.

FEBRERO - AGOSTO DE 1965

Hong Kong

El exterior del club estaba descuidado, con las ventanas a oscuras y el toldo manchado por las zonas donde el agua de lluvia contaminada había goteado continuamente desde las ventanas con barrotes de arriba. Un cartel eléctrico, apagado durante el día, indicaba tenuemente el nombre del club nocturno, primero en chino —百樂門—,[12] y después, abajo, en inglés: Puerta de los Cien Placeres.

Suchi titubeó. Pensó que todavía podía dar media vuelta. Pero, en vez de eso, cuadró los hombros y abrió la puerta.

El interior era más agradable de lo que esperaba. La pared trasera estaba cubierta de espejos, lo que le daba al lugar la apariencia de ser más espacioso de lo que era en realidad. Había unas pequeñas mesas redondas apiñadas en el centro, con varios reservados alrededor del perímetro. En la parte delantera había un modesto escenario con dos micrófonos y, tras ellos, un elemento del decorado que parecía un abanico gigante. El espacio estaba iluminado y todas sus luces exudaban un matiz azulado, pero Suchi se lo imaginó por la noche, con esas luces atenuadas en favor de los apliques que había desperdigados por las paredes con paneles de madera y la única lámpara de araña de cristal que presidía el lugar. El club le recordaba a un periodo perdido en el tiempo, o al menos, se esforzaba mucho por parecerse a ello.

Suchi habló en cantonés, vacilante.

—¿Hola? ¿Hay alguien aquí? Estoy buscando al señor Fong.

Un hombre fornido y con la cabeza afeitada que llevaba una camisa de vestir azul apareció desde alguna sala trasera. Un palillo de dientes colgaba de la comisura derecha de sus delgados labios. La miró de arriba abajo.

—Has venido a por un trabajo —dijo.

Ella asintió con la cabeza.

—Me llamo Cheung Soukei. Lo Fai me ha dicho que estáis buscando más camareras.

—Fai es buena chica —replicó el señor Fong, y soltó un gruñido de aprobación. Volvió a mirar a Suchi de la cabeza a los pies—. ¿De qué la conoces?

—Es mi compañera de piso —explicó ella.

Fai era una de las cuatro chicas con las que Sulan y Suchi se habían mudado tres años antes. Era ruidosa y cotilla, y cuando la escuchó susurrándole a su hermana que le preocupaba no ganar suficiente dinero ese mes para pagar el alquiler, asomó la cabeza por la sábana que habían colgado para dividir sus literas de las demás y les contó que Baak Lok Mun, el club nocturno donde trabajaba, estaba buscando camareras.

—Es mejor que los burdeles y los fumaderos de opio que hay por aquí —dijo gesticulando. Se refería a los sórdidos locales de la ciudad amurallada de Kowloon, lugares que todo el mundo sabía que eran propiedad de las tríadas, las bandas organizadas de Hong Kong—. Está en la parte de Hong Kong, y el dueño es un hombre de negocios legítimo.

Al principio, Suchi se había resistido. Había estado encargándose de la colada para la señora Kwok durante el último año, y Sulan se unió a ella cuando tuvo que dejar de coser debido a que su vista estaba empeorando. Aunque no ganaban demasiado dinero, había servido para cubrir lo básico. Pero, desde que habían empezado a llegar las noticias sobre la hambruna y los clasicidios de China, su hermana había empezado a faltar al trabajo cada vez más, diciendo que se sentía mareada e indispuesta. Había dejado de comer tanto como antes, y se pasaba la mayor parte del tiempo aovillada entre las sábanas de su cama, diciendo que tenía una jaqueca que no terminaba de irse del todo. Para compensar la enfermedad de Sulan, Suchi se encargaba de su parte de la colada, y a menudo, para cuando terminaba la noche, tenía los dedos llenos de ampollas y sangrando, con su tierna piel pelada por el agua, la lejía y el detergente. Pero, incluso entonces, ella sola no era capaz de hacer el trabajo de dos personas, y la señora Kwok, que les pagaba por cada kilo de ropa, fruncía los labios mientras le entregaba fajos de billetes cada vez más delgados.

La cantidad que había dicho Fai que ganaban las chicas del bar en una sola noche era lo que Suchi ganaba en una semana.

—Sobre todo si le gustas a alguno de los hombres —añadió—. Te tirarán el dinero para mostrarte su afecto. —Suchi no preguntó si se esperaba que las mujeres se acostaran con esos hombres que iban lanzando el dinero con tanta despreocupación, pero Fai se lo contó de todos modos—. Algunas mujeres les hacen *esa* clase de favores a los clientes; por supuesto, yo nunca lo he hecho; pero he oído que se puede ganar un montón de dinero de esa forma. ¿Quién sabe? A lo mejor algún hombre rico te toma como su esposa y te lleva a un piso bonito en la cumbre Victoria.

Al principio, el orgullo de Suchi no le había permitido intentarlo. Se imaginaba la decepción de su padre si supiera que se estaba planteando siquiera un trabajo tan indecente. Sin embargo, dos semanas más tarde había estado a punto de ahogarse después de quedarse dormida y caer sobre la cuba. Le pidió a Fai la dirección del local.

Ahora, luchaba contra las ganas de retorcer la cara con repulsión mientras el señor Fong se acercaba más a ella.

—¿Alguna vez has trabajado como camarera? —le preguntó él.

—Estuve trabajando brevemente en un restaurante de banquetes hace varios años —respondió ella.

Había sido una época feliz; había ganado un buen dinero en el restaurante, un establecimiento de clase relativamente alta. Sulan, mientras tanto, había trabajado como ayudante de un sastre bastante respetado y había conseguido seguidores leales entre varios clientes a los que les gustaba su trabajo. Había habido un momento en el que las hermanas habían ahorrado suficiente dinero como para empezar a soñar con abrir su propio local; Suchi se encargaría de dirigir el negocio, y Sulan, por supuesto, diseñaría y fabricaría la ropa. Pero entonces tuvieron un invierno duro; estuvieron en cama por turnos a causa de la gripe, un virus de estómago y bronquitis, todo seguido, y para cuando Suchi se recuperó, ya habían gastado sus ahorros y su jefe la había reemplazado. A pesar de su experiencia, no fue capaz de encontrar otro trabajo que pagara igual de bien. Sulan, que nunca llegó a recuperarse por completo de las enfermedades, fue incapaz de regresar al trabajo con el mismo ritmo que antes, y de pronto las dos se encontraron con que ya no podían permitirse la pequeña habitación que compartían. Entonces fue cuando se mudaron con Fai y las demás chicas y, después de dos años trabajando en tres puestos de fideos diferentes, Suchi comenzó a trabajar para la lavandera.

—Tu cantonés no es malo para ser del continente —dijo el señor Fong—. A ver si lo adivino. ¿Chongqing? ¿Hangzhou?

—Shanghái —respondió ella, y él asintió con la cabeza.

—Eres más guapa que esas chicas de campo. —Hizo como si recorriera las curvas de su cuerpo con las manos—. Muy al estilo de la ciudad. —Suchi no dijo nada mientras él la rodeaba, succionando el palillo de dientes—. Aunque pareces un poco mayor. ¿Cuántos años tienes?

—Veintinueve —mintió ella. Iba a cumplir treinta y cuatro, pero la gente solía destacar que parecía joven para su edad.

El señor Fong frunció el ceño.

—Mira —dijo al fin—, este trabajo no se parece en nada a trabajar en un restaurante. Nuestros clientes son hombres solitarios que están dispuestos a desprenderse de una parte de su dinero para no sentirse tan solos. Este trabajo consiste en tener intuición con respecto a sus necesidades. En encender su imaginación. Mantenerlos felices. ¿Lo entiendes? —Suchi asintió con la cabeza—. Hagas lo que hagas, que sea con orgullo. No pasa nada si se te cae una copa, tan solo asegúrate de lisonjearlos mientras limpias lo que has manchado. Si te sientes ofendida por algo que digan, tienes libertad para reprenderlos, pero hazlo mientras pestañeas con esas pestañas tan bonitas que tienes. ¿Entendido?

—Sí —dijo ella.

Una sensación de entumecimiento se extendió por su cuerpo mientras una vocecilla la instaba a marcharse. Había otros trabajos, otras formas de ganar dinero además de pasarse los días acariciando el ego de hombrecillos mediocres.

—A veces, un cliente podría querer que bailases con él, y deberías hacerlo, pero solo una canción, nada más, a menos que se ofrezca a pagar por el tiempo que deberías estar sirviendo en las mesas. Si no es así, le dices que tenemos bailarinas contratadas para ese placer. —Se quedó esperando la reacción de Suchi, que asintió con la cabeza—. Además, nosotros no obligamos a ninguna de nuestras chicas a que, eh, mantengan relaciones con los clientes. Pero si ves que algún hombre joven y guapo te llama la atención… —El señor Fong le guiñó un ojo, haciendo que se le revolviera el estómago—, podemos organizarlo para que ocurra en un lugar seguro. —Entonces le sonrió, y ella vio que sus dientes, aunque amarillentos, estaban perfectamente rectos. Se imaginó que en su juventud debía de haber sido un chico muy atractivo—. Por supuesto, queremos asegurarnos de que estéis protegidas, y de que os paguen lo que os merecéis.

Suchi conocía su auténtica motivación: quería asegurarse de llevarse una parte de cualquier dinero que cambiara de manos. Una oleada de náuseas la atravesó y, durante un segundo, pensó que iba a vomitar el *congee* de aquella mañana sobre los zapatos relucientes del hombre. Pero entonces respiró hondo y el momento pasó.

—Recibirás cincuenta y cinco dólares a la semana —continuó el señor Fong—, sin contar las propinas. —Volvió a sonreírle—. A diferencia de otros clubs, aquí somos generosos. Os dejamos quedaros con vuestras propinas. Eso os anima a las chicas a trabajar duro.

Suchi hizo un cálculo rápido. Entre ella y Sulan, apenas habían conseguido hacerse con cien dólares al mes. Lo odiaba, pero la verdad del asunto era que aquel trabajo haría que todo fuera más fácil para las dos. Tan solo sería algo temporal. Solo lo suficiente como para poder llevar a su hermana al médico, conseguir la medicación que necesitaba, y cuidarla hasta que volviera a ponerse bien. En cuanto Sulan pudiera trabajar otra vez, ya no necesitaría ese trabajo.

El señor Fong la estaba escudriñando con el ceño fruncido.

—¿Y bien? —le preguntó—. Si no quieres este trabajo, hay muchas otras chicas que lo querrán, créeme.

Durante un momento, Suchi titubeó; pero entonces su cuerpo se movió, transformándose y sabiendo de alguna manera qué era exactamente lo que tenía que hacer. Como si estuviera fuera de su propia piel, vio que su cara cambiaba a una sonrisa seductora, que sus hombros se cuadraban y que se inclinaba ligeramente hacia el señor Fong, estirando los brazos lánguidamente hasta casi tocarlo. *Qué rápido aprende el cuerpo a adaptarse*, pensó antes de oír una risita, aguda e infantil y muy poco característica de ella, que salía de su propia boca.

—Por favor, discúlpeme —se oyó decir—. ¡Estaba tan impresionada por su generosidad que se me ha olvidado responder! Por supuesto que quiero el trabajo. Estoy muy agradecida por la oportunidad.

El señor Fong soltó un gruñido. Se fue a la parte de atrás y regresó con un *qipao* plateado (lo que llamaban *cheongsam* en Hong Kong) sobre el brazo. Se lo lanzó. Estaba hecho de un tejido barato y reluciente, y tenía agujeritos en los hombros a causa de las polillas.

—Empiezas esta noche —le dijo—. Vuelve a las nueve.

El trabajo era agotador. Suchi se pasó su primera noche disimulando su nerviosismo alrededor de los clientes, hombres de la zona que eran lo bastante pudientes como para gastar el dinero con frivolidad, pero no eran ricos ni de una clase social suficientemente aceptable como para obtener entrada a los verdaderos clubs de alta categoría. Se pasó las noches posteriores perfeccionando la sonrisa y la risa que utilizaba con ellos, un poco dulce como para resultar atractiva, pero no tan seductora como para ser memorable. Durante las siguientes semanas, aprendió a leer el humor y el temperamento de los clientes, y después moldeaba en consecuencia el sonido de su voz y transformaba su forma de comportarse, ya fuera haciendo pucheros o flirteando. Había unos cuantos hombres borrachos que la solicitaban, pero ella conseguía desarmar a la mayoría con una risita, apartándoles las manos de forma juguetona y distrayéndolos con otra copa. Si insistían, los conducía hasta los brazos de una de las cinco bailarinas contratadas. De vez en cuando, el señor Fong tenía que intervenir, pero eso lo ponía de mal humor y dejaba a Suchi toda la noche sin propinas a modo de castigo.

Pero, aunque los hombres a veces la miraban de forma lasciva mientras les servía sus copas o le pellizcaban el culo cuando se alejaba de sus mesas, ellos estaban especialmente interesados en las cantantes del escenario, Angela y Lily, dos mujeres jóvenes que se turnaban cada noche, las flores más preciadas del ramo del señor Fong. Llevaban llamativos *cheongsams* hechos de jade, escarlata y oro, con tocados a juego en la cabeza. Hacían versiones de canciones pop de Hong Kong en inglés, viejos temas cantoneses, *shidaiqu* importado de Shanghái (incluida Bai

Guang, cuyas canciones todavía hacían que a Suchi se le retorciera el estómago), y canciones pop norteamericanas y británicas, acompañadas por una orquesta de baile compuesta por cuatro músicos de aspecto exhausto.

La primera vez que Lily comenzó a cantar la familiar melodía de «Sueño de amor», Suchi se sobresaltó tanto que casi se le cayó la bandeja que estaba llevando. El hombre al que iba a servir la miró de forma extraña, pero ella se recuperó con rapidez.

—¡Su voz es tan bonita que se me había olvidado dónde estaba! —dijo, riéndose con esa risa poco familiar que ahora se había convertido en la suya. El hombre le sonrió con indulgencia y le dio una palmadita en la mano.

—Es bueno que sepas apreciar el talento —respondió.

Suchi se marchó a toda prisa al servicio, donde se quedó secándose las lágrimas durante cinco minutos.

Después de un mes, el trabajo se volvió repetitivo, noches de entumecimiento en las que fingía ser alguien que no era. Hasta la música que había amado una vez se convirtió en ruido de fondo, aunque a veces Suchi se daba cuenta de que tarareaba las melodías. Recordó brevemente su antiguo sueño de ser cantante, pero cuando veía cómo los hombres abordaban a esas mujeres después de que terminaran en el escenario, se daba cuenta de que su padre había tenido razón: esa vida tan solo era otra forma de prostitución.

Durante el día, trataba de convencer a Sulan para que saliera de la cama. Estaba empeorando. Rara vez se duchaba, murmurando que la agotaba quedarse tanto tiempo de pie bajo el agua; las otras chicas se quejaban de que estaba apestando la habitación con su aroma agrio. Comía poco, aunque Suchi solía llevar a casa manjares de la cocina del club: empanadillas fritas, cerdo a la barbacoa y hasta calamares sazonados de vez en cuando.

—Zhang Sulan —le dijo un día, agotada e impaciente—. Como no te levantes, ¡te vas a morir!

—Bueno, pues a lo mejor deberías dejar que lo hiciera —respondió su hermana desde dentro de la cama.

—¡¿Cómo puedes decir algo así?! —siseó Suchi—. ¡¿Qué dirían M'ma y Apa si te oyeran?! Después de haber sacrificado tantas cosas para enviarnos aquí, para asegurarse de que sobreviviéramos...

—M'ma y Apa están muertos —replicó Sulan—. Ya no importa lo que piensen.

Suchi le quitó la colcha de encima con un tirón violento. Su hermana estaba aovillada de costado, inmóvil. Pensó en la carta, la que nunca le había enseñado a Sulan, primero porque estaba demasiado consternada y llena de culpa después del incendio, y después, cuando su hermana se fue volviendo cada vez más taciturna e insociable, porque no tenía el valor de cargarla con aquel peso imposible. En lugar de eso, respondió a Siau Zi ella misma para decirle que Sulan estaba demasiado enferma como para regresar a Shanghái, pero le suplicó que ayudara a Apa de todos modos. Se ofreció a enviarle dinero. Dijo que podía enviarle joyas. Pero no había recibido ninguna respuesta a esa carta, ni tampoco a las que había despachado durante los años posteriores, y la culpa por lo que probablemente había permitido que le pasara a su padre era algo que trataba de empujar hasta un lugar profundo dentro de su tripa. Ahora, mirando la figura débil e inútil de Sulan, acudió a ella el horrible pensamiento de que no sabía si había valido la pena intercambiar la vida de Apa por la de Sulan.

La primera vez que Lam Saikeung entró en el club, Suchi no se fijó en él. Solo cuando se acercó al reservado donde estaba sentado con dos compañeros tuvo la sensación de que era diferente a los demás.

No era guapo. Empezaba a clarearle la frente, tenía los labios incoloros y delgados, y era pálido, demasiado pálido, de una forma casi enfermiza. Pero había una confianza silenciosa en su comportamiento que transformaba sus facciones en algo interesante. Suchi se dio cuenta de que se sentaba en una postura que era al mismo tiempo lánguida y erguida, rodeando con los brazos la parte trasera del reservado con una gracilidad felina. Su cara era una fina capa de despreocupación; apenas le echó un vistazo a Suchi cuando le tomó el pedido de un whisky con gaseosa. Él encendió un cigarrillo y volvió a dirigir su atención a sus amigos, que estaban discutiendo de forma animada. Cuando ella se dio la vuelta para ir a por su pedido, él captó su mirada y esbozó una sonrisita, deslizando la vista hacia sus acompañantes y después otra vez a ella, como diciendo: «¿Tú estás viendo a estos dos?». Suchi le devolvió la sonrisa con indulgencia, tal como había ensayando frente al espejo, porque no estaba segura de cuál era la respuesta apropiada para su gesto.

Más tarde, cuando regresó con las bebidas, el hombre le dijo sin mirarla:

—De modo que conoces esta canción.

La sonrisa falsa de Suchi vaciló. No se había dado cuenta de que había estado cantando en voz alta la letra de la versión de Lily de «Rosa, Rosa, te amo», de Yao Lee.

Recuperó la compostura con rapidez y soltó una risita.

—Vaya, ¡me has atrapado!

—Últimamente esta versión en mandarín no se canta tan a menudo como la versión estadounidense —señaló el hombre, sin seguirle el coqueteo. Tenía la atención fija en Lily—. Me sorprende que te sepas la letra.

—Era popular en Shanghái cuando yo era pequeña —explicó sin pensar. Entonces, al darse cuenta de que había revelado demasiado, añadió—: Pero, por supuesto, a estas alturas todas nos sabemos la letras de las canciones. Las escuchamos todas las noches.

—Así que eres de Shanghái —dijo el hombre, volviéndose al fin hacia ella con interés—. ¿Escapaste durante la guerra o la hambruna?

—La guerra —respondió ella. Se sentía nerviosa por el giro serio que estaba tomando la conversación—. Pero ¿quién necesita hablar de cosas tan deprimentes ahora mismo? Todos estamos aquí para pasar un buen rato, ¿no es así, caballeros?

Se estaba dirigiendo a los acompañantes del hombre, que se rieron bulliciosamente y levantaron sus vasos para brindar por sus palabras mientras ella se apresuraba a escabullirse.

Durante varias horas, el hombre no trató de hablar con ella otra vez. Pero, cuando la noche estaba terminando, con Lily ya sentada fuera del escenario con un grupo de clientes VIP del club, él encontró a Suchi en la barra.

—Me gustaría saber más acerca de tu infancia en Shanghái —le dijo sin preámbulos.

Ella levantó la mirada del vaso que estaba enjuagando, confusa.

—¿Qué?

—Has dicho que creciste en Shanghái. Yo nunca he estado allí, pero sí que he visto fotos y películas. ¿No va de eso todo esto? —preguntó, señalando sus alrededores con un gesto—. Fong está obsesionado con replicar la Shanghái de los años treinta. Pero yo estoy más interesado en aprender sobre la auténtica Shanghái.

¿Aquello era una proposición? Suchi trató de comprobar si había un atisbo de eufemismo en su tono, pero tanto la voz como la cara del hombre eran estoicas.

—Tengo tres mesas más —replicó.

Era una excusa pobre, ya que la mayoría de las mesas se encontraban vacías, y las que no lo estaban, tenían hombres borrachos tirados sobre ellas. Sin embargo, aquel hombre parecía estar completamente sobrio, a pesar de las numerosas bebidas que le había llevado durante la noche.

—Pagaré por tu tiempo —dijo él.

Ahora, Suchi estaba segura de que el hombre le estaba haciendo una proposición. Sonrió ampliamente.

—Ah, no querrá desperdiciar su dinero conmigo. He oído que Angela también es de Shanghái. Actúa aquí los martes, jueves y viernes. A lo mejor debería preguntar si tiene algún hueco libre.

Antes de que él pudiera responder, Suchi se alejó flotando en dirección a las demás mesas, esperando que la furia que sentía quedara oculta por debajo de su sonrisa.

El hombre regresó varias veces más durante el siguiente mes. En cada ocasión le preguntaba si tenía tiempo para hablar, y en cada ocasión, ella lo evadía. A Fai no le pasó desapercibido su interés por Suchi.

—Se llama Lam Saikeung —le dijo un día. Ya casi había amanecido, y se estaban preparando para irse a la cama después de una larga noche en el club—. Se dice que ha ganado mucho dinero recientemente gracias a su negocio de transporte de mercancías. Si continúa creciendo de esta manera, se convertirá en uno de los hombres más ricos de Hong Kong en un abrir y cerrar de ojos.

—Me alegro por él —respondió Suchi mientras se peinaba.

Fai se lavó los dientes y escupió el agua sucia.

—Tan solo digo que, si tú no te acuestas con él, a lo mejor lo hago yo.

—Pensaba que no te acostabas con los clientes —replicó Suchi.

—Estoy esperando al hombre apropiado.

—Claro —dijo ella. Se metió el neceser por debajo del brazo y se dirigió a la habitación que compartían.

Sulan comenzó a gemir de dolor por las noches. Al principio, Suchi pensaba que su hermana estaba teniendo pesadillas, pero esta insistía en que el dolor era real. Sentía como si tuviera hierros ardiendo dentro de la espalda; sus brazos sufrían espasmos y después caían inertes junto a ella. Las demás chicas se quejaban de las interrupciones nocturnas de Sulan. Después de alrededor de una semana igual, ella aceptó por fin ir a ver a un médico.

El primer doctor, un hombre mayor que colocó dos dedos sobre la muñeca de Sulan para tomarle el pulso, les dijo que tenía varios meridianos importantes bloqueados. Introdujo ocho delgadas agujas en distintas zonas de su cuero cabelludo y las hizo girar vigorosamente mientras ella apretaba los dientes.

—El bloqueo ha desaparecido —les dijo después—. Pero tan solo es una solución temporal para tu desequilibrio interno. Vas a tener que venir dos veces por semana durante al menos tres meses si quieres librarte del dolor de forma permanente.

Les dio una receta que llevaron a la farmacia tradicional que se encontraba no muy lejos de allí, donde les dieron unos caros paquetes con mezclas de raíces y hierbas que hervían cada día para preparar un té que Sulan se bebía.

Durante los primeros días, ella aseguraba sentirse mejor. Y realmente tenía mejor aspecto. Se lavaba todos los días, parecía de mejor humor, tenía apetito y limpiaba la habitación cuando todas las chicas estaban en el trabajo. Hasta había empezado a hablar otra vez sobre buscar a sus padres. Pero, al llegar el cuarto día, Sulan volvió a quedarse en la cama y no quería beberse la medicación que le había prescrito el doctor, diciendo que le provocaba náuseas. En cuestión de dos días, el dolor regresó. Suchi le insistió para volver al acupunturista, pero su hermana le dijo que no tenía ningún deseo de que la pincharan como si fuera carne que estuvieran revisando para ver si estaba hecha.

—Además —dijo—, no tenemos dinero para eso.

Suchi no podía discutirle ese último punto.

Unas cuantas semanas más tarde, Suchi convenció a Sulan para ir a ver a un doctor de educación occidental que había sugerido una de las otras camareras. Era caro, pero su hermana había comenzado a dormir tan poco debido al dolor que se le habían formado unas sombras moradas bajo los ojos.

El médico, un hombre blanco de aspecto severo, le apretó con los dedos diversas partes de las piernas y los brazos, preguntándole dónde sentía dolor en un mandarín con un fuerte acento.

—Ahora mismo no me duele —respondió ella, como una niña taciturna.

Él le hizo una radiografía para asegurarse de que no tuviera ningún hueso roto. Al final, le dijo que no le pasaba nada.

—Es un dolor fantasma —explicó—, probablemente provocado por el estrés. No hay nada que se pueda hacer. Te sugiero que pases más tiempo descansando en la cama.

Suchi se sentía furiosa, tanto con el doctor como con Sulan. Le entraban ganas de gritar: «¡Lo único que hace es estar tumbada en la cama!».

La factura de esa consulta fue más cara que la visita al médico chino y las medicaciones herbales juntas. Suchi no se podía creer que se hubiera gastado tanto dinero solo para que el doctor declarara que el dolor era cosa de la imaginación de Sulan.

No podía obligar a su hermana a volver a visitar al médico tradicional, pero comenzó a ir a la farmacia todas las semanas para pedir la prescripción del doctor y entregar una parte considerable de sus propinas. Todas las noches, antes de irse a trabajar, obligaba a Sulan a sentarse en la cama para beberse la infusión maloliente. Ella lo hacía sin quejarse, pero, inmediatamente después, volvía a meterse bajo las sábanas.

De vez en cuando, después de otra noche humillante de hombres manoseándole el culo, Suchi volvió a casa y se quedaba mirando la figura dormida de su hermana. Pensaba en lo que había dicho el médico británico, que era un dolor fantasma, y sentía la necesidad de sacar a Sulan a rastras de la cama y obligarla a ponerse en pie, a hacer algo, cualquier cosa. «¡Yo también los echo de menos!», quería gritar. «Pero, si me rindiera a mi tristeza, las dos moriríamos en la calle».

Una noche, Lam Saikeung fue al club solo. Había estado yendo varias veces al mes, sentándose donde sabía que Suchi servía. Esta lo observó mientras la anfitriona lo acompañaba hasta su reservado habitual. Antes de que la mujer se marchara, él se inclinó hacia ella y le dijo algo. Suchi respiró hondo, preparándose para rechazar las insinuaciones de Saikeung otra vez. Pero, entonces, el señor Fong apareció y se sentó junto a él. Un momento después, se dieron las manos y el dueño del club se acercó a Suchi.

—Asegúrate de atender especialmente bien al reservado número tres —le dijo, con una sonrisa que mostraba demasiados dientes.

Una rabia fría y pegajosa corrió por debajo de la piel de Suchi. Lam Saikeung había acudido directamente al señor Fong, como si este fuera su proxeneta. Y ahora, simplemente se esperaba que ella lo sirviera y cumpliera su voluntad. ¡Qué valor! Ningún trabajo merecía la pena de tener que pasar por eso. Caminó pisando fuerte hasta su reservado, sin molestarse en utilizar su fachada amistosa, mientras se imaginaba arrancándole el cigarrillo de entre los dedos y lanzándoselo a la cara. Para cuando estuvo frente a él, había empezado a temblar tan fuerte que no podía hablar. Trató de expresar su furia con palabras, pero, antes de que pudiera hacerlo, el señor Lam hizo un gesto hacia el asiento a su lado, sin girarse para mirarla.

—Cheung Soukei, aquí estás. Por favor, siéntate.

—¿Qué? —siseó ella, o trató de hacerlo. La palabra salió más como un susurro.

—He comprado tu tiempo durante el resto de la noche. No tienes que servir ninguna mesa. Tan solo sentarte y hablar conmigo. —Suchi obedeció en silencio, reprendiéndose a sí misma por ser tan cobarde—. Espero que no te hayas enfadado —añadió él—. Pero siempre estás demasiado ocupada como para mantener una conversación, así que esta era la única manera.

Entonces la miró y, por primera vez, le mostró una sonrisa. Cuando sonreía, sus facciones se volvían más suaves y cálidas de alguna manera. Sus ojos eran oscuros y carismáticos, y ella comprendió cómo había logrado el éxito en los negocios; tenía una cara que, cuando te miraba, te hacía sentir como si fueras la persona más importante del mundo.

Se endureció por dentro contra él, aunque por fuera estaba transformando su cara en algo dulce, inocente e ingenuo.

—Eso es muy considerado por su parte, señor Lam —dijo—. Me siento halagada. Pero, verá, sería injusto que yo permitiera que las demás chicas se ocupasen de mi trabajo. Si yo no estoy trabajando, cada una de ellas va a tener que encargarse de mis mesas, y les pagarán lo mismo de todos modos…

Se detuvo a sí misma, ya que no quería hablar mal de su jefe.

—Sí, el señor Fong lo ha mencionado. —El hombre frunció el ceño y, brevemente, la fachada de calidez se desvaneció. Con otro parpadeo, regresó—. Es un auténtico empresario, pero supongo que todo el mundo lo es en estos tiempos. En cualquier caso, también he compensado los salarios de las demás chicas. Y he enfatizado que espero que el dinero se utilice a modo de gratificación.

Suchi trató de no dejar patente su irritación. Ser rico era una cosa, pero ir lanzando el dinero por ahí para que las cosas se doblegaran a tu voluntad era algo muy distinto.

—Deberías sentirte halagada —continuó el señor Lam—. Estoy haciendo todo esto para poder conocerte.

—¿Por qué yo? —preguntó Suchi, y entonces se encogió. No había pretendido sonar exigente.

Lam Saikeung no pareció darse cuenta.

—Ya te lo he dicho. Quiero oír sobre tu infancia en Shanghái. Algún día podremos comerciar libremente con China otra vez, y me gustaría saber un poco más sobre ese lugar de boca de alguien que vivió en su joya de la corona.

—¿Y por qué no Angela? —inquirió ella, ahora con más suavidad.

Lam Saikeung le echó un vistazo al escenario, donde en ese momento la chica estaba cantando «The Ding Dong Song», una versión en inglés de «La segunda primavera» que era un insulto para la original. A Suchi le pareció ver un atisbo de desdén en la cara del hombre. Este le dio una calada a su cigarrillo.

—No me gusta pelearme con perros por las sobras. —Suchi, que apenas había intercambiado dos palabras con Angela, se sintió a la defensiva en su nombre. Aunque era probable que la joven se hubiera acostado con los clientes, siempre había sido agradable con las demás chicas—. En cualquier caso —continuó el señor Lam—, prefiero compañía más madura, y no tener que cuidar de niñas pequeñas. —Le dio unos golpecitos al cigarrillo contra el cenicero de cristal y sonrió, y Suchi comprendió que había adivinado que ella era mayor de lo que había dejado caer—. ¿Satisfecha? ¿Tienes alguna pregunta más?

—No —respondió, dándose cuenta de que ya le había dado su consentimiento para aquella conversación de forma implícita. Se había sentado, había hablado con él, y ahora ya era demasiado tarde para dar marcha atrás. *Bueno*, pensó. *Solo es una conversación*.

—Bien —dijo él—. Entonces, ¿por qué no me hablas del lugar donde creciste?

Había pasado mucho tiempo desde la última vez que Suchi se había permitido rememorar el pasado; no había querido volverse como Sulan, debilitada por los recuerdos dolorosos. Se le quedó la mente en blanco y, durante un momento de pánico, pensó que, como había escondido el pasado detrás de un muro, sus recuerdos le resultarían inaccesibles para siempre.

Pero no. Una chispa de la voz de M'ma resonó en su oído y las imágenes la inundaron por completo, parpadeando con tanta rapidez que apenas tenía tiempo para escoger una y examinar lo que era. Lo primero que acudió a ella fue el conejito pintado junto a la puerta trasera de su *shikumen*, de modo que empezó por ahí y le proporcionó una imagen detallada de cada estancia al señor Lam. A partir de ahí rememoró el resto del *longtang*, conduciéndolo por los callejones, presentándole a los vecinos en los que llevaba mucho tiempo sin pensar. Ahora los recuerdos acudían a ella en un flujo constante, y se movía a través de ellos mientras trataba de no permitirse ahondar el tiempo suficiente en ninguno como para ponerse sensible. Compartió cómo Sulan y ella solían subir al tejado durante la Batalla de Shanghái para ver el humo que se elevaba desde la ciudad, cómo su madre se sentaba en el callejón los días que hacía buen tiempo para bordar pequeños zapatos de seda. Describió la librería de Apa. No mencionó a Haiwen.

Ahora que Lam Saikeung sabía que podía comprar su tiempo, acudía con frecuencia, una vez por semana y a veces hasta dos. Fai, que no podía resistirse a compartir cotilleos, le dijo alegremente a Suchi que las demás chicas estaban molestas por el acuerdo.

—Están haciendo apuestas sobre cuánto tiempo tardarás en acostarte con él, cuánto tiempo tardará en tomarte como su esposa. —Suchi respondió que preferiría cortarse las venas antes de ser la querida de nadie, pero su compañera la miró con escepticismo—. Un hombre *jamás* quiere solo conversación, ¿sabes?

Suchi estaba secretamente preocupada por lo mismo. Pero, a lo largo de las semanas, se permitió deshacerse con cautela de parte de su ansiedad. El señor Lam era siempre respetuoso; jamás la tocaba y jamás la hacía sentirse como si estuviera allí por cualquier otra razón que no fuera hablar con él. Comenzó, tal vez no a disfrutar de las noches hablando con Lam Saikeung, a no temerlas, al menos. Eran noches en las que no tenía que estar de pie, en las que los demás clientes no podían tocarla.

Cuando el hombre se cansó al fin de sus historias, comentó a contarle las suyas.

Su abuelo había sido un mercader de Guangdong que se había mudado con toda su familia a Hong Kong en mitad de la agitación de finales del siglo XIX. Lam Saikeung, que tenía diez años más que Suchi, había crecido en una Hong Kong joven, una que los británicos todavía estaban tratando de averiguar cómo gobernar. Ya era adulto para cuando llegaron los japoneses, y recordaba el terror de la batalla que se libró en la pequeña isla, el caos subsiguiente, la brutalidad y el sufrimiento.

—No había suficiente comida, ni suficiente trabajo —dijo—, así que deportaron a la gente sin trabajo a China. ¿Te lo puedes imaginar? ¿Crecer aquí durante toda tu vida y que de repente te metan en un barco hacia un lugar nuevo? —Una expresión sombría se extendió por su rostro—. Violaban a las mujeres, mataban a los hombres. Los habitantes de Hong Kong acabaron siendo como perros, peleando por granos de arroz, por trabajos de baja categoría limpiando mierda. Fue una época terrible.

Para cuando los japoneses fueron derrotados y expulsados, Lam Saikeung tenía veinticinco años y había estado manteniendo con vida a su madre, a su hermana y a sí mismo comerciando a través del mercado negro. Era hábil a la hora de hacer amigos, de convencer a la gente para que le hiciera favores, de conseguir con su encanto arroz y aceite de los mercaderes codiciosos, y oro y joyas de las *taaitaais* desesperadas.

—Siempre prefiero hacer las cosas por las buenas —dijo como si tal cosa, y Suchi se dio cuenta de la implicación.

Mientras los demás pasaban hambre, la familia de Lam Saikeung siempre tenía el estómago lleno. Cuando los británicos reafirmaron su control sobre la isla, y con la nueva guerra ciéndose en el norte, el hombre comenzó a exportar mercancías a Guangdong y más allá, hasta que, unos cuantos años después de que los comunistas ganaran, decidió que ya no valía la pena seguir corriendo el riesgo. En vez de eso, compró un barco y decidió ir por el buen camino. Durante los últimos quince años, se había convertido poco a poco en uno de los importadores de bienes de Europa más importante, y ahora estaba en buena posición para capitalizar la creciente industria textil de Hong Kong.

—Muchos de estos hombres de los textiles venían originalmente de Shanghái, al igual que tú —le explicó, y Suchi lo comprendió al fin. Aquel era un hombre que había cimentado su éxito sobre su habilidad para crear la ilusión de intimidad.

Una noche le dijo que su sueño era tener una flota de más de cien barcos, que su nombre estuviera grabado a lo largo y ancho de los mares.

Ella le respondió que estaba segura de que lo conseguiría.

—¿Qué hay de ti? —le preguntó él. La pregunta la sobresaltó—. Está claro que esto no puede ser tu sueño —añadió el señor Lam, con un tono burlón muy poco común en su voz.

Haiwen apareció entre los recuerdos de Suchi como una nota desafinada repentina. Pensó en las cosas que había anhelado una vez, las fantasías que se habían hecho realidad: había viajado, había visto algo más que su *longtang*, estaba en Hong Kong codeándose con cantantes y hombres pudientes. Pero la realidad no se parecía en nada a lo que había imaginado. Lo que más deseaba ahora era imposible: a su familia, a Haiwen, la comodidad de su hogar. Todos sus sueños se habían quedado en el pasado.

—Antes quería ser cantante —le contó—. Cuando era más joven, me plantaba sobre una roca en el patio de mi amigo y ensayaba las canciones que escuchaba por la radio.

—Ah, bueno, pues entonces estás en el lugar apropiado para eso —dijo el señor Lam.

Suchi negó con la cabeza.

—No me importa servir copas.

No tenía ningún deseo de ser Angela o Lily, ningún deseo de que los hombres se la comieran con los ojos más de lo que ya lo hacían.

Sin embargo, Lam Saikeung se excusó y la dejó sola, sentada con incomodidad mientras las demás chicas pasaban junto a ella y le lanzaban miradas envenenadas. Varios minutos más tarde, el hombre regresó.

—El señor Fong ha aceptado dejarte cantar las noches que venga yo, siempre que sea lo bastante temprano como para que Angela y Lily no hayan venido todavía.

Suchi sintió que el pánico crecía en su interior, pero el señor Lam veía el miedo como una debilidad. Trató de controlarse.

—Gracias —dijo recatadamente, bajando la mirada—. Estoy muy agradecida por la oportunidad.

Él se rio. Le puso una mano sobre la rodilla, la primera vez que la había tocado jamás, y ella necesitó toda su fuerza de voluntad para no apartar la pierna de golpe. El hombre le dio unas ligeras palmaditas.

—Después de todo lo que me has dado tú, ¿no va siendo hora de que yo te dé algo a ti?

Dos noches más tarde, Suchi subió al escenario. Miró la estancia tenuemente iluminada, el número reducido de clientes que había, entre los que por supuesto se encontraba Lam Saikeung, y le entraron ganas de vomitar. Las chicas la estaban mirando, y probablemente deseando que fracasara.

Lily le había prestado un *cheongsam* rosa con peonías bordadas, insistiendo en que necesitaba algo más llamativo para el escenario. Ella y Angela la habían enseñado a rizarse y arreglarse el pelo, la habían ayudado a maquillarse de forma apropiada para la noche; unas habilidades que le avergonzaba no tener a los treinta y cuatro años.

—No te pongas nerviosa —le dijo Angela—. Imagina que tu amado perdido hace mucho tiempo está ahí fuera, entre el público, sentado en algún lugar que no puedes ver. Cántale a él.

Pero, en el escenario, le resultaba difícil ignorar el sonido de las toses, de los hombres riendo ruidosamente, de Ah Lui, la encargada de la barra, gritando los pedidos. Cerró los ojos. Trató de silenciar el local, de enviar a su espíritu lejos de los hombres bulliciosos; lejos de Lam Saikeung, que estaba sentado con su languidez habitual en su reservado; lejos del señor Fong, que se encontraba en la parte de atrás con los brazos cruzados. Buscó más allá del club nocturno, más allá de las sórdidas calles, más allá de la propia Hong Kong, y al otro lado del puerto. Buscó una sombra de Haiwen. Sabía que estaba ahí fuera, en algún lugar de la distancia neblinosa, en un horizonte que no era capaz de distinguir. Lo visualizó con su violín acunado entre la barbilla y el hombro, el brazo levantado y el arco flotando sobre las cuerdas, y entonces la invadió una certeza: lo único que tenía que hacer era cantar las notas apropiadas y él lo sabría, sentiría que estaba viva, comenzaría a mover el arco sobre las cuerdas y tocaría con ella.

Oyó a la orquesta haciendo la señal para empezar. Un estruendo de metales dio comienzo a «Sueño de amor». Suchi abrió los ojos de golpe y comenzó a cantar.

ABRIL DE 1975

Taipéi

Haiwen estaba dormitando en su silla de mimbre después del almuerzo, consciente a medias de que sus hijas estaban discutiendo en su habitación. La radio estaba encendida de fondo y sonaban algunos clásicos populares, y él estaba soñando con su madre tarareando las melodías entre dientes mientras se aplicaba el maquillaje. Él estaba acuclillado en una esquina, observando su reflejo en el tocador, cómo se secaba los labios rojos en un cuadrado de papel de arroz, cómo se acicalaba el pelo. Ella captó su mirada en el espejo y le sonrió. «¡Doudou, ratoncito! ¿Qué estás haciendo aquí? ¿Estás escuchando cantar a mamá? ¿Estás escuchando? ¿Estás escuchando?».

Lo estaban zarandeando.

—¿Estás escuchando esto? ¿Lo oyes? —Abrió los ojos y se encontró a Linyee plantada frente a él, con las manos sobre sus antebrazos. Cuando la mujer vio que se había despertado al fin, lo soltó e hizo un gesto en dirección a la radio, negando con la cabeza—. No me lo puedo creer.

—¿Qué pasa? —preguntó Haiwen, pero ella no respondió. Estaba mirando fijamente la radio, con una mano sobre la boca.

Él estiró el cuello, tratando de comprender las palabras a través de la estática.

— ... con su mujer y el primer ministro Chiang Ching-kuo a su lado. Lloramos la pérdida de nuestro valiente líder, el presidente de nuestra gran nación...

—¿Qué está pasando? —preguntó Haiwen. La incredulidad palpitaba en su cerebro, lo que le impedía comprender las palabras.

—El presidente Chiang ha muerto —susurró Linyee—. Tuvo un ataque cardíaco anoche.

—¿El señor Chiang[13] ha… muerto? —repitió Haiwen, pero ella estaba cautivada por la transmisión de la radio, que ahora había comenzado a reproducir una declaración que Chiang Kai-shek había preparado unos cuantos días antes.

— … no debéis olvidar nuestro dolor y nuestra esperanza debido a mi muerte. Mi espíritu siempre estará junto a mis compañeros y mis compatriotas para cumplir los tres principios del pueblo, para recuperar el continente y para restaurar nuestra cultura nacional…

Haiwen se puso en pie abruptamente.

—No me lo creo.

Su esposa se dio la vuelta y lo miró.

—¿Qué?

Él se puso a dar vueltas por la estancia.

—Es propaganda. Tiene que serlo. Seguramente para engañar a los comunistas. Si piensan que el señor Chiang está muerto, bajarán la guardia. Tiene que ser un truco, una nueva estrategia.

Ella lo escudriñó.

—Estos últimos meses ha habido varios informes de que el presidente Chiang estaba enfermo… Tenía casi noventa años, no se podía esperar que siguiera estando sano y jovial.

Haiwen negó con la cabeza.

—No puede estar muerto.

—¡Pero lo está! —Linyee cambió la radio a otra emisora, que estaba repitiendo la declaración, la misma noticia—. ¿Lo ves? Todas las emisoras están diciendo lo mismo.

—¡Pero los medios están completamente controlados por el Estado! —dijo él—. Por supuesto que están diciendo eso. ¡Tienen que hacer que los comunistas se lo crean!

Su esposa lo siguió mientras iba a la cocina y se servía un vaso de agua caliente.

—A lo mejor si llamas a algunos de tus amigos que siguen estando en el ejército. Lau Fu, por ejemplo. Él lo sabrá.

Haiwen se bebió el vaso entero. El agua le abrasó la garganta mientras tragaba.

—Voy a salir —dijo.

Paseó sin rumbo en su moto durante un tiempo, pasando junto a los arrozales planos en los caminos que sabía que sus compañeros habían ayudado a construir, junto a los postes eléctricos que sabía que habían instalado ellos. Los cables estaban salpicados de pájaros, pero, por lo demás, no vio nada ni a nadie. Solo cuando se adentró en el corazón del pueblo comenzó a ver gente en grupos de entre dos y cuatro personas fuera de los edificios, con aspecto lúgubre. Oyó que alguien gritaba:

—¡Chiang Kai-shek ha fallecido!

A su alrededor, la gente estaba susurrando la noticia, que viajaba por las calles como un viento que soplaba con fuerza. Sin saber a dónde iba, siguió avanzando en la moto, hasta que se encontró frente a lo que solía ser su local de *pachinko* favorito.

Miró fijamente los escaparates a oscuras, el destello apenas perceptible de las luces en su interior. Se le crisparon los dedos. Llevaba bastante tiempo sin ir allí. Una década antes, poco después del nacimiento de su segunda hija, había sido un visitante habitual; el juego era una distracción del inexplicable vacío que le había provocado el nacimiento de Yijun. Después de Hong Kong, después de la semana en la que se había encontrado con Suchi, había dejado de jugar, había abandonado por completo los juegos de casino, y gracias a eso había salvado su matrimonio.

Se quedó sentado fuera del local durante un largo rato, pero no entró.

Ya casi había oscurecido para cuando subió por la Colina del Tesoro, una comunidad donde las casas construidas con piedras que sus habitantes habían recogido de la orilla del río con sus propias manos estaban desperdigadas caprichosamente por las laderas. Subió unos escalones de piedra irregulares en zigzag y recorrió los callejones hasta la casa de Zenpo, donde vio a Lau Fu holgazaneando fuera. El hombre tenía lágrimas en los ojos. Haiwen sabía que bajo la camisa todavía llevaba un sol republicano tatuado en el torso, con unos caracteres borrosos alrededor de sus rayos. «Recuperar el país perdido. Exterminar a los comunistas». Frases que les habían grabado a todos ellos, de forma visible o no.

Haiwen colocó una pesada mano sobre el hombro de su amigo. Juntos, llamaron a la puerta.

—¡Hermanos! —gritó Zenpo cuando vio a los dos hombres allí plantados. Ya estaba borracho, y se tambaleó peligrosamente mientras los dejaba pasar. Su estrecha casa estaba repleta de botellas vacías y periódicos viejos, y olía a humedad y moho. Los condujo hasta la mesa redonda de la cena—. Parece que nuestro inimitable líder ha partido al fin —dijo, levantando un vaso lleno de licor de un amarillo pálido—. Y, con él, la esperanza de recuperar nuestra nación.

—No digas eso —replicó Lau Fu.

—Ah, Lau Fu, todavía sigues siendo encantadoramente leal. —Zenpo les sirvió un vaso a cada uno—. Bebed, bebed.

Se habían conocido en el año 1955 mientras construían casas para los oficiales en Keelung. Habían descubierto que todos eran de la región de Zhejiang y Jiangsu, y por consiguiente, todos hablaban alguna variación del chino *wu*. En un lugar donde quedaban tan pocas cosas de su hogar, tener aquel idioma compartido, incluso con sus variantes regionales, era un alivio para ellos. Durante años, habían sido familia los unos para los otros, a pesar de las diferencias en sus personalidades.

En esa época habían sido cuatro: Lau Fu, el mayor y el líder. Zenpo, el bromista grosero. Haiwen, el confidente. Y Li Tsin. El joven y sensible Li Tsin. Incluso ahora, Haiwen no podía pensar en el muchacho sin que lo invadiera la tristeza.

Los tres hombres bebieron varios vasos más en silencio antes de que Lau Fu levantara su vaso y dijera:

—Por nuestro presidente, el señor Chiang Kai-shek, que en paz descanse. Descansa sabiendo que continuaremos tu lucha para recuperar el continente.

Se secó los ojos.

Zenpo resopló.

—Pero realmente no crees que eso vaya a pasar, ¿verdad? No puedes creer que todavía podría pasar, después de todo este tiempo. Si no hemos podido recuperar el continente con Chiang, ¿qué te hace pensar que podríamos ganar sin él?

—El señor Chiang cuenta con nosotros —insistió Lau Fu—. Nuestro trabajo es…

—Chorradas —replicó Zenpo—. ¿Qué acciones militares hemos llevado a cabo contra el continente en los últimos años? ¿Panfletos amenazantes lanzados por una ventana sobre Fujian? ¿Transmisiones sobre la gran república en alguna emisora de radio que esperamos que sintonice su gente? ¿Espionaje encubierto tan jodidamente encubierto que ni una sola persona se entere de ello?

—Los superiores saben muchas cosas que nosotros no sabemos —dijo Lau Fu—. Tenemos que confiar en que estén trabajando en una estrategia.

Zenpo se sirvió otro vaso y le echó un vistazo a Lau Fu.

—A ti te ha ido bien, ¿eh? Alto rango, vivienda subvencionada, esposa, hijos, pensión. —La amargura en su voz sorprendió a Haiwen—. No me extraña que, mientras los demás hemos perdido la esperanza a lo largo de los años, tú te hayas vuelto más fiel que un perro.

—Serás… —dijo Lau Fu, y comenzó a levantarse de la silla, pero Haiwen intervino.

—Venga ya, hermano, ¿cómo puedes decir una cosa así? Sabes que Lau Fu apenas duerme con todo el trabajo que tiene.

A pesar de los ingresos estables del susodicho gracias al ejército, él y su mujer lavaban ropa todas las noches para ganar un dinero extra con el que pudieran permitirse las matrículas de sus hijos. Durante el día, la mujer vendía leche de soja y *youtiao* en un carrito.

Zenpo miró a Haiwen.

—Pero tú no tienes ese problema, ¿a que no? Tu *ming* es mejor que el mío, con tu educación de lujo en Shanghái y todo eso. No todos tenemos tanta suerte como para que nos ofrezcan un trabajo de dirección en el sector privado.

Haiwen se sintió herido y sorprendido por la amargura en el tono de Zenpo. Este lo había felicitado cuando se retiró del ejército en 1964 después de encontrarse con un antiguo compañero de su padre. El señor Hsieh, que era dueño de una empresa textil, recordaba que Haiwen hablaba algo de inglés y lo contrató al momento. Había sido un giro afortunado de los acontecimientos: Linyee acababa de quedarse embarazada de su segunda hija, y les preocupaba tener que alimentar a cuatro bocas con el exiguo salario del ejército. Incluso entonces, cuando pensaba en ello, sentía una mezcla de gratitud y pesar: su padre lo había salvado incluso estando ausente, y aun así, él había sido incapaz de ser un buen hijo, estaba demasiado lejos como para hacer algo para cuidar de él a cambio.

Haiwen miró dentro de su vaso.

—Te pregunté si querías que moviera algunos hilos, todavía puedo preguntarle al señor Hsieh…

—¿Sí? ¿Y qué crees que dirá tu jefe cuando sepa mi origen? —Zenpo se tragó otro sorbo de licor, y después succionó ruidosamente con los dientes—. Algunos de nosotros somos estúpidos jovencitos de granja que solo valemos para trabajar duro.

Haiwen no sabía qué decir. Zenpo lo había tenido más difícil que cualquiera de los otros dos. El hecho de que lo hubieran obligado a alistarse significaba que nunca había tenido ninguna posibilidad de lograr un ascenso, porque el ejército siempre dudaría de sus lealtades. A diferencia de Haiwen y Lau Fu, no se había casado, porque, para hacerlo, tendría que declarar muerta a la mujer embarazada que había dejado en casa, y se negaba a hacerlo. Con poco más que la educación primaria terminada, Zenpo no estaba cualificado para los trabajos del sector privado, de modo que continuó trabajando para la asociación de veteranos del ejército, arando tierra en zonas remotas, construyendo autopistas y túneles. Aunque el salario era decente, a menudo era peligroso; Zenpo había visto a sus compañeros estallando en pedazos por la dinamita mientras pavimentaban carreteras a través de los cañones rocosos que rodeaban la garganta de Taroko; él mismo había perdido el uso de uno de sus dedos cuando una roca bajó rodando por la pared del acantilado que había estado cincelando y le aplastó la mano. Sin embargo, a pesar de todo, y aunque siempre solía maldecir el trabajo, su suerte y a los otros oficiales, jamás había mostrado resentimiento porque su situación hubiera resultado ser tan diferente a la de sus amigos. Hasta entonces.

Haiwen negó con la cabeza.

—Hermano…

Zenpo se tragó lo que le quedaba en el vaso.

—¿Sabéis? Ya no sabría decir si yo he tenido más suerte que ese idiota de Li Tsin, o si él fue el afortunado.

Al oírlo, Lau Fu golpeó la mesa con el vaso.

—¡¿Cómo puedes decir eso?! ¡La muerte de Li Tsin fue una tragedia!

—Así que una tragedia, ¿eh? —replicó Zenpo. Hablaba en voz alta, arrastrando las palabras—. ¿La postura oficial del partido no es que los que cometen suicidio son unos traidores? —Agitó el brazo, como si estuviera apartando el comentario a un lado—. Olvidadlo. No puedo esperar que lo entendáis. ¿Por qué ibais a querer volver cualquiera de los dos cuando os habéis labrado unas vidas tan buenas aquí?

—¡Pues claro que queremos volver! —explotó Lau Fu—. ¿Quién de nosotros no echa de menos su hogar? ¿Quién de nosotros quiere morir en este suelo extranjero?

—Pero no es suelo extranjero, ¿verdad? —preguntó Zenpo con sarcasmo—. ¿No es eso lo que tú y los de tu índole no dejáis de recordarnos? Es China. Todo esto es la puta China. ¡Pero es que no es la puta China de Mao! Es la puta China de ese idiota de Chiang, ¿y qué clase de China es esta? ¡Seguro que la Ciudad Prohibida es más grande que toda esta isla llena de mierda!

—Hermano, creo que has bebido demasiado —dijo Haiwen, tratando de quitarle el vaso, pero la mano de su amigo estaba firmemente cerrada a su alrededor.

—Envidio a Li Tsin, de verdad que sí —continuó Zenpo, y Haiwen se dio cuenta de que estaba llorando—. Él fue el más listo de todos nosotros. Yo soy un cobarde llorón comparado con él.

Se secó la cara con el antebrazo, moviendo la cabeza de arriba abajo.

El corazón de Haiwen se llenó de preocupación. Le echó un vistazo a Lau Fu, con la esperanza de que su amigo lo ayudara a meter a Zenpo en la cama, pero vio que estaba mirando fijamente el suelo, con la mandíbula apretada. Un momento después, se sirvió lo que quedaba de la botella, se lo bebió y se puso en pie, haciendo chirriar la silla sobre el suelo de tierra.

—No, lo que eres es un cobarde traicionero —le dijo a Zenpo—. Debería denunciarte, pero eso sería un desperdicio de los recursos de nuestro país. Avergüenzas a los que han entregado sus vidas por este país. Avergüenzas al presidente.

Salió por la puerta pisando fuerte.

—¡Una vergüenza es perder una guerra y no estar dispuesto a admitirlo! —gritó Zenpo detrás de él—. ¡Una vergüenza es mentirle a tu pueblo incluso después de tu muerte!

Haiwen dirigió la mirada desde la puerta hasta Zenpo, que había dejado caer la cabeza sobre la mesa.

—Voy a traerte un poco de agua, hermano —le dijo—. Después, a lo mejor puedo llevarte a la cama. —Zenpo le hizo un gesto de rechazo, aferrando el vaso vacío con la otra mano—. Es un día duro —continuó Haiwen—. Es un día duro para todos nosotros.

—Todos los días son duros —murmuró su amigo—. Es solo que algunos días puedes olvidarlo.

Unos cuantos días después, Haiwen y Linyee vieron en su televisor en blanco y negro al presentador de las noticias anunciando que iban a trasladar el cuerpo de Chiang Kai-shek al salón conmemorativo nacional de Sun Yat-sen, donde, durante una semana, los ciudadanos podrían presentarle sus respetos antes de que se lo llevaran al lago Tzuhu, su lugar de descanso favorito.

—Deberíamos ir —dijo Haiwen—. Todos.

—¿Qué? —preguntó Linyee—. Pero las colas van a ser increíblemente largas, y los dos tenemos que trabajar.

—Tenemos que presentarle nuestros respetos.

Ella se quedó en silencio durante un momento. Echó un vistazo al pasillo, en dirección a la habitación de las niñas. Cuando habló, lo hizo en voz baja.

—Pero ¿acaso él hizo algo por ti alguna vez? —Aunque lo estaba diciendo con calma, su marido podía sentir su furia—. Te separó de tu familia, te dejó atrapado en una tierra extranjera. Él es la razón por la que tienes pesadillas, la razón por la que lloras por las noches.

Haiwen negó con la cabeza.

—Él era mi general —dijo—. Es mi deber rezar para que tenga un viaje seguro hacia la próxima vida.

Linyee lo miró de reojo.

—No te comprendo —admitió—. En todos estos años, a pesar de que nunca lo dijeras, sé que no has sentido ninguna lealtad en particular hacia la causa nacionalista. Y ¿por qué deberías hacerlo? Ellos te obligaron a unirte a una guerra perdida. Te trataron como si no valieras nada. Un salario bajo, sin carné de identidad, sin casa ni pensión. Tuvimos suerte de que hubieran cambiado las leyes sobre el matrimonio cuando nos conocimos, ¡o ni siquiera habrías podido empezar tu propia familia! Si no fuera por el señor Hsieh, todavía estarías matándote en algún trabajo deplorable de salario bajo para el gobierno, y nosotros todavía estaríamos viviendo en ese cuchitril mohoso que construiste tú mismo en Keelung.

Haiwen cerró los puños con fuerza.

—Eso no tiene nada que ver.

—Si quieres ir, puedes ir —dijo ella—. Pero yo no voy a ir contigo.

—¿Por qué no?

Lo único que quería era el apoyo de su esposa. ¿Acaso era pedir demasiado?

Linyee no respondió de inmediato. Finalmente, casi susurrando, respondió:

—Él no es *mi* general.

Haiwen se dio la vuelta para mirarla, ofendido.

—Él era la última esperanza para millones de chinos…

Ella respiró hondo.

—A veces creo que se te olvida quién soy. Te casaste con una mujer taiwanesa. Soy *taiwanesa*. Yo no crecí en China, no nací allí. Ni siquiera había conocido a ninguna persona de China hasta que vosotros llegasteis. Durante toda mi vida, todas las personas de autoridad nos han obligado a ser más como ellos. Primero los japoneses, y después los tuyos. Exigiendo que cambiemos nuestro idioma, nuestras costumbres, nuestra ropa, diciéndonos que eso nos haría más civilizados, más cultos. Cuando era más joven, yo también lo creía, estaba demasiado desesperada por parecer más educada, más cultivada. Quería ser merecedora del famoso imperio chino del que mi profesora del continente no dejaba de hablar; quería despojarme de lo que me hacía ser taiwanesa.

—«¿Los tuyos?». Entonces, ¿ahora qué soy para ti, nada más que un extranjero?

Le escocía que las sospechas y la exclusión que había experimentado por parte de los lugareños durante todos esos años fuera algo que su mujer pudiera compartir.

—¿Me estás escuchando siquiera? —le preguntó Linyee, con la voz tensa.

—Te he oído comparándome con los japoneses —replicó él, escupiendo la palabra «japoneses».

Después de un momento, ella dijo:

—¿Sabes? Si le preguntaras a mi padre, te diría que la vida bajo el dominio de los japoneses no estaba tan mal. Mejoraron la sanidad pública y el sistema educativo, construyeron carreteras y ampliaron la red eléctrica. Para los granjeros de ostras como mi familia, fueron cambios muy bienvenidos.

Haiwen se puso rígido. ¿Con quién se había casado? ¿Cómo podía quererlo y decirle esas cosas?

—¿Es que no sabes lo que han hecho? —preguntó.

Sentía náuseas. Olvidando los crímenes que habían cometido en el continente, solo en Taiwán había un catálogo de atrocidades: mujeres lugareñas violadas y secuestradas, aborígenes masacrados, disidentes asesinados.

—¿Y tú no sabes lo que han hecho los nacionalistas? ¿Lo que ha hecho Chiang?

Su voz sonaba calmada, pero las palabras hirieron a Haiwen de todos modos.

—Entonces, ¿por qué estás conmigo? ¿Por qué te casaste conmigo si represento todo lo que tú y tu familia odiáis tanto?

Ahora la relación con su suegro era cordial, aunque no cercana, pero Haiwen jamás había olvidado la historia inicial entre ellos: los meses de lágrimas que su mujer había derramado después de que su padre la repudiara, los ataques verbales que él había soportado en silencio cuando fueron a rogarle su aceptación después de que Yiping naciera.

—*Aiya*, viejo, ¿puedes dejar de ponerte tan a la defensiva? Eres mi marido. Te elegí porque eres atento y amable, generoso y de mente abierta. Y volvería a elegirte; no me arrepiento de nada. Tan solo digo… que yo veía a los nacionalistas y toda su historia y la guerra que trajeron con ellos con gafas de color rosa, porque eso era lo que me habían enseñado a creer.

—¿Y ahora?

—Ahora veo la realidad —dijo ella—. ¿Tú no?

Aunque la voz de Linyee era ligera y firme, sus palabras parecían una acusación. Haiwen pensó en las historias que había oído sobre los primeros años —susurradas tras puertas cerradas, reveladas tras rondas de bebidas—; cosas que incluso ahora, casi tres décadas más tarde, nadie se atrevía a decir abiertamente. Las protestas que terminaban con las calles bañadas en sangre. Los intelectuales apresados y encadenados juntos en mitad de la noche a los que nadie volvía a ver. El locutor de radio al que dispararon y murió entre los brazos de su hijo de diez años. Los jóvenes estudiantes universitarios ejecutados por tener libros que eran inapropiados. Los espías, los informantes, los interrogatorios, la acusaciones infundadas, las confesiones forzadas.

—Sabes que yo ni siquiera estaba en Taiwán durante el «incidente» —balbuceó—. Yo no tuve nada que ver con…

Linyee le puso la palma sobre la suya, deteniéndolo.

—Ya sé que tú no tuviste nada que ver con esas cosas terribles. Pero las cometió el gobierno para el que tú trabajabas, dirigido por el hombre al que ahora lloras. Así que, aunque puedo comprender que para ti él era el líder del país que todavía crees en tu corazón que existe, para muchos de mis compatriotas no era nada más que un dictador.

Haiwen dejó que sus palabras calaran. El calor desapareció de su rostro. En voz baja, dijo:

—No siempre fue así, ¿sabes? Cuando yo era muy joven, cuando estábamos en guerra con los japoneses, él les plantó cara, nos protegió. Era nuestro héroe. Estaba tratando de cumplir los sueños de Sun Yat-sen para China, de tener una república libre de la tiranía de los gobernantes de las dinastías.

—Los héroes son hombres —dijo Linyee—. Se pueden corromper. Y el presidente Chiang ya llevaba mucho tiempo siendo corrupto. ¿No te has preguntado alguna vez cómo es posible que los nacionalistas perdieran la guerra, con todo el apoyo extranjero y el dinero que tenían?

Él no dijo nada. ¿Qué podía decir?

Su esposa se quedó sentada con él, viendo las imágenes de los dolientes en la televisión un rato más. Después, le dio una palmadita en la pierna a Haiwen, se puso en pie y se marchó de la estancia.

Haiwen no fue al salón conmemorativo nacional de Sun Yat-sen para presentarle sus respetos al presidente Chiang. En vez de eso, veía los telediarios cada noche después del trabajo, y se quedaba absorto con las escenas de las largas colas, del majestuoso retrato del generalísimo adornado con flores junto a su ataúd, de los hombres y mujeres mayores que lloraban con tanta angustia que había que levantarlos por las axilas para alejarlos. Se sorprendió una noche cuando, entre la cola de antiguos soldados, vio la cara de Zenpo, que estaba afligido.

Diez días después de la muerte del mandatario, Linyee anunció que, durante el día libre, se iría a Keelung a visitar a su padre, que no se estaba sintiendo muy bien. Yiping, su hija mayor, dijo que pensaba salir a la calle para ver la procesión funeraria del señor Chiang con sus compañeros de clase.

—¿No quieres venir a despedirlo? —preguntó cuando Haiwen no se inmutó en su silla—. ¿No se supone que deberías ir, como antiguo soldado?

—Ve tú —respondió—. Creo que estoy por contraer un resfriado.

—Yo me quedaré con Ba —le dijo Yijun a su hermana, y el hombre se sintió conmovido por lo madura que parecía a los diez años—. Ya lo veremos después por la tele cuando lo pongan.

Yijun le sirvió un cuenco de sopa de nabo y costillas de cerdo que había dejado Linyee, pero él no tenía hambre. No dejaba de mirar la televisión. Cuando, varias horas más tarde, el aparato cobró vida, él se puso recto en su asiento.

La emisión comenzó en el salón conmemorativo, donde una hilera de niños de un coro cantaban un himno lastimero y angelical. Después de que cerraran el féretro que contenía el cuerpo del señor Chiang y lo cubrieran con la bandera republicana, doce portadores con trajes pálidos y brazaletes negros lo subieron sobre sus hombros cuadrados y dieron unos pasos lentos por el pasillo. La familia Chiang los seguía; sus expresiones eran difíciles de distinguir en la pequeña pantalla. En la plaza, una banda de metales tocó la marcha funeraria de Chopin, y Haiwen pensó para sí mismo lo absolutamente desesperada que sonaba la pieza. Subieron el féretro a un coche fúnebre, un vehículo adornado con centenares de flores blancas.

Unos minutos después, el vehículo recorría las mismas calles que había construido el ejército del presidente Chiang, seguido de un desfile de coches, motos y pequeños vehículos negros que llevaban su retrato. Haiwen se quedó impresionado por la multitud serpenteante que esperaba para presentarle sus respetos por última vez junto a la ruta. Algunas personas llevaban brazaletes negros en señal de duelo, y otros, unos sombreros blancos de papel o cintas para el pelo blancas. Muchos sostenían carteles conmemorativos y de tributo. Los agentes del gobierno, colocados en una hilera de trajes negros en la parte delantera, se arrodillaban y llevaban las cabezas al suelo cuando pasaba el coche fúnebre, mientras que los ciudadanos detrás de ellos hacían profundas reverencias de respeto. Durante los sesenta kilómetros de su viaje, desde la calle Jenai de Taipéi hasta las montañas que conducían a Tzuhu, los dolientes acompañaron al vehículo.

Cuando el coche fúnebre llegó a Tzuhu, volvieron a bajar el féretro sobre los hombros de los portadores. Y en el instante en que la banda de metales reanudó la lúgubre marcha funeraria, Haiwen se sintió invadido por un dolor tan intenso que no fue capaz de contenerse. Un sollozo burbujeó en su tripa y explotó a través de su garganta. Estaba ahogándose solo, incapaz de detenerse.

Yijun, que había estado sentada con las piernas cruzadas en el suelo junto a él, lo miró alarmada.

—Ba —dijo, con los ojos muy abiertos por la preocupación—. Oh, Ba.

Se puso en pie y le dio unas palmaditas torpes en el brazo.

Haiwen no quería que su hija lo viera de esa manera. Se secó las lágrimas con el dorso de la mano. Pero, en vez de eso, las lágrimas cayeron más deprisa, unas gruesas gotas que se mezclaban con los mocos. Era consciente de que estaba produciendo un pequeño aullido, como un sonido animal.

—Oh, oh, Ba, por favor.

Los ojos de Yijun se llenaron de lágrimas.

Su hija pequeña era muy buena chica. Muy sensible, muy cariñosa. Pero lo que ella jamás podría comprender, lo que su hermana y Linyee jamás podrían comprender, era aquel complicado dolor. A él no le importaba una mierda Chiang Kai-shek. Todo lo que Linyee había dicho era cierto. Era culpa del presidente Chiang que se hubiera visto obligado a alistarse en el ejército, era culpa del presidente Chiang que hubiera tenido que ver los cerebros de sus amigos explotando de un disparo, era culpa del presidente Chiang que hubiera tenido que disparar y matar a sus compatriotas. Era culpa del presidente Chiang que hubieran perdido una guerra ganada y se hubieran replegado a esa jungla. Era culpa del presidente Chiang que se hubiera tenido que separar de su familia, de Suchi, que le hubieran prohibido ponerse en contacto con ellos. Y sí, era culpa del presidente Chiang que tantos lugareños lo odiaran, era culpa del presidente Chiang que tantos inocentes hubieran sufrido y muerto simplemente por tratar de vivir una existencia justa y honrada.

Pero también era cierto que el presidente Chiang había sido su última esperanza; la última esperanza de todos ellos, Zenpo, Lau Fu, todos los hombres militares que se habían marchado a Taiwán sin saber que iban a quedarse tanto tiempo allí. Sin el presidente Chiang, no lograrían recuperar su tierra, no podrían regresar a China. Sin el presidente Chiang, no tendrían ninguna forma de recuperar lo que habían perdido. Todo lo que todavía había parecido posible, ahora había quedado extinguido para siempre. Regresar a Shanghái una vez más, dormir en el *shikumen* donde había crecido, reencontrarse con su familia. ¿Cómo podría explicar esa clase de desesperación? ¿Cómo podría comprender jamás su familia lo que era que un hombre, por muy imperfecto o despreciable que pudiera ser, fuera la única opción para la esperanza? Mientras el presidente Chiang había vivido, les había quedado un cordel deshilachado al que aferrarse, y ahora, hasta ese cordel había desaparecido.

Haiwen lloró. Por todo lo que había perdido, por todo lo que echaba de menos. Su sobrino creciendo. Su hermana casándose. Cuidar de su padre y de su madre conforme iban envejeciendo. La oportunidad de casarse con Suchi y compartir una vida con ella; aunque, por supuesto, aquel era un dolor complicado por su amor hacia Linyee y las niñas. Sus hijas jamás aprenderían shanghainés, jamás morderían esas empanadas de nabo hojaldradas de su madre ni verían una voluta de vapor caliente saliendo de ella. El antiguo pesar de no haber podido estudiar en el conservatorio de música o convertirse en violinista profesional, un pesar que había hecho que sintiera un dolor retorcido en el pecho cada vez que *escuchaba* siquiera un violín, volvió a abrirse como una herida reciente.

Yijun se agachó junto a él y le acarició el brazo.

—Ba —dijo, con las lágrimas corriendo por su cara—. Ba, por favor.

Estaba asustando a su hija, pero no sabía cómo parar. Había saltado un resorte dentro de él, y ahora no podía volver a guardarse ese dolor dentro. Se dio cuenta de que Yijun se ponía en pie y se marchaba, y se sintió aliviado. No quería que siguiera mirándolo.

Pero, un momento más tarde, la niña regresó.

—Ba —dijo, dándole un golpecito—. Ba, a lo mejor esto te ayuda. —Él abrió los ojos. Con la visión borrosa por las lágrimas, vio a Yijun acunando su estuche del violín. Entonces, se lo tendió—. Toca algo —le pidió—. ¿Por favor? —Él negó con la cabeza y apartó el estuche—. Ba —insistió la niña—. Siempre te tranquiliza. Al menos inténtalo.

Yijun le colocó el estuche sobre el regazo. Él se quedó mirándolo. Estaba maltrecho, con los bordes gastados y el cuero pelado en algunas partes para revelar un fieltro suave debajo. Aquella funda había sobrevivido a muchas cosas.

Sacó el violín. Se lo calzó por debajo de la barbilla y encajó las cuerdas en las duras hendiduras talladas en sus dedos. De inmediato, una sensación de consuelo lo invadió. Durante muchos años, aquel instrumento había sido una extensión de sí mismo, un miembro extra, una voz auténtica. Deslizó el arco sobre las cuerdas. El instrumento cantó, ligeramente desafinado, pero de una forma que le resultaba íntima, familiar. Giró las clavijas, cerrando los ojos mientras buscaba los tonos que encajaran a la perfección con las notas que tenía en la mente. Cuando terminó de afinar cada cuerda, se detuvo.

—¿Qué pasa? —le preguntó Yijun.

Cuando Haiwen era joven, tenía una pieza para cada ocasión especial y cada experiencia, para cada alegría o miseria o frustración, una banda sonora perpetua que acompañaba sus días. Pero, en esa época, sus preocupaciones habían sido superficiales, inmaduras, pueriles.

Las notas de las canciones funerarias para el señor Chiang, las cancioncillas patrióticas que habían cantado en el ejército sobre regresar al continente, el himno nacional…; todo ello flotó hacia su cabeza, pero no se quedó allí. Todas eran melodías manufacturadas con el objetivo de contar una historia simple. Pero no había ninguna pieza que encapsulara la enormidad de aquello.

—No sé qué tocar —dijo, abriendo los ojos, y el arco cayó con su mano para quedarse descansando sobre su regazo.

Yijun lo estaba mirando con el cuerpo inmóvil, como si le diera miedo respirar.

—Cualquier cosa —le pidió—. ¿Qué tal «Flor de jazmín»? Esa fue la primera canción que nos tocaste.

Haiwen volvió a cerrar los ojos y pensó en ese día, en las expresiones deleitadas de las niñas. Se había sentido complacido de que aquella modesta canción lo hubiera transformado tanto a ojos de sus hijas. Sus caras se disolvieron para convertirse en las de Suchi y Sulan. Un momento después, quedaron reemplazadas por las de su madre. Su Mama. Su cabeza meciéndose mientras ensayaba la canción tradicional, con una sonrisa orgullosa y soñadora en los labios.

Volvió a levantar el arco y arrancó una nota vacilante, y después tocó una segunda. El instrumento vibró, palpitando con vida. Apareció una tercera nota. Después, una cuarta. Una quinta y una sexta, siempre adelante y adelante, las notas de su violín perseguían a las notas de su cabeza, cada una de ellas una confirmación de su propia existencia. Comenzó a sentir como si el instrumento estuviera respirando, como si él mismo estuviera respirando.

Desde «Flor de jazmín», pasó sin interrupciones a la «Meditación» de Massenet, la favorita de su madre, la última pieza que había tocado jamás para ella. Sintió la brisa en su cuello, las lágrimas reluciendo en sus ojos, el resplandor de un sol poniente. No permitió que la calma de la última nota se prolongara demasiado antes de pasar a la siguiente pieza (Paganini, que desenterraba un dolor similar y una amargura similar), y después a la siguiente, Sibelius, recordando las piezas que había aprendido y amado, un tapiz formado por Bach, por Brahms, por Mozart, secciones sacadas a la superficie mediante la memoria muscular. Cuando agotó su repertorio clásico, pasó a las canciones populares que le encantaban a Suchi, comenzando por «Sueño de amor» y continuando con otras melodías de estilo *jazz* cuyos nombres ya no recordaba. Tocó las cancioncillas infantiles que le gustaban a Junjun, y las canciones en inglés que solía tararear su madre. Al final, acabó tocando el himno, pero era más lento, más melancólico, y empezó a cambiarlo, a trasponerlo para que terminara en clave menor, no del todo carente de esperanza, pero tampoco completamente triunfal.

Siguió tocando incluso cuando Yiping y Linyee volvieron a la casa. Oyó a Yijun susurrando acerca de él después de que se llevara a su madre y a su hermana a la cocina, las sintió cuando regresaron a la sala de estar. Terminó de tocar la serie de canciones infantiles que habían cantado sus hijas cuando eran pequeñas, y cambió a una balada popular taiwanesa que Linyee solía cantarles a las niñas mientras las bañaba. Cuando terminó, sujetó el arco por encima del violín, con los ojos todavía cerrados. Oyó el sonido de un mosquito junto a su oreja, la respiración sosegada de su familia.

—*Laogong* —dijo Linyee al fin—. He traído a casa cerdo estofado y arroz. ¿Tienes hambre?

Haiwen bajó el arco y abrió los ojos. Su familia lo estaba observando; sus expresiones eran fotocopias las unas de las otras, preocupadas, cautelosas y llenas de amor.

—Sí —dijo. Tenía el cuello empapado en sudor, y le dolían los dedos—. Vamos a comer.

ENERO - MARZO DE 1966

Hong Kong

Suchi ya llevaba cinco meses cantando en el club. Ahora cantaba en las primeras horas de la mayoría de las noches, para un grupo de seguidores pequeño pero devoto que, por supuesto, a menudo incluía a Lam Saikeung. Las personas a las que les gustaba escucharla decían que se sentían atraídas por la pureza de su voz, la vulnerabilidad que había en ella.

Cada noche, se plantaba en el escenario, evocaba los fantasmas de sus seres queridos y deseaba que la escucharan. Cada canción era una oración para que, en algún lugar, Haiwen, Apa y M'ma estuvieran vivos, para poder mantenerlos vivos con la pura fuerza de su memoria. Eso la destrozaba.

Habían pasado nueve meses desde la primera vez que Lam Saikeung había puesto un pie en el club. Suchi había descubierto gracias a las fuentes de cotilleos de Fai que el señor Lam había comprado recientemente el negocio de un competidor, lo que lo había convertido en el importador-exportador más grande de Hong Kong.

—Debería estar yendo a los clubes pijos del continente —le dijo la joven—, pero no deja de volver a este local pequeño e insignificante por ti.

Además de trabajar como camarera y cantar, ahora Suchi también se pasaba horas antes del trabajo leyendo cuidadosamente manuales de inglés. Lam Saikeung había contratado un profesor particular para ella.

—Si vas a cantar canciones en inglés, deberías entender lo que estás cantando —le dijo—. Algún día podría haber hombres británicos entre el público.

Suchi practicaba su inglés con la nueva orquesta filipina que el señor Fong había conseguido quitarle a otro club gracias al patronazgo de Lam Saikeung; se les daba mejor el inglés que el cantonés. Se llevaba particularmente bien con el pianista, Oscar, y el saxofonista, Prince, que había tocado en Shanghái durante el apogeo de la ciudad. A Suchi le encantaba oír cómo habían sido los salones de baile, cómo se habían entremezclado con los músicos de *jazz* afroamericanos que iban allí. Era la opulenta vida de cuento de hadas con la que había soñado cuando era muy joven, y más que hacerle sentir añoranza por su hogar, las historias llenaban a Suchi de una sensación de felicidad. Casi podía imaginar que ese mundo todavía existía, sin haberse visto afectado por el tiempo o la realidad, una burbuja de baile y música.

Algunas de las chicas gruñían que era indecoroso que Suchi coqueteara con los filipinos, pero ella las ignoraba. Esos hombres la trataban como a una hermana, riendo, burlándose y compartiendo historias con una sinceridad sencilla que no pedía nada a cambio. Era un alivio poder ser ella misma después de haberse pasado la noche interpretando el papel de la camarera sonriente y servicial.

En todo ese tiempo, el señor Lam jamás trató de acostarse con ella. Suchi se relajó dentro de su inusual relación, y hasta se permitió desarrollar un afecto precavido hacia él. A lo mejor era realmente un caballero, alguien que se había interesado por su carrera y quería ayudarla, y nada más.

Por supuesto, ese no era el caso.

En la segunda semana del décimo mes desde que se habían conocido, Lam Saikeung llegó antes de la hora de apertura. Ah Lui estaba limpiando vasos, la orquesta estaba ensayando, y las chicas iban apareciendo poco a poco y poniéndose sus *cheongsams* plateados. El señor Lam llamó a la puerta del camerino, donde Suchi se estaba maquillando. Las demás chicas que había dentro pusieron cara de confusión y se apresuraron a subirse las cremalleras antes de abrir la puerta.

—Me gustaría hablar con Soukei a solas —dijo el hombre.

Las chicas le echaron un vistazo a Suchi, que estaba sentada delante del espejo con el vestido negro y holgado que se había puesto para el trayecto, y salieron de allí. El señor Lam cerró la puerta detrás de él.

—Ha llegado pronto —le dijo ella, retocándose la línea de lápiz kohl que había dibujado alrededor de sus ojos. Se dio la vuelta hacia él y sonrió—. Me temo que estoy un poco hecha un desastre.

—Me gustas en tu estado natural —replicó él, tomando asiento en una silla cerca de ella. Era extraño que dijera algo así, dulce de una forma poco característica de él, y Suchi se puso en guardia de inmediato.

—¿Ha pasado algo? —preguntó, escudriñando su expresión. Pero su cara era cálida y neutral. Era la cara que solía emplear con ella, la que la atraía hacia su encanto, la que le hacía olvidar quién era él para ella: un hombre que había pagado para meterse en su vida.

—Todo va estupendamente. —Sonrió—. El negocio marcha mejor que nunca. Mi empresa, mi flota, todo ha crecido un ciento cincuenta por ciento en el último año. Acabo de comprarle a mi madre una casa grande en el sur, cerca del océano. He casado a mi hermana con un competidor que ahora va a ser un socio mientras expande su comercio hasta Singapur. Todo está estable por fin. El futuro está garantizado.

Suchi estaba asintiendo con la cabeza, sonriendo, sin saber muy bien a dónde quería llegar con eso.

—Eso es maravilloso.

—Todo esto significa que puedo sentar la cabeza y comenzar la siguiente fase de mi vida. Me estoy haciendo mayor. —Se pasó los dedos por el pelo ralo, como si se sintiera cohibido de pronto—. Con cuarenta y seis años, soy demasiado viejo para seguir estando soltero. Mi madre está empezando a preocuparse por los nietos.

Suchi continuó sonriendo y asintiendo con la cabeza, aunque sentía la sonrisa congelada en su rostro. Un ácido se filtró hasta su estómago.

—Oh, pero ha sido un hombre muy ocupado. Muchos hombres…

—Me gustaría que te casaras conmigo —la interrumpió Lam Saikeung. Durante un momento, pareció un niño pequeño, con los ojos muy abiertos, serios y expectantes.

—¿Yo? —preguntó Suchi, casi sin habla.

—Sí.

Él continuó mirándola. Ella quería huir de su escrutinio.

—Pero… —tartamudeó—. Pero yo solo soy una camarera…

—Eres cantante —la interrumpió Lam.

—Realmente no —dijo Suchi—. No soy demasiado buena.

—Eres maravillosa.

Una afirmación. Su sonrisa había desaparecido.

—Pero yo no soy de la clase social que…

—¡Ser un hombre que se ha labrado su propio éxito significa que puedo casarme con quien yo quiera!

Ella se quedó paralizada, y sus siguientes palabras se evaporaron de su lengua. El rostro pálido de Lam Saikeung se llenó de manchas. Después de varios segundos de tensión, soltó un suspiro y el color desapareció de su piel. Siguió hablando con la voz bien medida.

—Es que… es que no quiero que te preocupes por eso. Eres una mujer lista y talentosa. Trabajadora. Me gusta eso de ti. No quiero casarme con una jovencita frívola que haya sido consentida por sus padres toda su vida. Quiero una mujer que haya tenido que esforzarse. Una mujer que haya conocido la pérdida. Y esa eres tú.

—También... también tengo que pensar en mi hermana.

La voz del señor Lam se volvió impaciente.

—Yo cuidaré de tu hermana cuando estemos casados.

—No se encuentra bien —dijo Suchi, pensando con rapidez—. Me preocupa que la emoción de un compromiso pueda pasarle factura.

—O podría darle algo que esperar con ganas. ¿A qué mujer no le gusta planificar una boda?

Suchi sentía el pánico agitándose en sus tripas. Él no le había mostrado más que amabilidad, y quería compensárselo, pero no de aquella manera, no con una vida entera atada a la suya.

—Por favor —le dijo—, esto ha sido demasiado repentino. Deme un poco de tiempo para pensármelo.

La calidez en el rostro del señor Lam se disolvió.

—Está bien —respondió, poniéndose en pie.

Cuando Suchi subió al escenario una hora más tarde, el reservado donde solía sentarse él estaba llamativamente vacío.

Durante varias semanas, Lam Saikeung no se presentó en el club, pero la noticia de su proposición se extendió con rapidez. Suchi había cometido el error de contárselo a Sulan al alcance del oído de Fai, que había aprendido suficiente shanghainés como para comprender la esencia del asunto. A la noche siguiente, Suchi se dio cuenta de que todo el mundo la miraba de forma diferente.

—¿Piensa que es demasiado buena para ese hombre? —oyó que decía alguien.

Pero le daba igual lo que pensaran las demás chicas. Lo que más le preocupaba era cómo decirle que no al señor Lam. Le mortificaba pensar cómo podía expresar su rechazo sin herir el ego de hombre, cuál sería la mejor forma de demostrarle que no era digna de él, que se merecía a una mujer cuyo estatus social rivalizara con el suyo, una mujer cuyo pasado no se convertiría en una fuente de cotilleos en los tabloides.

Un mes después de la proposición de Lam Saikeung, salió al escenario y lo vio sentado en el reservado, con los ojos intensos y sin sonreír. Su repentina aparición la sobresaltó, y no entró a tiempo en la canción. Se recuperó en el tercer compás, pero estaba temblorosa y desafinada, y no dejaba de olvidarse de la letra.

Fuera del escenario, en el camerino, le temblaban tanto las manos que le costaba desabrocharse los botones de su *cheongsam*. Podía oír la voz clara y potente de Lily en el escenario, tratando de borrar la desastrosa actuación de Suchi de las mentes de todo el mundo. Ella trató de recordarse a sí misma que no tenía nada que temer, que le importaba a Lam Saikeung, que tal vez se sintiera herido cuando lo rechazara, pero que al final se daría cuenta de que era lo mejor.

La puerta se abrió. Suchi levantó la mirada.

La silueta de Lam Saikeung oscurecía el marco. Entró y cerró la puerta silenciosamente tras él.

—Soukei. Te he dado un mes —dijo—. Un mes sin distracciones, un mes para recordarte cómo podría ser la vida sin mí. —Se acercó más a ella—. ¿Me has echado de menos? Yo te he echado de menos.

—Me siento muy agradecida con usted, señor Lam…

—Tutéame. Llámame Saikeung.

— ... no quiero que piense que no agradezco todo lo que ha hecho, su amistad y su caridad…

—Tutéame —insistió él, acercándose más—. Quiero oírte llamándome Saikeung.

Hasta ese momento, Suchi nunca se había dado cuenta de lo *alto* que era. Normalmente lo veía sentado, y su corto torso lo había hecho parecer poco más alto que ella. Pero ahora podía ver que tenía las piernas largas, unas piernas que cubrieron la distancia entre ellos con rapidez.

Retrocedió ligeramente.

—Saikeung —dijo; ahora estaba balbuceando—. Yo soy camarera, y además mayor. Tengo casi treinta y cinco años. ¿Quién dice que pueda darte siquiera a esos nietos que tu madre tiene tantas ganas de tener? ¿Qué le dirás a tu madre sobre mí?

—Estamos en el siglo veinte —señaló él; ahora estaba muy cerca de ella. Suchi podía oler el calor en su piel—. Ya no estamos viviendo en el viejo país.

Ella retrocedió otro pasito. Su talón golpeó la parte inferior de la cómoda que tenía detrás.

—Te mereces a una mujer joven y hermosa, alguien que sea pura e inmaculada...

Él se detuvo en seco, con el rostro ilegible.

—¿Estás diciendo que no eres... pura?

¿Por qué había escogido esas palabras? Suchi pensó con rapidez. Si le mintiera, si le dijera que ya había perdido la virginidad, ¿eso haría que fuera menos atractiva para él? ¿Perdería el interés en casarse con ella? Se quedó mirando la vena de su cuello, azul y palpitante.

—Soy pura, por supuesto que soy pura —dijo—. Tan solo me refería a alguien que no haya trabajado en un lugar como este.

Pero la semilla de la duda pareció enterrarse en el ceño del hombre. Se acercó más a Suchi y le aferró las muñecas. Ella ahogó un grito, más de sorpresa que de dolor.

—¿Cómo puedo estar seguro? —le preguntó—. Había dado por hecho que sí, viendo lo difícil que me lo estabas poniendo. Pero no sé qué habrás estado haciendo cuando yo no estaba presente. A quién le habrás dado tu cariño, hacia quién te pudo haber empujado Fong. Las otras chicas me han contado rumores sobre tu... extraño afecto hacia esos hombres de Manila, pero pensaba que era imposible que pudieras entregarte a ellos de *esa* forma. Confiaba en ti.

Un terror helado corrió por las venas de Suchi.

—Yo no… yo jamás…

—Quiero creerte —dijo él.

—¡Por supuesto que te he sido fiel!

Las palabras salieron de su boca antes de que pudiera detenerlas. ¿Por qué había dicho eso? ¿Quién decía que le perteneciera a él? Pero funcionaron, y el rostro del hombre se suavizó.

—Sabes que te quiero —añadió él. Ahora le estaba acariciando las muñecas, incluso aunque estaba sujetándoselas. Ella sentía los callos ásperos de sus pulgares deslizándose por su piel—. Desde que te vi caminando por el local, supe que quería que fueras mía. Supe que eras especial. ¡Y lo eres! ¡No hay más que verte! ¡Mira cómo has florecido bajo mis cuidados!

—Señor L… Saikeung —tartamudeó ella. Trató de calmar su voz, de hacerla tan dulce como la miel, la voz que utilizaba con los clientes más irritables—. A lo mejor podríamos salir a charlar. Sé que Ah Lui acaba de recibir una botella de ese whisky que te gusta. Puedo ir a por él…

—Tan solo hay una cosa que me gustaría probar —dijo el hombre, y agachó la cabeza para besarla.

Ella se quedó flácida. Él le soltó las manos para empujar su cabeza hacia la suya, y Suchi sintió la humedad resbaladiza de su lengua dentro de ella. Pensó que debía de haber comido algo con cilantro. Odiaba el cilantro, y ahora el sabor estaba invadiendo el interior de su boca. Su mente voló hasta otro beso, un beso diferente, de hacía mucho tiempo. Haiwen y su ternura. Haiwen y el fuego que se había encendido entre los labios de ambos. Se preguntó cómo era posible que lo que había experimentado con Haiwen y lo que estaba experimentando en ese momento se pudieran describir con la misma palabra.

Las manos del hombre se movieron hacia abajo y se deslizaron sobre sus pequeños pechos a través del tejido, sobre su trasero, y después se movieron hacia delante y subieron hacia sus muslos. Apartó con impaciencia la tela del *cheongsam* verde, y Suchi oyó que se rasgaba. *Lo siento, Lily*, pensó. Ya se lo arreglaría después.

Estaba pegada al armario dentro del cual colgaban los vestidos de las cantantes. Los pomos cuadrados se le clavaron en la espalda. Lo sintió cálido contra su muslo, un roedor carnoso que escarbaba y buscaba. El dolor fue intenso y la llenó de una forma tan absoluta que ahogó un grito. Él lo confundió con entusiasmo.

—Sí —murmuró—. Sí, sí.

Los pomos se le clavaban más con cada embestida. Se preguntó si tendría moratones cuadrados en la espalda al día siguiente. En la distancia, podía oír a Lily cantando suavemente una versión de «Colours of the Rainbow» de Judi Jim, una canción pop en inglés de Hong Kong que había oído un centenar de veces antes, y cuya melodía almibarada nunca le había gustado especialmente.

Con un fuerte gruñido, Lam Saikeung terminó. Cuando salió de ella, Suchi sintió un reguero de humedad goteando por su muslo, como si se hubiera orinado encima.

El hombre se sacó un pañuelo del bolsillo, se limpió con él y después lo inspeccionó. Entonces sonrió, la sonrisa cálida que ella había visto tantas veces, la sonrisa que la había hecho creer que estaba a salvo.

—Habías dicho la verdad —dijo, con la voz tan dulce que por un momento ella imaginó que lo estaba diciendo en respuesta a otra cosa, un regalo que ella le hubiera entregado voluntariamente. Él se metió la camisa dentro de los pantalones y se echó el pelo hacia atrás con la palma. Le dio un beso en la mejilla—. Tal vez podríamos casarnos en mayo —dijo, caminando hacia la puerta—. Cuando comience la época de floración.

Saikeung comenzó a presentarse en el club todas las noches. Volvió a guardar distancia física con ella castamente, y no hacía nada más que rozarle la rodilla alguna que otra vez. Incluso esa acción hacía que Suchi tuviera ganas de apartarse de golpe, pero se contenía.

Fantaseaba con formas de matarlo. Agarrar el vaso corto que tenía delante, romperlo contra el suelo y utilizar el fragmento más afilado para abrirle la garganta. Sacar uno de los cuchillos del chef de la cocina y apuñalarlo en la entrepierna con un rápido movimiento descendente. Verter matarratas en el whisky que le servía y sonreír dulcemente mientras lo observaba ahogarse y morir de una forma lenta y dolorosa.

No hizo ninguna de esas cosas. Se quedaba sentada con una sonrisa fija en el rostro, asintiendo con la cabeza mientras él les hablaba a ella y a sus acompañantes sobre su último acuerdo de negocios, lo grande que era su flota y las maravillas de sus negocios.

Suchi no le contó a nadie lo que había ocurrido. Quería borrarlo de su memoria, que retrocediera lejos, hasta un lugar donde los detalles ya no la atormentarían, donde no tendría que revivir cada jadeo caliente y cada embestida brusca que él le había infligido. Donde no tendría que reprenderse a sí misma por haber sido tan estúpida, por creer que era una clase de hombre diferente a lo que había pensado al principio.

La noche después de que ocurriera, él le dijo que se había dejado llevar, pero que quería que su segunda vez fuera apropiada, como marido y mujer. Le dijo eso mientras le ponía un anillo de diamantes en el dedo, uno que ella se aseguraba de llevar cuando él estaba cerca, pero que escondía en el fondo de su bolso en cuanto se alejaba.

Todos los días, cuando se acostaba para dormir, Suchi soñaba con otra vida, la que casi había tenido, esa en la que estaba casada con Haiwen, a salvo en la cama que compartían. En esa vida paralela, esa versión alternativa de ella no sabía nada acerca de aquel sórdido club, jamás había oído el nombre de Lam Saikeung. Suchi la envidiaba amargamente.

Los síntomas de Sulan empeoraron. Se quejaba de que casi siempre tenía la visión borrosa, de que veía doble. Tenía los dedos entumecidos y rígidos. Algunos días, le dolía tanto la cabeza que vomitaba. El dolor de su espalda y sus piernas la mantenía despierta casi todas las noches, y a menudo Suchi regresaba a casa después del trabajo y se la encontraba despierta y gimoteando. La acupuntura y la medicación ya no surtían ningún efecto.

Suchi trató de ser una buena enfermera: le preparaba paños calientes para la cabeza y té de jengibre para calmarle el estómago. Pero, mientras lo hacía, se sentía resentida con su hermana; en su corazón secreto, culpaba a Sulan por todo lo que había ocurrido.

En un lunes lluvioso, el único día libre que tenía Suchi, se despertó con el sonido de Sulan gimoteando mientras daba vueltas en la cama que tenía debajo, un lamento agudo que le recordaba a una cabra siendo degollada.

Con dificultad, ayudó a su hermana a vestirse, y juntas bajaron fatigosamente los cuatro tramos de escaleras. Sulan se arrodilló en la acera sucia y húmeda, encorvada por el dolor, mientras la joven trataba de parar a un taxi. Después de quince minutos, uno se detuvo con un chirrido, y Suchi le pidió que las llevara al centro médico británico, uno exclusivo al que iban los extranjeros ricos, adonde Saikeung llevaba a su propia madre.

La recepcionista rubia miró con escepticismo a las dos mujeres empapadas por la lluvia. Tenía las mejillas hundidas y afiladas, y su expresión era un retrato de la desaprobación.

—Por favor —suplicó Suchi con un inglés torpe. Sulan estaba jadeando de dolor. Desesperada, y sin saber si podría servir de algo, añadió—: Soy la esposa de Lam Saikeung, Cheung Soukei. Él mucho viene aquí.

La mujer frunció los labios y suspiró. Llamó por teléfono a alguien y le habló en inglés con la voz baja, demasiado rápido como para que Suchi lo comprendiera. Después de un momento, asintió con la cabeza y colgó.

—Segunda planta —dijo en voz alta—. Doctor Jones.

Para alivio de Suchi, el médico hablaba cantonés. Le explicó los síntomas que había estado experimentando su hermana durante el último año.

—Fuimos a ver a otro doctor de medicina occidental cuando empezó a ponerse enferma —le contó—. Él nos dijo que era algo psicológico. Que era consecuencia del estrés.

—¿Ha sufrido mucho estrés? —preguntó el doctor Jones.

A Suchi le entraron ganas de reírse. Desde que se habían marchado de Shanghái, todos los días habían sido estresantes. En vez de eso, dijo:

—Bueno, están las noticias que llegan desde el continente. —Le echó un vistazo a Sulan, que estaba tumbada sobre la camilla con los ojos cerrados, respirando de forma superficial—. Mis padres... No sabemos dónde están; los dejamos en China durante la guerra y no hemos tenido noticias de ellos desde hace más de una década. Y ahora, con la hambruna...

El doctor Jones asintió, con el rostro solemne.

—Eso podría tener algo que ver, pero vamos a hacerle algunas pruebas.

Le clavaron agujas a Sulan, lo que hizo que gritara. El médico le pidió que estimara con qué frecuencia sentía el dolor, cuánto tiempo llevaba sintiéndolo, y cuándo empeoraba ese dolor. Le hizo caminar para él, comprobó sus reflejos, escuchó su corazón y sus pulmones, le revisó la vista. Le preguntó si había tenido la gripe en la época en la que habían comenzado los síntomas. Le preguntó por su estado decaído y cuándo se había iniciado. Cuando terminó, la envió de vuelta a casa con unos potentes analgésicos, unas pastillas grandes que prometió que la ayudarían a dormir.

Unos cuantos días más tarde, regresaron a la consulta del doctor Jones.

—Bueno, yo no creo que sea un dolor fantasma —dijo. Explicó a las dos hermanas que sospechaba que Sulan tenía esclerosis múltiple, una enfermedad del sistema nervioso—. No la he visto mucho en Hong Kong —añadió—, así que dudo que el doctor al que fuisteis la otra vez estuviera buscándola. Pero tus análisis de sangre han descartado las cosas más habituales. Y muchos de tus síntomas son similares a los de una mujer británica que conocí y a la que acaban de diagnosticarle lo mismo.

Suchi sintió una oleada de alivio. ¡Por fin! ¡Un diagnóstico!

—¿Y qué cura tiene? —preguntó.

El doctor Jones titubeó antes de responder.

—Por desgracia, no hay ninguna cura. Se está investigando, y se están probando algunos tratamientos nuevos, pero, para ser sincero, no comprendemos esta enfermedad. Los síntomas se manifiestan de forma diferente en cada persona, y eso hace que sea complicado. Para algunos, vienen y van, y para otros, se van volviendo cada vez peores. Lo único que podemos hacer es tratar de averiguar cómo mantener los síntomas de Sulan bajo control.

—¿Esta enfermedad… es mortal? —preguntó Suchi, con el pecho tenso.

El doctor Jones hizo una pausa.

—No exactamente. Hemos visto a algunas personas viviendo durante décadas. Por lo general es degenerativa, y los síntomas pueden hacer que, con el tiempo, a los pacientes les resulte más difícil caminar o hablar. No os voy a mentir: algunos sí que mueren bastante jóvenes. Pero otras personas, cuando se controlan las recaídas, pueden tener vidas largas y plenas.

Suchi comenzó a llorar. Entre lágrimas, le tradujo a Sulan lo que había dicho el doctor Jones, tratando de suavizar la noticia. Se sentía fatal: fatal por no haber creído a su hermana, fatal por haberla culpado de todas las desgracias de su vida, fatal por no haberla apoyado y no haber cuidado de ella con un corazón generoso. Sulan era la última persona de su familia, la única persona que le quedaba en este mundo que la quería de verdad.

Durante un momento, su hermana no dijo nada. Suchi se secó las lágrimas de la cara. Pero, con lentitud, Sulan comenzó a sonreír, con las comisuras de su boca estirándose hasta que empezó a sonreír ampliamente. Era la primera sonrisa que Suchi había visto en ella desde hacía mucho, mucho tiempo.

—Lo sabía —susurró Sulan—. Sabía que no estaba loca. Sabía que no me lo estaba inventando. El monstruo. Por fin tiene un nombre.

El doctor Jones le prescribió medicación y más analgésicos de inmediato. Le aconsejó que se esforzara todo lo que pudiera por hacer un poco de ejercicio todos los días. Le dijo que tendría que empezar a ir a su consulta todas las semanas, para que pudiera estimular su circulación sanguínea y vigilar sus síntomas.

A través de la neblina aturdida de su nueva realidad, Suchi también se dio cuenta débilmente de que todo aquello (la medicación, las visitas semanales al doctor) costaría una pequeña fortuna, más de lo que ella podría llegar a ganar, incluso con sus ingresos como cantante.

Pero, cuando fueron a preguntar por la factura, les dijeron que no debían nada.

—Tu marido se ha encargado —dijo la mujer rubia.

A Suchi se le tensó la tripa por las náuseas.

—¿Qué ha pasado? —preguntó Sulan mientras se alejaban.

—Lam Saikeung —respondió Suchi, tratando de mantener la voz neutra—. Deben de haberlo llamado para decirle que estábamos aquí. Ha pagado la factura.

—¿Has decidido casarte con él? —preguntó Sulan.

—No lo sé —dijo su hermana, aunque sabía que ahora no tenía elección.

Se programó al boda para principios de mayo, tan solo dos meses más tarde. Saikeung le dijo a Suchi que no se preocupara por los detalles. Le aseguró que todo estaría planificado. Un día, entró en el camerino y se encontró sobre su silla con un caro traje de novia, enviado desde París. Era de color crema, adornado con un encaje delicado y pequeñas cuentas de plata. Lo miró fijamente, pero no se lo probó. Cada día, poco a poco, Suchi sentía que su libertad se le escapaba.

Había transcurrido un mes y medio desde aquella noche horrible. A pesar de su fatiga abrumadora, ella sentía que apenas había descansado en todo ese tiempo. Ahora que Sulan dormía profundamente tanto por la noche como por el día, Suchi estaba a solas con sus pensamientos. Cada noche revisitaba todas las decisiones que la habían conducido hasta allí. Ojalá hubiera cerrado la puerta con pestillo aquella noche. Ojalá no le hubiera contado su sueño de ser cantante. Ojalá no hubiera canturreado esa estúpida canción. Ojalá nunca hubiera empezado a trabajar en ese condenado club. Ojalá hubiera seguido lavando ropa hasta que le sangraran los dedos, hasta que se le agrietaran las palmas, hasta que la piel se le cayera del cuerpo.

Ojalá nunca hubiera ido a Hong Kong.

Cuando se quedaba dormida, soñaba que se estaba muriendo. Se ahogaba en el mar, o se asfixiaba, o se desangraba; nunca moría, pero siempre estaba en el proceso de hacerlo. Era doloroso, tortuoso, y anhelaba que llegara el final tanto en sus sueños como cuando despertaba. Incluso después de estar completamente despierta, la violencia se arremolinaba en su estómago, lo que hacía que fuera corriendo al cuarto de baño para vomitar.

Se pasaba cada vez más tiempo en la ducha, llorando.

Superaba los días de forma robótica, tachando mentalmente cada uno de ellos sin saber ya qué era lo que estaba esperando.

—Te veo con mala cara —le dijo el doctor Jones a Suchi un día, mientras Sulan estaba tumbada sobre la camilla recibiendo medicación a través de un gotero—. ¿Estás durmiendo lo suficiente?

—Sí —mintió ella.

—He oído que te vas a casar —añadió el doctor, sonriendo cálidamente—. Espero que el estrés no te esté agobiando. No estoy seguro de cómo serán las bodas chinas, pero recuerdo que cuando mi mujer y yo estuvimos planeando nuestra boda, tuvimos mucho trajín.

Suchi pestañeó. Por supuesto que el doctor Jones sabía de la boda; al fin y al cabo, él era el médico de la madre de Saikeung. Ningún lugar era seguro. Aquel hombre tenía en el bolsillo hasta al doctor de su hermana. De pronto, la consulta le pareció insoportablemente calurosa; el olor acre del desinfectante médico hacía que le picara la nariz. Una oleada de náuseas la invadió, y antes de que pudiera detenerse, ya había vomitado por todo el suelo.

Sulan parecía sobresaltada. El doctor miró fijamente el vómito, y después a Suchi.

Ella se limpió la boca con el dorso de la mano; tenía los ojos acuosos y un dolor ácido en la garganta.

—¿Has estado sintiéndote mal hoy? —le preguntó el doctor Jones. Se acercó a un armario y sacó una toalla limpia, que colocó con suavidad sobre el charco de vómito, como si estuviera ocultando algo desagradable. Le dio otra a Suchi para que se limpiara la cara—. ¿Has comido algo en mal estado esta mañana?

Ella negó con la cabeza.

—Estoy bien —dijo—. Es solo que a veces tengo… náuseas por el estrés.

—¿Náuseas por el estrés?

—Es algo reciente. De estas últimas semanas. Con todo esto de la boda…

Sonrió débilmente, consciente del hedor que emanaba de su aliento.

—¿Estas últimas semanas? —El doctor frunció el ceño—. ¿Qué hay de la comida? ¿Puedes comer con normalidad?

—Nada grasiento —intervino Sulan—. Las cosas grasientas la ponen enferma. Ni siquiera soporta el olor.

Suchi trató de contener su irritación ante el hecho de que su hermana hubiera escogido ese momento para demostrar el limitado cantonés que sabía.

El rostro del doctor Jones se iluminó. Le preguntó a Suchi si podía hablar con ella en privado en su consulta. Cuando la tuvo sentada frente a él, con su escritorio de caoba entre ambos, le sonrió cálidamente antes de preguntar:

—¿Cuándo fue la fecha de tu última menstruación?

Suchi estaba tumbada en la cama, incapaz de dormir. Escuchó a las chicas con trabajos diurnos levantándose, sus susurros silenciosos mientras revisaban los armarios compartidos, mientras se metían en el cuarto de baño, mientras se maquillaban y se marchaban para trabajar. Oyó a Fai moviéndose y roncando en sueños. La luz gris que se filtraba a través de su pequeña ventana cambió de tono, volviéndose más clara hasta ser de un blanco acerado. Después de un tiempo, Suchi se levantó de la litera.

Fue al cuarto de baño y se lavó los dientes. Se miró fijamente a sí misma en el pequeño espejo clavado encima del lavamanos. Estaba delgada y demacrada. Bajo la intensa luz de los fluorescentes, podía ver venas azules debajo de su piel translúcida. Nunca se había considerado especialmente guapa, pero ahora odiaba la cara que le devolvía la mirada. Se aplicó el maquillaje, tratando de disimularlo, pero cuando terminó, con los ojos pintados por debajo con kohl y la boca roja, pensó que parecía una puta. *¿No es eso lo que soy?*, pensó. No se quitó el maquillaje.

Volvió a la habitación y rebuscó en la cómoda que compartía con Sulan. La ropa apagada que llevaba para ir al trabajo se mezclaba con los muchos *cheongsam* de colores brillantes que Saikeung había comenzado a regalarle. Los odiaba todos, quería hacerlos pedazos. Entonces, sus ojos se fijaron en un vestido que estaba en un extremo. Se trataba del *qipao* color ciruela que Sulan le había hecho años antes, el que llevaba puesto el día que Haiwen se había olvidado de su cumpleaños.

Se pasó el *qipao* por encima de la cabeza. Era ceñido, hecho más para el cuerpo de una chica joven que para las curvas de una mujer, pero Suchi había perdido peso últimamente. Se cepilló el pelo y se lo recogió en un moño. Tras pensárselo un momento, tomó un pañuelo de color amarillo canario que le había regalado Sulan y se envolvió el pelo con él.

En la cama, dejó un fardo que contenía casi todo el dinero en efectivo y las joyas que poseía, el fajo de cartas que Apa les había enviado casi quince años antes, y el anillo de diamantes que le había regalado Saikeung. Escribió una nota sencilla diciendo que lo sentía. Trató de pensar en algo más que pudiera decir, pero no le salían las palabras. Por lo tanto, añadió «me he ido a buscar a Apa y a M'ma» y lo dejó así.

Sacó el estuche del violín de Haiwen de debajo de la litera, con cuidado de no molestar a Sulan, y metió la mano en la esquina rasgada del forro del estuche, buscando un borde. En lugar de eso, sus dedos tocaron algo frío y cilíndrico alojado en la esquina. Lo sacó, y un anillo de oro que no reconocía relució bajo su mirada. Nunca se había dado cuenta de que estuviera dentro del forro, y se preguntó cuánto tiempo llevaría ahí dentro. ¿Era de Sulan? ¿Su hermana había descubierto su escondrijo? Hizo girar el anillo sobre su palma, examinando su elegante espiral. Se lo puso brevemente en el dedo anular; encajaba a la perfección.

Metió la mano en el forro una segunda vez y encontró lo que había estado buscando: la carta de Siau Zi. El sobre delgado estaba arrugado y quebradizo por las muchas veces que la había leído. Si Sulan había descubierto su escondrijo, eso significaría que sabía todo lo que Suchi le había ocultado. ¿Cuánto tiempo llevaba sabiéndolo? ¿Y si esa carta había desencadenado su tristeza y su enfermedad? Después de un momento, se quitó el anillo. Todo eso daba igual, ya era demasiado tarde para cambiar nada. Volvió a meter el anillo en el agujero del forro. Después, plegó la carta y la guardó en el bolso.

Ya era mediodía para cuando Suchi salió del edificio. Podía oír una fragante mezcla de marisco, ajo y cebolla en el aire. Recorrió el mercado al aire libre, observando los rojos, los púrpuras y los verdes de las verduras frescas amontonadas en cestas. Compró una naranja, la peló ahí mismo, en la esquina de la calle, y saboreó la explosión de dulzura en la lengua cuando la mordió. Observó a la gente que caminaba por los callejones de la Ciudad Amurallada, hombres de mediana edad, mujeres jóvenes y niños pequeños, y se preguntó cuántos de ellos estarían sobreviviendo a duras penas, muriendo de hambre, atrapados en una habitación que más bien parecía una jaula con otras dos familias, incapaces de avanzar.

Llegó hasta Tsim Sha Tsui y pagó un billete para el ferri *Star*. Mientras el barco se alejaba de Kowloon en dirección a la isla de Hong Kong, se quedó plantada frente a la barandilla y escudriñó el horizonte, pensando en aquel día de hacía dieciocho años en el que ella y Sulan habían visto el puerto de Hong Kong por primera vez. El paisaje urbano había cambiado, pero los edificios de apartamentos todavía le parecían cajas de zapatos todas amontonadas, preparadas para que las destrozara el próximo tifón o una sola cerilla.

Iba a saltar. El pensamiento había acudido a ella en mitad de la noche, y según fueron pasando las horas, había cristalizado hasta convertirse en una certeza, un imperativo. Sabía que sería injusto para Sulan, y se preocupó brevemente por cómo su hermana iba a cuidar de sí misma sin tenerla a ella para obligarla a ir al médico, para que se tomara la medicación.

Pero Suchi no podía soportar pensar en lo que iba a convertirse su vida si seguía viviéndola. No podía soportar la idea de pasar otro día más en aquel cuerpo, aquel cuerpo que la había traicionado, aquel cuerpo que se negaba a permitirle olvidar la noche terrible que deseaba poder borrar de su mente con desesperación. Quería empuñar un cuchillo y arrancarse el útero de la tripa, pero no tenía la fortaleza para hacerlo. Así que, en vez de eso, iba a saltar.

El ferri cruzó el puerto con lentitud; el hedor del pescado podrido y los desperdicios humanos flotaba a su alrededor. Había basura flotando en la distancia. ¿Aquel océano la llevaría de vuelta a Shanghái, de vuelta a casa? Se preguntó lo que quedaría de la ciudad, del pequeño *longtang* en el que había crecido. Anhelaba volver a verlo todo otra vez.

—¡Ya hemos llegado! —gritó una voz detrás de ella, y Suchi parpadeó.

Habían llegado al otro lado. No había saltado. Mientras la gente a su alrededor recogía sus cosas y se amontonaba en las salidas, ella se quedó sentada, sin saber muy bien qué hacer. Un trabajador se acercó a donde estaba y le dijo:

—Señorita, ya hemos llegado a la isla de Hong Kong.

—Se me ha olvidado una cosa, tengo que volver —respondió ella.

El hombre frunció el ceño, pero Suchi le sonrió de esa forma que conocía, y él se encogió de hombros y se marchó.

Esta vez voy a saltar, pensó mientras el ferri comenzaba a moverse otra vez. Justo cuando estuvieran en mitad de la travesía, donde suponía que el agua sería más profunda. Se inclinó sobre la barandilla para poder calcular lo lejos que se encontraban de Kowloon. El pañuelo se agitaba alrededor de su cabeza, bajo la brisa. El barco avanzaba de forma constante hacia delante, agitando las olas. Suchi levantó el pie derecho y lo colocó sobre la barandilla, sujetándose con el tacón bajo. Se quedó de puntillas sobre el pie izquierdo, comprobando su equilibrio. Justo en ese momento, captó la mirada de un niño, de tal vez tres años de edad, que estaba un poco más alejado en la cubierta, de la mano de su padre. El hombre estaba mirando el paisaje urbano de Kowloon que se acercaba, pero el niño la estaba mirando a ella con curiosidad. Tenía dos dedos en la boca, y un hilo de baba conectaba sus labios con sus nudillos. Sus ojos estaban muy abiertos y redondeados.

Durante varios largos segundos, Suchi le devolvió la mirada. Deseó que se diera la vuelta, pero él siguió chupándose los dedos con calma, parpadeando de vez en cuando por el viento que le azotaba la cara.

No podía hacerlo.

De nuevo, el ferri atracó. De nuevo, tuvo que explicarle al trabajador que desde luego que iba a volver al lado de Hong Kong.

—Está bien —gruñó él—, pero como vuelva a hacerlo, voy a tener que pedirle que pague el billete. Esto no es un crucero de placer.

Ella se paseó por el barco mientras el motor arrancaba, caminando arriba y abajo por los pasillos en arco, pasando junto a los largos bancos donde se sentaba la gente. Cuando estaba cerca de la mitad, se detuvo. Cerró los ojos y trató de ralentizar la respiración, tal como lo hacía antes de una actuación. Trató de imaginarse teletransportando su espíritu hacia delante otra vez, buscando a través de las volutas del mundo a su padre, a su madre, a Haiwen, pero no logró encontrar nada. Ni una sola voz la llamó, no hubo ni un solo sentimiento de amor o anhelo, ni ningún aura persistente de la gente que más había querido, nada a lo que pudiera aferrarse para demostrarse a sí misma que todavía existían en este mundo. En vez de eso, una certeza la inundó, lo que no había querido admitir ante sí misma en todos esos años: estaban todos muertos. Llevaban mucho tiempo muertos, y lo que le había impedido aceptarlo había sido una tozudez pura.

El peso repentino la aplastó, sobresaltándola con el dolor. *Ya está*, pensó, *es mi hora*. Los espíritus de sus padres y de Haiwen la estaban llamando desde el mar. Se preparó para correr y saltar por encima de la barandilla; en su imaginación, ya estaba volando por el aire, atravesando el hielo grisáceo del puerto.

Abrió los ojos, preparada para enfrentarse a las fauces del agua.

En vez de eso, sentado frente a ella como una aparición fantasmal, vio a su amor, a su mejor amigo: Wang Haiwen.

MARZO DE 1966

Hong Kong

—¿Wang Haiwen?

Era una voz de mujer, llamándolo por su nombre con un mandarín vacilante.

Se dio la vuelta. La mujer que se encontraba en el pasillo del ferri era elegante: un *qipao* color ciruela con flores bordadas abrazaba muy ligeramente su delgada silueta, y tenía un pañuelo amarillo alrededor de la cabeza. Tenía los ojos pintados con kohl y la boca de un rojo cereza, como los de una chica en un cartel promocional de cigarrillos. Había abierto la boca para preguntar «¿Te conozco?» cuando el reconocimiento lo invadió. Su rostro había madurado (la grasa infantil había desaparecido de sus mejillas, dejándola pálida y chupada, y habían aparecido unas débiles arrugas entre sus cejas), pero reconocía sus ojos brillantes, reconocía su forma de fruncir los labios.

—¿Zhang Suchi? —preguntó débilmente, no del todo seguro de que no estuviera confundiendo a la mujer que tenía delante con un deseo.

—¿Doudou? —dijo ella, y cambió al shanghainés—. ¿Eres tú?

—¿Susu?

El aire alrededor de él parecía escaso y estancado; no podía respirar.

Sintió que una mano vacilante cubría la suya. Era fría, pequeña. Suchi se encontraba junto a él. Las lágrimas corrían por su pálido rostro, dejando unas manchas oscuras de rímel, como los trazos de un pincel de caligrafía que alguien se hubiera olvidado de guardar.

Haiwen había ido a Hong Kong por un viaje de negocios de dos semanas. Su jefe lo había llevado con él mientras visitaban fábricas y a posibles socios comerciales porque confiaba en el buen ojo que tenía.

—Todo el mundo piensa que estás callado porque eres tímido, pero a estas alturas ya te tengo calado —le había dicho el señor Hsieh—. Tan solo estás ocupado observando.

Haiwen y Linyee habían estado teniendo problemas: él se pasaba cada vez más noches en los establecimientos clandestinos de *pachinko,* lo que a menudo acababa con una partida o dos a las cartas. Aunque los juegos de apuestas eran ilegales en Taiwán, estos locales eran un secreto a voces, y Haiwen no creía que tuviera nada de malo ganar un dinerillo rápido con un juego estúpido. Pero, cuanto más jugaba, más le costaba parar. Cuando perdía, se sentía inquieto, y quería cubrir sus pérdidas antes de que Linyee descubriera que había dilapidado el salario de una semana. Pero un hombre nunca puede ocultarle un secreto a su mujer durante demasiado tiempo. A lo largo de los últimos meses, cada vez había menos dinero para que Linyee comprara ropa para las niñas, que crecían con rapidez, o huesos de más para hacer sopa. Un día, le plantó cara a su marido al fin.

—¡Piensa en tus hijas! —le había siseado—. ¿Qué va a ser de sus vidas si arrestan a su padre por participar en juegos de apuestas? —Se había alegrado cuando él anunció que iba a ir a Hong Kong—. Reflexiona un poco sobre lo que haces antes de volver con nosotras.

De modo que ahora estaba en aquella bulliciosa ciudad, donde sus padres habían vivido una vez. Cuando llegó, había sentido una punzada de nostalgia; los tranvías y las multitudes le recordaban a Shanghái.

Aquella era la primera tarde que Haiwen no tenía ninguna reunión, así que cerca del atardecer había embarcado en el ferri *Star* rumbo a Kowloon. Mientras el barco cruzaba el puerto Victoria, un nudo del tamaño de una nuez creció en su garganta. Aquella visión del mar le recordaba a la travesía en barco llena de pánico hasta Taiwán. En ese momento, sus comandantes les habían prometido a todos que tan solo serían unos pocos meses, que pronto derrotarían a los comunistas y volverían a casa. Pero ya habían pasado diecisiete años. Ahora, tenía casi el doble de la edad que tenía cuando se había marchado.

El barco había atracado en Kowloon, y él había examinado el mapa que el hombre del hotel le había esbozado a toda prisa. Siguió sus indicaciones a través de un callejón serpenteante, entre unos edificios que estaban tan juntos que las cuerdas llenas de camisas y ropa interior secándose que colgaban de los balcones casi tocaban las de los apartamentos al otro lado de la calle. Al final, la encontró, una puerta corriente con la cerradura rota. El interior del edificio olía a humedad y moho, como a ropa que no se hubiera aireado correctamente. Subió las escaleras hasta la tercera planta y llamó a la segunda puerta. Un hombre abrió una rendija.

—*Dim aa?* —preguntó, mirando a Haiwen de arriba abajo.

En mandarín, él le explicó que estaba allí siguiendo la recomendación de un amigo.

—Me ha dicho que puedes llevar cartas al continente.

Sostuvo en alto un sobre grueso y sellado. El hombre miró el sobre y salió al pasillo. Mientras la puerta se abría brevemente, Haiwen captó un vistazo de un niño pequeño sentado en el suelo con las piernas cruzadas, escribiendo en un libro de ejercicios.

—Cien libras esterlinas —dijo el hombre en mandarín.

—Me dijeron que eran cincuenta.

El hombre negó con la cabeza.

—Eso era antes. Ahora son cien.

—Pero hace apenas unos meses eran cincuenta.

Haiwen estaba tratando de no mostrar su frustración creciente en la voz. Su compañero le había dicho que aquel hombre tenía precios razonables comparados con los de otros intermediarios, pero aun así, la única forma que había tenido de conseguir las cincuenta libras había sido apostando durante varias noches seguidas antes de ir a Hong Kong.

El hombre cruzó los brazos y se irguió sobre Haiwen.

—¿Sabes lo que está pasando en China ahora mismo? Para empezar, hay hambruna. La gente está comiendo palos y hierbas, se están comiendo a sus perros. En segundo lugar, se rumorea que ahora que Mao se ha hecho con el Departamento de Propaganda de Lu, tiene algo grande planeado. Esto hace que me resulte muy difícil convencer a nadie para que vaya al continente. La gente apenas puede escapar sana y salva... ¿cuánto crees que tendría que pagarle a alguien para que fuera en dirección contraria?

—Tan solo he traído cincuenta —dijo Haiwen—. Por favor, llevo casi veinte años sin ver a mi familia. Tan solo quiero que sepan que estoy bien.

—Teniendo en cuenta las noticias que estoy recibiendo, lo más probable es que ellos no estén bien —replicó el hombre. Haiwen debió de parecer afligido, porque el otro enseguida bajó los brazos y suavizó su actitud—. Escucha, hermano, lo entiendo. La tuya no es la primera historia lacrimógena que he oído. Y quiero ayudarte, de verdad que sí. Pero esta es la realidad. El riesgo de ir al continente es demasiado grande ahora mismo. Incluso con cien, sinceramente no podría garantizarte que tu carta fuera a llegar. —Le dio unos golpecitos al sobre que aferraba Haiwen en la mano—. Soy un hombre honesto. No tengo ningún deseo de usar el dolor más profundo de una persona para estafarla. Puedo esforzarme al máximo por hacer llegar la carta a tu familia, pero necesitaré cien libras.

Haiwen regresó al puerto y se quedó esperando a que llegara el siguiente ferri, todavía aferrando el sobre en la palma. Se había quedado toda la noche despierto escribiendo las cartas, las primeras que había tratado de escribir desde los días que se había pasado marchando por los campos de China desde la guerra: una para sus padres, una para su hermano y otra para su hermana, y otra más para Suchi. Había hecho borradores y más borradores. Su primera carta para sus padres lo detallaba todo: las batallas en las que había estado, las muertes que había visto, la huida a Taiwán, los primeros meses y años de soledad y una esperanza que se marchitaba, su matrimonio, los nacimientos de sus hijas, su trabajo actual, las pesadillas que tenía, los juegos de apuestas. Había tirado esas páginas y las había reescrito, en esta ocasión incluyendo solo las cosas buenas, las cosas felices, historias sobre sus hijas y cómo estaba ganando bastante dinero, cómo nunca hacía demasiado frío en Taiwán. Pero aquello tampoco le parecía apropiado. Al final, había optado por una mezcla entre ambas cosas; mencionaba la guerra, pero tan solo hablaba de sus horrores muy por encima. Mencionaba que andaba justo de dinero, pero que era afortunado de tener un trabajo estupendo y un jefe que creía en él. Les contaba que echaba de menos a todo el mundo, pero que tenía confianza en que algún día el país se reuniría, y entonces ellos también podrían hacerlo. Adjuntó una foto que se había sacado con su familia el otoño anterior, con Yijun, de solo dos meses, acunada entre los brazos de Linyee, y Yiping, de tres años, sentada sobre el regazo de Haiwen. Era la primera foto que se habían sacado juntos como familia, y tanto él como ella parecían serios y cansados.

Su carta para Suchi también había tenido complicaciones parecidas. Con ella también había sentido el impulso de escribirlo todo. Después de media vida pasando casi cada día juntos, haber perdido diecinueve años cada uno de la vida del otro parecía inexcusable, y Haiwen sintió el imperativo de rellenar todos los huecos. En su mente, ella seguía siendo la misma chica, su primer amor, su amiga más íntima, la única persona a la que podía confiarle cualquier cosa. Pero entonces, mientras estaba escribiendo, llegó a la parte sobre Linyee y se dio cuenta de que no podía continuar. Las cosas sí que habían cambiado.

Entonces se le ocurrió que era probable que Suchi también hubiera pasado página ya. La idea le produjo un dolor agudo en las costillas, uno que lo sorprendió.

En vez de lo que le había contado, decidió escribirle algo sencillo pero cierto: sentía haberse marchado sin decir adiós. Sentía no haberse casado con ella. Lo habría hecho si hubiera podido. Durante un tiempo, había pensado en ella todos los días, pero ahora estaba casado y tenía dos hijas, y esperaba que ella también hubiera encontrado la felicidad.

Quería decirle que todavía la amaba, pero no sabía si eso era justo, o cierto.

Se había subido al ferri abarrotado de vuelta a la isla de Hong Kong, y allí encontró un lugar donde sentarse cerca de la barandilla y se quedó mirando las aguas grises y turbulentas. Se preguntó si tal vez debería simplemente tirar el sobre por la borda. Le parecía que el mar tenía más posibilidades de llevar sus cartas con éxito hasta Shanghái. Mientras tocaba con el pulgar el canto del sobre, comenzó a deslizar el borde entre los barrotes.

Entonces fue cuando oyó su nombre.

Cuando el ferri atracó, ella lo condujo sin palabras hasta una tetería a unas cuantas manzanas del puerto. Hirvió unas hojas de jazmín fragante y le sirvió el té, estirando el brazo por encima de la mesa hacia una taza de celadón. Haiwen se quedó cautivado por la pequeña hendidura en el interior de la muñeca de Suchi, donde se cruzaban dos ligamentos.

Él fue el primero en romper el silencio.

—¿Cómo has estado?

—Todo va bien —respondió ella—. ¿Y tú?

—A mí también me va todo bien.

El silencio regresó, tenso y denso. De fondo se oía una canción de amor en cantonés de sonido tradicional.

—Ahora estoy aprendiendo inglés —dijo Suchi. Con un inglés vacilante, añadió—: Hola, me llamo Suchi. ¿Te apetece un té?

Le dirigió una sonrisa.

—Yo también he estado repasando mi inglés —respondió Haiwen—. Trabajo en la industria textil, y mi jefe piensa que hay oportunidades para comerciar con empresas norteamericanas. Supongo que la educación en un instituto privado sirvió de algo después de todo.

—Eso es genial —dijo ella, asintiendo con la cabeza.

Otro silencio extraño flotó entre ambos. Él se dio cuenta de que se había quedado delgada. Sus hombros se elevaban ligeros y blancos desde su *qipao*, como delicadas esculturas de porcelana.

—¿Por qué no estás en Shanghái? —le preguntó al fin, porque era la pregunta cuya respuesta más necesitaba. Durante todo ese tiempo se había imaginado que Suchi todavía estaba allí, y se había preocupado con todas las historias que le habían llegado: sobre los comunistas y su Gran Salto Adelante, sobre cómo habían castigado a los que tenían tierras y dinero, sobre las hambrunas y el sufrimiento.

Ella se colocó un mechón de pelo suelto detrás de la oreja derecha.

—Mi padre. Estaba siendo cauteloso. Le gustaba lo que representaban los comunistas, pero ya sabes cómo era: desconfiaba de las facciones políticas. Cuando la guerra mostró señales de no hacer más que empeorar y vio que no dejaban de llegar historias de violencia en el campo, se le ocurrió una excusa para enviarnos a Hong Kong por negocios. Yo era lo bastante joven y estúpida como para creerlo, pero Sulan sabía que era una estratagema: ¿quién tenía dinero para hacer viajes de negocios? Nuestros billetes de tren debieron de costarle a mi padre todo lo que tenía.

Haiwen visualizó al padre de Suchi, un hombre enjuto con una espesa mata de pelo que se peinaba hacia atrás con aceite. No era una persona alegre, y había sido severo con sus dos hijas, pero con él había sido amable, aunque hosco, a diferencia de su esposa, que no había sido capaz de ocultar su antipatía.

—Iban a venir con nosotras cuando consiguieran suficiente dinero, pero con la subida de la inflación… y entonces ya fue demasiado tarde. —Suchi se aclaró la garganta—. Durante un tiempo, Apa nos enviaba cartas, incluso después de que los comunistas se hicieran con el poder, pero dejamos de recibirlas hace quince años.

Le dio un sorbo a su té. Tenía el rostro sosegado e inexpresivo, y eso desconcertaba a Haiwen. Suchi nunca había sido capaz de enmascarar bien sus emociones, y aun así, ahora hablaba sobre sus padres como si estuvieran charlando sobre un día de lluvia. Se preguntó qué era lo que estaba omitiendo. Aunque la envidiaba porque ella había tenido al menos un par de años de contacto con su familia, a diferencia de él, se preguntó si eso no sería peor de alguna manera, que se hubiera cortado ese contacto abruptamente sin saber cuál era la razón.

—A lo mejor encontraron algún otro lugar al que ir —dijo—. Tu padre se habrá asegurado de mantener a tu madre a salvo.

Suchi miró fijamente su taza de té.

—Sulan no pierde la esperanza de que algún día nos llegará algún atisbo de información sobre ellos, pero yo trato de no pensar en el tema. Me volvería loca si lo hiciera. —Levantó la mirada hacia él—. Tú tienes que saber lo que quiero decir.

Un dolor retorció el pecho de Haiwen. La verdad era que él pensaba en su familia casi todos los días, dando vueltas a sus recuerdos favoritos en su mente como si fueran un caramelo duro que saborear, aterrorizado de que, si no lo hacía, algún día los olvidaría. De vez en cuando se quedaba absorto con su propia vida, centrado en el trabajo o en sus hijas, y entonces, cuando se daba cuenta de que habían pasado unos cuantos días sin que los rostros de sus padres y sus hermanos aparecieran en su mente, la culpa se extendía a través de él tan pesada e intensa como si los hubiera matado con sus propias manos.

La única persona en la que había tratado de no pensar era Suchi. Era un marido poco ejemplar en demasiados sentidos, pero al menos aquello era algo que podía hacer por su esposa.

—He tratado de enviar una carta a mi familia —dijo—. De hecho, justo ahora he ido a ver a un hombre que alguien me había dicho que podría hacerles llegar una carta.

Ella negó con la cabeza.

—Antes, hace dos o tres años incluso, cuando la gente entraba y salía del continente más fácilmente, había una posibilidad. Pero ¿ahora? Imposible. Esos hombres que dicen que pueden hacerlo no harán más que quedarse con tu dinero y tus regalos. No desperdicies tu dinero ni tus esperanzas. —Suchi le tocó el dorso de la mano con suavidad. La aspereza de sus dedos delgados sobresaltó a Haiwen, que contuvo la necesidad de tomarle la mano para inspeccionarla—. No sé si significará algo... Sé que yo he estado fuera casi el mismo tiempo, pero... —La mujer apartó la mano y la colocó bajo su propia barbilla—. Al menos en ese último año, estaban bien. Por supuesto, seguían preocupados por ti, pero se las estaban arreglando. Tu hermano y tu padre trabajaban mucho. El gobierno seguía insistiendo en utilizar las fábricas para producir telas para los uniformes, y creo que a tu padre no le hacía mucha gracia, pero eso significaba que durante un tiempo estuvieron recibiendo un subsidio estable todos los meses, lo cual ya era mejor que nada.

Haiwen se sintió aliviado. En ese caso, tal vez había funcionado. Tal vez su alistamiento había demostrado la lealtad de su familia, lo suficiente como para que confiaran en ellos y les dieran subsidios. A lo mejor eso les había facilitado la vida durante un tiempo. Si ese era el caso, entonces había valido la pena.

—¡Ah! —continuó Suchi—. Tu cuñada dio a luz a un niño. Todavía no se habían decidido por un nombre cuando me marché, así que todos lo llamaban Xiao Niu... parecía muy apropiado, ¡porque bebía muchísima leche! Era un bebé dulce y regordete que gritaba si alguien que no fuera su madre trataba de alzarlo.

Haiwen negó con la cabeza, asombrado. Un sobrino. Jamás había llegado a conocer a su sobrino. Se preguntó si alguna vez lo haría.

—¿Y qué hay de mi hermana? —preguntó.

—Junjun estaba bien —respondió Suchi. Su rostro se iluminó mientras recordaba—. La última vez que la vi, me confió que le gustaba un chico de su clase y me pidió consejo.

¡Un chico! Haiwen sintió una nueva oleada de dolor y pesar. Junjun tan solo tenía once años cuando él se había marchado; no sentía ningún interés por los chicos. ¿Cómo podía haber crecido tanto en el año transcurrido entre que él se fue y la última vez que la vio Suchi? A esas alturas, seguramente ya estaría casada, y era posible que tuviera hijos. Se lo había perdido todo.

—Ahora te toca a ti —dijo ella—. ¿Llevas mucho tiempo en Hong Kong? ¿Es que no nos hemos cruzado hasta ahora?

—No —respondió él—. Vivo en Taiwán; el ejército nos envió allí cuando las cosas empezaron a ponerse feas.

—Oh. —Las líneas sobre la nariz de Suchi se arrugaron más. Bajó la mirada hasta su taza y la hizo girar un poco entre los dedos. Cuando volvió a hablar, su voz sonaba baja y llena de aire—. Me preocupaba que estuvieras muerto. Al ver que no escribías. Todo el tiempo me imaginaba que tu cuerpo se estaría pudriendo en algún lugar, en un campo, que eras un fantasma perdido y sin nombre que no podía encontrar el camino hasta la próxima vida, y todo porque nadie te había enterrado en condiciones.

—Sí que escribí —dijo él; necesitaba que lo supiera—. Escribía siempre que podía. Lo más probable es que tiraran las cartas que escribíamos y nos dijeran que iban a enviarlas para subirnos la moral.

Suchi continuó hablando con esa voz ligeramente áspera; sus palabras se volvieron más rápidas.

—Me dije a mí misma que no debía expresar esos pensamientos. Tenía que creer que estabas vivo, que en cualquier momento la guerra terminaría y tú regresarías a casa.

—Habría regresado si hubiera podido —respondió él—. En esa época nos dijeron, nos aseguraron, que tan solo serían unos cuantos meses.

—Yo me negaba a creer que estuvieras muerto —dijo ella—. Porque... porque si estuvieras muerto... si estuvieras muerto de verdad, jamás me perdonaría por lo que te había dicho ese último día. Me sentiría como si te hubiera maldecido.

La culpa que había vibrado de fondo a lo largo de los días de Haiwen cobró vida con un rugido.

—Susu...

Ella lo miró con ojos intensos y brillantes.

—¿Sabes qué fue lo primero que pensé cuando me di cuenta de que íbamos a seguir en Hong Kong durante un futuro indeterminado? Pensé: «¿Qué pasa si Doudou regresa y yo ya no estoy allí? ¿Cómo sabrá la forma de encontrarme? ¿Me esperará?». No podía soportar la idea de que pensaras que te había abandonado, como si estuviera tratando de vengarme de ti.

La voz se le rompió con esas últimas palabras. Todavía seguía siendo la Suchi llena de emociones que había conocido Haiwen, no la mujer de rostro pétreo que parecía. Comenzó a llorar; la nariz se le puso roja y unas gotas cayeron por los caminos de rímel trazados por sus lágrimas anteriores.

—¿Por qué no me lo dijiste? —preguntó—. ¿Por qué no me dijiste que ibas a marcharte?

—Susu —dijo él, con la voz temblorosa. Cerró los ojos con fuerza. Todavía podía ver la expresión afligida en la cara de la joven Suchi—. Fui un estúpido, fui un cobarde. Cada día me arrepiento de cómo me marché. No tengo una buena razón, salvo que era joven y no podía enfrentarme a tener que romperte el corazón.

—Pensaba que me estabas castigando. Por haberte dicho esas cosas horribles.

La cara de Suchi se desplomó sobre sus palmas. Él observó sus hombros temblando y sacudiéndose, oyó algún sollozo estrangulado que quedaba amortiguado por sus manos.

—Susu, por favor, no llores —le pidió, sintiéndose impotente—. Lo siento mucho. Todo es culpa mía. Jamás debí haberte abandonado. No me merezco que me perdones.

Después de unos cuantos minutos, ella se secó los ojos con el dorso de la mano.

—Doudou, idiota. —Sorbió por la nariz y sonrió, aunque las lágrimas seguían cayendo—. No estoy triste. Tan solo estoy aliviada. Estoy muy aliviada de que estés vivo.

Haiwen tenía que irse; su reunión para cenar con su jefe y un posible socio era dentro de dos horas, y todavía tenía que regresar al hotel y revisar sus notas para el encuentro. Pero quería volver a ver a Suchi.

—Mañana —le dijo—. ¿Para cenar?

Ella titubeó.

—Por las noches no puedo. Trabajo en un restaurante de fideos, y la hora de la cena es la más ajetreada.

—Entonces, después de la cena —sugirió él.

Ella se mordió el lado inferior derecho del labio.

—Tengo que volver a casa, con Sulan.

—Entonces, iré yo hasta allí.

—No —replicó ella—. ¿Qué tal para desayunar? Puedo ir a verte por la mañana, antes de tu primera reunión. ¿A lo mejor a las siete?

Hicieron planes para quedar en un restaurante de *congee* que estaba a la vuelta de la esquina del hotel de Haiwen. Caminaron hasta la intersección, donde ella le dijo que se iba en la dirección opuesta.

Por impulso, él la sostuvo por los hombros y la abrazó.

La sensación de tenerla entre sus brazos era la misma que antes. La cabeza de Suchi todavía se encontraba con él justo al lado de la axila, sus costillas todavía parecían tan delgadas que le daba miedo rompérselas si la abrazaba demasiado fuerte. Hasta la ligera caricia de los dedos de ella sobre su columna parecía igual. La única diferencia era el perfume floral que llevaba ahora, e incluso entonces, estaba seguro de que, si enterraba su cabeza a suficiente profundidad, todavía surgiría su aroma dulce, salado y fino.

Después de un momento, la soltó. Ella levantó la mirada hacia él. Haiwen dio un paso atrás y elevó la mano en un gesto de despedida.

—Mañana —dijo.

Haiwen llegó al establecimiento media hora antes de cuando había quedado con Suchi. No había dormido bien. No había sido capaz de apagar sus pensamientos. Los recuerdos de sus años juntos aparecían como destellos desordenados en su mente; en un momento estaba rememorando su primer beso; y al siguiente, recordaba a Suchi con doce años, gritándole a unos chicos que se habían burlado de ellos. Los recuerdos que había mantenido a raya durante tantos años cayeron como una descarga sobre él, y se dio cuenta de que deseaba haber escrito un diario de todos sus días juntos, porque le atormentaba el hecho de que no pudiera recordar los detalles exactos: ¿Suchi llevaba un lazo rojo en el pelo cuando se besaron, o era naranja? ¿La primera vez que la había visto fue en el colegio o en las calles de su *longtang*?

Se bebió dos cuencos de leche de soja tibia y trató de concentrarse en los archivos de las reuniones que iba a tener más tarde en ese mismo día. Las palabras eran dibujos sin significado, y observó sus formas y sus líneas mientras se maravillaba a medias por la absurdidad de que unos trazos humanos tan simples trataran de representar y englobar toda la experiencia de la vida.

Suchi llegaba diez minutos tarde, durante los cuales Haiwen se inquietó pensando que tal vez no se presentara siquiera. Pero, a las siete y doce, entró a toda prisa. Tenía el pelo agitado por el viento, y el maquillaje emborronado alrededor de los ojos. Parecía cansada.

—Siento llegar tarde —dijo sin aliento.

Haiwen no quería que se diera cuenta de que se había preocupado.

—Si no recuerdo mal, antes era yo quien siempre llegaba tarde.

El rostro de Suchi se relajó mientras se sentaba en un taburete.

—¡Es verdad! Lo odiaba muchísimo.

Él se rio entre dientes.

—Entonces, supongo que no tengo ningún derecho a enfadarme contigo hoy.

En un cantonés fluido, Suchi pidió dos cuencos de *congee* de cerdo y huevo preservado, con guarnición de *youtiao* en rodajas. Por un momento, se miraron el uno al otro con cierta incomodidad. Las dos décadas que habían transcurrido no resultaban evidentes de inmediato; ella era más madura, desde luego, y por supuesto, su forma de vestir y de maquillarse dejaba claro que ya no era la adolescente que había dejado atrás, pero todavía seguía pareciendo *ella.* Zhang Suchi.

—Háblame sobre Taiwán —le pidió ella—. ¿Cómo era? No sé nada sobre ese sitio. Alguien me dijo que había oído que era una isla llena de nativos primitivos y trabajadores pobres.

Haiwen le contó que, cuando llegó por primera vez, Taiwán le había parecido una jungla. Arrozales, montañas, aire veraniego tan denso y caliente como el *congee* que servían en ese establecimiento, y lugareños que no confiaban en la gente como él.

—Nos advirtieron de que los japoneses les habían lavado el cerebro de tal forma que ya ni siquiera se consideraban chinos a sí mismos.

Suchi negó con la cabeza.

—Qué complicado. Entonces, tienen suerte de que los nacionalistas fueran a liberarlos.

Él pensó en Linyee y se encogió internamente. Su mujer detestaría a Suchi, no por haber sido su primer amor, sino por lo que acababa de decir.

Por el bien de su mujer, Haiwen pensó que debería corregir a Suchi, contarle que las cosas eran más complicadas de lo que ella las hacía parecer. Pero era demasiado difícil tratar de explicarle la tensión entre los *waishengren* y los lugareños. Él mismo no llegaba a comprender del todo la dinámica de la isla, sobre todo fuera de su burbuja. Había prejuicios e historias que todavía le costaba aprender, incluso después de todos esos años en los que había convertido a Taiwán en su hogar. El desdén que sentía su mujer por una vecina *hakka* en particular que tenían, a quien llamaba «tacaña», y a su vez, las veces que había oído al marido de esa vecina quejarse sobre los hombres aborígenes «borrachos y vagos» con los que había trabajado en una obra. Al estar fuera de todo aquello, no comprendía las suposiciones que estaban inculcadas en la gente que había crecido con ellas.

—En realidad no está tan mal —le dijo a Suchi—. La gente trabaja duro y es cordial. Y el gobierno ha transformado Taipéi, la capital, en una ciudad de verdad. Han pavimentado carreteras grandes para los coches, han construido edificios altos, han creado infraestructuras, lo han hecho todo más… civilizado. Cuando digo «el gobierno» me refiero a gente como yo, antiguos soldados que ya no tenemos nada mejor que hacer.

—No me lo puedo imaginar —respondió ella—. Una isla llena de soldados lejos de su hogar.

El hijo adolescente del dueño del establecimiento colocó los cuencos de *congee* blanco frente a ellos, y Haiwen comenzó a comer. Ya no tenía ganas de seguir hablando de Taiwán. Era un hogar que no había escogido él, que nunca había sentido como suyo. Echaba de menos el aroma intenso de los inviernos de Shanghái, el hojaldre de mantequilla de las empanadas de nabo de su madre, el cálido ajetreo de sus vecinos en el *longtang* dedicándose a sus quehaceres diarios, el olor salado e intenso del mar. Taiwán estaba bien, pero jamás podría llevarlo en el corazón.

—Cuéntame, ¿todavía sigues cantando? —le preguntó a Suchi mientras se servía un trozo de *youtiao*.

Una expresión que él no pudo descifrar le cruzó el rostro.

—Sí —respondió ella—. Me han dado unas cuantas oportunidades en Hong Kong.

A Haiwen se le hinchó el pecho. Se sentía muy aliviado y muy feliz de saber que, a pesar de todo, había podido seguir cantando.

—Eso es maravilloso —dijo—. Fíjate. Pensabas que jamás cumplirías ese sueño en Shanghái, y ahora estás aquí.

—Sí —asintió ella—. Sí, tengo mucha suerte. —De nuevo, Haiwen notó una sensación de desorientación, algo desconocido y desconcertante en ella que no era capaz de señalar del todo. Suchi tragó una cucharada de *congee*—. ¿Qué hay de ti? ¿Todavía tocas el violín?

Haiwen decidió contarle la verdad.

—No demasiado, no.

—¡Oh! —dijo ella, y su cara se llenó de decepción—. ¿Cómo puede ser? ¿Quién es Doudou si no es un violinista?

—No tengo violín. No es que haya demasiados por Taipéi, y de todos modos, no tengo dinero suficiente para permitírmelo.

—Oh —repitió ella—. Entonces, si tuvieras un violín... —Hizo una pausa y lo miró—. Sería diferente.

Él se miró las manos. Después de todo el tiempo que había pasado, Suchi todavía seguía siendo capaz de leerlo.

—Me resultaría difícil tocar. No tengo partituras, así que la única música que podría tocar sería la que recordaran mis dedos. —Hizo una pausa—. Hubo una época en la que podría haber tocado piezas de memoria, pero… —Exhaló con una ráfaga de aire repentina—. La música se ha ido. Ya no puedo oírla.

Suchi se llevó una mano a la mejilla.

—¿Qué quieres decir?

—Quiero decir que… —empezó Haiwen—. ¿Recuerdas que siempre te quejabas de que nunca estaba del todo presente? ¿Porque siempre estaba escuchando algo que zumbaba en el fondo de mi mente? Todo ese ruido… ha desaparecido. Ya no puedo oír nada, ni a Brahms, ni a Bach, ni a Sibelius. Nada. Y mi mente está insoportablemente vacía sin ello.

—¿Cómo? ¿Por qué?

—No lo sé —dijo él—. Fue desapareciendo poco a poco durante la guerra, o tal vez algún tiempo después, no lo sé. Pero un día me desperté y me di cuenta de que se había esfumado toda.

Sin advertencia, Haiwen se dio cuenta de que unas lágrimas amenazaban con brotar de sus ojos. No podía seguir hablando. Hizo girar su cuchara y observó los trozos de cebolleta verde y huevo centenario de un marrón translúcido que aparecían y desaparecían entre el líquido blanco.

Suchi comenzó a hablar.

—Recuerdo que siempre sabía cuándo estabas enfadado conmigo; nunca podías venir directamente y decirme: «Susu, estoy enfadado». Siempre murmurabas que todo estaba bien y te ibas a casa. Pero, si yo iba a verte más tarde porque quería pedirte perdón o compensártelo, siempre oía las notas bruscas de esa canción popular rusa.

—No era una canción popular rusa —dijo él en voz baja—. Era Prokofiev.

Ella se succionó los dientes y se rio.

—Nunca podía recordar a esos compositores extranjeros. Lo que quiero decir es que se te daba fatal expresar tus emociones directamente, salvo cuando tocabas el violín. Así es como encontrabas un sentido al mundo.

—A lo mejor esa es la razón por la que no puedo oírla —respondió Haiwen—. El mundo dejó de tener sentido cuando me marché de Shanghái.

—O a lo mejor las cosas dejaron de tener sentido cuando dejaste de tocar —replicó Suchi.

Él apartó la mirada. Quería confiarle lo de los juegos de apuestas. Quería explicarle cómo la posibilidad de ganar lo ayudaba a llenar su cabeza donde solo había un eco, cómo las pocas veces que ganaba le daban un subidón que lo hacía sentir un poco como cuando tocaba una pieza a la perfección por primera vez. Pero era imposible hablar de ello sin mencionar a Linyee.

—Me paso todo mi tiempo tratando de hacer que mi vida tenga sentido —le contó a Suchi—. No dejo de reflexionar sobre el pasado, tratando de averiguar cómo he llegado desde allí hasta aquí. Qué decisiones podría haber tomado de forma diferente.

Ella asintió con la cabeza.

—Comprendo esa sensación —dijo con suavidad—. Pero a lo mejor… a lo mejor no sirve de nada hacer eso. A lo mejor lo que nos está matando es esta obsesión por las cosas que no podemos cambiar. A lo mejor tenemos que dejar de pensar en ello y seguir adelante con nuestras vidas.

—Pero ¿no te da miedo olvidar?

—No —dijo ella, negando con la cabeza—. Me da miedo pasarme una vida entera recordando las cosas que quiero olvidar.

Haiwen se dio cuenta de lo que lo había estado desconcertando. La Suchi que él conocía había sido valiente de una forma que ocultaba su vulnerabilidad. Había sido un cachorro feroz que gruñía y se abalanzaba contra cualquier amenaza que se acercara a ella o a la gente que quería, sin importar cualquier inseguridad o miedo subyacentes que pudiera haber tenido.

Pero, ahora, por hermosa y atractiva que fuera Suchi, parecía precavida y agotada. En la superficie parecía ser una versión más madura y contenida de sí misma, pero él sintió la certeza de que su comportamiento seguro servía para enmascarar el miedo. Haiwen se preguntó qué cosas habría tenido que padecer, pero no sabía cómo preguntárselo, o si tenía derecho a hacerlo siquiera.

Sintió que un puño lo aferraba por dentro. Miró fijamente las manos pálidas de Suchi, colocadas de forma elegante la una sobre la otra encima de la pegajosa mesa de linóleo. Un mosquito aterrizó sobre su muñeca, pero ella no pareció darse cuenta. El insecto se alejó volando y dejó un punto rosado sobre su piel.

—¿Y qué cantas? —preguntó Haiwen.

Suchi hizo una pausa.

—El *shidaiqu* se ha vuelto muy popular aquí. Y también algunas canciones pop en inglés que he aprendido, aunque mi inglés sigue siendo bastante malo.

—¿Y te pagan?

—Bueno, al fin y al cabo, no todos los días tienen a una mujer shanghainesa de verdad cantando los viejos clásicos shanghaineses.

Le dirigió una sonrisa breve, una provocadora y coqueta; Haiwen nunca la había visto sonreír de esa forma antes.

—¿Puedo ir a verte?

—Ah, no —respondió ella con rapidez—. Es un club privado. Para británicos ricos y hombres de negocios de Hong Kong. Carísimo.

—Yo he venido por negocios —señaló él—. Podría llevar a alguno de mis clientes. Hasta puede que ya te conozcan.

Suchi negó con la cabeza y le dirigió otra sonrisa coqueta.

—Venga, para ya. ¡Me pondría demasiado nerviosa si estuvieras allí! ¿Es que quieres que me avergüence delante de todos esos hombres poderosos?

—Te he oído cantar miles de veces —replicó él—. ¿Desde cuándo eres tan tímida?

—¡Éramos críos! —dijo Suchi—. Y ahora, para, o me arrepentiré de haber quedado contigo para desayunar.

Lo dijo con un ligero tono bromista, acompañado por otra sonrisa, y Haiwen comenzó a sospechar que aquel nuevo gesto suyo era un tic inconsciente, lo que hacía cuando estaba siendo testaruda sin tratar de parecer testaruda. Porque eso era algo que *sabía* acerca de Suchi, algo que estaba seguro de que no podía haber cambiado: una vez que decidía que no quería hacer algo, ya no cambiaba de opinión.

—Tengo que irme —dijo ella, dejando varias monedas sobre la mesa y poniéndose en pie. De repente parecía exhausta—. ¿Tú no tienes que trabajar?

Haiwen se levantó también y recogió las monedas para devolvérselas y pagar él el desayuno, pero Suchi lo rechazó con un gesto. Fuera, le preguntó si podían volver a quedar a la mañana siguiente. Ella titubeó.

—Puede que esté ocupada —dijo.

—¿Con qué? —Al ver que no respondía de inmediato, insistió—. Por favor. No sabes cuántos años me he pasado fingiendo que estabas cerca para hablar contigo.

—Esta noche —respondió ella con rapidez, como si estuviera rindiéndose—. Es mi día libre. Hay un restaurante de fideos bajando la manzana desde aquí. Nos vemos allí a las ocho.

Haiwen tenía un discurso preparado. Iba a contarle a Suchi lo de Linyee desde que se sentara, pero enfatizando que el hecho de que estuviera casado no significaba que no la hubiera querido de verdad. Creía que una parte de él siempre la querría, y su matrimonio no podía cambiar ese hecho. Le contaría que, durante los primeros años que pasó en Taiwán, ni siquiera se había planteado estar con otra mujer (por supuesto, no iba a hablarle de la prostituta con la que había perdido la virginidad), porque había estado seguro de que llegaría el día en el que volvería a ella y podrían casarse.

Pero, poco a poco, las cosas comenzaron a cambiar. Rumores de que la guerra no iba a terminar jamás. De que el generalísimo no tenía ningún plan concreto para la victoria, y de que tal vez no regresaran jamás. En algún momento, Haiwen también comenzó a perder la fe. No había encontrado ninguna forma de enviar una carta a casa, a pesar de que había oído rumores de que podía hacerse si conocías a las personas apropiadas. No tenía ni idea de si Suchi había recibido sus primeras cartas, enviadas desde el campo, o de si sabía siquiera que estaba vivo. Llegaban a cuentagotas informes de que las familias de los intelectuales y los terratenientes estaban siendo despojadas de sus propiedades, y de que los enviaban a languidecer en granjas que no eran mucho mejores que los campamentos de prisioneros. Temía que Suchi, cuyo padre daba tanta importancia a la educación, estuviera perdida para él, o tal vez muerta (no podía permitirse especular sobre el destino que podría haber sufrido su propia familia, que tenía fábricas). De modo que, cuando se sentó en un pequeño puesto de comida diez años después de aterrizar en Taiwán y conoció a la hija guapa y simpática del dueño, se permitió interesarse. Ella le recordaba a Suchi por su franqueza, su vivacidad, pero era más dulce de lo que lo había sido su primera novia, menos testaruda y obstinada. Después de seis meses, se casó con ella.

Sabía que esa explicación no iba a ser suficiente. No podía ser suficiente. Pero era lo único que tenía.

Cuando Suchi entró, esta vez justo a las ocho, él empezó a hablar:

—Necesito…

Pero ella lo interrumpió.

—Tengo algo para ti.

Lo colocó sobre la mesa, delante de él. El estuche de su violín.

Las palabras se evaporaron de la lengua de Haiwen.

El cuero marrón estaba rasgado y arañado, y mostraba una pelusa suave en los bordes, donde se había rozado demasiadas veces.

—Lo he guardado para ti —dijo Suchi.

Él abrió el estuche. Dentro había un fardo envuelto en una tela azul marino, salpicada de flores blancas. Desenvolvió el objeto. Su *violín*. Se lo habían regalado sus padres el año que lo aceptaron en la Orquesta Juvenil, para reemplazar su instrumento barato de estudiante. Todavía recordaba lo aturdido que se había sentido al sacarlo por primera vez. El orgullo en la cara de su padre, la alegría en la de su madre. *Su* violín. Deslizó la mano por la madera barnizada y se llevó el instrumento a la cara. Ese aroma familiar a serrín y bosque y calor borgoña.

Levantó la mirada hasta Suchi, que lo estaba observando sin palabras.

—No creía que siguieras teniéndolo.

—Sulan me dijo que era una estúpida por llevármelo conmigo. Teníamos que ser selectivas con las cosas que cargábamos, y me advirtió de que esto ocuparía demasiado espacio, pero tenía que asegurarme de que se conservara bien.

Mientras Haiwen se colocaba el instrumento por debajo de la barbilla, una sensación de plenitud lo invadió; no se había dado cuenta de que le dolía el cuerpo por la ausencia de aquel miembro fantasma. Deslizó la mano izquierda hasta ponerla en su sitio, sobre el cuello, saboreando la sensación de las cuerdas clavándose en las yemas de sus dedos. Esos callos específicos seguían estando ahí, unas líneas duras e inútiles grabadas en su carne de forma permanente. Pellizcó las cuerdas con la mano derecha. Se habían torcido y soltado a lo largo del tiempo y estaban completamente desafinadas; la cuerda de la nota la se había partido por completo. Oyó débilmente el fantasma de una melodía tratando de abrirse paso hacia su conciencia. Contuvo el aliento, sintiendo que las notas buscaban puntos de apoyo a lo largo de las paredes de su mente. Pero entonces resbalaron, retrocedieron y desaparecieron. Haiwen volvió a guardar el violín en el estuche.

—No sé qué decir —dijo.

—«Gracias» estaría bien —bromeó ella, mostrándole una sonrisa de verdad, y él vio atisbos de la Suchi que recordaba.

—Desde luego. Gracias.

El dueño del restaurante se acercó a tomarles el pedido; ella pidió una sopa de fideos *wonton*, y él habló en un cantonés malo para pedir un cuenco de sopa de bolas de pescado.

—Ayer me dijiste que la música había desaparecido —dijo Suchi—. Pero a lo mejor es porque te faltaba tu propio instrumento.

—Para ser sincero, ni siquiera sé si sigo recordando cómo se toca —replicó Haiwen.

Ella lo interrumpió negando bruscamente con la cabeza.

—Puede que hayas perdido práctica, pero llevas el violín en la sangre. Sí que lo recuerdas.

Agitó ligeramente el estuche, con insistencia. Suchi siempre había tenido una fe absoluta en él.

—No has cambiado —dijo Haiwen.

—¿Qué? —replicó ella, sentándose.

—Ayer… antes… me preocupaba que hubieras sufrido demasiado estos últimos años, lo suficiente como para sentirte derrotada. Parecías un poco… precavida, frágil. Pensé: «Zhang Suchi ha cambiado de verdad». Pero ahora veo que no lo has hecho. Y estoy aliviado.

Ella retorció los palillos entre sus dedos índice y corazón.

—Pero sí he cambiado. Y tú también. Todos hemos cambiado.

Llegaron las sopas. Haiwen se quedó mirando su cuenco humeante, los anillos de cebolleta flotando sobre la ligera sopa gris. Reflexionó sobre las formas en las que él mismo había cambiado, pero era más preciso catalogar las formas en las que había fracasado. Como padre, como marido. Quería ser un buen hombre, quería darle más a su familia, comprarle un vestido nuevo a su mujer o regalos a sus hijas que las hicieran reír. Pero, cada vez que tenía un poco más de dinero en los bolsillos, simplemente se olvidaba. Se olvidaba de Linyee. Se olvidaba de sus hijas. Se olvidaba de todo, salvo por la posibilidad de que su suerte pudiera cambiar esa noche. Y, después, siempre se sentía arrepentido. Sus fracasos diarios eran evidentes en la fatiga que pintaba el rostro de su esposa. No la merecía.

—Pero tú sigues siendo tú —dijo. A diferencia de él, que se había perdido a sí mismo; eso era lo que quería decir—. Todavía eres la Suchi vibrante y feroz que siempre he admirado. Y doy gracias por eso.

Ella no dijo nada. Después de un momento, empujó el cuenco de Haiwen hacia él y se acercó el suyo antes de hundir la cuchara en la sopa.

La distancia entre ellos que se había derrumbado de forma momentánea cuando le había dado el violín ahora había vuelto a crecer. Haiwen recogió con la cuchara una bolita de pescado blanco.

—¿Qué querías decirme antes? —preguntó Suchi.

Él dejó caer la esfera a medio morder en la sopa y pensó en el discurso que había preparado, en todo lo que tenía pensado decirle sobre Linyee y las niñas.

—Quería preguntarte si recordabas el color del lazo que llevabas en el pelo la primera vez que nos besamos.

Ella parecía sorprendida. Entonces se rio, con esa risa real y clara de desvergonzado deleite que tanto le había gustado a Haiwen.

—Era morado —dijo—. ¿Por qué demonios estás pensando en eso?

—Vaya. Morado. Estaba seguro de que era rojo o naranja.

Ella negó con la cabeza.

—Era morado. Lo recuerdo porque era la primera cosa que tenía que fuera morada, y me pareció que era el color más bonito que había visto nunca. En esa época me lo ponía todos los días porque quería impresionarte.

—¿Fue en marzo o en abril?

—¿Me estás poniendo a prueba, o es simplemente que tienes una memoria terrible? —bromeó ella—. ¡No me digas que lo has olvidado! ¡Fue el quince de agosto! El día que Japón se rindió. ¿Cómo has podido olvidarlo?

Entonces hizo un mohín y, por un segundo, Haiwen vio a la chica joven con la que había crecido. Trató de colocar las palabras que había pronunciado en su sitio, y al fin, emergió un pequeño atisbo de su lazo para el pelo morado. Un momento más tarde, trajo con él otros detalles, y una imagen que había olvidado hacía mucho tiempo apareció en su mente.

—Ah, eso es —dijo—. Estábamos volviendo a casa en mi bicicleta y la cadena se salió. Yo me estaba frustrando porque no podía volver a ponerla. —Hizo una pausa—. Estaba preocupado por que algunas de las celebraciones por la rendición de los japoneses se habían vuelto violentas. Si te hubiera pasado algo, habría sido mi culpa por no haberte protegido.

—Lo sé. Por eso tu frustración me resultaba tan adorable —respondió ella—. Estabas muy serio, muy molesto, pero yo simplemente estaba feliz de poder celebrar esa victoria contigo. Llevaba mucho tiempo queriendo contarte mis sentimientos. —Suchi sonrió—. Fue lo más impulsivo que hice en la vida. Y tú... tú te quedaste muy quieto.

El beso regresó a él; la sensación, la sorpresa. La música siempre lo había seguido por dondequiera que fuera, pero en el momento en que ella pegó los labios a los suyos, el mundo se quedó en silencio.

Recordaba cómo había vibrado su cuerpo entre esa quietud.

—Tus labios eran mucho más firmes de lo que esperaba —le dijo.

—¡Yo no sabía lo que estaba haciendo! Estaba tratando de parecer segura de mí misma.

—Lo que quiero decir es que siempre me había imaginado que tus labios serían suaves, como una nube. —Haiwen sonrió—. Ese día tenías el pelo recogido en una trenza. Recuerdo que quería pasar los dedos por tu pelo, pero me preocupaba estropeártelo.

—Ah, no me habría importado —respondió ella entre risas.

El recuerdo lo calentaba por dentro, aunque también hizo que un dolor sordo se extendiera a través de su pecho. Aquel día había vuelto a casa sintiéndose la persona más afortunada del mundo. Mientras todas las demás personas que conocía habían estado debatiendo sobre la rendición de los japoneses, él no les había prestado ninguna atención. Su vida iba a ser brillante, pasara lo que pasara, porque sabía que la chica que amaba sentía lo mismo por él.

Suchi unió las manos por encima de la mesa y se inclinó hacia delante.

—¿Qué más? Esto es divertido.

Él repasó la lista de preguntas que lo habían importunado la noche anterior, lo que hizo que discutieran sobre los detalles con los que no lograban ponerse de acuerdo («Por *supuesto* que esa pelea fue porque te habías enfadado porque hubiera estado hablando con Boyang», dijo Suchi, mientras que Haiwen insistía en que era porque él había saludado a En'en antes de saludarla a ella), y que rieran por los recuerdos en los que ninguno de ellos había pensado desde hacía décadas («¿Recuerdas esa vez que Sulan y tú me robasteis el arco del violín para usarlo como caña de pescar?». «Lo siento muchísimo. Tenía ocho años. No tenía ni idea de lo caras que eran esas cosas»).

Los dueños del restaurante estaban fregando los suelos y lanzándoles miradas envenenadas cuando Suchi sugirió que deberían marcharse. Fuera, en el aire cálido, Haiwen no estaba preparado para que la noche terminara. Le preguntó si quería ir a un pequeño bar que había cerca del hotel. Ella titubeó, pero aceptó.

El local no era más que un pasillo abarrotado, con una barra de madera oscura lo bastante larga como para acomodar seis taburetes, y una gramola en un rincón que emitía una sensual balada pop con muchas cuerdas. Solo había una persona más sentada en el rincón, un hombre con calvicie incipiente que estaba pontificando borracho frente al camarero. Haiwen y Suchi se sentaron en el otro extremo de la barra. Él pidió un whisky, y ella, una copa de vino tinto.

—Una más —dijo Haiwen, cuando ya habían agotado casi todas sus preguntas—. Se me ha olvidado. ¿Te acuerdas del día que nos conocimos? No soy capaz de recordarlo.

—¿No recuerdas el día que nos conocimos? —exclamó Suchi, y le dio un sorbo al vino—. Ahora sí que estoy ofendida.

Él apenas era capaz de evocar una época sin Suchi en su vida. Todos sus recuerdos más tempranos estaban borrosos, en un línea temporal revuelta que la incluía a ella.

—Te habías olvidado el almuerzo ese día. Te vi sentado en silencio en tu pupitre, sin comida. Simplemente estabas ahí sentado, mirando fijamente hacia delante. Más tarde, cuando empecé a comprenderte mejor, acabé dándome cuenta de que lo más probable era que estuvieras escuchando música dentro de tu cabeza. Pero en ese momento recuerdo que pensé que parecías muy *kelian*, así que me acerqué a ti y te di una albóndiga.

—Es muy probable que estuviera escuchando música —dijo él—. Lo más seguro es que ni siquiera me importara que se me hubiera olvidado la comida.

—Entonces, ¿te acuerdas o no?

Él volvió a buscar, pero no encontró nada.

—No —respondió, decepcionado consigo mismo—. Tengo muchísimos recuerdos de ti, pero en todos ellos ya éramos amigos.

—*Aiya* —dijo ella, y soltó un suspiro exagerado—. Ya veo lo poco que he significado para ti.

Él la observó reírse, se fijó en cómo seguía hablando con las manos y jugando con su pelo. Se fijó en todas las formas en las que seguía siendo la misma chica que recordaba, las formas en las que jamás había cambiado, y sintió la necesidad de aferrarla, de abrazarla tan fuerte que pudiera fusionarla con sus propios huesos y convertirla en una parte de él, un órgano que jamás podrían volver a arrancarle.

La gramola, que había estado haciendo sonar una balada tras otra, se quedó en silencio. El hombre mayor y borracho maldijo sonoramente y, con un esfuerzo peligroso, se bajó del taburete de la barra y se acercó tambaleándose a la pared donde estaba la máquina. Sus dedos toquetearon los botones con dificultad. Entonces, una melodía almibarada comenzó a sonar por el bar.

—¿Alguna vez piensas en nuestras últimas semanas juntos? —preguntó Haiwen. Estaba sintiendo un calorcillo por el licor—. En cómo podrían haber sido. Y en cómo fueron.

Suchi miró fijamente su copa, que el camarero había mantenido llena todo el rato.

—Solía hacerlo, a todas horas.

—Ojalá… —empezó él, pero hizo una pausa. Los años de culpa palpitaban a través de su cuerpo—. Ojalá hubiera estado menos ensimismado durante esas semanas. Ojalá hubiera sabido cómo dejarte entrar.

Ella se mordió el labio.

—Y ojalá yo no te hubiera dicho las cosas que te dije, ojalá no nos hubiéramos separado de esa forma horrible.

—Ojalá te hubiera hecho saber como mínimo cuánto significabas para mí. —La contempló y añadió con suavidad—: Te merecías más.

Ella suspiró.

—Los dos éramos jóvenes. A lo mejor ya es hora de perdonarnos a nosotros mismos.

Haiwen la observó haciendo girar su vino.

—¿Alguna vez te preguntas cómo habrían sido nuestras vidas si eso no hubiera pasado?

—Sí —dijo ella, y le dio otro sorbo al vino pero sin levantar la mirada—. Lo hago.

Él vio que sus labios se abrían ligeramente después de bajar la copa. Ansiaba acercar un dedo a esos labios, para ver si eran tan suaves como los recordaba. Extendió el brazo y ella miró hacia arriba de golpe. Haiwen dejó la mano inmóvil frente a ella. A dos o tres centímetros de su piel.

—Susu —dijo.

No cerró la palma. Sentía la ligera condensación del aliento de Suchi.

Cuando ella habló, su voz sonaba pesada y aterciopelada.

—Llévame lejos de aquí.

Las manos de Suchi estaban húmedas y pegajosas entre las suyas mientras subían en el ascensor del hotel. Haiwen sentía el tamborileo de su corazón en la garganta, y tenía los ojos ligeramente nublados por el licor. La condujo por el pasillo alfombrado y en penumbra hasta que acabaron delante de su habitación. Una parte de él no quería alejarse de ella, preocupado de que pudiera desparecer, pero la soltó para sacarse la llave del bolsillo. Mientras abría la puerta, comenzó a sentirse nervioso. El alcohol palpitaba sonoramente a través de sus venas.

Encendió las luces y se arrepintió de inmediato. Bajo el amarillo intenso de la habitación, de pronto se sentía sobrio e inseguro. La energía que había zumbado entre ellos por el camino flaqueó. Suchi se quitó los zapatos y el abrigo y entró, observando la opulencia del falso rococó de los muebles y la pequeña televisión.

—Qué lujo —dijo—. No me había dado cuenta de que estaba en compañía de la realeza. —Se inclinó fingiendo deferencia—. Su alteza.

—Para —replicó él, sintiendo un calor que subía hasta su garganta.

—Siempre supe que eras un poco burgués —continuó bromeando ella—. Incluso en esa época. Te encantaba tu música europea, con todos esos nombres que yo no podía pronunciar. Choi-nosequé, o lo que fuera.

—Chaikovski —la corrigió Haiwen—, y Rusia está en Asia.

Suchi resopló.

—Sigues siendo el mismo —dijo, y se sentó con cuidado en el borde de la cama. Comenzó a peinarse el pelo con los dedos. Él se dio cuenta de que estaba nerviosa. Apagó la luz—. Oye —protestó ella—. Me gustaba ver los muebles del palacio.

Haiwen se quitó la chaqueta y la colgó sobre el respaldo de la silla. Sentía el cosquilleo de los nervios a través de su cuerpo.

—Discúlpame un momento —le pidió.

En el cuarto de baño, Haiwen se bajó la cremallera del pantalón y trató de orinar. Pero tenía el pene parcialmente erecto, y tan solo podía pensar en que Suchi se encontraba al otro lado de la puerta. Sintió que su tripa se tensaba y su pene se endurecía. Por acto reflejo, comenzó a acariciarse, varias sacudidas firmes antes de que la culpa lo invadiera. No. No podía hacerlo.

Volvió a entrar en la habitación. Suchi lo miró con expectación, tímida y preciosa, con el pequeño capullo de rosa de una sonrisa formándose en sus labios, y él sintió un nudo de deseo que tiraba de su cuerpo hacia ella. Sabía que debería decirle que se marchara, pero no era capaz de obligarse a hacerlo. Se sentó torpemente junto a Suchi sobre la cama, y dejó las manos descansando sobre sus rodillas. Ella estiró un brazo y colocó una mano vacilante sobre la suya. Sus dedos eran cálidos y suaves.

De forma abrupta, Haiwen se puso en pie para encender la televisión, que cobró vida ruidosamente. En la pantalla, una mujer de pelo largo vestida de blanco emergía de un túmulo. Se trataba de una de esas películas de fantasmas con efectos especiales malos que Linyee odiaba. Una vez habían ido al cine sin saber que la película era de terror, y para cuando se dieron cuenta, ya era demasiado tarde. Él tuvo que pasarse un mes mirando detrás de las cortinas y las puertas de los armarios. Entonces se había quejado al respecto, pero ahora le resultaba adorable.

—Tengo que contarte una cosa —dijo a toda prisa. Las palabras sonaron muy altas en la habitación. Suchi se dio la vuelta para mirarlo, con la cara bañada por la luz de la televisión—. Estoy casado.

Ella pestañeó dos veces, como si hubieran encendido un flash delante de sus ojos. Haiwen esperó a que dijera algo, y al ver que no lo hacía, continuó con una cascada de palabras cayendo de su boca.

—Tenemos… Linyee y yo… tenemos dos hijas pequeñas, Yiping y Yijun. Siento no habértelo contado antes. Tendría que haberlo hecho, quería hacerlo.

—Oh —respondió Suchi. Se puso en pie y se miró las manos como si no supiera de quién eran.

—Espera —le pidió Haiwen—. Por favor, no te vayas.

—Oh —repitió ella.

Él sabía que lo mejor sería que se marchara, pero no podía soportarlo. Estaba seguro de que, si salía por esa puerta, jamás volvería a verla.

—Lo siento —dijo.

Ella volvió a sentarse, colocó las manos sobre su regazo y se quedó mirando la televisión en silencio. Su perfil era de un azul pálido y parpadeante, su oreja se ocultaba entre las sombras. Haiwen se preguntó cómo habría sido su vida esas dos últimas décadas, si habría tenido más alegrías que tristezas. Si querría considerar la posibilidad de una tristeza más aparte de las que ya había soportado.

—Susu —la llamó en voz baja.

Ella se giró y lo miró, con ojos inquisitivos.

A él se le escaparon las palabras. Lo que más quería en ese momento era vivir dentro de su piel, saber todas las cosas que había experimentado, absorberlas dentro de sí mismo y dejar que se mezclaran con todas las cosas que él había vivido, para poder borrar el espacio entre ellos.

Suchi, percibiendo eso de algún modo, o tal vez sintiendo el cambio en el aire, comenzó a negar con la cabeza. Sus ojos se llenaron de lágrimas.

—No lo hagas —dijo, protegiéndoselos con el dorso de una mano.

Él dio dos pasos y se arrodilló frente a ella. Colocó una palma sobre su cara, pegó un pulgar contra el lunar que tenía junto al ojo y comenzó a secar las gruesas lágrimas que caían sobre sus mejillas. Suchi levantó la mano, cubrió la de él y le llevó los dedos a sus labios.

Un dolor profundo se extendió por el cuerpo de Haiwen. Saboreó la caricia de los labios de ella sobre sus dedos, como una pluma, y se inclinó para besarla. Sus labios eran tal y como los recordaba. Tiernos, suaves, inseguros. Sintió que Suchi levantaba las manos, sintió varios dedos presionándole la nuca con suavidad, empujándolo hacia arriba, hacia ella. La besó con más fuerza y ella respondió; su suavidad se convirtió en un hambre que él recordaba de sus últimos días juntos, cuando había estado demasiado ensimismado como para apreciarla; cada beso había sido una promesa de que Suchi permanecería a su lado. Había dado por sentado aquel amor ferviente.

Suchi se separó de su boca para besarle las orejas, el cuello, la base de la garganta, y entonces estiró el cuello hacia sus labios otra vez, sus manos eran feroces sobre sus hombros, sobre su espalda, bajando hasta sus pantalones. Él pensó débilmente que debería parar, que debería apartarse, pero ella le estaba desabrochando la hebilla del cinturón, quitándole los pantalones. Se tumbó sobre la cama y lo atrajo hacia ella.

—Tócame —susurró con urgencia, colocando las manos de Haiwen sobre sus pechos, por encima del vestido.

Pronto, Haiwen ya estaba tirando del vestido hacia arriba; sus manos encontraron los pechos por debajo del tejido, con los pezones hinchados pero tiernos bajo sus dedos temblorosos. Ella se pasó el vestido por encima de la cabeza, empujando el cuerpo hacia el suyo. Él también se quitó la camisa, y ahora los dos estaban solo en ropa interior. Se detuvo un momento para contemplarla. Se había pasado muchos años de la adolescencia imaginando su cuerpo desnudo. Había visualizado sus pechos pequeños pero delicados, su estómago plano y perfecto, la suavidad de su piel. No se había imaginado que, cuando al fin la viera desnuda, los dos serían completamente adultos, con cicatrices, bultos e imperfecciones en muchos lugares. Se dio cuenta de que tenía los pechos ligeramente caídos, la tripa un tanto blanda, y también estrías que brillaban en sus muslos. Se preguntó brevemente si era posible que siguiera siendo virgen.

—No pares —dijo Suchi, atrayendo su cara de nuevo hacia ella y borrando sus pensamientos.

Él le succionó un pecho y después el otro. Movió la cabeza hacia arriba para besarla otra vez. Ella metió la mano bajo la goma elástica de sus calzoncillos, liberó su erección y la acarició. Los besos de Haiwen eran jadeos entrecortados. Dejó que sus dedos se movieran hacia abajo, más allá de su estómago, deslizándose por debajo de la ropa interior y encontrándola cálida y húmeda. Introdujo un dedo en su interior, y cuando ella jadeó, introdujo otro. Se separó de ella para quitarle la ropa interior, y cuando se quitó la suya, los dos quedaron desnudos al fin.

Comenzó a colocar su cuerpo encima del de Suchi, pero ella negó con la cabeza. Besándolo, maniobró para que intercambiaran su lugar, y sus pechos quedaron suspendidos por encima de él.

Cuando bajó con cuidado sobre él, algo se rompió a través de las venas de Haiwen. La miró desde abajo, pero ella había echado la cabeza atrás y tenía los ojos cerrados y los labios entreabiertos. Estiró el cuello para besarla, y Suchi abrió los ojos y los clavó en los suyos. Haiwen no podía leer lo que había detrás de su expresión. Un momento más tarde, ella se inclinó hacia delante y le rodeó el cuello con fuerza con los brazos, como si no quisiera soltarlo jamás. Pegó la boca bajo la mandíbula de él, produciendo unos suaves sonidos de placer que iban aumentando en volumen, hasta que clavó los dedos en su piel y apretó las rodillas alrededor de las caderas de Haiwen con tanta fuerza que, por un segundo, este pensó que iba a romperse. Con un gruñido, él también terminó, un clímax tan feroz que se le puso la carne de gallina por todo el cuerpo y se le quedaron los dedos de los pies fríos.

Durante varios segundos después de que se terminara, ella no lo soltó, todavía rodeándolo fuerte con los brazos. Al fin, aflojó su agarre y se tumbó junto a él. Respirando pesadamente, Haiwen se acercó para acariciarle la cara, pero se quedó paralizado. Suchi estaba llorando.

Se le detuvo el corazón.

—¿Qué pasa? —preguntó—. ¿Te he hecho daño?

Ella negó con la cabeza. Entonces, se aovilló contra su cuerpo, pegó la cara a su hombro y sollozó. Él la rodeó con los brazos y le acarició el hombro. La abrazó hasta que sus sollozos remitieron y se estabilizaron hasta convertirse en una respiración profunda. Él también se quedó dormido.

Se despertó sobresaltado. El sol naranja apenas estaba empezando a calentar a través de las cortinas. La televisión seguía encendida, ahora con las noticias de la mañana. Haiwen echó un vistazo junto a él, pero Suchi ya no estaba.

Encontró una nota, plegada encima del estuche de su violín.

Voy a casarme, así que no te preocupes por mí.

Me alegra que hayamos vuelto a encontrarnos. Ahora tengo el corazón tranquilo porque sé que estás vivo y bien.

No podemos cambiar el pasado, así que no te pases demasiado tiempo rumiando sobre él, por favor.

No dejes de tocar el violín.

Durante cuatro de las cinco mañanas que le quedaban en Hong Kong, Haiwen se sentó en el restaurante de *congee* hasta que llegó la hora de ir a trabajar. Sabía que lo más probable era que Suchi no apareciera, pero no podía renunciar a la esperanza de que tal vez estuviera equivocado. Por las noches, persuadía a su jefe para llevar a sus posibles clientes a varios clubs privados, pero jamás la vio en ninguno de ellos.

En la quinta mañana, se despertó, hizo la maleta, y después abrió el estuche del violín. La única evidencia de que lo que había ocurrido no había sido un sueño. Mientras miraba el instrumento, se dio cuenta de la fecha que era: el cumpleaños de Suchi. Un pequeño dolor se le clavó en el corazón. Acercó la mano a la grieta del forro, más ancha ahora que el pequeño agujero que había sido la última vez que el violín había estado en su posesión, e introdujo dos dedos dentro. Cuando no encontró nada, toqueteó por el exterior. Se preguntó si ella habría encontrado el anillo, si habría sabido que era para ella. Ya era demasiado tarde para preguntárselo.

Por la tarde, se paseó por las calles, fijándose en la gente que empujaba sus carros o conducía sus taxis o caminaba por las aceras, y se imaginó la vida de Suchi entrelazada con las de ellos. Compró caramelos duros con formas de animales de un vendedor ambulante para Yiping. Después, entró en una joyería y compró un colgante de un buey de jade para Linyee. A continuación, caminó hasta la terminal del ferri y miró hacia el contorno de las montañas al otro lado del puerto, y se percató de que la neblina daba la impresión de que las estuvieran borrando con lentitud.

OCTUBRE DE 1972

Hong Kong

Soukei observaba, mitad dolorida y mitad desconcertada, mientras una lágrima gruesa y solitaria salía de la comisura del ojo derecho de su hijo y caía por su mejilla regordeta.

—Samson —dijo en voz baja, agachada delante de él. Tenía las dos manitas del pequeño entre las suyas.

Él miró más allá de ella, como si no estuviera ahí, en dirección a las piernas de los adultos que pasaban junto a ellos caminando a zancadas, a los niños que lo miraban con curiosidad. A lo mejor se estaban preguntando cómo era posible que un pequeño pudiera ser infeliz en el Parque de Atracciones Lai Chi Kok, que se podría decir que era el destino soñado de cualquier niño de Hong Kong.

Ella podría haber sabido cómo lidiar mejor con una pataleta, pero su hijo nunca había sido como otros niños de cinco años, que se tiraban al suelo o zapateaban con los pies cuando se enfadaban. Incluso cuando ya había aprendido a caminar, se escondía entre las mantas cuando quería llorar, avergonzado por sus emociones. Soukei se preguntó en dónde habría aprendido eso. Ella había sido muy diferente a su edad, ¿verdad?

—*Siau noe* —lo arrulló—. Habla con Maami.

El pequeño frunció el labio inferior en un mohín.

Ella suspiró. Se encontraban a solo unos cuantos metros del zoológico, donde vivía la atracción estrella del parque, un elefante llamado Tino, cuando Samson se había detenido de repente y había apartado la mano de la de su madre. Ahora, durante los últimos minutos, se había negado a caminar o hablar, y ella no sabía por qué.

Soukei había pensado que aquella parte de la maternidad se volvería más fácil con el tiempo. Después de todo, ya no era un recién nacido que solo podía chillar para expresar su incomodidad; ahora podía utilizar las palabras. Pero había averiguado que necesitaba persuadir a su hijo y armarse de paciencia para que se sintiera lo bastante seguro como para revelar sus sentimientos, y aunque ella se esforzaba al máximo por mantener una máscara de empatía ilimitada, por dentro solía estar rebosante de exasperación (pero sintiéndose culpable por ello). «¡Usa las palabras y ya está!», quería decir. «¡Tan solo dime lo que te pasa para poder *ayudarte*!».

Trató de seguir la línea de visión de Samson para ver si podía encontrar alguna pista para deducir lo que lo había alterado. En su lugar, captó la mirada de una mujer mirándolos con desprecio. Perfectamente maquillada, aferraba un bolso de diseño en una mano y la palma de una niña hermosamente vestida en la otra. Una oleada de furia invadió la cabeza de Soukei. *¿Qué estás mirando?*, pensó. *Seguro que tu hija tiene una pataleta cada vez que no consigue lo que quiere. ¿No es eso lo que hacen los niños ricos?* Pero se le había olvidado que su hijo también era un niño rico. Habían pasado seis años, y todavía se olvidaba a menudo de con quién se había casado. Cualquiera que no la conociera bien (la mayoría de la gente) oiría que su marido era Lam Saikeung y daría por hecho que ella era una de las *taaitaais* de Hong Kong, las esposas de los hongkoneses ricos que se pasaban las horas comiendo en distintos restaurantes de alta categoría cada día, con el pelo perfectamente arreglado y ataviadas con marcas de diseño de la cabeza a los pies. Pero otros que sabían de su origen podrían dar por hecho, tal como lo hacía su propia suegra, que ella había atrapado a Lam

Saikeung en ese matrimonio quedándose embarazada a propósito. Si ellos supieran…

La mujer se había ido hacía mucho, pero Soukei estaba hirviendo de tristeza y de rabia. Casi no escuchó el callado murmullo de la voz de Samson.

—¿Qué has dicho? —le preguntó. Se tragó la amargura que tenía en la boca y acarició la mejilla de su hijo con ternura—. ¿Me lo puedes repetir?

—Han dicho que Tino está enfermo —repitió él en voz baja.

—¿Quién lo ha dicho?

—Los trabajadores —dijo el niño—. Han pasado caminando y les he oído decirlo. Decían que Tino está enfermo y no ha estado comiendo.

A Soukei siempre le sorprendía darse cuenta de lo poco que escapaba de la atención de su hijo, de lo mucho que absorbía del mundo a su alrededor. Ella no se había fijado en ningún trabajador, no había escuchado su conversación. Pero, por supuesto, le resultaba fácil bloquear el cantonés cuando le convenía; si no estaba prestando atención, el idioma se convertía en un borrón de ruido ambiental.

—Estoy segura de que se pondrá bien —dijo, frotándole el hombro a Samson—. Todo el mundo se pone enfermo de vez en cuando. Lo más probable es que solo sea un resfriado. Nada de lo que preocuparse.

—Pero ¿qué pasa si…? —Él se detuvo y tomó un poco de aire, tembloroso—. ¿Qué pasa si Tino se muere como Bunbun?

Oh. Ahora todo tenía sentido. Después de todo, estaban allí por Bunbun. La conejita mascota de su hijo se había muerto el día anterior después de una huelga de hambre de tres días. Ella había tratado de explicarle la muerte con cuidado, murmurando algo de que la conejita se había ido a dormir un largo rato y que ya no volverían a verla, pero Saikeung había intervenido.

—La muerte es una parte inevitable de la vida —le había dicho—. Los animales se mueren. Y las personas también. Esta es la primera adversidad a la que has tenido que enfrentarte en tu joven vida. Acostúmbrate.

Samson había asentido sabiamente con la cabeza, y Soukei se preguntó si habría entendido siquiera lo que era la muerte. Pero, por la noche, pasó junto a su habitación y lo oyó gimoteando contra su almohada. Cuando lo despertó a la mañana siguiente, todavía tenía los ojos rojos e hinchados. Pensó que un viaje al parque de atracciones para ver a su elefante favorito lo animaría. Evidentemente, los dioses tenían otros planes.

—Oh, *baobei*, estoy segura de que Tino estará bien. Todo el mundo se pone enfermo de vez en cuando, pero eso no significa que se vayan a morir. Tú estuviste enfermo el mes pasado, pero mírate ahora, ya estás mejor, ¿verdad?

El ceño fruncido del pequeño indicaba que seguía sin estar convencido.

—Pero, entonces, ¿por qué se murió Bunbun?

—A veces, los animales (y también las personas) se ponen tan enfermos que no pueden recuperarse. Pero eso no ocurre la mayoría de las veces. La mayoría de las veces, todo sale bien.

Tenía la convicción de que la estaba fastidiando de alguna manera. Aunque no concordaba con los métodos bruscos de Saikeung, era cierto que la muerte era una parte inevitable de la vida. Pero no sabía cómo explicarle esa realidad a su hijo al mismo tiempo que seguía ofreciéndole consuelo, cómo ayudarlo a aceptarlo sin inventarse mentiras sobre el cielo de los animales, cómo impedir que estuviera aterrorizado de que cada criatura viviente de la que cuidara pudiera algún día, inesperadamente, caerse muerta delante de él.

—A pesar de que Bunbun se haya ido, todavía la queremos muchísimo, ¿no es verdad? Podemos pensar en todos los recuerdos bonitos que hemos tenido con ella, y así seguirá estando en nuestros corazones. Así que es casi como si no se hubiera ido. Como cuando siempre le dabas el apio que no querías y ella se lo comía a toda prisa. O como cuando siempre limpiaba su cuenco y lo empujaba a un rincón de su jaula después de cada comida, porque era una conejita muy buena. ¿No crees que son recuerdos bonitos?

Era consciente de lo estúpido y vacío que sonaba, y ni siquiera estaba segura de creerse ella misma ese consejo, así que se detuvo, segura de que Samson vería la estupidez de sus palabras. Pero, después de un momento, él asintió mínimamente con la cabeza. Animada, lo rodeó con los brazos. Él se relajó contra su hombro, moqueando.

—Venga, si Tino está enfermo, estoy segura de que le vendrá bien que su niño favorito lo anime un poco.

Se puso en pie y le tendió la mano para que él se la tomara.

Mientras caminaban, bajó la mirada hasta su carita confiada y sintió una oleada familiar de asombro y miedo. Todavía le resultaba extraño ser madre, que tuviera *permitido* ser madre. No lo *sentía* del todo; a menudo se sentía como si fuera una impostora interpretando ese papel, como si alguien fuera a averiguarlo en cualquier momento. Había sido peor durante los terribles meses después del nacimiento; las largas noches en las que pensaba en saltar por la ventana de su rascacielos de veinte plantas; las noches infinitas enfrentándose a la voz dentro de su cabeza que le decía que su hijo estaría mejor sin ella, que ella estaría mejor sin él. Esas primeras semanas de hacer las cosas de la maternidad con inercia, de cuidar a ese bulto, a ese nabo, a esa masa cálida y palpitante que fácilmente se le podría caer o aplastar o ahogar. Le emocionaba y le aterrorizaba al mismo tiempo que lo único que mantuviera a ese bebé alejado de la muerte fuera ella, un frágil dique en forma de mujer. Su elección consciente de mantenerlo con vida era lo que hacía que estuviera a salvo, y era un poder que no quería tener. Durante los primeros seis meses de su vida, cada vez que él comenzaba a mamar, con su cabecita suave pegada delicadamente a ella, Soukei tenía una visión de su pequeño cuerpo como una masa rota y ensangrentada a sus pies. No se lo contó a nadie, ni siquiera a Sulan.

Eso era entonces. Ya no tenía que esforzarse por querer a su hijo; ya no podía imaginar una vida sin él. Aun así, a veces se alejaba flotando de sí misma, como estaba haciendo en ese preciso momento, para mirar desde arriba a una mujer que le resultaba irreconocible. Tenía ese pensamiento a todas horas, cuando estaba tumbada debajo de su marido en la cama que compartían, hundida en lujosos almohadones, o cuando su suegra la reprendía por no preparar la sopa de costillas de cerdo favorita de Saikeung de la forma apropiada, o cuando consolaba a un Samson cubierto de vómito que había vomitado en mitad de la noche... ¿quién era esa mujer? ¿Cómo era posible que Zhang Suchi se hubiera convertido en ella?

Llegaron al foso donde tenían a Tino y Soukei vio, con alivio, que el elefante estaba ahí. Se encontraba junto al abrevadero, dándose golpecitos en el trasero con la cola, y escarbando entre una bala de heno cerca de sus patas. Si estaba enfermo, no se le notaba. Los trabajadores seguían vendiendo cubos de zanahorias, hojas de nabo y cabezas de brócoli para que los visitantes le dieran de comer. Todavía había niños junto a la barandilla, tratando de llamar la atención del elefante.

—¿Ves? —le dijo a Samson—. ¡Está bien! —Él asintió con la cabeza, balanceándose ligeramente sobre sus pies—. ¿Quieres darle de comer? ¿Quieres que le compre comida?

Era una pregunta absurda, de las que les haces a los niños con voz alegre a pesar de que ya sabes la respuesta. Su hijo no se había negado a darle de comer al elefante ni una sola vez.

Se quedaron cerca de la barandilla con las verduras preparadas, esperando a que les llegara el turno de darle de comer a Tino. Delante de ellos había dos niñas mayores que parecían tener unos diez u once años, inclinándose sobre la barandilla y haciéndole gestos al elefante para tratar de llamarle la atención. Una tenía un cubo de verduras en la mano, mientras que la otra comía palomitas de maíz de una bolsa de papel. Cuando el animal se giró al fin hacia ellas, la niña del cubo sostuvo una cabeza de brócoli con entusiasmo. Tino acercó la trompa a la verdura, pero no la tocó.

—¿No se supone que te gusta esto? —preguntó ella con impaciencia—. ¡Qué rico, qué rico el brócoli!

—Déjame probar —dijo la otra, y le ofreció unas zanahorias. El elefante las agarró, pero en vez de comérselas, las tiró al suelo—. ¡Oye! —gritó la niña—. ¡Se supone que no deberías hacer eso! ¡Se supone que tendrías que comértelo! ¿A ti qué te pasa?

La niña del brócoli volvió a probar. Tino lo enroscó con la trompa, y por un momento, la niña gritó de alegría. Pero, entonces, el elefante aplastó el brócoli con la trompa, desperdigando los trozos de cogollo por el suelo. La niña empezó a hacer pucheros.

—¡Esto no es justo! —se quejó—. ¡Hemos comprado esta comida para ti y ni siquiera te la has comido!

La otra le tiró palomitas al elefante.

—¿A lo mejor te gustan las palomitas?

La primera niña se rio, tomó un puñado de la bolsa y se unió a ella. Las pequeñas palomitas blancas rebotaban contra la cara del elefante.

—Maami —susurró Samson—, están siendo malas con Tino. Deberíamos decirles que está enfermo y no tiene hambre.

Soukei miró a su alrededor para ver si alguno de los trabajadores iba a intervenir, pero la mayoría no estaba prestando atención, y al que sí estaba haciéndolo, parecía hacerle gracia. Buscó entre los adultos que había un poco más lejos de la barandilla. ¿Dónde estaban los padres de esas niñas?

De repente, oyó un chillido agudo. Se dio la vuelta y vio a una de las niñas despatarrada en el suelo, llorando.

—¡Me ha pegado! —berreaba, sujetándose una rodilla raspada—. ¡Me ha pegado con esa narizota!

Un hombre se abrió camino entre la multitud que se estaba congregando y sujetó a la niña por los hombros. Miró a los trabajadores, que estaban convergiendo hacia el lugar mientras pedían disculpas, y comenzó a gritar:

—¡Esa criatura ha atacado a mi hija! ¿Quién está al mando aquí? ¡Habría que sacrificar a esa bestia salvaje!

Soukei miró más allá del alboroto que rodeaba a la niña, en dirección al elefante. Ahora había tres trabajadores alejando a Tino de la barandilla, pinchándolo con unos palos que chisporroteaban débilmente para conducirlo en dirección al redil enrejado donde era de suponer que dormía por las noches. Su mirada cayó sobre la cara del elefante, y se sobresaltó al ver que él se la devolvía. La luz de sus ojos era triste pero triunfal, desafiante pero resignada. Por primera vez, la mujer se dio cuenta del aspecto tan poco sano y sucio que tenía el animal. Su piel carecía por completo del lustroso brillo de los elefantes salvajes que había visto en fotografías. Sus orejas eran finas y estaban rasgadas. A pesar de su gran tamaño, estaba demacrado, y las moscas lo atosigaban. Volvió a mirar a Tino a los ojos y reconoció, por un momento, algo familiar. Una tristeza la invadió por dentro. Si no fuera por Samson, jamás volvería a pagar para ver a esa criatura cautiva.

Solo cuando el elefante desapareció en su prisión, Soukei se acordó de su hijo, que todavía estaba aferrando su cubo de verduras. ¿Había visto todo lo que había pasado? ¿Se pasaría esa noche gritando por las pesadillas sobre elefantes salvajes asesinos?

—¿Te has asustado? —le preguntó, tratando ya de buscar algunas palabras torpes de consuelo. «No todos los elefantes son así». «No todos los zoos son así».

—Estaba enfadado —dijo él—. Porque las niñas no se han portado bien.

—Sí, eso es cierto —asintió su madre.

—Él no puede decir palabras. No puede decir «parad, dejadme en paz» cuando la gente es mala con él. Así que solo podía empujarla.

Soukei asintió con la cabeza, sorprendida por la perspicacia de su hijo. Los niños no tenían ningún sentido. Podías pasarte horas tratando de convencer a tu hijo de que una taza roja era tan válida como una taza azul, y él se negaría a ver la lógica en eso. Pero, a pesar de ello, podían ver las acciones violentas de un animal y empatizar de inmediato con las razones por las que la criatura se había visto provocada a hacerlo. Aquella contradicción era una de las cosas que hacían que la maternidad siguiera siendo nueva para ella, que *Samson* siguiera siendo nuevo para ella.

—Pero, Maami, no está bien empujar a la gente. Incluso aunque estés enfadado.

—No, no está bien, tienes razón.

El niño jugueteó con una zanahoria, agarrándola y volviéndola a soltar con un sonido sordo y metálico.

—¿A lo mejor está bien si alguien se porta mal contigo primero?

Soukei se preguntó, y no por primera vez, si estarían acosando a su hijo en el colegio. Ya llevaba un mes yendo a la guardería, pero todavía no había hecho ningún amigo y siempre jugaba solo, según su profesora. Esta le había mencionado que, cuando los demás niños le quitaban los juguetes, él se rendía fácilmente. Se preguntó si Samson estaría tratando de averiguar si estaba bien contraatacar. No sabía qué era lo más apropiado que debería decirle.

—Creo… creo que Tino trató de mostrarles de buenas maneras que no le gustaba lo que le estaban haciendo. Y a lo mejor, si pudiera utilizar las palabras, le habría pedido a alguien que por favor lo ayudara. Pero, al final, nadie acudió a ayudarlo, y le estaban haciendo daño, así que solo podía ayudarse a sí mismo. —Hizo una pausa, otra vez preocupada de estar fastidiándolo todo—. Pero si tú estás alguna vez en una situación como la de Tino, puedes decírnoslo a mí o a la profesora, ¿vale?

—A lo mejor tendríamos que haberles dicho a las niñas que estaba enfermo —dijo él—. Ellas no sabían que estaba enfermo.

—Puede ser. —Soukei suspiró—. No sé si eso hubiera cambiado nada.

Samson parecía atribulado. Su madre esperó a que dijera algo más, pero él tan solo siguió jugando con las verduras del cubo. Finalmente, dijo:

—*Baobei*, creo que Tino se ha ido a casa a descansar. ¿Quieres que vayamos a ver a algunos de los demás animales del parque?

Durante el resto del día, ella trató de absorberlo todo. La luz en los ojos del niño mientras la saludaba desde el trenecito de una atracción, la claridad de sus risitas mientras giraba en las tazas de té junto a ella, la dulce pegajosidad de su piel después de tomarse un polo con forma de elefante del tamaño de su cara. Se lo había perdido durante el primer tercio de la vida del pequeño, no lo había querido lo suficiente como para asimilar la alegría de su primera risa, su primera palabra, sus primeros pasos. Esa parte de su vida se había perdido en la niebla. Pero ahora quería compensarlo, quería embotellar todo lo que le resultaba preciado. Tenía la esperanza de que no fuera demasiado tarde. Tenía la esperanza de poder convencerlo todavía de que siempre había sido querido.

Cuando regresaron a casa por la tarde, Soukei le pidió de inmediato a Siu Hung, la *amah* que vivía con ellos, que le preparara un baño a Samson. Saikeung iba a cenar en casa esa noche, y no quería que oliera en su cuerpo el fuerte aroma a animal y algodón de azúcar.

Mientras su hijo se bañaba, fue a ver cómo estaba Sulan, que había regresado de su trabajo como ayudante de un modisto y estaba descansando en la cama.

—¿Qué tal el parque? —preguntó ella—. ¿Samson se encuentra mejor?

Soukei le contó todo lo que había ocurrido con Tino.

—Me preocupaba que hubiera sido demasiado para él. No dejaba de hacerme un montón de preguntas que no sabía cómo responder.

—Es un niño sensible, pero eso es lo que hace que sea perceptivo e inteligente.

—Ha dicho una cosa que me ha hecho preguntarme si lo estarán acosando. Como mínimo, no está encajando bien en el colegio. Según su profesora, sigue sin jugar con ninguno de los demás niños. No es normal, ¿verdad? Los niños de su edad deberían estar haciendo amigos.

—*Ai.* —Sulan soltó una risita—. Te preocupas demasiado. ¿No recuerdas cómo eras tú con esa edad? Te costaba mucho hacer amigos, hasta que conociste a Haiwen. Entonces floreciste de repente, te convertiste en quien eras. Samson también acabará encontrándose a sí mismo.

Ante la mención de Haiwen, Soukei sintió un dolor sordo que, a pesar de los años, todavía palpitaba con calidez. Se había esforzado mucho por no pensar en él, lo había empujado hasta los rincones de su mente. Era Sulan quien todavía seguía mencionándolo como si tal cosa, como si no fuera más que un personaje del pasado. Por supuesto, su hermana no sabía que él había estado en Hong Kong, o que una vez ella había pasado la noche con él. Era algo que la propia Soukei había tratado de olvidar valientemente. Quería olvidar que, durante un estúpido par de días, había pensado que él había aparecido para salvarla de su vida con Saikeung. Las visiones de esa vida alternativa, de lo que *podría* haber pasado si él no hubiera estado casado, la atormentaron durante las semanas del posparto. Sinsentidos y fantasías. Todavía ardía de odio hacia sí misma cada vez que pensaba en ello.

—Para mí era diferente. Yo era testaruda, y lo bastante orgullosa como para convencerme a mí misma de que no necesitaba a nadie más. Pero Samson es distinto. Ya ves lo introvertido que es. Ni siquiera es capaz de expresar libremente sus emociones.

Pensó, y no por primera vez, en cuánto se parecía su hijo a Haiwen; tanto, que a veces le gustaba imaginar que había nacido de la noche que había pasado con él, y no de la otra noche terrible. Tenía la esperanza de que, al igual que Haiwen, él también encontrara algún día algo que amara como una forma de expresarse.

Sulan arqueó una ceja.

—¿Y por qué crees que pasa eso? Lam Saikeung se abalanza sobre él cada vez que el crío muestra un atisbo de tristeza. Y después estás tú, que eres todavía peor. Siempre le estás lanzando señales para que tenga cuidado de no hacer enfadar a su padre.

—Ya sabes que el genio de Saikeung…

—¡Ayi!

Samson entró volando en la habitación, saltó a la cama de Sulan y se lanzó a sus brazos. Todavía tenía el pelo húmedo y encrespado de habérselo secado con la toalla, y dejaba a su paso una nube de jabón infantil con olor a talco. Su tía se rio y lo abrazó.

—He oído que has ido al parque de atracciones hoy. ¿Te lo has pasado bien?

Él asintió con la cabeza.

—Hemos ido a ver a Tino, pero estaba enfermo y unas niñas grandes se portaron muy mal con él, así que les pegó. Y después fuimos a ver a los monos y al caimán, y nos montamos en la atracción de las tacitas y en el tren y en el carrusel, donde me pude montar en un camello. Y me comí un polo y un perrito caliente, y palomitas de caramelo y algodón de azúcar. Ayi, ¿sabías que cuando tratas de comer algodón de azúcar, se borra en tu boca?

—¡Sí que lo sé! —dijo Sulan—. ¡El algodón de azúcar es de mis favoritos! Pero venga, cuéntame, ¿cómo te sentiste cuando el elefante le pegó a la niña? ¿Te dio mucho miedo?

Samson se lo pensó.

—Un poco —admitió—. Pero las niñas estaban siendo muy malas, así que ellas me daban más miedo.

—Bueno, pero entonces, ¿piensas que se lo merecían? —Soukei empezó a protestar, pero Sulan la miró con un brillo travieso en los ojos. Le hizo un poco de cosquillas al niño, y él soltó un chillido—. ¿A lo mejor una pequeña parte de ti se alegró de que les pegara?

Samson miró a su madre con cara de culpa.

—Puedes susurrármelo —dijo su tía—. Maami no tiene que saberlo.

Lanzándole una mirada más a Soukei, el niño se inclinó para murmurar al oído de Sulan. Ella se rio sonoramente y le revolvió el pelo.

Soukei soltó un suspiro de impaciencia.

—No lo animes. Samson, no está bien pegarle a la gente.

Sulan abrazó al pequeño contra su pecho.

—No está bien pegarle a la gente más débil que tú, eso es cierto. O a alguien que tenga menos poder que tú. Pero, Samson, las cosas que están bien no siempre tienen el mismo aspecto. Cuando alguien que sufre acoso planta cara a sus acosadores, eso está bien. Y si ves a una persona acosando a alguien más débil, deberías plantarle cara, ¿de acuerdo? Incluso aunque dé un poco de miedo.

Samson asintió seriamente con la cabeza.

—Pero también tienes que tener cuidado —añadió Soukei—. Si hay un abusón que es más grande que tú, lo mejor que puedes hacer es buscar a la profesora.

—Entonces, ¿Tino es un abusón porque es más grande que las niñas? —preguntó él.

—Nadie debería abusar de nadie —respondió Soukei.

Al mismo tiempo, Sulan dijo:

—Pero las niñas no son las que tienen grilletes en los pies.

Samson parecía confuso. Finalmente, se giró hacia su tía.

—¿A lo mejor tendríamos que haber ayudado a Tino y decirles a las niñas que no fueran tan malas, y entonces nadie tendría que ser un abusón?

Ella asintió con la cabeza y lo abrazó.

—Exactamente —dijo.

Samson jugueteó con sus dedos.

—Pero parecían malas. A lo mejor me gritaban, o me tiraban palomitas a mí también.

Sulan le pinchó la mejilla con el dedo.

—Lo correcto no siempre es lo fácil.

A Soukei le resultaron familiares aquellas palabras, y entonces recordó a Apa en la mesa de la cena, pontificando frente a ellas: «Espero que siempre escojáis hacer lo correcto en vez de lo que es fácil». ¿Qué habría pensado su padre de ella como madre, como mujer? ¿Qué fracasos habría visto en ella? Nada en su vida parecía fácil, ¿pero eso significaba que fuera lo correcto? Si había un camino honrado que pudiera tomar, ella jamás lo había visto con claridad. Y, aun así, ahí estaba Sulan, transmitiendo las palabras de Apa a su hijo.

—Ah, casi se me olvidaba, te he hecho algo especial —dijo la tía.

Se sacó un conejito de peluche de detrás de la espalda, cosido a mano con trozos sueltos de fieltro, seda y algodón. A Samson se le iluminaron los ojos. Con cautela, extendió los brazos.

—Bunbun —dijo, a pesar de que el animal de peluche no se parecía en nada a su conejita mascota. Abrazó el juguete contra su cuerpo—. Gracias, Ayi.

Sulan se quedó mirándolo, sonriendo ampliamente. Soukei la miró a ella y, no por primera vez, se preguntó si su hermana habría sido una madre mejor.

Soukei se dio un baño y se maquilló para prepararse para la llegada de Lam Saikeung. Había advertido a Samson de que no le mencionara a su padre que habían ido al parque de atracciones.

—Es nuestro secretillo —le dijo, aunque se sentía culpable por enseñar a mentir a su hijo.

Pero, aun así, cuando su marido entró por la puerta, le echó un vistazo al niño y frunció el ceño.

—Se te ha puesto la piel más oscura. —Levantó la mirada hacia Soukei—. ¿Por qué mi hijo parece un granjero?

Ella agachó la cabeza. Ya no tenía ningún sentido mentir.

—Estaba muy triste, incluso esta mañana. No quería que tuviera que ir al colegio estando así, de modo que lo llevé al parque de atracciones para animarlo un poco.

Saikeung chasqueó la lengua, exasperado.

—Madre mía, ¡consientes demasiado a este niño! ¡No me extraña que no se acostumbre al colegio! Primero retrasas su escolarización un año porque te preocupa que no esté preparado, y ahora que está por fin en el colegio, lo sacas de allí cada vez que puedes. Lo mimas tanto que lo has convertido en un blando. No me extraña que lloriquee por un conejo. A su edad, ¡yo ya había visto la muerte en las calles!

—No es más que la guardería, tampoco es como si les pusieran deberes…

—Pero aprenden las letras y los caracteres básicos, ¿no es así? ¿Por qué piensas que pago todo el dinero de la matrícula? ¿Para que pueda pasarse todo el día *jugando*? No piensas las cosas. Es sorprendente, porque cuando te conocí, pensaba que eras lista. Pero ahora veo que eres tan tonta como el resto de las chicas de ese bar.

—Tan solo ha sido un día…

—Baba —dijo Samson, interviniendo con su vocecita. Saikeung y Soukei bajaron la mirada, sobresaltados. Los dos se habían olvidado de que su hijo todavía estaba ahí—. No deberías ser tan malo con Maami. Deberías usar una voz amable, no mala.

El hombre giró la cabeza de golpe para mirar a su esposa, con la cara pálida y furiosa.

—¿Tú le has enseñado esto?

Ella negó vigorosamente con la cabeza.

—Es un niño pequeño, no sabe lo que está diciendo. —Aferró a su hijo y lo llevó detrás de ella—. Samson, no le puedes hablar a tu *baba* de ese modo. Pídele perdón.

El niño parecía confuso.

—Pero Ayi dijo que si alguien está siendo malo, deberíamos...

—¿«Ayi»? ¿Así que tu hermana tiene la culpa de esto?

Soukei era consciente de que su marido tenía los puños apretados, del fuerte sonido de su respiración. Zarandeó un poco a Samson.

—Pídele perdón —dijo con voz más alta y brusca.

—No.

Había pronunciado la palabra con un tono bajo pero firme.

—Qué.

Ahora, la voz de Saikeung sonaba peligrosamente baja.

—No —dijo Samson, ahora un poco más alto.

Soukei recordó que, cuando el niño tenía alrededor de dos años, ella se había esforzado mucho por extirpar esa palabra de su vocabulario, pero él, tozudo, se había aferrado a ella. «¿Quieres leche?», «¡No!». «¿Quieres pan?», «¡No!». «¿Quieres dormir?», «¡No!». «¿Quieres quedarte despierto?», «¡No!». «¿Quieres caramelos?», «No... ¡sí!». Entonces Saikeung había despotricado contra su mujer por no ser capaz de controlar a su hijo, a pesar de que ella había oído de las otras esposas, que se deleitaban contando historias de sus pequeños en los cócteles, que todos los niños pasaban por una fase parecida. Entonces había sentido miedo por el pequeño, y el mismo miedo le provocaba ahora un hormigueo en la piel.

—¡Samson! —dijo—. ¡¿Cómo te atreves a hablar a tus padres de esta forma?! Cuando te digo que tienes que pedir perdón, ¡no es una petición! ¡Hazlo!

Se dio cuenta demasiado tarde de que, para un niño, su voz temblorosa por el pánico debía de sonar enfurecida.

Una lágrima brotó en el ojo de Samson. El derecho, siempre era el derecho.

Sulan entró corriendo en el vestíbulo y alzó al pequeño en brazos.

—Pero ¿a ti qué te pasa? —le siseó a su hermana.

Soukei recordaba que una vez, después de que Samson hubiera estado particularmente testarudo a la hora de la cena («¡Verduras no! ¡Arroz no! ¡Agua no! ¡No! ¡No! ¡No!»), Saikeung había amenazado con castigarlo tal como lo habían castigado a él de pequeño. «Lo único que necesita es unos buenos azotes, y entonces se habrán acabado estas tonterías». Soukei le había suplicado que le permitiera que fuera ella quien lo castigara en su lugar. Y lo había hecho, con Saikeung observando. Le había golpeado el interior de su pequeña palma con el extremo grueso de un palillo. Pensaba que lo había hecho con suavidad, con tanta suavidad como podía al mismo tiempo que hacía que pareciera real. Pero no importó. Los ojos de Samson se habían llenado de lágrimas mientras apartaba la mano, por el dolor o el miedo o la traición. Cuando se hubo terminado, rechazó los intentos de consolarlo de su madre.

Sulan estaba fulminando a Saikeung con la mirada.

—No te metas —le suplicó Soukei.

Sabía que era menos probable que su marido perdiera los estribos del todo si su hermana estaba cerca, pero siempre se había preguntado si algún día él dejaría de ver a Sulan como una extraña y descargaría su furia sobre ella, posiblemente expulsándola de la casa e impidiendo que Soukei volviera a verla.

—¿Qué clase de tonterías le has metido en la cabeza a mi hijo? —le preguntó el hombre a Sulan, con la voz firme.

—Tan solo le he dicho que se enfrentara a los abusones —respondió ella con calma—. Mi hermana me dijo que le preocupaba que estuviera lidiando con abusones en el colegio. ¿Tú no estás de acuerdo, Meifu, en que queremos que Samson se enfrente a los abusones? ¿No eres tú el que está obsesionado con que no sea demasiado débil?

Saikeung apretó los puños hasta que se le pusieron los nudillos blancos.

—¿Me estás llamando «abusón»?

—¿Tú crees que eres un abusón?

—Te permito que vivas bajo mi techo, que comas de mi comida, que te bañes con mi agua. Y así es como me lo agradeces. Así es como me lo agradecéis las dos.

—No te preocupes, no tengo pensado quedarme aquí para siempre. En cuanto tenga suficiente dinero ahorrado, hasta te lo devolveré todo.

Saikeung exhaló y abrió las manos. Se tiró de la corbata.

—He tenido un día muy largo, no tengo ganas de lidiar con vosotras dos.

Se marchó muy airado al dormitorio.

Cuando desapareció, Sulan rodeó a Samson con su cuerpo.

—Mi pequeño héroe —dijo, dándole unas palmaditas en la cabeza—. ¿Estás bien?

El niño asintió con la cabeza. Miró a Soukei, y después a sus propias manos, que estaba moviendo con nerviosismo.

—Maami, siento haber hecho que Baba se enfadara contigo.

A ella le dolía el pecho; casi se le rompió.

—Oh, *siau noe.* —Extendió los brazos para abrazarlo—. Maami es la que lo siente, siento muchísimo haberte gritado.

—He oído que Siu Hung está preparando tus bollos de judías rojas favoritos para el postre de esta noche —dijo Sulan—. A lo mejor puedes ir a la cocina para ver si te da uno a escondidas antes de la cena. —Cuando el niño se marchó, ella se dio la vuelta y fulminó a Soukei con la mirada—. Se supone que tendrías que ser tú quien protege a Samson, no al revés.

—Lo estoy protegiendo —replicó ella, enfadándose. ¿Quién se creía que era su hermana para irrumpir de esa manera y enfurecer a Saikeung todavía más? ¿Es que no sabía qué clase de hombre era?—. Tienes que dejar de decirle a Samson cosas que solo acabarán haciéndole daño. A él no le sirve de nada pensar que puede ser un héroe. Es un niño. Los niños no pueden ser héroes.

—¿Qué te ha pasado? —preguntó Sulan, con la voz llena de repulsión—. Antes eras valiente. ¿Qué ha pasado con esa niña de lengua afilada que destrozaba a los niños del barrio que se metían con ella? ¿La niña que decía que le destrozaría la cara a cualquier soldado japonés que tratara de secuestrarme? ¿No crees que Apa se sentiría avergonzado?

Sí, por supuesto que sí, pensó ella. Se había casado con un hombre rico al que no amaba, como una concubina. Por un momento, odió a Sulan, odió que lo tuviera tan fácil sentada en su pedestal. Sabía que Soukei se había casado con Saikeung en parte *por ella*, tenía que saberlo. Por sus facturas del médico, porque se pasaba la mayor parte del año tumbada en la cama, débil y enferma. El dinero y las conexiones de Saikeung eran lo que habían ayudado a que la condición de Sulan mejorara, lo suficiente como para que pudiera trabajar otra vez, como para que pudiera *soñar* siquiera con escapar algún día de aquel apartamento en los Mid-Levels. ¿Que qué le había pasado a Zhang Suchi? Había muerto en el momento en que dejó a Wang Haiwen durmiendo en esa habitación de hotel, cuando su última esperanza de huir de su destino se extinguió. Recordó el sobre con la carta de Siau Zi, el que había roto en pedazos hacía mucho tiempo. Se sintió muy tentada de decirle a Sulan: «Tú también estuviste a punto de casarte con alguien que no querías para salvar a alguien que sí querías».

—Quiero que Samson esté *a salvo* —dijo. ¿Es que Sulan no lo había comprendido aún? Lo fácil que era perder a alguien, que las personas que creías que eran fuerzas inamovibles en tu vida podían desaparecer de la noche a la mañana—. Si eso significa enseñarle a tragarse su orgullo para no enfurecer a su padre, pues que así sea.

Sulan negó con la cabeza, decepcionada. Cuando volvió a hablar, lo hizo en voz baja.

—¿Recuerdas lo que te dije justo después de que naciera Samson?

Para Soukei ya era un recuerdo borroso. Lo que recordaba era la sensación de entumecimiento sordo de que su cuerpo no era suyo; el niño chillando como si fuera la sirena de un ataque aéreo; Sulan junto a su cama, meciéndolo y arrullándolo porque ella solo sentía terror y náuseas al verlo.

—Te dije que Samson te necesitaba. Que necesitaba protección, amor, orientación. Que tú eras su mayor oportunidad de conseguir todas esas cosas. Que los dos estáis en el mismo equipo. —Hizo una pausa—. Sé que estás tratando de protegerlo. Pero gritarle de esta manera no os pone en el mismo equipo.

Soukei era capaz de reducir el mundo a cenizas por Samson. Eso era lo que Sulan no veía. Ella sabía que no podía protegerlo para siempre, y le enfurecía, pero tenía que intentarlo. A veces quería llorar por la impotencia que sentía, sabiendo que algún día fracasaría. Sabiendo el terror que sentiría ese día.

—¿Por qué me necesita a mí cuando te tiene a ti? —le preguntó a su hermana con amargura—. Estoy segura de que tú serías una madre mucho mejor.

—Pero yo no soy su madre —replicó Sulan—. Y, como le he dicho a tu marido, no tengo pensado quedarme aquí para siempre. No quiero deberle ni un solo céntimo a ese hombre.

Soukei se sintió invadida por un nuevo terror. No se podía imaginar tener que vivir aquella vida sin su hermana. No se podía imaginar tener que vivir bajo ese techo, con aquel hombre, sin ella. Se sentía más segura sabiendo que no estaba sola. Pero, además, anhelaba tener a alguien que la protegiera. Estaba cansada de protegerse a sí misma.

Como si le estuviera leyendo la mente, Sulan dijo:

—Cuando éramos pequeñas, no hice muy buen trabajo a la hora de protegerte, lo sé. Tenías que apañártelas por tu cuenta muchas veces. Lo siento mucho, y en nuestros primeros años en Hong Kong, traté de compensártelo. Trabajé duro para ganar todo el dinero posible, con la esperanza de que pudiéramos tener un futuro mejor juntas. Sé que fracasé. Sé que tú acabaste protegiéndome a mí. Y siento más de lo que puedes imaginar que hayas tenido que hacerlo a expensas de tu propia felicidad. Pero, Suchi, ojalá encuentres ese espíritu luchador otra vez. Samson te está observando. Aprende de ti. Cuando permites que ese hombre te mangonee…

—¿Y qué quieres que haga? —preguntó Soukei—. Esta es mi vida. Ese es el hombre con el que me casé.

Sulan bajó la mirada.

—Lo siento. —Hizo una pausa—. A lo mejor podríamos…

Soukei negó con la cabeza.

—Ya es demasiado tarde. Él jamás dejará que me lleve a su hijo sin luchar. Y yo no puedo marcharme sin Samson.

Su hermana asintió con la cabeza.

—Ayúdalo —dijo al fin—. Ayúdalo para que algún día pueda ayudarse a sí mismo.

Soukei pensó en la sonrisa tímida de su hijo, en su mano regordeta. En ese único ojo que le lloraba. Y entonces empezó a pensar en el ojo del elefante, afligido, resignado en cautividad. Decidió que jamás volvería a llevar a Samson allí. Le explicaría por qué. Le diría a su hijo que el zoo era un lugar muy triste porque mantenían a esa noble criatura allí en contra de su voluntad. Porque la exhibían para entretenimiento de los demás. Porque no la protegían. Samson se sentiría decepcionado al principio, pero lo comprendería, porque quería al animal y no querría formar parte de su sufrimiento. Tenía que asegurarse de que el niño fuera en una dirección diferente a la de su padre. Su hijo crecería para ser un hombre bueno, un hombre empático, un hombre que escogería siempre lo correcto por encima de lo fácil. Era lo único que ella podía hacer todavía, después de que le hubieran arrebatado todo lo demás.

Sulan se puso en pie con cierta dificultad y fue hacia la cocina, exclamando:

—¿Te estás comiendo los bollitos de judías rojas sin mí?

A Soukei le dolió el pecho, preguntándose cómo iba a sobrevivir a esa vida sin su hermana junto a ella.

En realidad, era irónico. Durante el primer año de la vida de su hijo, se había sentido resentida por lo dependiente que era, porque solo permitía que ella lo alzara, porque solo dormía si estaba en sus brazos. Entonces había deseado que el tiempo avanzara más deprisa, hasta cuando fuera capaz de separarse de ella. Pero ahora él era su propia personita independiente. Y Soukei se dio cuenta con una punzada de dolor de que, justo mientras el mundo de Samson se estaba ensanchando para incluir a los demás, el de ella se estaba encogiendo. En cuanto Sulan se marchara, lo único que le quedaría sería su hijo. Ese ser humano pequeño, callado y observador. Su mundo entero.

FEBRERO DE 1959

Keelung

Los golpes hicieron que despertara sin que hubiera soñado nada. Eran bruscos, llenos de urgencia. Haiwen trató de levantar la cabeza, pero el mundo estaba dando vueltas. El recuerdo de las muchas botellas de licor *kaoliang* que sus amigos y él habían consumido para celebrar el Año Nuevo empapaba su conciencia. ¿Qué hora era? Los golpes se volvieron más fuertes.

Salió a trompicones de la cama, haciendo una mueca. Se sentía como si fuera un trapo mojado que hubieran dejado para que se llenara de moho en un fregadero sucio. Aunque la cabaña que se había construido para sí mismo era pequeña, el camino desde la cama hasta la puerta de entrada parecía imposiblemente largo.

—¡Haiwen!

Era la voz de Lau Fu, áspera y urgente.

Él abrió la puerta y se encontró a su amigo apoyado contra el marco, respirando pesadamente. Sus ojos eran salvajes; todavía tenía la piel roja por el licor. Detrás de él, la noche se estaba fundiendo con la mañana.

—Li Tsin —dijo Lau Fu con voz frenética—. Está muerto.

—¿Qué?

El mundo le daba vueltas.

—Se ha muerto, ahogado.

Haiwen sentía un puño en la garganta, gomoso y podrido. Notaba el licor amargo en su aliento. Tan solo unas horas antes,

Li Tsin había estado cantando canciones borracho, con los brazos sobre los hombros de Haiwen.

—Trató de robar el barco de un pescador —continuó Lau Fu—. Zenpo dijo que había intentado detenerlo, pero Li Tsin no dejaba de gritar que iba a volver remando a casa. Cuando el pescador sacó un cuchillo, él saltó al puerto y empezó a nadar.

—Li Tsin no sabe nadar —señaló Haiwen, con la voz pastosa y áspera.

Lau Fu cerró los ojos.

—Lo sé.

Haiwen visualizó a Li Tsin, con sus ojos que se convertían en medias lunas cada vez que sonreía, lo que lo hacía parecer todavía más contento, en especial cuando hablaba sobre el cerdo mascota al que echaba de menos. Él era el más joven del grupo, el más sensible. Su hermano pequeño.

—Zenpo se tiró al agua detrás de él —añadió Lau Fu—. Pero estaba oscuro, y la corriente era fuerte… —Dejó la frase inconclusa—. Jamás encontraremos el cuerpo. Ningún pescador nos ayudará a buscar a alguien que ha amenazado a uno de los suyos, y ya sabes que los superiores no nos ayudarán. —Escupió al suelo y se secó la boca—. Se olvidarán de que existía. Después de todo lo que le han hecho, lo que le obligaron a hacer.

Haiwen ya no podía seguir soportándolo. Olía el alcohol que emanaba de cada poro de su cuerpo; era pútrido. Se apoyó contra el chapucero marco de la puerta, construido con bambú que había cortado él mismo.

—¿Qué hay de Zenpo?

—Está rellenando papeles en la oficina de la unidad —dijo Lau Fu—. El pescador exigió que redactara un informe con otros testigos que pudieran confirmar que Li Tsin fue el instigador. Yo estaba en la oficina por casualidad, presentando mi solicitud de matrimonio. —Le mostró una sonrisa rápida—. Quería ser el primero del nuevo año.

Con el reciente cambio que había habido en las leyes sobre el matrimonio, Lau Fu había decidido casarse con una mujer taiwanesa joven que estaba embarazada del hijo de una relación de la que se negaba a hablar.

—No puedo seguir haciendo lo que hacemos, un mes tras otro, un año tras otro —había dicho—. Tengo que hacer algo, o no voy a sobrevivir.

Estaba haciéndose mayor, era un *waishengren* con poco dinero. Los dos estaban haciendo concesiones.

Haiwen no entendía cómo podía pensar en casarse cuando sabía que tenía a alguien esperándolo en casa. No comprendía la urgencia por echar raíces en un lugar que solo era temporal.

Yo jamás podría, había pensado. Hacerlo significaría renunciar a la única esperanza que todavía tenía. *Esto jamás será mi hogar.*

Ahora estaba pensando que la esperanza y la desesperación eran dos lados de la misma moneda. Li Tsin, al igual que Haiwen, no había renunciado a la esperanza de regresar a casa. Eso era lo que había hecho que el muchacho soportara el acoso, el duro trabajo que le obligaban a hacer, las palizas de los oficiales. No tenía nada más; como había sido reclutado a la fuerza, los militares jamás habían confiado por completo en él, así que estaba atrapado en la base de la pirámide. Nunca tuvo la oportunidad de recibir un ascenso, y tenía pocas posibilidades de casarse. Y ahora, Li Tsin estaba muerto, ya fuera porque la esperanza de regresar a casa lo había abandonado, o porque no era capaz de renunciar a ella.

Haiwen se desplomó pesadamente contra la pared.

—Espero que la corriente lo transporte hasta el continente.

Lau Fu asintió con la cabeza. Tenía los ojos húmedos y brillantes.

—El Festival de Primavera siempre es muy duro.

Haiwen le puso una mano en el hombro, y Lau Fu se la sujetó, los dos tratando de aferrarse a la solidez del otro.

Un momento después, Haiwen dijo:

—No me encuentro muy bien. Necesito acostarme.

—Duerme, hermano —respondió Lau Fu.

Haiwen se tumbó sobre su delgado colchón. El mundo daba vueltas más allá de sus párpados. La imagen del cuerpo blanco e hinchado de Li Tsin no dejaba de aparecer en su mente, mezclándose con sonidos e imágenes que había tratado de olvidar: cuerpos de rostros azules colgando de los árboles. El nítido estruendo de un disparo solitario en mitad de la noche.

Los suicidios habían comenzado un par de años antes, conforme los soldados habían empezado a estar desesperados por volver a casa. Los hombres se quebraban a causa de la soledad, la depresión y el estrés. Incluso aunque no se mataran ellos mismos, los soldados gritaban en sueños, alucinando con que estaban ardiendo o los enterraban vivos; se volvieron salvajes e impredecibles en sus enfrentamientos tanto con sus camaradas como con la autoridad. Esa era la razón por la que Haiwen se había trasladado desde los dormitorios y, al fin, después de nueve años de estar en Taiwán, había construido su propia casa de bambú y piedra a varios kilómetros de distancia; si se hubiera quedado, se habría contagiado de la locura.

La angustia se extendió por su pecho como un denso cieno. Había pasado mucho tiempo desde la última vez que había llorado; se había acostumbrado a la losa de dolor permanente que cargaba siempre con él, una losa que las lágrimas no podían alejar.

Pero ahora, al pensar en Li Tsin, en su cuerpo flotando en algún lugar del vasto océano en dirección a China, comenzó a llorar. No había hecho lo suficiente para protegerlo. Estaba lleno de un amargo remordimiento, pero comprendía por qué su amigo lo había hecho. Mientras se atragantaba con sus sollozos, se dio cuenta de que, en cierto sentido, sentía envidia.

Otro golpeteo insistente en la puerta despertó a Haiwen por segunda vez.

Fuera estaba lloviznando. Zenpo se encontraba encorvado frente a la puerta de la casa, y apestaba a alcohol.

—Vámonos —dijo.

—¿A dónde vamos?

—A la casa de putas —respondió Zenpo, como si Haiwen le hubiera hecho una pregunta estúpida—. Necesito un buen polvo.

—Pero es el segundo día del nuevo año —señaló su amigo—. ¿Los burdeles estarán abiertos siquiera?

—Los burdeles están abiertos siempre que hay hombres dispuestos a separarse de su dinero —dijo Zenpo—. Tan solo asegúrate de preparar un sobre rojo para las chicas.

Haiwen miró los ojos inyectados en sangre de su amigo, las sombras oscuras que había debajo.

—Está bien.

En el burdel, Zenpo pagó una hora con su chica favorita, la número cinco, también conocida como Hsing Hsing.

—Si necesitas una recomendación —dijo mientras se dirigía hacia arriba—, te sugiero a la número diecisiete, o el número de la suerte, la ocho.

Como si las hubieran invocado, dos mujeres aparecieron desde detrás de una cortina. Una parecía mayor, con arrugas en las comisuras de los ojos y una sonrisa cálida. Llevaba un ajustado *qipao* azul con una raja que llegaba hasta la mitad del muslo y exhibía sus curvas. La otra, ataviada con un vestido liviano sin mangas, era de miembros ligeros, con una cara redonda y carnosa que le daba el aspecto de una inocente niña de granja. Haiwen podía distinguir sus pezones a través del fino tejido.

El dueño del burdel chasqueó los dedos frente a él.

—¿Y bien? —preguntó—. No puedes quedarte ahí plantado y ya está. Cobramos por mirar, incluso aunque no toques.

Aunque Haiwen había ido a los burdeles militares cuando había estado estacionado en las islas exteriores, nunca le había resultado del todo *disfrutable*. Sentía placer y, después del orgasmo, una sensación física de alivio. Pero era algo separado de sus pensamientos. Jamás podía quitarse de encima la sensación de que estaba traicionando a Suchi. Sus amigos le habían dicho que estaba siendo demasiado sentimental, demasiado ingenuo.

—Todos echamos de menos a nuestra novieta en casa —le decían—. Pero es agradable tener a una persona suave y cálida que te abrace. Hasta te puedes imaginar que es la persona que más echas de menos.

La siguiente vez, Haiwen trató de imaginar que quien estaba tumbada debajo de él era Suchi, retorciéndose y gimoteando, pero se sentía tan perturbado por la disonancia cognitiva que casi perdió la erección. Nunca había tenido relaciones sexuales con ella. Después, abrazó a la prostituta y trató de fingir que era Suchi, pero todo le parecía extraño. La mujer era una desconocida para él, al igual que él lo era para ella. En ese momento, toda la situación (el olor almizcleño del sexo, la piel pegajosa de la mujer, la humedad enroscada entre sus piernas) le parecía repugnante.

El dueño del burdel lo estaba fulminando con la mirada, impaciente.

—¿Estás sordo?

Las dos mujeres le sonrieron a Haiwen; las posturas de sus cuerpos eran tentadoras y seductoras, aunque sus ojos eran ilegibles.

—Lo siento —murmuró él, y se apresuró a marcharse.

En la distancia, los petardos sonaban como fuego de combate intermitente. La respiración de Haiwen se aceleró, y se alejó a toda prisa del ruido. Encontró un puesto cercano donde se compró una cerveza y unos cigarrillos, y se sentó en un taburete bajo. Junto a él había un grupo de cuatro hombres de mediana edad que estaban echando una partida a los dados mentirosos, agitándolos en cuencos de arroz descascarillados y volcándolos sobre la mesa. Cada uno de ellos miró bajo su cuenco.

Un hombre, con un cigarrillo colgando de la comisura de la boca, levantó tres dedos seguidos de otros dos. El amigo que tenía sentado enfrente, un tipo que estaba quedándose sin pelo y vestía una camisa sin mangas, gritó en taiwanés, señalando el cuenco de su colega:

—*Khui!*

—¡Ah! —aullaron todos cuando levantaron los cuencos para revelar los dados que había debajo. Tuvieron otra conversación rápida, y aunque a Haiwen todo aquello le sonaba como una discusión, se dio cuenta de que los hombres eran buenos amigos metiéndose los unos con los otros. El primero de ellos dejó unas monedas sobre la mesa con un golpe y las empujó hacia su amigo, que se reclinó en su silla con gesto triunfal.

El recién llegado los observó durante varios minutos. Repitieron el proceso, gritando sus apuestas y sus mentiras, riendo, discutiendo y empujando monedas por la mesa. Haiwen le hizo una señal al dueño del puesto para que le pusiera otra cerveza, y entonces fue cuando los hombres se fijaron en él. Se dieron la vuelta para mirarlo y señalaron los dados, sonriendo ampliamente y diciendo algo que él no podía entender.

—Lo siento —dijo en mandarín. Se dio cuenta de su error al instante; las sonrisas de los hombres desaparecieron. Movieron los cuerpos para alejarse ligeramente de él sobre sus taburetes—. No hablo taiwanés —se apresuró a añadir en el idioma local, una de las pocas frases que conocía.

Los hombres gruñeron. El que había perdido primero murmuró entre dientes:

—*Kakam'a.*

El de la camisa sin mangas negó con la cabeza para advertir a su amigo. Otro, que estaba fumando un cigarrillo con nerviosismo, no dejaba de lanzar miradas furtivas a Haiwen. Se lamía los labios entre calada y calada.

Aunque Haiwen no llevaba su traje de faena de los militares, su desconocimiento del taiwanés y su mandarín con acento shanghainés delataban que era un *waishengren*, alguien que venía del otro lado del estrecho. Recordó el breve periodo en el que lo habían enviado a Kaohsiung en el sur, lo difícil que le había resultado que le sirvieran comida en los puestos manejados por los lugareños. Los más amables lo llamaban *o'a*, un tubérculo conocido como ñame, mientras que muchos otros lo insultaban llamándolo entre dientes *a'shanti*, «cerdo del continente». Así fue como aprendió esas palabras en taiwanés.

—Muchos lugareños ya ni siquiera se siguen viendo a sí mismos como chinos —le había dicho una vez un teniente—. Los japoneses se han pasado demasiado tiempo lavándoles el cerebro. Antes preferirían inclinarse ante el sol naciente rojo del imperio japonés que saludar al cielo azul y al sol blanco de la democracia de la República. No se puede confiar en ellos.

El oficial le había advertido de que, si tenían la oportunidad, los lugareños se rebelarían, provocarían disturbios y destrozarían todo lo que los militares estaban tratando de hacer por ellos. Le dijo que la ley marcial era una necesidad, al igual que las normas son necesarias para los niños pequeños en los que no se puede confiar para que cuiden de sí mismos.

Haiwen no lo entendía. Sus amigos y él se partían el lomo tratando de sacar aquella isla de la etapa oscura del colonialismo japonés, un gobierno opresor en el que, por lo que había podido descubrir, los chinos se habían considerado ciudadanos de segunda. Sus compañeros habían sufrido heridas y hasta habían muerto en el proceso de preparar explosivos con los que poder excavar túneles a través de las montañas, construir carreteras y renovar y expandir las líneas ferroviarias. Y, aun así, cada vez que podían, los lugareños los odiaban simplemente por existir. ¿Es que no veían el cambio que estaban tratando de traer? ¿Es que no comprendían de cuántas formas podían *mejorar* sus vidas?

¿No quieres que esté aquí?, pensaba cada vez que se alejaba de otro lugareño antipático. *¡Yo tampoco quiero estar en esta isla*

de mierda! Ahí estaba él, utilizando su sudor para transformar el hogar de *ellos* en algo mejor mientras él no podía poner un pie en el suyo, no podía mejorar la vida de su familia de ninguna forma. Ellos tenían a sus familias, ¿y él qué tenía? Era un hombre sin hogar, a pesar de la casa que había construido con sus propias manos.

Los hombres habían vuelto a centrarse en su juego, pero ahora estaban más callados y no dejaban de echar vistazos por encima de sus hombros encorvados. Haiwen sintió una punzada de... pesar, tal vez, o puede que dolor.

—¡Ey! —los llamó, y los hombres se dieron la vuelta. Podía ver su aprensión en la tensión antinatural de sus posturas y sus miradas cautelosas. Haiwen tenía los cigarrillos en la palma, y sacudió la caja para sacar los delgados tubos—. ¿Queréis uno? —preguntó en mandarín.

Los hombres bajaron la mirada hasta su palma extendida, y después volvieron a mirarlo. Haiwen trató de parecer simpático, de sonreír de forma encantadora. Uno de los hombres, el que estaba sentado más cerca de él, extendió el brazo, pero el de la camisa murmuró algo, probablemente una advertencia, y su amigo titubeó.

—Jugaré con vosotros a cambio de esto —dijo Haiwen en mandarín, cambiando de táctica. Los hombres lo contemplaron sin comprenderlo. Él señaló los cigarrillos, después los dados, y después se señaló a sí mismo. Trató de recordar lo que habían dicho los hombres cuando lo habían llamado, de pensar cuál podría ser la palabra para «jugar». Repitió lo que podía recordar de la frase, destrozando las sílabas en su boca.

El de la camisa sin mangas soltó una carcajada y le habló con una ráfaga de taiwanés. Levantó un dado y una moneda, y señaló el cigarrillo.

Haiwen asintió vigorosamente con la cabeza.

El hombre consultó con sus amigos, y después se giró hacia él.

—Está bien —dijo en taiwanés, que sonaba lo bastante parecido al mandarín como para que el forastero lo entendiera.

Haiwen acercó su taburete a ellos y esparció los cigarrillos sobre la mesa. Uno de los hombres le hizo una señal al dueño del puesto, que les trajo otra colección de dados en un cuenco. Todos agitaron los cuencos, haciendo que traquetearan ruidosamente, y entonces los estamparon boca abajo sobre la mesa y echaron un vistazo a sus dados.

—*Tsit e liok* —empezó el hombre que había perdido antes, mientras levantaba un dedo y después seis.

El de la camisa sin mangas volvió a comprobar sus dados y levantó tres dedos y después cinco. Le hicieron unos gestos a Haiwen.

Este examinó sus cinco dados. Un cinco, un tres, un seis y dos unos. Levantó seis dedos, y después uno.

—*Liok e tsit* —pronunció con lentitud, invirtiendo los números que el otro hombre había dicho antes. Miró las caras de los demás. Se rieron un poco entre dientes, y Haiwen les dirigió una sonrisa avergonzada, suponiendo que lo había pronunciado mal.

—*Lak e it* —dijo uno de los hombres. Después lo repitió mientras levantaba seis dedos primero, y después señalaba a los dados al decir *it*. Haiwen se dio cuenta de que el hombre lo estaba corrigiendo, de que los números eran diferentes dependiendo de si estabas contándolos o refiriéndote a ellos. Era como el número dos en mandarín, que podía ser *er* cuando te referías al «número dos», o *liang* si estabas hablando de «dos cosas».

—*Lak e it* —repitió. Los hombres sonrieron, y después se pusieron serios. Lo miraron fijamente, con atención, uno de ellos asintiendo con la cabeza, otro frotándose la barbilla, y otro más hablando con su amigo en voz baja.

Finalmente, el hombre nervioso lo señaló y gritó:

—*Khui!*

Una sonrisa apareció en su rostro.

Haiwen y los demás levantaron los cuencos para revelar los dados. Los hombres los miraron y rieron. El que parecía nervioso, aunque ya no lo estaba, le tendió la mano a Haiwen y meneó los dedos. Él le puso dos cigarrillos en la mano, riendo también.

—¡Lo has adivinado!

El hombre sonrió y se metió los cigarrillos en el bolsillo de la camisa.

El que estaba sentado más cerca de él le dio unas palmadas en la espalda y levantó un vaso bajo lleno de un líquido transparente. Haiwen alzó su botellín de cerveza y lo chocó contra el vaso del hombre. Después de beber, el hombre sonrió y señaló los dados con un gesto.

—*Kesiok, kesiok.*

Cuarenta minutos más tarde, Haiwen había perdido todos los cigarrillos y sentía un calorcillo a causa de la bebida. Había aprendido los dos juegos de números en taiwanés y, aunque los hombres se reían de su pronunciación, también rugían en señal de aprecio cuando los decía. Sentía un cosquilleo brillante a través de su cuerpo, una sensación que llevaba mucho tiempo sin tener. Ahora estaban jugando a cambio de monedas sueltas, y Haiwen había gritado *Khui!*, lo que había provocado un fuerte estallido de risas y un rápido intercambio de comentarios en taiwanés por parte de los hombres. El que Haiwen había acusado de mentir, el hombre de la camisa sin mangas, estaba meneando un dedo con una sonrisa y el rostro enrojecido.

—*A'shanti* —bromeó.

De la nada, un puño apareció volando e impactó con la mejilla del hombre, lo que hizo que cayera despatarrado sobre la mesa y derribara todas las botellas. Los dados quedaron desperdigados por el suelo. Haiwen levantó la mirada, sobresaltado. Zenpo se encontraba encima del hombre, con los puños preparados para pegarle ora vez.

—Puto cerdo taiwanés, ¿te atreves a insultar a mi hermano?

Haiwen se levantó de un salto y trató de sujetarlo.

—¡Para! —gritó. Sin embargo, Zenpo era demasiado fuerte para él. Se liberó de los brazos de su amigo, se abalanzó hacia el hombre y lo tiró al suelo. Los otros tres estaban gritando. Uno de ellos trató de arrastrar a su amigo de debajo de Zenpo, mientras que otro le dio varias patadas en las costillas. Haiwen no dejaba de tirar de los brazos de su amigo—. Para, Zenpo, ¡ha sido un malentendido!

Miró frenéticamente a los demás hombres, buscando su comprensión, pero todo rastro de simpatía había desaparecido. El dueño del local había salido también, gritando en taiwanés y después en un mandarín chapucero:

—¡No queremos problemas! ¡Dejadnos entrar!

Haiwen trató de abrirse paso hacia la refriega, de separar a los hombres, pero un codo impactó contra su mejilla y un estallido de luz explotó detrás de su ojo. Se tambaleó hacia atrás por un momento y recuperó la visión justo a tiempo de ver a Zenpo recogiendo una botella que se había caído al suelo, con el borde roto e irregular, y a punto de golpear al hombre de la camisa sin mangas.

—¡No! —gritó, abalanzándose contra su amigo y tirándole del brazo.

En ese momento, uno de los otros hombres agarró una botella intacta y la estrelló contra la cabeza de Zenpo. Este cayó pesadamente de rodillas, aturdido. Le caía un reguero de sangre por la frente.

Haiwen, que todavía estaba sujetándole el brazo, sostuvo la otra palma frente a los cuatro hombres, que estaban agachados alrededor de ellos en un círculo, respirando pesadamente.

—*Phaise, phaise* —se disculpó en taiwanés—. No lo ha entendido —añadió en mandarín.

Los hombres escupieron al suelo y les gritaron en taiwanés.

—*Kan lin nia! Kan lin nia lau chi bai!*

—¡Chupadme la polla! —contraatacó Zenpo en *wu*—. ¡Podría denunciaros ahora mismo y hacer que os llevasen a donde os llevan a todos los putos amantes de los japos!

—Vámonos y ya está —le dijo Haiwen, ayudándolo a ponerse en pie.

Zenpo se levantó cojeando, pero siguió gritando.

—¡Voy a asegurarme de que cada uno de vosotros coma mierda en la cárcel!

Los hombres siguieron soltando improperios, lanzando insultos demasiado confusos como para que Haiwen los captara. Uno de ellos les arrojó el cigarrillo encendido.

—Esos putos mamones —maldijo Zenpo, tratando de lanzarse a por ellos.

—Venga ya —le suplicó Haiwen.

En la bicitaxi, Zenpo se reclinó en su asiento con los ojos cerrados y los dientes apretados por el dolor. La sangre ya se estaba secando sobre su cara, volviéndose de un granate oscuro.

—Tan solo estábamos jugando a los dados —dijo Haiwen después de un momento—. Has malinterpretado la situación.

—¿Cómo demonios se supone que voy a saber que estás haciéndote amigo de esos *hanjian*? Reconozco un insulto cuando lo escucho.

—Estaba de broma.

Zenpo resopló.

—Esos taiwaneses nos miran por encima del hombro a los campesinos. Se creen que son japoneses, y al igual que los japoneses, piensan que son superiores, aunque no sean mejores que títeres coloniales. ¿Sabes? Cuando llegué a Taiwán, nunca había visto un grifo de agua corriente antes. ¡Jamás! Pensé que era una máquina mágica de agua. Entonces fui a la tienda y compré un grifo, y cuando traté de devolverlo porque no funcionaba, ¡el dueño se rio de mí! Se rio en toda mi cara, me llamó «idiota», y no me dejó que lo devolviera.

—Estos hombres eran simpáticos —dijo Haiwen—. Después de esforzarme un poco, ellos…

—Por favor, suenas tan ingenuo como Li Tsin —escupió Zenpo—. ¿Crees que porque juegues una ronda a los dados con esos hombres de pronto van a ser tus amigos? Deja que te lo diga; jamás nos aceptarán. —Haiwen se encogió ante la mención del nombre de Li Tsin—. Tú no estuviste aquí en el 47 como yo —continuó Zenpo—. Estaban locos, provocando disturbios y saqueando, mataron a unos cuantos de los nuestros. Yo conocía a esposas de algunos hombres que tenían que vestirse con kimonos cuando iban al mercado para que no les dieran una paliza. *¡Kimonos!* Apenas fuimos capaces de ponerlos bajo control, y aun así, tardamos meses.

Haiwen permaneció en silencio. Estaba pensando en los hombres con los que había estado jugando, en su miedo inicial, en la sorprendente calidez cuando unas sonrisas aparecieron en sus caras. La imagen de ellos dio paso al rostro infantil de Li Tsin, que era muy fácil de herir, pero también muy fácil de complacer. Sentía una opresión en el pecho. Estaba muy cansado.

Zenpo había empezado a levantar la voz.

—No podemos volver a casa hasta que no arranquemos a nuestros enemigos de raíz. Y nuestros enemigos no están solo al otro lado del estrecho. Si queremos volver a casa, tenemos que ganar esta guerra. ¿Tú no quieres ganar esta puta guerra? ¿No estás harto de este sitio? Porque yo sí. Estoy harto. Preferiría no volver a follar con putas durante el resto de mi vida si pudiera volver a casa.

—Nuestros enemigos no son hombres mayores jugando a los dados —replicó Haiwen.

—¿Cómo lo sabes?

—No son más que hombres corrientes.

—Todo el mundo no es más que un hombre corriente hasta que te mete una bala en la cabeza —dijo Zenpo—. No importa que sean amantes de los japos o comunistas; no podemos cometer ningún error. «Es mejor matar a mil hombres inocentes que dejar que viva un hombre culpable».[14]

Haiwen había escuchado ese dicho antes, lo había oído flotando entre ciertos líderes fanáticos que eran muy fervientes con su misión por extirpar y derrotar a los comunistas, pero le impactaba oír a Zenpo repitiéndolo como un loro.

—¿Cómo puedes decir eso? —preguntó.

Pensó en los relatos que había oído de los soldados que se habían disfrazado de civiles cuando China cayó en manos de los comunistas. Susurraban que el Ejército Popular de Liberación había sido prolijo cuando «liberaban» a una ciudad, que no habían saqueado ni le habían quitado comida a los ciudadanos comunes, que habían tratado a la gente con respeto y se habían ganado sus corazones. Los campesinos habían celebrado la llegada del ejército, se habían alistado por esa razón. No hacía falta que los obligaran, como había ocurrido con Li Tsin y Zenpo. No estaban luchando en una guerra de la que no querían formar parte. «¿Cómo podemos ganar contra esto?», habían murmurado los compañeros de Haiwen, desesperados, cuando relataban lo que habían visto.

—¿No crees que importa si nos ganamos los corazones de la gente y no solo sus cuerpos? —le preguntó Haiwen a su amigo.

—¡Tenemos que ser diez veces más despiadados que esos cerdos! —replicó Zenpo—. Si hubiéramos derrotado a nuestros enemigos antes, Li Tsin todavía estaría vivo. A estas alturas estaríamos todos en casa, lejos de esta isla del demonio. Podría estar follándome a mi propia mujer, jugando con mi hijo. —Unas lágrimas furiosas caían por su rostro—. Joder —dijo, golpeándose el muslo con el puño—. ¿Por qué ese puto pescador no dejó que se quedara el barco y ya está? ¿Por qué no le pegué un puto tiro sin más a ese cabrón para que soltara a Li Tsin?

Zenpo lloraba junto a él, con unos fuertes sollozos llenos de mocos que se limpiaba en el antebrazo.

La bicitaxi pasó junto a varios arrozales y una granja. Haiwen miró a un ternero que pastaba solo a un lado de la carretera. Estaba lloviznando, pero no había ningún granjero a la vista que se lo llevara bajo un techo.

La respiración de Zenpo se ralentizó y sus sollozos remitieron. Haiwen no se atrevía a mirarlo. Oyó que susurraba:

—No vamos a volver nunca a casa, ¿verdad?

Haiwen pensó en «casa», en el *longtang*, en su *shikumen*. Revisó el catálogo de su mente: la risa de Suchi, clara y tintineante. La sonrisa radiante de su madre. Las mejillas rojizas de Junjun. El pelo de su padre, peinado hacia atrás con aceite. El agujero de su pecho se expandió como los latidos de un corazón, cerrándose alrededor de una caverna. Tragó saliva para ahogar la bilis.

—No lo sé —respondió.

En la distancia, la niebla se extendía por las montañas. Le recordaba a un precioso cuadro de pincel tradicional que su padre solía tener en su estudio.

—Li Tsin lo sabía —dijo Zenpo—. Sabía que el ejército jamás nos llevaría a casa.

Haiwen entró en su cabaña, chorreando por los diez minutos de camino desde los dormitorios, y se fue directamente hacia la botella a medias de *kaoliang* que quedaba de la noche anterior para vaciarla en su tripa antes de volver a meterse en la cama. Se quedó allí dando vueltas y más vueltas, pensando en sus padres, en sus hermanos, en Suchi. ¿Y si Zenpo tenía razón? ¿Y si no volvía a ver a ninguno de ellos jamás? ¿No sería más fácil si tratara de pasar página, si hiciera lo que había hecho Lau Fu; seguir adelante, olvidarse del pasado?

Pero no. No podía hacerlo. No quería hacerlo.

Repasó la galería mental de los rostros de sus seres queridos tal como lo hacía cada noche para asegurarse de no olvidarlos, empezando por Suchi y terminando ahora con Li Tsin. Su cuerpo se había quedado vacío con tanto anhelo.

La lluvia se filtraba por el techo de paja trenzada y goteaba dentro de un cubo que había colocado en el centro de la habitación. Escuchó el sonido de las gotas, pero le resultaba desconcertante que el ritmo fuera ligeramente diferente al de los latidos de su corazón; no era lo bastante regular como para ser una síncopa en condiciones. *BumPLINKbumbuPLINKmPLINK.* Eso lo agitaba, hacía que le entraran ganas de contener el aliento, como si así pudiera obligar a sus latidos a sincronizarse con las gotas. *PLINKumbumPLINK…*

Salió de la cama, y sus pies desnudos chocaron contra la hojalata con tanta fuerza que los dedos comenzaron a dolerle de inmediato. El cubo rebotó salvajemente mientras derramaba su contenido y salía rodando.

—*Ma de!* —gritó Haiwen.

El agua se esparció por el suelo de barro endurecido, oscureciéndolo. Él se quedó mirándolo mientras se acercaba a sus pies, respirando fuerte. Después de un momento, buscó un trapo para secar el desastre. Colocó el cubo en su sitio para dejar que volviera a recoger agua, se puso los zapatos y por fin se marchó.

Condujo su bicicleta oxidada por las calles de gravilla y llenas de baches hasta que estuvo casi en el centro de la ciudad. Se había olvidado de que era la Fiesta de la Primavera, pero el resto del mundo no lo había hecho. Las calles estaban abarrotadas y cacofónicas. Los niños pequeños tenían caramelos rojos y pegajosos en las manos, los niños mayores hacían dibujos con tiza en el suelo, las ancianas probaban semillas de melón tostadas con soja y ciruelas encurtidas de los puestos callejeros. Los dueños de los negocios encendían hileras de petardos frente a las tiendas y el ruido resonaba a través de los callejones. Haiwen daba un respingo con cada nueva serie de restallidos. Había cerdos recortados en papel pegados por todas partes, y el aire era un sopa de sal marina, incienso, ajo y azufre. Pasó con su bici junto al templo de un rojo vivo, donde la gente hacía cola para encender barritas de incienso y decir oraciones para el nuevo año. En la estrecha calle junto al templo se encontraba el mercado nocturno, con la mayoría de los puestos cerrados, aunque unos cuantos trabajadores diligentes habían vuelto al trabajo y ofrecían sopa de cangrejo, fideos de arroz con ostras y albóndigas pegajosas.

Una furia irracional hervía en su tripa. La última vez que había sido el año del cerdo, él lo había celebrado con su familia, unos cuantos meses antes de tomar la decisión de unirse al ejército en lugar de su hermano. ¿Por qué estaba allí ahora, solo? ¿Qué había hecho en esa vida o en la anterior para merecer aquello?

Pedaleó más deprisa a través de las calles en dirección al puerto, donde los barcos de vapor industriales empequeñecían a los barcos pesqueros que se mecían frágiles y cautelosos junto a ellos. Allí, se bajó de la bicicleta. Miró hacia el horizonte que se iba atenuando y se preguntó cuál de esos barcos sería el que Li Tsin había tratado de abordar. Escudriñó las aguas en busca del cuerpo de su amigo entre la basura.

Haiwen recordaba el momento en que sus ojos habían visto por primera vez la ciudad de Keelung cuando su barco estaba entrando, el temor que había llenado su cuerpo mientras contemplaba el rompecabezas de tejados y las pintorescas calles. En su corazón era un chico de ciudad; echaba de menos el bullicio de Shanghái, los diferentes idiomas que volaban de aquí para allá por las calles, la mezcla de las culturas oriental y occidental, y Keelung parecía demasiado silenciosa para él. Pero, cuando regresó allí por segunda vez, después de haber pasado meses en Zhoushan y Penghu, lugares que le habían parecido tediosos parajes remotos, se sintió aliviado por la visión. Keelung no era ninguna metrópolis, pero ofrecía algo más que arrozales y bueyes.

Eso había sido cuatro años antes. Desde entonces, el alivio de Haiwen había dado paso a la claustrofobia. Aquella ciudad, aquella isla; toda el agua que lo rodeaba tan solo servía para recordarle lo lejos que se encontraban las fronteras de su hogar. Taiwán era una jaula tropical, y no había ninguna forma de salir. *A la mierda lo de derrotar a los comunistas, a la mierda lo de recuperar el continente*, pensó. Estaba harto de los eslóganes vacíos, de las promesas del gobierno. ¿Cómo iban a derrotar a los comunistas cuando estaban atrapados en aquella pequeña mota en el mar? Se suponía que deberían estar reconstruyendo, recuperándose, fortificando sus defensas y mejorando su ofensiva para poder regresar con gloria y derrotar a los comunistas en un despliegue deslumbrante y brutal de excelencia militar. Pero ¿cómo podían hacer eso cuando malgastaban recursos aterrorizando a los lugareños que probablemente jamás habían puesto un pie fuera de su propia ciudad, y mucho menos de esa isla, para colaborar con los enemigos nacionalistas?

Haiwen reconocía la furia y la desesperación que habían llevado a Li Tsin a saltar al mar. No era un deseo de morir exactamente, aunque tenía que admitir que él a veces pensaba también en eso. Pero había momentos en los que se sentía suspendido en el filo de la navaja, entre la desesperación y la esperanza, y creía que el anhelo que bombeaba a través de él era lo bastante potente como para transportarlo de vuelta a casa. ¿Qué clase de fuerza le otorgaba a un hombre su amor por su hogar y por su familia? ¿Suficiente como para que pudiera luchar contra la enfermedad, contra las heridas, contra miles de metros de mar?

Haiwen trató de visualizar el mapa que tenía guardado en algún lugar de su cabaña, uno en el que había trazado con una regla una línea recta desde Keelung hasta Shanghái. Seiscientos ochenta kilómetros, había calculado. Ahora, ajustó el cuerpo ligeramente hacia la izquierda y cerró los ojos. El aire salado le mordió la piel.

Tal vez había sido suficiente para Li Tsin. Tal vez la promesa de su hogar era suficiente como para embrujar unos miembros que jamás habían sabido nadar, y brazada tras brazada, había atravesado el agua, manteniéndose a flote. Tal vez todavía se encontraba ahí fuera en ese momento, a punto de llegar a la orilla, a punto de llegar a casa. Haiwen quería creer que era así.

El viento estaba aumentando su velocidad junto al agua, y había comenzado a lloviznar otra vez. Se secó la cara con el dorso de la mano y bajó por una calle secundaria con su bicicleta. Un modesto puesto que anunciaba tortillas de ostras tenía las luces encendidas. Se metió bajo la marquesina de hojalata y se sentó en una de las mesas desvencijadas que flanqueaban el tenderete.

Un hombre de mediana edad lo saludó en taiwanés desde detrás del fogón.

—*Tsit* —respondió Haiwen en taiwanés, levantando un dedo y señalando la masa de huevo que ya estaba burbujeando sobre la superficie de metal caliente.

Una sospecha cruzó el rostro del hombre. Habló con la voz brusca, pero Haiwen no lo entendió. El pánico y el agotamiento lo invadieron. Iban a negarle el servicio otra vez.

—¡Laupa!

Era una chica adolescente, con un tono de ligera reprimenda en la voz. Haiwen no se había fijado en ella; se levantó de donde había estado agachada lavando platos en un barreño de agua con jabón. Le dijo algo a su padre, que se encogió de hombros y comenzó a raspar violentamente los huevos con una espátula.

—¡Feliz Año Nuevo! —le dijo la muchacha alegremente en mandarín, limpiándose las manos en el delantal y acercándose a Haiwen. Este se dio cuenta de que era mayor de lo que le había parecido al principio; probablemente tuviera veintipocos años. Parte de la confusión se debía al pelo de la joven, que llevaba recogido en dos trenzas, con un pañuelo rosa alrededor de la cabeza. La otra parte era que sus ojos eran inusualmente redondeados, y sus mejillas, anchas y rollizas. Pero se daba cuenta por su expresión de que era mayor y más madura que la chica joven que había creído que era al principio.

—Feliz Año Nuevo —respondió.

—Por favor, disculpa a mi padre —dijo ella con fluidez, sorprendiendo a Haiwen—. Normalmente no es tan grosero, pero desde que... —Se llevó una palma a la boca—. Lo siento —añadió con una corta risita—. La gente siempre me dice que hablo demasiado. Pero bueno, ¡tu tortilla de ostras estará lista enseguida? ¿Te apetece algo más? ¿Un cuenco de sopa de fideos de harina, tal vez?

Haiwen sonrió, aliviado.

—Sí, eso sería estupendo.

—¿Con intestinos de cerdo? ¿Ostras? ¿Las dos cosas?

—Intestinos de cerdo —respondió él.

La mujer volvió al puesto, sirvió la sopa, añadió una generosa montañita de ajo picado y cilantro, y se la llevó. Haiwen esparció unas gotas de vinagre sobre la sopa y la removió, observando los trozos de tallos de bambú y los delgados fideos flotando por el líquido marrón. Dio un sorbo a la sopa, y era tan dulce y sustanciosa que la sensación se le filtró hasta los huesos. De pronto estaba famélico, lleno de un hambre que no había sentido desde los primeros días del ejército, cuando habían estado muriendo de hambre de verdad. Antes de que pudiera darse cuenta, su cuchara estaba raspando la porcelana casi limpia.

—*Tsit tng ku ku nng tng sio tu!* —dijo la mujer joven mientras recogía su cuenco vacío—. ¡Parece que llevas varios días sin comer! Menos mal que tu tortilla está lista.

Colocó la tortilla de ostras delante de él. Unos tallos verdes de *tonghao*, ligeramente marchitos, asomaban a través del huevo salpicado de delicadas ostras; el reluciente almidón de tapioca y la salsa rosada relucían por encima. Haiwen separó un trozo y lo mordió, saboreando la combinación de texturas y sabores.

Cuando se sació, apartó el plato y se reclinó en su taburete. La mujer se acercó para limpiar sus platos. Permaneció un momento allí, y entonces preguntó:

—Eres soldado, ¿verdad?

Haiwen se sintió sorprendido. Pocos lugareños le preguntaban por su trabajo de una forma tan directa.

La mujer jugueteó con un mechón de pelo que se le había soltado del pañuelo, y se le pusieron las mejillas rosadas.

—Lo he supuesto porque, bueno, es Año Nuevo, pero en vez de estar con tu familia, estás comiendo solo. —Hizo una pausa—. No vienen muchos de vosotros a nuestro puesto. Parece que preferís quedaros en vuestras cantinas o en los puestos abiertos por otra gente del continente. Me ha impresionado que hasta supieras decir la palabra «uno».

Soltó una risita. A Haiwen le resultó divertido que se riera con tanta facilidad.

—Acabo de aprenderlo hoy mismo —admitió—. De unos hombres con los que estaba jugando a los dados.

—¿Hombres taiwaneses? —preguntó ella, abriendo mucho los ojos, y él asintió con la cabeza. La mujer dio una palmada, encantada—. ¿Ves?, ¡sabía que no erais todos malos! Mi padre piensa que todos queréis venir a por nosotros, pero yo le he dicho que está siendo injusto. Tú pareces una persona normal, no un bandido o un violador… —Se llevó la palma a la boca otra vez—. Lo siento, estoy siendo muy grosera, perdóname.

Haiwen negó rápidamente con la cabeza.

—No te preocupes —dijo—. ¿Y tú? ¿Cómo es que tu mandarín es tan bueno?

La chica sonrió ampliamente.

—Tan solo es pasable —respondió con modestia—. Empecé un poco tarde, así que he tenido que esforzarme mucho por librarme de mi acento todo lo posible. —Hinchó las mejillas y le dirigió una sonrisa avergonzada. Su timidez infantil le resultaba encantadora a Haiwen—. A mucha gente no le gusta tener que cambiar de idioma, pero yo creo que el mandarín suena muy refinado, muy bonito. —Le echó un vistazo a su padre, que estaba en algún lugar de la parte de atrás. En voz más baja, añadió—: Pero no se lo digas a mi padre. Él piensa que el taiwanés sigue siendo el mejor idioma. —Puso los ojos en blanco—. Tengo que decir que me parece más divertido para insultar, ¡aunque mi padre me mataría si repitiera algunas de las cosas que ha dicho él!

Haiwen se dio cuenta de que se estaba riendo. Pensó en los insultos que le habían dedicado los hombres antes, ese mismo día.

—Ah, he oído esos insultos, sí —dijo—. La verdad es que suenan más originales que cualquier cosa que haya oído decirle a nadie en mandarín.

—Es como que tienen más fuerza, ¿verdad? —asintió la mujer.

—Cuéntame —le pidió Haiwen—, ¿qué significa *kakam'a*?

La sonrisa de la chica desapareció mientras apartaba la mirada.

—¿Dónde has oído eso? —Negó con la cabeza—. Venga ya, yo puedo enseñarte insultos más divertidos que ese. La próxima vez que estés con tus colegas taiwaneses, ¡encajarás de maravilla!

—No hace falta que me protejas —señaló Haiwen—. Tan solo me gustaría saber lo que me están llamando cuando alguien me lo diga. —Al ver que la chica no respondía, insistió—: Venga ya. Te prometo que no vas a insultarme. Estoy seguro de que me habrán llamado cosas peores.

—Significa «el que muerde una naranja» —dijo ella en voz baja—. Como un cerdo, ya sabes.

Haiwen no respondió de inmediato, y la chica se mordió el labio. Pero, entonces, él empezó a reírse.

—Bueno, desde luego que es una forma creativa de referirse a un cerdo —respondió—. Muy imaginativo.

Ella parecía aliviada.

—¿Supongo que lo es? ¿Es como que puedes ver el cerdo asado con la naranja en la boca?

Soltó una risita nerviosa.

Haiwen se encogió de hombros.

—El mandarín es demasiado correcto, demasiado encorsetado. Los lugareños son los que se lo pasan mejor. El shanghainés también es así, los insultos son mejores.

—Ah, ¡eres de Shanghái! —Los ojos de la chica se iluminaron, y saltó un poco por la emoción—. En las revistas y las películas siempre parece muy chic y glamurosa. Siempre me he imaginado a mujeres preciosas con *qipaos* y hombres con trajes de estilo occidental caminando del brazo por las aceras relucientes o tomando un café en las cafeterías europeas. ¿Era así de verdad? Keelung debe de parecerte muy aburrida.

Haiwen sonrió. Su emoción le recordaba a Suchi, a cómo exclamaba por las estrellas de las revistas.

—Algunas partes eran glamurosas, supongo. Pero dependía de quién fueras y de dónde vivieras. —*Y de con quién estuvieran tus lealtades*, pensó—. Yo vivía en un vecindario de lo más corriente.

—¿Qué clase de vecindario?

—Un *longtang*, una comunidad compuesta por hileras de casas muy pegadas que formaban callejones. El nuestro era de los más grandes de Shanghái. Podías perderte si no sabías a dónde ibas.

—Hala —dijo la mujer—. De alguna manera, hasta eso suena romántico.

Haiwen pensó en las estrechas calles, en cómo todo el mundo sabía los asuntos de todo el mundo y podían oler la mierda de todo el mundo. Si una pareja mayor discutía ruidosamente en su casa, al día siguiente todo el barrio estaba cotilleando al respecto y escogiendo bandos. En algunos sentidos, era lo opuesto a lo romántico. Pero le había resultado reconfortante despertar con el sonido de los vendedores anunciando sus productos, que todas las mañanas lo saludaran las mismas tías y tíos. Y había sido allí donde se había enamorado por primera y última vez. Así que suponía que debía de haber sido romántico a su manera.

La sonrisa de la mujer flaqueó.

—Oh —dijo—. Lo siento, te he disgustado. No tendría que habértelo preguntado.

—¿Qué? —preguntó Haiwen—. No, no me has...

—Es solo que... se te ha quedado la cara muy quieta.

No se había sentido disgustado. Aquellos recuerdos le resultaban agradables, quería vivir dentro de ellos. Pero tal vez es que así es como eran las cosas; jamás podría rememorar ningún recuerdo de su infancia sin una tristeza tan profunda que podía leerse en su cara, hasta por los desconocidos.

—No te preocupes —le dijo a la mujer—. Me gusta pensar en mi hogar.

Ella sonrió ampliamente, y Haiwen se sintió extrañamente complacido. Le hacía sentir un calorcillo, la honestidad con la que sonreía, cómo sus mejillas rollizas subían tanto que casi tocaban las comisuras de sus ojos.

—En ese caso —dijo la mujer—, me encantaría saber más sobre cómo era crecer en Shanghái.

Antes de que él pudiera responder, el padre de la mujer la llamó desde detrás del fogón, con tono brusco. Ella se dio la vuelta y respondió en taiwanés, con cierta impaciencia en la voz. Haiwen se esforzó por entenderlo, pero no fue capaz. Mientras padre e hija hablaban de forma ruidosa, él la examinó. No tenía una belleza evidente, pero le gustaba cómo sus facciones se recolocaban en una serie de emociones genuinas mientras hablaba. Tenía la sensación de que esa mujer también sería malísima jugando al dado mentiroso. Cuando ella volvió a girarse hacia él mostrándole una sonrisa de disculpa, Haiwen se dio cuenta de que estaba cambiando su valoración; sí que era guapa.

—Será mejor que siga ayudando a mi padre —dijo—. Pero me ha gustado hablar contigo...

—Wang Haiwen —se apresuró a decir él—. ¿Y cómo puedo llamarte yo, señorita?

¿Se lo estaba imaginando, o un débil rubor se había extendido por sus mejillas?

—Tsai. Tsai Linyee. —Haiwen puso sobre la mesa un puñado de monedas, más de lo que costaba la comida—. ¡Eso es demasiado! —protestó ella, pero él negó con la cabeza.

—Feliz Año Nuevo —se despidió. Ella volvió a protestar, tratando de devolverle algunas monedas, pero él se puso en pie y se alejó—. En serio. Por favor.

Ella titubeó, y entonces asintió con la cabeza.

—Gracias —dijo—. Pero, entonces, tienes que volver en otro momento y comer por cuenta nuestra. —Haiwen asintió con la cabeza y ella le sonrió con una sonrisa que mostraba todos sus dientes y hacía que se le arrugaran los ojos en las comisuras. Él se dio cuenta de que había pasado un tiempo desde la última vez que había recibido una sonrisa genuina por parte de nadie.

—Trato hecho —añadió ella. Desde el fogón, su padre volvió a gritarle—. ¡*Ho,* Laupa! —exclamó Linyee por encima del hombro antes de volver a girarse hacia Haiwen—. Nos vemos la próxima vez, Wang Haiwen.

Él regresó a su casa pedaleando en la oscuridad, dando vueltas a la conversación dentro de su cabeza. Brevemente, mientras había estado hablando con Tsai Linyee, se había olvidado de su dolor, y eso lo alarmaba. ¿Y si se filtraba fuera de su cerebro, al igual que la música?

Visualizó la galería de las personas que no quería olvidar. Las grabó en su memoria, incluso mientras se preocupaba de que lo que sabía se hubiera degradado o, peor todavía, ya no fuera preciso. Pero no importaba; lo que importaba era que jamás se desvanecieran. Repasó sus recuerdos favoritos de su madre, su padre, su hermano, su hermana, Suchi, la hermana de Suchi, el señor Portnoy, el señor Reyes, sus amigos de la orquesta y del colegio, las tías, los tíos... Permitió que todos ellos agudizaran su respiración y saturaran sus sentidos, hasta que se volvieron más reales y más vivos que la gente junto a la que pasaba por las calles.

No iba a volver a ese puesto de tortillas de ostras. No podía hacerlo.

MAYO - SEPTIEMBRE DE 1985

Hong Kong / Los Ángeles

Soukei tomó un mango y comprobó su firmeza. La suave piel de un amarillo rojizo cedió ligeramente bajo sus dedos. Inhaló su dulce fragancia floral.

—Tres de estos, por favor —le pidió a la frutera—. Asegúrese de que estén maduros, para que se puedan comer de inmediato.

La mujer metió los mangos en una bolsa. Soukei le entregó unas cuantas monedas y le dio las gracias.

El mercado mojado estaba lleno de actividad. Había carniceros plantados detrás de tablas con relucientes chuletas de cerdo, cortes de panceta grasienta y trozos de patas de cerdo, agitando las manos a menudo para mantener a las moscas alejadas. Unas pocas hileras más abajo, había pargos rojos y palometas acunados en hielo machacado, con las escamas relucientes de tonos plateado y coral y los ojos brillantes en las cuencas. Soukei compró unas cuantas frutas y verduras más, un poco de jamón ahumado, dos pescados enteros y un pollo negro entero que iba a hervir a fuego lento más tarde para hacer sopa.

Saikeung solía decirle a Soukei que no entendía por qué insistía en ir al mercado ella misma. «Para eso tenemos a Siu Fa», le decía, refiriéndose a la *amah* que vivía con ellos, a la que habían contratado después de que se marchara su anterior *amah*, Siu Lai. Pero Soukei saboreaba sus visitas al mercado. No era solo que le gustara revisar los productos y escoger los cortes de carne más frescos; era la energía, las *amah* y las amas de casa que se chocaban con ella con sus bolsas llenas de compras, los vendedores que gritaban los precios de sus mercancías cuando pasaban. Regatear para conseguir el mejor precio y marcharse con una buena oferta le daba un subidón a Soukei; el pequeño triunfo le hacía sentir que tenía valor.

Cuando llegó a casa, le dio indicaciones a Siu Fa sobre cómo preparar las verduras.

—Cortaré el pollo yo misma —le dijo.

Siu Fa asintió con la cabeza y se arremangó, con el flequillo cayéndole sobre los ojos mientras se inclinaba sobre el rábano *daikon*. En ese ángulo, su piel parecía regordeta y ligeramente ruborizada, y Soukei recordó, y no por primera vez, lo joven que era a sus veinte años. Siu Hung se había marchado hacía mucho tiempo; se había casado con un hombre que había conocido tres años después de estar trabajando para ellos, y ahora tenía a su propio bebé del que cuidar. Desde entonces, había habido muchas otras *amah*, mujeres jóvenes que entraban en sus vidas durante varios años y después se marchaban. Siempre eran de la misma edad, mientras que Soukei iba envejeciendo, y con los años comenzó a aclimatarse a su presencia; la vergüenza que había sentido al principio por tener ayuda contratada se atenuó del mismo modo que lo había hecho su odio activo hacia Saikeung. Aun así, todavía había momentos como aquel, cuando las chicas le dirigían una mirada en particular o actuaban de una forma que mostraba su tierna edad, y una sensación de que aquello estaba mal la invadía. Siau Fa no era mucho mayor que Samson, cuyas cosas recogía detrás de él como si todavía fuera un niño. ¿La gente consideraría que era un éxito o un fracaso que le hubiera dado a su hijo una vida con tantos privilegios? Pero entonces se recordaba a sí misma que ella no había hecho eso, sino Saikeung. Si Soukei hubiera podido elegir,

Samson y ella habrían embutido sus vidas en un piso pequeño y sencillo, solo ellos dos.

Oyó que la puerta de entrada se cerraba y el chirrido de las zapatillas sobre las baldosas de mármol. Salió al vestíbulo, donde su hijo estaba metiendo los zapatos en el zapatero.

—Has llegado pronto a casa —dijo ella en mandarín—. ¿No tienes entrenamiento?

—Hoy no —respondió Samson en inglés. Aunque entendía el mandarín, nunca había aprendido a hablarlo bien, y prefería el cantonés o, últimamente, el inglés, porque ese era el idioma que hablaban en el caro colegio americano al que Saikeung había insistido que fuera—. Tan solo estaba pasando el rato con unos amigos después de clase.

Soukei cambió al inglés, un torpe intento de conectar más con su hijo.

—Son las últimas semanas antes de la graduación. Tenéis que estar todos muy tristes por marcharos.

Samson se encogió de hombros, con la indiferencia de un chico adolescente.

—Supongo.

Soukei contuvo las ganas de acercarse para apartarle el flequillo de la cara. Por debajo del acné y la apatía, todavía podía ver las evidencias ocultas del niño regordete que una vez se había aferrado a ella cuando era pequeño, que le encantaba hacerla reír cuando estaba en primaria. No podía creer que partiría a estudiar fuera en otoño, a la Universidad del Sur de California, que Samson había escogido por su excelente programa de tenis.

Había una parte de Soukei que se sentía orgullosa y emocionada por su hijo, pero una parte mayor de ella no podía soportar la idea de separarse de él. Lo quería ferozmente. Esa era la razón por la cual, a pesar de la sugerencia de Saikeung de que le permitiera a Siu Fa que preparara todas las comidas, Soukei insistía en hacerle el almuerzo y cocinar al menos un plato para la cena con sus propias manos, el que fuera el favorito de Samson. Esa era la razón por la que se había unido a la Asociación de Padres y Profesores de su colegio, aunque a menudo se sentía incómoda junto a las guapas mujeres rubias de los ejecutivos norteamericanos y los diplomáticos internacionales. Durante casi diecinueve años, había moldeado su mundo entero alrededor de él; ¿qué iba a hacer ahora que iba a marcharse?

—Ven a comer algo —le dijo a su hijo—. He preparado *yangzhi ganlu*.

Al oírlo, Samson se animó y se sentó a la mesa de la cena. Soukei fue a la cocina y sirvió la sopa de mango sago en un cuenco para arroz de porcelana, añadió pomelo extra, y se lo llevó a su hijo. Se sentó junto a él y lo observó con expectación mientras se llevaba la cuchara a la boca. El muchacho soltó un gruñido de aprobación, y ella sonrió.

—Como Baba va a estar fuera otra vez el fin de semana después de tu graduación, había pensado que a lo mejor podríamos ir a Ocean Park. Hace mucho tiempo que no vamos.

—¿Ocean Park? —Samson resopló—. Ese sitio es para críos.

—Pero antes te gustaba mucho —dijo Soukei, cambiando al mandarín—. Siempre me suplicabas que te llevara cada vez que Baba se marchaba.

—Sí, cuando tenía como once años. Todas esas atracciones son para críos. Y los delfines parecen estar todos tristes. ¿Sabías que eso es crueldad animal? Katie dice que se deprimen y tratan de ahogarse a sí mismos si se pasan demasiado tiempo encerrados.

—Es que había pensado que… por los viejos tiempos…

Soukei dejó la frase inconclusa. Desde que había abierto en 1977, Ocean Park se había convertido en su lugar especial con Samson, sustituyendo a Lai Chi Kok. Saikeung nunca había sentido interés por los parques temáticos, pero ellos dos se habían pasado horas montando en las montañas rusas acuáticas, sufriendo salpicones por parte de los delfines y comiendo comida basura que Saikeung no aprobaba. Fue allí donde pudo conocer mejor a su hijo, un muchacho que era callado e introvertido y rara vez expresaba sus emociones. Lo había observado riendo con despreocupación en esas atracciones, había visto el tímido asombro en su rostro cuando una vez lo eligieron entre el público y le permitieron acariciar la cabeza de un delfín.

Pero, ahora, su hijo era un adolescente. Y ella tropezaba en cada paso, tratando de encontrar las llaves para acceder a él.

—De todos modos, no puedo —dijo Samson—. Voy a irme de viaje con mis amigos del último curso. Nos vamos de acampada, ¿recuerdas?

Ella frunció el ceño.

—¿Tu padre no dijo que no quería que fueras?

El muchacho puso los ojos en blanco.

—Ba piensa que ir de acampada es cosa de pobres. «¿He trabajado tan duro para que te vayas a dormir a una tienda sucia como un indigente sin hogar?».

Imitó el tono despectivo de Saikeung, sobresaltando a Soukei con su precisión.

—Bueno, seguramente estará preocupado de que sea peligroso. Podría haber animales salvajes o serpientes en el bosque, y él…

Samson apartó su cuenco vacío.

—Dios, te juro que a veces eres peor que él —murmuró.

—¿Qué?

Soukei se quedó sentada, muy quieta.

—¡Nada! —dijo él, elevando la voz—. Voy a ir, y ni Ba ni tú vais a impedírmelo. He pagado el viaje con el dinero del premio que me dieron en el último torneo. Estoy utilizando mi propio dinero.

—Yo no he dicho que no pudieras ir…

—Entonces, ¡deja de repetir como un loro cosas de las que no sabes nada! —Samson se puso en pie y se colgó la mochila del hombro, enfadado—. ¿No puedes ponerte de mi parte por una vez?

Soukei se puso en pie torpemente; tenía los miembros tensos y nerviosos.

—¡Yo *siempre* estoy de tu parte!

—No es verdad —dijo él—. Ni siquiera estás de tu propia parte.

Cuando cerró de un portazo, la cuchara traqueteó dentro del cuenco.

Sulan respondió el teléfono al tercer tono.

—Tsia —dijo Soukei—. Soy yo.

—Oh, Susu —respondió Sulan—. Es muy tarde por allí, ¿otra vez no puedes dormir?

—*En.*

Aquello era bastante común; cada vez que llamaba a su hermana, era en mitad de la noche, cuando no podía dormir y un baño caliente o leer no la habían ayudado.

—¿Dónde está ese marido tuyo?

—Está fuera con unos clientes otra vez.

—Fuera, ¿eh?

La implicación de Sulan estaba clara. Saikeung no había dejado de visitar los clubs nocturnos, ni siquiera después de haberse casado con Soukei. Si acaso, ahora los frecuentaba más, dado que había invertido en varios, incluido Baak Lok Mun, que por fin había florecido para convertirse en un sitio de primera categoría bajo su supervisión. Pero, por otro lado, Saikeung le había prohibido a su esposa que se relacionara siquiera con sus antiguos compañeros de trabajo. A Soukei en general no le había importado, pero se había sentido mal por los miembros de la banda, especialmente Oscar y Prince, así como por Angela, Lily e incluso Fai, a pesar de su actitud gruñona.

—No me importa —dijo—. El tiempo que pasa en esos lugares significa que tengo que pasar menos tiempo lidiando con él.

Sulan era la única persona con la que podía hablar libremente. Soukei había hecho muchas «amigas» a lo largo de los años, las *taaitaai*, como ella las llamaba, esposas ricas de los socios de Saikeung que la invitaban a comer en el lujoso restaurante de *dim sum* en la bahía Repulse o a tomar un té tardío en la Península. Sin embargo, esas mujeres la agotaban con su fijación por los últimos bolsos, su amor por los cotilleos de la isla y los dramas insignificantes, su forma de tratar a sus *amah*, su competitividad pasivo-agresiva a la hora de comparar a sus hijos. Todas trataban a Soukei con amabilidad (tenían que hacerlo), pero ella sospechaba que la miraban por encima del hombro a causa de su pasado, y que decían cosas desagradables cuando no estaba cerca. Después de que Sulan se hubiera mudado a Estados Unidos nueve años antes, ya no tenía a nadie a quien pudiera confiarle sus problemas.

—Susu —dijo su hermana. Soukei podía oír el titubeo en su voz—. Ahora que Samson se va a ir a la universidad, a lo mejor ha llegado por fin la hora de que pienses en dejarlo. —Soukei comenzó a rechazar la idea de inmediato, pero Sulan la interrumpió—. No entiendo por qué eres tan testadura. Tan solo te quedaste con Lam Saikeung por el bien de tu hijo. Pero él ya es un adulto. Entonces, ¿por qué vas a quedarte?

—Esta es mi vida —respondió Soukei.

—Pero no tiene que serlo. Podrías dejarlo.

—¿Y hacer qué? —preguntó ella—. Sin él, no tengo nada. Nada de lo que tengo es mío. Mi ropa, este apartamento, todas las cosas bonitas que tengo… todo le pertenece a Saikeung. Soy una mujer de cincuenta y cuatro años inútil. Ya es demasiado tarde para empezar de nuevo.

—¿Y qué hay de Wang Haiwen? ¿Qué pasa si…?

Soukei soltó un suspiro exasperado.

—¿Qué? ¿Por qué vuelves a sacar el tema de ese hombre? ¿No crees que estará casado a estas alturas, viviendo su propia vida? Además, ¿quién sabe si estará vivo siquiera?

—Entonces, ¿él nunca…?

—No quiero pensar en él, Tsia, por favor.

Sulan hizo una pausa.

—Entonces, vente a Nueva York —insistió—. Vente a vivir conmigo.

—No seas ridícula —replicó Soukei—. Como si fuera tan fácil.

—Yo te pagaré el billete, te ayudaré a solicitar el visado. Yo te protegeré. Ahora gano dinero. La marca va muy bien. No se acerca en nada a las riquezas de Saikeung, pero puedo mantenernos. —La voz de Sulan se volvió más callada—. Es lo mínimo que puedo hacer.

Soukei no respondió. No era tan fácil.

—¿Cómo está Momo? —preguntó en su lugar. Era un movimiento astuto; su hermana siempre aprovechaba la oportunidad de hablar sobre la mujer japonesa más joven con la que vivía. A Soukei todavía le costaba asimilar la verdadera naturaleza de la relación de Sulan con su socia de negocios; para ella no tenía sentido que algo así pudiera ser posible siquiera. Que fuera japonesa le resultaba todavía más perturbador, a pesar de los recordatorios de su hermana de que había crecido en Estados Unidos y de que había sufrido cuando el gobierno estadounidense los mandó a ella y a su familia a los campos. Pero Soukei sabía que ella anhelaba compartir más sobre su vida con esa mujer, y aunque la hacía sentir incómoda, había decidido aceptarlo lo mejor que pudiera. A cambio, aunque las hermanas jamás lo mencionaban, Sulan comprendía que las conversaciones sobre Momo estarían centradas en su relación laboral con ella.

—Tiene una mente muy aguda, Susu —le dijo—. Ha tenido muchas reuniones últimamente con los grandes almacenes más importantes de Nueva York, Saks, Lord & Taylor y Bloomingdale's, para ver si querían llevar nuestra marca. Ha elaborado una estrategia de *marketing* de lo más persuasiva, ideas que a mí jamás se me habrían ocurrido. Tengo mucha suerte de tenerla.

Soukei sintió un poco de envidia por su hermana, incluso aunque admiraba su valor. Sulan había creado para sí misma la vida que siempre había querido, a pesar de su condición, a pesar de que fuera poco convencional e inesperada. Cuando Samson tenía ocho años, ella había anunciado su intención de mudarse a Nueva York para perseguir su sueño de dedicarse al diseño de moda, y Soukei supo que tenía que ayudarla. Juntas, habían estudiado inglés y habían trabajado en las solicitudes de Sulan para las escuelas de diseño. Cuando, después de dos años, la aceptaron en el Fashion Institute of Technology, Soukei vendió sin decir nada algunas joyas que le había regalado Saikeung para pagar la matrícula.

—Guárdate tus ahorros para las facturas médicas —le había dicho a su hermana.

—¿Estás de broma? —había respondido ella—. ¡Voy a utilizarlos para crear mi propia marca con la que poder devolverte el dinero!

Después de que Sulan se marchara, Soukei se había pasado varios días llorando.

Ahora, su hermana poseía su propia marca que gozaba de un éxito modesto; tenía un amor que la hacía feliz; tenía independencia, libertad, seguridad y una confianza en sí misma que Soukei no era capaz de lograr. Era más de lo que ella había hecho con su vida. Pensó en las grandes esperanzas que tenía Apa para ella. No había sido valiente como él le había pedido.

Por teléfono, Sulan le habló del negocio, contándole su visión y la de Momo. Soukei la escuchó, esperando que el sonido de la voz de su hermana acabara convenciendo al sueño de que cayera sobre sus ojos.

Antes de que se despidieran, Sulan añadió:

—Por favor, plantéate lo que he dicho. No es demasiado tarde para buscar tu propia felicidad, Susu.

—Me lo pensaré —dijo Soukei, y colgó el teléfono.

Sola en la cama de matrimonio que compartía con Saikeung, trató de imaginar que se marchaba. La primera sensación que la atravesó fue de un alivio inmenso, la desaparición momentánea de la losa que pesaba sobre sus hombros. Pero esa sensación quedó reemplazada de inmediato por una punzada de miedo. Sulan se equivocaba; ya era demasiado tarde. Era demasiado mayor. Aquella era su vida, y tenía que vivirla.

En septiembre, Saikeung les compró a los tres billetes de avión en primera clase a Los Ángeles, para que pudieran ayudar a Samson a mudarse a la universidad. En las seis maletas que facturaron, habían guardado varios juegos de ropa de cama de seda, ropa de diseño nueva que había comprado Saikeung, una arrocera flamante y un caldero chino portátil, veinte pares de zapatos, y muchas, muchas comidas para picar de Hong Kong y fideos instantáneos. Samson había insistido en que no necesitaba todo aquello («Puedo comprar cosas cuando llegue allí, ¿sabéis?») y que los únicos objetos que quería llevar eran sus tres raquetas de tenis, pero Saikeung había insistido y, por una vez, Soukei estaba de acuerdo con él.

El dormitorio de la residencia universitaria era una caja de zapatos, con dos camas estrechas y unas cómodas en cada lado de la habitación, y dos escritorios colocados el uno junto al otro en la tercera pared, con una pequeña ventana sobre ellos. Soukei se preguntó si la consternación era tan evidente en su rostro como lo era en el de su marido.

—Esto es peor que la habitación de una *amah* —murmuró Saikeung, pero Samson puso los ojos en blanco.

—Esto es la universidad, no el Mandarin Oriental Hotel —dijo—. Todas las habitaciones para alumnos de primero son así.

Cuando ya casi habían terminado de deshacer las maletas, el compañero de habitación de Samson entró con sus padres. Se trataba de un chico indio y flacucho de Nueva Jersey llamado Rohan. Su padre era un hombre de rostro redondeado con bigote gris que le dio la mano vigorosamente a Saikeung y a Soukei, mientras que la madre, una mujer de impresionantes ojos verdes, sonreía ampliamente detrás de él. Samson jugueteaba nervioso con la cremallera de su mochila, y Soukei sintió una punzada de proteccionismo. Hacía mucho tiempo que no lo veía tan inseguro y nervioso.

—Qué guay, ¿juegas al tenis? —preguntó Rohan al ver las raquetas de Samson sobre su cama.

—Sí —respondió él, asintiendo con la cabeza—. ¿Y tú?

—Solo para pasar el rato. Nada serio. A lo mejor podríamos jugar un par de partidos.

—Sí, eso sería genial —dijo Samson. Soukei se sintió aliviada. Parecía que Rohan era un buen chico.

Pero, a la hora de la comida, Saikeung dejó claro que no estaba de acuerdo.

—Ten cuidado de no acercarte demasiado a ese compañero de habitación tuyo —le dijo a Samson en cantonés.

—¿Por qué? —preguntó él mientras se comía su sándwich—. Parece simpático.

—Ya sabes cómo son los indios. A lo mejor te roba tus cosas cuando no estés.

—¿En serio? En el colegio tenía amigos indios…

—Tú no sabes lo que yo sé. Tengo que lidiar mucho con ellos por negocios. Son muy taimados esos indios. Y, además, huelen mal. Espero que no te apeste la habitación. A lo mejor podrías pedir que te la cambiasen. Puedo hablar con la residencia si quieres. Si cuesta un poco más de dinero trasladarte a otra habitación, no pasa nada, yo lo pagaré.

—No quiero trasladarme —dijo Samson—. Rohan parece guay. Y también le gusta el tenis, así que tendré a alguien con quien jugar.

—Ya tendrás gente mejor con la que jugar cuando entres en el equipo —respondió Saikeung, con palabras calmadas pero firmes. Soukei sintió un escalofrío de alarma. A su marido no le gustaba que lo contradijeran, y Samson lo sabía. ¿Por qué no dejaba de insistir y simplemente le decía que sí? Lamentaba que el muchacho hubiera heredado la tozudez por partida doble, tanto por ella como por Saikeung.

—Yo soy el que va a vivir allí, no tú —dijo Samson, levantando la voz—. Si a mí me parece bien, ¿a ti qué más te da?

—Samson —dijo Soukei, con tono de advertencia.

—Puede que seas tú el que va a vivir allí, ¡pero yo soy el que va a pagar para que vivas allí! ¡Y yo sé lo que es mejor para ti! De modo que si yo digo que va a ser así, ¡así será!

El hombre había empezado a ponerse rojo; estaba levantando mucho la voz.

—Saikeung —intervino Soukei, colocando la mano sobre la de él, ahora cerrada—. A lo mejor no hace falta que hablemos de esto ahora, vamos a comer y…

—Cállate, mujer —le espetó él sin mirarla—. Estoy lidiando con este hijo indisciplinado que has criado.

—No le hables así a Ma —dijo Samson.

—¡Haré lo que me dé la gana! —gritó Saikeung, golpeando la mesa con el puño.

El parloteo del restaurante se atenuó. Soukei podía sentir las miradas de los demás comensales. La vergüenza y el bochorno le provocaban un cosquilleo en la piel.

—Cálmate de una puta vez —murmuró Samson en inglés.

—¿Qué? —Saikeung levantó un puño—. Repite eso.

—Nada —respondió Samson en cantonés.

Su padre asintió con la cabeza, como diciendo «eso creía yo».

—Entonces, está decidido —declaró, con la voz volviendo a su tono tranquilo de antes—. Te cambiarás de habitación.

—*Ci gau sin* —dijo Samson en voz alta; el improperio apenas audible.

—Samson —le suplicó Soukei.

Este la miró a los ojos. Ella vio la furia silenciosa que los llenaba.

—Da igual —dijo él en inglés—. Da. Igual.

Saikeung tomó un vuelo hacia Singapur al día siguiente para una reunión de negocios, mientras que Soukei se quedó una semana más para asegurarse de que Samson se estuviera adaptando bien. Como no sabía conducir, todos los días tomaba un taxi desde el hotel hasta el campus de su hijo, y se maravillaba por lo que veía al otro lado de la ventanilla. Nunca había ido a Estados Unidos, y se quedó impresionada por las anchas calles, los gigantescos aparcamientos, el número interminable de coches y los infinitos centros comerciales. Juntos, se convirtieron en turistas y lo visitaron todo, desde la playa de Venice hasta el Teatro Chino. Soukei sentía que era la semana más feliz de su vida.

Durante la última noche antes de que tuviera que marcharse, estaban compartiendo una *mousse* de chocolate después de una buena cena con bistec cuando una expresión preocupada cruzó el rostro de Samson.

—¿Qué te pasa, *baobei*? —le preguntó ella.

El muchacho negó con la cabeza.

—No es nada, Ma —dijo.

—Venga ya —insistió Soukei.

—Hoy he visto a Rohan. No lo había visto desde que me cambié de habitación. Ha sido… bastante incómodo. Es como que me ha ignorado. —Lamió un poco de *mousse* de la cuchara y después la clavó en el postre—. Ojalá no le hubiera hecho caso a Ba. No tendría que haber cedido.

—Ya conoces a tu padre —señaló ella—. En cuanto decide algo, así será, y da igual que quieras hacerlo o no. Enfrentarse a él es únicamente el camino más doloroso hacia lo inevitable.

—Pero al menos tendría que haber, ya sabes... —Samson gesticuló vagamente—. No lo sé. Tendría que haberme enfrentado a él. Demostrarle que ya no me puede mangonear tan fácilmente.

Ella negó con la cabeza.

—No habría importado.

—¡Pero a mí sí me importa! —dijo él—. Yo habría sabido que lo intenté.

Soukei pensó en las muchas veces a lo largo de los años que había tratado de proteger a Samson del genio de Saikeung, pidiéndole que no se enfrentara a él, las veces que le había suplicado a su marido que le permitiera que fuera ella quien castigara al muchacho, para librarlo de una paliza. Cómo a veces, no a menudo pero sí de vez en cuando, Saikeung había dirigido su furia contenida hacia ella en su lugar, culpándola por no haber criado a su hijo lo bastante bien. Un bofetón, un retorcimiento del brazo, un empujón. Nunca nada que la hubiera hecho sentir como si su vida estuviera en peligro, pero sí lo bastante fuerte como para que unas lucecitas explotaran en su campo de visión. Era casi peor que ocurriera de forma errática; si hubiera sucedido con frecuencia, habría sabido que tendría que estar en guardia. En vez de eso, cada vez que le hacía daño, se quedaba aturdida. Pero valía la pena para salvar a Samson.

—Escúchame —le dijo, con la voz llena de urgencia—. Tan solo tienes que ser obediente y hacerlo bien con los estudios durante estos cuatro años mientras tu padre te paga la matrícula. Cuando te gradúes, conseguirás un buen trabajo y ya nunca más tendrás que volver a hacer nada de lo que te diga. Así que tienes que esforzarte mucho. ¿Vale?

Samson parecía sorprendido.

—¿Qué?

—Ni siquiera tendrás que volver a hablar con tu padre nunca más si no quieres hacerlo. Entonces podrás ser libre.

Samson inclinó la cabeza a un lado.

—Pero… —dijo con lentitud—. Si hago eso, ¿qué pasará contigo?

—¿Qué importa eso?

El muchacho frunció el ceño.

—Maami, si me alejo de él, ya no podré volver a hablar contigo. Él jamás me lo permitirá.

Soukei negó con la cabeza

—Lo importante es que te vaya bien. Entonces ya no le deberás nada a tu padre.

Samson la miró fijamente, y a ella le pareció ver furia en sus ojos.

—¿Cómo no va a ser importante si no puedo volver a verte nunca más?

—Tienes que vivir para ti mismo, *baobei* —dijo ella—. Eso es lo único que quiero para ti.

Su hijo clavó la cuchara en la *mousse*.

—¿Por qué? —susurró—. ¿Por qué eres así?

—¿Así cómo?

—Me gustaría… Quiero que seas…

Samson resopló con fuerza, y Soukei se dio cuenta de que esa mirada de aversión no era por Saikeung, sino por ella. Se encogió.

—¿Tan mal está que una madre quiera que su hijo tenga una vida feliz?

—¿Y qué pasa contigo? —le preguntó él—. ¿Qué pasa con tu felicidad?

—Yo soy feliz si tú eres feliz.

—¿Por qué tienes que ser una puta mártir, Ma? ¿Por qué no puedes pensar en lo que tú quieres por una vez? ¿Te crees que a mí me hace algún bien que seas así? ¿Qué es lo que quieres *tú*?

Las palabras salieron como súplicas furiosas. Soukei miró fijamente a su hijo, la furia que había escrita en su rostro.

—Yo…

Él la miró. Al ver que no terminaba la frase, le preguntó en voz baja y apenas audible:

—¿Tú no quieres abandonarlo?

—Es mi marido —le dijo ella, sabiendo que era la respuesta incorrecta.

La mujer jamás sería capaz de olvidar la mirada que le dirigió Samson en ese momento, una mezcla de decepción, repulsión y tristeza.

Soukei se pasó la última noche en su habitación de hotel incapaz de conciliar el sueño. Pegó la cara a la almohada, pero no podía borrar la expresión de Samson de su mente. A las cuatro de la mañana se dio cuenta de por qué eso la había enervado tanto: su hijo había puesto la misma cara que Apa.

Agitada por la falta de sueño, Soukei hizo la maleta y paró un taxi para que la llevara al aeropuerto. Cuando llegó, fue al mostrador de billetes para cambiar su vuelo. Encontró un teléfono de pago e hizo dos llamadas: la primera a Sulan, y la segunda a su casa en Hong Kong.

—Por favor, ¿puedes decirle a mi marido que voy a quedarme en Estados Unidos un poco más? —le pidió a Siu Fa. Hizo una pausa—. Ahora que lo pienso, mejor no menciones siquiera que he llamado.

—¿Señora? —dijo la chica—. No la entiendo.

Durante el vuelo a Nueva York, Soukei pensó en los objetos que se arrepentía de no haberse llevado con ella: sus pendientes favoritos, de jade, que Samson le había regalado por su quincuagésimo cumpleaños con el dinero que había ganado dando clases particulares; los álbumes de fotos de cuando su hijo era pequeño; una bufanda de seda que se había comprado en el aniversario del aborto que había tenido diez años antes; el *qipao* color ciruela que Sulan le había regalado por su decimosexto cumpleaños, el mismo con el que casi había muerto.

Se recordó a sí misma que no eran más que cosas. Cosas del pasado. No importaban. Lo único que importaba era su futuro.

MARZO - ABRIL DE 1947

Shanghái

Las notas estaban fuera de control. Daban vueltas por la cabeza de Haiwen y se abrían camino hasta sus dedos. Su arco trabajaba con furia; le dolían las yemas de los dedos. Pero las notas se burlaban de él, salían corriendo, y al perseguirlas, se tropezaba. Su mano izquierda resbaló y la nota incorrecta sonó con un chillido de angustia.

—Para, para —dijo el señor Reyes. El profesor se presionó las sienes, donde el pelo gris era más ralo—. ¿Qué está pasando hoy, hum? ¿Dónde tienes la cabeza?

Haiwen no respondió. Levantó el violín y comenzó a tocar el mismo compás otra vez, pero el señor Reyes colocó una mano sobre el instrumento.

—Haiwen. —El hombre esbelto miró al muchacho—. No puedes atacar una pieza de esta manera. El capricho no se puede *controlar*. Para encontrar el equilibrio apropiado, tienes que escucharlo.

—Estoy *escuchando* —dijo Haiwen, frustrado—. Me sé todas las notas. Pero es que el tempo es demasiado rápido, no puedo seguirle el ritmo. A lo mejor si bajamos la velocidad…

—Puedes hacerlo —le aseguró el señor Reyes, y negó con la cabeza—. La semana pasada, tu técnica con la mano izquierda y el *spiccato* se estaban sincronizando. Pero esta semana, tus manos han dejado de comunicarse por completo. ¿Qué ha pasado?

Su hermano iba a unirse al ejército, eso era lo que había pasado. Una furia ardiente llenaba a Haiwen cuando pensaba en el oficial nacionalista que había amenazado a su familia. Deseó ser mayor, más grande. Pero solo era un muchachito flacucho con un instrumento como su única arma. ¿De qué le servía el violín?

—A lo mejor todo esto es inútil —dijo con voz monótona.

El señor Reyes soltó un suspiro exasperado.

—Vamos a probar una cosa —dijo, señalando el violín de su alumno, y Haiwen se lo entregó. El señor Reyes sacó una pequeña herramienta de un cajón cercano, y después aflojó y quitó la mentonera—. Toma.

El muchacho miró las marcas ligeramente descascarilladas grabadas en la madera donde había estado la mentonera y levantó la vista hasta su profesor.

—¿Cómo se supone que voy a tocar así?

—Mi primer violín fue un instrumento viejo que se había ido heredando durante décadas, el único violín de todo el pueblo. No tenía mentonera, así que aprendí a tocar sin ella. Cuando tuve una, aprendí a tocar como lo hacen todos los demás, pero, desde entonces, he estado armado con dos formas de enfrentarme a una pieza. Es una técnica diferente, ya lo verás. Podría ayudarte con la mano izquierda. —Le hizo un gesto a Haiwen para que levantara el instrumento—. No inclines tanto el cuello. Coloca el pulgar y la muñeca aquí... —El señor Reyes ajustó los dedos del muchacho y empujó su codo izquierdo hacia dentro—, y utiliza la mano para mantener el violín en su sitio.

El instrumento le parecía pesado y colocado de forma endeble. No sabía cómo se suponía que iba a cambiar de posición de esa manera.

—Se me va a caer.

—Baja el brazo, no hace falta que lo sujetes tan alto. Y ahora, ajusta la postura. Curva los dedos. Estíralos en lugar de moverlos a saltos.

Haiwen lo intentó, pero se sentía torpe. Era consciente del peso del instrumento contra su muñeca, de la madera deslizándose entre su barbilla sudorosa y el hombro. Después de ejecutar con torpeza unos compases, se detuvo.

—Esto es como aprender a tocar el violín desde cero. No puedo hacer algo completamente nuevo a estas alturas. ¡Mi audición es dentro de un mes!

—*Ay, Diyos ko*, no seas tan testarudo. Un auténtico artista se reinventa a sí mismo cada vez que se enfrenta a un desafío.

—¿De qué me va a servir esto si voy a estar preocupado de que no se me caiga el instrumento?

—Mira —dijo el señor Reyes, y tomó su propio violín—. Así es como se toca el capricho con una mentonera. —Tocó unos cuantos de los compases más difíciles—. ¿Ves que mi mano tiene que moverse por completo a un lugar nuevo cada vez? ¿No te parece mucho más alocado? He invertido la mitad del esfuerzo en asegurarme de caer en el lugar adecuado. —Entonces, empuñó el violín de Haiwen—. Y ahora, mira esto. —Tocó los mismos compases, pero en esta ocasión, su mano se curvaba por encima y se estiraba hacia fuera para alcanzar las cuerdas, con unos cambios mínimos—. Así creas una base de partida para tu mano. Esto te da más control sobre el resto de tus dedos y te permite concentrarte. Significa que inviertes *menos* energía en tratar de controlar la pieza y más en tocarla. Se dice que así es como tocaba el propio Paganini. —Le devolvió el violín al muchacho—. Vuelve a intentarlo.

Haiwen se pasó el resto de la clase acostumbrándose a la incómoda postura. Al principio le resultaba difícil sortear la memoria muscular ya existente, pero pronto se dio cuenta de que en realidad no estaba empezando de cero; más bien, estaba volviendo a mirar lo mismo desde una nueva perspectiva. Después de treinta minutos, el señor Reyes colocó la mentonera en su sitio, pero él siguió moviendo los dedos igual que cuando no la tenía. Para su asombro, Haiwen se dio cuenta de que la parte que antes le había resultado problemática ahora no le suponía ningún esfuerzo; para cuando hizo el tercer intento, ya estaba tocando limpiamente esa sección. Una energía vibraba en sus venas.

Cuando Haiwen guardó su violín, el señor Reyes le dijo:

—No pasa nada por utilizar la música para expresar tu rabia. Pero la pieza no fluirá libremente si la fuerzas. Y tus problemas tampoco.

Durante el trayecto en bici de vuelta a casa, la emoción de Haiwen comenzó a menguar, reemplazada por el temor. Sabía lo que lo esperaba allí: las caras de su madre y su cuñada, hinchadas y llenas de lágrimas; la actitud taciturna de Ba; el mal humor de su hermano. Hasta Junjun estaba teniendo rabietas más a menudo. Haiwen quería encerrarse en su habitación, poner el gramófono lo más fuerte posible. Quería ensayar hasta que le sangraran los dedos.

Cuando estaba a varias manzanas de Sifo Li, pasó junto a uno de los puestos de reclutamiento que habían surgido por la Concesión Internacional. Comenzó a pedalear más deprisa, pero un soldado lo vio y lo llamó.

—¡Eh! ¡Tú! ¿No quieres ayudar a tu país a derrotar a los comunistas rebeldes?

Reacio a ser maleducado, Haiwen bajó la velocidad.

—Lo siento, es que tengo que volver pronto a casa para cenar…

—Escucha, si te unes, traerás gloria a tu familia. Todo el mundo sabrá que tu familia es patriótica.

Un año o dos antes, tal vez hasta un mes antes, el corazón del muchacho podría haberse dejado convencer por la charla sobre el patriotismo. Pero, ahora, la palabra le sonaba hueca; no, lo enfurecía. ¿Qué significaba eso de amar a su país? Y, además, ¿su país también lo amaba a él? Recordó una conversación que había mantenido con Suchi meses antes, cómo él había defendido vigorosamente la causa de los nacionalistas, cómo había creído a ciegas que todo lo que hacía Chiang Kai-shek era por el bien de todo el pueblo chino. Él ya no era capaz de sentir el mismo fervor. Los nacionalistas, los comunistas... todos eran iguales. Les pedían a los ciudadanos corrientes que sacrificaran sus vidas, que mataran a sus compatriotas, y todo para que sus líderes pudieran llegar al poder.

Haiwen había comprendido lo que era China cuando estaba sufriendo la amenaza de los japoneses. Pero ahora ya no sabía lo que significaba el patriotismo. Lo que deseaba era un mundo seguro y próspero para la gente que quería, para la gente de Sifo Li, un mundo donde él pudiera tocar la música de Sibelius, y Suchi pudiera cantar, y Haiming pudiera criar a un hijo, y el señor Reyes pudiera dar clase. Lo que deseaba era un futuro en el que todo el mundo pudiera escuchar música y nadie tuviera que morirse de hambre o preocuparse de que lo reclutaran a la fuerza o le dispararan. ¿Eso era el patriotismo?

A lo mejor Haiwen sí que amaba a su país. Pero amaba más a su familia.

—Solo tengo dieciséis años —dijo.

El hombre se rio.

—¿Sabes cuántos tenía yo cuando me alisté? —preguntó. Sin esperar respuesta, dijo—: ¡Trece años! Simplemente mentí sobre mi edad y nadie lo cuestionó.

—¿Por qué hiciste eso? —quiso saber Haiwen.

El hombre dio unos golpecitos a un cartel que declaraba que el cuenco de arroz de un soldado jamás quedaría vacío.

—Cuando eres un chico de granja que ha vivido durante las hambrunas, la promesa de no volver a pasar hambre es demasiado buena como para resistirte. —Miró al muchacho de arriba abajo—. Pero a lo mejor eso no es un problema para ti. —Aspiró por la nariz y enderezó su postura—. Para todos los demás, es una cuestión de vida o muerte. Pero, para vosotros, la guerra no es más que un inconveniente, ¿verdad? Siempre digo que es una pérdida de tiempo tratar de reclutaros a los niños mimados de la ciudad, ¿pero quién me va a hacer caso a mí?

El rostro de Haiwen se ruborizó mientras se ponía a la defensiva. La acusación le parecía al mismo tiempo injusta y cierta.

—Voy a llegar tarde, lo siento —murmuró.

Mientras se alejaba, trató de apartar el desdén del hombre de su mente. Volvió a centrar sus pensamientos en el capricho, visualizando los altibajos de las notas negras sobre la página. Se imaginó cada una de ellas sonando con la claridad de una campana, revisó la forma y los movimientos que habían tenido que hacer sus dedos para darles vida. Imaginó la versión futura de él que podía tocar la pieza a la perfección, y se sintió invadido por la impaciencia. Quería ser esa persona ya. Fuera quien fuere esa persona, seguro que era más feliz de lo que se sentía Haiwen en ese momento.

Ma lo saludó cuando entró en el patio.

—Doudou —dijo, con voz cálida pero cansada. Durante las últimas semanas, las patas de gallo cerca de sus ojos se habían vuelto más profundas—. ¿Cómo ha ido tu clase hoy?

—Bien —respondió Haiwen—. El señor Reyes me ha enseñado una nueva técnica para tocar el *Capricho número cinco*.

—Maravilloso —dijo ella—. Parece que te va muy bien con el señor Reyes.

—Me siento preparado para el conservatorio. Si me dejan entrar.

Ma sonrió.

—Entrarás, Doudou, de eso no tengo ninguna duda. Te has esforzado mucho durante toda tu vida para esto. —Hizo una pausa—. Pero no te olvides de las demás cosas. Tu familia, por ejemplo.

La vergüenza invadió al muchacho. De modo que su madre se había dado cuenta de que los había estado evitando, en especial a Haiming. Cuando este había regresado, Haiwen se había quedado despierto hasta tarde por las noches para escuchar las historias de su hermano sobre su estancia en el extranjero. Para él, Haiming era un extranjero sofisticado, y los gestos que hacía y las palabras que murmuraba en voz baja le resultaban extrañas e intrigantes. Pero, recientemente, su hermano había estado de un humor demasiado malo como para querer ninguna compañía. Y, si Haiwen era sincero consigo mismo, se había sentido aliviado.

—La audición será muy pronto —murmuró a modo de excusa.

—Me he enterado de que hasta te olvidaste del cumpleaños de Suchi hace unos días.

Los cotilleos viajaban deprisa por el *longtang*. La culpa que Haiwen había estado tratando de evitar subió hasta su garganta. Todavía tenía que compensarle a Suchi lo que había pasado, pero no estaba seguro de que fuera a poder hacerlo. El hecho de que ella se lo hubiera tomado con tanta deportividad lo empeoraba.

—Es una buena chica —continuó Ma—. Apoya tus aspiraciones, se le nota, y eso es lo máximo que puedo pedir para ti como madre. Pero como... como mujer... —Hizo una pausa y una expresión melancólica apareció en su rostro—. Tan solo recuerda que ella podría tener sus propios sueños. Si ella te importa, tienes que hacer espacio también para ellos.

Le puso algo en la palma. Haiwen lo miró, sobresaltado. Un delgado aro de oro, sencillo y ligero, con una espiral trenzada como única característica distintiva. Brillaba con fuerza bajo la luz de la lámpara.

—Cuando estés preparado... si estás preparado... podemos hablar con sus padres. Ya sabes que la considero parte de la familia desde hace mucho tiempo. Y tenemos que mantener a nuestros seres queridos cerca, ahora más que nunca.

A la hora de la cena, comieron sin hablar. Hasta hacía muy poco tiempo, habían sido lo bastante afortunados como para tener cuencos llenos de arroz y verduras frescas casi todos los días, comprados a través de las conexiones del padre de

Haiwen. Pero, desde el interrogatorio de Ba, esas conexiones parecían haber desaparecido. Que todavía tuvieran bastante arroz almacenado debería haber hecho que todos comieran agradecidos. Pero, en vez de eso, todas las personas de su familia picoteaban la comida con escaso apetito. Haiwen no dejaba de dar vueltas al anillo en su meñique izquierdo, pensando en lo que le había dicho Ma. Casarse con Suchi. Suchi, convertida en su esposa. Trató de imaginarse su rostro cuando le diera el anillo. Su alegría cuando se lo pusiera. Su hermosa mano centelleando con su brillo. Él solo tenía dieciséis años, ¿pero qué sentido tenía esperar cuando no te podías imaginar tu vida con ninguna otra persona?

Junjun rompió el silencio.

—Alguien del colegio ha dicho que Dage va a unirse al ejército para escapar de una banda.

—¡¿Qué son estas tonterías?! —exclamó Ma—. Los niños no deberían preocuparse por esas cosas.

—¿Es verdad? —preguntó Junjun—. ¿Esa es la razón por la que Dage tiene que marcharse?

—Wang Haijun —advirtió Ba.

—Nadie me cuenta nada —dijo ella, haciendo un mohín—. Todos pensáis que soy demasiado joven, pero puedo soportar la verdad. Habéis dicho que Dage ha estado en Inglaterra todo este tiempo, ¿pero cómo sé que *en realidad* no ha estado en ninguna banda…?

—Te lo hemos contado todo —le aseguró Ma con voz tranquila—. Los nacionalistas exigen que un hijo apto se una a sus filas.

Junjun parecía atormentada.

—¿Eso significa que podrían obligar a Erge también?

—Erge es demasiado joven —dijo Ma—. Tienes que tener dieciocho años.

—¡Pero Dage casi ni es chino siquiera! No lleva tanto tiempo por aquí.

—Madre mía —suspiró Haiming.

—Entonces, ¿cuándo se marchará Dage? —preguntó la niña—. ¿Cómo es que no se ha ido ya?

—Baba necesita ayuda para preparar las fábricas para el gobierno, así que les hemos pedido que nos dieran unas cuantas semanas. Pero, a lo mejor… —A Ma le tembló la voz—. Todavía estamos tratando de encontrar alguna forma de que no tenga que partir.

—A lo mejor no pasa nada si se marcha —dijo Junjun—. Mi profesor dice que es un honor luchar por tu país, que los hombres que se alistan son verdaderos patriotas.

—¡Dios santo! —exclamó Haiming en inglés, y después cambió al mandarín—. ¿Quieres callarte de una vez?

Al oírlo, su hermana se levantó de un salto, con la cara roja y los ojos llenos de lágrimas.

—¡Ma!

—¿Cómo puedes tratar a tu propia hermana de esta manera? Es joven y no lo entiende. —Ma atrajo a Junjun a sus brazos y le alisó el pelo—. Y tú, deja de darle tanto a la lengua.

Ba dejó su cuenco sobre la mesa.

—¿Podemos comer en paz?

Su voz sonaba firme.

Haiming resopló y empujó su cuenco hacia su mujer.

—Cómetelo tú —le dijo—. Yo no tengo hambre.

Se puso en pie y salió al patio a fumar. A través de las puertas con cristal, Haiwen lo observó paseándose de un lado a otro, con el resplandor anaranjado de su cigarrillo como único punto de luz contra su figura sombría. Ellen comió con lentitud, con unas lágrimas temblando sobre sus pestañas. Ma trató de sonreírle.

—Come más. Es bueno para el bebé —dijo, llenando su cuenco con más verduras.

Esa noche, Haiwen oyó los murmullos callados de sus padres a través de las paredes. ¿Podrían sobornar al oficial? Los oficiales hacían la vista gorda cuando les entregabas un sobre repleto. ¿Qué cantidad sería suficiente? ¿Y si vendían el gramófono, el reloj, la caligrafía, los cuadros, las joyas y los vestidos de ella? ¿Y si él le daba su propia fábrica?

—¿Cómo puedo sobornarlos cuando he insistido en que he sido leal, un auténtico seguidor del generalísimo? —preguntó Ba—. Eso me señalaría como un hipócrita, levantaría sospechas sobre cualquier otra cosa que haya dicho.

—Pero seguro que habrá alguien a quien no le importe tanto, que preferiría mirar para otro lado y ganar algo de dinero…

—Me desprecian por ser amigo de un comunista. Sobre todo, el oficial que me dio la advertencia. Creo que ha perdido a gente que le importa, y que esto es personal para él. Y, como no puede castigar a las personas responsables, se conformará con castigarme a mí. —El hombre hizo una pausa y habló en voz más baja, de modo que Haiwen apenas podía oírlo—. Lo siento muchísimo por mi hijo. Que vaya a sufrir para que yo pueda demostrar mi lealtad.

—No podemos dejar que se vaya —insistió Ma en voz baja—. Lo llevarán a primera línea de batalla, o lo torturarán durante los entrenamientos. Los reclutas raptados u obligados son los que peor lo pasan. ¿Tú puedes soportar que vaya a pasarle eso?

—Lo he estado intentando. Sabes que lo he hecho. He preguntado a personas con conexiones con los altos mandos, el señor Liao, el señor Shen. Pero ahora ya nadie se atreve a ayudarme.

—Esto es culpa mía —dijo Ma—. Tendría que haber encontrado la forma de que viviéramos con más frugalidad. Tan solo estaba pensando en Doudou y en Junjun, no quería que sintieran las penurias de la guerra, no cuando había tantas cosas inestables a su alrededor. Tendría que haberte escuchado, tendríamos que haber cambiado a Doudou a un profesor menos caro hace años… Ese hombre filipino es tan bueno como lo era el profesor ruso, y fue mi propia mentalidad cerrada la que no podía aceptarlo. Y con Junjun, tendría que haber…

Haiwen no captó lo que dijo su madre después de eso. El corazón le latía con fuerza. ¿Era por sus clases de música por lo que habían tomado prestado el dinero del hombre que había desaparecido? Entonces, era culpa suya que su padre se encontrara en ese aprieto. Era culpa suya que Haiming tuviera que marcharse.

—No, no —estaba diciendo su padre—. Es culpa mía. Tendría que haberme dado cuenta de que algo iba mal. Fuiste tú quien me advirtió de que no le debiera demasiado. —Después de una pausa, añadió—: A lo mejor debería presentarme yo y ya está. Suplicarles que me utilicen a mí en vez de a mi hijo. Tampoco soy tan viejo y, con un poco de entrenamiento, todavía podría…

Ma comenzó a sollozar; su llanto era como un fantasma amortiguado a través de las paredes. La voz de Ba se volvió baja y tierna, tal como lo hacía solo para ella.

—Shh. Shh. Vale, vale. Seguiré preguntando. No te preocupes. Encontraremos alguna forma. Lo haremos.

El embarazo de Ellen no era fácil. Vomitaba por lo menos cuatro veces al día y apenas comía; estaba delgada y pálida. Ma le llevaba sus caldos medicinales, las ciruelas encurtidas y el arrayán chino para las náuseas. Haiming estaba preocupado, se fumaba una cajetilla de cigarrillos al día sin saber muy bien qué hacer por su esposa, que lloraba cuando no estaba durmiendo o vomitando. El día que aparecieron gotas de sangre en su vómito, llamaron a un médico. El hombre salió negando con la cabeza después de examinarla.

—Está teniendo un embarazo complicado, pero sus nervios lo están empeorando. Si no mejora, podría poner en peligro al bebé.

Esa noche, después de la cena, Haiwen se quedó en el patio ensayando el capricho mientras su hermano caminaba de un lado para otro junto a él, encendiendo un cigarrillo tras otro. El muchacho le estaba pescando el truco. Estaba familiarizándose rápidamente con la nueva posición; el señor Reyes tenía razón: proporcionarle una base a su mano izquierda les daba confianza a sus dedos. Haiwen se perdió en el torrente de notas, sintiendo cómo se aceleraban y se elevaban, siguiéndoles el ritmo a su lado.

Cuando ya llevaba alrededor de dos horas ensayando, emergió de su música y se encontró a Haiming todavía plantado en el rincón contrario del patio. Estaba mirando la enorme urna donde, años antes, habían flotado unas coloridas flores de loto rosadas. Ahora estaba llena de agua de lluvia turbia.

—¿No te aburre estar tocando lo mismo una y otra vez? —le preguntó Haiming sin levantar la mirada.

El muchacho negó con la cabeza.

—Es como tratar de resolver un rompecabezas.

—Yo creo que me moriría de la frustración. —Haiwen arrancó unas cuantas notas con la mano izquierda. Sonaban como la lluvia—. Tienes talento, eso está claro. Siempre supe que lo tenías, pero volver aquí y escuchar lo que puedes hacer ahora… —Su hermano negó con la cabeza. Levantó la mirada y soltó una risa corta—. Realmente yo no era la persona apropiada para recibir clases.

Las palabras de Ma resonaban en el cráneo de Haiwen. Si él no hubiera amado tanto la música, no habrían llegado a aquella situación. Se odiaba a sí mismo, odiaba su egoísmo. La música era trivial, inútil. Deseó poder odiarla. Deseó que lo abandonara para siempre.

—A lo mejor lo dejo —le dijo a su hermano.

Haiming resopló con una carcajada hueca.

—¿De qué estás hablando? Deja de decir locuras. —Le dio una larga calada al cigarrillo y soltó el humo en una gran voluta—. Escucha, cuando yo no esté por aquí, ayuda a cuidar de mi hijo, ¿vale? A lo mejor hasta podrías darle alguna que otra clase de violín. Me gustaría que mi hijo fuera tan paciente como tú.

El muchacho sintió que se formaba un nudo en su garganta. Asintió con la cabeza.

—A Ellen le gusta la música —continuó su hermano—. Le gusta la ópera occidental. A mí nunca me ha hecho mucha gracia, pero una vez fuimos a ver una ópera y se dejó los ojos llorando. Así que creo que le gustaría que nuestro hijo tuviera dotes musicales.

—Dage… —comenzó Haiwen.

—Además, si yo no… en fin, si no vuelvo, Ba podría pedirte que te hicieras cargo del negocio. Sé que eso no es lo que quieres hacer, así que tu hermano mayor va a tener que molestarte para que le hagas este favor.

—No te vayas —le pidió el muchacho—. Ba jamás se lo perdonaría si pasara algo. Y yo… yo tampoco podría. Tiene que haber otra manera.

—¿Qué otra manera? —La voz de Haiming era amable—. ¿Que cuestionen todavía más la lealtad de Baba? ¿Esperar a que se lo lleven otra vez para interrogarlo, y que a lo mejor lo maten esta vez? No hay ninguna otra manera.

—Pero, si te vas…

Haiwen se detuvo. No podía decirlo, no podía repetir lo que había escuchado decir a Ma sobre los reclutamientos forzosos.

Su hermano le dirigió una sonrisa torcida.

—¿Quién sabe? A lo mejor vuelvo siendo un oficial condecorado, un héroe. Eso sí que sería impresionante.

Haiwen no fue capaz de devolverle la sonrisa.

Al día siguiente, Haiwen se acercó al puesto de reclutamiento con cautela, como si fuera a quemarse si se aproximaba demasiado. El hombre estaba limpiándose la oreja con el meñique y apenas levantó la mirada.

—Ah, eres tú.

—De modo que nadie lo comprueba —dijo el muchacho.

—¿Eh?

—La edad. Me dijiste que a nadie le importa.

El soldado se rio.

—Estamos tan desesperados que andamos reclutando a chicos campesinos a los que no les ha cambiado la voz todavía. Así que no, no creo que les importe que digas que tienes dieciocho años aunque no los tengas. —Se examinó la uña y se la hurgó por debajo para sacar algo—. ¿Sabes? Si te alistas de forma voluntaria, te tratarán mejor que a esos granjeros que hemos tenido que reclutar a la fuerza. Mejores raciones, mejores oportunidades de ascenso. Hasta los oficiales te mirarán de forma más favorable. Créeme, lo sé. —Le dirigió una sonrisa taimada a Haiwen—. ¿Estás pensando en alistarte?

Él no dijo nada. La idea había echado raíces de la noche a la mañana. A diferencia de él, a su hermano lo *necesitaban*. Su esposa lo necesitaba, su hijo lo necesitaba. Su padre y las fábricas lo necesitaban. Ma apenas acababa de recuperarlo recientemente. Era Haiming quien tenía la mayor responsabilidad y la carga de su casa, el hombre del que dependían varias generaciones. Y ¿quién era Haiwen? Era un violinista con un bonito sueño de tocar música. Una frivolidad.

Si alguien tenía que ir, debería ser él.

—Lo sabía, eres un jovencito patriótico y heroico. Tu familia estará orgullosa. —El soldado empujó el papel y el bolígrafo hacia él—. Podemos enviarte al entrenamiento mañana mismo.

Haiwen miró el papel. Pensó en lo que le había dicho aquel hombre. Si se alistaba entonces, por su propia voluntad, lo tendría más fácil que Haiming. Hasta podría verse como una muestra de lealtad, de honor, de valor.

Se montó en su bicicleta y se marchó a toda velocidad.

Durante un tiempo, deambuló por el perímetro del *longtang*, deteniéndose frente a las tiendas sin ver en realidad lo que estaban vendiendo. Pensó en lo fácil que sería ocupar el lugar de su hermano. Ahora que tenía la confirmación de que era posible, se le revolvió el estómago. ¿Podía hacer algo así? ¿Debería hacer algo así? Pensó en su hermano, en su cuñada, en su hijo que estaba por nacer. Pensó en cómo oía el sonido de los sollozos amortiguados de su cuñada a través de las paredes todas las noches. Ellos eran una familia. No deberían separarse.

Pero entonces pensó en Suchi. ¿Acaso no era ella *su* familia?

La culpa subió arrastrándose por su espalda. Uno no debería evitar a su familia durante semanas, tal como había hecho él con ella. Si ver la angustia de Haiming le había enseñado algo, era que el tiempo con los seres queridos era muy preciado.

Había llegado el momento de disculparse.

La insignia de latón brillaba en la ventana de la casa de empeños, un elegante avión dorado. Haiwen pensó que era perfecto, así que entró.

—Ah, Waong Haeven —dijo sin sonreír el dueño de la tienda, el señor Li—. Tu madre estuvo aquí hace solo unos días, me acosó para que le hiciera una buena oferta por una joya. Decía que quería algo perfecto para su futura nuera. Es gracioso, porque si no recuerdo mal, fue Tsan Li'oe quien... —El hombre dejó la frase inconclusa y lo miró por encima del mostrador—. ¿Y bien? ¿Al menos le ha gustado el anillo a Tsan Suji?

—To... todavía no se lo he dado —tartamudeó Haiwen, sintiendo que la vergüenza y el bochorno se extendían por su cuello. Hizo un gesto hacia el escaparate—. Estaba interesado en la insignia del avión. —Sacó uno de sus discos de la mochila. Era una grabación de la *Sinfonía n.º 1 en do menor* de Brahms—. ¿Esto lo cubriría?

—¿Otro disco?

El señor Li suspiró. Haiwen asintió con la cabeza, tratando de ignorar el dolor en su pecho mientras deslizaba el disco a través del mostrador. Sus discos eran la única cosa de valor que poseía. Había empeñado uno de Chaikovski varias semanas antes para poder tener suficiente dinero para invitar a Suchi a la cafetería por su cumpleaños; una invitación que no había acabado pagando. Pero pensó que podría utilizar ese dinero ahora para ella.

El señor Li rellenó un recibo, contó unas cuantas monedas y las dejó sobre la mano de Haiwen.

—Estas cosas —gruñó mientras dejaba el disco en un estante bajo y polvoriento junto al que Haiwen reconocía como el de Chaikovski. Apenas resultaba visible en el rincón, y el muchacho sintió una oleada de gratitud—. Nadie quiere discos últimamente. Tú espera y verás. Vendrás dentro de unas semanas y todavía estarán aquí. Será mejor que vuelvas a comprármelos entonces, porque desde luego yo no voy a poder venderlos.

Con la insignia en su bolsillo, Haiwen pedaleó por la Cuarta Calle en dirección al *longtang* de Suchi. De pronto se sintió nervioso y deseoso de verla, de observar su placer al recibir el regalo. Había pensado mucho en lo que le había dicho su madre, en lo de mantener cerca a los seres queridos, en tener en cuenta lo que podría querer Suchi. A él le importaban sus sueños, y esperaba que la insignia se lo dejara claro; quería que ella supiera que siempre esperaría su regreso cuando se marchara volando.

Ya tenía la disculpa preparada: que era un mal novio por haberse olvidado de su cumpleaños, y uno todavía peor por haber esperado más de dos semanas para compensárselo, y que lo sentía. No tenía ninguna buena excusa para darle una razón, salvo porque había querido olvidar todo lo que lo esperaba en el mundo exterior, había querido centrarse simplemente en lo que podía controlar: su música. Cada vez que había pensado en sincerarse con Suchi, había sentido un temor: que pudiera tener preguntas para él que no pudiera responder y en las que no quisiera pensar, que la familia de la muchacha hubiera escuchado los cotilleos en el *longtang* y que eso hubiera sembrado la semilla de la duda en su mente sobre quién era su familia. Nunca le había caído bien a la madre de Suchi; ¿y si ella la había puesto en su contra? ¿Y si la muchacha ya no quería tener nada que ver con él.

Pero su madre tenía razón: Suchi lo apoyaba, lo quería de forma incondicional. Y en ese momento, más que cualquier cosa, quería mostrarle sus preocupaciones. Quería contárselo todo, que tenía miedo de que su hermano muriera y su familia se rompiera, que temía que todo aquello fuera culpa suya, que estaba dudando hasta del sentido que tenía siquiera ir al conservatorio cuando había muchas otras cosas importantes. Que ocupar el lugar de su hermano era una posibilidad. Que eso lo asustaba mucho.

Llegó a la puerta trasera del *shikumen* de la familia Zhang, y estaba a punto de llamar cuando oyó la voz de la madre de Suchi, alta y llena de reproche.

—Siempre le digo a Apa que no estás preparada para encargarte de la librería tú sola. Pero nunca me escucha. Cualquiera pensaría que tendría un poco más de cuidado después de lo que ha pasado con la familia Waong.

Oyó la voz de Suchi, baja y escarmentada.

—Tan solo estaba tratando de ayudar a un cliente.

—¡Niña tonta! Realmente no utilizas el cerebro, ¿verdad? Pero supongo que era de esperar después de que tu querido Waong Haeven se haya pasado tanto tiempo ignorándote.

Haiwen se encogió al oír eso, pero Suchi levantó la voz, enfadada.

—Tan solo está ocupado. Ya vendrá cuando esté listo.

—A lo mejor está demasiado avergonzado como para dar la cara —continuó su madre—. Pero tal vez sea mejor que guarde las distancias. Si su padre puede meterse en ese tipo de problemas, ¿quién sabe qué clase de hombre es Haeven?

—No sabes de lo que estás hablando —replicó Suchi, con palabras furiosas—. Haeven es un buen hombre, y su padre es inocente. Si no ha estado por aquí no es porque sea un cobarde, sino porque está priorizando a su familia. Porque esa es la clase de hombre que es. Alguien que pone a su familia por delante de todo lo demás.

Haiwen se alejó de la puerta como si se hubiera quemado. La vergüenza inundaba su cuerpo.

Suchi se equivocaba. Sí que era un cobarde. Quería ser el hombre que ella creía que era, alguien que cuidaba de su familia, alguien que los ponía por delante de todo. Alguien que se enfrentaba a esas dificultades con valor. Pero él no era esa persona. La madre de Suchi tenía razón: no era capaz de enfrentarse a ella.

Toqueteó la caja dentro de su bolsillo y volvió a montarse en su bicicleta, con la cabeza saturada y confusa, y el corazón fracturado.

Haiwen se dedicó por completo a la música. Iba a sus clases particulares dos veces por semana, y a los ensayos con la orquesta tres veces por semana. Y, en cualquier momento que tuviera libre, se dedicaba a ensayar. Trató de perderse en Paganini. Cuando se concentraba, el tiempo se ralentizaba, su respiración se volvía regular. Cada movimiento de su arco ocurría a cámara lenta, un salto grácil y ligero. En ese espacio suspendido, Haiwen se sentía seguro y en paz. A su alrededor no existían el mundo, la guerra ni las situaciones imposibles; tan solo el sonido de las cuerdas, la tensión de la crin de caballo, el placer de la nota correcta vibrando bajo su mano.

Pero, por la noche, Haiwen no podía escapar. Se quedaba tumbado en la cama y movía los dedos sobre las cuerdas fantasma de su antebrazo, tratando de ensayar, pero el peso de las decisiones acallaba la música. Su mente volvía al pasado:

recuerdos de sus primeras clases con el señor Portnoy, los juegos que había compartido con Suchi y Sulan, la cara de bebé de Junjun, la mano tierna de Ma sobre su mejilla… Y también miraba hacia el futuro, el que se había imaginado tantísimas veces, un futuro en el que Suchi y él estaban casados, en el que se convertía en un virtuoso violinista, el primer violín de la Orquesta Municipal de Shanghái, un futuro que incluía unos hijos borrosos y la risa de Suchi, a su madre como abuela permisiva, el amor, los días, los años, envejecer y tener canas y arrugas junto a Suchi. En lo que no podía soportar pensar era en su presente, la decisión ante él que podía dar como resultado dos futuros igualmente insoportables e insondables.

Si ocupaba el lugar de su hermano. Si moría.

Si no ocupaba el lugar de su hermano. Si este moría en vez de él.

Si eso ocurría, ¿no podrían desaparecer todas las escenas del futuro que había soñado? ¿Podría ser feliz si su hermano ya no estaba? ¿Podría vivir consigo mismo?

Anhelaba a Suchi. Deseaba poder explicarle lo impotente que se sentía, el miedo que tenía. Pero no podía cargarla con eso.

Haiwen salió de la cama, sacó el anillo del cajón de su escritorio y pasó el dedo por la delgada banda, la espiral del centro. «Ella podría tener sus propios sueños», le había dicho su madre. ¿Todavía querría Suchi casarse con él? ¿Se la *merecía* siquiera?

Varios días antes, le había pedido a Junjun que le llevara la insignia. Sabía que debería ir él mismo, pero todavía no podía enfrentarse a ella, no cuando aún no había tomado su decisión. Aun así, no quería que pensara que se había olvidado de ella. Tenía la esperanza de que viera la insignia y comprendiera que la apoyaba, que creía en ella, incluso aunque no estuviera a su lado.

Era un mal novio, un mal hermano, un mal hijo. Se sentía impotente e incapaz de hacer felices a las personas que quería.

Pero, si los sueños de Suchi todavía lo incluían a él, aún estaba a tiempo de hacerla feliz. Podía hacerle una promesa de amarla durante el resto de sus vidas, si ella estaba dispuesta a aceptarlo.

Se puso el anillo en el dedo meñique. Trató de visualizar su futuro juntos, uno deslumbrante y lleno de música, amor y risas. Cerró los ojos con fuerza para concentrarse solo en esas imágenes. Suchi con un vestido de novia. Suchi cantando las canciones que le encantaban. Suchi escuchándolo tocar. Las visiones eran blancas y relucientes, como bañadas por un foco demasiado brillante.

Levantó la mano hasta su antebrazo y comenzó a ensayar.

Cuando Haiwen regresó de su clase, se encontró a Ma sentada sola en el patio, fumándose un cigarrillo. Sus pálidos dedos le dieron unos golpecitos suaves al portacigarrillos contra el cenicero de porcelana. Levantó la mirada hasta su hijo mientras este cerraba las puertas del *shikumen* detrás de él.

—Doudou, estás en casa.

Su voz sonaba resignada, desprovista de energía.

Haiwen ya rara vez veía a su madre fumando. Ella decía que le recordaba a una etapa diferente de su vida, una que había terminado, una vida de salones de baile opulentos y viajes llenos de aventuras. Pero ahí estaba, exhalando el humo en delicadas volutas.

Él dejó su violín en el suelo y acercó un taburete para sentarse junto a ella. Durante un rato, no dijeron nada. Las ascuas crepitaban contra el filtro mientras su madre inhalaba.

—¿Cómo va el capricho?

—Bien.

En su clase con el señor Reyes había tenido problemas con la pieza dos veces, pero a la tercera, por fin consiguió tocarla por completo sin cometer ningún error, con el tempo que había estado tratando de conseguir. Debería haber sido un logro estimulante, pero Haiwen se había sentido vacío, a pesar de los exuberantes gritos de deleite del maestro.

—Estarás preparado para tu audición —dijo Ma.

Haiwen casi se había olvidado de eso. Había aprendido la pieza porque le parecía que era lo único que podía controlar en su vida. La audición ya no parecía tener nada que ver con ello.

—¿Quieres que te la toque? —le preguntó.

Ma le dio otra calada a su cigarrillo.

—Tócame la pieza que me gusta —dijo—. La de Massenet.

Mientras Haiwen arrancaba las primeras notas, un dolor profundo lo atravesó, tensándolo como un resorte desde los dedos de los pies hasta su respiración. Se dio cuenta de que en todos los años que había tocado «Meditación» antes de ese momento, jamás había comprendido por completo su anhelo agridulce. La melancolía, la belleza solitaria. Las notas se desplegaban desde su cuerpo, familiares pero nuevas, y resonaban por el pequeño patio.

Le echó un vistazo a su madre.

El cigarrillo se había quedado inmóvil entre sus dedos; su figura menuda se estremecía en su ajustado *qipao* blanco. Era uno que rara vez le veía ponerse, con una grulla amarilla pintada que se elevaba desde la rodilla derecha hasta la parte superior de la axila izquierda. Su pelo, con una permanente de ondas cortas y elegantes, caía sobre sus ojos, pero Haiwen pudo ver el brillo de la humedad contra sus mejillas pálidas. Los pendientes de jade blanco temblaban en sus lóbulos.

Por primera vez, el muchacho vio lo *guapa* que era. Desde que era pequeño, había oído a la gente admirando su aspecto físico; era algo de lo que era vagamente consciente pero que nunca había comprendido del todo. Sin embargo, en ese momento se dio cuenta de que poseía una belleza que palpitaba de forma cálida e inusual, y es más, comprendía que la mayor fortaleza de su madre también era su mayor debilidad.

Comprendía que los quería a él y a sus hermanos de una forma en la que nadie más en el mundo volvería a quererlos jamás (desinteresadamente, implacablemente, sin esperar correspondencia), y eso acabaría haciéndole daño a ella, probablemente ya le había hecho daño muchas veces, le estaba haciendo daño en ese preciso momento.

Ahora él sabía que lo egoísta no sería *no* contarle lo que le había dicho el oficial de reclutamiento. Lo egoísta sería contárselo, hacer que la decisión fuera de ella. El limbo en el que se encontraba su madre, la impotencia, la indecisión, la sensación de que no había hecho suficiente… ahora él conocía aquel tormento. Y quería librarla de él.

Pensó en la otra mujer de su vida: Suchi. Una mujer a la que también había hecho daño, y probablemente volvería a hacérselo. Pensó en cómo su madre lo había presionado para que hiciera las cosas bien con ella, para que tuviera en cuenta sus sentimientos. Porque su madre comprendía lo que significaba ser una mujer en este mundo, y había visto cuánto lo quería Suchi. Su madre quería que Haiwen fuera digno de ella.

Pero no podía ser digno de Suchi si solamente pensaba en sí mismo. Ella se merecía a la clase de hombre que pensaba que era Haiwen: un hombre que cuidaba de su familia. Un hombre que aliviaba el sufrimiento de su madre. Un hombre que salvaba a su hermano.

La música fluía desde Haiwen hacia fuera como su respiración. Tierna pero resuelta. Transportaba con ella todas las cosas por las que esperaba poder recompensar a su madre. El amor, los remordimientos, la gratitud, la paciencia. Una promesa. Alargó el último armónico más de lo habitual, hasta que ese la alto y delicado se convirtió en un susurro que dejó morir en la noche.

Bajó el violín. Su madre se secó las lágrimas con el dorso de la mano y se rio.

—Qué tonta soy. Esa pieza siempre me hace llorar. La tocas de forma preciosa.

Haiwen se miró fijamente las manos, donde todavía tenía el anillo de oro puesto en el meñique. Sus dedos eran esbeltos, como los de su madre, pero tenían callos en las yemas por los años que había pasado tocando. Los de ella siempre habían sido suaves y frescos, la caricia que lo reconfortaba cuando estaba enfermo. Cómo había anhelado sentir esa caricia contra su frente cuando estaba delirante y sonámbulo, cómo había anhelado oírle decir que no tenía que ir al colegio ese día, que ella se quedaría junto a él.

Se lo contaría después. Cuando ya hubiera firmado los papeles, cuando no tuviera más decisiones que tomar, cuando no hubiera vuelta atrás.

Por ahora, extendió el brazo y tomó las manos de su madre entre las suyas. Por ahora, no iba a soltarla.

ABRIL - JUNIO DE 2008

Los Ángeles

Abi daba brincos por la cocina mientras Suchi enjuagaba los platos.

—No puedes tocar las grietas, Aniang, o tendrás diez años de mala suerte —explicaba mientras saltaba de una baldosa a otra.

—*Xiao xin* —le advirtió Suchi—. El suelo está resbaladizo.

—Aniang, ¡estás pisando la grieta!

Su nieta se detuvo y tiró de la pantufla de su pie.

—Abi, deja de molestar a Aniang —le dijo Samson, haciendo acto de presencia.

—¡Pero va a tener mala suerte!

—¿De qué estás hablando? Si soy muy afortunada —le aseguró Suchi—. Te tengo a ti, *dui ba?*

—Venga ya, es hora del baño. Mamá te ha llenado la bañera con un montón de espuma.

La niña hizo un mohín.

—No quiero ir. Quiero jugar con Aniang.

Samson alzó a Abi en brazos y le hizo cosquillas.

—Soy un calamar gigante, ¡y he venido a secuestrarte a la guarida de la bruja del mar!

Abi chilló y protestó entre risitas.

—¡Ayúdame, Aniang! ¡Ayúdameee!

Suchi miró a su nieta y sonrió.

—*Guai, siau noe*, ve a bañarte y a la cama. Mañana Aniang jugará contigo.

Una risa estridente resonó por las escaleras siguiendo a su hijo y a su nieta. Un poco más tarde, Samson regresó solo.

—Por fin está en la cama —dijo, y soltó un suspiro. Empezó a secar un plato—. Ma —añadió después de un momento. Alargó la palabra, y ella se tensó de inmediato.

—¿Qué pasa? —preguntó, dándose la vuelta para mirarlo—. ¿Ha ocurrido algo terrible? ¿Has perdido tu trabajo?

Él soltó una risita.

—Ma, venga ya, ¡no es nada de eso! ¿Por qué siempre piensas lo peor?

Ella aspiró por la nariz.

—Tu tono de voz. ¿Te crees que no me doy cuenta cuando pasa algo?

—Todo está bien, Ma.

—¿Entonces?

—El tío Howard ha llamado hoy a mi oficina. —Le echó un vistazo, y después siguió secando el plato que tenía en la mano—. Me dijo que tenía que decirte algo importante, pero no estaba seguro de que quisieras hablar con él.

Suchi continuó lavando los platos.

—Ya veo.

Samson suspiró y dejó el plato sobre la encimera.

—Escucha, Ma, no sé lo que ocurrió entre vosotros dos en Año Nuevo. Pero me dijiste que es tu amigo más antiguo. ¿Cuántos de esos tienes? ¿No vale la pena tratar de arreglar lo que haya pasado?

—No ha pasado nada —dijo ella, frotando vigorosamente una olla. ¿Cómo podía Haiwen llamar a su hijo a sus espaldas? Desde luego, ese hombre tenía la cara muy dura. No tenía orgullo ni conciencia—. A veces las cosas son así. Te encuentras con viejos amigos y descubres que lo único que seguís compartiendo es una historia en común. Eso no es suficiente para mantener una amistad.

—Pero... —comenzó Samson, y entonces se detuvo—. Vale, está bien. A lo mejor no tienes que ser su amiga. Pero me ha dicho... Me ha dicho que tenía cierta información sobre tus padres. —Las manos de Suchi se quedaron inmóviles, cubiertas de burbujas de jabón—. ¿Ves? Esto podría ser...

—Mis padres están muertos.

—Pero ¿no quieres saber lo que les pasó? —Ella se miró fijamente las palmas, la espuma blanca que resbalaba de sus dedos—. Y a lo mejor... Es posible que...

—Están muertos —repitió Suchi. Puso el grifo en marcha; la espuma se disgregó y desapareció con el remolino de agua—. No necesito más información.

Cerró el grifo, se secó las manos con un paño, y se marchó dejando a Samson mirándola desde la cocina.

Suchi estaba feliz con su vida tal y como era. Todas las mañanas, después de que Ronnie y Samson se fueran al trabajo, ella y Nicky acompañaban a Abi al colegio caminando, y después volvían a casa y se quedaban jugando hasta que llegaba la siesta del mediodía del niño. Mientras este dormía, ella cuidaba de su pequeño huerto de verduras en la parte de atrás, o veía un episodio de cualquier drama chino nuevo que pusieran por el canal chino. Por la tarde, comenzaba a preparar la comida para la cena y Nicky jugaba solo hasta que llegaba la hora de recoger a Abi del colegio. Le daba la merienda a la niña mientras escuchaba su parloteo, contándole hasta el último detalle de su día hasta que Samson o Ronnie llegaban a casa.

Lo hacía todos los días de entre semana a excepción de los miércoles, cuando Ronnie llevaba a Nicky a la guardería por la mañana y trabajaba desde casa por las tardes para poder recoger a Abi ella misma. Era Ronnie quien había insistido en hacerlo así cuando se enteró de que su suegra tenía la oportunidad de cantar en el coro de Ocaso Coral, a pesar de que a Suchi le había preocupado que fuera demasiado engorro y una pérdida de dinero.

—No, Ma, ¡esto es genial! —le había dicho su hijo—. ¡Deberías hacer tiempo para ver a tus amigos y dedicarte a tus aficiones!

A Suchi le encantaba el coro, le encantaba conocer música nueva y hacer nuevos amigos, aunque, después de la discusión que habían tenido en febrero, le preocupaba que Haiwen se presentara para tratar de arreglar las cosas. Pero las semanas habían pasado y él no había aparecido. Suchi se sentía aliviada, pero también vagamente decepcionada. Se había rendido con demasiada facilidad, tal como lo había hecho después de su pelea la noche antes de marcharse de Shanghái, tal como lo había hecho cuando ella lo había abandonado sin decir palabra en Hong Kong. En cada ocasión, él la había dejado ir sin oponer ninguna resistencia. Pensó que eso no era un hombre que la quería. Era un hombre que tan solo *creía* que la quería. Menos mal que no había abierto esa puerta con él una tercera vez.

Suchi llegó a Ocaso Coral diez minutos antes de la hora a la que empezaba el ensayo, y se encontró a Annie y a Winston susurrando furtivamente en un rincón de la sala de música. Cuando vieron a Suchi, le hicieron un gesto para que se acercara.

—¿Te has enterado? —le preguntó Annie.

—¿De qué?

Su amiga negó tristemente con la cabeza, y a Suchi se le tensó el cuerpo. ¿Le había pasado algo a alguien que conocieran? ¿A alguno de los demás miembros del coro? Con la edad que tenían, siempre existía la posibilidad de que ocurriera lo peor, y era un miedo que pesaba sobre cada amistad.

—Howard —dijo Winston—. La semana pasada, se perdió mientras volvía en coche desde 99 Ranch y no podía encontrar el camino de vuelta a casa. Por suerte, tenía ese teléfono móvil y llamó a una de sus hijas, que después llamó a Michael, que llamó a su hijo, ya sabes, el agente de policía, para ayudar a ubicarlo.

Annie chasqueó la lengua.

—Es una ruta que hace todas las semanas, no dejaba de decírselo a Michael. No tenía ni idea de cómo se había perdido tanto.

A Suchi le dio un vuelco el corazón.

—¿Ha ido al médico? —preguntó, tratando de mantener la voz firme.

Winston negó con la cabeza.

—Es un cabezota. Dice que está bien, que estaba cansado. Así que vete a saber.

Ella había chasqueado la lengua con empatía cuando Winston había compartido noticias de los residentes con demencia y alzhéimer, pero era el chasqueo poco entusiasta de alguien que se alegraba de no tener ella esa condición. Pero ahora…

—A lo mejor no es más que una extraña coincidencia —dijo Annie—. ¿Quién no se pierde de vez en cuando?

—Puede ser —asintió Suchi. Para su sorpresa, unas lágrimas amenazaban con salir por las comisuras de sus ojos.

Winston soltó una risa fuerte y afable.

—*Aiya*, ¿qué hacemos chasqueando la lengua como si el hombre ya estuviera muerto? Estoy seguro de que no es nada. A mí se me olvida dónde he puesto las llaves todos los días. Lo llamaré y le recordaré que haga esos sudokus que todo el mundo dice que van bien para el cerebro, y no habrá ningún problema.

Suchi se pasó todo el ensayo de esa tarde murmurando las canciones; no podía dejar de pensar en Haiwen.

Haiwen contestó la llamada en el quinto tono, y durante ese tiempo, Suchi había estado a punto de colgar.

Sobresaltada por su voz, se detuvo un momento antes de aclararse la garganta y hablar.

—Soy Suchi —dijo.

Hubo una pausa. La mujer oyó el débil sonido de la música clásica flotando a través del teléfono y, por un momento, se vio transportada de vuelta a su infancia, cuando observaba a Haiwen escuchando discos con la oreja pegada al suelo. El recuerdo se rompió cuando él habló.

—Suchi. —Su voz sonaba cansada y cautelosa—. No sabía si Samson te había dado mi mensaje. No... no pensaba que fueras a llamar.

—No iba a hacerlo —replicó ella.

—¿Por qué has cambiado de idea? —preguntó Haiwen.

La mujer titubeó antes de responder. No quería decirle lo que le habían contado Annie y Winston. Todavía no estaba segura de que llamarlo fuera lo apropiado, pero la posibilidad de que pudiera pasarle algo... la había afectado más de lo que le gustaría admitir.

—Samson me ha dicho que tenías que contarme una cosa. Algo sobre mis padres.

—Espera —dijo él—. Primero, tan solo quiero decir que lo de ese día, lo...

—Solo estoy haciendo esto por mis padres —lo interrumpió ella—. Esa es la única razón por la que te estoy llamando.

Comenzó a preguntarse si aquello habría sido un error. Haiwen seguía obsesionado con revivir el pasado. No saldría nada bueno de pensar en lo que podría haber pasado.

—De acuerdo —aceptó él. Su voz sonaba más callada, más sumisa—. No pasa nada —añadió en inglés.

—Muy bien —respondió ella. Esperó un instante a que hablara, y al ver que no lo hacía, insistió—: Entonces, ¿de qué se trata?

Él tomó aliento.

—Cuando regresé a Shanghái en 1993, Junjun mencionó que mi madre había estado en contacto con la tuya. De hecho, fue tu madre quien llamó a mis hermanos para avisarles de que la mía se estaba muriendo. De lo contrario, mi madre tenía planeado ocultárselo hasta que ya fuera demasiado tarde.

Suchi podía sentir su sangre palpitando bajo su piel.

—¿Dónde estaba? ¿Cuándo fue eso?

—En Sifo Li. Mi madre nunca se marchó del antiguo *shikumen*, y ella y la tuya se cruzaban de vez en cuando, aunque creo que tu madre ya no vivía allí. Mi madre falleció en 1982, así que más o menos por esa época.

Suchi se tragó la esperanza que había permitido brevemente que creciera.

—1982. Eso fue hace más de veinte años.

—Junjun no consiguió encontrar el número de teléfono con el que tu madre se había puesto en contacto con ella. Y yo no recordaba el nombre de tu madre, así que no era fácil preguntar por ahí, aunque mi hermana lo intentó.

—Oh —dijo Suchi.

Se presionó el esternón con un puño. Una vez, hacía veinte años, su madre había estado con vida todavía. Tal vez eso fuera suficiente, saber que su madre había sobrevivido a la toma del poder por parte de los comunistas, a la hambruna, a la Revolución Cultural.

Pero Haiwen continuó hablando.

—Y entonces, de la nada, volviste a aparecer en mi vida. Y pensé… En fin, por eso te pregunté los nombres de tus padres esa vez, aunque sé que te pareció que era un poco extraño.

Suchi lo recordaba. Cuando se lo preguntó, ella bromeó de forma juguetona con que era poco respetuoso por parte de Haiwen que pensara en sus padres como algo que no fuera «Tsan ayi» y «Tsan yasoh», pero acabó diciéndoselo.

—Les di esa información a Junjun y a Xuenong, mi sobrina. Hace unas pocas semanas, Xuenong me llamó y me dijo que tenía noticias. —Haiwen hizo una pausa y ella se dio cuenta de lo recta que estaba, de lo erguida que estaba—. Suchi, tu madre está viva.

El vértigo la invadió. Cerró los ojos. Sintió que en cualquier momento su cuidadoso equilibrio sobre el mundo podía fallar, y entonces se caería al abismo.

—¿Suchi? ¿Sigues ahí? ¿Has oído lo que he dicho?

—Sí —respondió ella débilmente.

—Tu madre está viva. Está en una residencia de ancianos en Shanghái. Ya no ve muy bien, y no siempre está lúcida, pero de algún modo, contra todo pronóstico, está viva.

Algo explotó dentro de ella. Como si se hubiera pasado tanto tiempo conteniendo el aliento que se le hubiera olvidado por qué le resultaba tan difícil respirar hasta el momento en que el aire entró de golpe.

—Susu, ¿estás bien? —preguntó Haiwen.

Ella podía oír la preocupación en su voz, y en su mente, se imaginó al muchacho joven y dulce que la había amado, con los ojos muy abiertos por la impotencia.

—Tengo que irme —se apresuró a decir, y colgó el teléfono. Entonces, se llevó la cara a las palmas y sollozó.

No es cierto, pensó Suchi mientras le daba puré de boniato a Nicky. La sobrina de Haiwen había cometido un error. Era otra mujer que se llamaba como M'ma. Si su madre hubiera estado viva todo ese tiempo, ella lo habría *sabido*. Lo habría sentido en su corazón. Y no solo eso, sino que las pocas consultas que había enviado Sulan antes de fallecer habrían arrojado algún resultado.

Y ¿qué pasaba con Apa? Él jamás la habría dejado sola. Ella jamás lo habría abandonado. Los dos eran una pareja. No era posible que estuviera la una sin el otro. Simplemente no era posible.

Suchi tenía las mejillas húmedas. Nicky extendió sus manos regordetas, con la frentecita arrugada mientras le ofrecía media galleta de arroz.

—¡No llora! —insistió, y ella se esforzó todo lo que pudo por sonreír y contener las lágrimas.

A la hora de la cena, Samson comentó que Suchi parecía antinaturalmente callada.

—¿Te pasa algo, Ma?

—Tan solo estoy cansada —dijo ella. Captó la mirada de preocupación que intercambió su hijo con Ronnie—. De verdad, no os preocupéis por mí.

Su nuera se aclaró la garganta.

—Hoy me he enterado de algo, me lo ha dicho una de mis amigas. —Suchi se tensó. ¿Haiwen se lo habría dicho a más gente? ¿Era posible que la noticia hubiera viajado tan rápido?—. El tío Howard… ¿parece que se metió en un lío hace unos días? ¿Tú sabías esto?

—*Oh, na ge.* —Suchi continuó comiendo—. He oído que se confundió, *mei shenme.*

—¿A lo mejor no deberías… ver cómo está? —sugirió Samson en cantonés—. Eres su amiga más antigua, estoy seguro de que ahora mismo le vendría bien tener una amiga que lo conozca…

—No lo conozco en absoluto —respondió ella en mandarín—. Ya no somos quienes éramos de jóvenes.

Cuando Samson volvió a hablar, parecía estar escogiendo sus palabras con cuidado.

—Creo que debe de ser solitario ser el único que conoce la verdad sobre tu mundo. No tener a nadie con quien compartirla. —Hizo una pausa—. Tal vez el tío Howard se sienta solo.

Después de la cena, Suchi llamó a Momo, que vivía en Nueva York.

—¡Suchi! —exclamó la mujer, y ella sonrió. Le encantaba su voz exuberante, que siempre sonaba como si hablar con ella fuera un regalo maravilloso. En los cinco años que Suchi había vivido con Sulan después de abandonar a Saikeung, la mujer japonesa se la fue ganando poco a poco. Aunque al principio Suchi se había sentido incómoda por mudarse a un piso de dos habitaciones en el que Sulan y Momo compartían *una* habitación, con el tiempo llegó a comprender por qué su hermana la quería tanto: Momo era graciosa y dulce, despierta y confiable, igual de inteligente en los asuntos personales como en los profesionales. Al verlas a las dos juntas, Suchi vio el buen equipo que formaban: cómo la ansiedad de Sulan se aliviaba junto a la resolución callada de Momo, cómo la racionalidad juiciosa de Momo daba espacio para que floreciera la creatividad de Sulan, lo muy a menudo que las dos estallaban en risas espontáneas por razones desconocidas para Suchi, cómo *encajaban* de forma implícita. Los cinco años que pasó viviendo en ese apartamento con ellas fueron los más felices de su vida adulta.

Después de que Sulan falleciera, Suchi y Momo siguieron siendo compañeras de piso un par de años más. Se proporcionaron consuelo mutuamente por la ausencia de Sulan; ellas eran las dos personas de este mundo que más la habían querido, y el dolor que sentía cada una tan solo podía comprenderlo la otra. Al final, Suchi se mudó a Flushing, que estaba mucho más cerca del restaurante shanghainés donde trabajaba como camarera.

Después de pasarse quince minutos poniéndose al día, Suchi respiró hondo y le contó que tenía noticias.

—Lo más probable es que sea un error —comenzó—. Pero mi amigo dice que ha encontrado a nuestra madre. Está viva.

Momo ahogó un grito.

—Suchi —dijo—. Esto es increíble. Bueno, por supuesto, vas a tener que abordar un vuelo a Shanghái de inmediato.

—¿Qué? No. Te lo estoy diciendo, esto es un error, tiene que serlo.

—¿Por qué dices eso? —preguntó Momo—. ¿Quién iba a decir una mentira así? Sería cruel.

—No habrá sido a propósito —respondió Suchi.

—Estoy segura de que tu amigo habrá comprobado los hechos concienzudamente antes de darte una noticia tan importante. —Al ver que Suchi no decía nada, Momo continuó—: Es tu madre. Si existe siquiera la más mínima posibilidad de que pudiera ser ella, ¿cómo no vas a ir?

Por un momento, Suchi trató de imaginarse bajando del avión, caminando otra vez por las calles de Shanghái, volviendo a ver a su madre. Pero estaba mal, todo mal. Las cosas habrían cambiado. Las calles no serían las mismas. Su madre no tendría el mismo aspecto. La propia Suchi sería irreconocible para cualquiera que la hubiera tratado entonces.

—Es una pérdida de tiempo —dijo.

Momo se rio.

—Esos genes de las Chang. Tan testarudas.

—A lo mejor podría haber ido cuando era joven —añadió Suchi—. Pero ahora soy demasiado vieja para hacer un viaje tan largo.

—Tonterías —replicó Momo—. ¡Te manejas bien por tu cuenta! Cuidas del huerto y cantas. ¡Eres una joven de setenta y seis años!

—Setenta y siete ya —la corrigió Suchi—. No soy joven. Me siento cada día más vieja.

—¿Sabes? Eso era lo único que habría hecho a Sulan más feliz de lo que ya era. Ese era su único pesar, no saber lo que les había pasado a vuestros padres. Si ella siguiera viva todavía, se montaría en el próximo avión. No lo dudaría. A pesar de que hubiera una posibilidad de que fuera falso, querría averiguarlo ella misma.

Suchi sintió una oleada de dolor al oír el nombre de su hermana. Lo que le estaba diciendo Momo era cierto. Tsia nunca había renunciado a la esperanza de que sus padres todavía estuvieran vivos y siguieran buscándolas, pero Suchi le había dicho que era inútil intentarlo. Había discutido con ella, preguntándole qué sentido tenía saber la forma terrible en la que podían haber muerto mientras pensaba con una punzada de culpa en la carta de Siau Zi. ¿No era mejor recordarlos tal y como eran?

—Sulan era más valiente que yo —le dijo a su amiga.

—¿Sabes? Sulan solía contarme historias sobre la chiquilla tan feroz que eras.

—Es fácil ser valiente cuando eres joven y no sabes cuál es la realidad de las cosas —respondió Suchi.

—Yo creo que es más difícil ser valiente cuando eres joven y tienes poco control sobre nada —replicó su amiga. Ella soltó un pequeño resoplido—. Por cierto, ¿quién es este amigo? —Suchi se dio cuenta de que Momo estaba cambiando de tema por su bien, y se sentía agradecida—. ¿El que ha descubierto la noticia sobre tu madre? ¿Es ese hombre del hogar de jubilados? ¿El que te ha estado cortejando?

La mujer soltó una risita; sonaba como una adolescente.

—No —dijo Suchi—. Es alguien de los viejos tiempos. Sulan lo conocía. Creció con nosotras en Shanghái.

Momo hizo una pausa.

—¿Wang Haiwen?

Suchi aspiró el aire entre sus dientes. De modo que Sulan se lo había contado.

—Sí —respondió.

Momo se rio, deleitada.

—¡Qué maravillosa coincidencia! —exclamó—. ¿Sabes? Nosotras lo vimos una vez, hace mucho tiempo, antes de que vinieras a vivir a casa. No sé si tu hermana te lo contó. Nos trajo muestras de telas de su empresa. Me temo que Sulan fue bastante maleducada con él.

—¿Qué?

Su hermana jamás lo había mencionado. Suchi comprendía la razón; ella siempre saltaba cada vez que Sulan pronunciaba el nombre de Haiwen. Sin embargo, le molestaba que le hubiera ocultado un secreto tan grande. Si lo hubiera sabido... *Si lo hubieras sabido, ¿qué?*, se preguntó a sí misma, deteniendo esa cadena de pensamientos. Nada. No habría supuesto ninguna diferencia.

—No es eso —dijo al fin—. Tan solo somos... No es más que un viejo amigo.

—Oh —respondió Momo, bajando la voz por la decepción—. Pues qué pena.

Durante varias semanas más, Suchi continuó con su rutina habitual. No le contó a su familia lo que había descubierto la sobrina de Haiwen. No estaba segura de que fuera a servir de algo.

Haiwen invadía sus pensamientos constantemente. Estaba recordando más y más detalles del tiempo que habían pasado juntos. Un chiste que había olvidado hacía mucho tiempo que le había contado él. Una mirada tierna que le había dirigido cuando ella había hecho alguna tontería. Le resultaba extraño que esos recuerdos que creía que habían desaparecido estuvieran saliendo a la superficie, como una cámara sumergida llena de fotografías que se hubiera abierto al fin.

Unas cuantas veces, tomó el teléfono para llamarlo, pero jamás lo hizo. ¿Qué bien podría surgir de una conversación? Haiwen quería algo que ella no podía darle. Él quería un futuro que pertenecía al pasado.

Pensó que era mejor así. Su vida era estable, segura y conocida. Tenía a Samson, tenía a Abi y a Nicky. Después de todas las décadas de inquietud y ansiedad, las cosas iban bien. ¿Por qué iba a cambiar eso? ¿Por qué iba a invitar un dolor nuevo a su vida cuando por fin era feliz?

Hubo unos golpes en la puerta de la habitación de Suchi, y Samson se asomó.

—¿Tienes un momento?

Ella se apresuró a ocultar el pequeño cuaderno en el que había estado escribiendo. Unos cuantos días antes, había visto el cuaderno en una papelería y había pensado en que Haiwen tenía uno parecido, que empleaba para escribir listas de cosas por hacer un nuevo vocabulario. Ella nunca había tenido ninguna clase de diario, pero decidió que podía tratar de escribir uno, aunque lo que había escrito en sus páginas hasta ahora habían sido cosas mundanas e insignificantes: la contabilidad de los billetes de autobús y las comidas que compraba, algún número de teléfono aquí y allá, una o dos frases graciosas que había dicho Abi durante el día. En ese momento, Suchi estaba escribiendo una encantadora historia sobre una mariposa y un unicornio buscando nubes de algodón de azúcar que su nieta se había pasado media hora contándole con gestos animados.

—Pasa —respondió Suchi.

—Ma —dijo él, y se sentó en la cama frente al escritorio donde se sentaba ella. Respiró hondo—. Por favor, no te enfades, pero hoy he llamado al tío Howard.

—*Aiya*, Samson... —empezó ella, pero su hijo la interrumpió.

—Es que me parecía que tú no ibas a hacerlo nunca, y teniendo en cuenta todo lo que ha estado diciendo la gente, creí que estaría bien comprobar cómo se encontraba. Por si tienes curiosidad, sonaba bien.

—¿Ves? Ya te dije que no pasaba nada.

Samson negó con la cabeza.

—Esa no es la razón por la que lo he llamado. Lo he llamado porque tenía curiosidad acerca de tus padres. —Levantó una mano antes de que ella pudiera reaccionar—. Lo sé, lo sé, tú piensas que no tiene ningún sentido. Pero, aunque tú no lo creas, yo sí. Son mis abuelos. —Suchi se encogió ante la acusación en la voz de Samson. Él se miró las palmas y se frotó los dedos—. Me ha dicho que ya lo llamaste, hace semanas. Que, si quería saber lo que había descubierto, debería preguntártelo a ti. —Frunció el ceño—. ¿Por qué no me lo contaste? ¿Por qué tienes que ser tan puñeteramente reservada todo el tiempo? ¿Es que no tengo derecho a saberlo?

Suchi abrió la boca para defenderse, pero entonces vio la expresión en el rostro de su hijo, el dolor desnudo. Si entrecerraba los ojos, volvía a ser un niño pequeño, con los ojos muy abiertos y llenos de esperanza. Apartó la mirada. Por supuesto, Samson tenía razón. El legado de su familia también le pertenecía a él.

—Wang Haiwen cree que ha encontrado a mi madre. O, más bien, su sobrina lo piensa.

Miró a su hijo.

Después de un momento, Samson acercó la mano y le apretó el brazo. El ceño fruncido se había desvanecido y estaba sonriendo ampliamente.

—Pero, Ma, eso es maravilloso, ¿verdad? ¿Por qué no nos lo habías contado?

Suchi negó con la cabeza.

—¿Quién sabe si es cierto? Han pasado muchísimos años, ¿cómo ibas a saber siquiera si…?

—Bueno, pues solo hay una forma de averiguarlo —señaló Samson.

—¡Tú también no! —exclamó Suchi. Sintió un calor rebotando por su cráneo—. ¿Por qué está todo el mundo empeñado en que vaya a Shanghái? ¡No quiero viajar miles de kilómetros solo para quedar en ridículo!

—Ma, tranquilízate —le dijo su hijo, y la sonrisa desapareció—. Nadie te está obligando a hacer nada que no quieras. Es solo que, ya sabes, te estás haciendo mayor, y ella también. Es posible que no os quede mucho tiempo.

—¿Y qué pasa si es ella? Wang Haiwen me contó que está casi ciega, y se pasa la mayoría del tiempo confusa. ¡Ni siquiera me reconocerá!

—Es tu madre —replicó Samson—. Incluso aunque no te recuerde, ¿no vale la pena poder verla?

—Pero ¿qué pasa si no me reconoce? —insistió Suchi. Su voz sonaba alta y tensa. Le ardían los ojos—. ¿Qué pasa si yo no la reconozco? ¿Qué pasa si hago el vuelo hasta allí y ni siquiera sé si es mi propia madre?

Podía sentir las lágrimas amenazando en sus ojos. Se cubrió la cara, avergonzada.

—Oh, Ma —dijo él, y sus facciones se suavizaron—. Nada de eso importa. Sabes que no importa. —Le puso una mano sobre el brazo—. ¿Por qué no me hablas sobre ella? Nunca hablas de ellos, de tus padres. No sé nada sobre ellos. Pero me gustaría saberlo.

—No puedo —respondió ella, con la voz estrangulada.

—Pero ¿por qué? —preguntó Samson—. ¿No los echas de menos?

—¡Pues *claro* que los echo de menos! —Su voz sonó más fuerte y estridente de lo que pretendía, y su hijo se encogió. Ella respiró hondo varias veces—. ¿Sabes? Cuando Ayi y yo llegamos a Hong Kong por primera vez, no dejaba de desear que apareciera mi padre. Estaba segura de que algún día iría allí con mi madre y todo saldría bien. No sería Shanghái, pero estaríamos juntos, podríamos comenzar de nuevo, arreglaríamos nuestras vidas y seríamos felices. Pero, cuando el tiempo pasó y mi vida se convirtió en lo que fue… —Se succionó la comisura del labio y pestañeó para tratar de contener las lágrimas—. Me sentí aliviada de no haber sabido nada de mi padre. Pensaba que mi *apa*, que creía que yo podría hacer grandes cosas, que me enseñó a tener valor, se quedaría muy decepcionado al ver en lo que me había convertido, lo poco que había hecho con mi vida. —Levantó la mirada hasta su hijo—. ¿Te das cuenta de la clase de hija que soy? Tenía la *esperanza* de que no nos encontrara.

—Eras joven —dijo él—. Estabas haciendo lo que tenías que hacer para sobrevivir. Él lo habría entendido.

—No puedo enfrentarme a mi madre. —Su voz sonaba tensa y llena de aire—. ¿Cómo voy a explicarle en quién me he convertido, por qué he tardado tanto tiempo en encontrarla? He sido cobarde. —Un sollozo se abrió camino a través de su garganta, y con él, cayeron las lágrimas que había estado tratando de contener. Samson volvió a acercar la mano, esta vez para cubrirle la suya e inmovilizar los dedos que estaba retorciendo violentamente—. No puedo ir —sollozó Suchi—. ¿Qué podría contarle sobre la vida que he tenido? Tan solo he causado vergüenza a nuestra familia.

—No. Ma. —Él le apretó la mano—. Has cuidado de tu familia, al igual que lo habrían hecho tu padre y ella. Ayudaste a tu hermana a convertirse en una diseñadora de moda exitosa. Me estás ayudando a criar a Abi y a Nicky para convertirlos en personas increíbles. Y lo diste todo por mí. Me protegiste, me quisiste. Tú eres la razón por la que tuve la oportunidad de buscar mi propia felicidad. No puedes decir que eso no es nada. Eso lo es todo.

—Yo no hice nada —jadeó ella, negando con la cabeza. Las lágrimas emborronaban su visión, deslizándose cálidamente por sus mejillas. Asió los dedos de su hijo y se aferró a ellos.

—Fuiste valiente, Ma —dijo su hijo—. Fuiste valiente.

Haiwen parecía nervioso. Tenía el escaso pelo blanco levantado por la parte de atrás, y apretaba un sombrero de fieltro en la mano. Miró el restaurante a su alrededor, sin verla. Ella lo saludó con la mano desde su asiento.

—No creía que quisieras quedar conmigo —dijo él después de sentarse en el reservado.

—Las empanadillas de sopa de aquí son buenas —respondió ella—. Vamos a pedir una cesta y un poco de repollo salteado.

Él asintió con la cabeza. Ella hizo el pedido y solicitó que les cambiaran los vasos de agua con hielo por vasos de agua a temperatura ambiente. Cuando el camarero se marchó, Suchi miró a Haiwen, que estaba sentado inmóvil y muy recto frente a ella.

—No voy a morderte, viejo —señaló con tono irónico.

Haiwen parecía alarmado.

—No —dijo él—. Es solo que…

—Estoy de broma —lo interrumpió ella—. Sé que te he dado razones para ser receloso conmigo. Lo siento.

—Es culpa mía. La última vez me sobrepasé.

—¿Sabes? Siempre odiaba cuando hacías eso —dijo Suchi—. Cuando te disculpabas hasta por cosas que no eran culpa tuya.

Sus palabras sonaban a reprimenda, pero empleó una voz tierna. Estaba recordando cuando eran niños, lo serio que había sido siempre Haiwen a la hora de compensárselo cuando ella se enfadaba hasta por las cosas más insignificantes. Se daba cuenta de que todavía seguía siendo la misma persona. Todavía era serio, todavía tenía demasiadas cosas en la cabeza. Había sido injusta al enfadarse con él: Haiwen no había cambiado con respecto a quien había sido una vez; era ella quien lo había hecho.

—Lo sien… —comenzó él, pero entonces se interrumpió y suspiró. Se pegó una palma a la parte trasera de la cabeza para alisarse el pelo.

Suchi se rio. Llenó sus tazas de té y dio un sorbo.

—Te he pedido que vinieras aquí hoy para darte las gracias por haber obtenido la información sobre mi madre. Samson dice que ha hablado con tu sobrina para comprobar algunos detalles, y realmente parece que podría ser ella.

—No ha sido nada —replicó Haiwen—. Simplemente pensé que podría intentarlo. Si no hubiera dado resultado, no te habría dicho nada.

—Pero al menos lo intentaste. —Suchi hizo una pausa, jugueteando con el envoltorio de sus palillos—. Sulan quería encontrarlos, pero yo estaba convencida, *convencida*, de que no tenía ningún sentido. Le dije que tan solo encontraríamos sufrimiento.

—Estabas tratando de protegerla —dijo él, pero ella negó con la cabeza.

—Si le hubiera hecho caso a Sulan entonces, habríamos encontrado antes a mi madre, mientras Sulan todavía estaba viva, antes de que mi madre fuera demasiado vieja como para recordarnos. A lo mejor podríamos haberla traído a Estados Unidos para vivir con nosotras. A lo mejor… —Se ahogó con las palabras. Durante los últimos días, Suchi había sentido la pérdida de su hermana otra vez, sufriendo por que Sulan no había llegado a saber lo que ella sabía ahora—. Es mi culpa que no la encontráramos antes.

Haiwen acercó una mano, como para tocarla, pero la retiró con rapidez.

—No —dijo—. No puedes hacer eso. Tú misma me dijiste que no podemos arrepentirnos del pasado. Solo podemos seguir avanzando. Tú me dijiste eso.

Suchi se mordió el labio con fuerza, incapaz de mirarlo a los ojos. Ella había vivido guiándose por esas palabras. Se había pasado la vida sin mirar atrás, concentrada solo en sobrevivir a lo que tenía por delante, avanzando día tras día. Durante muchísimos años, se había dicho a sí misma que eso era valor, pero ahora las décadas habían pasado y se daba cuenta de que durante todo ese tiempo tan solo había estado huyendo.

Llegó el camarero y colocó dos vasos de agua del tiempo frente a ellos. Haiwen le dio las gracias. Suchi cerró las palmas alrededor del vaso.

—Me dijiste que habías vuelto una vez. Cuéntame. ¿Cómo fue?

Haiwen le dio un sorbo al agua antes de responder.

—No te voy a mentir. Fue difícil. Las cosas no eran como las habíamos dejado. Me sentía como un extraño. Mi hermano y mi hermana tenían rencores entre ellos. Y mis padres… están muertos, y jamás podré compensar todos los años que debería haber pasado a su lado. Todas esas cosas rotas… a veces me siento como si fuera mi culpa. Antes solía darle vueltas a esa decisión que tomé, la decisión de marcharme, tratando de averiguar si fue desinteresada de verdad, como me dije a mí mismo en ese momento, o si tan solo estaba engañándome, fingiendo ser un héroe.

—No puedes pensar de esa forma.

—Lo sé, lo sé. —Haiwen negó con la cabeza—. No podemos borrar lo que ocurrió. El pasado es el pasado, y siempre permanecerá de esa manera. Lo único que tenemos es el presente, lo que está aquí, delante de nosotros.

Suchi pensó en lo que habían estado especulando todos sobre la condición de Haiwen. Pensó en los recuerdos que guardaba con cariño, esos a los que se había aferrado durante tanto tiempo, que se había pasado tanto tiempo examinando. Jamás se había imaginado que, incluso mientras ella trataba de borrar el pasado, había habido alguien ahí fuera que creía que valía la pena recordarla. Durante todos esos años, él había mantenido vivo dentro de él todo lo que se había perdido. Incluso aunque los rumores no fueran ciertos y Haiwen estuviera bien, el tiempo era finito. Algún día, le arrebatarían todo lo que quería.

—Me equivocaba —dijo—. Incluso aunque no podamos cambiar el pasado, eso no significa que no importe. En el Chuxi, te dije que la Susu que tú conocías había muerto. Pero eso no es cierto, no de verdad. Todavía existe. Es solo que tú eres la única persona que queda en el mundo que todavía la conoce.

Haiwen le sonrió.

—Y tú eres la única persona que conoce de verdad a Doudou —respondió—. Eso es lo que he venido a decirte. —Soltó un suspiro—. Realmente fue mi culpa en Año Nuevo, por no respetar tu dolor. Ahora lo entiendo. Para mí se ha terminado esto de obsesionarme por el pasado. Lo que importa no es lo que fue o lo que podría haber sido. Lo que importa es esto. Que tú me conozcas. Que yo te conozca. Eso es lo que quiero en mi vida.

Suchi lo miró. El rostro de Haiwen era muy diferente al suyo, solía estar neutral a menudo. Pero, aun así, todavía podía leerlo muy bien, incluso después de tantos años. Sabía cómo leer su miedo y su amor y su orgullo y su tristeza y su alegría. Pero, algún día, tal vez vería su rostro y solo hallaría un vacío. ¿Sería capaz de soportarlo? ¿Podría seguir adelante con él en su vida, sabiendo que eso era lo que podía depararle el futuro?

—¿Alguna vez te conté el momento en el que me di cuenta de que estaba enamorada de ti?

Haiwen pareció sorprendido, y negó con la cabeza.

—Me parece que no.

—Fue cuando fuiste a recogerme al colegio una tarde. Había estado lloviendo. Y, por supuesto, yo no me había llevado el paraguas, aunque estoy segura de que mi madre me había advertido que lo hiciera. Pero, entonces, ahí estabas tú. Esperándome con un paraguas en la mano. A pesar de que solías ser muy despistado en lo relativo a ti mismo, me conocías lo bastante bien como para saber que no me lo habría llevado. Tú fuiste la primera persona fuera de mi familia que se preocupó por mí de esa manera.

Haiwen la estaba contemplando, y ella pensó que podía verlo tratando de evocar ese recuerdo.

—Pensé para mí misma: «Es alguien que hará esto por mí durante el resto de nuestras vidas» —continuó—. Y pude ver todos los paraguas que me traerías, una fila de ellos que se extendía hasta el infinito, con la piel de tu mano alrededor del mango volviéndose más arrugada con el tiempo, tu pelo tornándose cada vez más escaso y más gris.

—Bueno, ahora soy ese hombre —dijo Haiwen, dirigiéndole una sonrisa torcida—. Soy viejo y estoy arrugado y gris. Aunque no se me ha ocurrido traerte un paraguas.

—Pero sí que lo has hecho —replicó Suchi, acercando las manos para apretarle las suyas. Él no dijo nada, pero le devolvió el apretón, con los dedos delgados pero sólidos y llenos de callos por todas partes.

El motor del avión emitía un suave zumbido. Suchi estaba mirando por la ventana, a la oscura nada. El mapa que había en la pantalla que tenía delante mostraba que volaban sobre un océano infinito, dirigiéndose hacia el Polo Norte, desde donde bajarían en un arco hacia Shanghái en un camino que Samson le había explicado que era el más rápido debido a la forma esférica de la Tierra. Ya habían pasado siete horas. Le dolían las rodillas; se imaginaba la sangre coagulándose en sus articulaciones por haber estado tanto tiempo sentada. Pronto tendría que despertar a Samson para poder ir al baño y hacer los ejercicios de circulación que recomendaban todo el rato en la pantalla. Él estaba roncando ligeramente en el asiento contiguo, desplomado hacia un lado y con la cabeza inclinada hacia ella. Cuando dormía, tenía exactamente el mismo aspecto que cuando era pequeño. Con suavidad, le bajó la cabeza para dejarla descansando sobre su hombro.

Miró en dirección a Haiwen, que dormía con la espalda recta y las manos colocadas la una sobre la otra. En muchísimos sentidos, seguía siendo el mismo muchacho del que se había enamorado seis décadas antes.

No le había preguntado por el día que se había perdido, ni sobre las especulaciones que tenía la gente sobre su condición. Se había dado cuenta de que no importaba. En vez de eso, se había pasado horas preguntándole lo que recordaba. Ahora estaba sedienta de recuerdos; quería rememorarlos una y otra vez con Haiwen, recuperar gracias a él todas las cosas que ella había olvidado o no había sabido jamás. Los dos eran ancianos, y cada día envejecían más. Algún día, él podría olvidarla; algún día, ella podría olvidarlo a él. Pero eso sería algún día. Por el momento, todavía tenían tiempo.

Acercó la mano y la colocó sobre las suyas. Él abrió los ojos y le sonrió.

—¿No puedes dormir? —le preguntó, en voz baja y apenas audible por encima del zumbido del motor. Le acarició el dorso de la mano con el pulgar.

«¿Ahora deberíamos considerarlo tu novio?», había bromeado Samson. Pero su hijo no lo entendía; lo que eran el uno para el otro iba más allá de las etiquetas. Eran simplemente ellos. Haiwen y Suchi.

Ella miró más allá de él, otra vez por la ventana, a la luz solitaria del ala del avión.

—Estaba pensando en mi madre —dijo en voz baja—. Unos cuantos meses después de que te unieras al ejército, comenzó a encender un farolillo de papel rojo todas las noches, y lo colgaba delante del *shikumen* sin dar explicaciones. Una semana más tarde le pregunté por qué lo hacía y me dijo: «Es lo que solían hacer las madres en mi antigua aldea. Para los chicos que se iban a luchar contra los japoneses. No sabían si iban a regresar, ni cuándo, pero así, si ellos estaban volviendo tarde por la noche, podrían encontrar el camino a casa».

Podía sentir el pulgar de Haiwen, todavía acariciándole la mano, de forma ininterrumpida y decidida.

—En ese momento yo estaba destrozada, ¿sabes?, y me puso de mal humor. No era más que otra superstición inútil y anticuada. Aun así, M'ma colocaba el farol todas y cada una de las noches, sin falta. Cuando no conseguía dormir, me ponía a mirar por la ventana, al igual que ahora, y veía las sombras rojas y parpadeantes y me sentía reconfortada.

Haiwen le apretó la mano.

—Ella te quería.

Suchi asintió con la cabeza. A pesar de que su madre no aprobaba a Haiwen, al final deseaba que regresara a salvo, aunque no fuera por el bien del muchacho, pero sí por la felicidad de su hija. Ese amor silencioso era algo que Suchi había sido demasiado joven e impaciente para ver. Ahora se preguntaba si M'ma habría continuado encendiendo ese farol después de que las hermanas se hubieran ido. A lo mejor había mantenido esa luz encendida para guiar a sus propias hijas de vuelta a casa.

Y Suchi ya casi estaba en casa. O, más bien, ya casi estaba con su madre. La sobrina de Haiwen los estaría esperando en el aeropuerto cuando aterrizaran; había prometido llevarlos directamente al lugar donde vivía M'ma. Xuenong les había advertido de que, aunque le habían hablado a la mujer de la inminente llegada de su hija, no estaba claro cuánto había entendido.

Suchi sabía ahora que el hogar no era un lugar. No eran momentos que se pudieran señalar. Eran las personas, personas que compartían los mismos fantasmas que tú, de gente muerta hacía mucho, lugares desaparecidos hacía mucho. Personas que te conocían, que te veían, que te querían. Cuando esas personas estaban lejos de ti, tu hogar también lo estaba. Y, cuando esas personas morían, el hogar continuaba viviendo dentro de ti.

Echaba de menos a su madre. Más de lo que se había atrevido a permitirse sentir durante décadas. Pero también estaba emocionada. Le temblaban las venas. Repasó todas las cosas que quería contarle: sobre su vida en Hong Kong y en Estados Unidos, sobre Sulan y su negocio, sobre Samson y los niños, sobre encontrar a Haiwen. Pensó en todas las preguntas que quería hacerle, preguntas para las que probablemente jamás obtendría respuesta, preguntas sobre Apa y sus vidas después de que los comunistas tomaran el control, sobre la madre de Haiwen y la sorprendente amistad que habían entablado. Le pediría perdón por haber tardado tanto tiempo en dar con ella.

Le daría las gracias por haberla enviado lejos, algo que ahora Suchi comprendía que debía de haberle resultado insoportablemente doloroso. Estaban todos los recuerdos que quería rememorar, de sus vidas en Sifo Li, del pequeño *shikumen* en el que habían crecido. Quería saber si M'ma todavía podía tararear las canciones que solía cantarles a las niñas cuando no conseguían dormir, si podía enseñarle a hacer sus famosas albóndigas.

Volvería a presentar a Haiwen a su madre, y le preguntaría: «¿Te acuerdas de Waong Haeven? Tus faroles han funcionado; hemos vuelto a encontrarnos». Pensó en cómo se sentiría presentándole a su hijo a su madre, diciéndole: «Este es tu nieto, fuerte y valiente. Es un idealista como Apa, y leal como tú».

Se sentaría al lado de su madre. Le prepararía unas gachas y le daría de comer hasta que estuviera segura de que ya no sentía hambre, ni soledad, ni miedo.

Si M'ma no reaccionaba, si no tenía ninguna respuesta, ni tampoco sus propias preguntas, Suchi no se sentiría decepcionada. Las palabras no tenían importancia. Lo que más quería era tomarle la mano a su madre. Colocarla cálidamente contra su cara. Decirle «soy tu hija, Suji, he regresado», y esperar contra toda esperanza que su madre la reconociera.

Coda

Junio de 1982

Shanghái

La lluvia de las ciruelas cae como cortinas de agua sobre los aleros de Sifo Li. Las alcantarillas no son capaces de aguantar el chaparrón; los callejones se inundan hasta la altura de los tobillos. Los antiguos carteles patrióticos se despegan de los ladrillos, la papilla de sus mensajes hechos jirones se aleja girando en pequeños remolinos junto a otros desperdicios: botellas rotas, hojas muertas, pieles de fruta, huesos de pollo. Los tejados, muchos de ellos en mal estado, tienen goteras. Dentro, el moho baja reptando por las paredes. Las cucarachas entran correteando a través de grietas y desagües para refugiarse. Los mosquitos flotan en el aire turbio.

Los residentes humanos son en su mayoría extraños entre ellos, aunque viven como vecinos hacinados. Cada *shikumen* está dividido en secciones, hay familias enteras en una habitación; todas las puertas están cerradas con llave. En esta hay un bebé llorando que despierta a su hermano gemelo. En esta otra, una pareja recién casada hace el amor a escondidas junto a los padres dormidos del marido. En aquella, una chica adolescente estudia para sus exámenes bajo una luz parpadeante. Todos saben de la mujer anciana que tiene el *shikumen* entero para ella sola; han especulado con envidia en sus voces sobre con quién debe de estar emparentada. Pero ninguno pensará en ella durante esta larga noche. Ni siquiera se acuerdan de su nombre.

Por ahora, ella todavía lo sabe, a pesar del dolor y los medicamentos y los sueños y el letargo. Es *Ma* para sus hijos. *Pingping* para su marido. *Waong thatha* para los demás vendedores. *Li Yuping* para los oficiales del gobierno. *Tsia* para la mujer que hay junto a ella, esta mujer, Sieu'in. Hace una vida eran conocidas recelosas que sentían un desdén mutuo por el origen de la otra. Ahora, Sen Sieu'in es la única amiga que tiene Yuping en el mundo.

Pero su nombre ya no le importa. Los que importan son los demás nombres, que suenan densos cuando los susurra: Doudou y Susu. Haiwen y Suchi. Puede verlos en el patio, Doudou con sus mejillas regordetas mientras sus manos tocan «Meditación» a la perfección, con las notas extendiéndose como un viento claro sobre el mar; Suchi riendo y girando junto a él, como una mariposa. Juntos flotan, juntos vuelan. Niños hermosos, perfectos y brillantes.

—Entrad, vais a resfriaros —les dice, ya que la lluvia de verano está cayendo a cántaros a su alrededor, oscureciendo sus rostros—. Es hora de entrar en casa.

Abre los ojos y ve a Sieu'in junto a ella, una mujer vieja y cansada en una silla. El silencio llena la habitación, la percusión infinita del agua, un tamborileo, un zumbido, como si el *shikumen* entero fuera a convertirse pronto en un océano.

—Ya casi están aquí —dice Sieu'in—. Tus hijos.

«Lo sé», quiere responder ella. «He hablado con ellos».

Ha estado flotando en el mar de sus imágenes: Doudou como un niño rechoncho y sonriente que acaba de empezar a caminar; Doudou como un niño solemne, con el pelo cayéndole sobre la cara mientras ensaya; Doudou como un adolescente callado tumbado boca arriba en el patio con el tocadiscos girando junto a él; Doudou mirando firmemente a Suchi a todas las edades, en cualquier habitación donde ella esté, con un amor dolorosamente evidente para Yuping, para todos, menos para sí mismo.

En sus sueños, él suele acudir a ella con la edad que tenía la última vez que lo vio, dieciséis años, atento y serio. Nunca sueña con él siendo mayor, nunca sueña con él como hombre, y se dice a sí misma que eso no se debe a que no haya llegado a la edad adulta, sino a un fracaso de su propia imaginación.

Pero Sieu'in continúa:

—Tendrías que haberles contado que estabas enferma. Son tus hijos. Se merecen saberlo.

Por supuesto. Su amiga se refiere a Mingming y a Junjun. Los niños que han crecido. Siente una punzada de pesar por su preocupación, por su sufrimiento. Pero ¿cómo se lo podría haber dicho? Se ha pasado demasiado tiempo tratando de mantener a su familia unida. Sus hijos acuden a ella, confían en ella, moverían montañas por ella. ¿Cómo podría romperles el corazón? El trabajo de una madre es proteger a sus criaturas. Puede que ellos jamás sean capaces de perdonarla por esto, pero seguro que Sieu'in lo entiende.

—Tienes suerte —continúa su amiga—, por poder tener a tus hijos cerca de ti. Ojalá... —Y, en el vacío de sonido, Yuping puede oír dos agujeros con forma de muchachas. Después de un momento, Sieu'in chasquea la lengua—. Menudo tiempo.

Yuping se pregunta: *¿Están abrigados mis hijos? ¿Tienen algún lugar donde refugiarse? ¿Llevan suficiente ropa, se han acordado de traer un paraguas?* Eso es lo más difícil. El no saberlo. Las preguntas que jamás obtendrán respuesta.

—A mis hijas les encantaba la lluvia —dice Sieu'in—. Sobre todo a Suji. No podía impedirle que saltara en los charcos, que saliera corriendo fuera de casa y pescara un resfriado. Donde los demás veíamos una molestia, ella veía aventura. La reprendí muchísimas veces. A lo mejor fui demasiado dura con ella. A lo mejor tendría que haberle permitido que se lo pasara bien.

Ella lo oye en la voz de Sieu'in. La culpa. La preocupación. Aquello que le confesó una vez, un miedo: *¿Qué pasa si no saben lo orgullosa que estaba de ellas? ¿Qué pasa si creen que las dejé marchar porque no las quería?*

Reuniendo sus fuerzas, Yuping mueve los dedos cansados, buscando. Siente la mano de Sieu'in, nudosa y fría. Su amiga es fuerte. Nunca habla sobre lo que ella y su marido experimentaron cuando desaparecieron. No quiere hablar sobre lo que le pasó a su marido en el campo de trabajo de Anhui, cómo ella acabó volviendo a Shanghái sola, lo que ha tenido que hacer para sobrevivir, y Yuping sabe que no debe preguntárselo. Hay algunos recuerdos que no se pueden pronunciar jamás en voz alta.

Quiere decirle a Sieu'in que lo hizo lo mejor que pudo, que las dos lo hicieron lo mejor que pudieron. Se habían enfrentado a decisiones imposibles, de las que no se puede esperar que alguien tome sin arrepentirse. Si Yuping no hubiera dejado marchar a Haiwen, habría sido Haiming a quien habría perdido. Si Sieu'in no hubiera enviado a sus hijas a Hong Kong, ellas se habrían quedado allí y habrían sufrido. ¿Qué puede hacer una madre, sino tener un amor y una esperanza inquebrantables?

La carta. Ahora recuerda que tiene que contarle a su amiga dónde está escondida, metida entre los ladrillos del muro de la terraza. ¿Cuándo llegó? ¿Hace semanas? ¿Días? ¿Meses? Antes de que estuviera demasiado cansada para caminar, para hablar. Para entonces, su visión ya se estaba nublando, sus pensamientos ya estaban confusos, pero vio los sellos extranjeros, y entonces el anillo de oro, de forma imposible, como un amuleto mágico, cayó sobre el escritorio, y lo supo.

Ahora tiene el anillo de oro suelto en el dedo índice, y trata de ponérselo a Sieu'in en la palma. Recuerda cuando se lo dio a Doudou, que antes en ese mismo día lo había visto en la casa de empeños, sencillo pero elegante, y supo que era perfecto para Suchi. Ahora se lo desliza en el dedo a su amiga, tratando de decirle: «Esto le pertenece a tu hija. Esto es suyo. Tienes que devolvérselo».

—Guarda estas cosas valiosas para tus hijos —protesta Sieu'in al principio. Pero, entonces, se detiene. Toca el anillo—. ¿De dónde has sacado esto? —le pregunta—. Se parece a algo que compré una vez para Suji, hace mucho tiempo.

Ella asiente con la cabeza, satisfecha de que su amiga lo entienda, y cierra las manos para alejarlas del intento de Sieu'in de devolverle la joya.

Doudou y Suchi son pájaros en el viento. Están volando hacia ella, y en sus picos llevan ramas cargadas de bayas. Gorjean una canción. Pero las ramas se resbalan y se caen. Los niños descienden en picado. Son peces en el océano, arrastrados por la corriente. «Esperad», quiere decir. «Volved». Tiene que construir un barco, un faro, una sirena. Tiene que llamarlos de regreso a casa.

Vuelven a estar ella y Sieu'in solas otra vez. Su amiga está susurrando sobre el pasado, sobre Suji y Haeven. Habla sobre un violín acunado entre los brazos de Suchi el día que se marchó. Habla de un farol que encendió durante años y años, esperando que los guiara de vuelta a casa.

—Hoy he encendido uno, pero está lloviendo —dice Sieu'in con tristeza—. Sé que es estúpido tener esperanzas, pero uno nunca debe renunciar a los milagros.

Yuping lo recuerda: *Ellos no necesitan milagros. No necesitan faroles.*

—Papel —le dice a Sieu'in, y después de varios intentos, su amiga se lo trae. Sabe lo que quiere dictarle.

«Volved a casa. Estamos esperando. Nada es culpa vuestra; si acaso, es nuestra culpa, por no haberos protegido, por no haberos abrazado, por habernos perdido toda vuestra vida. Volved a casa».

Le dice esto a Sieu'in, pero ella no la entiende.

—Escribe —le insiste.

«Escribe. Escribe. Escribe».

Al fin, Sieu'in le dice:

—Jamás aprendí a leer o escribir.

Pero eso no puede ser posible, porque la carta aparece ante ella, escrita con una caligrafía preciosa, unos caracteres pulcros y cuidadosos en columnas perfectas sobre el papel. Observa sus propias manos plegando la carta, insertándola en el sobre. Coloca los sellos ella misma. Sigue la carta mientras se aleja, fuera del *shikumen*, fuera de Sifo Li, fuera de Shanghái, a través del mar, encontrando el camino hasta Haiwen.

Deprisa. Deprisa.

Yuping se despierta con su familia junto a ella. Puede oír los sollozos silenciosos de su nieta y su nieto, puede sentir las manitas de su bisnieta sobre su brazo, palpitando cálidas y llenas de vida. Mingming la llama con voz tranquilizadora.

—Ma. Ma.

Junjun le aferra el hombro y llora contra él.

—¿Por qué no nos lo contaste?

Quiere pedirles perdón a los dos. A Mingming, su hijo mayor. El diligente e ingenioso Mingming, que debería haber heredado un imperio textil, que debería haber pasado la vejez cómodamente retirado. Mingming, que incluso ahora, después de tanto tiempo, llora la muerte de su esposa, que no puede quitarse de encima la amargura por la suerte que le ha tocado en la vida. A Junjun, su hija más joven. La valiente y alegre Junjun, cuya infancia terminó demasiado pronto y cuyas sonrisas se han vuelto poco frecuentes. Junjun, que, al igual que ella, se enfrentó a una decisión imposible como madre y ahora se encorva bajo el peso de lo que ha hecho. Sabe que han sufrido, sabe que sienten una soledad que ella no puede llenar, que entre ellos yace un abismo para el cual ella no puede construir ningún puente. Su pesar es tan grande como su amor por ellos. Ha fracasado como madre. Ha fracasado a la hora de protegerlos.

«Perdonadme», les dice, pero ellos no pueden oírla, están discutiendo otra vez, lanzando pullas, repartiendo culpas. Las palabras los atraviesan y reverberan; están rodeadas por un halo de amargura de las heridas de hace décadas.

Quiere decirles a sus hijos que dejen de discutir. El pasado ya no importa; todos hicieron lo que tenían que hacer para poder vivir. Quiere decirles que lo que más importa es la familia; eso es lo único que importa, la única forma de crear un hogar. Solo ellos recordarán a Haiwen cuando ella no esté. Solo ellos recordarán a su padre, y pronto, a ella. Quiere decirles que la gente solo muere cuando ya no queda nadie que la recuerde, pero si se abrazan mutuamente con fuerza, pueden mantener con vida a todos los fantasmas de su familia.

Está demasiado cansada. En la distancia, más allá del *staccato* de la lluvia, escucha el violín de Haiwen. Desea poder oír su voz una vez más. Desea que deje de tocar por un momento y hable con ella. Quiere oírlo llamándola «Ma». Pero él es feliz, ¿verdad? ¿Está sano, está comiendo? Quiere decirle que lo está esperando, inmóvil, y que seguirá esperándolo. Puede aguantar hasta que aparezca. Ojalá supiera que él va a venir. ¿No ha recibido la carta? ¿Esa es la razón por la que está tocando su música, para contarle que está de camino, que no la ha olvidado?

Lo llama por su nombre. Otras voces se amontonan a su alrededor, ahora sin discutir, y ella busca la voz clara y tranquila de su hijo mediano, el varón más joven. Oye sollozos. Escucha la voz de Sieu'in, firme en su oído:

—Tsia, cuando Haeven vuelva, te prometo que le contaré que esperaste todo lo que pudiste. Te prometo que lo guiaré hasta ti.

Pero ¿de qué está hablando su amiga? Él ya casi está aquí. Puede sentirlo. Puede oír la nota larga y lastimera de un violín, aumentando cada vez más de volumen.

Notas

1. *Shòu*, que significa «larga vida», «longevidad».

2. Este famoso poema de la dinastía Tang, cuyo título se traduce como «Vuelta a casa» o «Regresando a casa», se conoce comúnmente solo por su primera estrofa:

   Me marché siendo joven, regreso ahora envejecido
   Aunque mi acento sigue ahí, mi pelo ha raleado
   Soy un extraño para los niños que conozco
   Riendo, me preguntan de dónde vengo

   La segunda estrofa, menos conocida:

   Dijimos adiós hace mucho tiempo
   Las caras familiares ya han desaparecido
   Solo el agua del cercano Lago del Espejo
   Ondea inmutable bajo la brisa primaveral

3. Esta letra de la canción «El fuego del amor», de Bai Guang, se traduce como: «Miradas recatadas que fluctúan como las mareas / Coquetas como las flores, tiernas como los sauces».

4. El pronombre shanghainés de género neutro para la tercera persona *yī* (伊) llevó a Suchi a dar por hecho que tanto su madre como el dueño del estanco se referían a «él», no a «ella».

5. La palabra «pulpo» en mandarín es *zhāngyú*.

6. La letra se traduce como:

   ¡Uníos, naciones del Este de Asia!
   Con mutuo respeto e independencia, evitando juntos el comunismo
   Somos los pioneros de la naturaleza
   Somos los héroes que crearon la civilización
   El público está despertando, el público está despertando, cargando con la misión de la recuperación del Este de Asia
   Los gritos por la paz se elevan a través de la tierra
   Despertando kilómetros y kilómetros de gran progreso

   ¡Uníos, naciones del Este de Asia!
   Colaboración económica, intercambios culturales
   Estamos comprometidos con proteger el Este de Asia
   Estamos resueltos en nuestra determinación
   Sin miedo a las penurias, sin miedo a las penurias, fomentando el espíritu del Este de Asia
   Brillantes antorchas se han encendido, dirigiendo a las nuevas masas pacíficas

   ¡Uníos, naciones del Este de Asia!
   Avanzando mano con mano, celebrando el triunfo juntos
   Debemos extinguir las ascuas de la guerra en el mundo
   Debemos conquistar las rebeliones contra la justicia
   Luchad por avanzar, luchad por avanzar, completando la existencia y el círculo de la coprosperidad del Este de Asia
   Uniendo a seiscientos millones de compatriotas en el Este de Asia, abriendo paso a una nueva era en la historia

7. 門當戶對 (*mén dāng hù duì*) es una expresión idiomática que se traduce literalmente como «puertas a juego», pero se refiere a encajar bien en cuanto a estatus social y económico.

8. «Calle principal».

9. Sifu Li / Sifo Li.

10. *Jì* 冀 significa «tener esperanza» o «anhelar».

11. Conocido por los angloparlantes como Bubbling Well Road, la «Calle del pozo burbujeante».

12. Baak3 Lok6 Mun4.

13. En sus últimos años y durante muchos más después de su muerte, a Chiang Kai-shek se lo llamaba a menudo 蔣公 en Taiwán, un honorífico respetuoso que se traduce aproximadamente como «señor Chiang», o a veces 總統蔣公, «señor presidente Chiang».

14. 寧可錯殺一千,不可錯放一人
Se han atribuido variaciones de esta frase a Chiang Kai-shek, aunque muchos dicen que en realidad tiene su origen en Wang Jingwei, que acabó traicionando a su gobierno para conspirar con el pueblo japonés durante la guerra sinojaponesa. Otros dicen que data de mucho antes. A estas alturas es difícil verificar quién la dijo primero, ya que se trata de una expresión muy conocida que se utiliza para justificar los métodos despiadados de los regímenes autoritarios.

Agradecimientos

Hace unos veinte años, después de la muerte de mi abuelo, comencé a interesarme por las historias de los migrantes que huyeron de China a Taiwán a finales de la guerra civil china. Mientras mi familia estaba revisando sus cosas, encontramos una fotografía de él llorando frente a la tumba de su madre en Shanghái, una madre que no había visto desde que él tenía diecinueve años. Fue una imagen que no pude olvidar. Pronto averigüé que su historia no era única, y comencé a buscar estos relatos dolorosos en los medios en lengua china. Lo que hallé fue toda una historia de guerra y separación de la que nunca me habían enseñado nada en mi educación estadounidense.

Aunque supe desde muy pronto que quería escribir sobre este periodo de la historia china y taiwanesa, me sentía dudosa: como no soy historiadora, no estaba segura de que pudiera dar vida a estas historias con el detalle y la precisión que requería elaborar un relato de esa magnitud. Por suerte para mí, hay muchos académicos e historiadores que han investigado en profundidad sobre varios aspectos de esta historia, además de los relatos de primera mano publicados por algunos individuos. Estoy en deuda con numerosas publicaciones por contener respuestas para muchas de las preguntas que tuve mientras escribía este libro.

Para tener una visión general de la guerra sinojaponesa y la guerra civil china, recurrí a *Forgotten Ally* de Rana Mitter y *Civil War* de Suzanne Pepper. Para tener una imagen de Shanghái durante el periodo de la guerra en particular, estoy en deuda con *In the Shadow of the Rising Sun*, editado por Christian

Henriot y Wen-hsin Yeh; *Beyond the Neon Lights* de Hanchao Lu, y *Shanghai Splendor* de Wen-hsin Yeh. *Yellow Music* de Andrew F. Jones fue un relato increíblemente fascinante y reflexivo sobre la emergencia de la música popular china a principios del siglo pasado, mientras que *Rhapsody in Red* de Jindong Cai y Sheila Melvin me proporcionó un trasfondo detallado sobre la escena de la música clásica en China durante ese mismo periodo. Para las minucias de la vida cotidiana en Shanghái, recurrí a biografías personales: *Our Story* de Rao Pingru, *Remembering Shanghai* de Claire Chao e Isabel Sun Chao, y *Shanghai Daisy* de Daisy Kwow. Para dar vida al vecindario del *longtang*, estoy agradecida con *Shanghai Homes* de Jie Li y *Lilong Lives* de Jérémy Cheval. Los capítulos sobre los soldados en Taiwán se basan enormemente en el estudio de Joshua Fan en *China's Homeless Generation*, así como en *Remembering China from Taiwan*, de Mahlon Meyer. Doy gracias por la colección de relatos *The Last of the Whampoa Breed*, editada por Pang-yuan Chi y David Der-wei Wang, una antología sobre esos mismos soldados. El detalle sobre el elefante de Lai Chi Kok es gracias al blog de Roy Maloy (roymaloy.wordpress.com). Aunque ya había escrito la mayoría de esta novela para cuando se publicó *Last Boat Out* de Helen Zia, su libro me ayudó a pensar con más profundidad sobre mis personajes y a desarrollarlos más durante el proceso de revisión. De forma similar, doy gracias por la erudición de Dominic Meng-Hsuan Yang, cuyo *The Great Exodus from China* se publicó cuando ya había terminado el borrador de esta novela, pero me ayudó a confirmar el trabajo que estaba haciendo.

También hay muchos, muchos *papers* académicos que consulté para confirmar detalles concretos; ¡ay!, el número es tan grande que ocuparía demasiado espacio si los enumerara todos aquí. Lo único que puedo hacer es mandar un enorme agradecimiento a los muchos sinólogos que han publicado *papers* sobre China en la primera mitad del siglo XX.

Por último, este libro no existiría sin 大江大海 (*Río grande, mar grande*) de Lung Ying-tai, el primer libro que me encontré que contenía relatos sobre cómo las consecuencias de la guerra civil china habían afectado a individuos y familias a ambos lados del estrecho. Leí la mayoría de este libro en formato digital con un *plug-in* de un diccionario chino-inglés; espero que algún día alguien lo publique en inglés para que más personas de la diáspora puedan conocer estas historias.

También hay muchos individuos que me ayudaron mientras investigaba para esta novela: Odila Schroeder, que respondió con entusiasmo a mis preguntas sobre las escuelas de música de Shanghái de los años cuarenta y revisó varios de los capítulos iniciales. Mi prima Yiqian Yang, que ha respondido pacientemente a mis preguntas sobre términos en shanghainés y su pronunciación durante los últimos siete años. Chih-Yun Hsu, que compartió conmigo la historia de su propio padre como antiguo soldado nacionalista. Patrick Cranley, Tina Kanagaratnam y George Wang, por responder a mis preguntas sobre las comunidades de *longtangs* y la vida en Shanghái a principios del siglo XX. Clara Iwasaki, por revisar un borrador inicial del libro en busca de errores históricos. Irene Eber, por responder a mis preguntas sobre la sección judía de Shanghái. Lori Feren y Rachel Siegelaub, por compartir sus experiencias con la esclerosis múltiple. Rachel DeWoskin, por aconsejarme sobre cómo investigar en Shanghái. Tevi Eber, mi orientador en todo lo relativo a la música. Sofia Levchenko, por responder a las preguntas que tenía sobre la mecánica de tocar el violín y las piezas específicas. Maukuei Chang, por orientarme sobre cómo abordar los estudios de *waishengren* en Taiwán. Joshua Fan, por responder a mis preguntas específicas sobre el sistema de reclutamiento de los nacionalistas. Jen Wei Ting, por revisar mis nombres chinos para asegurarse de que fueran apropiados. Richard Peña, por responder a mis preguntas sobre mi epígrafe. Ender Terwilliger y Evan Nicoll-Johnson, por aclarar mis dudas aleatorias sobre la lengua, la historia y la música chinas. Todos quienes aportaron su granito de arena cuando hacía preguntas sobre las lenguas en redes sociales.

Gracias también al canal de YouTube TwoSetViolin, de Eddy Chen y Brett Yang, cuyos divertidos vídeos sobre este instrumento fueron increíblemente educativos para alguien que no toca, como yo.

También doy gracias por la existencia de la Asociación de Waishengren, el Museo de Refugiados Judíos de Shanghái, el Museo Conmemorativo 228, la Sala de Exposición de Burdeles Militares, la Sala de Exposición del Desarrollo de Shanghái, el Conservatorio de Música de Shanghái, y muchos otros museos y lugares protegidos de Shanghái y Taiwán que continúan contando estas historias en particular e hicieron posible que yo pudiera imaginar historias dentro de sus espacios.

He hecho todo lo posible por sintetizar todo el trabajo y la orientación de los individuos y las instituciones mencionados, y me he esforzado por ser lo más precisa posible dentro de este libro. En alguna ocasión, me he tomado ciertas libertades en servicio de la narrativa. Por ejemplo, Sifo Li no es un *longtang* real que exista en la calle Fuzhou, pero está basado en varias comunidades de *longtangs* que he visitado o sobre las cuales he leído. Cualquier otro error factual o anacronismo es responsabilidad mía.

Además de la investigación, este libro no podría haber sido posible sin muchísimos otros individuos y organizaciones.

Gracias a mi talentosa editora, Tara Singh Carlson, cuya visión editorial, paciencia y fe ayudaron a Haiwen y a Suchi a cobrar vida por completo entre estas páginas. Gracias por darme una oportunidad y por creer en este libro.

A mi increíble agente, Michelle Brower, que ya creía en mi escritura años antes de que comenzara siquiera a trabajar en esta obra. Gracias por ser mi mayor defensora y por soportar todos mis correos neuróticos. Realmente eres la mejor.

A todo el equipo de Putnam: Aranya Jain, Ivan Held, Sally Kim, Alexis Welby, Ashley McClay, Shina Patel, Katie McKee, Emily Mileham, Ryan Richardson, Lorie Pagnozzi, Jazmin Miller, Vi-An Nguyen y Daniel Brount. Gracias por darle un hogar tan maravilloso a este libro.

A mi equipo de Sceptre al otro lado del charco: Jo Dingley, Ansa Khan Khattak, Federico Andornino, Nico Parfitt, Maria Garbutt-Lucero, Natalie Chen, Kerri Logan y Jennifer Wilson.

A la talentosa Allison Malecha, que guio a Haiwen y a Suchi hasta las manos de tantas personas fuera de Estados Unidos. Eres mágica. Al resto de mi increíble equipo de la agencia Trellis Literary Management: Natalie Edwards, Danya Kukafka, Khalid McCalla, Elizabeth Pratt y Tori Clayton.

A todos mis coagentes y equipos editoriales a lo largo del mundo, pero en particular a Florence Rees de Reino Unido, que encontró una casa perfecta en su país para mi libro, y a Gray Tan en Taiwán, que me dio la bienvenida a la comunidad literaria de aquí, en mi segundo hogar.

A la Fulbright Association, por el tiempo y el espacio para investigar sobre este libro; la hermandad con Taiwán me ha cambiado la vida en más de un sentido.

A las residencias y asociaciones que me proporcionaron tiempo, espacio y financiación para crear esta obra: el New Jersey State Council on the Arts, la Mid Atlantic Arts Foundation, la Millay Colony, el Virginia Center for the Creative Arts, la Ragdale Foundation, Willapa Bay AiR y Kimmel Harding Nelson.

A Kundiman, Asian American Writers Workshop y VONA, por proporcionarme no solo el espacio seguro para encontrarme a mí misma como escritora, sino también una comunidad que me ha apoyado y me ha ayudado a crecer. Sois las personas por las que escribo.

A mi familia de escritores, editores y compañeros de trabajo en *Hyphen* y en Asian Americans for Civil Rights and Equality. Ha sido un privilegio tener un espacio para los asiaticoamericanos con vosotros. Gracias también a *The Rumpus* y Catapult, por convertirme en mejor editora y escritora.

A Sari Botton, por publicar el ensayo que escribí sobre mi abuelo que está tan íntimamente relacionado con esta novela. A Catherine Chung, Matthew Salesses, Nicole Chung y Rowan

Hisayo Buchanan, por publicar los relatos cortos que fueron mis primeros intentos de escribir sobre este periodo; esas historias hicieron posible que pudiera imaginarme escribiendo una obra más larga.

A todo el profesorado con el que trabajé en Sarah Lawrence College, pero en particular a David Hollander, Nelly Reifler y Jeffrey McDaniel; jamás seré capaz de recompensaros el impacto que habéis tenido en mi escritura.

A los otros mentores con los que he tenido el privilegio de trabajar a lo largo de los años, en particular a Gina Apostol, Porochista Khakpour y M. Evelina Galang.

A mi profesor de sexto curso, George Penny, que me nominó para mi primer premio de escritura. Tú fuiste la primera persona que creyó que tenía algo importante que decir con mis escritos. Espero haberte hecho sentir orgulloso.

A mi antiguo terapeuta, el doctor James Twerell. Me salvaste la vida. Tú creías que podía escribir este libro. Ojalá hubiera podido enseñártelo.

A mis brillantes primeros lectores, Juliet Grames y Erika Swyler, que junto a Jennifer Ambrose conforman el Circo de Viajeras en el Tiempo. Gracias no solo por las lecturas incisivas, sino también por el constante apoyo emocional. A Karen McMurdo, que también me proporcionó opiniones iniciales cruciales, pero, más importante todavía, veinticinco años de amistad. A mis queridos y talentosos amigos Vu Tran, Matthew Salesses, Adrienne Celt, Nicole Chung, Catherine Chung y T Kira Madden por todos los consejos editoriales y el apoyo. Dar a luz a una primera novela es algo muy estresante, pero teneros a todos para poder recurrir a vosotros me ha ayudado a sobrevivir con elegancia.

A los muchos otros amigos a ambos lados del mundo que han hecho posible la escritura de este libro convirtiendo la vida fuera de esta obra en algo que guardar como un tesoro, en particular a Jeeho Lee, Patrick Rosal, Tevi Eber, Christine Hyung-Oak Lee, Devan Goldstein, Judy Hong, Sarah Lee,

Kaiwen Lin, Doreen Wang, Ing Lang Chang, Nicole Kung, Angelic Shen, Dana Liu, Peggy Wang, Hui-Yi Yen, Kathy Cheng y Clarissa Wei. A Jasmine Ting, Jerry Chantemsin y Connor Maley, por salvarme la vida hace más de quince años. A 小西, 美環, Ken Lin, y a mi ahijada Emma, por darme la bienvenida a vuestra familia en Taipéi.

A Ernie Chang, por hacerme mi foto de autora cuando llevaba trece semanas de embarazo (¡y mis fotos de maternidad a las treinta y cuatro semanas!).

A las madres que me ayudaron a sobrevivir a la maternidad primeriza: Adrienne Celt, Jennifer Yang, An Rong Xu, Grace Lu y todo el grupo de New Babes Slack.

A mi mejor amiga, Eugenia Leigh. Por soñar a lo grande conmigo cuando éramos escritoras novatas y ser siempre mi persona, con independencia de la situación. Por salvarme una y otra vez. Que siempre seamos la que más apoya a la otra.

A mi suegra, 白沈仙桃, que cuidaba de mi bebé varios días por semana desde que pasaron tres meses del parto, para que yo pudiera terminar por fin la revisión de esta novela.

A mi familia, por toda una vida de amor y apoyo. A mis padres, de los que aprendí la fuerza, la audacia y la capacidad de soñar. A mis tías Lily, Cassia y Sen. A mi hermano Jonathan, la primera persona que vivió en las historias que yo creaba. A mi hermana Kailene, mi mejor amiga y confidente. A mi padre Yen-Jo, que siempre ha estado orgulloso de mis escritos a pesar de no ser muy lector. Y, lo más importante de todo, a mi madre, Violet, que me ayudó con muchas de las traducciones de versos de esta historia, y cuyo amor, sacrificio y apoyo han hecho todo esto posible. El amor que siento por ti está entrelazado con este libro.

A mi marido Brian, que en este mismo momento está cuidando a nuestro hijo para que pueda escribir estos agradecimientos, que me ayudó a investigar las páginas web en lengua china para buscar respuestas que no podía encontrar en inglés, que respondió con paciencia a todas mis preguntas sobre la lengua y las costumbres taiwanesas. Me siento muy agradecida de tener a un compañero que cree por completo en la importancia de mi trabajo (¡a pesar de no leer en inglés!), que hace hueco para mis escritos y que es tan dedicado, considerado y paciente como tú. 我真的很愛你.

Y por último, pero no por ello menos importante, a mi retoño, A. Escribí los primeros borradores de este libro cuando tú no eras más que el deseo de una hija que no se podía imaginar estar separada de su propia madre. Pero, mientras trabajaba en la edición con la conciencia de tu pequeña vida a solo unas habitaciones de distancia, este libro se transformó en uno sobre mi amor por ti, un amor que ni el tiempo ni la distancia ni las circunstancias podrán disminuir jamás. Gracias por hacer mi mundo más grande y más increíble cada día. Te quiero de aquí a la luna.

¿TE HA GUSTADO ESTA HISTORIA?

Escríbenos a...

plata@uranoworld.com

Y cuéntanos tu opinión.

Conoce más sobre nuestros libros en...

plataeditores

PlataEditores